建筑工程施工现场专业人员培训教材

装饰装修工程专业基础知识

主　编　陈兴义
副主编　冯　涛
主　审　郑东军

黄河水利出版社
·郑州·

内 容 提 要

本书为建筑工程施工现场专业人员培训教材，主要内容包括绪论、建筑与装饰识图、建筑力学与结构、建筑室内环境设计原理、建筑设备、建筑装饰材料、建筑装饰构造等。

本书可作为本科院校或大、中专院校的建筑装饰专业或相关专业的教材，也可作为装饰装修施工人员和技术人员以及室内装潢设计人员的培训教材。

图书在版编目(CIP)数据

装饰装修工程专业基础知识/陈兴义主编. —郑州：黄河水利出版社，2010.5

建筑工程施工现场专业人员培训教材

ISBN 978-7-80734-820-7

Ⅰ.①装… Ⅱ.①陈… Ⅲ.①建筑装饰-工程装修-技术培训-教材 Ⅳ.①TU767

中国版本图书馆 CIP 数据核字(2010)第 077310 号

组稿编辑：王琦　　电话：0371-66028027　　E-mail：wq3563@163.com

出 版 社：黄河水利出版社

地址：河南省郑州市顺河路黄委会综合楼 14 层　　邮政编码：450003

发行单位：黄河水利出版社

发行部电话：0371-66026940、66020550、66028024、66022620(传真)

E-mail：hhslcbs@126.com

承印单位：黄河水利委员会印刷厂

开本：787 mm×1 092 mm　1/16

印张：23.5

字数：572 千字　　印数：1—3 100

版次：2010 年 5 月第 1 版　　印次：2010 年 5 月第 1 次印刷

定价：58.00 元

建筑工程施工现场专业人员培训教材

编　委　会

序

建设行业从1986年开始,在建设企事业单位实行关键岗位持证上岗制度。这项制度的实施对提高建设行业职工队伍素质、保证建设工程质量、促进安全生产起到了很大作用,因此受到市场的广泛认可。当前新材料、新技术、新工艺、新规范的更新换代越来越快,迫切需要提高从业人员的素质。鉴于这种情况,中国建设教育协会组织制定了《建设行业专业技术管理人员职业资格培训管理办法》,为建设行业、企业提供相关岗位职业水平评价服务,来满足市场经济体制下建设企业对人力资源管理、人才评价社会化服务的需要,并在广泛深入调查研究的基础上,认真分析和总结我国建筑业岗位培训工作及国外建设行业职业标准编制经验,根据住房和城乡建设部建标[2009]88号的要求,结合我国建筑施工现场专业人员人才开发的实践经验,制定了《建筑工程施工现场专业人员职业标准》,并将于2010年8月颁布实施。在这种背景下,为了做好建设行业专业技术管理人员的岗位培训工作,河南省建设教育协会根据培训工作的需要,组织建设行业有关高校和职业技术学院的专家,以及建筑工程施工现场一线专业技术人员,参照最新颁布的新规范、新标准,以岗位所需的知识和能力为主线,精编成《房屋建筑工程专业基础知识》、《装饰装修工程专业基础知识》和相应岗位专业管理实务等11本教材,以满足房屋建筑和装饰装修专业管理人员培训使用。

本系列教材主要用于建设类院校应届毕业生"双证"培训,也适用于建设企事业单位专业技术管理人员上岗前培训,从专业人员职业需要出发,深入工程建设施工实际,力求源于实践,高于实践。内容上强调科学性、先进性和实用性。文字上深入浅出,通俗易懂,使参加培训的管理人员和自学的读者,比较系统地掌握实用性技术,以达到学以致用、学有创新的目的。

由于时间紧和水平有限,书中错误和疏漏在所难免,本套教材还需在教学和实践中不断完善,敬请广大施工管理人员和教师提出宝贵意见,以便不断提高教材的质量。这套教材在编写的过程中,得到了相关建设类高校、职业技术学院和施工企业的大力支持,在此一并表示感谢。

编委会

2010年5月

前　言

现代建筑装饰装修是集建筑风格、材料功能、施工技术、环境学、美学、心理学、生理学等多学科技术为一体的行业。近年来，随着我国社会主义经济的飞速发展和人民生活水平的提高，市场的需求日趋增加，建筑装饰装修行业也因此得到迅速发展。为适应行业发展需求，提高从业人员的技术水平，特编写此教材。

本教材充分考虑建筑装饰装修从业人员所需的最基本知识。同时，充分吸收现代建筑装饰装修在材料、工艺、技术等方面的最新的科技成果。在编排上力求文字简明、概念清晰、条理清楚、讲解到位、插图规范、易教易学，尽量减少过于复杂的分析与计算，以基础知识为主，同时注重理论和实际的结合。全书分为7章：第一章绪论，第二章建筑与装饰识图，第三章建筑力学与结构，第四章建筑室内环境设计原理，第五章建筑设备，第六章建筑装饰材料，第七章建筑装饰构造。

本书由河南理工大学编写，由陈兴义任主编，由冯涛任副主编。具体编写分工如下：第一章由陈兴义编写，第二、三、六章由毕小芳、王维天编写，第四、五、七章由冯涛、徐海涛编写。全书由陈兴义、冯涛统稿，由郑东军主审。

本书在编写过程中参考了大量的书刊和文献，特此向相关著作者表示衷心的感谢。在本书的编写过程中，得到了多家单位和个人的大力支持与协助，在此一并致谢。

由于水平有限，加之时间仓促，书中难免存在缺陷和不足之处，恳请有关学者、专家和广大读者批评指正。

编　者
2010.4

目　录

第一章 绪 论

第一节 建筑装饰的概念

一、建筑与建筑装饰

建筑是指人类为了改造自然界而创造的符合人居特点的或具有某种用途的人造物，是人与自然环境的中介，其最终目标是实现人与环境的和谐与共生。

装饰是依附于某一主体的绘画或雕塑工艺，使被装饰的主体得到合乎其功能要求的美化。从装饰与装饰主体的关系来看，装饰具有双重性：一方面，它必须从属于主体，即装饰是从使用功能的角度来表明装饰主体的特征、性质、功能以及价值的；另一方面，它也可以从主体中独立出来，显示自身的审美价值。如图 1-1 所示，中国传统建筑中作为装饰的三雕艺术，它依附于建筑，与其浑然一体，不可分割。然而，其生动的画面、精湛的技艺完全可视为独立完美的艺术品。

(a) 山西民居雀替木雕

(b) 山西民居柱基石雕

(c) 徽州民居门楼砖雕

图 1-1 中国传统建筑装饰中的三雕艺术

建筑装饰是指为使建筑物、构造物内外空间达到一定的环境质量要求，使用装饰装修材料对建筑物、构筑物的内外进行修饰处理的工程建筑活动，是对建筑物及建筑空间的美化行为。建筑装饰的范围包括四个层级：建筑本身内外环境，建筑周围环境，城市、风景园林、广场，环境艺术，其关系如图1-2所示。但也有很多人认为：建筑装饰是表面的，与建筑的内在意义无关，它代表了一种与理性的建筑相对立的、虚假的建筑。这一观念是错误的，因为此观点对建筑装饰定义简单化，从而割裂了建筑装饰求真与求美的辩证统一关系。从建筑装饰本质上说，它表达了空间环境的性质、目的和用途，也显示了使用者的身份、地位和审美趣味。它的内容、题材集中了人类文化的各个方面，包括宗教的、民俗的等。

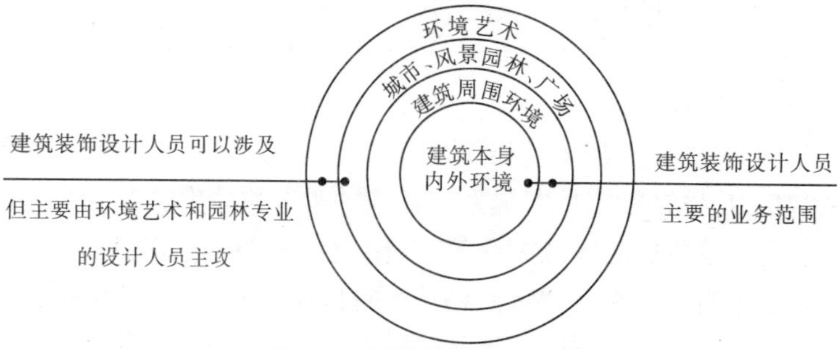

图1-2　建筑装饰范围示意

建筑装饰设计是利用一切要素来创造建筑室内外设计艺术，它把自然环境、建筑及其空间、建筑设备、生活器具等有机地组合在一起，除满足人们功能需要外，还由此形成其环境的美学价值。

建筑装饰行业是指围绕建筑装饰的工程，从事管理、设计、施工、装饰材料制造、商业营销、中介服务及教育、科研、出版、信息咨询、外贸等，集文化、艺术、技术于一体的综合性新兴行业。

现今，建筑装饰作为一门独特的艺术与技术相结合的新兴学科为越来越多的人们所接受，它所体现的已不仅仅是实用的物质存在，而且是具有艺术欣赏价值和表现个性气质的、有生命的环境艺术形式。建筑装饰的设计工作正是为了达到这一目的而进行的创造性活动。

二、建筑装饰的相关概念

除“建筑装饰”这个学科名称外，人们还会经常听到“建筑装饰设计”和“建筑装饰施工”或“建筑装饰技术”等与“建筑装饰”相近的学科名称。严格地说，这些学科都是“建筑装饰”的子学科，它们的范围被进一步限定，或限定在设计领域，或限定在施工领域，或限定在技术领域。就专业的范围而言，“建筑装饰”专业的范围最大，“建筑装饰设计”、“建筑装饰施工”和“建筑装饰技术”专业的范围相对要小一些。

与“建筑装饰”类似的概念还有“建筑装饰艺术和技术”、“建筑设计”、“建筑室内设计”、“建筑室内装饰设计”、“建筑装潢”等，下面对这几个概念作简单介绍。

“建筑装饰艺术和技术”是对“建筑装饰”这个专业名称的别称。因为无论建筑还是装饰都与艺术和技术有紧密的联系，所以可以将“建筑装饰”称为“建筑装饰艺术和技术”。

“建筑设计”：广义是指建筑物和构筑物的设计，狭义主要是指房屋建筑的设计。

“建筑室内设计”是建筑设计的子学科，也可以说是建筑设计的深化和继续。与“建筑设计”相比，室内设计又是一门相对独立的学科，也是建筑装饰学科的主要内容之一。

“建筑室内装饰设计”是以建筑室内为对象的装饰设计。建筑室内设计侧重于室内的空间处理，而“建筑室内装饰设计”则侧重于艺术设计。这两者的关系就如同“建筑设计”和“建筑装饰设计”。

“建筑装潢”是大众对建筑装饰艺术的别称，更侧重于艺术和审美。

三、建筑装饰与建筑设计的关系

严格地说，建筑设计本身应该包括建筑装饰。把建筑装饰作为一个专业单列出来有以下多方面的原因。

(1)建筑设计的内容庞大，门类丰富，专业性强。建筑装饰本身是其中的一个研究领域。

(2)建筑一经落成，一般来说它会长期存在。而建筑的使用对象、使用功能却随着时间的推移在不断地变化。对象和功能的变化会导致对建筑外观和建筑内部的重新变更。这种变化和更新通常只涉及局部外观与内部格局。而这样的任务一般由建筑装饰设计师或室内设计师来承担。

(3)人们的审美情趣不断变化，也会导致人们产生改变现有建筑内外环境的愿望，特别是当建筑陈旧或外观明显落伍时，人们就会产生更新建筑内外形象的强烈要求。如在南方某些城市，2000 年前后对一些主要的马路两旁的旧建筑的外观进行大规模的更新和装饰，使城市形象有明显的改观。这样的任务一般也是由建筑装饰设计师来主持设计工作的。

需要指出的是，对建筑的装饰也不是随心所欲的，建筑装饰是建筑设计的丰富和深化，是对建筑空间、环境和形象的再创造。建筑装饰设计师需要深刻理解人与环境的联系，需要将人类艺术和物质文明有机融合，因为建筑装饰决定建筑的最后形象。

第二节　建筑装饰的发展历程

建筑装饰无论从技术角度还是从艺术角度看，都不能脱离社会生活，建筑装饰的发展历程，也必然与社会历史发展有着一定的联系。

一、中国建筑装饰的发展

早在原始社会的居室里，已经有人工做成的平整、光洁的石灰质地面；在新石器时代的居室遗址里，还留有修饰精细、坚硬美观的红色烧土地面；在原始人穴居的洞窟里，壁面上也已绘有兽形和围猎的图形。也就是说，即使在人类建筑活动的初始阶段，人们就已经开始对“使用和氛围”、“物质和精神”两方面的功能同时给予关注。例如，我国西安半坡村出土的原始社会遗址中出现的方形、圆形居住空间(见图 1-3)，已经考虑按使用需要将室内做出分隔，并将入口和火坑的位置合理布置。方形居住空间近门的火坑安排有进风的浅槽，圆形居住空间入口两侧设置了引导气流作用的短墙，这就是我国先民朴素的建筑装饰设计。

商朝的宫室，从出土遗址显示，建筑空间秩序井然、严谨规正，宫室里装饰着朱彩木料，雕饰白石，柱下置有云雷纹的铜盘。秦朝的阿房宫和西汉的未央宫，虽然宫室建筑已荡然无存，但从文献的记载，以及出土的瓦当、器皿等实物的制作和从墓室石刻、精美的窗棂、栏杆

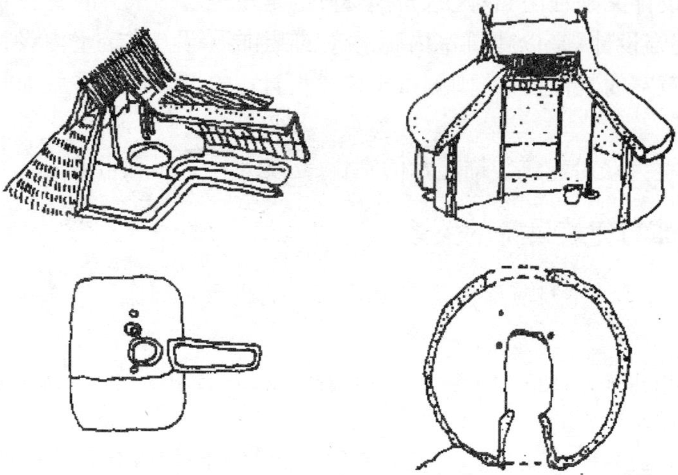

图 1-3　西安半坡村原始人住房

的装饰纹样来看，毋庸置疑，当时的室内装饰已经相当精细和华丽。

春秋时期思想家老子在《道德经》中提出：凿户牖以为室，当其无，有室之用。故有之以为利，无之以为用。这句话形象生动地论述了“有”与“无”、围护与空间的辩证关系，也揭示了室内空间的围合、组织和利用是建筑装饰设计的核心问题。同时，从老子朴素的辩证法思想来看，“有”与“无”也是相互依存、不可分割的。

建筑装饰设计与建筑紧密地联系在一起，自古以来建筑装饰纹样的运用，也表明人们对生活环境、精神功能方面的需求，并且在历代的文献《考工记》、《梓人传》、《营造法式》以及计成的《园冶》中，均有涉及建筑装饰设计的内容。

春秋之后，我国的建筑式样向梁式建筑方向发展，并逐步确立中国特有的建筑风格。梁式建筑注重木架结构，其主要特点是梁柱承重，砖砌墙体仅起围护作用，建筑内部空间自由度大，并经常利用屏风、博古架、中堂、门罩等构件对空间进行划分与组合。另外，通过大量建筑装饰构件（如雀替、匾额、博风、藻井等）、室内家具、陈设（古玩器皿，装裱字、画）等，对室内外环境进行美化，从而烘托出古朴典雅、含蓄宁静的东方风格，如图 1-4、图 1-5 所示。

图 1-4　江苏扬州宜雨轩内景

图 1-5　江苏南京瞻园静妙堂内景

中国疆域辽阔、历史悠久，各地自然和人文环境不尽相同，因而中国传统建筑装饰呈现出多样化的特点。除中原地区宫殿建筑为主流的发展外，我国其他地区的各类民居，如四川的山地住宅、傣族的干阑式住宅、福建的土楼以及上海的里弄建筑等(见图1-6、图1-7),在体现地域文化的建筑形体和室内空间组织以及建筑装饰的设计与制作等许多方面,都有极为宝贵的经验可供我们借鉴。

图1-6 云南西双版纳傣族竹楼民居

图1-7 福建永定圆形土楼群

二、国外建筑装饰的发展

公元前古埃及贵族宅邸的遗址,抹灰墙上绘有彩色竖直条纹,地上铺有草编织物,配有各类家具和生活用品。古埃及卡纳克的阿蒙神庙,庙前雕塑(见图1-8)及庙内石柱(见图1-9)的装饰纹样都极为精美。神庙柱厅内硕大的石柱群和极为压抑的厅内空间,神庙内森严神秘的室内氛围,正是古埃及神庙的精神功能所需要的。

图1-8 阿蒙神庙前雕塑

图1-9 阿蒙神庙内石柱

古希腊和古罗马在建筑艺术与室内装饰方面已发展到很高的水平。古希腊雅典卫城帕提农神庙(见图1-10)的柱廊起到室内外空间过渡的作用;精心推敲的尺度、比例和石材性能的合理运用,形成了梁、柱、枋的构成体系和具有个性的各类柱式。古罗马庞贝城的遗址(见图1-11)中,从贵族宅邸室内墙面的壁饰(见图1-12),铺装的大理石地面,以及家具、灯饰等加工制作的精细程度来看,当时的室内装饰技术已相当成熟。古罗马万神庙室内高旷的具有公众聚会特征的拱形空间,是当今公共建筑内中庭设置最早的原型。

欧洲中世纪和文艺复兴以来,哥特式、古典式、巴洛克和洛可可等风格的各类建筑及其室内设计均日臻完美,艺术风格更趋成熟,历代优美的装饰风格和手法至今仍是我们创作时可供借鉴的源泉。古老的建筑装饰手法以强调帝王权势和神权的威严作为主题来进行装

图 1-10 帕提农神庙

图 1-11 庞贝城遗址

图 1-12 庞贝城室内壁画

饰，是追求一种厚重宏伟、典雅优美、稳健雄壮的艺术装饰风格。

15 世纪初，西方开展以人权代替神权的文艺复兴运动。以意大利为中心的文艺复兴运动，提倡人文主义，使建筑、雕刻、绘画等艺术取得了辉煌成就。室内装饰以独特的手法、稳健的气势和华丽的形象为后世的浪漫风格和推崇装饰开创了先河。这个时期的建筑装饰则是强调纤细华丽的风姿，如图 1-13、图 1-14 所示。

形成于 16 世纪末期、盛行于 17 世纪的巴洛克建筑风格，与静态宁重的古典风格大相径庭。巴洛克风格倾向于动感热情，刻意表现出一种动态的抒情效果。巴洛克式建筑最大的特征是以浪漫主义的精神为其形式表现的基础，它以椭圆形室内空间并配以多姿曲线的家具等，刻意表现一种动态的抒情效果。它坚持对称、平衡、富于节奏的装饰风格，如图 1-15 所示。

18 世纪开始，继巴洛克风格之后的是洛可可风格。在建筑装饰中采用各种繁复多变的曲线，突出的表现是局部装饰以外的“圆角”的运用和左右不均衡的装饰构成方法。装饰设计师最重要的使命是努力追求丰富的变化，重复多变的曲线、装饰性绘画、刺激性色彩被大量运用。它基本上是不匀齐和不对称的，追求豪华、享乐、花哨和活泼，如图 1-16 所示。洛

图 1-13　圣彼得大教堂正面

图 1-14　圣彼得大教堂室内

图 1-15　巴洛克风格室内

图 1-16　西班牙马德里皇宫

可可风格打破了平衡对称的古典装饰风格，追求华丽。这类装饰在室内空间中形成了动感，很快被人接受，并在各种装饰设计中得到广泛应用。但后来洛可可风格对装饰过分追求精雕，在色彩选择上过分浓艳华丽，使其显得堆砌烦琐，日益虚假庸俗。

18 世纪后期，随着工业革命的到来，机器生产代替了手工操作。人们对豪华的装饰、传统的价值观和美学观产生了疑问。由此，装饰概念发生了变化，人们开始追求单纯简洁、轻巧可亲的室内装饰，主张室内装饰和建筑本体可以分离。

到了 19 世纪，随着工业革命的发生，大规模生产取代了手工生产，同时由于工业生产发展，城市规模扩大，人口迅猛增加，成千上万人的住房问题摆在了建筑师的面前。19 世纪末到 20 世纪初，以格罗皮乌斯为代表的建筑大师，以讲求实际的理性精神，提出了要为人类解决普遍的、迫切需要解决的居住问题。同时，由于当时的装饰是手工的，它大大妨碍了社会发展的速度。所以，建筑大师路斯著文提出：装饰是罪恶。奥托·华格纳更进一步说：不实用的东西不可谓之美。盒子加白墙的现代功能主义设计风靡一个多世纪，这些设计将建筑提炼到精纯的状态，认为建筑空间是建筑的实质，建筑设计就是空间设计，把一切装饰看做是罪恶。由于过分机械化、单调化，把人降低到抽象地位，千人一面的大片工业化的环境，使人感到缺乏精神。人们开始认识到，现代化的纯机械美学非但没有美化人性和改造自然，相反，还对此构成了威胁。人们开始怀疑，机器是一种“精神”力量。19 世纪以后，格罗皮乌斯在德国开展的“包豪斯运动”，使具有现代意义的装饰设计空前发展。1919 年，在德国创建的包豪斯学派，摒弃因循守旧，主张理性法则，强调功能因素，倡导重视功能，体现工业成就，推进了现代工艺技术和新型材料的运用，并在建筑和建筑装饰设计方面，提出与工业社会相适应的新观念。格罗皮乌斯当时曾提出：我们正处在一个生活大变动的时期。旧社会在机器的冲击之下破碎了，新社会正在形成之中。在我们的设计工作里，重要的是不断地发展，随着生活的变化而改变表现方式……20 世纪 20 年代，格罗皮乌斯设计的包豪斯校舍和密斯·凡·德罗设计的巴塞罗那德国馆都是上述新观念的典型实例，如图 1-17 所示。

图 1-17　巴塞罗那德国馆

20 世纪 30 年代，勒·柯布西耶提倡“机器美学”，它亦被人们称做“新客观主义”、“国际风格”或“功能主义”。它崇尚充分利用现代机械技术和现代工业原料，在外观上严格遵循功能主义的原则，绝不带任何附加的装饰。“机器美学”既是一种精神力量，又是一种风格的灵感。萨伏伊别墅是勒·柯布西耶作品中最能体现其建筑观点的作品，如图1-18所示。

图1-18　萨伏伊别墅

20世纪50年代末，掀起了保护和修复古旧建筑的浪潮。当这些悠久的建筑被拂去了岁月的尘埃时，立刻焕然一新，将精美的装饰线条、复杂漂亮的铺砌图案、五彩缤纷的外表装修和多姿多彩的细部点缀展现在人们面前，马上反衬出现代建筑在这方面的平庸和匮乏。古旧建筑除自身的遮风挡雨功能外，还表现出一种巨大的精神力量。另外，由于科学技术的进步，过去那种不利生产、阻碍发展的装饰装修材料和施工，再也不是工业技术无法解决的难题。这两个原因很自然地激发起人们的装饰热情，建筑师面对人们的这种热情，不得不重新面对装饰。正是由于它的影响，人们的装饰热情被重新燃起，形成了一股“装饰热”。

20世纪60年代，兴起了后现代派装饰新潮流。被称为“后现代派”的装饰手段打破了历史上各种不同风格的基本装饰原则，它既可以是平面装饰，又可以是立体装饰；既可以是室内装饰，又可以是室外装饰。在最初的墙面创作手法上，给单调的白墙赋予错综复杂的色块组合；它更多地采用夸张手法，将原形花饰和假柱大量用于建筑物内外，将传统的习惯做法进行变形、夸大。这个阶段追求的是一种崭新的感觉，这时的装饰设计打破了历史上各种不同风格的基本装饰原则，装饰和被装饰的结构主体关系不大，甚至喧宾夺主。在室外装饰上，它强调与周围环境的有机结合；在室内装饰上，更强调空间的视觉效果。它认为，装饰设计不仅是一种表面化妆，更应是质的完善。它必须在满足使用功能的前提下，组织美的生活环境。

后现代派强调文脉、历史和文化。如图1-19、图1-20所示，贝聿铭设计的香山饭店，在设计中吸收了许多中国古典建筑和古典园林的设计手法与设计素材，展示出了中国传统文化的魅力。

从上面的介绍中，我们可以看出装饰在建筑中是由简单发展到烦琐，再由烦琐回复到简单，这样往复地运动的。这正符合辩证法中否定之否定发展的规律，虽然从形式上看又回到了原点，但并不是简单的重复，而是螺旋式的上升，这使建筑装饰设计走向更为人性化、更为理性化的历程，值得我们设计者借鉴。

图 1-19　香山饭店正面

图 1-20　香山饭店室内

第三节　建筑装饰的作用与地位

一、建筑装饰的作用和内容

建筑装饰的作用主要表现在精神和功能两方面。

在精神方面,建筑装饰通过深化建筑造型,使建筑室内外与心理功能直接相关的审美意识协调一致,从而在精神上满足人们的艺术享受。建筑具有的物质与精神的双重属性是由建筑空间与建筑外观共同体现出来的。虽然它们的彼此联系相当紧密,难以截然分开,但从一定意义上讲,建筑的使用价值主要由建筑空间来体现,而它的审美价值却更多地取决于建筑的外观。正因为如此,各种建筑的艺术风格都与建筑外观直接关联。例如,古希腊建筑那优美典雅的"柱式",古罗马建筑那雄伟壮丽的"穹顶",哥特式建筑那挺拔雄伟的尖顶、塔楼等。现代派建筑最大的特征就是简洁明快。如果说建筑是物质文明和精神文明结合的产物,那么建筑装饰工程的主导作用就是承担了创造精神文明的使者。

建筑装饰体现在功能上的具体作用有以下几个方面:其一,强化了建筑空间的性质,就是将不同特性的空间设置成不同效果的装饰艺术,使空间更富有特性;其二,强化建筑时空环境的意境和气氛,使精神上得以调解,灵性得以发挥;其三,弥补结构空间的缺陷与不足,强化建筑的空间序列效果,提高观赏艺术和使用功能;其四,保护建筑主体结构的牢固性,使建筑物延长使用寿命。

建筑装饰的主要作用是把功能和艺术结合起来,构成各种使用空间。因此,建筑装饰是一个非常复杂的系统工程,它涉及室内外环境、设备、色彩、照明、材料和家具设计等许多内容。

二、建筑装饰的发展趋向

纵观建筑装饰的发展历程,从原始社会建筑装饰萌芽状态到 16 世纪洛可可时期的顶峰阶段,经历了几千年时间,从装饰的顶峰期到 20 世纪初的机械时期,又经历了几百年时间。然而,从 20 世纪初到现代,仅经历了很短时间。因此,可以预测,在今后几十年中建筑装饰将越来越受到人们重视,建筑装饰的发展将趋向以下几个方面。

(1)建筑装饰的审美层次将从形式美转向文化意识方面,从过去为装饰而装饰的创造提高到对艺术风格、文化特色和美学价值的追求,人们从追求有形的物质享受转变为追求无形的精神享受。

(2)它更强调整体与局部的关系,把握好诸多要素的组合和协调。

(3)现代装饰设计的创造手法是"一切皆为我所用"。装饰设计是美术与设计之间的边缘学科衔接,装饰设计既要有充分的空间想象力和创造力,又要调动和使用各种艺术、技术的手段,创造出最佳的室内外空间环境。

(4)现代装饰设计更强调公众的参与性。其目的是极大地发挥公众实践后产生的想象力,使设计更完美。

三、我国建筑装饰行业的现状与发展趋势

(一)我国建筑装饰行业的现状及特征

我国的现代建筑室内装饰设计行业起步较晚。从20世纪70年代末开始,改革开放后才有了现代室内设计的概念,到了20世纪90年代,随着人们生活水平的提高,加之我国开始实行住房改革政策,建筑装饰业得到迅猛发展。据中国建筑装饰协会统计,2007年我国建筑装饰行业总产值14 700亿元,其中公共建筑装饰装修(含幕墙)6 200亿元,住宅装饰装修产值8 500亿元。按照《中国建筑装饰行业"十一五"发展规划纲要》的预测,到2010年,我国建筑装饰工程产值将达到21 000亿元,其中公共建筑装饰装修8 000亿元,住宅装饰装修达到13 000亿元。全国从事建筑装饰行业的人员已有55万人,据统计,每年的建筑装饰面积达到6亿m^2。

建筑装饰行业经过20年的发展,保持了较高的增长速度,已经表现出以下主要现状及特征。

1. 多元主体形成,市场竞争激烈

建筑装饰行业的产生是我国经济体制改革和对外开放的产物,与其他传统行业相比,建筑装饰行业受计划经济体制的影响相对较小,住宅装饰装修本身就是从民间装修队起步并逐渐发育和发展起来的,几乎全部是民营经济成分。目前,国内装饰装修市场已经形成中外合资、股份制、有限责任公司等多种企业组织形式,充满生机和活力,平等竞争的市场格局已经形成。国内一批品牌的装饰装修企业脱颖而出,逐步成长壮大起来,特别是一些国内民营建筑装饰企业,已经具备独立承包大型建筑物装饰装修工程的能力,如五星级宾馆、饭店,商场及娱乐场所。

2. 产业化发展明显

专业化分工趋势明显,随着行业规模的扩大,行业内部的专业化分工越来越细,在行业内,一批管理先进、产业化生产的大型公共建筑物装饰企业成长起来。有些企业建立了自己的生产工厂和基地。装饰装修项目初步实行了产业化,业务流程趋向合理化。

3. 规范行业发展的相关法律体系正在形成

在建筑装饰行业快速发展的同时,规范行业发展的一系列法律法规、技术规范和技术标准陆续制定并出台实施。以国家建筑业法律法规为依据,以《建设工程质量管理条例》、《建设工程安全生产管理条例》、《物业管理条例》等法律,《住宅室内装饰装修管理办法》、《建筑业企业资质管理规定》、《建筑施工企业安全生产许可证管理规定》等法规,《建筑装饰装修工程质量验收规范》(GB 50210—2001)、《住宅装饰装修工程施工规范》(GB 50327—2001)、《民用建筑工程室内环境污染控制规范》(GB 50325—2001)等规范为基础,以市场标

准和技术标准为主要内容的法律法规体系正在形成,这为规范装饰装修市场秩序,促进建筑装饰行业持续快速发展也奠定了坚实的基础。

4. 行业在国民经济中的地位和作用不断增强

经济的快速发展、经济体制改革造就了建筑装饰行业,而建筑装饰行业在发展过程中对经济和社会发展作出了很大的贡献。

首先,建筑装饰业已成为拉动国民经济增长的重要力量,对国民经济增长的贡献率不断提高。其次,建筑装饰业为满足全社会日益增长的美化环境、提高生活质量的需求作出了贡献。再次,为经济发展和社会稳定创造了大量的就业机会。因此,建筑装饰行业在自身得到巨大发展的同时,也为我国经济社会的发展作出了巨大贡献。

(二)我国建筑装饰行业存在的问题

建筑装饰行业虽然取得了长足的进步,为国民经济和社会进步作出了突出的贡献,但在发展中也存在着很多问题,归结起来,主要表现在以下几个方面。

1. 企业数量过多,供大于求,市场竞争残酷

我国现有企业数量及工程承接能力总量与工程年需求量相比已经供大于求。目前,仍有新的装饰工程企业在成立,建筑装饰施工企业数量还在增加,供求关系的严重失衡使工程的承揽更为困难。由于供大于求,企业生存极为困难,很多企业长时期承接不到工程。行业内特别是住宅装饰企业中,大量的广告充斥各种新闻媒体,以此承揽工程,形成广告大战,企业间的恶性竞争现象十分严重,整个行业已经到了微利行业的状态,有些工程甚至出现了因报价过低而产生亏损。企业承接任务不足,创利能力下降,自我积累、自我完善的条件差,严重影响了企业及行业的发展。

2. 企业规模过小,抗风险能力弱

我国建筑装饰行业内的企业规模普遍很小,企业的资金、人力、技术实力差,工程的承接能力普遍不足,很难抵御市场风险。材料生产企业的规范、装备水平、产品的质量同国际水平有较大差距,市场占有率普遍较低。到目前为止,我国尚未拥有在国际上占有一席之地的建筑装饰行业旗舰式企业。即使是国内知名企业,年工程承接能力和材料生产企业的年销售额也不足10亿元人民币,同国际大公司年产值在数百亿美元相比,差距达数百倍,根本不在一个等级水平上。

3. 专业化程度低,竞争平台单一,价格竞争是主要形式

这是我国建筑装饰行业的一个大问题。行业内企业普遍都是什么都能干,但什么也干不好、干不精,专业化水平很低,企业没有自己的经营特色,没有自己的专利技术,不能形成自己的核心竞争力,形成了行业内企业不分层次的竞争。不论是什么类型的工程,都有一大批企业参与投标,而很少有企业能够以自己独特的专业水准针对工程的专业化设计与施工组织方案参与投标,造成众多企业挤在同一平台上竞争。其结果只能是价格的竞争和非商业手段的市场操作,造成企业自我积累能力和创利能力的下降,也影响到市场的规范化发展。

4. 技术开发滞后,自主的新材料、新工艺、新技术的研制、推广能力差

我国建筑装饰行业的技术进步,主要依靠国外技术的引进,对外依赖性极强,而由我国企业自主开发、研制的新材料、新产品、新技术及新工艺很少。企业在科技方面的投入少,资金、研发人员不足。无论是施工企业还是材料生产企业,都没有自己的技术储备,给行业的

持续发展造成很大的障碍，特别是在新技术的推广上，市场信息不灵，推广力度不足，使工程质量水平受到一定的影响，企业的项目创利能力很弱。

5. 对国际市场缺乏认识，面对加入 WTO 后的新形势很难适应

由于长期习惯于纵向的比较，企业看到的往往是发展和成绩，而不重视横向的比较，去发现差距和不足。加入 WTO 后，面对我国建筑装饰行业市场的国际化趋向，行业内普遍对国际大公司了解不足，对国际市场的认识不够，对国际运作惯例和规则认识不清，对所面临的压力准备不充分，没有把企业放在国际市场的大环境下进行分析和研究，因而也就不能准确地把握自己的位置，调整好企业的发展战略。

（三）建筑装饰行业的发展趋势

面临加入 WTO 后的机遇与挑战，我国建筑装饰行业将引起行业内的巨大变化，归结起来有以下几个方面。

1. 国际化、多元化的发展趋势

随着我国市场与国际接轨，建筑装饰市场呈现国际化、多元化的变化趋势。这是我国加入 WTO 后的必然结果，在行业内表现在以下四个方面。

（1）工程业主的国际化和多元化。无论是公共建筑还是住宅的装饰工程，越来越多的投资来源于国际资本，这种变化会随着我国在国际上经济、政治地位的提高和交往的增加而加快。

（2）设计、施工的国际化。大量的国际工程公司进入中国建筑装饰市场，给中国市场造成压力，这种变化更多地表现为大量合资企业在市场承接工程。现在大城市中的大型标志性建筑的设计中，外国设计占了相当大的比重。

（3）材料生产的国际化。面对中国巨大的装饰材料市场，大量国际资本在我国投资建厂，生产新型的建筑装饰材料。这部分材料在技术质量和环保质量方面都优于国内企业生产的材料。因此，具有极强的竞争力、极高的市场占有率，这对国内市场国产材料的压力非常大。

（4）材料营销的国际化。一批在国际上有很高知名度的材料经销商登陆我国装饰材料市场。例如，英国的百安居、德国的欧贝德等，已经在中国市场上广泛布点，开展业务活动。

2. 科学化的企业管理和项目管理的发展趋势

随着我国建筑装饰市场与国际市场的接轨，我国企业的管理水平也要不断提高，其中最为突出的是工程项目的管理将与国际管理对接。无论是在工程项目承揽的招投标过程，还是在工程施工中的商务洽谈和施工组织，乃至工程的竣工验收和后期服务，都要按国际工程项目运作惯例进行。这里有很多我国建筑装饰企业尚未接触的知识内容与实际工作的操作程序。由于项目是企业管理水平及创造利润的载体，这些变化都会迫使我国企业改变企业管理及项目管理的现状，通过国际通行的认证手段，对企业管理进行革命，以提升管理水平，增强项目的创利能力，这也将成为今后行业发展中一项很重要的内容。

3. 技术生态化与建筑装饰的可持续和地域性趋向

当前全球性的生态危机、环境污染等问题严重威胁着人类的生存，在总结了 20 世纪技术文明的“大发展”与“大破坏”历史的基础上，第 20 届世界建筑师大会通过的《北京宪章》提出：建筑物的生命周期不仅结合建筑的生产与使用阶段，还要基于最小的耗材，少量的“灰色能源”消费和污染排放，最大限度地循环使用和随时对生态环境加以运营、整治。同

样，在建筑装饰领域，无论是采用建筑材料的绿色建筑装饰，还是将绿色植物应用于建筑的装饰，亦或是与生态技术紧密结合的建筑装饰，其共同特点是可持续发展的趋势，如果把早期现代主义装饰化的遮阳装置也看做生态节能设计的一种，那么建筑装饰与生态技术的结合由来已久。随着生态技术的发展，建筑装饰从被动式的建筑防热、隔热、蓄热转向对自然能源的有效利用，并开始因地制宜地与具体生态环境结合起来，创造理想的人工建筑环境，呈现出符合地域环境特点的地域性趋向。例如，英国建筑师威廉·艾尔索设计的法国马赛省政府大厦，就成功通过对建筑内外环境的实时监控来实现对建筑空调系统的精确控制，在低消耗的情况下创造一个舒适的“微气候”；而以柯里亚、杨经文为代表的一些亚洲建筑师则发展了一种新的地域主义建筑装饰风格——立足本土，重视与自然环境相结合，将传统因素与先进的结构、设备、材料和工艺结合在一起，通过提高技术含量对地域建筑进行“升级换代”，体现出一种具有地域性趋向的可持续发展态势。不同的时代造就了不同的建筑装饰，尤其是当时代产生大变革后，新技术和新物质手段使得建筑装饰呈现出新面貌。如果说技术在工业时代扮演了令人略有遗憾的角色的话，那么在信息时代，装饰技术呈现出的多元化、人本化、生态化和地域化趋向则使得建筑装饰致力于利用现代科技基础上的新成就来创造更加宜人的人居环境，保护生态环境，减少能耗，降低污染，最终促进“社会—经济—环境”的可持续发展。

4. 技术人本化与建筑装饰的大众性趋向

工业革命后，机器美学抛弃了人类情感，然而到了后工业时代，面对种种工业文明所带来的危机，自然科学再次将眼光从机器转向对社会和人本体的全面审视。这一切源自于人类技术进步对“以人为本”的本质的回归与不断追求—— 关心人本身，应当始终作为一切科学技术上奋斗的主要目标，新技术的应用归根结底需要使用者的接受和认同，只有更加重视人性尊严和情感，才会产生丰富的创作灵感和生命力。技术人本化的回归使得建筑、工业产品乃至流行的服装设计都进入一个新阶段。在建筑装饰领域，无论是新技术还是新材料，在拓展设计维度的同时，都抓住了人性化的主题和以人为本的设计，这种人本化倾向带给建筑装饰的不仅是结构上精密的节点和精细的加工，更主要的是通过新技术、新材料的应用，在建筑装饰上烙上人为的痕迹，注入人的情感和愿望，人们在欣赏精致的建筑装饰的同时还可以产生情感上的共鸣和交流，从而改变早期技术构建的冷漠与不近人情。同时，在全球化与商业化的时代背景下，艺术创作越来越大众化，作为与人们生活休戚相关的建筑装饰领域，这种影响就显得尤为突出。这种大众化倾向是“以人为本”的延续，是社会大众意识逐步觉醒和信息技术普及的结果，体现了大众话语权的提升；同时，大众化的生活题材演化为装饰化的实物，这种双向融合构成了当代建筑装饰的大众化趋向。人们不会因为对艺术或技术的无知而不知所措，它让人们觉得熟悉，使人们觉得这种物质环境是后工业社会中一个普通人所适合的，从而能更好地接受它。传统建筑装饰的形式、比例、意义等严肃性内容不再是建筑装饰的绝对标准，轻松、幽默或带有强烈刺激的大众化装饰也在设计中占有一席之地。

5. 建筑装饰的模糊性趋向

近年来，人们冷静反思技术崇拜后，意识到技术只是一种工具而不是目的和负担。视具体的情况，运用适当的技术，达到最佳的效果成为人们审视技术的新态度，这促成了技术手段在多层面上的发展。同时，文化、科技也处于百花齐放的发展时期，数字技术、新工艺技术、新材料技术以及绿色建筑技术的出现和大量应用，使得现代建筑装饰技术呈现多元化的发展特点。建筑装饰风格的模糊性也进一步加强,越来越多的作品已经难以用某种精确的概念确定。设计师们已经开始不那么愿意谈论什么“风格”和“主义”了,不希望自己被限定在某个固定的套路之中。这种多元化发展的时代是一个新时代来临之前的转型期,也是一个既定的发展道路,现在尚无法定论,但正是这种不确定性构成了建筑装饰领域最光彩夺目的时期。

6. 市场进一步细分化趋势

市场进一步细分化是专业化的必然结果。要改变我国市场竞争平台狭小的局面,就要走专业化分工的道路,使企业在专业领域做专、做尖、做强,逐渐在各个细分市场下形成有独特经营特点的经营管理和市场运作方式,形成各市场中的名牌。当前工装市场与住宅装饰市场已经区分得十分明显。今后在工装市场中,还会形成医疗机构、宾馆饭店、写字楼、商业设施、交通设施等细分市场中的装饰工程企业。只有在专业化程度不断提高的条件下,不断创造出新的技术与经济业绩,才能在细分市场中不断提高质量,提高我国建筑装饰行业的整体水平。

7. 企业间的联合、重组趋势

要改变目前我国企业竞争实力弱的局面,就要进行企业间的联合、重组,使资源得到优化配置,形成地区乃至全国的行业旗舰式企业,真正做大、做强,在国内、国际市场上都占有一席之地。在企业的联合、重组过程中,必然会伴随着企业体制与机制的变化,要按照现代企业制度的要求,建立起符合国际化市场要求及能够促进企业生存与发展的管理模式。这些对当前行业内企业家的知识水平、事业心水平、道德水平和管理水平也形成了考验。

(四)新技术环境下建筑装饰的发展趋向

纵观历史长河,各种艺术形态都在某种程度上受到技术的影响,属于建筑艺术的装饰尤其如此。每一个时代的历史、文化都会在建筑中留下深刻的印迹,大量的信息凝聚在建筑装饰当中。建筑装饰中的雕刻纹饰、材料贴面以及构造工艺等,都与当时科技发展水平和工匠们所掌握的技艺息息相关。

随着社会科学技术的进步,不断会有新的科研成果转化成建筑装饰材料,不断会有新的施工机具和施工技术进入建筑装饰行业,这使建筑装饰行业在材料生产、工程设计、施工技术等方面发生重大变化,并引发建筑装饰行业的技术革新和技术革命。根据建筑装饰行业发展和国家可持续发展战略目标的要求,建筑物装饰装修的内容也会发生变化,智能化、自动化、节能化等将成为重要的内容。因此,建筑装饰工程的安全、节能会作为未来技术发展重点突破的领域。在国家相关法规、标准的推动下,通过全行业的努力,在技术发展中取得更多、更新的成果,形成有我国企业自主知识产权的核心竞争能力,在建筑装饰技术市场中具有竞争优势,减少对外技术的依赖性,实现行业可持续发展的目标,将成为今后行业发展的重要内容。随着多元化信息时代的全面来临,各种技术通过不同方式影响着建筑装饰,使建筑装饰无论从方法、手段还是效果上都产生了巨变。这些技术有的作用于设计师的工作思维过程,即米切尔(Mitchell)所说的“设计媒体”(Design Media)技术,设计者依靠它物化和加工自己的构思,直至设计成果的呈现,还有关于建筑本身“系统”,包括建筑材料以及这些材料的结构形式、工艺和构造方法等。

1. 数字技术变革工作思维方式

数字技术的革命性发展为装饰设计提供了广阔的空间,其综合性、精确性、丰富性如突变基因般改变了传统的思维形式和设计方法。建筑设计领域早已开始利用分形科学产生的计算机图像来创造不同于传统手工工艺的装饰形态。其图形的生成原理是在造型或构图过程中引入递归或迭代算法，以及对局部过程的随机扰动而形成的。当代美国平面设计师阿波尔·格雷曼（April Greiman）的作品几乎有一半是借助计算机的特殊效果而创作出来的，具有一种类似于拼贴艺术、视幻艺术、超现实艺术的奇特效果。在装饰造型的运用中，数字技术超越了个人经验，拓展了设计边界，协助设计者找到恰当而准确的设计语言和艺术形式，给人的思维以新的启示和不断变化的视觉体验。计算机辅助设计（Computer Aided Design，简称CAD）在计算机辅助生产（Computer Aided Manufacture，简称CAM）的帮助下带来了表现形式更丰富多样的新虚拟装饰风格。例如，由ARM和RPCHT两家事务所共同设计的澳大利亚堪培拉国家博物馆，运用数字技术支持下的分形几何学观念对建筑形态进行变形，透过布林运算的交集、并集和空集，部分保留、部分挖空，其装饰与结构融合为一体的表面肌理形成了新的装饰语言，代表了当今建筑装饰的一种新的方向。

2. 新工艺技术展现时代气息

新工艺技术能够带给建筑装饰新的表现力。工艺将影响、决定或者促使一种新装饰形式产生，有时工艺本身就是一种装饰形式，建筑上的砌筑痕迹、刮毛、喷涂等无不是工艺与装饰的统一。例如，赫尔佐格（Jacques Herzog）和德梅隆（Pierre de Meuron）在埃博斯维尔德（Eberswalde）技术学校的设计中，将在玻璃上实现的丝网印刷技术大胆地在建筑混凝土表皮上进行试验。其主要原理是通过化学处理使混凝土表面在不同的时间长度内凝结。首先，在模板上借用一种混凝土的延缓剂代替墨水来印刷照片，然后灌注混凝土，拆模之后用水不断冲洗，与延缓剂接触的那部分还未凝固就可以被水冲刷掉，剩下的就是变得粗糙的灰黑色的图像部分，呈现出一种网状的表皮质感。赫尔佐格挑选了德国艺术家托马斯·鲁夫（Thomas Ruff）收集的旧报纸历史照片作为题材，运用这一新工艺技术和机械复制方法连续地将照片“印刷”在不同材质的建筑表皮上，使装饰有别于传统手工工艺形象而具有崭新的时代气息，同时也唤起人们对历史的回忆。

3. 新材料技术创造梦幻空间

现代建筑装饰材料伴随着技术的进步，极大地丰富了人们的视觉感受和情感体验。新一代玻璃、轻金属、树脂、光导纤维的应用为设计者提供了更为广阔的创造天地，尤其是近年来颇受关注的纳米材料以其高科技含量使建筑装饰异彩纷呈。麦克尔·杨（Michael Young）在美容整形中心制造出犹如透明内衣般的梦幻效果，而实现这些精致而富有创造力的生动装饰，则要归功于材料的选择和新技术的应用。墙上装饰板中的大部分元素是可丽耐人造石，这是杜邦公司研制的新型合成材料，它既有天然石材的坚韧，又有可塑性，可灵活切割、黏合和加工成型，颜色搭配亦随心所欲。同时，地板也首次使用了杜邦公司的新技术Entry Glas Expressions，这项技术如同丝网印刷技术，能在玻璃的内层印制高清图案，甚至可把图案印在两层玻璃夹层中的塑料薄片上。基于新技术的装饰材料模糊了地面、墙面和顶面，使人如同置身于万花筒中般变化万千。

4. 绿色建筑技术审视装饰发展

绿色建筑技术带来了全新的观念和发展方向。据统计，全球50%的土地、矿石、木材资源被用于建筑，45%的能源被用于建筑的供暖、照明、通风，56%的水资源被用于建筑的维护和建造，探索环保、节能的绿色建筑已成为建筑业发展的迫切需要。绿色建筑技术正是基于这一现实提出的,这是一种与自然合作的技术,它一方面在使用资源,另一方面又使资源循环利用,减少资源浪费。它不是独立于传统建筑技术的全新技术,而是用“绿色”的眼光对传统和现代建筑技术重新审视,是与传统建筑技术核心的相关学科的交叉与组合,以求得到新的认识,并由此建立起新的建筑技术体系。绿色建筑技术已在多个方面对建筑装饰产生了影响,包括设计、自然通风、建筑节能与可再生能源利用、绿色环保建材、室内环境控制改善、资源回用、绿化配置等方面。

第二章　建筑与装饰识图

房屋建筑工程图是将一幢房屋的内外形状和大小，以及各部分的结构、构造、装修、设备等施工内容，按照图标及相应规范，详细、准确地表达出来的图样。它是用于指导工程施工的图纸，所以又称房屋施工图。本章将着重介绍房屋建筑工程图的形成、图示内容、表达方法及建筑装饰专业施工图的识读与表现。

一、房屋建筑工程图组成内容

(1)建筑施工图(简称建施图)，其中有首页、总平面图、平面图、立面图、详图。建筑施工图反映了房屋的外形、内部布置、建筑构造及详细做法等内容。

(2)结构施工图(简称结施图)，其中有基础结构图、上部结构平面布置图，以及组成房屋骨架的各构件的构件详图。结构施工图主要反映房屋建筑各承重构件(如基础、承重墙、柱、梁、板、楼梯等)的布置、形状、大小、材料、构造及其相互关系的图样。

(3)设备施工图(简称设施图)，其中有给水排水施工图(简称水施图)、供暖通风施工图(简称暖通施图)等反映设备内容、布局、安装及制作要求的图样。主要有设备的平面布置图、系统轴测图和详图。

(4)装饰施工图(简称装施图)，其中有房屋外观装饰立面图及详图、室内装饰平面图、顶面图、室内墙身立面图、装饰构造详图。装饰施工图是用来反映建筑物内外装饰的位置、造型、大小及装饰构造、材料要求等的施工图样。

一套房屋施工图纸的编排顺序是：图纸目录、设计技术说明、总平面图、建筑施工图、结构施工图、水暖电施工图等。各工种图纸的编排一般是：全局性图纸在前，表达局部的图纸在后；先施工的在前，后施工的在后。

图纸目录(首页)主要说明该工程是由哪几个专业图纸所组成的，各专业图纸的名称、张数和图号顺序。设计技术说明主要说明工程的概貌和总的要求。

房屋建筑施工图除水暖施工图中水暖管道系统图是用斜投影法绘制的外，其余的图样都是用正投影法绘制的。由于房屋的形体庞大而图纸幅面有限，所以施工图一般是用缩小比例绘制的。由于房屋是用多种构配件和材料建造的，所以施工图中多用各种图例符号来表示这些构配件和材料。房屋设计中有许多建筑物、配件已有标准定型设计，并有标准设计图集可供使用。为了节省大量的设计与制图工作，凡采用标准定型设计之处，只要标出标准图集的编号、页数和图号就可以了。

二、识读房屋建筑图的方法

房屋建筑图是用投影原理和各种图示方法综合应用绘制的。要掌握形体的各种图示方法和建筑制图标准的有关规定，熟记建筑图中常用的图例、符号、线型、尺寸和比例的意义，要具有房屋构造的有关知识。

一般识读房屋建筑图的方法步骤如下所述。

(1)查看图纸目录和设计技术说明。通过图纸目录看各专业施工图纸有多少张,图纸是否齐全;看设计技术说明,对工程在设计和施工要求方面有一概括了解。

(2)依照图纸顺序通读一遍,对整套图纸按先后顺序通读一遍,对整个工程在头脑中形成概念,如工程的建设地点、周围地形和地貌情况、建筑物的形状和结构情况及工程体量大小、建筑物的主要特点及关键部位等情况,做到心中有数。

(3)分专业对照阅读,按专业次序深入仔细地阅读。先读基本图,再读详图。读图时,要把有关图纸联系在一起对照着读,从中了解它们之间的关系,建立起完整准确的工程概念。再把各专业图纸(如建筑施工图与结构施工图)联系在一起对照着读,看它们在图形上和尺寸上是否衔接、构造要求是否一致。发现问题要作好读图记录,以便会同设计单位提出修改意见。可见,读图的过程也是检查、复核图纸的过程。

第一节　工程图基本制图标准

为了统一房屋建筑制图规则,保证制图质量,提高制图效率,做到图面清晰、简明,符合设计、施工、存档的要求,适应工程建设的需要,工程制图需要符合《房屋建筑制图统一标准》(GB/T 50001—2001)的相关内容。

一、图纸幅面及图框尺寸

(一)图纸幅面尺寸

建筑工程图纸的幅面规格共有 5 种,从大到小的幅面代号为 A0、A1、A2、A3 和 A4。各号图纸幅面尺寸和图框形式、图框尺寸都有明确规定,如表 2-1 及图 2-1 所示。

表 2-1　图幅及图框尺寸　　(单位:mm)

代号	A0	A1	A2	A3	A4
$b \times l$	841 × 1 189	594 × 841	420 × 594	297 × 420	210 × 297
c	10			5	
a	25				

图纸幅面尺寸相当于 $\sqrt{2}$ 系列,即 $l = \sqrt{2}b$,l 为图纸的长边尺寸,b 为图纸的短边尺寸。A0 号图幅的面积为 1 m^2,A1 号为 0.5 m^2,是 A0 号图幅的对开,其他的图幅依次类推,如图 2-2所示。

长边作为水平边使用的图幅称为横式图幅,短边作为水平边使用的图幅称为立式图幅。A0 ~ A3 图幅可横式或立式使用,一般宜横式使用;A4 图幅只能立式使用。

在确定一项工程所用的图纸大小时,不宜多于两种图幅。目录及表格所用的 A4 图幅,可不受此限。

(二)标题栏与会签栏

每张图纸都应在图框的右下角设置标题栏,简称图标,位置如图 2-1 所示。图标应按图 2-3所示分区,长边应为 180 mm,短边尺寸宜采用 30 mm、40 mm、50 mm。在签字区有设计人、制图人、审核人、审批人等的签字,以便明确技术责任。图号区内有图纸类别、图纸的

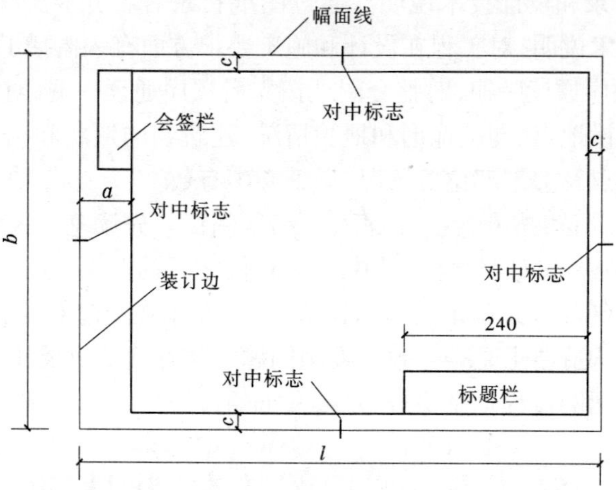

(a)A0~A3图幅横式

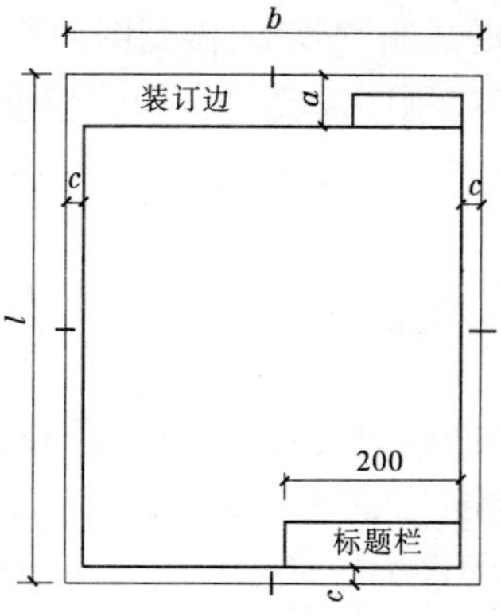

(b)A0~A3图幅立式

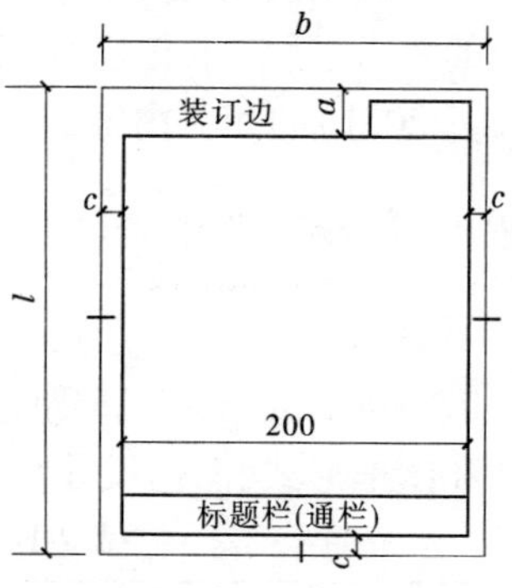

(c)A4图幅立式

图 2-1　图纸幅面

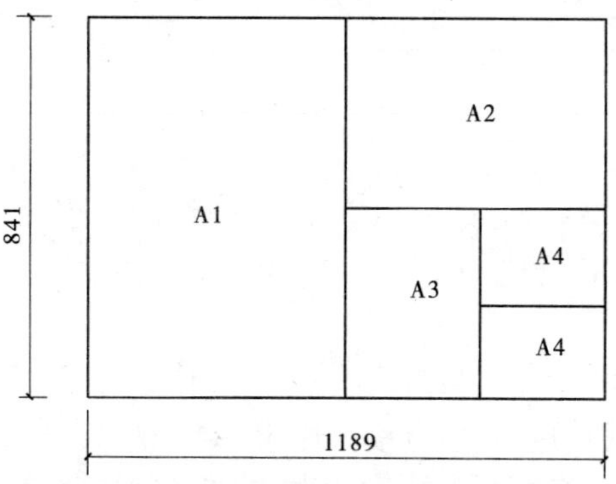

图 2-2　由 A0 图幅对裁其他图幅示意

编号、设计的日期等内容。需要相关工种负责人会签的图纸,还设有会签栏,如图 2-4 所示。

二、比例

图样的比例,应为图形与实物相对应的线性尺寸之比。比例的大小,是指其比值的大

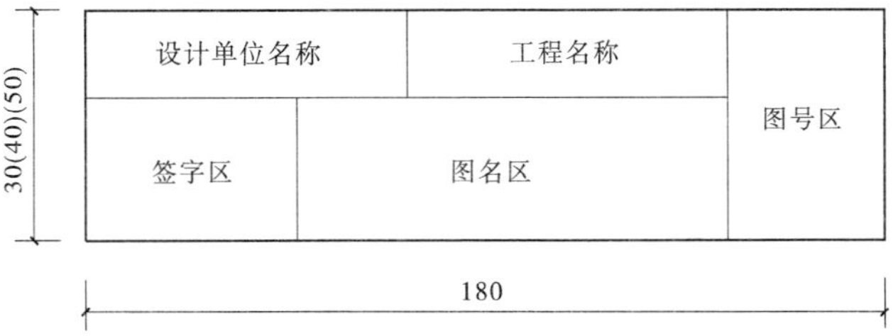

图 2-3　标题栏

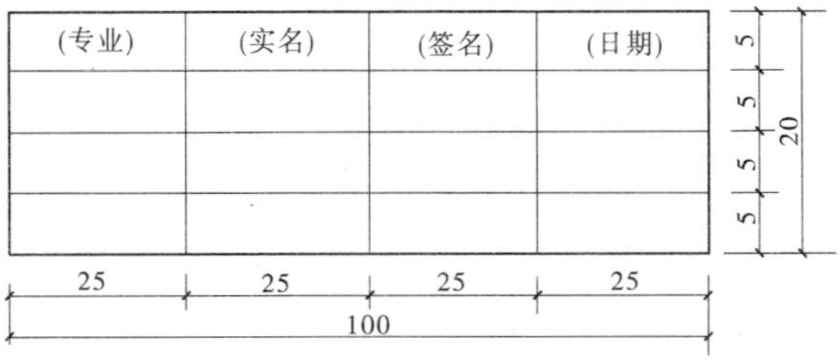

图 2-4　会签栏

小，如 1∶50 大于 1∶100。比例的符号为"∶"，比例应以阿拉伯数字表示。比例宜注写在图名的右侧，字的基准线应取平；比例的字高宜比图名的字高小一号或二号，如图 2-5 所示。

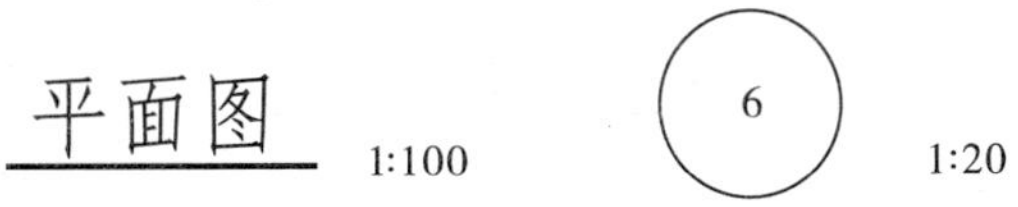

图 2-5　比例的注写

绘图所用的比例，应根据图样的用途与被绘对象的复杂程度，从表 2-2 中选用，并优先用表中常用比例。一般情况下，一个图样应选用一种比例。根据专业制图需要，同一图样可选用两种比例。

表 2-2　绘图所用的比例

常用比例	1∶1、1∶2、1∶5、1∶10、1∶20、1∶50、1∶100、1∶150、1∶200、1∶500、1∶1 000、1∶2 000、1∶5 000、1∶10 000、1∶20 000、1∶50 000、1∶100 000、1∶200 000
可用比例	1∶3、1∶4、1∶6、1∶15、1∶25、1∶30、1∶40、1∶60、1∶80、1∶250、1∶300、1∶400、1∶600

三、符号

(一)索引与详图符号

图样中的某一局部或构件，如需另见详图，则应以索引符号索引。索引符号的形式如图 2-6(a)所示，索引符号的圆及直径横线均以细实线画出，圆的直径为 10 mm。索引符号应遵守下列规定。

(1)索引出的详图与被索引的图样位于同一张图纸内时，应在索引符号上半圆中用阿拉伯数字注明详图的编号，并在下半圆中间画一段水平细实线，如图 2-6(b)所示。

(2)索引出的详图与被索引的图样不在同张图纸内时，应在索引符号的下半圆中用阿拉伯数字注明该详图所在图纸的图号(即页码)，如图 2-6(c)所示。

(3)索引出的详图如采用标准图,应在索引符号水平直径的延长线上加注标准图的代号,如图2-6(d)所示。

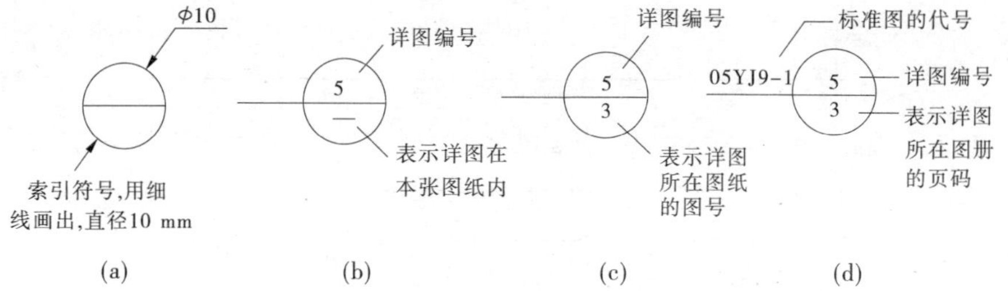

图2-6 索引符号

索引符号若用于索引剖面详图,应在被剖切的部位画出剖切位置线,长度以贯通所剖切内容为准,并以引出线引出索引符号,引出线所在的一边应为剖视方向。如图2-7(a)所示,表示剖切以后向左投影,图2-7(b)表示剖切后向下投影。

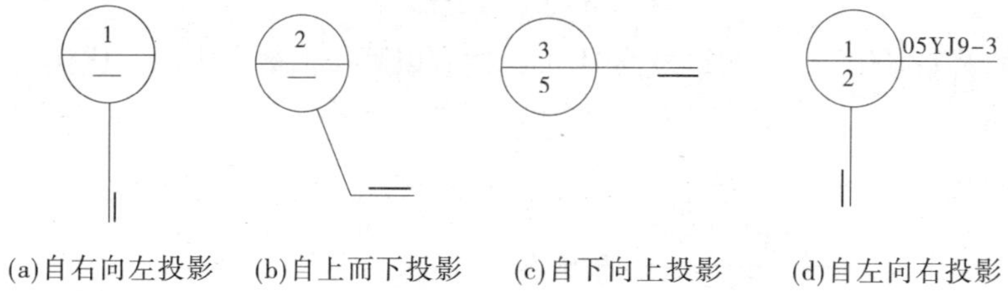

图2-7 用于索引剖面图的索引符号

(二)引出线

(1)引出线应以细实线绘制,宜采用水平方向取直线,与水平方向成30°、45°、60°、90°的直线,或经上述角度再折为水平的折线。文字说明宜注在水平横线的上方,如图2-8(a)所示;也可写在横线的端部,如图2-8(b)所示;索引详图的引出线,应对准索引符号的圆心,如图2-8(c)所示。

(2)同时引出几个相同部分的引出线,宜互相平行,也可画成集中于一点的放射线,如图2-8(d)所示。

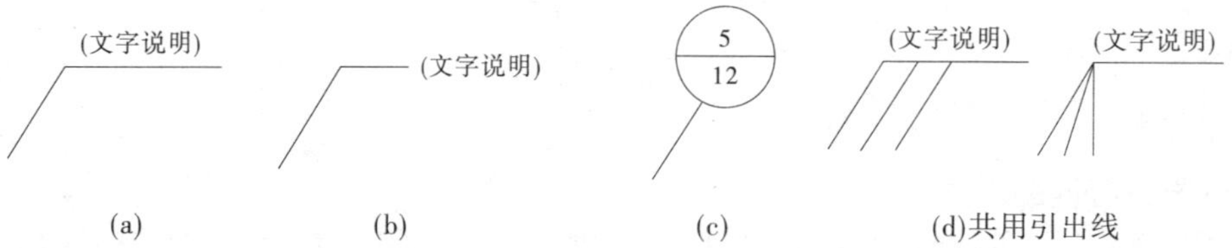

图2-8 引出线

(3)多层构造或多层管道的共用引出线,应通过被引出的各层(或各管道)。文字说明宜注写在横线的上方,也可注写在横线的端部,说明的顺序应由上至下,并应与被说明的层次相互一致。若层次为横向排列,则由上至下的说明顺序应与由左至右的层次相互一致,如图2-9所示。

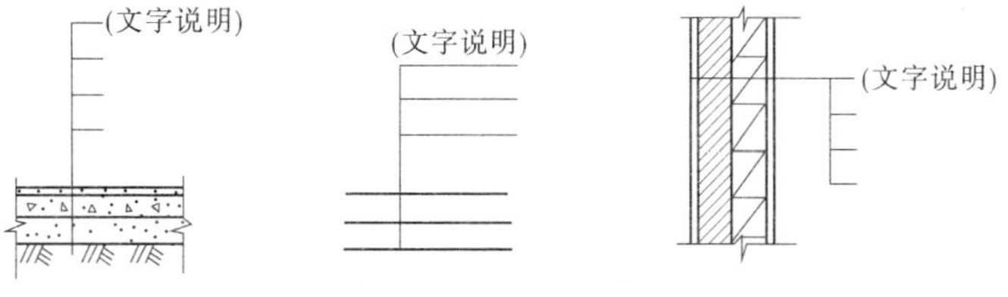

(a)上下分层构造　(b)多层管道　(c)从左向右分层的构造

图 2-9　多层构造引出线

(三)其他符号

1. 对称符号

对称符号是表示工程物体具有对称性的图示符号,如图 2-10(a)所示。该符号用细点画线绘制,平行线的长度宜为 6 ~ 10 mm,平行线的间距宜为 2 ~ 3 mm,线两侧的长度应相等。

2. 连接符号

以折断线表示需连接的部位,并以折断线两端靠图样一侧的大写拉丁字母表示连接编号,两个被连接的图样必须用相同的字母编号,如图 2-10(b)所示。

3. 指北针

指北针是用于指明建筑物方向的符号。除用于总平面图外,还常绘于底层建筑平面图上。指北针的圆圈直径宜为 24 mm,指针指向北方,尾宽为 3 mm,如图 2-10(c)所示。

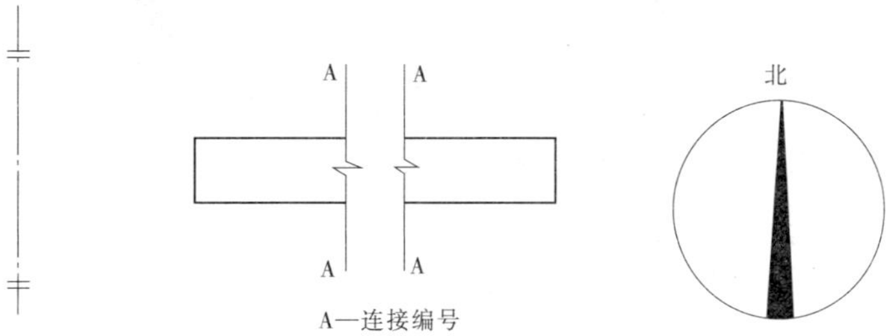

(a)对称符号　(b)连接符号　(c)指北针

图 2-10　其他符号

四、定位轴线

施工图上的定位轴线是施工定位、放线的重要依据。凡是承重墙、柱子、大梁或屋架等主要承重构件都要画上确定其位置的基准线即定位轴线,对于非承重的隔墙、次要承重构件或建筑配件等的位置,有时用分区轴线,有时也可通过注明它们与附近轴线的相关尺寸的方法来确定。

定位轴线用细点画线画出,并予编号。轴线的端部画细实线圆圈(直径 8 ~ 10 mm),编号写在圈内。平面图上定位轴线的编号宜标注在下方与左侧,横向(墙的短向)采用阿拉伯数字从左向右顺序编号,竖向(墙的长向)采用大写拉丁字母(其中 I、O、Z 不能用)自下而上顺序编号,如图 2-11 所示。

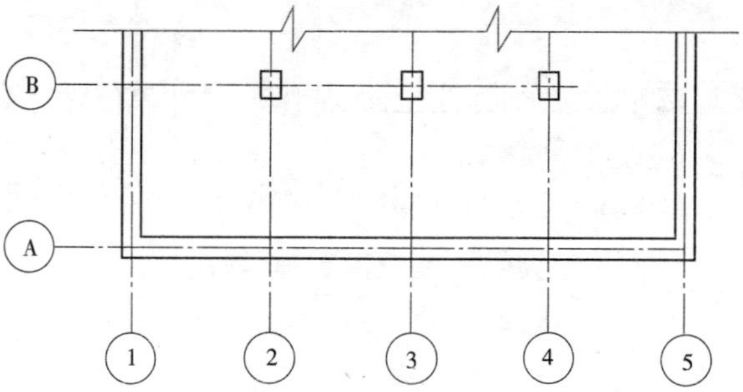

(a)定位轴线的编号顺序

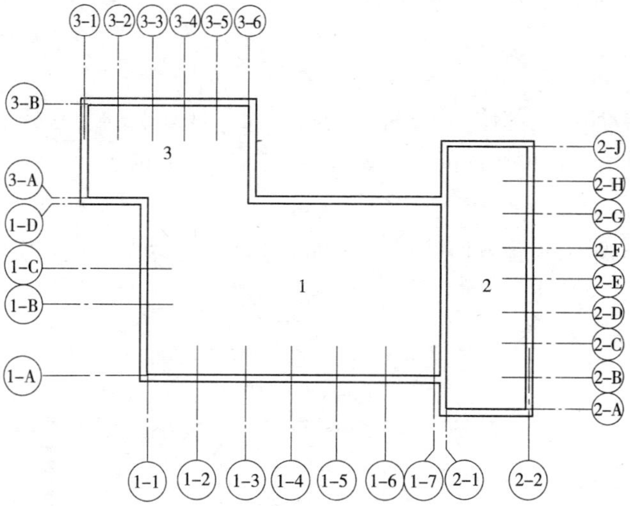

(b)定位轴线的分区编号

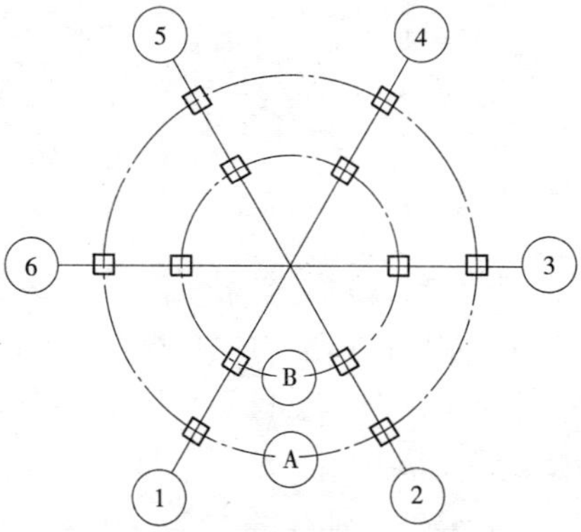

(c)圆形平面定位轴线编号

图 2-11　定位轴线

五、尺寸的标注

(一)尺寸

尺寸是施工图中的重要内容,必须标注全面、清晰。尺寸单位除标高及建筑总平面图以米(m)为单位外,其余一律以毫米(mm)为单位。

图样上的尺寸包括尺寸界线、尺寸线、尺寸起止符号和尺寸数字,尺寸界线应用细实线绘制,一般应与被注长度垂直,其一端应离开图样轮廓线不小于2 mm,另一端宜超出尺寸线2~3 mm。图样轮廓线可用做尺寸界线,如图2-12所示。尺寸线应用细实线绘制,应与被注长度平行。图样本身的任何图线均不得用做尺寸线。尺寸起止符号一般用中粗斜短线绘制,其倾斜方向应与尺寸界线成顺时针45°角,长度宜为2~3 mm。半径、直径、角度与弧长的尺寸起止符号宜用箭头表示,如图2-12(c)所示。图样上的尺寸应以尺寸数字为准,不得从图上直接量取。

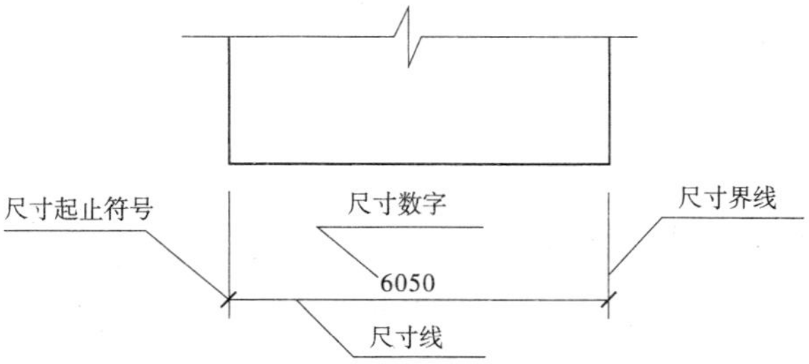

(a)尺寸的组成

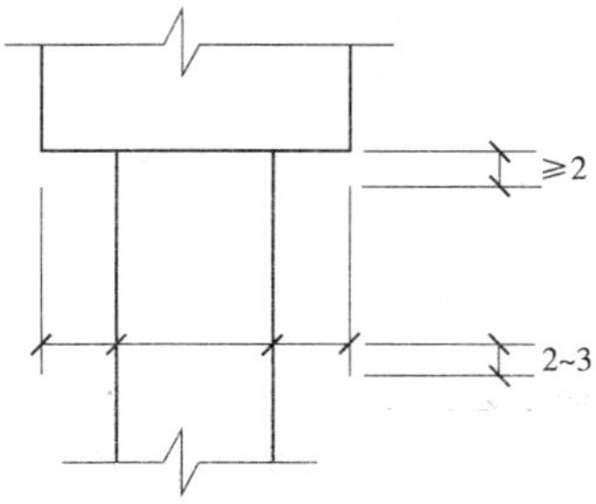

(b)尺寸界线

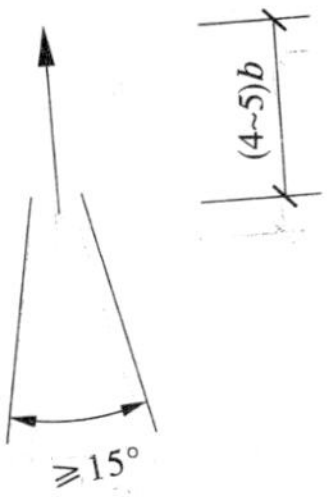

(c)箭头尺寸起止符号

图2-12　尺寸的标注

(二)半径、直径的尺寸标注

半径的尺寸线应一端从圆心开始,另一端画箭头指向圆弧。半径数字前应加注半径符号“*R*”,较小圆弧的半径、较大圆弧的半径可按图2-13(a)形式标注。标注圆的直径尺寸时,直径数字前应加直径符号“*Φ*”。在圆内标注的尺寸线应通过圆心,两端画箭头指至圆弧,较小圆的直径尺寸可标注在圆外,如图2-13(b)所示。

(三)尺寸的简化标注

杆件或管线的长度,在单线图(桁架简图、钢筋简图、管线简图)上,可直接将尺寸数字沿杆件或管线的一侧注写,如图2-14所示。

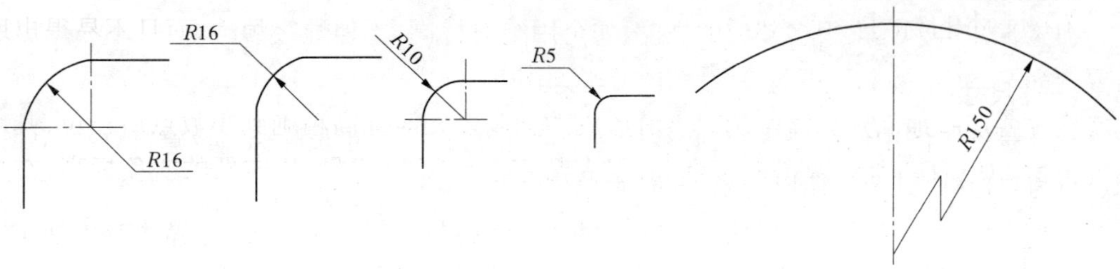

(a)小圆弧、大圆弧半径的标注方法

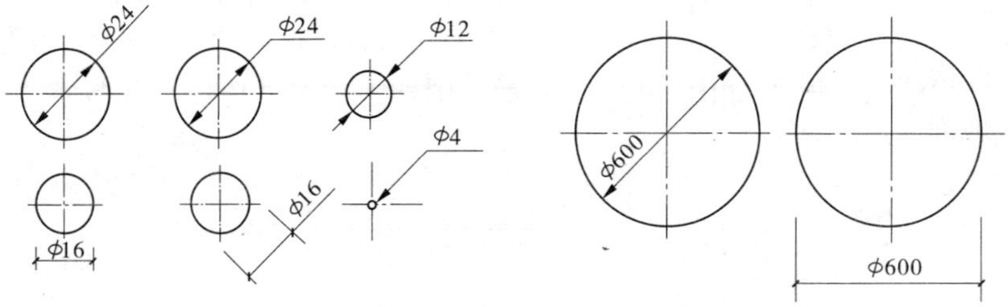

(b)圆及小圆直径的标注方法

图 2-13　半径、直径的尺寸标注

连续排列的等长尺寸,可用“个数 × 等长尺寸 = 总长”的形式标注,如图 2-14(b)所示。

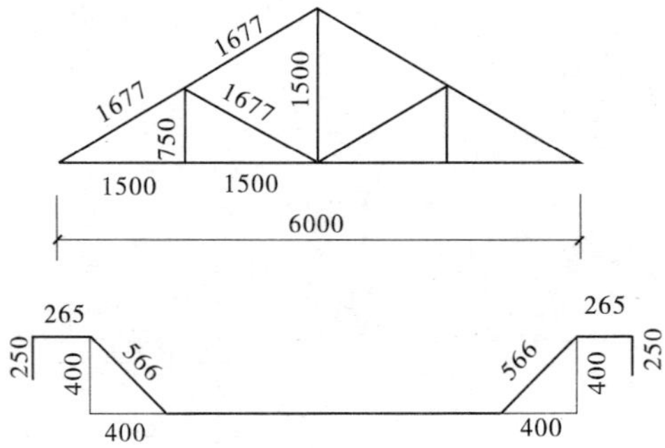

(a)单线图尺寸标注方法

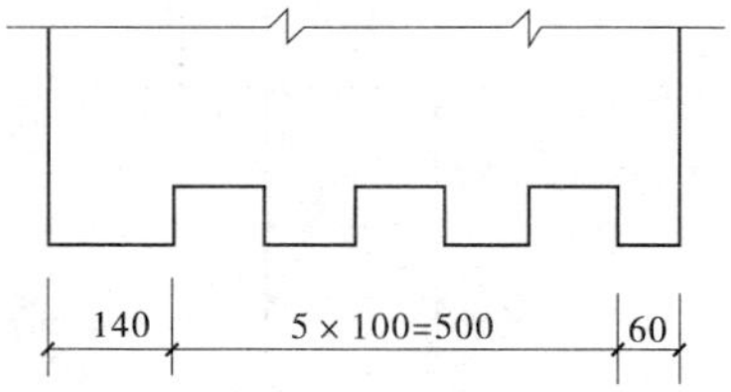

(b)等长尺寸简化标注方法

图 2-14　尺寸的简化标注

六、标高

(一)标高的种类

标高是标注建筑物高度的一种尺寸形式。根据在工程中应用场合的不同,标高共有四种,其数值单位为米(m)。

1. 绝对标高

我国把黄海平均海平面定为绝对标高的零点,其他各地标高以此为基准。任何一地点相对于黄海的平均海平面的高差,我们就称它为绝对标高。总平面中的室外整平地面标高、绝对标高数值,精确至小数点后两位。

2. 相对标高

在施工图上要标出很多部位的高度,如全用绝对标高,不但数字烦琐,而且不易得出所需要的高差,这是很不实用的。因此,除总平面图外,一般均采用相对标高,即把房屋建筑室内底层主要房间地面定为高度的起点所形成的标高。相对标高精确到小数点后三位,其起始处记做±0.000。比它高的叫正标高,但在数字前不写"+"号;比它低的叫负标高,在标高数字前要写"-"号,如室外地面比室内底层主要房间地面低 0.75 m,则应记做"-0.750",单位不写。

在总平面图中要标明相对标高与绝对标高的关系,即相对标高的±0.000 相当于绝对标高的多少米,以利于用当地附近水准点来测定拟建工程的底层地面标高。

3. 建筑标高

建筑物及其构配件在装修、抹灰以后的表面的相对标高称为建筑标高,如上述的±0.000即底层地面完成后的标高。

4. 结构标高

建筑物及其构配件在没有装修、抹灰以前的表面的相对标高称为结构标高。由于它与结构件的支模或安装位置联系紧密,所以通常标注其底面的结构标高,以利于施工操作,减少不必要的计算差错。结构标高通常标在结构施工图上。

(二)标高符号及画法

标高符号为一等腰直角三角形,高约 3 mm,如图 2-15 所示。除总平面图上室外地面整平标高用黑三角画出外,其他标高符号均用细实线画出。

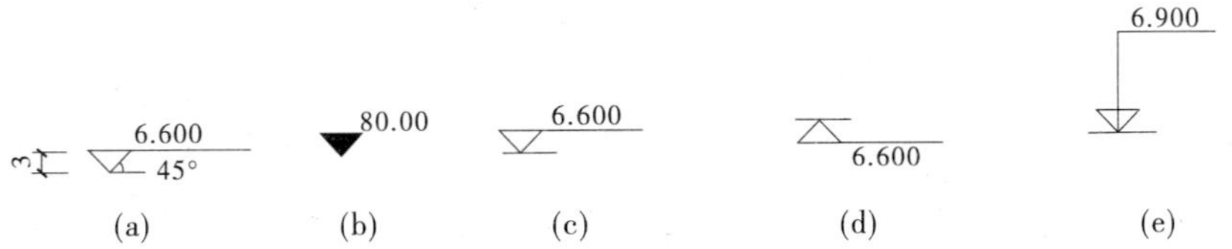

图 2-15　标高符号(三角形为等腰直角三角形)

标高符号的 90°角的角点,应指到被注高度,其 90°角端可向上指也可向下指,如图 2-15(c)、(d)所示。标高数值写在三角形右侧或有水平引出线的一侧,引出线长与数字注写长度大致相同,图 2-15(e)是带长引出线的画法。

第二节　建筑施工图识读

建筑施工图用来反映房屋的外形、内部布置、建筑构造及详细做法等,建筑施工图包括总说明、总平面图、平面图、立面图、剖面图、详图。

一、总说明与总平面图

总说明是对图样中无法表达清楚的内容用文字加以详细的说明,其主要内容有:建设工程概况,建筑设计依据,所选用的标准图集的代号,建筑装修、构造的要求,以及设计人员对施工单位的要求。

总平面图用来表示整个建筑基地的总体布局,具体表达新建房屋的位置、朝向以及周围环境(如原有建筑物、交通道路、绿化、地形等)的情况。总平面图是新建房屋定位、放线以及布置施工现场的依据。

由于总平面图包括地区较大,《总图制图标准》(GB/T 50103—2001)规定:总平面图应用1:500、1:1 000、1:2 000的比例来绘制。在实际工程中,由于国土局以及有关单位提供的地形图常为1:500的比例,故总平面图常用1:500的比例绘制。

由于比例较小,故总平面图上的房屋、道路、桥梁、绿化等都用图例表示。在较复杂的总平面图中,如用了一些《总图制图标准》(GB/T 50103—2001)上没有的图例,应在图纸的适当位置加以说明。

总平面图常画在有等高线和坐标网格的地形图上,地形图上的坐标称为测量坐标,是用与地形图相同比例画出的50 m×50 m或100 m×100 m的方格网。一般房屋的定位应注其三个角的坐标,如建筑物、构筑物的外墙与坐标轴线平行,可标注其对角坐标。如图2-16所示为某图书馆总平面图,标出了四个对角的坐标,左下角坐标为$\frac{A=559.512}{B=448.399}$,右上角坐标为$\frac{A=587.512}{B=531.399}$。

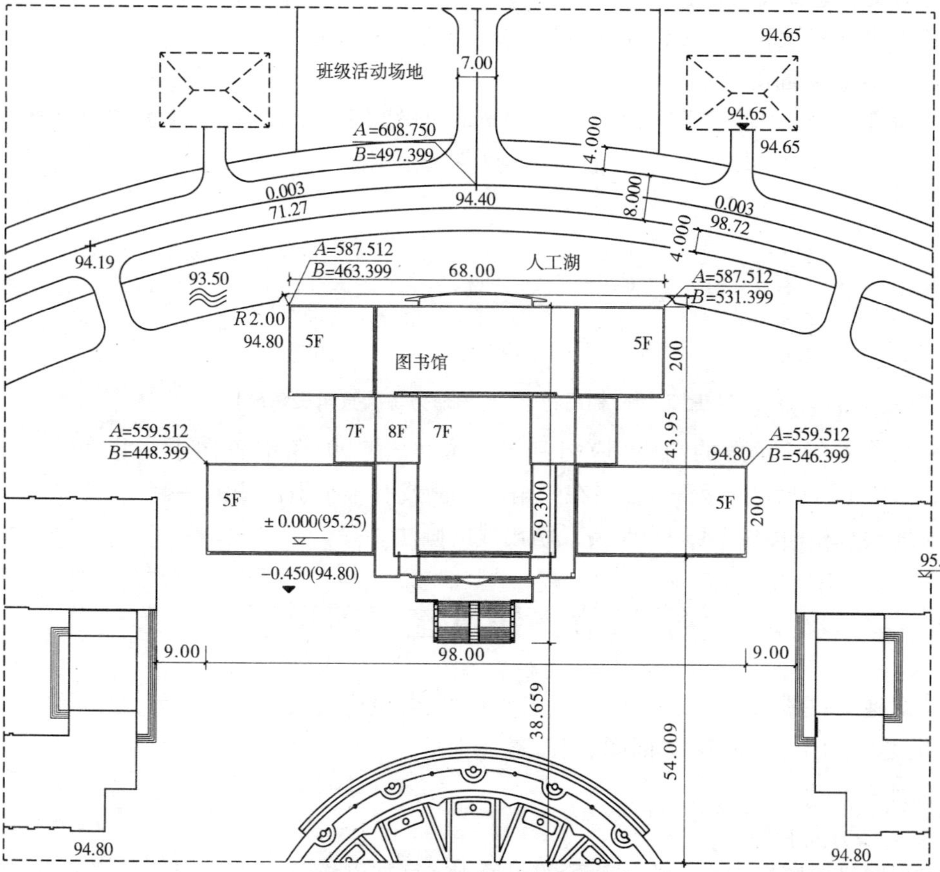

图2-16 某图书馆总平面图

新建房屋的朝向,可在图纸的适当位置绘制指北针或风向频率玫瑰图来表示。

总平面图上的尺寸应标注新建房屋的总长、总宽及与周围房屋或道路的间距。尺寸以米(m)为单位,标注到小数点后两位。新建房屋的层数在房屋图形右上角上用点数或数字表示。一般低层、多层用点数表示层数,高层用数字表示层数,如果为群体建筑,也可统一用点数或数字表示。新建房屋的室内地坪标高为绝对标高 ±0.000,这也是相对标高(以某建筑物底层室内地坪为 ±0.000 的标高)的零点。室外整平标高采用全部涂黑的等腰直角三角形来表示,大小、形状同标高符号。总平面图上标高单位为米(m),标到小数点后两位。

从图 2-16 中可以看出,整个建筑基地比较规整,基地北面为主要交通干道,基地南侧为一广场,东西两侧各有一幢建筑,图书馆为对称式平面布局,主体 5 层,局部 7 层、8 层,总长 98.00 m,总宽 43.95 m,距东西两侧建筑各约 9 m,底层室内整平标高为 95.25 m,室外整平标高为 94.80 m。从图中还可看出基地四周建筑布置情况。

二、建筑平面图

(一)建筑平面图的用途

建筑平面图是用以表达房屋建筑的平面形状、房间布置、内外交通联系,以及墙、柱、门窗等构配件的位置、尺寸、材料和做法等内容的图样。建筑平面图简称平面图。

平面图是建筑施工图的主要图纸之一,是施工过程中房屋的定位放线、砌墙、设备安装、装修以及编制概预算、备料等的重要依据。

(二)建筑平面图的形成

平面图的形成通常是假想用一水平剖切面经过门窗洞口之间将房屋剖开,移去剖切平面以上的部分,将余下部分用直接正投影法投影到水平面上而得到的正投影图,即平面图实际上是剖切位置位于门窗洞口之间的水平剖面图(见图 2-17)。装修工程设计中的顶棚平面图为镜像投影法绘制,并应在图名后加注“镜像”二字。

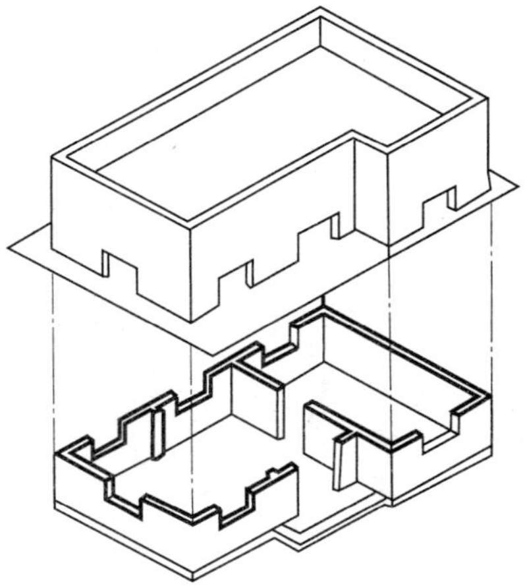

图 2-17　平面图生成示意

(三)平面图的图示内容

底层平面图应画出房屋本层相应的水平投影,以及与本幢房屋有关的台阶、花池、散水、垃圾箱等的投影;二层平面图除画出房屋二层范围的投影内容外,还应画出底层平面图无法表达的雨篷、阳台、窗楣等内容,而对于底层平面图上已表达清楚的台阶、花池、散水等内容就不再画出;三层及以上的平面图则只需画出本层的投影内容及下一层的窗楣、雨篷等下一层无法表达的内容。

(四)尺寸标注

建筑平面图标注的尺寸有外部尺寸和内部尺寸两种。

1. 外部尺寸

在水平方向和竖直方向各标注三道:最外一道尺寸标注房屋水平方向的总长、总宽,称为总尺寸;中间一道尺寸标注房屋的开间、进深,称为轴线尺寸;最里边一道尺寸标注房屋外墙的墙段及门窗洞口尺寸,称为细部尺寸。

如果建筑平面图图形对称,宜在图形的左边、下边标注尺寸;如果图形不对称,应在图形的各个方向标注尺寸,或在局部不对称的部分标注尺寸。

2. 内部尺寸

应标出各房间长、宽方向的净空尺寸和墙厚及与轴线的关系，房屋内部门窗洞口、门垛等细部尺寸。在平面图中应标注本层楼地面标高、房间及室外地坪等标高。为编制概预算的统计及施工备料，平面图上所有的门窗都应进行编号。门常用“M1”或“M－1”等表示，窗常用“C1”或“C－1”表示，也可用标准图集上的门窗代号来编注门窗，如“X－0924”等，特殊门窗编号为“MF”、“LMT”，分别代表“防盗门”、“ 铝合金推拉门”。

为了表示房屋竖向的内部情况，需要绘制建筑剖面图。其剖切位置应在底层平面图中标出。如图 2-18 所示为某小别墅底层平面图，是用 1∶100 的比例绘制的。

从底层平面图上可看出：该别墅为矩形平面，别墅总长 10.14 m，总宽 11.94 m；南侧入口处有一柱廊，宽 1.8 m。柱廊前沿纵墙方向有三级台阶，别墅内有一个楼梯。一层包括起居室、餐厅、厨房、车库和一个客卧，起居室南向采光。室内地坪标高为 ±0.000，室外地坪标高为 －0.450，即室内外高差为 0.45 m；楼梯间开间尺寸均为 2.40 m。主要结构形式为砖混，墙厚 240 mm。底层平面上共有四种门：M1 为卷门，M2 为双扇外开平开门，M3、M4 为单

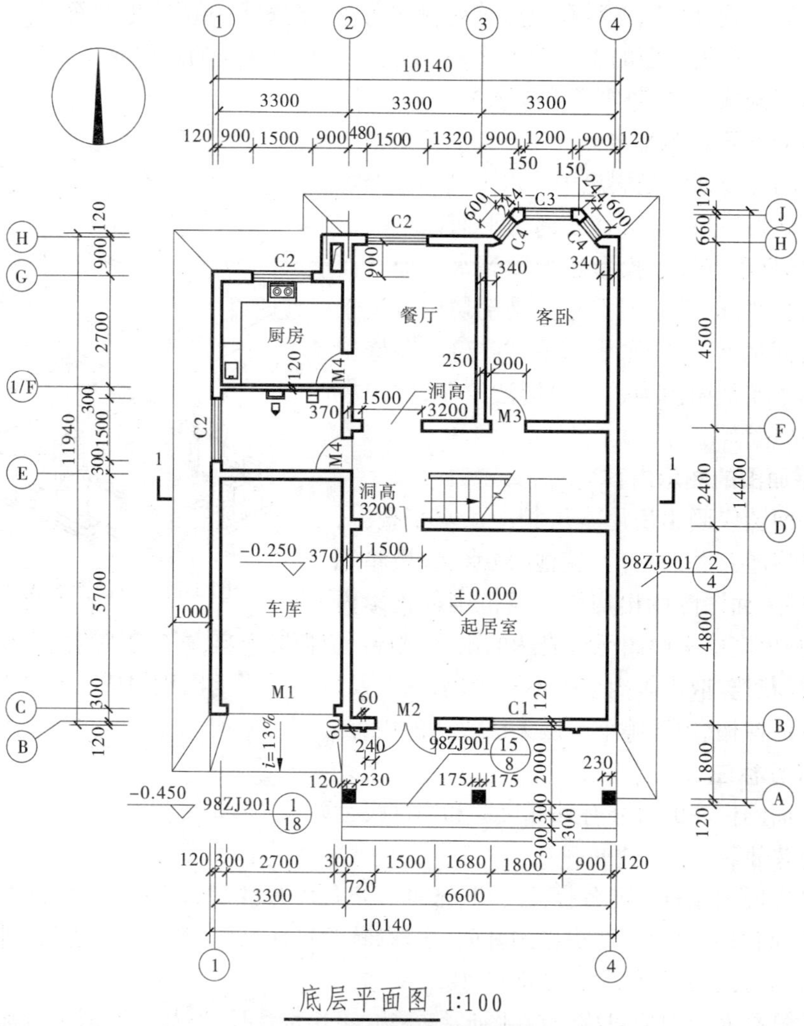

图 2-18　某小别墅底层平面图

扇平开门；底层平面有四种类型的窗，C1、C2、C3、C4，剖面图的剖切位置在Ⓓ～Ⓔ轴线间。

图2-19为屋顶平面图，屋顶平面图是用来表达房屋屋顶的形状、女儿墙位置、屋面排水方式、坡度、落水管位置等的图形。从图上可看出本别墅设计为坡屋顶，挑檐沟排水，檐沟分水坡度为0.5%。

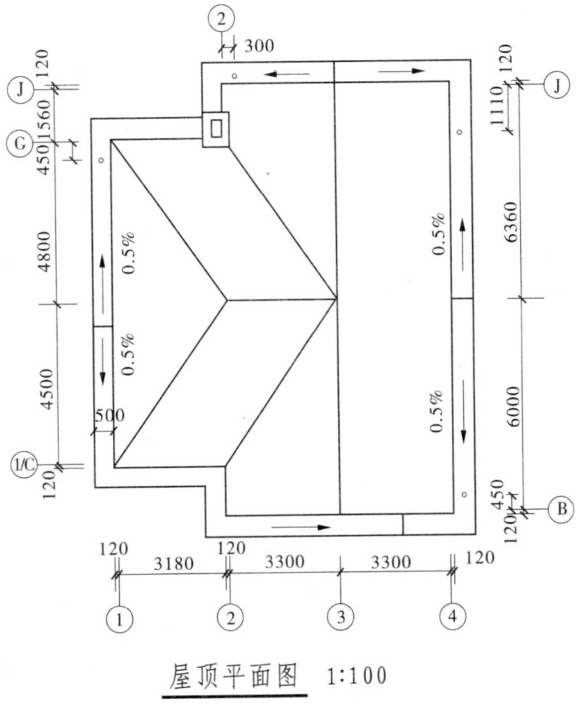

图2-19 屋顶平面图

一般在屋顶平面图附近配以檐口、女儿墙泛水、变形缝、雨水口、高低屋面泛水等构造详图，以配合屋顶平面图的阅读。屋顶平面图是屋顶的H面投影，除少数伸出屋面较高的楼梯间、水箱、电梯机房等剖到的墙体轮廓用粗实线表示外，其余可见轮廓线的投影均用细实线表示。屋顶平面图的比例常用1∶100，也可用1∶200的比例绘制，平面尺寸可只标轴线尺寸。

三、建筑立面图

（一）建筑立面图的用途

建筑立面图主要用来表达房屋的外部造型等部分的材料和做法等。

（二）建筑立面图的形成

建筑立面图是用直接正投影法将建筑各个墙面进行投影所得到的正投影图。某些平面形状曲折的建筑物，可绘制展开立面图，圆形或多边形平面的建筑物可分段展开绘制立面图，仍均应在图名后加注“展开”二字。

（三）立面图的图示内容

立面图应根据正投影原理绘出建筑物外墙面上所有门窗、雨篷、檐口、壁柱、窗台、窗楣及底层入口的台阶、花池等的投影。相同的门窗、阳台、外置装修、构造做法等可在局部重点表示，绘出其完整图形，其余部分可只画轮廓线。

（四）尺寸标注

（1）竖直方向应标注建筑物的室内外地坪、门窗洞口上下口、台阶顶面、雨篷、房檐下口及屋面、墙顶等处的标高，并应在竖直方向标注三道尺寸。里边一道尺寸标注房屋的室内外高差、门窗洞口高度、垂直方向窗间墙、窗下墙高、檐口高度等尺寸，中间一道尺寸标注层高尺寸，外边一道尺寸为总高尺寸。

（2）立面图在水平方向一般不注尺寸，但需要标出立面最外两端墙的定位轴线及编号，并在图的下方注写图名、比例。

（3）其他标注，立面图上可在适当位置用文字标注其装修，也可以不注写在立面图中，以保证立面图的完整、美观，而在建筑设计总说明中列出外墙面的装修。

图 2-20 为某小别墅的立面图。从①～④立面图中可看出：此别墅共 2 层，总高 9.6 m，整个立面为欧式风格，坡屋顶，造型简洁、大方；一层入口为平开门，车库门为卷帘门，二层窗为外开平开窗，窗上部为半圆形，立面装修为灰白色外墙漆，局部使用砖红色外墙漆。从图中还可看出室内外地坪高差 0.45 m，通过三级台阶进入室内。

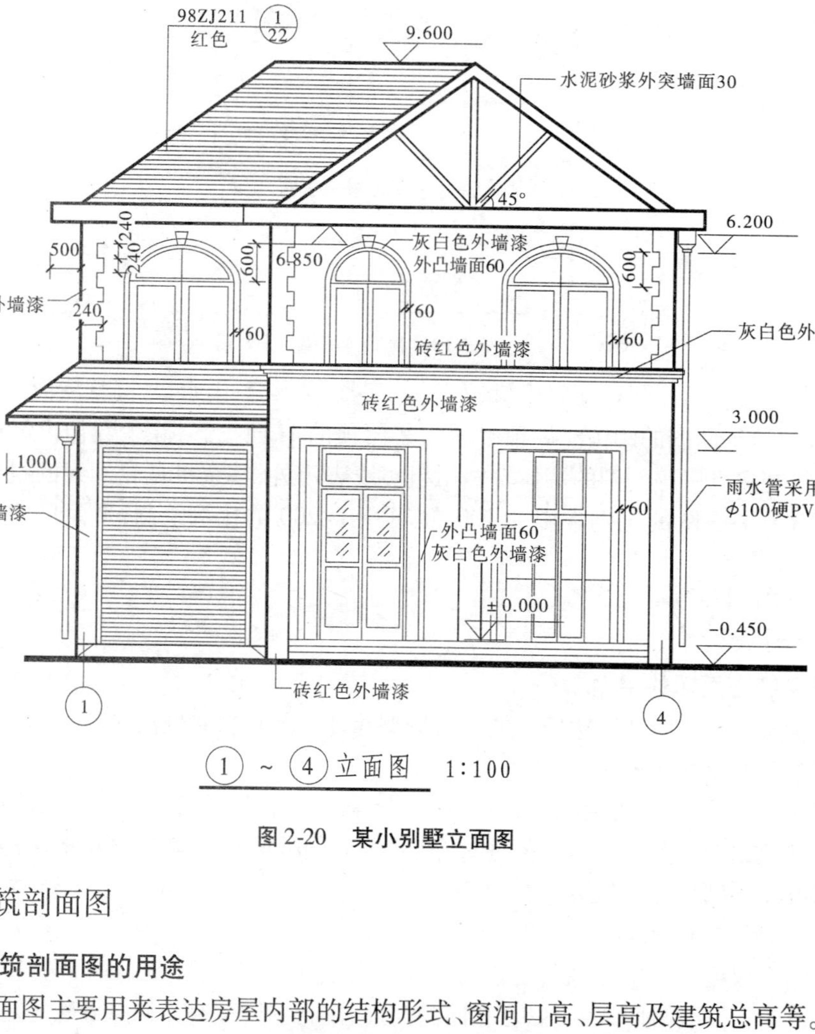

①～④立面图 1:100

图 2-20 某小别墅立面图

四、建筑剖面图

（一）建筑剖面图的用途

建筑剖面图主要用来表达房屋内部的结构形式、窗洞口高、层高及建筑总高等。

(二)建筑剖面图的形成

建筑剖面图是用假想的平面将建筑垂直地面剖切开。剖切位置符号是标注在同一建筑物的底层平面图上的。剖面图的剖切位置应根据图纸的用途或设计深度,在平面图上选择能反映建筑物全貌、构造特征以及有代表性的部位剖切。在实际工程中,剖切位置常选择在楼梯间并通过需要剖切的门窗洞口位置(见图 2-21)。

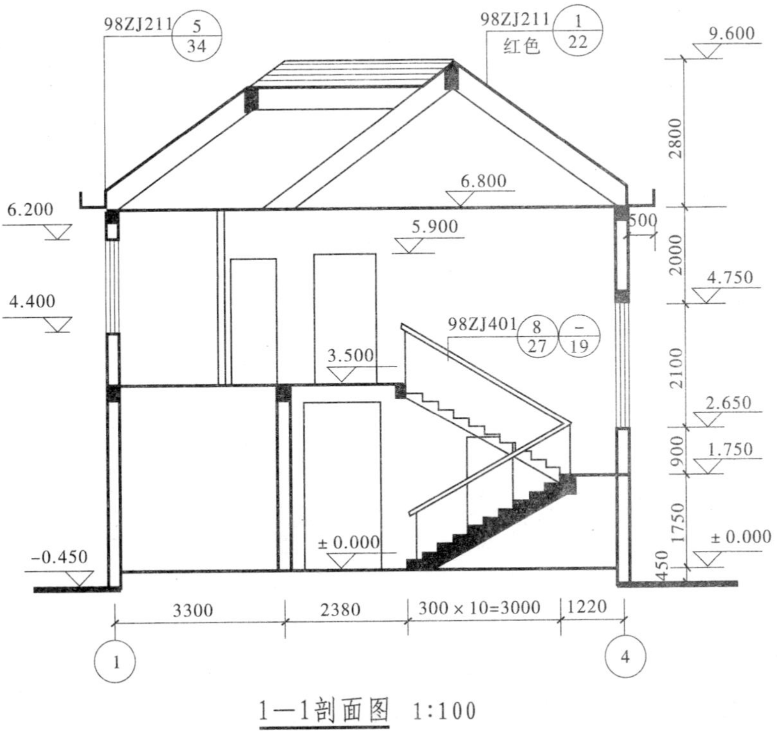

图 2-21 某小别墅剖面图

剖面图的剖视方向,平面图上剖切符号的剖视方向宜向左、向上,看剖面图应与平面图结合并对照立面图一起看。

(三)剖面图的图示内容

建筑剖面图用来表达建筑的内部结构特征以及建筑高差关系,被剖切到的墙、楼面、屋面、梁的断面轮廓线用粗实线画出。砖墙一般不画图例,钢筋混凝土的梁、楼面、屋面和柱的断面通常涂黑表示。粉刷层在 1:100 的平面图中不必画出,当比例为 1:50 或更大时,则要用细实线画出,室内外地坪线用加粗线表示。其他没剖到但可见的配件轮廓线,如门窗洞、踢脚线、楼梯栏杆、扶手等按投影关系用中实线画出。尺寸线与尺寸界线、图例线、引出线、标高符号、雨水管等用细实线画出。定位轴线用细单点长画线画出,地面以下的基础部分是属于结构施工图的内容,因此室内地面只画一条粗实线,灰层及材料图例的画法与平面图中的规定相同。

(四)尺寸标注

(1)剖面图的标注。在竖直方向图形外部标注三道尺寸及建筑物的室内外地坪、各层楼面、门窗洞的上下口及墙顶等部位的标高。图形内部的梁等构件的下口标高也应标注,且楼地面的标高应尽量标在图形内。外部的三道尺寸：最外一道为总高尺寸，从室外地坪起标到墙顶止，标注建筑物的总高度；中间一道尺寸为层高尺寸，标注各层层高（两层之间楼地面的垂直距离称为层高）；最里面一道尺寸为细部尺寸，标注墙段及洞口尺寸。

（2）水平方向常标注剖到的墙、柱及剖面图两端的轴线编号及轴线间距，并在图的下方注写图名和比例。

（3）其他标注。由于剖面图比例较小，某些部位（如墙脚、窗台等节点）不能详细表达，可在剖面图上的该部位处画上详图索引标志。此外，楼地面及墙体的内外装修可用文字分层标注。窗台、过梁、墙顶等节点，另用详图来表示其细部构造尺寸。从图 2-21 中可以看出，此建筑共两层，底层层高 3. 500 m，二层层高 3. 300 m，建筑总高 9. 600 m，室内外高差 0. 45 m，从外部尺寸还可看出，窗洞口高为 900 mm，结构形式为砖混结构，坡屋顶的具体做法用详图索引标志引出，另画详图表示。本剖面图比例为 1∶100，故构件断面除用钢筋混凝土梁、板涂黑表示外，墙及其他构件不再加画材料图例。

以上讲述了建筑的总平面图及平面图、立面图和剖面图，这些都是建筑物全局性的图纸。在这些图中，图面的准确性是很重要的，应力求贯彻国家制图标准，严格按制图标准的规定绘制图样。另外，尺寸标注也是非常重要的，应力求准确、完整、清楚。

五、建筑详图

房屋建筑平面图、立面图、剖面图都是用较小的比例绘制的，主要表达建筑全局性的内容，但对于房屋细部或构配件的形状、构造关系等无法表达清楚。在实际工作中，为详细表达建筑节点及建筑构配件的形状、材料、尺寸及做法，而用较大的比例画出的图形，称为建筑详图或大样图。

（一）详图的比例

《总图制图标准》（GB/T 50103—2001）规定：详图的比例宜用 1∶1、1∶2、1∶5、1∶10、1∶20、1∶50，必要时，也可选用 1∶3、1∶4、1∶25、1∶30、1∶40 等。

（二）详图的数量

一套施工图中，建筑详图的数量视建筑工程的体量大小及难易程度来决定。常用的详图有外墙身详图、楼梯间详图、卫生间详图、厨房详图、门窗详图、阳台详图、雨篷详图等。由于各地区都编有标准图集，故在实际工程中，有的详图可直接查阅标准图集。

（三）详图标志及详图索引标志

为了便于看图，常采用详图标志和详图索引标志。详图标志（又称详图符号）画在详图的下方，详图索引标志（又称索引符号）则表示建筑平面图、立面图、剖面图中某个部位需另画详图表示，故详图索引标志是标注在需要画出详图的位置附近，并用引出线引出。

1. 外墙身详图

外墙身详图即房屋建筑的外墙身剖面详图，主要用以表达外墙的墙脚、窗台、过梁、墙顶以及外墙与室内外地坪、外墙与楼面和屋面的连接关系等内容，如图 2-22 所示。

外墙身详图可根据底层平面图中，外墙身上索引符号指示需要绘制出详图的节点。外墙身详图常用 1∶20 的比例绘制，线型同剖面图，详细地表示外墙身从防潮层至墙顶间各主要节点的构造。为节省图纸和表达简洁完整，常在门窗洞口上下口中间断开，成为几个节点详图的组合。有时还可以不画整个墙身详图，而只把各个节点的详图分别单独绘制。在多

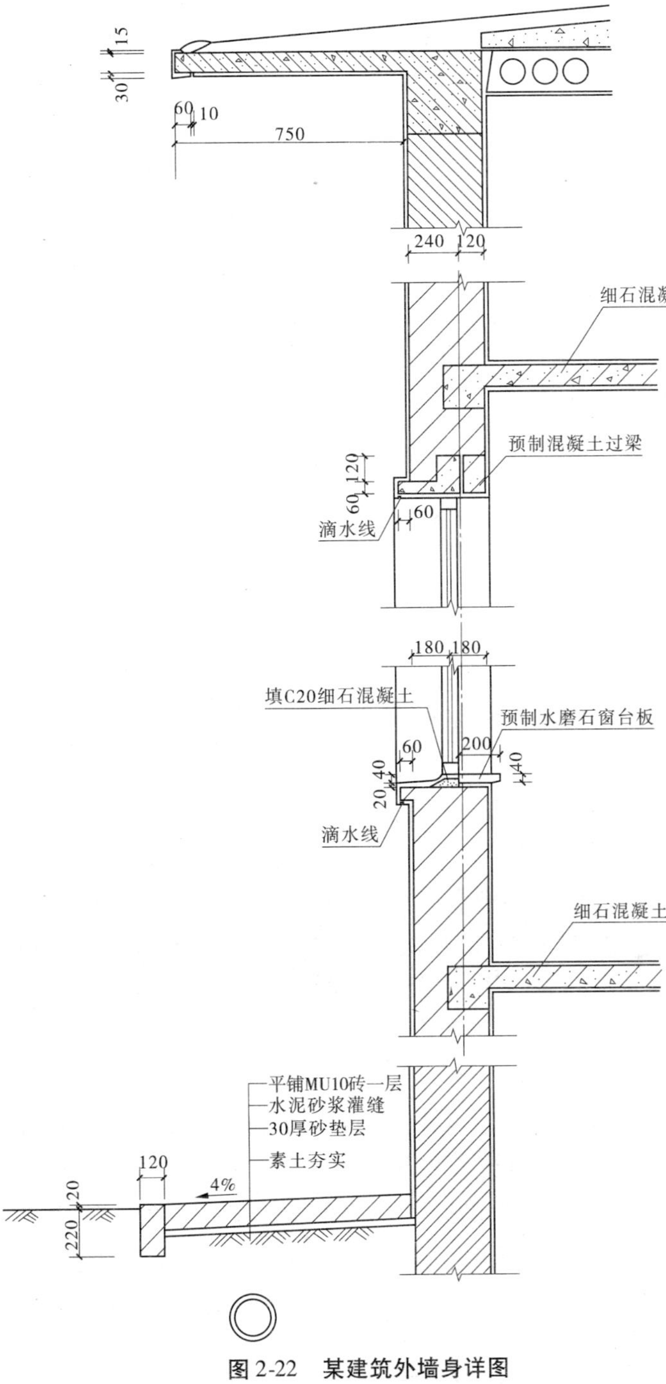

图 2-22　某建筑外墙身详图

层房屋中，若中间几层的情况相同，也可以只画底层、顶层和一个中间层来表示。

外墙身详图的主要内容有：

(1)墙的轴线编号、墙的厚度及其与轴线的关系。有时一个外墙身详图可适用于几个轴线。按《总图制图标准》(GB/T 50103—2001)规定：当一个详图适用于几个轴线时，应同时注明各有关轴线的编号，通用详图的定位轴线应只画圆，不注写轴线编号。

(2)各层楼板等构件的位置及其与墙身的关系。诸如进墙、靠墙、支撑、拉结等情况。

(3)门窗洞口、底层窗下墙、檐口、女儿墙等的高度。室内外地坪、防潮层、门窗洞的上下口、各层楼面、屋面的标高。

(4)屋面、楼面、地面等多层次构造。多层次构造用分层说明的方法标注其构造做法，多层次构造的共用引出线应通过被引出的各层。

图 2-22 为某建筑的外墙身详图，它是分成三个节点来绘制的。从图 2-22 中可以看到散水的构造做法，室内地面做法为细石混凝土，图中也表示出窗框的安装位置及做法，窗台以及滴水的构造形式，屋顶处节点表示出了屋面采用无组织自由落水形式，屋面挑檐 750 mm，屋面防水层的收头做法等。

2. 楼梯间详图

楼梯间详图包括楼梯平面图、楼梯剖面图、踏步、栏杆等详图。主要表示楼梯的类型、结构形式、构造和装修等。楼梯间详图应尽量安排在同一张图纸上，以便阅读。

1)楼梯平面图

楼梯平面图常用 1:50 的比例画出。

楼梯平面图的水平剖切位置，除顶层在安全栏板(或栏杆)之上外，其余各层均在上行第一跑中间，如图 2-23 所示。各层被剖切到的上行第一跑梯段，都在楼梯平面图中画一条与踢面线成 45°的折断线(构成梯段的踏步中与楼地面平行的面称为踏面，与楼地面垂直的面称为踢面)。各层下行梯段没有剖切到。楼梯间平面图则为房屋各层水平剖切后的直接正投影，如同建筑平面图，若中间几层构造一致，也可只画一个标准层平面图，故楼梯平面详图常常只画出底层、中间层和顶层三个平面图。

各层楼梯平面图宜上下对齐(或左右对齐)，这样既便于阅读又便于尺寸标注和省略重复尺寸。平面图上应标注该楼梯间的轴线编号、开间和进深尺寸，楼地面和中间平台的标高，以及梯段长、平台宽等细部尺寸。梯段长度尺寸标注为：踏面数 × 踏面宽 = 梯段长。

图 2-23 所示为某办公楼楼梯间详图。从底层平面图中可以看到楼梯间开间为 3 900 mm，进深为 7 800 mm，只有一个梯段被剖到。从标准层平面图中可看出楼梯的每个梯段有 12 个踏步，踏步宽 280 mm，休息平台宽 2 160 mm，楼梯两梯段之间设 75 mm 宽的梯井。图中表示有上行梯段和下行梯段的箭头，上下两梯段都画成完整的。上行梯段中间画有一与踢画线成 45°的折断线。折断线两侧的上下指引线箭头是相对的，在箭尾处分别写有“上”和“下”，是指从本层上到上一层或下到下一层的踏步级数均为 24 级。顶层平面图的踏面是完整的，只有下行，故梯段上没有折断线，只表示出下行的箭头，楼面临空的部分用栏杆连到墙上。

2)楼梯剖面图

楼梯剖面图常用 1:50 的比例画出。其剖切位置应选择在通过第一跑梯段及门窗洞口，并向未剖到的第二跑梯段方向投影(见图 2-23(b)中的剖切位置)。图 2-23(a)为按剖切位置绘制的剖面图，各梯段的步级数可直接看到，从图中可以看出楼梯为板式楼梯，一层的两梯段的踏步高 156 mm，二层以上楼层踏步高 150 mm，首层层高 3. 9 m，二层以上建筑层高 3. 6 m，

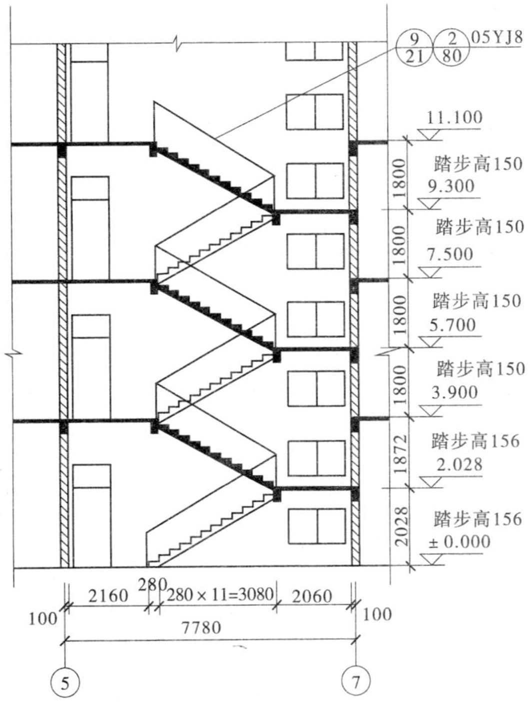

1—1剖面图 1:50

(a)楼梯剖面详图

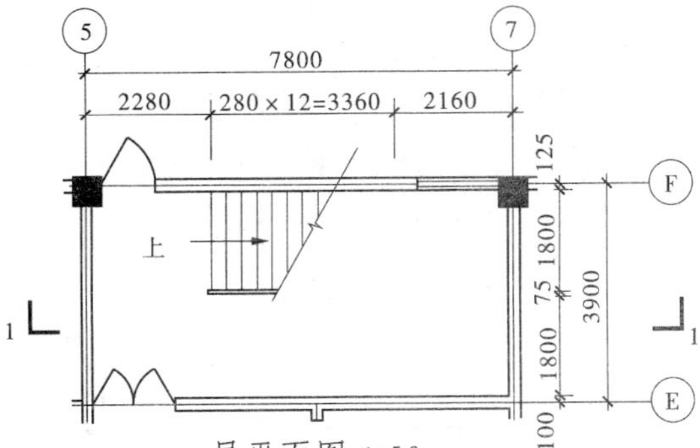

一层平面图 1:50

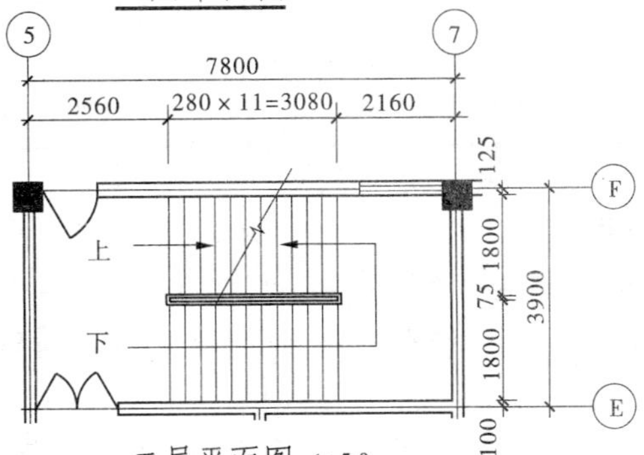

二层平面图 1:50

图 2-23　某办公楼楼梯详图

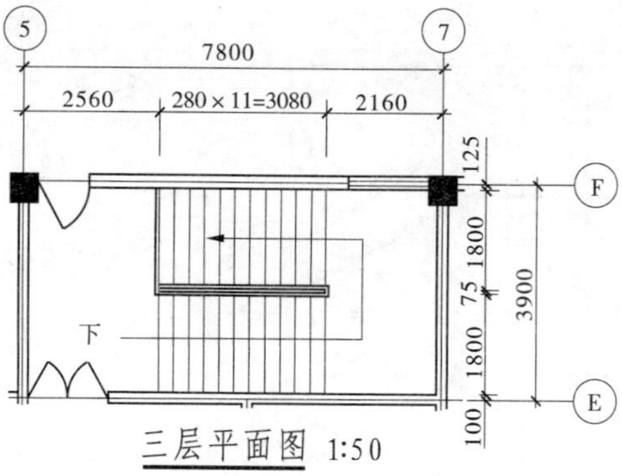

(b)楼梯平面图

续图 2-23

建筑为四层。多层或高层建筑的楼梯间剖面图,如中间若干层构造一样,可用一层表示这相同的若干层剖面,省略中间楼层画法。

第三节 结构施工图识读

一、钢筋混凝土结构基本知识和图示方法

钢筋混凝土是指配有钢筋的混凝土,由水泥、砂子、石子和水按一定的比例配合搅拌而成,把它灌入定型模板,经振捣密实和养护凝固后就形成坚硬如石的混凝土构件。为了提高混凝土构件的抗拉能力,常在混凝土构件的受拉区内配置一定数量的钢筋。用钢筋混凝土捣制成的梁、板、柱、基础等构件,称为钢筋混凝土构件。

在钢筋混凝土结构设计中,用于建筑的国产钢筋按其化学成分和强度分成不同的等级,并分别用不同的符号表示,以便标注与识别,如表 2-3 所示。

表 2-3 钢筋种类及符号

钢筋级别		符号	钢筋种类	符号
HPB235 级	光圆钢筋	Φ	冷拉Ⅰ级钢筋	$Φ^l$
HRB335 级	带肋钢筋	Φ	冷拉Ⅱ级钢筋	$Φ^l$
HRB400 级		Φ	冷拉Ⅲ级钢筋	$Φ^l$
RRB400 级	(月牙肋或等高肋)	Φ	冷拉Ⅳ级钢筋	$Φ^l$

(一)钢筋的名称和作用

配置在钢筋混凝土结构中的钢筋(见图 2-24),按其所起作用的不同,分别称为:

(1)受力筋。指承受拉、压应力的钢筋,用于梁、板、柱等各种钢筋混凝土构件。

(2)箍筋。指承受剪力或扭力的钢筋,同时用来固定受力筋的位置。

(3)架立筋。指与梁内的受力筋、箍筋一起构成钢筋骨架的钢筋。

(4)分布筋。指用于屋面板、楼板内,与板的受力筋垂直布置,构成钢筋的骨架,将承受的重量均匀地传给受力筋的钢筋。

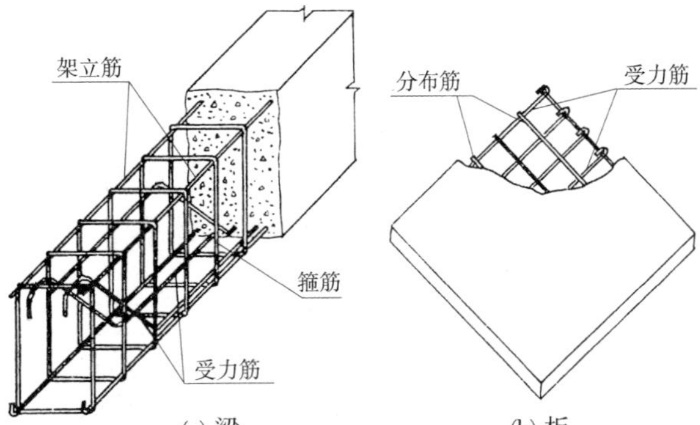

(a) 梁　　　　(b) 板

图 2-24　钢筋混凝土梁、板配筋示意

(5)构造筋。指因构件的构造要求和施工安装需要而配置的钢筋,如预埋锚固筋、吊环等,架立筋和分布筋也属于构造筋。

构件中受力筋用光圆钢筋时,钢筋的两端要弯钩,以加强钢筋与混凝土的锚固力,避免钢筋在受拉时滑动,如果是带纹钢筋,这种钢筋与混凝土锚固力强,两端不必弯钩。

光圆钢筋端部的弯钩常用半圆形弯钩、直角形弯钩、斜弯钩三种形式(见图 2-25)。

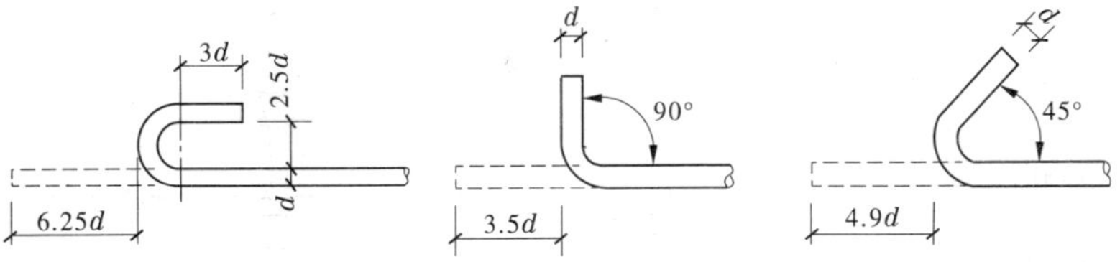

(a)半圆形弯钩　　(b)直角形弯钩　　(c)斜弯钩

图 2-25　钢筋弯钩的形式

(二)保护层

为了保护钢筋,防蚀防火,并加强钢筋与混凝土的锚固力,在构件中的钢筋其外边缘到构件表面应保持一定的厚度,叫做保护层。钢筋混凝土保护层最小厚度如表 2-4 所示。

表 2-4　钢筋混凝土保护层最小厚度　　(单位:mm)

钢筋名称	环境条件	构件类别	混凝土强度等级		
			≤C20	C25 及 C30	≥C35
受力筋	室内正常环境	板、墙	15		
		梁	25		
		柱	30		
	露天或室内高湿度环境	板、墙	35	25	15
		梁	45	35	25
		柱	45	35	30
箍筋	梁和柱		15		
分布筋	墙和板		10		

(三)钢筋尺寸注法

(1)标注钢筋的根数和直径,如梁内受力筋和架立筋。

例如2 Φ16 中,2 表示两根,Φ表示 HPB335 级钢,16 表示钢筋直径。

(2)标注钢筋的直径和相邻钢筋中心距,如梁内箍筋和板内钢筋。

例如Φ6@200,Φ表示 HPB235 级钢,6 表示钢筋直径,@ 表示钢筋中心距符号,200 表示相邻钢筋中心距。

(四)钢筋混凝土结构图的图示方法

为了表达钢筋在构件内部的配置情况,可假定混凝土为透明体。在构件的立面图和断面图上轮廓线用细实线画出,图内不画材料图例,钢筋用粗实线表示,断面图中剖到的钢筋圆截面画成黑圆点,其余未剖切到的钢筋仍画成粗实线,并对钢筋的类别、数量、直径、长度及间距等加以标注。钢筋的表示方法如表 2-5 所示。

表 2-5 一般钢筋的图例

名称	图例
无弯钩的钢筋端部	
带半圆形弯钩的钢筋端部	
带直钩的钢筋端部	
无弯钩的钢筋搭接	
带半圆形弯钩的钢筋搭接	
带直钩的钢筋搭接	

建筑结构施工图平面整体设计方法(简称平法)对我国目前混凝土结构施工图的设计表示方法作了重大改革。平法是把结构构件的尺寸和配筋等,按照平面整体表示方法的制图规则,直接表达在各类构件的结构平面布置图上。这就改变了传统的那种将构件从结构平面布置图中索引出来,再逐个绘制配筋详图的烦琐方法,如图 2-26 所示。

二、结构平面图

结构平面图是表示建筑物各层楼面及屋顶承重构件平面布置的图样,分为楼层结构平面布置图、屋顶结构平面布置图。下面重点介绍楼层结构平面布置图。

(一)楼层结构平面布置图的用途

楼层结构平面布置图是假想沿楼板顶面将房屋水平剖切后,所作的楼层的水平投影图。被楼板挡住而看不见的梁、柱、墙面用虚线画出,楼板块用细实线画出。楼层上各种梁、板构件,在图上都用构件代号及其构件的数量、规格加以标记。查看这些构件代号及其数量、规格和定位轴线,就可了解各种构件的位置和数量。楼梯间在图上用打了对角交叉线的方格表示,其结构布置另用详图。在结构平面布置图上,构件也可用单线表示。

(二)楼层结构平面布置图的内容

楼层结构平面布置图一般包括结构平面布置图、局部剖面详图、构件统计表和施工技术

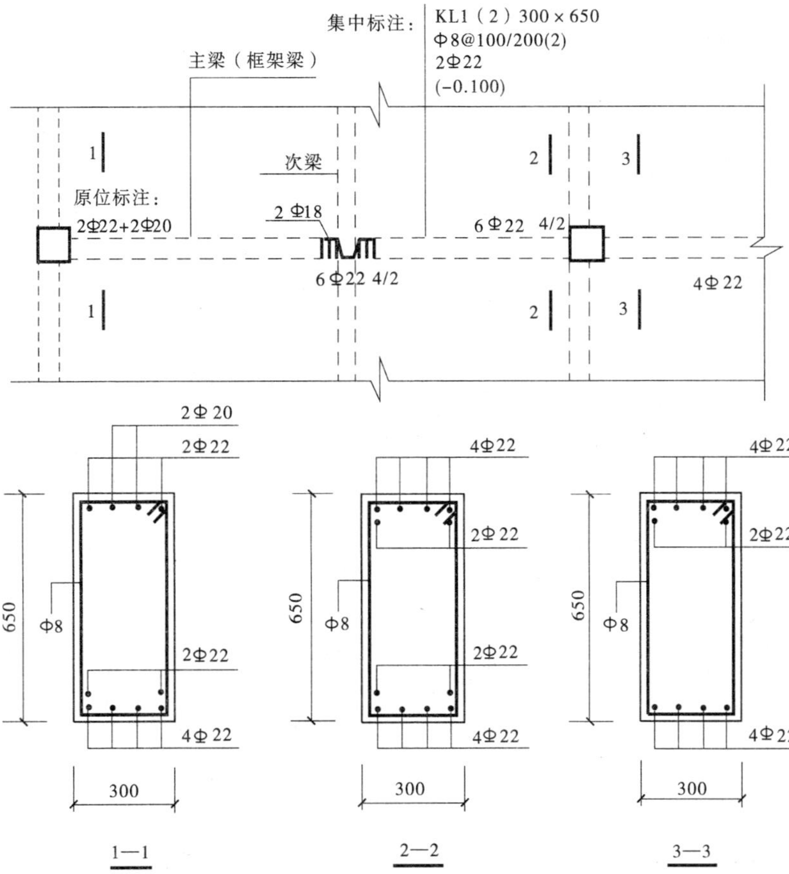

图 2-26　建筑结构施工图平面整体设计方法

说明四部分。

(1)结构平面布置图主要表示楼层各种构件的平面关系,如轴线间尺寸与构件长度的关系、墙与构件的关系尺寸、构件搭在墙上的长度,以及各种构件的名称编号、布置及定位尺寸。

(2)局部剖面详图表示梁、板、墙、圈梁之间的连接关系和构造处理,如板搭在墙上或者梁上的长度、施工方法、板缝加筋要求等。

(3)构件统计表列出所有构件序号、构件编号、构造尺寸、数量及所采用通用图集代号等。

(4)施工技术说明对施工材料、方法等提出要求。

(三)楼层结构平面布置图阅读

现以图 2-27 为例来说明楼层结构平面布置图的内容和识读方法。

(1)图名。了解这是某单元式住宅标准层结构平面布置图,并了解建筑定位轴线的布置和轴线间的尺寸,与建筑平面图对照。

(2)梁的位置及其编号。图中 GL 表示过梁,L 表示梁,WL 表示雨篷梁,GL××××表示门窗过梁的代号,如 GL18245 表示跨度 1 800 mm,宽度 240 mm,5 级荷载。DD3 350×450 表示预留的洞口尺寸,洞底标高 2. 050 m,适用于 B 单元。其中 L5a(240×180)表示编号为

5a 的梁，截面宽 240 mm、高 180 mm，其断面配筋图见图 2-30 中的详图，在详图中表示有梁的长度 1 280 mm，以及深入支座的长度 200 mm，上部为 2 根直径是 12 mm 的Ⅱ级钢筋，下部为 2 根直径 16 mm 的Ⅱ级钢筋。⑤、⑦轴与Ⓐ、Ⓒ轴相交处是楼梯间，详细施工图见楼梯详图。

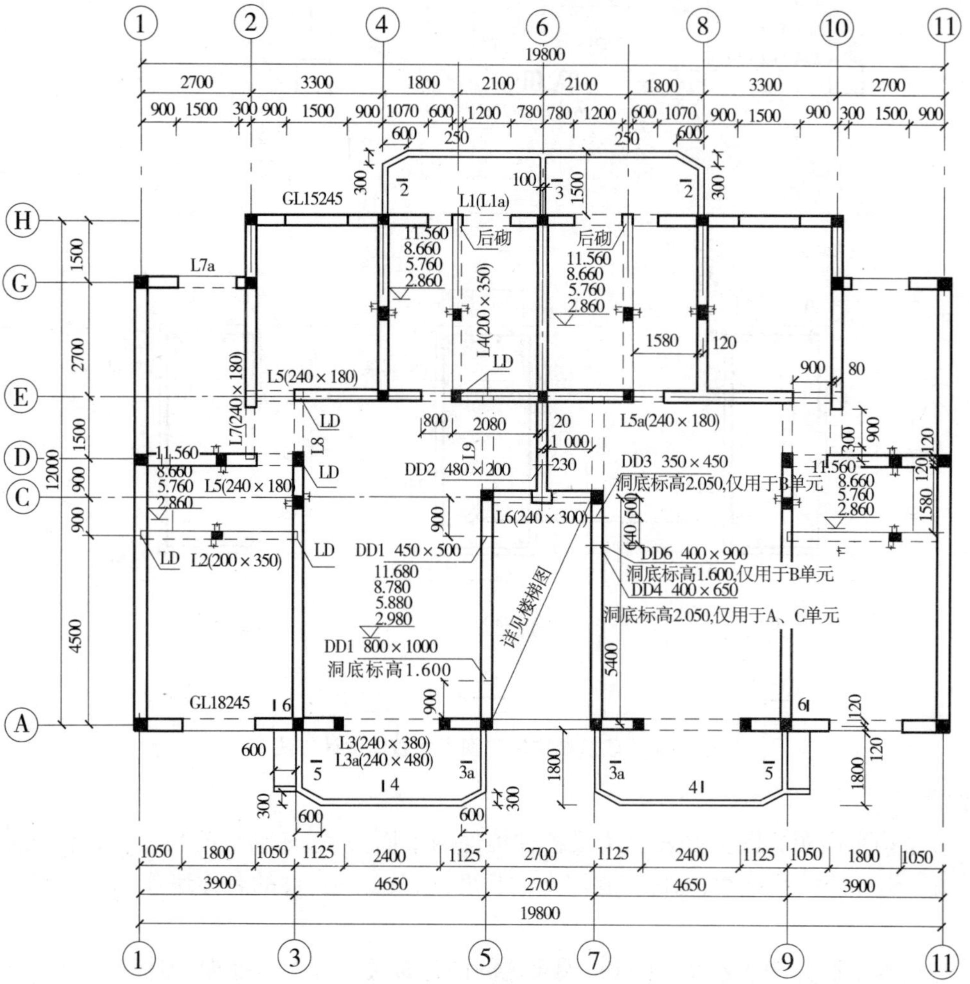

A、B、C单元标准层结构平面布置图

图 2-27 结构平面布置图

（3）现浇钢筋混凝土板的配筋图如图 2-28 所示。图 2-28 中③、⑤轴与Ⓐ、Ⓒ轴相交处是客厅楼板的配筋，该客厅开间 4 650 mm，进深 5 400 mm，楼板的长短边之比小于 2，属双向板，板中双向布置受力筋，且都设在板的下部，东西向钢筋是Φ 12@ 200，表示直径为 12 mm 的Ⅱ级钢筋间距 200 mm，南北向钢筋是Φ 10@ 140，③轴线上有支座钢筋布置在板的上部，用于抵抗板面可能出现弯曲受力而破坏，布置为Φ 12@ 125，伸入板两端分别为 1 150 mm、1 300 mm，南端与阳台板连接处上部配有钢筋Φ 12@ 120，伸入客厅板内 1 900 mm，以形成足够的锚固力。

（4）现浇楼板的板厚。楼板厚度为 120 mm。

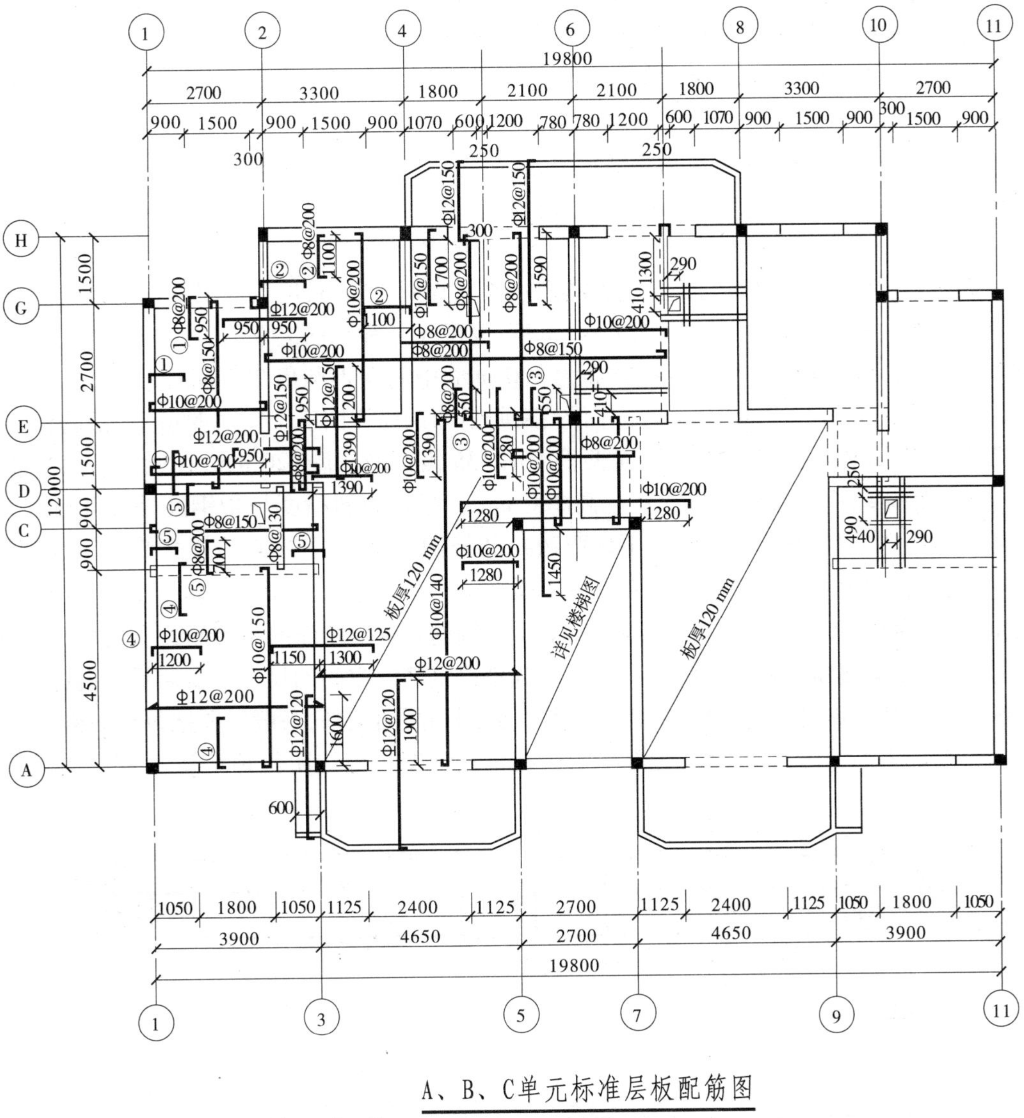

图 2-28　板配筋图

三、钢筋混凝土构件详图

钢筋混凝土构件主要有梁、板、柱、屋架等。在结构平面图中只表示出建筑物各承重构件的布置情况，对于各种构件的形状、大小、材料、构造和连接情况等，则需要分别画出各种构件的结构详图来表示。钢筋混凝土构件详图包括模板图、配筋图及预埋件图等。

（一）钢筋混凝土梁

梁是主要受弯构件，建筑中常用的梁有楼板梁、雨篷梁、楼梯梁、门窗洞口下的过梁、圈梁、厂房中的吊车梁及支撑墙体的连系梁、基础梁等。

梁的断面形式有矩形、T 形、L 形等。梁内的钢筋是由主筋（即受力筋）、架立筋和箍筋所组成的。在受拉区配置抗拉主筋，为抵抗梁端部的斜向拉力，防止出现斜裂缝，常将一部分主筋在端部弯起。当不适于将下部主筋弯起，或已弯起的钢筋还不足以抵抗斜向拉力时，可另加弯起筋。在梁的受压区配置较细的架立筋，它起构造作用，有时也让它协助混凝土抗压。钢箍将梁的受力主筋和架立筋连接在一起构成钢筋骨架，同时它也能帮助防止出现斜裂缝。

钢筋混凝土梁构件详图包括钢筋混凝土梁的立面图、断面图和钢筋详图。有时为了标注钢筋直径或统计用料方便，还要画出钢筋表。

钢筋混凝土梁的识读如图 2-29 所示，首先看图名知道该图是 L1 配筋图，这是一个简支梁。其次看梁的立面图和断面图，立面图表示梁的立面轮廓、长度尺寸以及钢筋在梁内上下左右的配置。断面图表示梁的断面形状、宽度、高度尺寸和钢筋上下前后的排列情况。对照图 2-29 阅读，看到 L1 梁上面平齐，梁高为 300 mm，中间向下凸出 200 mm，总高 500 mm 的矩形断面梁，梁长 5 150 mm。通过立面图、断面图和钢筋详图三个图对照可知，钢筋标注①号 2Φ20 表示受力筋，编号为①的是两根 HRB335 级钢筋，直径 20 mm，在梁的下面一前一后放置。距梁端 450 mm 处弯起 45°、高 200 mm。弯起筋的高度是指钢筋外皮间的尺寸。②号受力筋 2Φ16、长 1 700 mm（不计弯钩），③号钢筋是 2 根Φ16 的架立筋，一前一后的放在梁上面。⑥号筋是钢箍，在立面图中不需要完全画出。标注Φ6@200，表示直径 6 mm 的钢箍，两支相邻钢箍的中心距为 200 mm。⑦号箍筋是梁变断面的小箍筋，一端放 4 根Φ6。④号、⑤号是梁端断面处的箍筋，钢箍的高、宽是指钢筋内皮间的尺寸。最后看钢筋详图，对于配筋较复杂的钢筋混凝土构件，除画出其立面图和断面图外，一般还要把每种规格的钢筋抽出另画成钢筋详图，以便钢筋下料加工。在钢筋详图中应注明每种钢筋的编号、根数、直

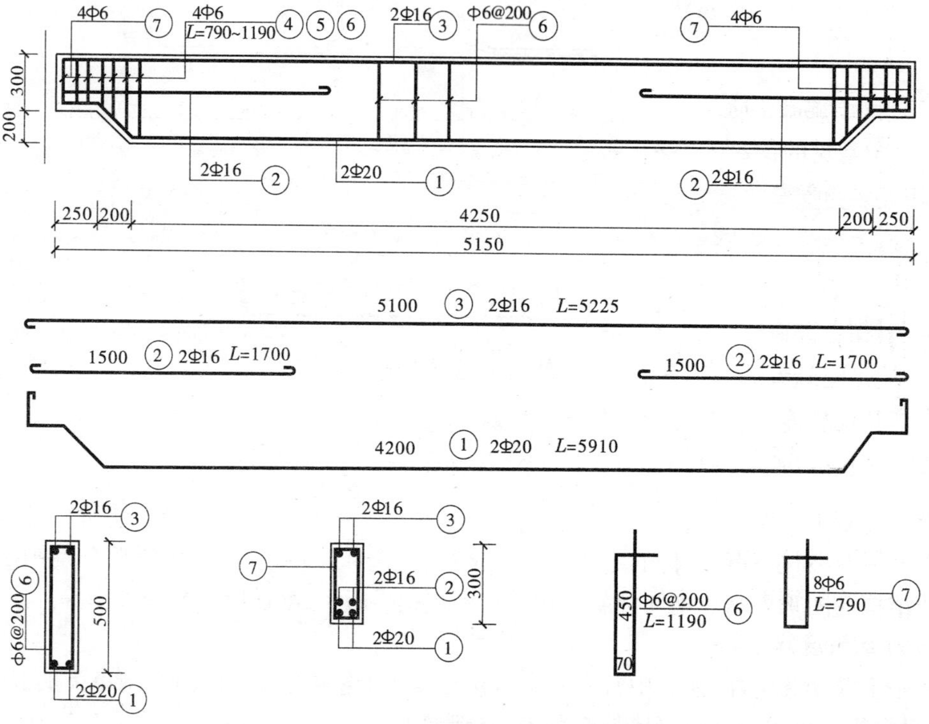

图 2-29　L1 钢筋混凝土梁结构详图

径、各段长度以及弯起点位置等。如①号钢筋上面数字 $L=5\ 910$，是该钢筋的下料长度，即把两端弯钩扳直时的总长度。其中各段构造尺寸是：梁下直线段长 4 200 mm，弯起 250 mm，斜向长 280 mm，平直段长 250 mm，直角弯钩长 200 mm（不包括弯钩尺寸）。

梁断面详图如图 2-30 所示。

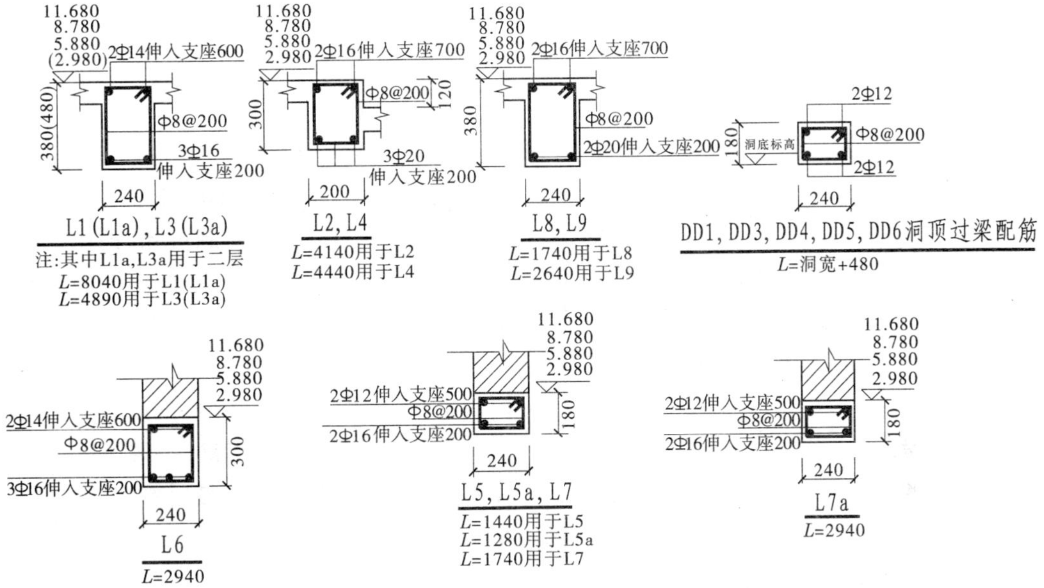

图 2-30　梁断面详图

（二）钢筋混凝土板

建筑中常见的钢筋混凝土板有楼板、屋面板、雨篷板、阳台板、墙板、楼梯踏步板、窗台板等，这些板多为受弯构件。板的弯曲状况因支撑方式不同而变化。一般可分为单向板、双向板、悬臂板和连续板。常见的预制钢筋混凝土单向板是板的两端有支撑，在上面荷载作用下，板在支撑端只有一个方向向下弯曲。双向板的特点是板近于方形，如果板的四边支撑在墙或梁上，在上部荷载作用下，板将在两个方向同时发生弯曲变形。悬臂板只有一端被支撑，另一端是空悬着的称为自由端，这种板在上部荷载作用下，其弯曲方向和单向板相反。连续板是几块相连在一起的板，它的弯曲方向是变化的，在跨中向下弯曲，在中间支撑处向上弯曲，在边支撑处如果有上部的墙压着，该处的板也将向上弯曲。

钢筋混凝土板的钢筋配置是由板的弯曲变形状况决定的，钢筋应配置在受拉的一面。一般板的受力筋距底面 15 mm 左右，为增加受力筋在混凝土中的锚固，对于光圆钢筋要在端头做成弯钩。钢筋长度根据板长决定，板长去掉钢筋保护层厚度就是钢筋长度，两端保护层一般为 10 mm。

（三）钢筋混凝土楼梯

楼梯平台板的钢筋识读同楼板处，弯钩向下的表示在板的上部设置，弯钩向上的表示在板的下部设置，梯段处的配筋详见图 2-31、图 2-32。

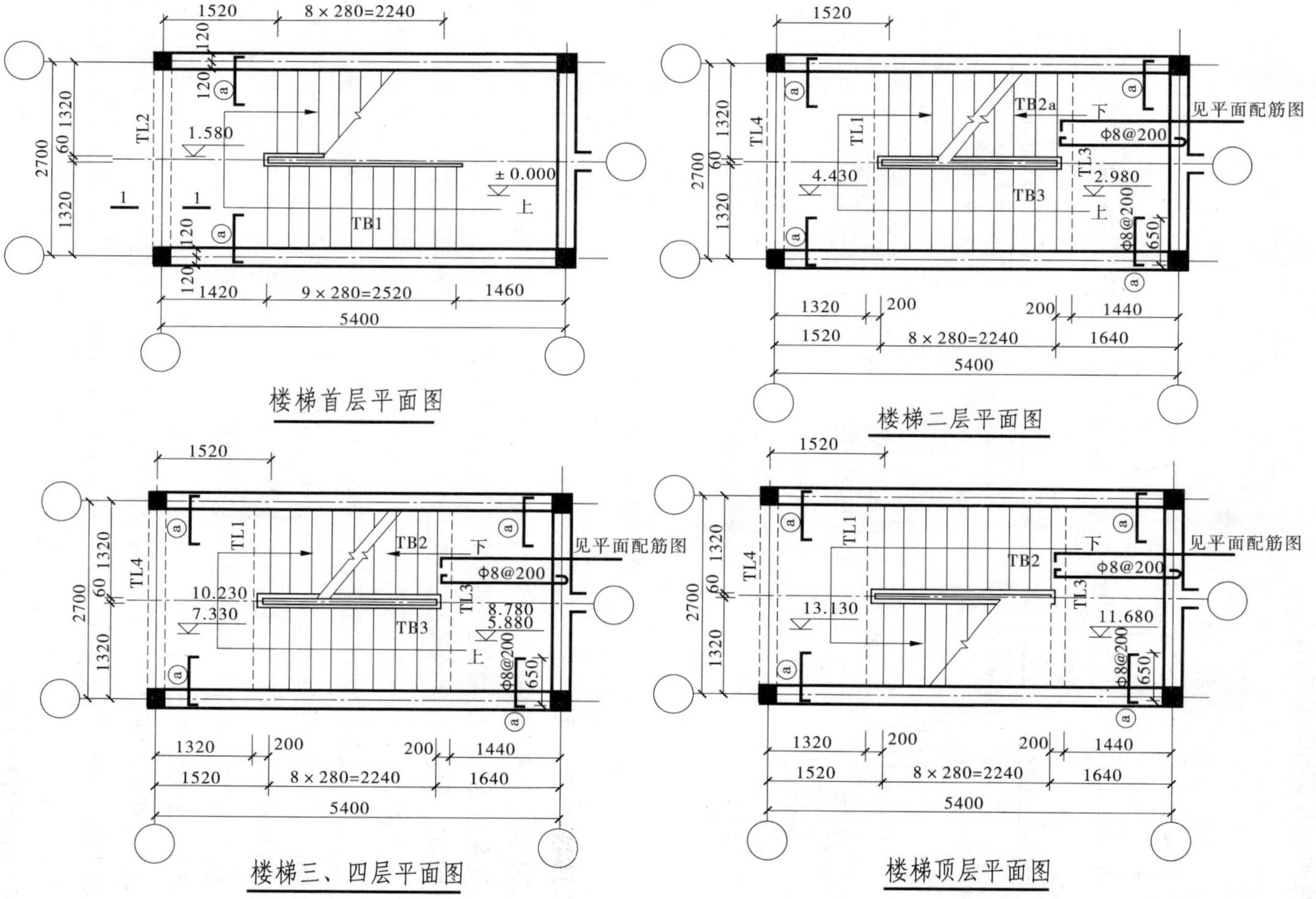

图 2-31　钢筋混凝土楼梯平面图

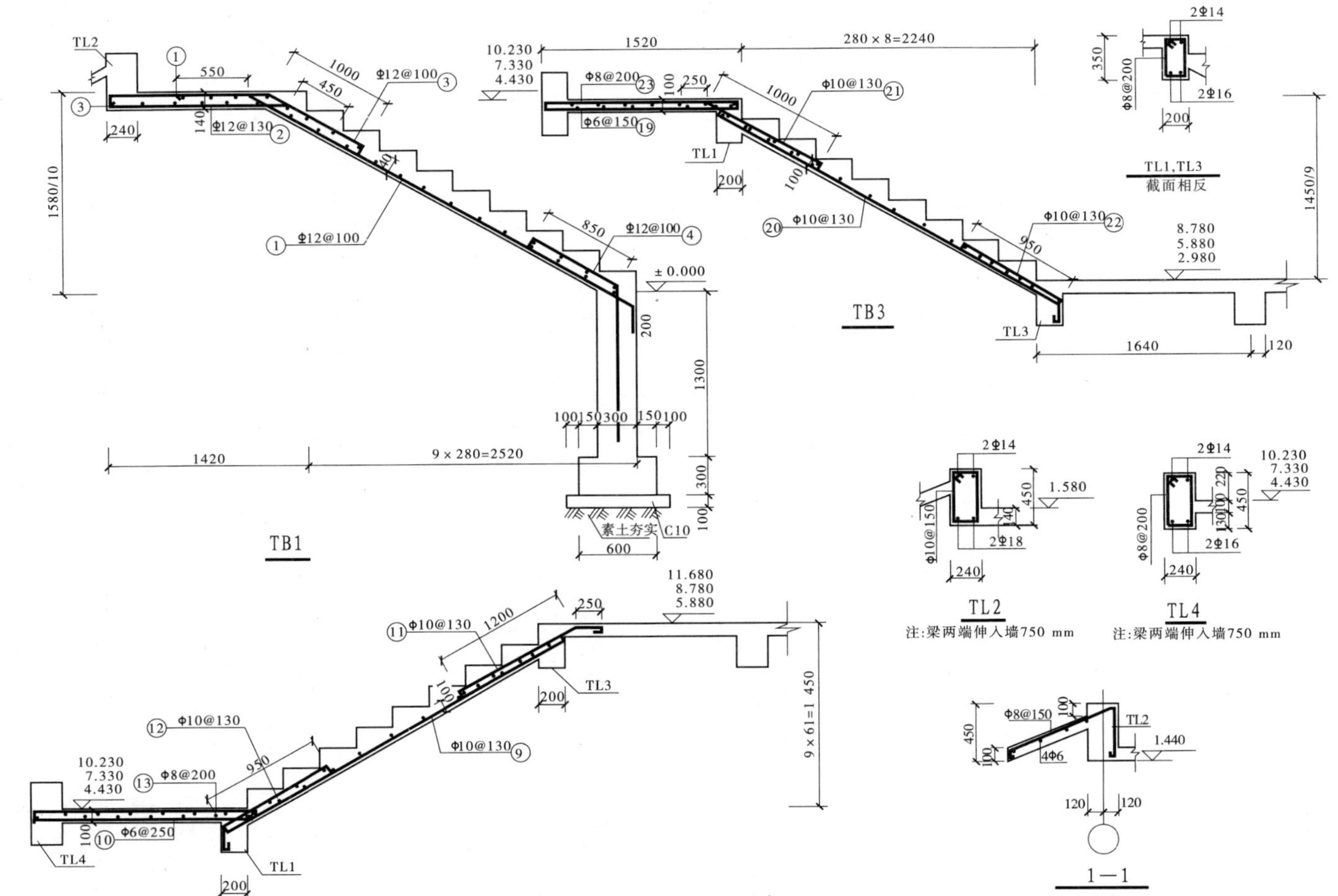

图 2-32　钢筋混凝土楼梯详图

第四节　设备施工图识读

设备施工图包括室内给水排水工程图，以及供暖、空调、电气等工程图，本节对其作一简要介绍。

一、室内给水排水工程图

（一）室内给水工程图

室内给水系统的任务是在保证用户对水质、水量、水压等要求的情况下，将净水自室外给水总管引入室内，并送到各个用水点。

室内给水系统按供水对象及其要求的不同可分为生活给水系统（生活饮用水、洗涤水）、生产给水系统（生产和冷却设备用水）、消防给水系统（供扑灭火灾的消防装置用水）。

一般居住与公共建筑只设生活给水系统，如需设消防装置，则可采用生活—消防联合给水系统。对消防有严格要求的高层和公共建筑，应独立设置消防给水系统，以保证防火的水量与射程。

1. 室内给水系统的组成

室内给水的流程是室外给水总管内的净水经引入管和水表节点流入室内给水管网直至备用水点，由此构成了室内给水系统，如图 2-33 所示，有关组成部分说明如下。

（1）引入管是自室外给水总管将水引至室内给水干管的管段。引入管（也叫进水管）在寒冷地区必须埋设在冰冻线以下。

（2）水表节点。水表装置在引入管段上，它的前后装有阀门、泄水装置等。

（3）给水管网是由水平干管、立管和支管等组成的管道系统。

（4）配水龙头或用水设备，如水嘴、淋浴喷头、水箱、消火栓等。

（5）水泵、水箱、储水池，在房屋较高、水压不足、不能保证供水等情况下附设该设备。

2. 给水管道平面图的主要内容

如图 2-34 所示，给水管道平面图的主要内容有：

（1）房屋建筑的平面形状、房间布置等情况。

（2）给水管道的各个干管、立管、支管的平面位置及给水系统与立管的编号。

（3）各用水设备、配水龙头的平面布置、类型及安装方式。

（4）在底层平面图中除表示上述内容外，还要反映给水引入管、水表节点、水平干管、管地沟的平面位置、走向及构造组成等情况。

3. 给水管道系统图

1）给水管道系统图图示方法

室内给水管道系统图是表示室内给水管网和设备的空间联系以及管网、设备与房屋建筑的相对位置、尺寸等情况的立体图样。给水管道系统图具有立体感强的特点，通常是用正面斜等测的方法绘制的。其比例通常与平面图相同，这样便于对照识读和使用。它与给水平面图相结合可以反映整个给水系统全貌，因此是给水施工图的重要图样。

2）给水管道系统图的主要内容

如图 2-35 所示，给水管道系统图的主要内容有：

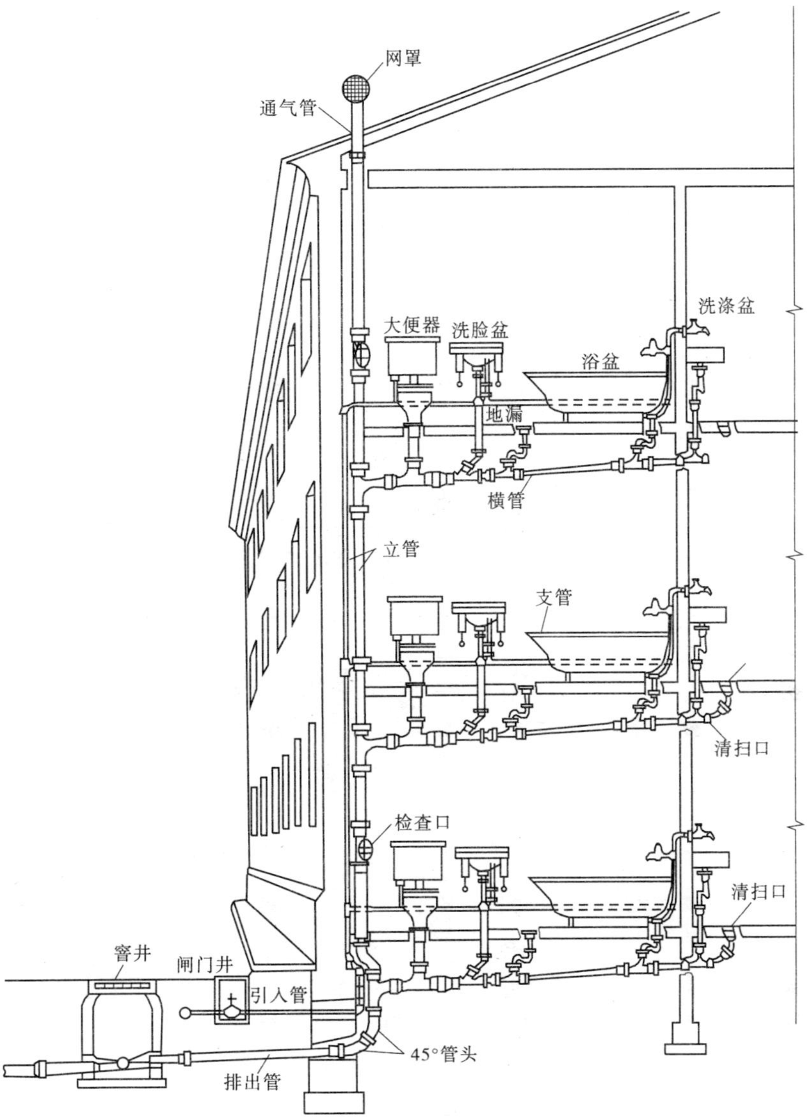

图 2-33　室内给水排水系统示意

(1)管网的空间连接情况。引入管、干管、立管和支管的连接与走向,设备的连接与分布,以及立管的编号等。

(2)楼层地面标高及引入管、水平干管、支管直至配水龙头的安装标高。

(3)从引入管直至支管整个管网各管段的管径,管径用 *DN* 表示。

(二)室内排水工程图

室内排水系统的任务是把室内生活、生产中的污(废)水以及落在屋面上的雨、雪水加以收集,通过室内排水管道排至室外排水管网或沟渠。

1. 室内排水系统的组成

室内排水的流程是:各个用水卫生器具内的污水经排水横支管、排水立管、排出管,排至室外窨井,最后流入室外排水系统。有关组成部分说明如下。

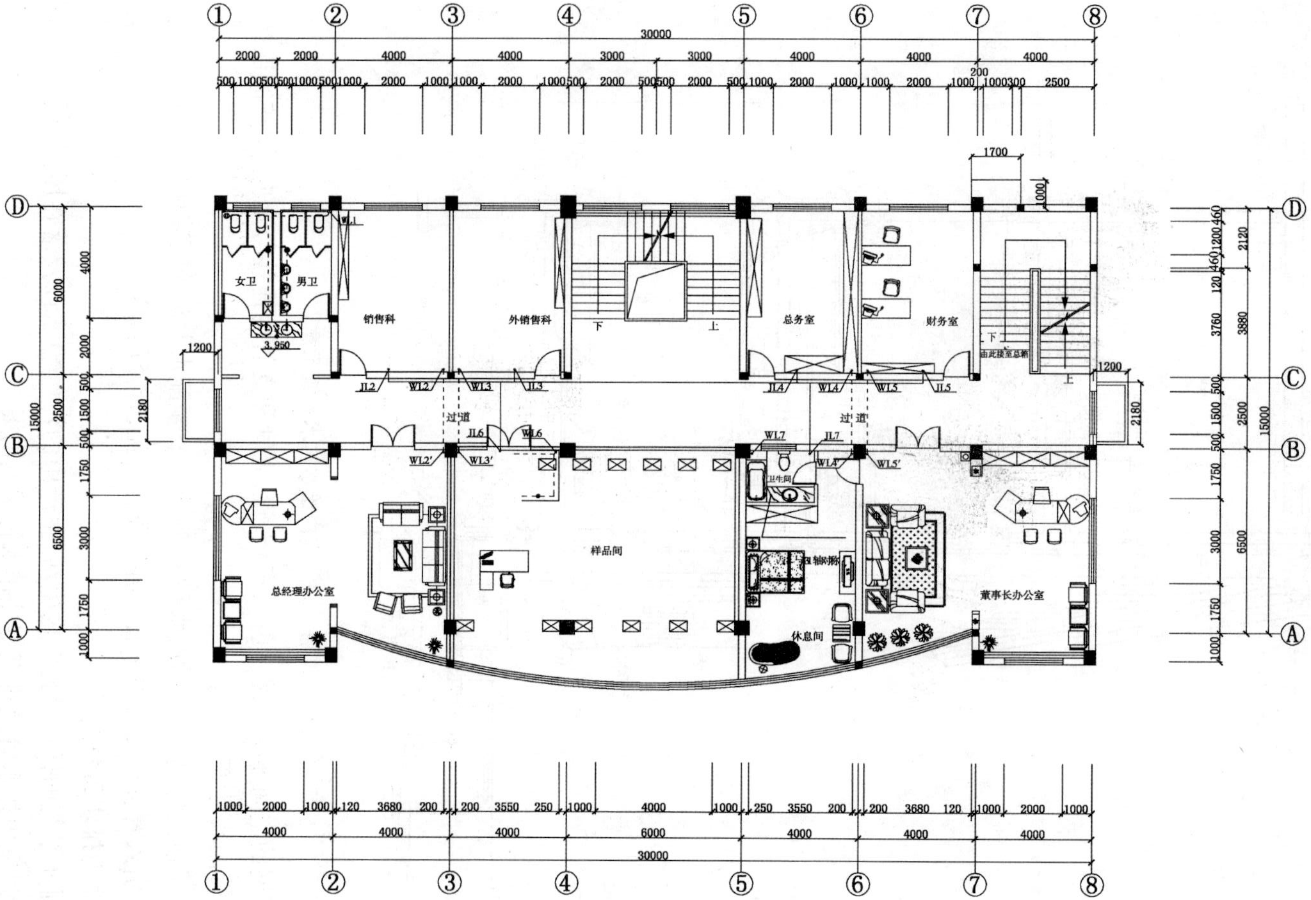

办公楼二层给水排水布置图 1:100

图 2-34 办公楼二层给水排水布置图

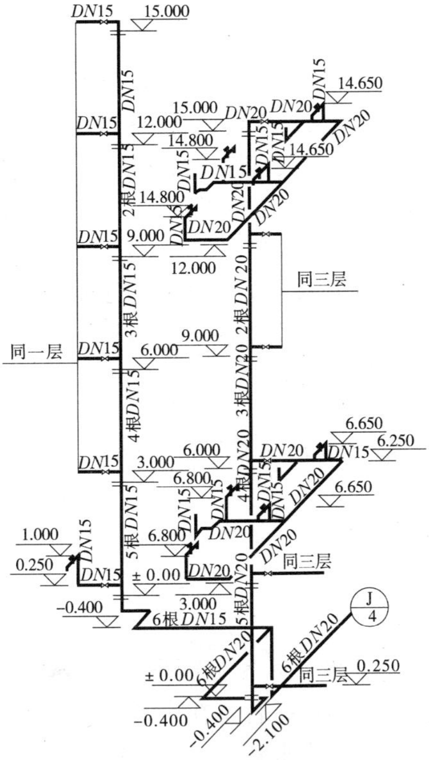

图 2-35　给水管道系统图

1）卫生器具

卫生器具是接纳、收集污水的设备，是室内排水系统的起点。污水由卫生器具排出口经存水弯与器具排水管流入横支管。

2）横支管

横支管的作用是接收卫生器具排水管流出的污水并将其排至立管内，其在设计上要有一定的坡度。

3）排水立管

排水立管的作用是接收各横支管流来的污水，并将其排至排出管（或水平干管）。

4）排出管

排出管的作用是接收排水立管的污水，并将其排至室外管网。它是室内管道与出户检查井的连接管。

5）通气管

通气管是在排水立管的上端延伸出屋面的部分。其作用是使污水在室内的排水管道中产生的臭气和有害气体排至大气中去，保证污水流动通畅，防止卫生器具的水封受到破坏。通气管管径根据当地气温决定，在不结冰的地区可与立管相同或小一号；在有冰冻的寒冷地区，管径要比立管大 50 mm。通气管伸出屋面高 500 mm 左右。

6）检查口、清扫口

为了疏通排水管道，在排水立管上设置检查口，在横支管起端安装清扫口。

2. 室内排水管道平面图

室内排水管道平面图主要表示建筑物内排水管道及有关卫生器具的平面布置。其图示特点和图示方法与给水施工图基本相同。排水管道在施工图中是采用粗虚线表示的。如果一张平面图，同时要绘出给水和排水两种管道，则两种管道的线型要留有一定距离，避免重叠混淆。由此说明平面图上的线条都是示意性的，它并不能说明真实安装情况。

如图 2-33 所示，排水管道平面图的主要内容有：

(1)卫生器具及设备的安装位置、类型、数量及定位尺寸。卫生器具及设备图中是用图例表示的，在读图时必须结合有关详图或技术资料搞清它们的构造、具体安装尺寸和连接方法。

(2)排出管的平面位置、走向、数量及排水系统编号与室外排水管网的连接形式、管径和坡度等。排出管道常都注上系统编号。

(3)排水干管、立管、支管的平面位置及走向，管径尺寸及立管编号。

(4)检查口、清扫口的位置。

3. 排水管道系统图

排水管道系统图如图 2-36 所示。

排水管道系统图图示方法与给水管道系统图图示方法基本相同。只是排水管道用虚线表示，管道在水平管段上都标注有污水流向的设计坡度，排水管道系统上的图例符号与给水管道系统上所用的图例符号不同。

排水管道系统图的主要内容有：

(1)排水立管上横支管的分支情况和立管下部的汇合情况等，排水系统是怎样组成的，有几根排出管、走向如何。

(2)通过图例符号表示横支管上连接哪些卫生器具，以及管道上的检查口、清扫口和通气管、风帽的位置与分布情况。

(3)管径尺寸、管道各部分安装标高、楼地面标高及横管的安装坡度等尺寸。

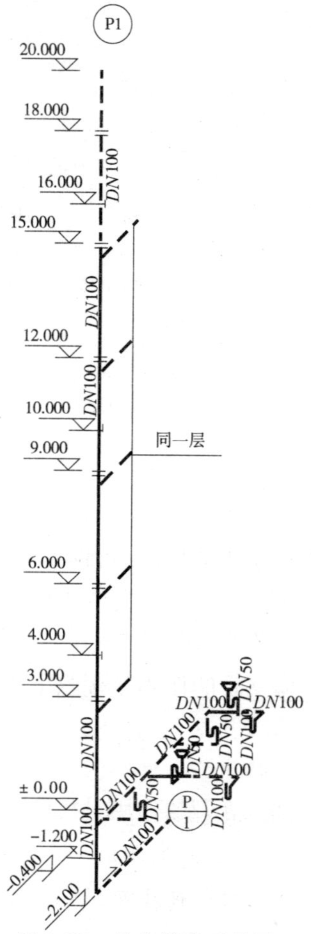

图 2-36　排水管道系统图

(三)供暖工程图

室内供暖工程图包括供暖平面图、供暖系统图(轴测图)和详图，以及文字说明等。

1. 供暖平面图

室内供暖平面图主要表示供暖管道、附件及散热器在建筑平面图上的位置以及它们之间的相互关系。识读方法如下：

(1)首先查明供热总干管和回水总干管的出入口位置，了解供热水平干管与回水水平干管的分布位置及走向。图中供热管用粗实线表示，回水管用粗虚线表示，供热管与回水管通常是沿墙分布的。若供暖系统为上供下回式，则供热水平干管绘在顶层平面图上，供热立管与供热水平干管相连；回水干管绘在底层平面图上，回水立管与回水干管相连。

(2)查看立管的编号，立管编号标志是 Nn，N 为供暖立管代号，n 为编号，用阿拉伯数字编号。

(3)查看散热器的布置,凡是有供热立管(供热总立管除外)的地方就有散热器与之相连,并且散热器通常都布置在窗口处。

(4)了解管道系统上的设备附件的位置与型号,热水供暖系统要查明膨胀水箱、集气罐的位置、连接方式和型号。若为蒸气供暖系统,要查明疏水器的位置及规格尺寸。另外,还要了解供热水平干管和回水水平干管固定支点的位置和数量,以及在底层平面图上管道通过地沟的位置与尺寸等。

(5)看管道的管径尺寸、管道敷设坡度及散热器的片数,供热管的管径规律是入口的管径大、末端的管径小,回水管的管径是起点管径小、出口的回水总管管径大。管道坡度通常只标注水平干管的坡度,散热器的片数通常标注在散热器图例近旁的窗口处。

(6)阅读"设计施工说明"从中了解设备的型号和施工安装的要求及所采用的通用图等。如散热器的类型、管道连接要求、阀门设置位置及系统防腐保温要求等。

2. 供暖系统图

供暖系统图是表示从供热总管入口直至回水总管出口整个供暖系统的管道、散热设备、主要附件的空间位置和相互连接情况的图样。供暖系统图通常是用正面斜等测方法绘制的。

(1)首先沿着热媒流动的方向查看供热总管的入口位置,与水平干管的连接及走向,各供热立管的分布,散热器通过支管与立管的连接形式,以及散热器和集气罐等设备、管道固定支点的分布与位置。

(2)从每组散热器的末端起看回水支管、立管、回水干管直到回水总干管出口的整个回水系统的连接、走向,以及管道上的设备附件、固定支点和过地沟的情况。

(3)查看管径、管道坡度、散热器片数的标注。在热水供暖系统中,一般是供热水平干管的坡度顺水流方向越走越高,回水水平干管的坡度顺水流方向越走越低,其坡度通常取3‰。

(4)看楼(地)面的标高、管道的安装标高,从而掌握管道安装时在建筑中的位置,如图2-37、图2-38所示。

二、建筑电气工程图

建筑电气工程图包括以下内容。

(一)目录、说明、图例、设备材料明细表

图纸目录内容有序号、图纸名称、图纸编号、图纸张数等。设计说明主要阐述电气工程设计的依据、特点、电气安装标准与方法及有关设计的补充说明等。图例通常只列出本套图纸中涉及的一些图例符号。设备材料明细表列出该项电气工程所需要的设备和材料的名称。

(二)电气系统图

电气系统图是表示电气工程的供电方式、电能输送、分配控制关系和设备运行情况的图纸。从电气系统图中可看出工程的概况。电气系统图有变配电系统图、动力系统图、照明系统图、弱电系统图等。

(三)电气平面图

电气平面图是表示电气设备、装置与线路平面布置的图纸,是进行电气安装的主要依据。电气平面图以建筑平面图为依据,在图上绘出电气设备、装置及线路的安装位置、敷设方法等。

(四)设备布置图

设备布置图是表示各种电气设备和器件的平面与空间位置、安装方式及其相互关系的

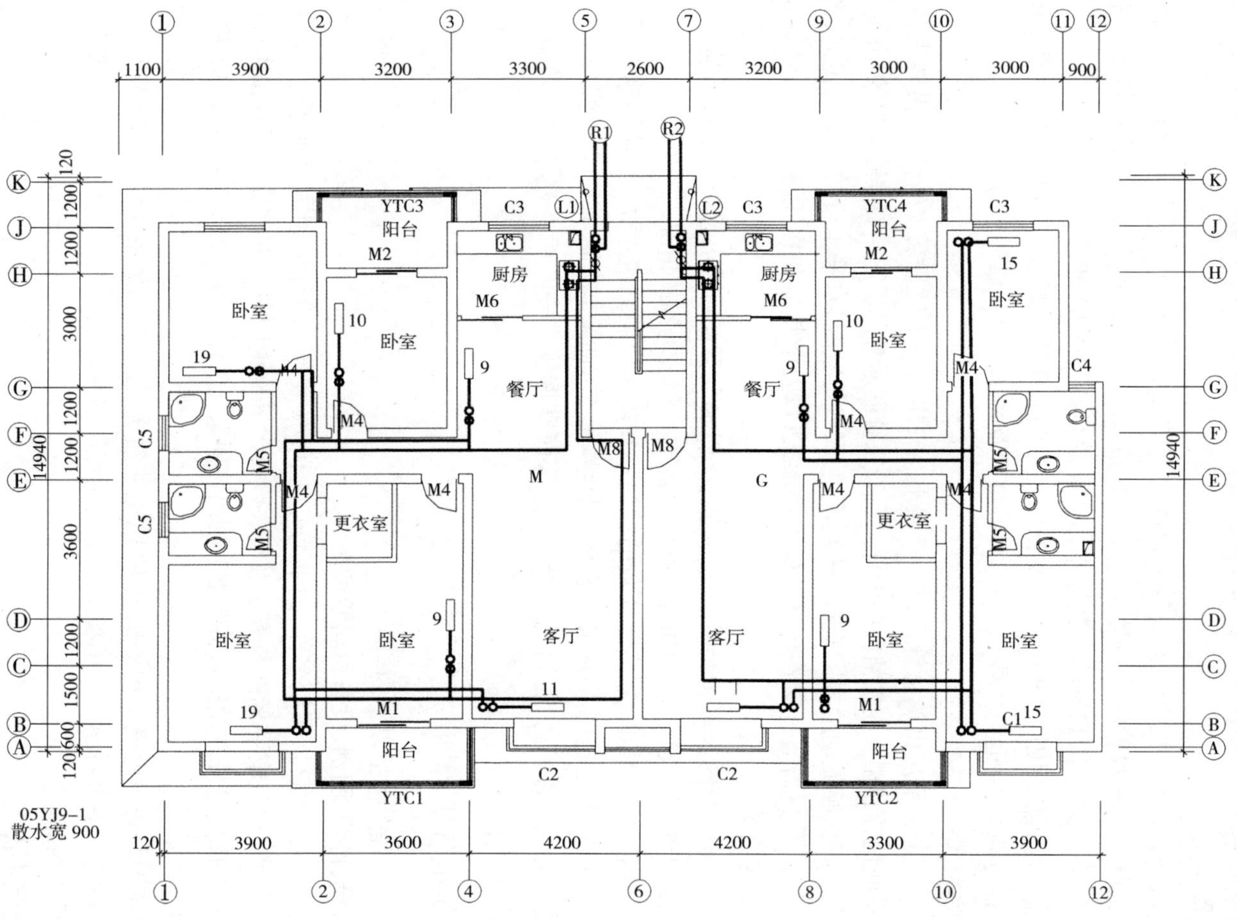

一层采暖平面图　1:100

图 2-37　供暖平面图

图纸。

(五)安装接线图

安装接线图又称安装配线图,是用来表示电气设备、电气元件和线路的安装位置、配线方式、接线方法、配线场所特征等的图纸。

(六)电气原理图

电气原理图是表示某一电气设备或系统的工作原理的图纸,它是按照各个部分的动作原理采用展开法来绘制的。通过分析电气原理图可以清楚地看出整个系统的动作顺序。电气原理图可以用来指导电气设备和器件的安装、接线、调试、使用与维修。

(七)详图

详图是表现电气工程中设备的某一部分的具体安装要求和做法的图纸。

室内电气照明施工图是整套建筑工程施工图的一个组成部分。室内电气照明施工图一般由首页图、电气照明平面图、供电系统图和电气大样图及说明组成。

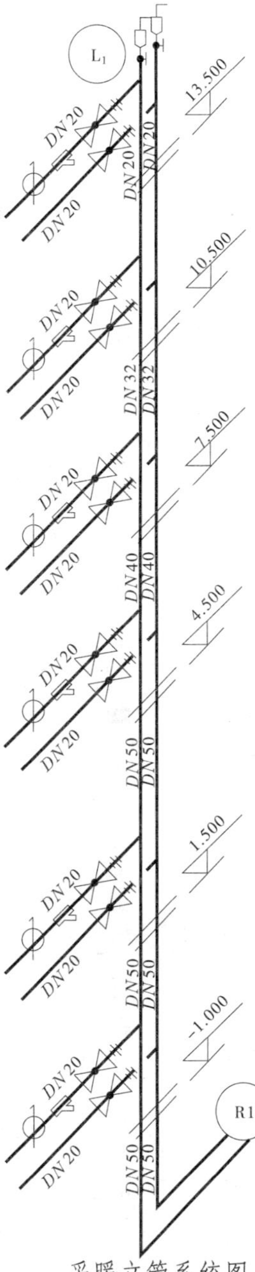

采暖立管系统图

图 2-38　供暖系统图

1. 首页图

首页图包括电气工程图纸目录、图例及电器规格说明和施工说明三部分,但在工程比较简单时,可将首页图的内容并入平面图内或其他图内。

2. 电气照明平面图

电气照明平面图是电气施工的主要图纸,它主要表示:电源进户线的位置、规格、穿线管径,配电盘(箱)的位置、编号,配电线路的位置、敷设方式,配电线的规格、根数、穿线管径,各种电器的位置,灯具的位置、种类、数量、安装方式和高度,以及开关、插座的位置,各支路的编号及要求等。

3. 供电系统图

供电系统图是根据用电量和配电方式画出的,它是表示建筑物内配电系统的组成与连接的示意图。从图中可看到电源进户线的型号、敷设方式,系统用电的总容量,进户线、干线、支线的连接与分支情况,配电箱、开关、熔断器的型号与规格,以及配电导线的型号、截面、采用管径及敷设方式等。

4. 电气大样图

在照明平面图、供电系统图中表示不清而又无通用图可选的图样时,需绘制施工大样图。

5. 说明

未尽事宜,要在说明中提出。说明一般是说明设计的依据,对施工、材料或制品提出要求等。

如图 2-39 所示为某办公楼二层电路布置图,图 2-40 为某办公楼二层插座布置图。

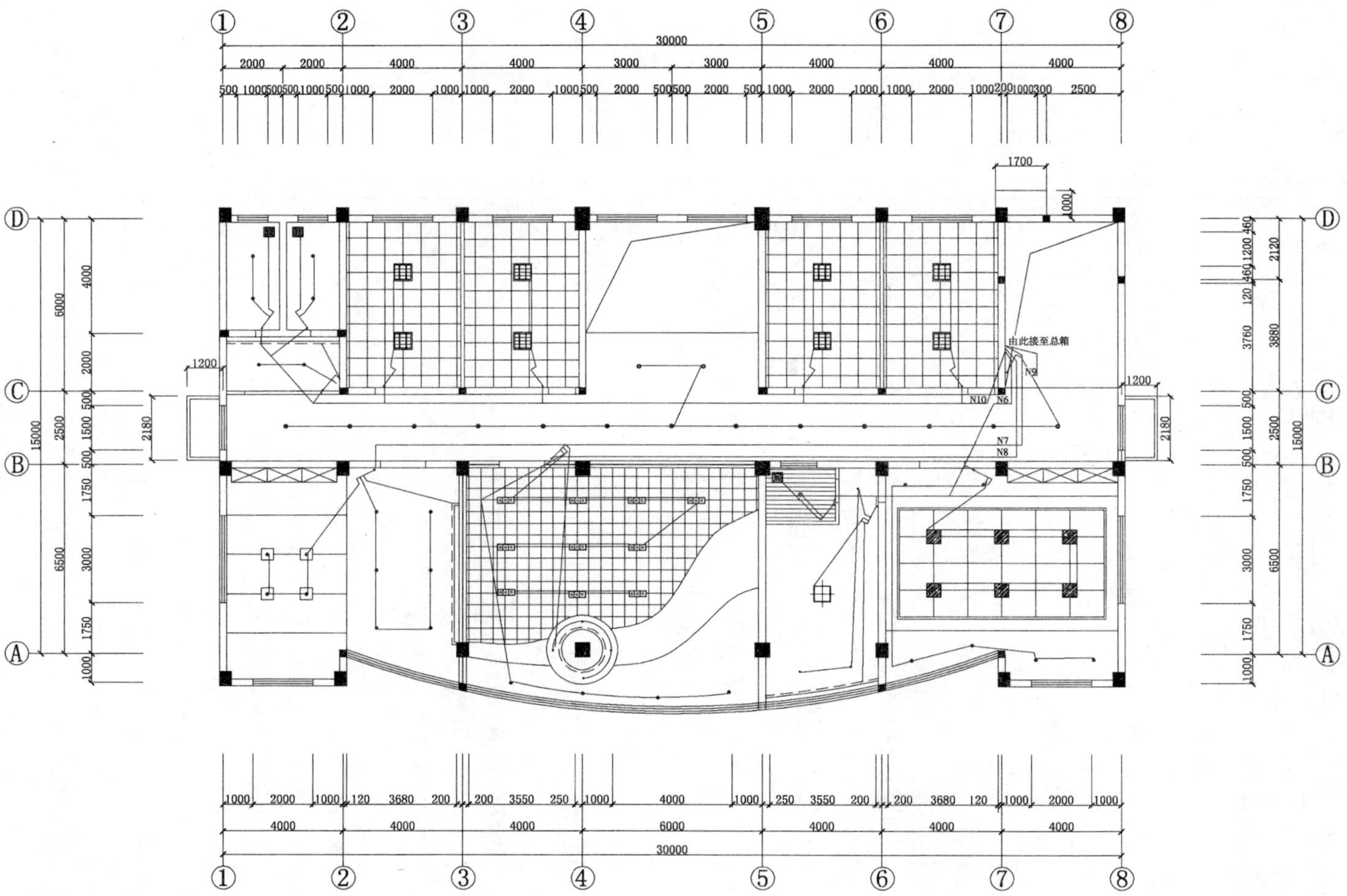

二层电路布置图 1:100

图 2-39 某办公楼二层电路布置图

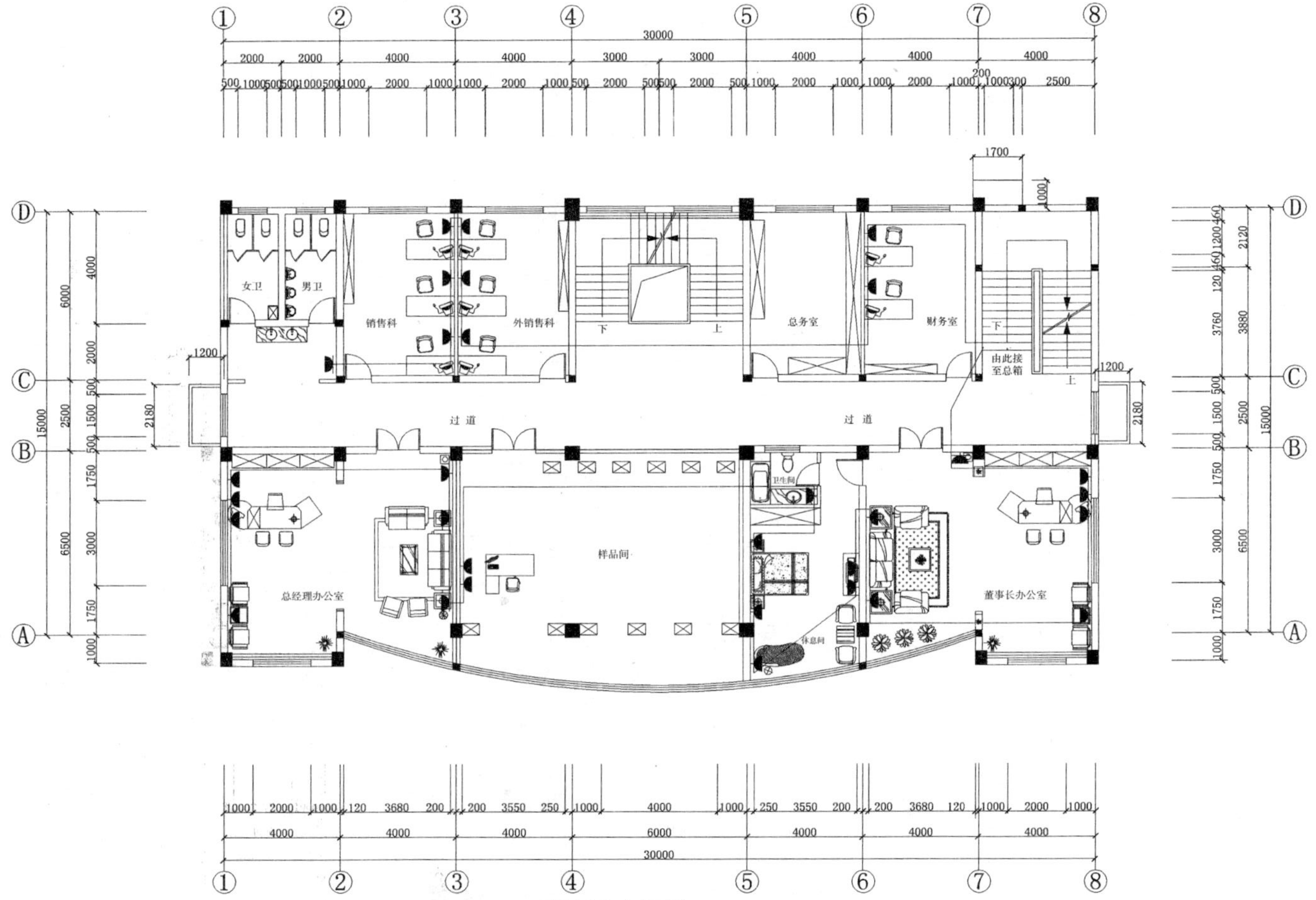

二层插座布置图 1:100

图 2-40 办公楼二层插座布置图

第五节　建筑装饰施工图识读

一、建筑装饰施工图概述

(一)建筑装饰施工图的特点

虽然建筑装饰施工图与建筑施工图在绘图原理和图示标识形式上有许多方面基本一致,但由于专业分工不同,图示内容不同,总还是存在一定的差异。其差异反映在图示方法上,主要有以下几个方面。

(1)由于建筑装饰工程涉及面广,它不仅与建筑有关,与水、暖、电等设备有关,与家具、陈设、绿化及各种室内配套产品有关,还与钢、铁、铝、铜、木等不同材质的结构处理相关。因此,建筑装饰施工图中常出现建筑制图、家具制图、园林制图和机械制图等多种画法并存的现象。

(2)建筑装饰施工图所要表达的内容多,它不仅要表示建筑的基本结构(是装饰设计的依据),还要表示装饰的形式、结构与构造。为了表达翔实,符合施工要求,装饰施工图一般都是将建筑图的一部分加以放大后进行图示,所用比例较大,因而有建筑局部放大图之说。

(3)建筑装饰施工图图例部分无统一标准,多是在流行中互相沿用,各地大同小异,有的还不具有普遍意义,不能让人一望而知,需加文字说明。

(4)标准定型化设计少,可采用的标准图不多,致使基本图中大部分局部和装饰配件都需要专画详图来表示其构造。

(5)建筑装饰施工图由于所用比例较大,又多是建筑物某一装饰部位或某一装饰空间的局部图示,笔力比较集中,有些细部描绘比建筑施工图更细腻。比如将大理石板画上石材肌理、玻璃或镜面画上反光、金属装饰制品画上抛光线等,使图像真实、生动,并具有一定的装饰感,让人一看就懂,构成了装饰施工图自身形式上的特点。

建筑装饰施工图在图示方法上还有一些其他方面的特点,将在后面详细讲述。

(二)建筑装饰施工图的组成与编排

建筑装饰施工图是用于表达建筑物室内外装饰美化的做法和要求的施工图样,采用正投影等投影法,反映建筑的装饰造型、装饰构造、饰面处理,以及反映家具、陈设、绿化等布置的内容。图纸分室内、室外两部分,图纸的组成一般有平面布置图、顶棚平面图、装饰立面图、装饰剖面图和节点构造详图等。

建筑装饰施工图也要对图纸进行归纳与编排。将图纸中未能详细表示或图样不易表示的内容写成设计施工总说明,将门窗和图纸目录归纳成表格,并将这些内容放于首页。由于建筑装饰工程是在已经确定的建筑实体上或其空间内进行的,因而其图纸首页一般都不安排总平面图。

建筑装饰工程图纸编排顺序的原则是:装饰施工图在前,室内配套设备施工图在后;基本图在前,详图在后;先施工的在前,后施工的在后。建筑装饰施工图简称装施图,室内设备施工图可简称为设施图,也可按工种不同,分别简称为水施图、电施图和暖施图等。

二、建筑装饰平面图

建筑装饰平面图包括装饰平面布置图和顶棚平面图。

装饰平面布置图是假想用一个水平的剖切平面,在窗台上方位置,将经过内外装饰的房屋整个剖开,移去以上部分向下所作的水平投影图。它的作用主要是用来表示建筑室内外各种装饰布置的平面形状、位置、大小和所用材料,表示这些布置与建筑主体结构之间,以及这些布置与布置之间的相互关系等。

顶棚平面图有两种形成方法:一是假想房屋水平剖开后,移去下面部分向上作直接正投影而成;二是采用镜像投影法,将地面视为镜面,对镜中顶棚的形象作正投影而成。顶棚平面图一般都采用镜像投影法绘制。顶棚平面图的作用主要是用来表示顶棚装饰的平面形式、尺寸和材料,以及灯具和其他各种室内顶部设施的位置与大小等。

装饰平面布置图和顶棚平面图都是建筑装饰施工放样、制作安装、预算与备料,以及绘制室内有关设备施工图的重要依据。上述两种平面图中,其中平面布置图的内容尤其繁杂,加上它控制了水平向纵横两轴的尺寸数据,其他视图又多由它引出,因而是识读建筑装饰施工图的重点和基础。

(一)装饰平面布置图

1. 装饰平面布置图的主要内容和表示方法

1)建筑平面基本结构和尺寸

装饰平面布置图用来图示建筑平面图的有关内容。其包括建筑平面图上由剖切引起的墙柱断面和门窗洞口、定位轴线及其编号、建筑平面结构的各部尺寸、室外台阶、雨篷、花台、阳台及室内楼梯和其他细部布置等内容。这些图像、定位轴线和尺寸,表示了建筑内部各空间的平面形状、大小、位置和组合关系,表示了墙柱和门窗洞口的位置、大小与数量,表示了上述各种建筑构配件和设施的平面形状、大小与位置,是建筑装饰平面布置设计定位、定形的依据。上述内容,在无特殊要求的情况下,均应照原建筑平面图套用,具体表示方法与建筑平面图相同。

当然,装饰平面布置图应突出装饰结构与布置,对建筑平面图上的内容不是丝毫不漏地完全照搬。为了使图面不过于繁杂,一般与装饰平面图示关系不大,或完全没有关系的内容均应予以省略,如指北针、建筑详图的索引标志、建筑剖面图的剖切符号,以及某些大型建筑物的外包尺寸等。

2)装饰结构的平面形式和位置

装饰平面布置图需要表示出楼地面、门窗和门窗套、护壁板或墙裙、隔断、装饰柱等装饰结构的平面形式和位置。

其中,地面(包括楼面、台阶面、楼梯平台面等)装饰的平面形式要求绘制准确、具体。按比例用细实线画出该形式的材料规格、铺式和构造分格线等,并表示其材料品种和工艺要求。如果地面各处的装饰做法相同,可不必满堂都画,一般选图像相对疏空处部分画出,构成独立的地面图案则要求表达完整。

门窗的平面形式主要用图例表示,其装饰应按比例和投影关系绘制。平面布置图上应表示门窗是内装、外装还是中装,并应注上它们各自的设计编号。

平面布置图上垂直构件的装饰形式,可用中实线画出它们的水平断面外轮廓,如门窗套、包柱、壁饰、隔断等。墙柱的一般饰面则用细实线表示。

装饰平面图还要表示室内家具、陈设、绿化和室外水池、装饰小品等配套设置的平面形状、数量与位置。这些布置当然不能将实物原形画在图上,可以借助图例来表示。

由于大部分家具与陈设都在水平剖切平面以下，因此它们的顶面正投影轮廓线应用中实线绘制，轮廓内的图线用细实线绘制。

3）装饰结构与配套布置的尺寸标注

为了明确装饰结构和配套布置在建筑空间内的具体位置与大小关系，平面布置图上的另一主要内容就是尺寸标注。

平面布置图的尺寸标注也分外部尺寸和内部尺寸。外部尺寸一般是套用建筑平面图的轴间尺寸和门窗洞、洞间墙尺寸，而装饰结构和配套布置的尺寸主要在图像内部标注。内部尺寸一般比较零碎，直接标注在所示内容附近。若遇重复相同的内容，其尺寸可代表性地标注。

为了区别平面布置图上不同平面的上下关系，必要时也要注出标高。为了简化计算、方便施工，装饰平面布置图一般取各层室内主要地面为标高零点。

平面布置图上还应标注各种视图符号，如剖切符号、索引符号、投影符号等。这些符号除投影符号外，其他符号的标识方法均与建筑平面图相同。

投影符号可以说是装饰平面布置图所特有的视图符号，它用于表示室内各立面的投影方向和投影面编号。

投影符号的标注一般有以下规定：当室内空间的构成比较复杂，或各立面只需要图示其中某几个立面时，可分别在相应位置画如图 2-41（a）所示形式的投影符号，三角形尖端所指的是该立面的投影方向，圆内字母表示该投影面的编号；当室内平面形状是矩形，并且各立面大部分都要图示时，可仅用一个如图 2-41（b）所示形式的投影符号，四个尖端标明四个立面的投影方向，四个字母表示四个投影面的编号。

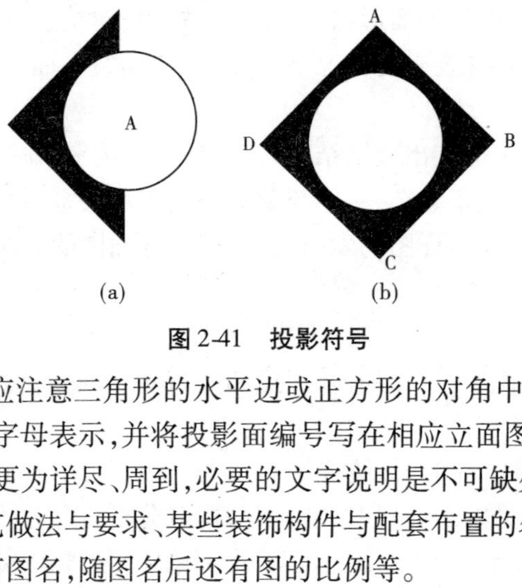

图 2-41　投影符号

绘制投影符号时，应注意三角形的水平边或正方形的对角中心线应与投影面平行，符号编号一般用大写拉丁字母表示，并将投影面编号写在相应立面图的下方作为图名。

为了使图面的表达更为详尽、周到，必要的文字说明是不可缺少的，如房间的名称、材料的规格品种和颜色、工艺做法与要求、某些装饰构件与配套布置的名称等。为了给图以总的提示，平面布置图还附有图名，随图名后还有图的比例等。

2. 装饰平面布置图的阅读要点

根据基本结构及其尺寸，要把各房间名称、面积，以及门窗、走廊、楼梯等的主要位置和尺寸了解清楚。然后看建筑平面结构内的装饰结构和装饰设置的平面布置等内容。通过对各房间和其他空间主要功能的了解，明确为满足功能要求所设置的设备与设施的种类、规格和数量，以便制订相关的购买计划。通过图中对装饰面的文字说明，了解各装饰面对材料规格、品种、色彩和工艺制作的要求，明确各装饰面的结构材料与饰面材料的衔接关系和固定方式，并结合面积作材料计划和施工安排计划。

面对众多的尺寸,要注意区分建筑尺寸和装饰尺寸。在装饰尺寸中,要能分清其中的定位尺寸、外形尺寸和结构尺寸。

定位尺寸是确定装饰面或装饰物在平面布置图上位置的尺寸。在平面图上需要两个定位尺寸才能确定一个装饰物的平面位置,其基准往往是建筑结构面。

外形尺寸是装饰面或装饰物的外轮廓尺寸,由此可确定装饰面或装饰物的平面形状与大小。

结构尺寸是组成装饰面和装饰物各构件及其相互关系的尺寸。由此可确定各种装饰材料的规格,以及材料之间和材料与主体结构之间的连接固定方法。

平面布置图上为了避免重复,同样的尺寸往往只代表性地标注一个,读图时要注意将相同的构件或部位归类。

通过平面布置图上的投影符号,明确投影面编号和投影方向,并进一步画出其投影方向的立面图。

通过平面布置图上的剖视符号,明确剖切位置及其剖视方向,进一步查阅相应的剖面图。

通过平面布置图上的索引符号,明确被索引部位及详图所在位置。

概括起来,阅读装饰平面布置图应抓住面积、功能、装饰面、设施以及与建筑结构的关系这五个要点。

3. 装饰平面布置图的识读

以图2-42为例,该图为某办公楼钢材厂招待所首层平面布置图,比例为1∶100。图中④~⑤轴前面是门厅和临时休息处,正中有一部主楼梯上二层,东侧还有一部辅助楼梯,卫生间布置在西北角,南向布置的房间为招待室和餐厅。门厅的开间是6.00 m,进深是6.50 m。其余房间的开间是4.00 m,进深是6.50 m。餐厅宽12.00 m,进深是6.50 m,局部进深7.50 m,中间过道宽2.50 m。以上几个房间是底层室内装饰的重点。

从图2-42中可以看出地面做法(包括门厅地面),除卫生间外均为800 mm×800 mm地砖,主入口门厅前有两侧的弧形坡道,采用金山石材铺设。主入口大门是10 mm厚的钢化玻璃电动感应门,门厅和走道连接处地面局部有变化。临时休息处有太湖石和细竹来作为室内装饰材料,办公区和过道之间的左、右两侧是10 mm厚玻璃墙,有四个装饰方柱。楼梯踏步面采用进口金线米黄大理石台阶,栏杆、扶手均采用不锈钢材料。

(二)顶棚平面图

1. 顶棚平面图的基本内容与表示方法

顶棚平面图要表示墙柱和门窗洞口位置,一般都采用镜像投影法绘制。用镜像投影法绘制的顶棚平面图,其图形上的前后、左右位置与装饰平面布置图完全相同,纵横轴线的排列也与之相同。因此,在图示了墙柱断面和门窗洞口以后,不必再重复标注轴间尺寸、洞口尺寸和洞间墙尺寸,这些尺寸可对照平面布置图阅读。定位轴线和编号也不必每轴都标,只在平面图形的四角部分标出,能确定它与平面布置图的对应位置即可。

顶棚平面图一般不图示门扇及其开启方向线,只图示门窗过梁底面,为区别门洞与窗洞,窗扇用一条细虚线表示,标注顶棚装饰造型的平面形式和尺寸,并通过附加文字说明其所用材料、色彩及工艺要求。

顶棚的迭级变化应结合造型平面分界线用标高的形式来表示,由于所注的是顶棚各构

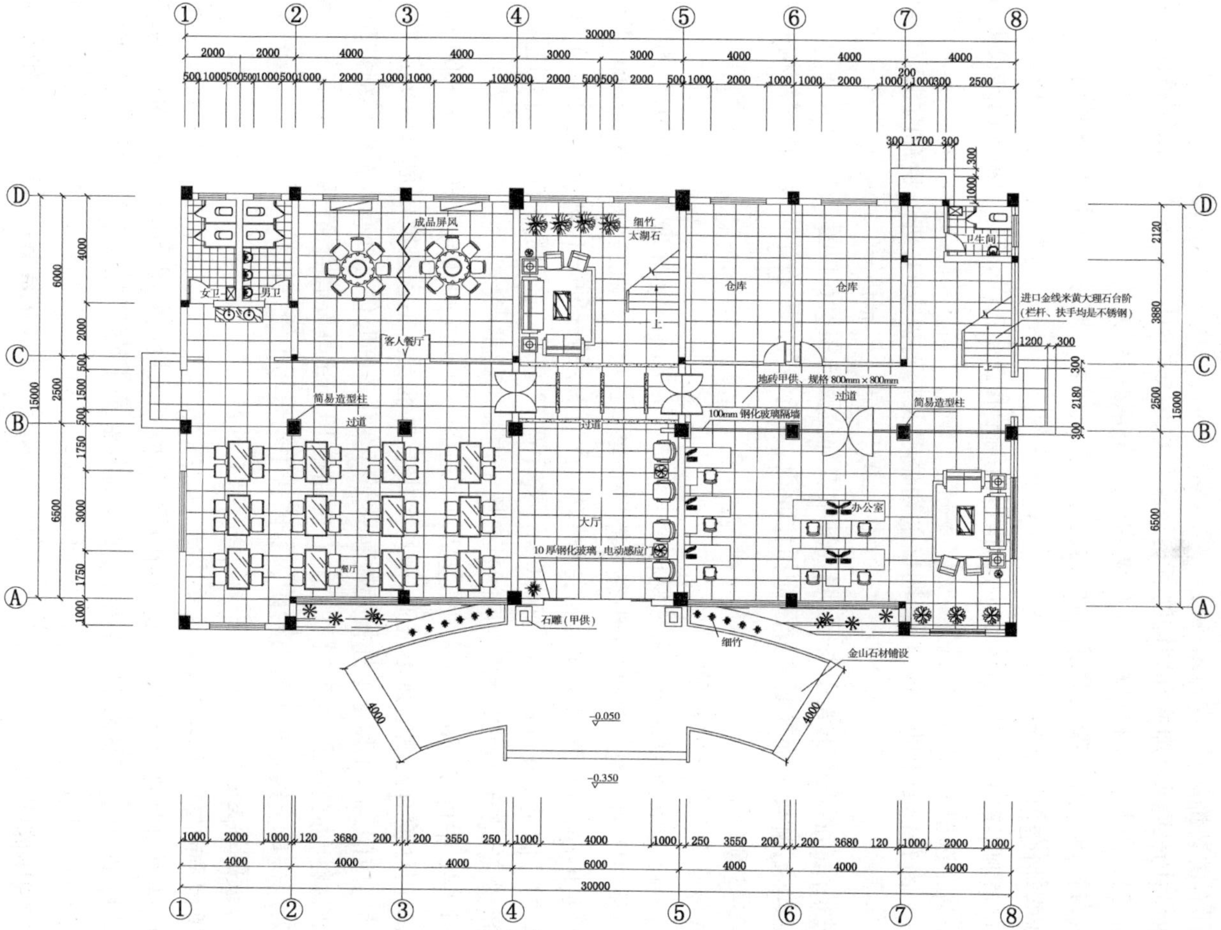

首层平面布置图 1:100

图 2-42 某办公楼首层平面布置图

件底面的高度，因而标高符号的尖端应向上。

顶棚平面图上应表示顶部灯具的种类、式样、规格、数量及布置形式和安装位置。

顶棚平面图上的小型灯具按比例用一个细实线表示，大型灯具可按比例画出它的正投影外形轮廓，力求简明概括，并附加文字说明。

顶棚平面图上应表示空调风口、顶部消防与音响设备等设施的布置形式与安装位置，表示墙体顶部有关装饰配件（如窗帘盒、窗帘等）的形式和位置，表示顶棚剖面构造详图的剖切位置及剖面构造详图的所在位置。作为基本图的装饰剖切图，其剖切符号不在顶棚图上标注。

2. 顶棚平面图的识读要点

首先应弄清楚顶棚平面图与平面布置图各部分的对应关系图在基本结构和尺寸上是否相符。核对顶棚平面图与平面布置，对于某些有选级变化的顶棚，要分清它的标高尺寸和线型尺寸，并结合选型平面分界线，在平面上建立起二维空间的尺度概念。

通过顶棚平面图，了解顶部灯具和设备设施的规格、品种与数量；通过顶棚平面图上的文字标注，了解顶棚所用材料的规格、品种及其施工要求；通过顶棚平面图上的索引符号，找出详图对照着阅读，弄清楚顶棚的详细构造。

3. 顶棚平面图的识读

从图 2-43 顶棚平面图中可以看出，门厅顶棚有三个选级，标高分别是 3. 20 m、3. 50 m、3. 70 m，最顶层为白色乳胶漆，门厅中心顶部采用米色铝塑板吊顶，两者之间用轻钢龙骨和纸面石膏板组成的吊顶过渡。其余房间及走道顶部以轻钢龙骨和纸面石膏板组成的吊顶为主，卫生间采用防水纸面石膏板，餐厅局部用白色乳胶漆，客人餐厅房间的顶部内填银箔纸。

除客人餐厅顶部外，其余房间顶部内藏灯槽，客人餐厅顶部安装吸顶灯两盏。

三、建筑装饰立面图

建筑装饰立面图包括室外装饰立面图和室内装饰立面图。

室外装饰立面图是将建筑物经装饰后的外观形象向铅直投影面所作的正投影图，它主要表示屋顶、檐头、外墙面、门头与门面等部位的装饰造型、装饰尺寸和饰面处理，以及室外水池、雕塑等建筑装饰小品布置等内容。

室内装饰立面图的形成比较复杂，且形式不一。目前，常采用的形成方法有以下几种。

（1）假想将室内空间垂直剖开，移去剖切平面前面的部分，对余下部分作正投影而成，这种立面图实质上是带有立面图示的剖面图。它所示图像的进深感较强，并能同时反映顶棚的选级变化。但剖切位置不明确（在平面布置图上没有剖切符号，仅用投影符号表示视向），其剖面图示安排似乎有点随意，较难与平面布置图和顶棚平面图对应。

（2）假想将室内各墙面沿面与面相交处拆开，移去暂时不予图示的剖面，将剩下的墙面及其装饰布置向铅直投影面作投影而成。这种立面图不出现剖面图像，只出现相邻墙面及其上装饰构件与该墙面的表面交线。

（3）设想将室内各墙面沿某轴阴角拆开，依次展开，直至都平行于同一“铅直投影面”，形成大面展开图。这种立面图能将室内各场面的装饰效果连贯地展示在人们眼前，以便人们研究各墙面之间的统一与反差及相互衔接关系，对室内装饰设计与施工有着重要作用。

室内装饰立面图主要表示建筑内部某一装饰空间的立面形式、尺寸及室内配套布置等

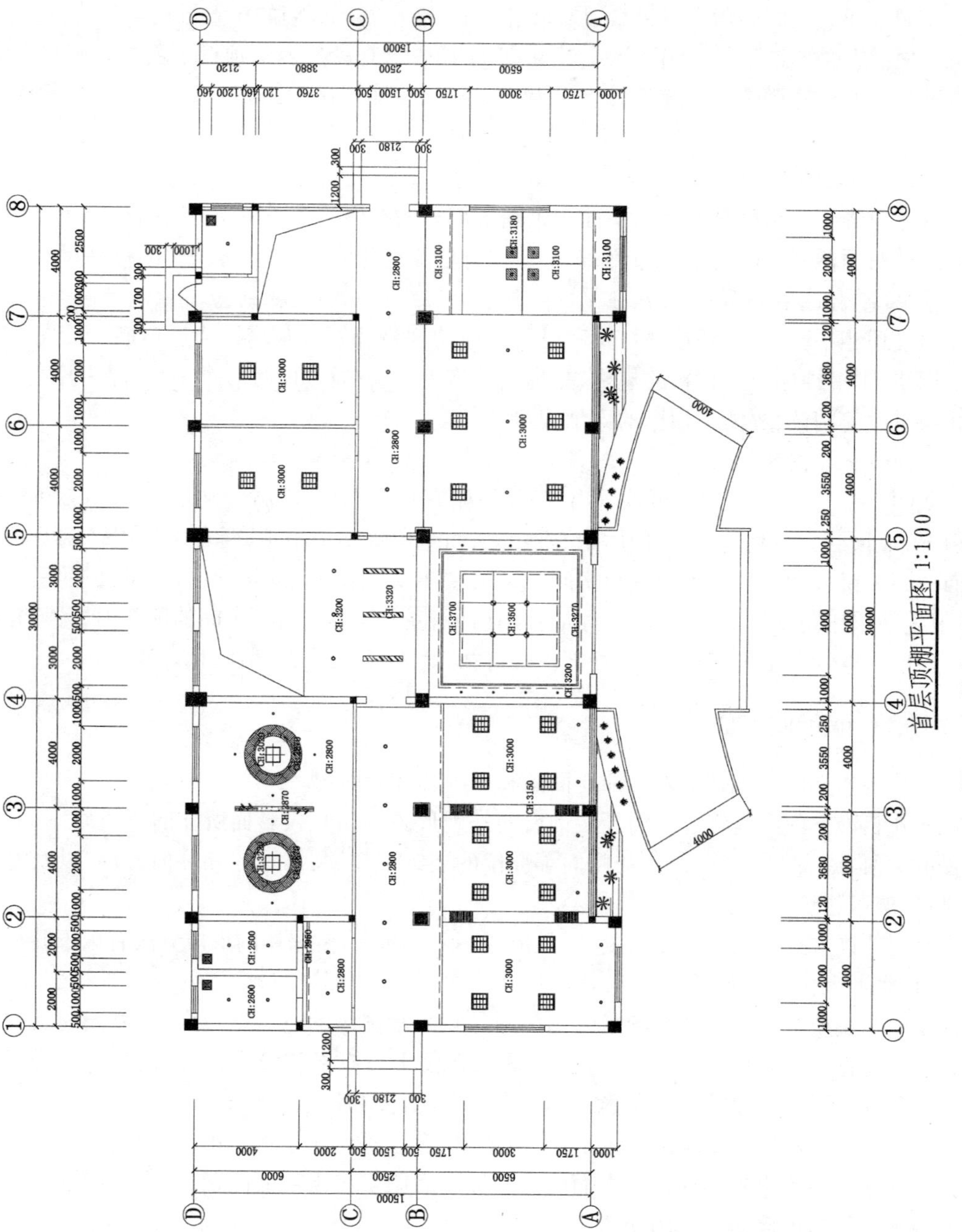

图 2-43　某办公楼首层顶棚平面图

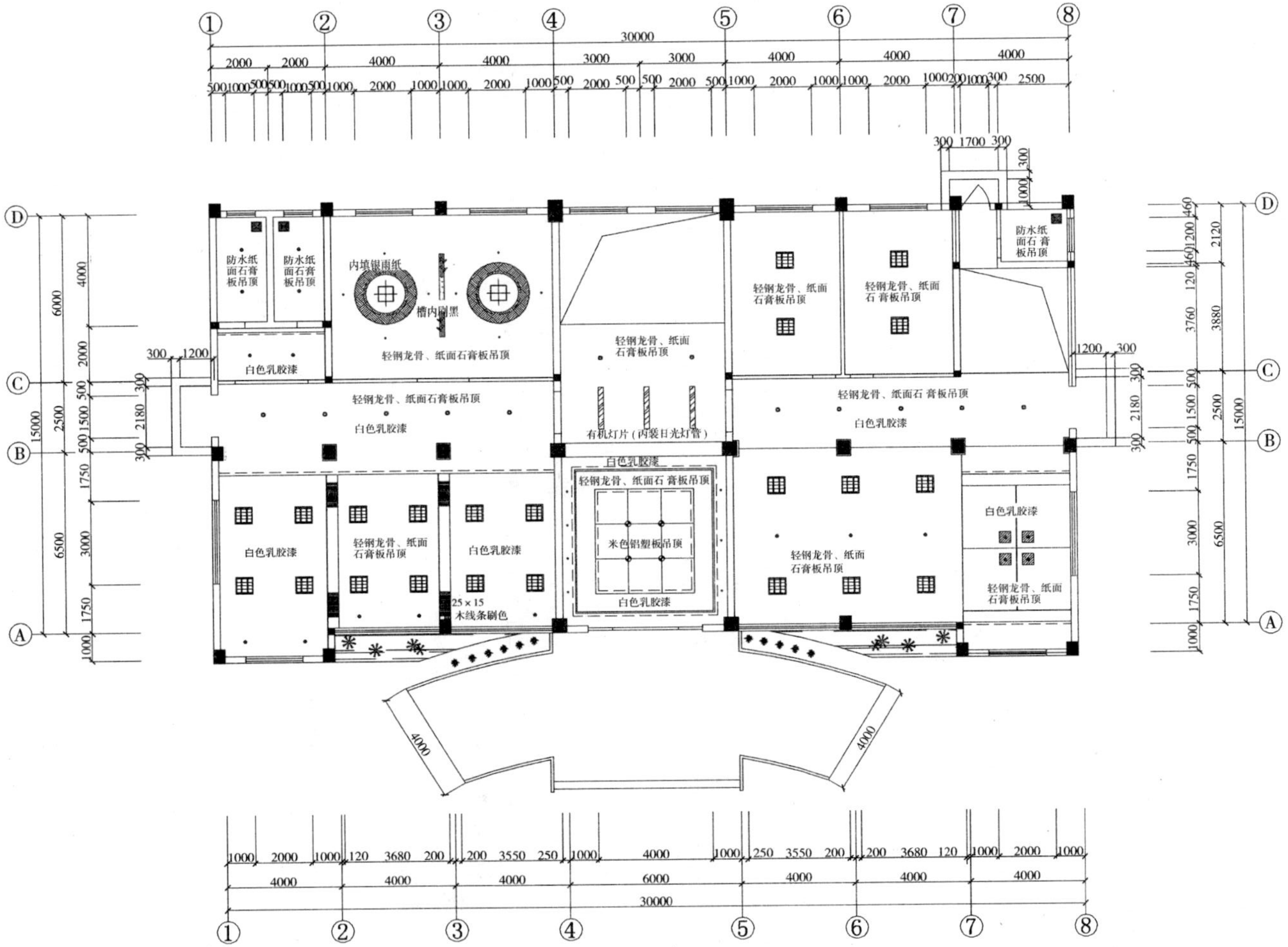

首层顶面布置图 1:100

续图 2-43

内容。

(一)建筑装饰立面图的基本内容和表示方法

建筑装饰立面图的基本内容有图名、比例和立面图两端的定位轴线及其编号。

在装饰立面图上使用相对标高,即以室内地面为标高零点,并以此为基准来表示装饰立面图上有关部位的标高。

建筑装饰立面图上应表示室内外立面装饰的造型和式样,并用文字说明其饰面材料品名、规格、色彩和工艺要求;表示室内外立面装饰造型的构造关系与尺寸;表示室内外立面上各种装饰品(如壁画、壁挂、金属字等)的式样、位置和大小尺寸;表示门窗、花格、装饰隔断等设施的高度尺寸和安装尺寸;表示室内外立面上的所用设备及其位置尺寸和规格尺寸;表示详图所示部位及详图所在位置。

作为室内装饰立面图,还要表示家具和室内配套产品的安放位置与尺寸。若采用剖面图示形式的室内装饰立面图,还要表示顶棚的选级变化和相关尺寸。建筑装饰立面图的线型选择和建筑立面图基本相同,唯有细部描绘应注意力求表达清楚,所有为增加效果的细节描绘均应以细淡线表示。

弄清楚每个立面上有几种不同的装饰面,以及这些装饰面所选用的材料与施工工艺要求。

立面上各装饰面之间的衔接收口较多,这些内容在立面图上表示比较概括,多在节点详图中详细表示。要注意找出这些详图,明确它们的收口方式、工艺和所用材料。

明确装饰结构之间以及装饰结构与建筑结构之间的连接固定方式,以便提前准备预埋件和紧固件。

要注意设施的安装位置,电源开关、插座的安装位置和安装方式,以便在施工中留位。阅读室内装饰立面图时,要结合平面布置图、顶棚平面图和该室内其他立面图对照阅读,明确该室内的整体做法与要求。阅读室外装饰立面图时,要结合平面布置图和该部位的装饰剖面图综合阅读,全面弄清楚它的构造关系。

(二)建筑装饰立面图的识读要点

明确建筑装饰立面图上与该工程有关的各部尺寸和标高。

通过图中不同线型的含义,搞清楚立面图上各种装饰造型的凹凸起伏变化和转折关系。

(三)建筑装饰立面图的识读

图 2-44 是办公区玻璃隔断和装饰柱面立面图,比例为 1∶100,对应图可以看出:门的形式为双扇平开门,高 2 100 mm,玻璃材质。还可看出立柱的尺寸和平面位置,立柱表面从底部到顶部分别用莎比利木饰面、米黄色铝塑板和淡蓝色烤漆玻璃装饰,具体图样尺寸大小见图上标注,立柱侧面局部采用 10 mm 厚钢化玻璃和白色乳胶漆装饰。

图 2-45 为一层大厅背景墙立面图,可以看出背景墙主体材料为咖啡色砂岩砖,公司牌幅后面放置 T 四灯管,用 8 mm 厚的喷砂钢化玻璃盖面,墙体两端及中部用米黄色真石漆。

图 2-46 为二层休息间墙面立面装饰图,墙面主要采用壁纸和白色乳胶漆。

图 2-47 为办公室资料柜立面图,家具摆设位置如图中表示,踢脚线做法采用与莎比利木饰面配套的复合踢脚线,墙面主要用白色乳胶漆。

图 2-48 和图 2-49 为卫生间台盆立面图,台面及上部挡水板均采用中国黑大理石,门用莎比利木门,镜面尺寸为长 1 700 mm、宽 1 100 mm,镜面上放置镜前灯,位置如图中所示。

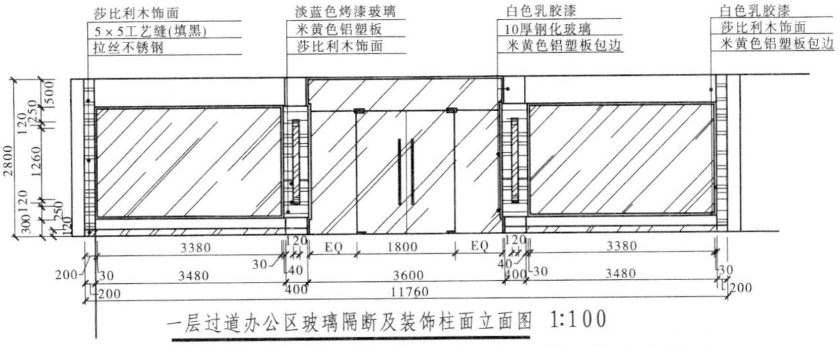

图 2-44　一层过道办公区玻璃隔断及装饰柱面立面图

四、建筑装饰剖面图

建筑装饰剖面图是用假想平面将室外某装饰部位或室内某装饰空间垂直剖开而得的正投影图。它主要表示上述部位或空间的内部构造情况，或者说装饰结构与建筑结构、结构材料。本节介绍的建筑装饰剖面图，是作为建筑装饰施工图中基本图样的剖面图。

（一）建筑装饰剖面图的基本内容

建筑装饰剖面图的表示方法与建筑剖面图大致相同，下面主要介绍它的基本内容：

（1）标注建筑的剖面基本结构和剖切空间的基本形状，并标注出所需的建筑主体结构的有关尺寸和标高。

（2）标注装饰结构的剖面形状、构造形式、材料组成及固定与支撑构件的相互关系。

（3）标注装饰结构与建筑主体结构之间的衔接尺寸与连接方式。

（4）标注剖切空间内可见实物的形状、大小与位置。

（5）标注装饰结构和装饰面上的设备安装方式或固定方法。

（6）标注某些装饰构配件的尺寸、工艺做法与施工要求。

（7）标注节点详图和构配件详图的所示部位在详图中的位置。

（8）如果是建筑内部某一装饰空间的剖面图，还要标注剖切空间内与剖切平面平行的墙面装饰形式、装饰尺寸、饰面材料与工艺要求。

（9）标注图名、比例和被剖切墙体的定位轴线及其编号，以便与平面布置图和顶棚平面图对照阅读。

（二）建筑装饰剖面图的识读要点

阅读建筑装饰剖面图时，首先要对照平面布置图看清楚剖切面的编号是否相同，了解该剖面的剖切位置和剖视方向。

在众多图像和尺寸中，要分清哪些是建筑主体结构的图像和尺寸，哪些是装饰结构的图像和尺寸。当装饰结构与建筑结构所用材料相同时，它们的剖断面表示方法是一致的。现代某些大型建筑的室内外装饰，并非是贴墙面、铺地面、吊顶而已，因此要注意区分，以便进一步研究它们之间的衔接关系、方式和尺寸。

通过对剖面图中所示内容的阅读研究，明确装饰工程各部位的构造方法、构造尺寸、材料要求与工艺要求。

建筑装饰形式变化多，程式化的做法少。作为基本图的装饰剖面图只能表示出原则性

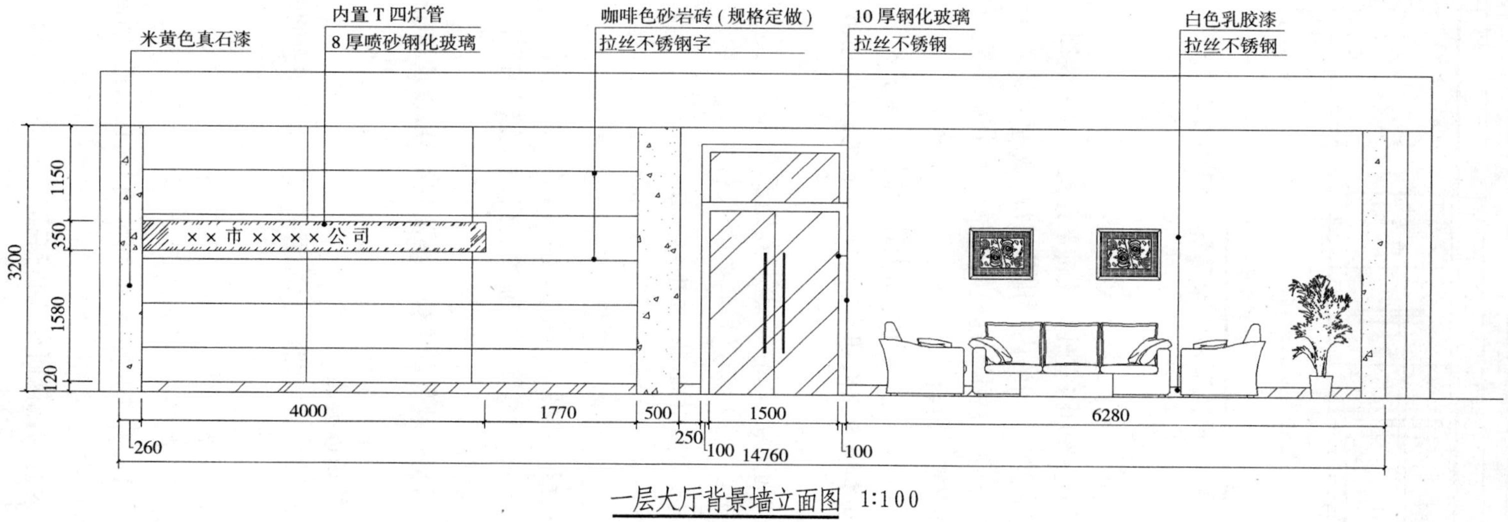

图2-45　一层大厅背景墙立面图

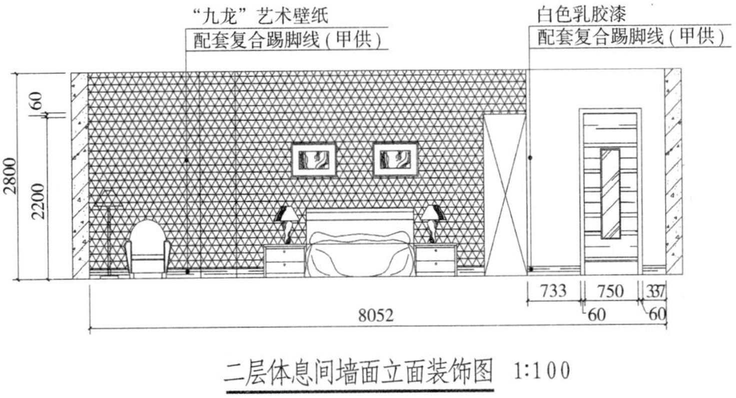

图 2-46　二层休息间墙面立面装饰图

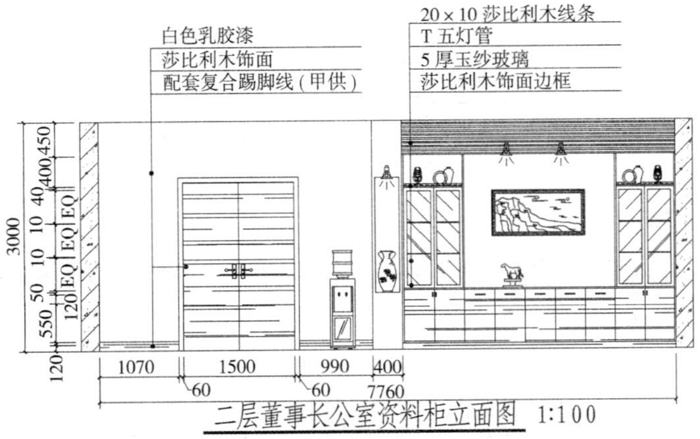

图 2-47　二层董事长办公室资料柜立面图

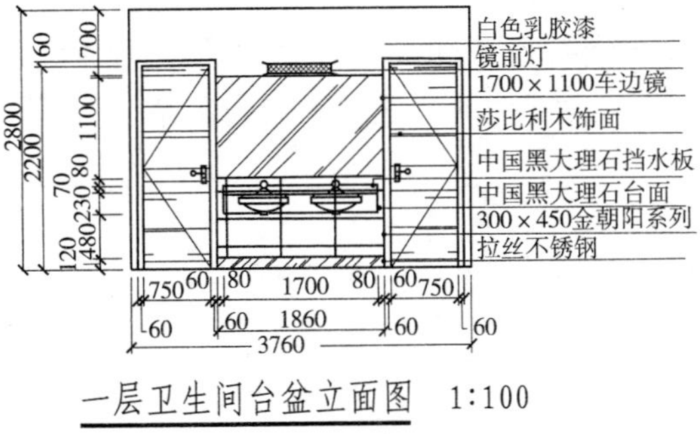

图 2-48　一层卫生间台盆立面图

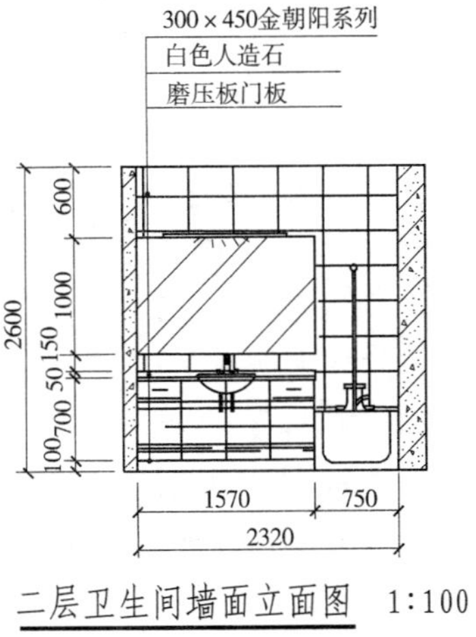

图 2-49　二层卫生间台盆立面图

的技术构成问题,具体细节还需要详图来补充表示。因此,在阅读建筑装饰剖面图时,还要注意按图中索引符号所示方向,找出各部位节点详图来仔细阅读,不断对照,弄清楚各连接点或装饰面之间的衔接方式,以及包边、盖缝、收头等细部的材料、尺寸和详细做法。

阅读建筑装饰剖面图要结合平面布置图和顶棚平面图进行，某些室外装饰剖面图还要结合装饰立面图来综合阅读，才能全方位地理解剖面图示内容。

以图 2-50 为例，该图是某九龙壁画剖面图，从图中可以看出饰面材料的尺寸规格及准确的位置。

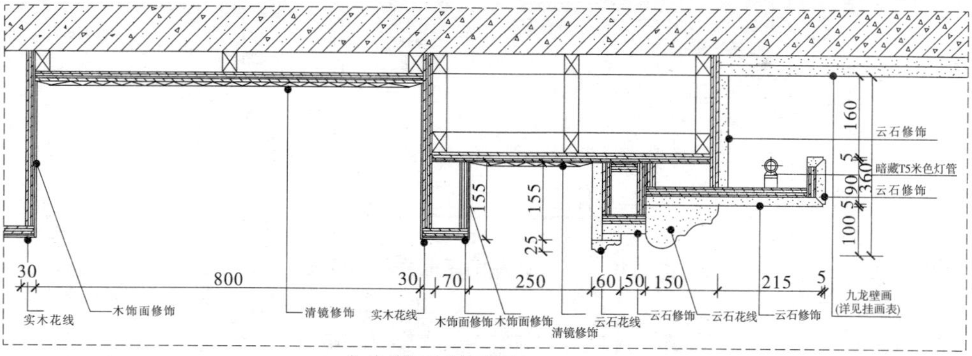

九龙壁画剖面图 1:5

图 2-50　某九龙壁画剖面图

五、建筑装饰详图

建筑装饰所属的构配件项目很多。它包括各种室内配套设置体，如酒吧台、酒吧柜、服务台、售货柜和各种家具等，还包括结构上的一些装饰构件，如装饰门、门窗套、装饰隔断、花格、楼梯栏板（杆）等。这些配置体和构件受图幅与比例的限制，在基本图中无法表达精确，都要根据设计意图另行作出比例较大的图样，来详细表示它们的式样、用料、尺寸和做法，这些图样即为装饰构配件详图。

装饰构配件详图的主要内容有：详图符号、图名、比例，构配件的形状、详细构造、层次、详细尺寸和材料图例，构配件各部分所用材料的品名、规格、色彩以及施工做法和要求，部分尚需放大比例详示的索引符号和节点详图。

阅读装饰构配件详图时，应先看详图符号和图名，弄清楚从何索引而来。有的构配件详图自有立面图或平面图，有的装饰构配件图的立面形状或平面形状及其尺寸就在被索引图样上，不再另行画出。因此，阅读时要注意联系被索引图样，并进行周密的核对，检查它们之间在尺寸和构造方法上是否相符。通过阅读，了解各部件的装配关系和内部结构。下面列举几个装饰详图实例。

（一）装饰门详图

门详图通常由立面图、节点剖面详图及技术说明等组成。一般门窗多是标准构件，有标准图供套用，不必另画详图。

门立面图规定画它的外立面，并用细斜线画出门扇的开启方向线。两斜线的交点表示装门铰链的一侧，斜线为实线表示向外开，斜线为虚线表示向内开。

门立面图上的尺寸一般应注出洞口尺寸和门框外沿尺寸，因而只注出洞口尺寸、门套尺寸和门立面总尺寸。如图 2-51 所示的大厅感应大门详图，门洞口尺寸宽为 4 020 mm，高为 2 560 mm，门套左、右、上各为 60 mm 宽钢化玻璃，中间两扇各向左右开启，如箭头所示。

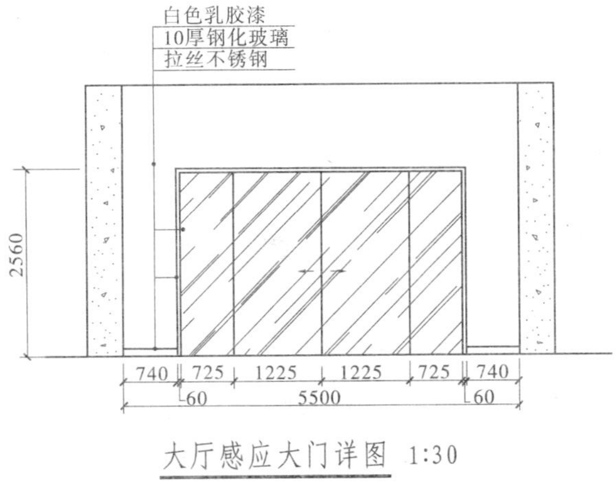

图 2-51　装饰详图——大厅感应大门详图

(二)楼梯栏板(杆)详图

楼梯栏板(杆)详图通常包括楼梯局部剖面图、顶层栏板(杆)立面图、扶手大样图、踏步和其他部位节点图。它主要表示:栏板(杆)的形式、尺寸、材料,栏板(杆)与扶手、踏步、顶层尽端墙柱的连接构造,踏步的饰面形式和防滑条的安装方式,扶手和其他构件的断面形状和尺寸等内容。

如图 2-52 所示,从中可以看出主楼梯踏步板用 20 mm 厚进口金线米黄大理石,栏杆为钢化玻璃,水平最大尺寸为 840 mm,玻璃之间为不锈钢立杆,扶手为直径 60 mm 的不锈钢管,壁厚 1.2 mm,图 2-53 为索引详图,能从图中看出踏步防滑做法,铲口形式。

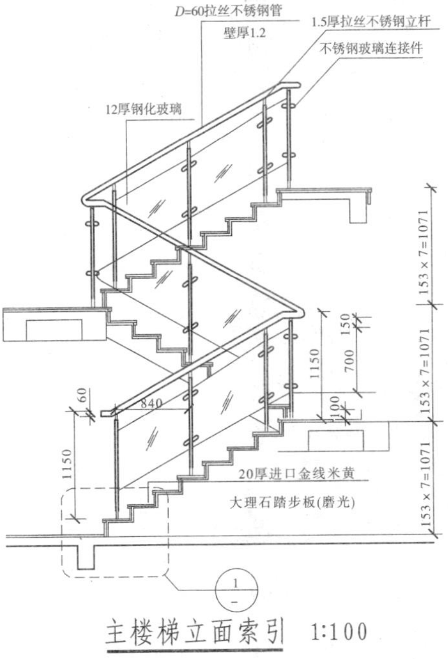

图 2-52　主楼梯立面索引图

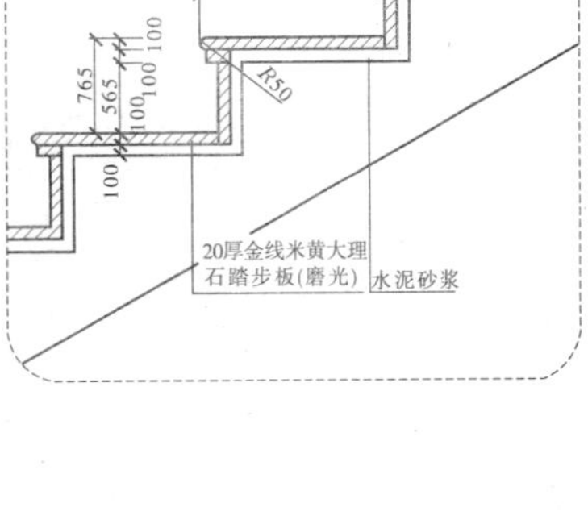

图 2-53　索引详图——踏步大样图

第六节　建筑装饰表现

一、建筑表现风格形式

建筑表现图有很多表现技法，可以用细腻的笔触来刻画，也可以用粗犷的线条来表现。前者在用笔方面要求严谨工整，后者要求轻快活泼，因人而异各有所好。有人用单纯的线描表现作品的潇洒，有人用明暗写实方法表现客观，有人用装饰变形方法表现新潮，形式各种各样。

建筑表现图不仅仅是把客观景物真实地展现出来，而且应该随着表现技能和创作理念的提高，逐步地将自身的情感作用于客观世界的表现，这样才能摆脱景物对表现的制约，获得对客观事物的情感。讲到风格和艺术性自然会联系到作者的个性。一张优秀的建筑表现图也应该有自身的个性体现，如果是千人一面的绘画手法，等于把画建筑表现图当成了传技术的工作，成了规范化的设计制图，这不符合艺术发展的规律。主观意识渗入建筑表现的过程是至关重要的，其主观意识不是盲目的，是建立在对客观景物感受上的趋向，使平实无华的景物表现出一种耐人寻味的深意。

因此，我们应提倡根据不同的地域传统、不同的建筑物体、不同的季节气候、不同的场景环境，画出不同风格、不同表现手法的建筑表现图。在具有一定的造型能力，熟练掌握绘画的语言和绘画的技巧后，有效地发挥建筑表现准确、生动、轻松、随意、流畅、明快的特点，举一反三，就能创造出更多更美的形式，创造出有个性、有特色、有创意的建筑表现图。

（一）线条表现

线条是人类无中生有创作出来的多功能的绘画表现手段，是抽象思维结合形象思维的产物，是人的视觉将线条的形式感和物体的造型结合起来而导致的种种联想。线描是高度提炼的表现手法，不仅可以表现有形物象也可以表现无形的意想，因而成为绘画的基本形式之一。由于画家追求不同，描绘的场景不同，有的线刚劲，有的线柔弱，有的线拙笨，有的线流畅。建筑物线条表现图如图 2-54 所示。

图 2-54　建筑物线条表现图

以线条为主的建筑表现优势也不完全排斥点和面，有些作者常喜欢用一些点来活跃画面，用一些面来辅助形体，是作者再现自己的认识、理解和情感，赋予所表现的物体以艺术化的主观意向。

（二）线面表现

面对实际场景进行写生，我们将精力倾注在对象的结构、形态特征的刻画上，同时也不应该忽视对明暗、阴影的描绘。线条和明暗相结合的建筑表现技法结合线条表现和明暗表现这两种表现技法的优点，在线的基础上施以简单的明暗块面，以便使形体表现得更为充分，如图2-55所示。

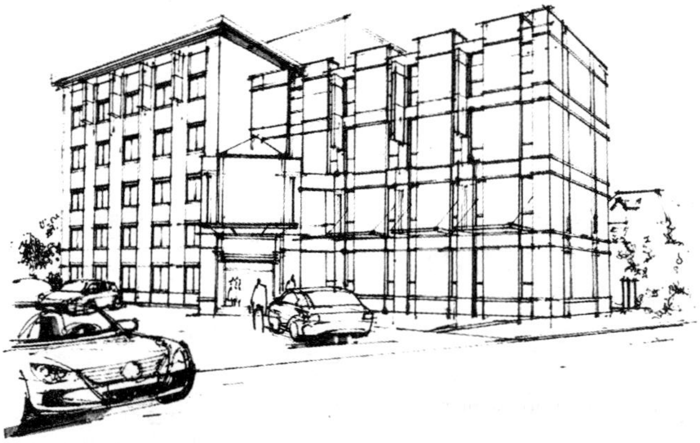

图2-55　建筑物线面表现图

这种画法的优点是比单用线条或明暗更为自由、随意、富有变化，使用范围广，既很好地完成了表现对象轮廓、结构特征的首要使命，同时又有了锦上添花的效果，比单纯的效果更显得灵活、生动、丰富，尤其有利于优化画面主次、虚实、层次的表达，从而能够适应对变幻无穷的客观万象的表现。建筑表现图往往由于受到时间以及环境条件的限制，不太可能在现场作过多的明暗刻画。因此，这种形式的画法更适用于室内案头对建筑表现图做后期处理。

（三）个性语言

艺术作品和设计作品都是需要有个性的，没有个性的艺术作品和设计作品是缺乏感染力与生命力的。每一位艺术家和设计师都在追求属于自己的个性语言与风格。我们经常会发现有些艺术作品和设计作品，从作品本身我们就能够判断出它的作者。这说明作品里包含着作者强烈的个性语言。个性语言和风格是作者情趣、修养、意念、技法、阅历和感知的综合体现，如图2-56所示。

（四）装饰风格

造型艺术中创造艺术形象的手法和手段是多种多样的，如绘画借助于色彩、明暗、线条、解剖和透视，雕塑借助于体积和结构等。这些手法和手段经过长期的艺术实践，形成了这些造型艺术各具特色的艺术语言，并决定了这些艺术各不相同的表现法则。建筑表现图与其他种类的视觉艺术没有本质上的区别，也有丰富多彩的表现形式。装饰性的建筑表现图，用纯粹的黑色与白色，充分调动其一切表现因素，包括面积分布和技法处理，借助抽象形态或具体形态的表现手段，把有限的黑、白两色表现出多种明暗关系来，挖掘建筑表现作品的深层次美感。黑、白两大系列的对比关系是建筑表现作品另一种深刻而又强烈的表现形式，如图2-57所示。

图 2-56　个性化表现方式

图 2-57　装饰风格表现方式

二、建筑色彩表现技法介绍

在建筑色彩表现图中，同一个建筑可以用各种不同的工具和材料来表现，如铅笔、钢笔、彩色铅笔、马克笔、色粉笔、水彩、水粉、喷笔等。不同的工具和材料，性质和特点各异，因此所作出的表现图效果就不同。总体来说，要求我们所选用的表现技法不仅要恰如其分地表现出建筑设计的意图，表现效果好，而且还应力求画起来省事、速度快。各种表现技法之间有许多差别，又有许多联系，我们通过实践可以找到这些联系与差别，并选择适合自己的表现技法。在这里我们介绍几种常用的表现技法，它们的特点是表现力强且适合快速表现，方便迅捷。同时，我们也应该不断地尝试和运用各种新工具与材料，创造出新的表现技法。

（一）彩色铅笔表现技法

彩色铅笔是建筑表现图中常用的表现工具，其特性与铅笔相当，表现的效果、笔触有着铅笔的优点，可以依据对象的形状、质地等特征有规律地组织、排列彩色铅笔的线条，而且在明暗、虚实变化的表现上也很方便，也很容易掌握，可以说是建筑表现图中最易上手的上色工具，作为短期作业以及考试的工具，不失为一种很好的选择。彩色铅笔运用快捷方便，如果能够熟练地掌握这种工具，也能够画出有力度的表现图。彩色铅笔不仅可以绘制出精致的建筑透视图,同时,利用彩色铅笔在建筑平面图、立面图上着色,可以使建筑图纸的画面丰富、效果生动。

1. 工具介绍

彩色铅笔是在线描表现图的基础上进行上色的,为的是使人们更直观地了解到建筑的色彩和材质。彩色铅笔的色彩种类较多,且色彩淡雅、对比柔和。一般市面上有硬质彩铅和软质彩铅,比较适用于画线条。软质彩铅利用其水溶性,可以水溶进行渲染,且容易上色,其效果较好。

2. 表现特点

彩色铅笔的表现技法多样,普通的彩色铅笔根据用力大小就可以使颜色有着深浅不同的变化,各种色彩的彩色铅笔混合叠加、交错融合更是可以创造出色彩变化微妙、颜色斑斓的绚丽效果。水溶性彩色铅笔集彩色铅笔和水彩颜料表现效果的优点于一体,能够像铅笔上色后用蘸湿的笔涂抹画面,颜色会相互混合,产生出令人意想不到的结果,如图 2-58 所示。

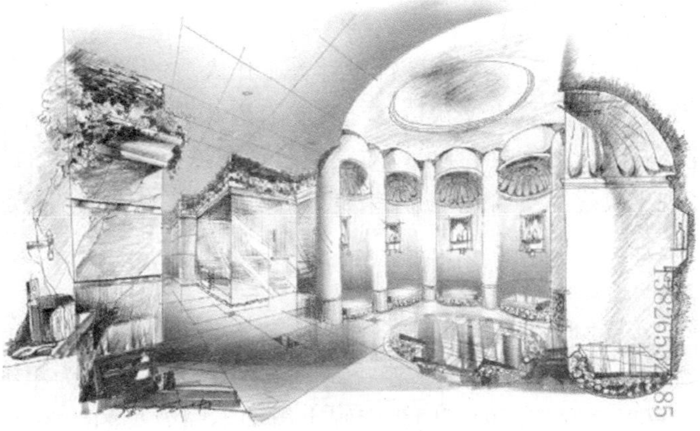

图 2-58 水溶性彩色铅笔效果表现图

由于我们所描绘的对象总是处于某种特定的环境之中,因此在色彩上就要反映出具有某种总体倾向的色彩效果。这种总体的色彩倾向反映在画面上就要求每一幅画都应该有一种基本的色调,以此来使画面中的色彩之间有相互的联系,获得画面统一和谐的效果。一幅建筑表现图的效果,在很大程度上取决于整体调子的处理。调子处理适宜,就能使人感到明快;反之,调子如果处理得不好,就会使人感到灰暗、浑浊。这就是说,在画面中任何色彩上的变化都必须统一在这个基本色调的基础之上。

色调赋予人们的视觉和心理种种不同的感受,并与人的心理形成一种共鸣。在建筑表现图中,色调选择因不同的建筑类型、不同的空间场所、不同的建筑地理位置以及所处环境等因素而异,在作画时应对表现对象的性质和题材加以分析后选择合适的色调主题。把握色调不是靠死记住几个公式就可以解决的,画面的色调形成是复杂的,同时也是相互制约的,冷与暖、强与弱、亮与暗都是相对而言的,同样一块颜色在这幅画中很协调,而换在另一幅画面上就可能不协调,因为色调的不同、邻近颜色的不同,其产生的对比也会不同。所以,对待色调的正确方法是把握它的原理和形成规律，有目的地调节色彩倾向。

3. 表现步骤

彩色铅笔表现和我们画素描的时候是一样的，要有虚实变化，甚至不同的笔触都会产生不同的效果。在用彩色铅笔上色的时候切忌涂得实实在在、不透气，下笔时应该有虚实和轻重缓急，同时注意不同颜色的彩色铅笔在排线时叠加所产生的色彩关系。

4. 作品范例

建筑绘画表现与其说是一种训练形式，倒不如说是一种素质的培养。建筑表现形式应该是多样化的。可以遵循写实的思想，较多地追求理性化表达方式，做到透视准确、比例协调、线条流畅、能真实地反映设计效果等。同时，建筑师所进行的每一件作品都蕴含着创造思维和个人情感，在构思阶段的思维应该是开放的、发散性的，要敢于尝试，运用各种手段和形式，发挥个人在表现上的独特性。在创作建筑绘画表现时，可以用写意的手法，甚至是抽象的手法，写下自己的瞬间灵感和意象，可以采用各种各样的形式、各种建筑绘画表现工具和材料、各种表现手段，对建筑绘画表现作更多的尝试，大大扩展它的表现形式，主观添加，合理精简，为日后的建筑设计留下生动的素材。

（二）马克笔表现技法

马克笔是建筑设计、景观设计、室内装饰设计等工作人员的必备工具之一。马克笔是一种用途广泛的工具，其色彩丰富、方便快捷。马克笔有着极强的表现力，不仅可以勾画建筑构思草图来帮助建筑师分析方案，而且可以对建筑表现图进行深入细致的刻画，同时马克笔还可以结合其他表现工具进行综合运用，效果良好。马克笔的优越性在于成图迅速、着色简单、画风潇洒、表现力强。

1. 工具介绍

马克笔的色彩丰富，种类较多，市面上有售的多达上百种。其中，常用不同色阶的灰色系列马克笔作色彩搭配，使用非常方便广泛。马克笔的笔尖一般分为粗细、方圆这几种类型。绘画表现图时，可以根据笔尖的不同角度画出粗细不同效果的线条和笔触来。马克笔依其性质的不同，可分为水性和油性两类。水性马克笔没有浸透性，遇水即透，其表现的效果和水彩表现相当。油性马克笔通常以甲苯为溶剂，具有浸透性，挥发比较快，使用时动作要敏捷、准确。油性马克笔曝于自然光下会退色，常常用喷雾保护层对画面进行保护。油性马克笔使用广泛，可以覆盖在任何材质表面，由于它不溶于水，所以也可以与水性马克笔、水溶性彩色铅笔混合使用，形成表现力极为丰富的建筑表现图。

2. 表现特点

马克笔的上色和彩色铅笔一样，都是在钢笔线描的基础上进行刻画的。上色时手要放松、撇得开，敢于表现，落笔时要大胆肯定，注意运笔的笔势和马克笔线条排线的方向感及疏密关系，这样画出的表现图才大气，有张力。

马克笔是可以叠加表现的，同色之间效果更好。但过多的叠加也会使画面变脏，要特别注意。浅色系列的马克笔透明度比较高，有时候在深色钢笔画或其他的线描图上搭配上色。一般选用颜色都以灰色调为主，太过艳丽的颜色尽量少用，可作偶尔的画面点缀或强调，但要注意整个画面的均衡。当然，马克笔也存在着颜色不够丰富的缺点，但可以用彩色铅笔弥补，同时也增强了画面的虚实关系。

马克笔的画法常见的方法有平涂、渐变、混合。

(1)平涂技法:一般是在勾好的画面上,规则、均匀地涂上色彩。在平涂的时候也可以适当留白,不一定满涂,有重点地局部上色即可,画面还会显得轻快、生动。平涂主要是在笔触上没有什么变化,基本上都是一种方向的涂画。

(2)渐变技法:主要是在上色上由密到疏、由深到浅的变化方法。基本上可以用一种颜色的马克笔完成,也可以用同色系、不同深浅的笔搭配使用。这种笔触变化在画面上活泼、生动且快速。

(3)混合技法:这种混合可以是不同性质的笔(比如说马克笔和彩铅,或者就是在钢笔特有的笔触上加上马克笔或彩铅)产生的,也可以是不同颜色的笔叠加所产生的效果。当然,主要还是取决于不同材质的质感。

3. 表现步骤

在用马克笔绘制建筑表现图时,通常先用铅笔画好建筑表现图的主要建筑、场景和配景,或者先在草纸上画草图,再拷贝到正稿上用勾线笔勾勒好钢笔线稿。马克笔上色时要注意整体关系,注意运笔的笔势和马克笔线条排线的方向感及疏密关系,落笔时要大胆肯定。最后逐渐由整体转入局部,细心地刻画每个应予表现的设计细节,并随时对画面的大关系进行调整,逐步完成作品,如图 2-59 所示。

(a) (b) (c) (d)

图 2-59 马克笔效果步骤图

马克笔由于运笔的大小关系在上色时表现的面积较小,因此在表现大面积的色块时运笔时要快速均匀。在表现色彩渐变的退晕效果时可以采用无色的马克笔做退晕处理,产生出水彩画的退晕效果。用马克笔表现建筑清晰的外轮廓线时常用胶片等辅助工具作局部的遮挡处理。

4. 作品范例

利用马克笔的各种特点，可以创造出风格各异的建筑表现图。进行建筑表现图绘制时，常常将彩色铅笔、水彩等工具综合使用，这样可以使材料的优势互补、扬长避短、相得益彰，同时创作出来的表现图会更加新颖、更富表现力，如图 2-60 所示。

(a) (b) (c) (d)

图 2-60　马克笔效果图

(三) 水彩表现技法

水彩画在建筑学基础教学中占有非常重要的地位，不管是静物写生、风景写生还是绘制建筑表现图，水彩画对于培养并提高学生的造型、色彩和审美能力都具有非常重要的作用。水彩是传统的绘制建筑图技法，一直沿用至今。水彩颜料最基本的特点是颗粒细腻而透明，介于水分和同名色之间，色彩淡浓相依，绘画表现技巧丰富，画面层次分明，适合表现结构丰富的空间环境。水彩技法的建筑表现图靠水溶化水彩颜料而附着在纸上产生各种奇妙的效果，使色彩产生了生命，因此水赋予色彩以生机。水分的运用是水彩画技巧中很关键的因素。水彩画造型的虚实、色彩的衔接、气氛的渲染，全靠水分的运用。在用水彩时控制住水分的关键是掌握好时间和笔上的含水量。水彩画中笔触的表现力是无穷无尽的，不仅形体靠用笔来塑造，而且质感、动感、节奏感、气氛和情绪的表达都与运笔有关，我们应该在平时的实践中多加体会。

1. 工具介绍

水彩颜色明亮、轻快、透明,同时能够细致深入地刻画。水彩颜料透明性很强,因此渲染次数不能过多,水彩的上色是先浅后深,依靠颜色的叠加和渲染来完成的。水彩表现的纸张一般为水彩纸或质量较好的速写纸,渲染工具一般为平头、圆头毛笔。水彩渲染时水要少用,以免纸面出现皱纹弯曲的痕迹,同时不同的纸面会产生不同的效果。建筑表现图中水彩一般是结合铅笔、钢笔绘成铅笔淡彩和钢笔淡彩的,铅笔和钢笔主要是弥补水彩画单薄的弱点,进行画面强调。用水溶性勾线笔画出的速写用水彩颜料上色时会溶解勾线笔的墨色,如果加以控制会形成很好的效果。水彩最主要的缺点就在于耗时过久。

2. 表现特点

渲染是水彩表现的基础技法,有平涂、叠加、退晕等手法。不仅有单色的晕变,也有复色的晕变;不仅色彩丰富,还表现了光感、透视感、空气感,显得润泽而有生机。

3. 表现步骤

水彩画法的基本步骤:一般使用铅笔起稿,或者先画草图,再拷贝到正稿上。要造型准确,由于水彩也具有一定的覆盖力,所以着色的步骤比较灵活自由,可以先从暗部入手,逐渐向中间色和亮部推移,也可从大块的中间色画起,然后加深暗部,提出亮部。初上色时,要注意整体关系,落笔要大胆,不拘泥于细节,在宏观上控制画面的效果,再逐渐由整体转入局部,细心地刻画每个应予表现的设计细节,并随时对画面的大关系进行调整,逐步完成作品。最后加重最深部位,并加上最亮的亮光。水彩室内表现图和室外表现图如图 2-61 和图 2-62 所示。

图 2-61 水彩室内表现图

4. 作品范例

我国有长久使用毛笔的传统,前人已经积累了丰富的经验,高度熟练的笔法更是出神入化。从我国古代大量的书画名作中可以看到笔的奥妙无穷和神奇力量。我们可以结合这些前人积累的文化瑰宝并运用在建筑表现图中,学习吸取并发扬光大。在运用水彩技法绘制建筑表现图时,用笔、笔法和笔触效果都十分讲究,取决于笔的形状,毛笔的弹性,提笔的角

图 2-62　水彩室外表现图

度，运笔的方向、力度、角度和速度等诸多因素。这些技巧的掌握依靠长期的实践和研读优秀的作品来实现。

5. 计算机建筑效果图

计算机建筑效果图又名电脑建筑画，它是随着计算机技术的发展而出现的一种新兴的建筑画绘图方式。在各种设计方案的竞标、汇报以及房产商的广告中，都能找到计算机建筑表现图的身影。它已成为广大设计人员和建筑效果创作者展现自己作品、吸引业主、获取设计项目的重要手段。计算机建筑效果图具有方便、快速、易学易用、效果表现丰富、修改方便、易于复制等特点和优势，如图 2-63 所示。

图 2-63　计算机建筑室内效果图

（四）综合技法表现

建筑表现图没有一定的程式化的画法，只要画面效果好，各种适合画面表现的手段都可以进行尝试运用。因此，技法的选择是不受限制的。最大限度地发挥绘画技法的个性，除训练综合技法的表现外，还要进行新技法、新课题的尝试训练，这样才能创造出有个性、有特色、有创意的表现图。

建筑表现图的技法多样，但是在实际过程中并没有定式的法则，画者完全可以根据自己的喜好和表现效果的需要结合多种表现手段综合表现。设计的灵魂在于创新，表现图也是如此。一幅富有创造性的建筑表现图往往能给人带来强大的视觉震撼，给人以巨大的感染力。不同的表现材料技法的结合，传统绘画技法和现代设计的结合，计算机辅助设计和手绘表现的结合都为我们综合表现提供了新的思路。

1. 技法介绍

虽然绘画的工具很多，并且每种都有它的特殊画面效果，但难免都有一些弊端。比如说色彩，虽然颜色很多，调色也很方便，但其表现如果把握不好，画面很容易轻浮，这就需要我们在画面中多加点钢笔线条，既活泼画面又加深了对比；马克笔着色轻松、快捷，但笔头宽度有限，大面积地绘图很不方便，如果结合水彩的渲染，使水彩色做背景，则能更加突显马克笔的表现及功能。随着时代的发展，计算机绘图被极其广泛地运用到设计领域中。以前，设计师需要花很大力气、很长时间做的一些效果图，现在用计算机能够轻而易举地在短时间实现。手绘建筑表现技法图结合计算机进行处理，则可以给人一种耳目一新的感觉。

2. 表现特点

综合技法集各种表现技法的优点于一体。画者根据表现内容、立意构思和图面效果的需要，进行综合技法的表现，不仅使画面效果耳目一新，同时也是表现技法的不断发展、创新的客观需要。中国传统的书法、汉字和字母组合等诸多要素都是我们产生灵感与思维的源泉，这些都可以根据实际需要与建筑表现图相结合产生奇妙的意境。计算机对图形的复制、阵列、变形的功能和对图像的处理能力也是十分强大的，将手绘表现图结合计算机处理将给建筑表现图的绘制提高效率并展现出一种全新的效果。总之，技法表现并无特定的要求，只要是适合和符合画面表现的，都可以尝试。

3. 表现步骤

随着时代的发展，我们完全可以把计算机当做笔、纸和颜料等这些作画工具一样看待。用计算机处理建筑表现图涉及两点：其一就是你想要它做什么，其二是怎样做，这两点缺一不可。要想把这两点完全融合到一块并创造出感人的画面效果，就需要作者具有很好的画面创意和对计算机图形图像处理软件的运用，我们常常是先勾好钢笔线稿后再扫描成电子文件的形式通过计算机进行处理。这同样需要通过大量的实践和亲自动手感触才能逐渐形成。

4. 作品范例

建筑表现图不同于专业性很强的技术图纸，它能更形象、更具体、更生动地表达设计意图和设计构思，这就要求我们要有一定的美术基础和绘画技能。但也不等于说仅会绘画，就能完全掌握设计的表现技法，它和真正的绘画艺术作品还是有一定的区别的。纯绘画作品是画家个人思想和感情的表露，比较个体，画家在绘画时并不在乎他人的感受和认可，无论何种表现形式都是可以的，画种的选择是自由的。而表现图的最终目的是体现设计者的设计意图，并使观者能够认可其设计。表现图更在乎他人的感受和认可，这一点非常重要。所以，作为设计的表现图，要求画面效果忠实于实际空间，画面要简洁、概括、统一，有一定程式化的画法。一张表现图，可以用一两种技法进行表现，也可以用多种技法综合表现，手段不限，是设计者绘画技能和自身设计水平的综合体现。钢笔淡彩效果表现图和钢笔、马克笔淡彩效果表现图如图 2-64 和图 2-65 所示。

图 2-64　钢笔淡彩效果表现图

图 2-65　钢笔、马克笔淡彩效果表现图

第三章　建筑力学与结构

任何建筑物在施工过程中和建成后的正常使用中，都要受到各种各样的力的作用，例如：建筑物的自重，人、物品和设备的重量，以及风压、雪压、地震力的作用等。各种不同的受力方式会产生不同的内力，相应有不同的计算方法。这些方法就构成了建筑力学的研究内容。这些内容又可划分为三个部分：静力学、材料力学和结构力学。本书主要介绍静力学和材料力学的基本知识。

建筑物中支撑和传递荷载而起骨架作用的部分称为结构。在房屋建筑中，结构由屋架、梁、板、柱、墙和基础等部件组成，这些组成结构的各个部件称为构件。这些构件在房屋中互相支撑、互相协作，直接或间接、单独或协同地承受各种荷载作用，构成了一个结构整体——建筑结构。建筑结构是房屋的骨架，是建筑物赖以存在的物质基础，它的质量好坏，对建筑物的坚固和寿命具有决定性作用。

建筑结构与建筑有着密切的关系，在房屋设计一开始，在决定建筑设计的空间构成、平面、立面和剖面的时候，就应该考虑结构方案，既要保证建筑使用的要求，又要照顾材料的选用、结构的可能和施工的难易。因为不同类型的建筑，它们的结构具有不同的受力特点和构造特点，大至结构体系的构成及选型，小至构件尺寸的大小，都应具有比较清晰的概念。

第一节　静力学

一、静力学基本概念

静力学是研究物体在力系作用下的平衡规律的科学。为了研究这个问题，本节先介绍一些基本概念，这些概念是静力学的基础。

（一）刚体的概念

刚体是指在力的作用下不变形的物体，即刚体内部任意两点间的距离保持不变，这是一个理想化的模型。在工程实际中，构件的变形一般都非常微小，在很多情况下，当变形对所研究的问题没有实质性的影响时，可以忽略不计，将物体抽象为刚体，使所研究的问题大为简化。静力学研究的对象主要是刚体，因此也称为刚体静力学。

（二）平衡的概念

平衡是指物体相对于惯性参考系保持静止或做匀速直线运动。所谓平衡，只是相对的和暂时的，因为一切物体无不在永远地运动着。

（三）力的概念

力的概念是人们在生活和生产实践中，通过长期的观察和分析而逐步形成的。这种作用不仅存在于人与物体之间，而且广泛地存在于物体与物体之间，人们就是从大量的实践中逐步建立起了力的概念。大量的事实说明，力不能脱离物体而存在。力虽然看不见，但它的作用效应完全可以直接观察，或用仪器测量出来。实际上，人们也正是从力的作用效应来认识力本身的。

1. 力的定义

力是物体之间相互的机械作用，这种作用使物体的机械运动状态发生变化或使物体发生变形。

2. 力的三要素

长期的实践证实，力对物体的作用效应取决于力的大小、方向和作用点，称为力的三要素。当改变这三个要素中的任何一个时，力的作用效应也就改变了。

在国际单位制(SI)中，力的单位是牛顿(N)或千牛顿(kN)，1 kN = 1 000 N。分布力作用的强度用单位面积上力的大小 q (N/m^2)来度量，称为载荷集度。

3. 力的矢量表示

用矢量可以完全表示出力的三要素，因此可以用矢量来表示力，或者说力是矢量，如图 3-1 所示。

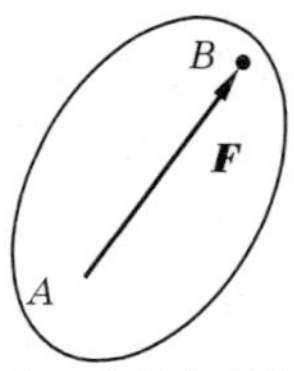

图 3-1　力的矢量表示

线段 AB 的起点(或终点)表示力的作用点，线段的长度(按一定比例)表示力的大小，线段的方位和箭头指向表示力的方向，直线 AB 表示力的作用线。在静力学中，一般用黑斜体字 $\boldsymbol{F}$、$\boldsymbol{P}$、$\boldsymbol{W}$ 等表示力矢量，书写时为了方便采用 $\overline{F}$、$\overline{P}$、$\overline{W}$ 等来表示。力的大小用普通字母 F、P、W 等表示。

二、静力学基本原理

(一)二力平衡公理

作用于刚体上的两个力平衡的必要和充分条件是：该两力大小相等，方向相反，并作用于同一直线上(简称等值、反向、共线)。

如图 3-2 所示，刚体在 A、B 两点受力 $\boldsymbol{F}_1$、$\boldsymbol{F}_2$ 的作用，处于平衡状态，则 $\boldsymbol{F}_1$、$\boldsymbol{F}_2$ 的作用线一定过 AB 两点的连线，且大小相等，方向相反。

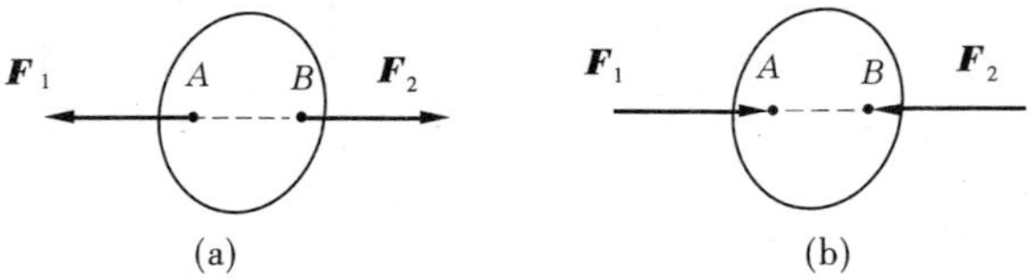

图 3-2　刚体受力

工程上将只受两个力作用的构件称为二力构件。如果二力构件为杆类构件，则称为二力杆。如果二力构件处于平衡状态，其受力特点是两个力必沿作用点的连线。工程上存在着许多二力构件。

(二)加减平衡力系公理

在作用于刚体上的任何一个力系上加上或减去任何平衡力系，并不改变原力系对刚体的作用效应。作用于刚体上的力，可以沿其作用线移至刚体内任意一点，而不改变它对刚体的作用效应。

(三)力的平行四边形法则

作用于物体上同一点的两个力,可以合成为一个合力。该合力的作用点仍在该点,合力的大小和方向由这两个力所构成的平行四边形的对角线来表示,而原来的那两个力称为合力的分力。这种合成力的方法,称为矢量加法,合力称为这两个力的矢量和(或几何和)。力的平行四边形法则是求两共点力合力的基本运算法则,也是求其他矢量(如速度、加速度等)的基本法则。

设在物体的 A 点作用有力 $\boldsymbol{F}_1$ 和 $\boldsymbol{F}_2$,如图 3-3(a)所示。其矢量和的矢量表达式为

$$\boldsymbol{F}_R = \boldsymbol{F}_1 + \boldsymbol{F}_2 \tag{3-1}$$

$\boldsymbol{F}_R$ 表示 $\boldsymbol{F}_1$ 与 $\boldsymbol{F}_2$ 的合力。

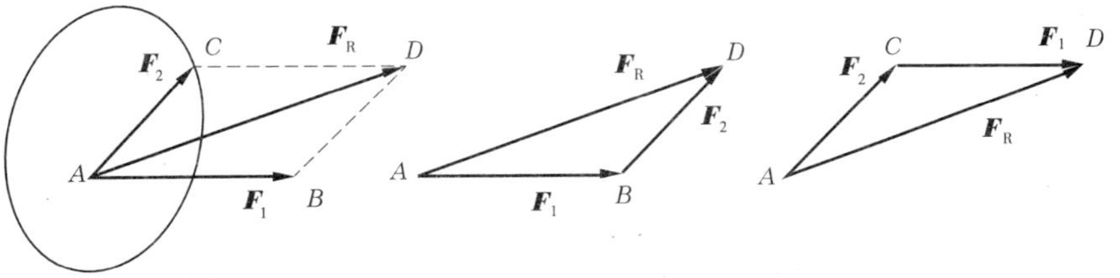

图 3-3　力的矢量表示

(四)作用力与反作用力定律

两物体之间相互作用的力,总是同时存在、大小相等、方向相反、作用线共线、分别作用在两个物体上。

这个公理概括了自然界中物体间相互作用力的关系,表明一切力总是成对出现的。

必须指出,作用力与反作用力大小相等、方向相反、作用线共线,但是分别作用在两个不同的物体上。因此,绝不能认为这两个力互相平衡。

三、约束和约束力

在空间可以向一切方向自由运动的物体称为自由体,而在某些方向的位移受到限制的物体称为非自由体或受约束体。限制非自由体的某些位移的周围物体称为非自由体的约束。约束对物体位移的限制作用,实际上是约束与非自由体接触相互产生了作用力。约束作用于约束体上的力称为约束反力,简称为约束力或反力。工程中约束的种类很多,按其所具有的特点,归纳为以下几种基本类型。

(一)柔性体约束

由柔软的绳索、链条或胶带等构成的约束,称为柔性体约束。如图 3-4 所示,柔性体对物体的约束力作用在接触点,方向沿着柔性体的中心线而背离物体,通常用 $\boldsymbol{T}$、$\boldsymbol{F}_T$ 或 $\boldsymbol{F}_N$ 表示。

(二)光滑面约束

光滑面约束如啮合齿轮的齿面约束等。此时摩擦力与作用力相比很小,可以略去不计,这样的接触面被视为理想光滑面。光滑面约束对物体的约束力作用在接触点处,方向沿接触面的公法线并指向被约束物体。这类约束力称为法向约束力,通常用 $\boldsymbol{F}_N$ 或 $\boldsymbol{N}$ 来

表示,如图 3-5 所示。

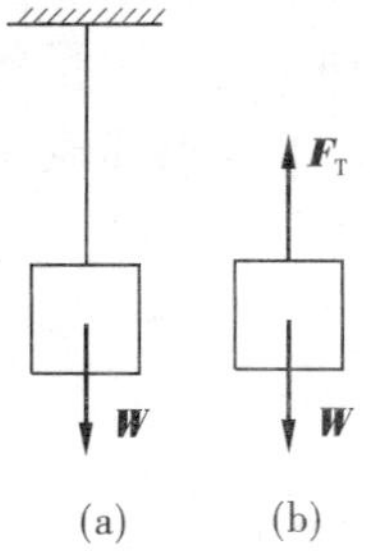

图 3-4　柔性体约束

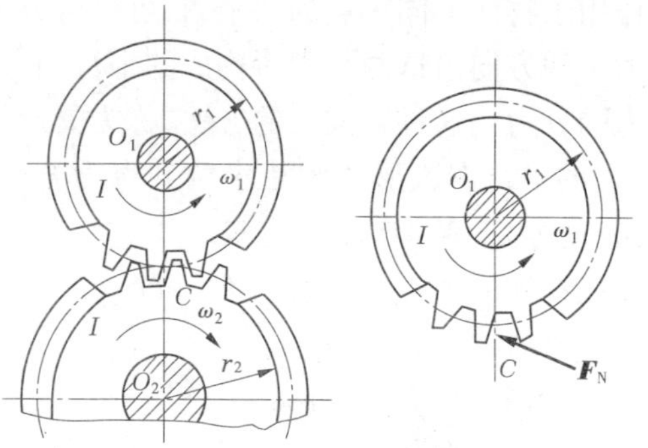

图 3-5　光滑面约束

(三)光滑圆柱铰链约束

光滑圆柱铰链约束如图 3-6(a)、(b)所示。这种约束称为光滑圆柱铰链约束或固定铰链支座,简称固定铰支。当外力作用在垂直于销钉轴线的平面内时,约束力应作用在圆孔与销钉的接触点上,并垂直于销钉轴线,通过销钉的中心,如图 3-6(d)所示的 $\boldsymbol{F}_K$。由于接触点的位置不能预先确定,因而约束力的方向也不能预先确定。这种约束力通常可以用两个通过铰链中心且相互垂直的分力 $\boldsymbol{F}_x$ 和 $\boldsymbol{F}_y$ 来表示,如图 3-6(e)所示。只要确定了这两个分力,就确定了约束力 $\boldsymbol{F}_K$。这两个分力的指向不能预先确定,可以任意假设,其正确的指向要根据具体的计算结果来判断,这将在以后的章节中进行研究。固定铰支通常用如图 3-6(f)所示的简化符号来表示。

工程实际中,经常会用销钉将两个构件连接起来,如图 3-6(g)所示。这种约束称为中间铰。如果将一个构件作为约束体,另一个构件作为被约束体,那么约束的性质和固定铰支座约束的性质相同,因此一般也用两个相互垂直的分力 $\boldsymbol{F}_x$ 和 $\boldsymbol{F}_y$ 来表示,如图 3-6(h)所示。

(四)辊轴约束

如图 3-7(a)所示,这种约束称为辊轴约束,也称为活动铰支座或可动铰支座,其简图如图 3-7(b)所示。这是工程中常见的一种复合约束,在桥梁、屋架等结构中经常被采用。

可动铰支座约束的特点是只限制沿支撑面法线方向的运动,而不能限制构件沿支撑面切线方向的运动。因此,约束性质与光滑面约束相同,其约束力的作用线沿支撑面法线,通过铰链中心并指向构件,通常用 $\boldsymbol{F}$ 或 $\boldsymbol{F}_N$ 来表示其约束力。

工程实际结构中,约束的形式是各式各样的,上述约束都是所谓的"理想约束"。而实际中有的约束可以简化为上述理想约束,有的则不能,而是要根据构件的尺寸、载荷的作用情况等作适当的简化,使之接近理想约束。

四、物体受力分析与受力图

对物体进行受力分析和画受力图,应当遵循以下步骤:

(1)根据问题的已知条件和要求确定研究对象,并将确定的研究对象从周围物体中分离出来,画出分离体简图;

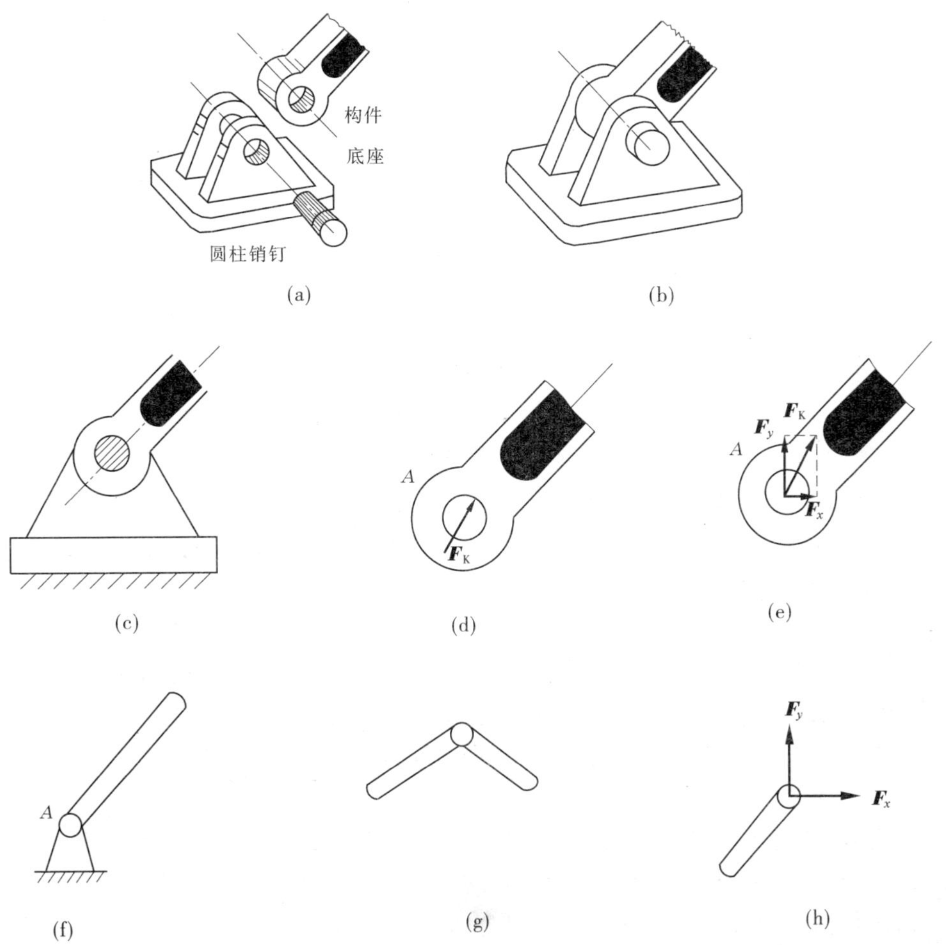

图 3-6　光滑圆柱铰链约束

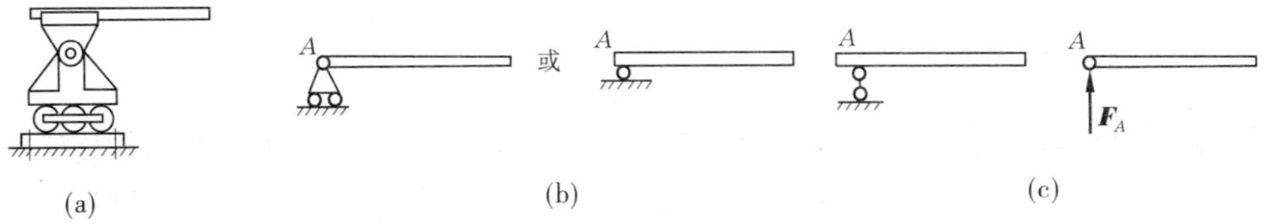

图 3-7　辊轴约束

(2)在分离体上画出其所受的全部主动力,如重力、载荷等;

(3)在分离体的约束处,画出其约束力。

一般情况下,约束力可以根据以下原则进行分析和判断:

(1)约束本身的性质。根据约束类型及其特征画出约束力的方向和作用位置。

(2)根据二力平衡公理、三力汇交定理等条件确定某些约束力的指向或作用线的方位。

(3)作用力与反作用力定律。两物体间的相互作用必须符合这一定律。

下面举例说明物体的受力分析及画受力图这一过程。

【例 3-1】 如图 3-8(a)所示三铰刚架,由左右两刚架铰接而成。在 AD 段受到均布载荷 $\boldsymbol{q}$ 的作用,不计刚架重力,试画出刚架 AC 和 CB 的受力图。

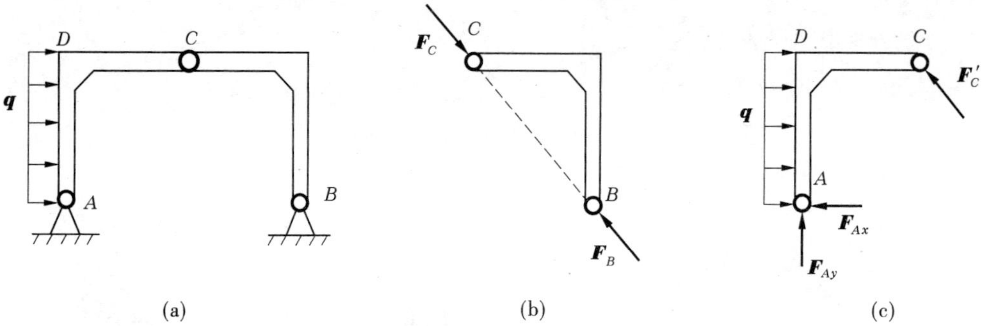

图 3-8 受力分析图

解 (1)先分析刚架 BC 的受力。由于不计刚架 BC 自重,而只在 B、C 两处受到铰链约束,因此可以判定刚架 BC 为二力构件。在 B、C 处分别受到铰链的约束力 $\boldsymbol{F}_B$、$\boldsymbol{F}_C$ 的作用,$\boldsymbol{F}_B = -\boldsymbol{F}_C$,且这两力的作用线为 B、C 所在的直线,刚架 B、C 的受力图如图 3-8(b)所示。

(2)分析刚架 AC 的受力。所受主动力只有均布载荷 $\boldsymbol{q}$。在 C 处受到刚架 BC 给它的约束力 $\boldsymbol{F}'_C$,且 $\boldsymbol{F}'_C = -\boldsymbol{F}_C$。在 A 处受到的约束力 $\boldsymbol{F}_A$ 的方向未定,可用两个相互垂直的分力 $\boldsymbol{F}_{Ax}$ 和 $\boldsymbol{F}_{Ay}$ 来表示。刚架 AC 的受力图如图 3-8(c)所示。

在作受力图时应注意以下几点:

(1)要领会"受力图"中的"受"字,明确研究对象是"谁"。只能将研究对象受到的力画在受力图上,而不能将研究对象作用给别的物体的力画上去。

(2)画任何一个力都要有根据,既不要多画也不能漏画。

(3)有二力构件的,先分析二力构件的受力,可使问题简化。

(4)物体间的相互作用力要符合作用力与反作用力定律。

五、平面力系的简化与平衡

根据力系中各力作用线分布情况的不同,可将力系分为以下几种:若各力作用线在同一平面内,该力系称为平面力系,否则为空间力系;若各力作用线汇交于一点,则称为汇交力系;若各力作用线都相互平行,则称为平行力系;若各力作用线任意分布,则称为任意力系。各种力系如图 3-9 所示。

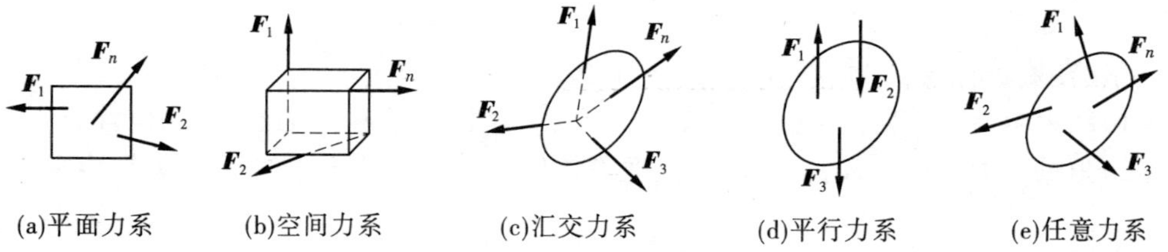

图 3-9 各种力系

若各力作用线既在同一平面内又汇交于一点，则该力系称为平面汇交力系，如图 3-9(c)所示。依此类推，还有平面平行力系、平面任意力系、空间汇交力系等。

(一)平面汇交力系

1. 汇交力系合成的几何法

设在刚体上作用有 $\boldsymbol{F}_1, \boldsymbol{F}_2, \boldsymbol{F}_3, \boldsymbol{F}_4$ 四个力，如图 3-10(a)所示，求其合力。

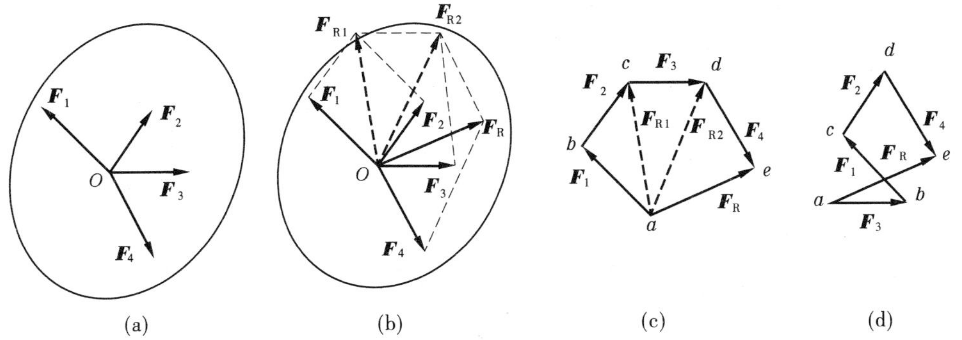

图 3-10　汇交力系合成的几何法

为合成此汇交力系，可根据力的平行四边形法则，逐步将这些力两两合成。例如，先求得 $\boldsymbol{F}_1$ 与 $\boldsymbol{F}_2$ 的合力 $\boldsymbol{F}_{R1}$，再求 $\boldsymbol{F}_{R1}$ 与 $\boldsymbol{F}_3$ 的合力 $\boldsymbol{F}_{R2}$，最后求得 $\boldsymbol{F}_{R2}$ 与 $\boldsymbol{F}_4$ 的合力 $\boldsymbol{F}_R$。$\boldsymbol{F}_R$ 即为力系的合力，如图 3-10(b)所示。

图 3-10 中所示的汇交力系的合成结果，可写成数学表达式为

$$\boldsymbol{F}_R = \boldsymbol{F}_1 + \boldsymbol{F}_2 + \boldsymbol{F}_3 + \boldsymbol{F}_4 = \sum_{i=1}^{4} \boldsymbol{F}_i$$

当力系中有 n 个力时，其合成结果为

$$\boldsymbol{F}_R = \boldsymbol{F}_1 + \boldsymbol{F}_2 + \cdots + \boldsymbol{F}_n = \sum_{i=1}^{n} \boldsymbol{F}_i \tag{3-2}$$

即汇交力系合成的结果是一个合力，其大小和方向等于各分力的矢量和(或几何和)，其作用线通过各力的汇交点。由汇交力系合成的结果可知，汇交力系对刚体的作用可以用力系的合力对刚体的作用来代替。如果物体处于平衡状态，则合力 $\boldsymbol{F}_R$ 应等于零。因此，汇交力系平衡的必要和充分条件是：力系的合力 $\boldsymbol{F}_R$ 等于零，或力系的矢量和等于零。用矢量式表达为

$$\boldsymbol{F}_R = \sum \boldsymbol{F}_i = 0 \tag{3-3}$$

2. 汇交力系合成的解析法

如图 3-11 所示，力在坐标轴上的投影，其正负号规定为：从始端 a 到末端 b(或从 a' 到 b')的指向与坐标轴正向相同时为正，反之为负。图 3-11 所示的 F_x 和 F_y 均为正。

力的投影与力的大小和方向有关。设 α 和 β 分别表示力 $\boldsymbol{F}$ 与 x 轴和 y 轴正向间的夹角，则由图 3-11 可知

$$\left.\begin{aligned} F_x &= F\cos\alpha \\ F_y &= F\cos\beta \end{aligned}\right\} \tag{3-4}$$

如果力 $\boldsymbol{F}$ 在 x 轴和 y 轴上的投影 F_x 和 F_y 为已知，则由几何关系可求出力 $\boldsymbol{F}$ 的大小

和方向余弦为

$$\left.\begin{aligned}F &= \sqrt{F_x^2 + F_y^2}\\ \cos\alpha &= \frac{F_x}{F} \qquad \cos\beta = \frac{F_y}{F}\end{aligned}\right\} \tag{3-5}$$

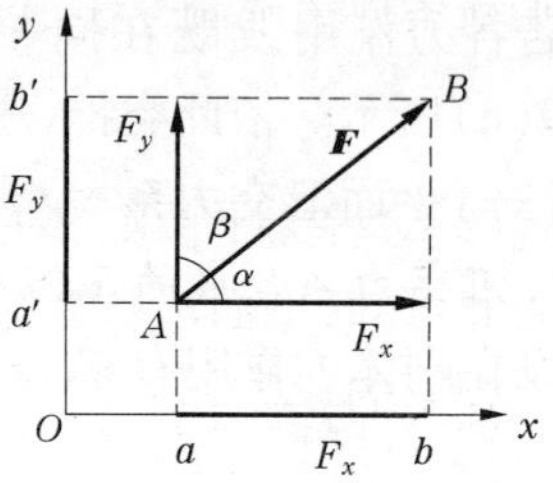

图 3-11　汇交力系合成的解析法

3. 合力投影定理

设有两力 $\boldsymbol{F}_1$ 和 $\boldsymbol{F}_2$，它们的作用线交于 O 点，如图 3-12(a)所示。根据力的可传性将它们移到 O 点，由力的三角形求出合力 $\boldsymbol{F}_R$，并建立坐标系，将 $\boldsymbol{F}_R$、$\boldsymbol{F}_1$ 和 $\boldsymbol{F}_2$ 分别投影到 x 轴和 y 轴上，如图 3-12(b)所示。

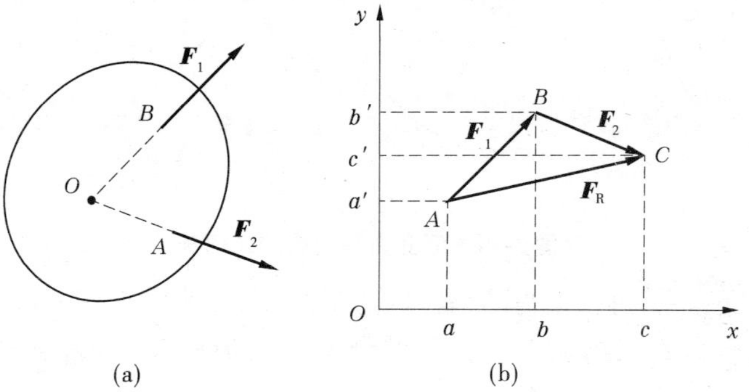

图 3-12　合力投影

从图 3-12(b)中可以看出，$\boldsymbol{F}_R$、$\boldsymbol{F}_1$ 和 $\boldsymbol{F}_2$ 在 x 轴上的投影分别为

$$F_{Rx} = ac \qquad F_{1x} = ab \qquad F_{2x} = bc$$

$\boldsymbol{F}_R$、$\boldsymbol{F}_1$ 和 $\boldsymbol{F}_2$ 在 y 轴上的投影分别为

$$F_{Ry} = a'c' \qquad F_{1y} = a'b' \qquad F_{2y} = -b'c'$$

将上述关系推广到由任意 n 个力组成的汇交力系，则有同样的结论

$$\left.\begin{aligned}F_{Rx} &= F_{1x} + F_{2x} + \cdots + F_{nx} = \sum_{i=1}^{n} F_{ix}\\ F_{Ry} &= F_{1y} + F_{2y} + \cdots + F_{ny} = \sum_{i=1}^{n} F_{iy}\end{aligned}\right\} \tag{3-6}$$

即合力在任一轴上的投影等于力系中所有各力在同一轴上的投影的代数和，式(3-6)称为合力投影定理。

根据合力投影定理计算出合力的投影 F_{Rx} 和 F_{Ry} 后，就可以求出合力的大小和方向

$$\left.\begin{aligned}F_R &= \sqrt{F_{Rx}^2 + F_{Ry}^2} = \sqrt{(\sum F_{ix})^2 + (\sum F_{iy})^2}\\ \cos\alpha &= \frac{F_{Rx}}{F} = \frac{\sum F_{ix}}{F} \qquad \cos\beta = \frac{F_{Ry}}{F} = \frac{\sum F_{iy}}{F}\end{aligned}\right\} \tag{3-7}$$

式中 α、β 分别为合力 $\boldsymbol{F}_R$ 与 x、y 轴正向间的夹角，合力的作用线通过力系的汇交点。

4. 平面汇交力系平衡的解析条件

由前面可知，平面汇交力系平衡的必要和充分条件是：合力 $\boldsymbol{F}_R$ 为零。利用式(3-7)

可将平衡条件表示为

$$F_{\mathrm{R}} = \sqrt{F_{\mathrm{R}x}^{2} + F_{\mathrm{R}y}^{2}} = \sqrt{(\sum F_{ix})^{2} + (\sum F_{iy})^{2}} = 0 \tag{3-8}$$

式(3-8)称为平面汇交力系的平衡方程。

由此可知，平面汇交力系平衡的解析条件是：力系中所有各力在直角坐标系 xOy 各坐标轴上投影的代数和分别等于零，即

$$\left.\begin{array}{l}\sum F_x = 0\\ \sum F_y = 0\end{array}\right\} \tag{3-9}$$

(二)平面力偶系

作用于刚体上大小相等、方向相反且不共线的两个力组成的力系称为力偶，如图 3-13 所示。力偶的两个力 $\boldsymbol{F}$ 和 $\boldsymbol{F}'$ 所在的平面称为力偶作用面，二力作用线之间的距离 d 称为力偶臂。作用于刚体上的一群力偶称为力偶系。

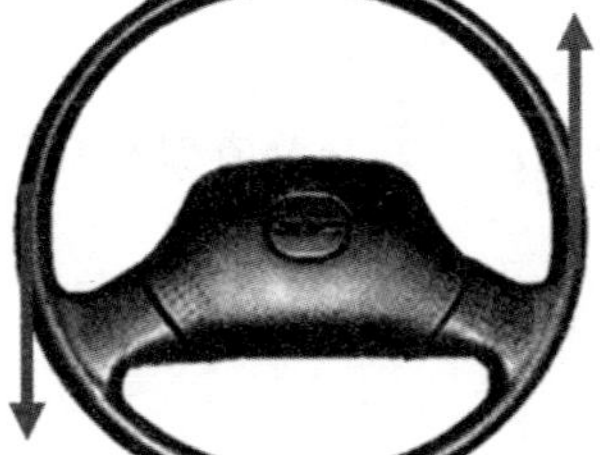

(a)

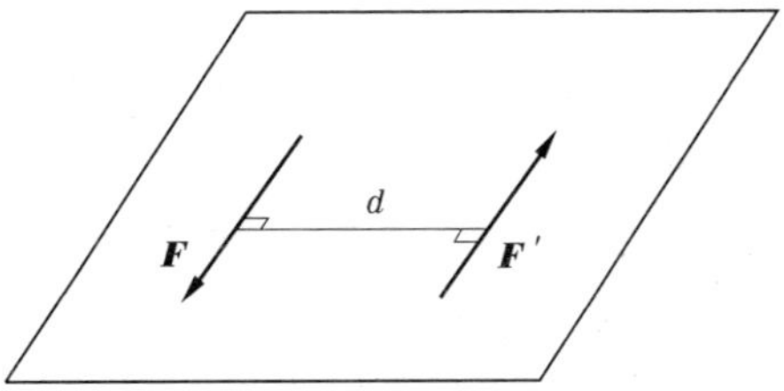

(b)

图 3-13　平面力偶

力偶在工程中和生活中经常遇到，如汽车司机用双手沿同一方向转动方向盘，用手拧开水龙头等。

1. 力矩

为了研究两个力组成的力偶的转动效应，先研究一个力产生的转动效应，它可以用一个矢量——力对点之矩矢来表示。

实践表明，平面上力 $\boldsymbol{F}$ 对刚体产生的绕平面上某一点 O 的转动效应取决于两个要素：①转动效应的强度，它的大小用 Fh 表示，如图 3-14 所示；②刚体在平面内转动的方向，是顺时针或逆时针。因此，平面内力 $\boldsymbol{F}$ 对刚体产生的绕 O 点的转动效应用一个代数量来度量，称为力对点之矩，记做 $M_O(\boldsymbol{F})$，即

$$M_O(\boldsymbol{F}) = \pm Fh \tag{3-10}$$

规定力使刚体绕矩心逆时针转动时为正，顺时针转动时为负，单位 N · m。

2. 力对点之矩的基本性质

力对点之矩的基本性质，是关于力矩的合成法则。

作为代数量，力对点之矩服从代数量合成法则，即如果两个力 $\boldsymbol{F}_1$ 和 $\boldsymbol{F}_2$ 同时作用，它们对刚体的转动效用力矩 M_O 来度量，则有

$$M_O = M_O(\boldsymbol{F}_1) + M_O(\boldsymbol{F}_2)$$

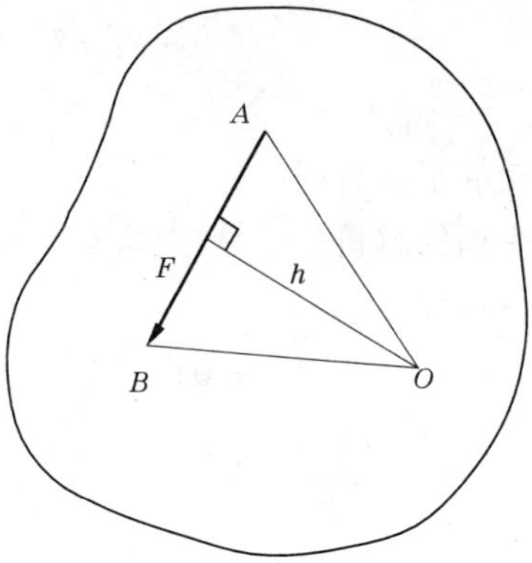

图 3-14 力矩表示

该式可以陈述为力对点之矩的基本性质：作用于刚体上的二力对刚体产生的绕任一点的转动效应，可以用该点的一个力矩来度量，这个力矩等于二力分别对该点力矩的代数量和。

根据力对点之矩的基本性质，可知平面力系($\boldsymbol{F}_1,\boldsymbol{F}_2,\cdots,\boldsymbol{F}_n$)对刚体产生的绕任一点 O 的转动效应也可以用点 O 的一个力矩 M_O 来度量，且 M_O 等于力系诸力对点 O 之矩的代数和，即

$$M_O = M_O(\boldsymbol{F}_1) + M_O(\boldsymbol{F}_2) + \cdots + M_O(\boldsymbol{F}_n) \tag{3-11}$$

3. 合力矩定理

现在研究力系的合力所产生的绕任一点 O 的转动效应。

如果力系($\boldsymbol{F}_1,\boldsymbol{F}_2,\cdots,\boldsymbol{F}_n$)可以合成为一个合力 $\boldsymbol{F}_R$，则合力对刚体产生的转动效应与各分力同时作用的效应相同。合力 $\boldsymbol{F}_R$ 对刚体产生的绕 O 点的转动效应，用力矩 $M_O(\boldsymbol{F}_R)$ 度量，诸分力同时作用所产生的转动效应，可以用力矩 M_O 度量，根据力对点之矩的基本性质式(3-11)，则合力矩与分力矩的这种关系称为合力矩定理，它表述为：合力对任一点之矩等于诸分力对同一点之矩的代数和。

对于平面力系，合力矩的表述应为：合力对任一点的矩等于诸分力对同一点之矩的代数和，即

$$M_O(\boldsymbol{F}_R) = M_O(\boldsymbol{F}_1) + M_O(\boldsymbol{F}_2) + \cdots + M_O(\boldsymbol{F}_n) \tag{3-12}$$

4. 力偶与力偶系

我们可以通过比较两个力偶矩是否相等来判断它们代表的力偶是否等效，即如果两个力偶矩相等，则力偶等效。

力偶的性质可归纳如下：

(1)力偶不能与一个力等效，即力偶无合力。

(2)力偶可在其作用面内任意转移，或移到另一平行平面，而不改变对刚体的作用效应(见图 3-15)。

(3)保持力偶转向和力偶矩的大小(即力与力偶臂的乘积)不变，力偶中的力和力偶臂的大小可以改变，而不会改变对刚体的作用效应(见图 3-16)。

力偶有图 3-17 所示的两种表示方法。

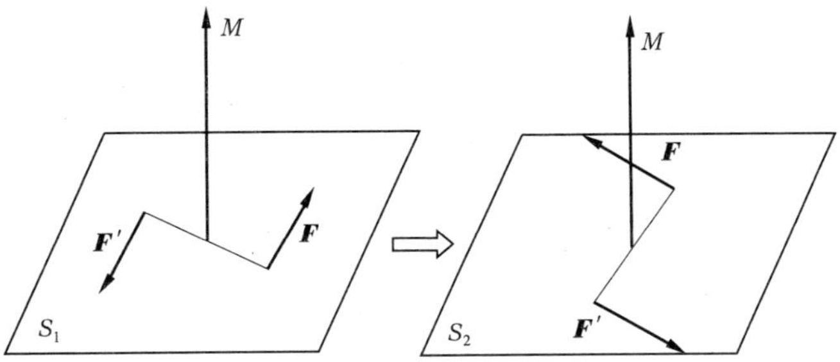

图 3-15　力偶的转移

图 3-16　力偶特性

图 3-17　力偶的表示方法

5. 力偶系的平衡条件

若力偶系的合成结果为合力偶矩等于零,则该力偶系平衡。因此,力偶系作用下刚体平衡的必要和充分条件是:合力偶矩等于零,即力偶系各力偶矩的代数和等于零。平面力偶系刚体的平衡方程只有一个,即

$$\sum M = 0 \tag{3-13}$$

式(3-13)为力偶系作用下刚体的平衡方程,表述为力偶系各力偶矩的代数和等于零。

(三)平面任意力系的简化与平衡

所谓平面任意力系,是指各力作用线在同一平面上任意分布的力系,图 3-18(a)为简易起重机的结构简图,横梁 AB 的受力如图 3-18(b)所示,诸力作用线都在 A、B、C 三点确定的平面内,且没有共同的汇交点,因此是一个平面任意力系。

把一个复杂力系简化为与它等效的简单力系,称为力系简化,其目的是导出力系的平衡条件。平面任意力系简化需要用到力的平移定理,因此首先研究力的平移定理。

1. 力的平移定理

定理:作用于刚体上任意一点 A 的力 $\boldsymbol{F}$,如果平行移到刚体上任意一点 B,而不改变对刚体的作用效应,必须增加一附加力偶,这个附加力偶的矩等于原力 $\boldsymbol{F}$ 对新的作用点 B

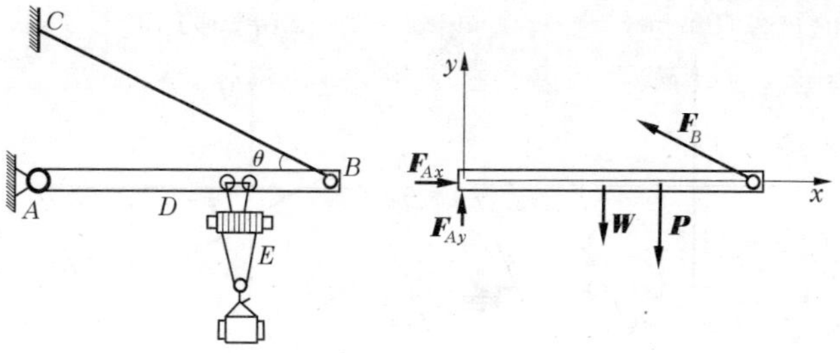

(a) (b)

图 3-18 平面任意力系示意

之矩。如图 3-19 所示，其力偶矩为

$$M = Fd = M_B(\boldsymbol{F})$$

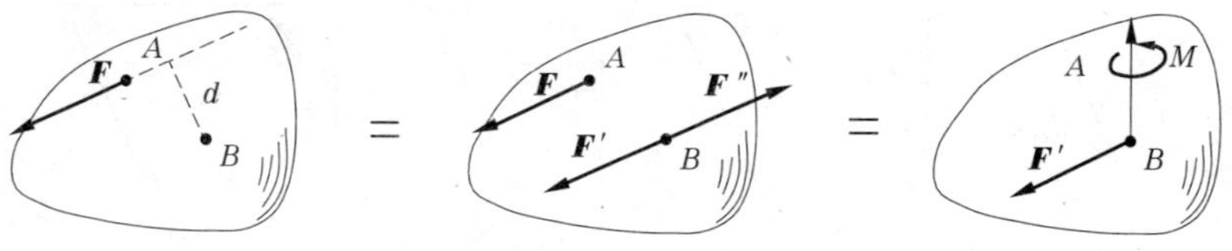

图 3-19 力的平移

2. 平面任意力系向一点简化

设刚体上作用有 n 个力组成的平面任意力系($\boldsymbol{F}_1,\boldsymbol{F}_2,\cdots,\boldsymbol{F}_n$)，各力的作用点分别为 $A_1,A_2,\cdots,A_n$，如图 3-20(a)所示，现欲用一个与之等效的简单力系代替之。

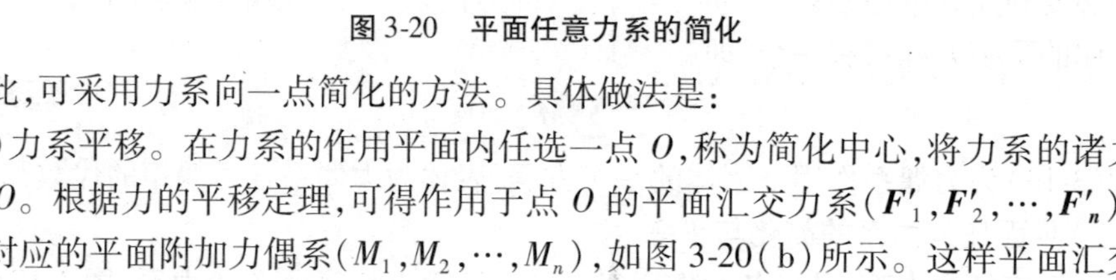

(a) (b) (c)

图 3-20 平面任意力系的简化

为此，可采用力系向一点简化的方法。具体做法是：

(1)力系平移。在力系的作用平面内任选一点 O，称为简化中心，将力系的诸力平移到该点 O。根据力的平移定理，可得作用于点 O 的平面汇交力系($\boldsymbol{F}'_1,\boldsymbol{F}'_2,\cdots,\boldsymbol{F}'_n$)，以及与诸力对应的平面附加力偶系($M_1,M_2,\cdots,M_n$)，如图 3-20(b)所示。这样平面汇交力系($\boldsymbol{F}_1,\boldsymbol{F}_2,\cdots,\boldsymbol{F}_n$)就等效地变换为一平面汇交力系和一平面力偶系。

(2)等效力系合成。平面汇交力系($\boldsymbol{F}'_1,\boldsymbol{F}'_2,\cdots,\boldsymbol{F}'_n$)合成为一个通过 O 点的合力，称为力系($\boldsymbol{F}_1,\boldsymbol{F}_2,\cdots,\boldsymbol{F}_n$)的主矢，用 $\boldsymbol{F}'_{\mathrm{R}}$ 表示，有

$$\boldsymbol{F}'_{\mathrm{R}} = \sum \boldsymbol{F}'_i \quad 或 \quad \boldsymbol{F}'_{\mathrm{R}} = \sum \boldsymbol{F}_i \tag{3-14}$$

附加平面力偶系可合成为一个合力偶，其力偶矩称为力系($\boldsymbol{F}_1,\boldsymbol{F}_2,\cdots,\boldsymbol{F}_n$)对简化中心的主矩，用 M_O 表示，有

$$M_O = \sum M = \sum M_O(\boldsymbol{F}_i)$$

由此可知，平面任意力系向任意一点简化，一般可得一力和一力偶，它们分别被称为原力系的主矢和主矩，主矢等于力系诸力的矢量和，主矩等于力系诸力对简化中心主矩的代数和，由合力投影定理，有

$$\left.\begin{aligned}F'_{Rx} &= \sum F_x \\ F'_{Ry} &= \sum F_y\end{aligned}\right\} \tag{3-15}$$

因而主矢 $\boldsymbol{F}'_R$ 的大小和方向分别为

$$F'_R = \sqrt{{F'_{Rx}}^2 + {F'_{Ry}}^2} = \sqrt{(\sum F_{ix})^2 + (\sum F_{iy})^2} \tag{3-16}$$

$$\left.\begin{aligned}\cos\alpha &= \frac{F'_{Rx}}{F'_R} \\ \cos\beta &= \frac{F'_{Ry}}{F'_R}\end{aligned}\right\} \tag{3-17}$$

式中，α、β 分别为主矢 $\boldsymbol{F}'_R$ 与 x、y 轴正向间的夹角。

3. 平面任意力系的平衡条件

根据上述简化结果可知，主矢 $\boldsymbol{F}'_R$ 和主矩 M_O 两者之中，只要一个不为零，力系就不平衡，所以主矢和主矩同时为零是力系平衡的必要条件，即

$$\left.\begin{aligned}\sum F_{ix} &= 0 \\ \sum F_{iy} &= 0 \\ \sum M_O(\boldsymbol{F}) &= 0\end{aligned}\right\} \tag{3-18}$$

式(3-18)称为平面任意力系平衡方程的基本形式。

【例 3-2】 刚架 $ABCD$ 的 A 处为固定铰支座，D 处为辊轴支座。此刚架上有水平荷载 $\boldsymbol{F}_1$ 和垂直荷载 $\boldsymbol{F}_2$，如图 3-21(a)所示。已知 $F_1 = 10$ kN，$F_2 = 20$ kN，$a = 3$ m。求支座 A、D 的约束反力。

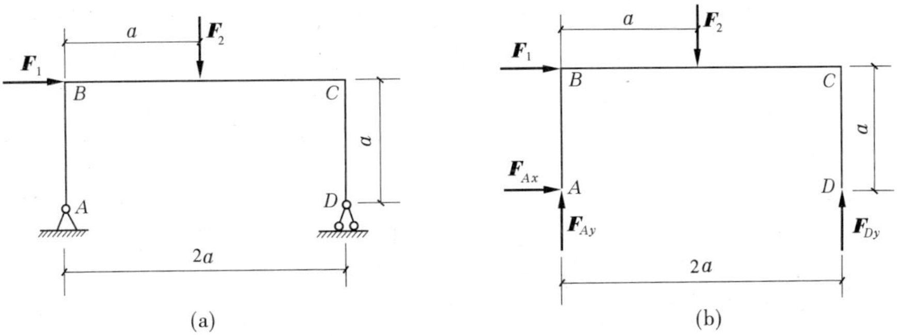

图 3-21

解 (1)取刚架整体为研究对象，画出受力图如图 3-21(b)所示。

(2)根据平衡条件的二力矩形式，列出平衡方程，有

$$\sum M_A(\boldsymbol{F}) = 0 \qquad -F_1 \cdot a - F_2 \cdot a + F_{Dy} \cdot 2a = 0$$

$$\sum M_D(\boldsymbol{F}) = 0 \qquad F_2 \cdot a - F_1 \cdot a - F_{Ay} \cdot 2a = 0$$

$$\sum F_x = 0 \qquad F_{Ax} + F_1 = 0$$

解方程,得

$$F_{Ax} = -F_1 = -10\ \text{kN} \qquad F_{Dy} = (F_1 + F_2)/2 = 15\ \text{kN} \qquad F_{Ay} = 5\ \text{kN}$$

$\boldsymbol{F}_{Ax}$为负值,说明实际方向与题设相反。

本题亦可用平衡条件的基本形式,只是这里用二力矩形式较为方便。根据实际问题的不同,平衡条件可用多种方程形式进行表达,这要看哪种形式解题方便。

第二节　材料力学

一、材料力学基本概念

工程结构或机械的各组成部分,统称为构件。在刚体力学中,物体的变形对研究物体的运动和平衡影响微乎其微,通常把构件抽象为刚体。然而,在变形体力学中,构件在外力作用下的变形成为不可忽略的因素,因此必须将其视为可变形固体。

在工程中,实际构件有各种不同的形状。材料力学主要研究长度远大于横截面尺寸的杆件。实际杆类构件受力与变形有各种形式,但都可归纳为轴向拉伸(或压缩)、剪切、扭转和弯曲这四种基本变形形式,以及由两种或两种以上基本变形形式共同形成的组合变形形式。

(一)拉伸或压缩

当杆件两端承受沿轴线方向的拉力或压力时,杆件将产生轴向伸长或压缩变形。这种受力与变形形式称为轴向拉伸或压缩,简称拉伸或压缩,其变形分别如图 3-22(a)、(b)所示。

(二)剪切

作用线垂直于杆件轴线的力,称为横向力。当两个大小相等、方向相反、作用线互相平行、相距很近的横向力同时作用在杆件上时,杆件的两个相邻截面将产生相互错动,这种变形称为剪切变形,对应的受力与变形形式称为剪切,如图 3-23 所示。

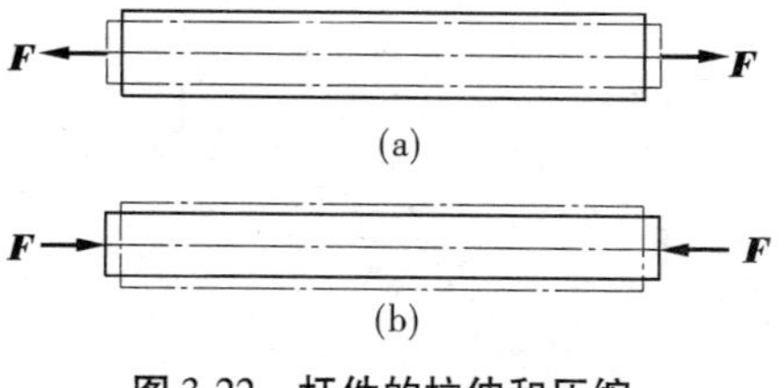

图 3-22　杆件的拉伸和压缩

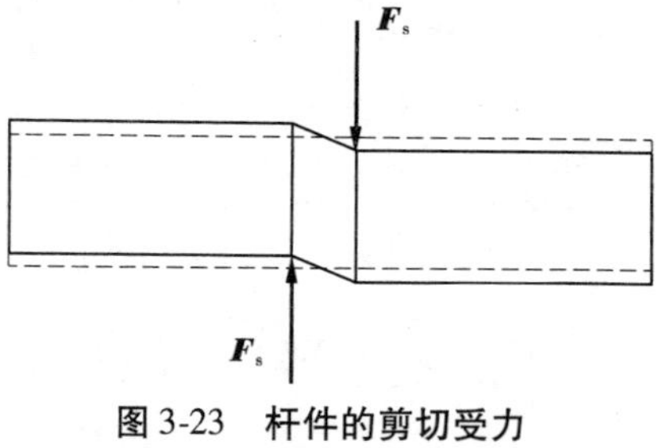

图 3-23　杆件的剪切受力

(三)扭转

当作用面互相平行的两个力偶作用在杆件的两个横截面内时,杆件的任意横截面将产生绕杆件轴线的相对转动,这种变形称为扭转变形,对应的受力与变形形式称为扭转。如图 3-24 所示。

(四)弯曲

当外加力偶或横向力作用于杆件纵向的某一平面内时,杆件将发生弯曲变形,其轴线将弯曲成曲线,如图 3-25 所示。

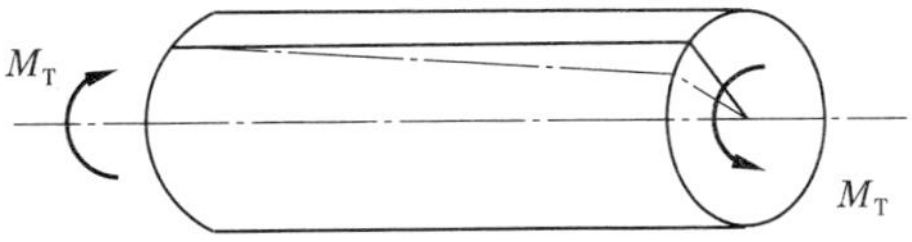

图 3-24　杆件的扭转受力

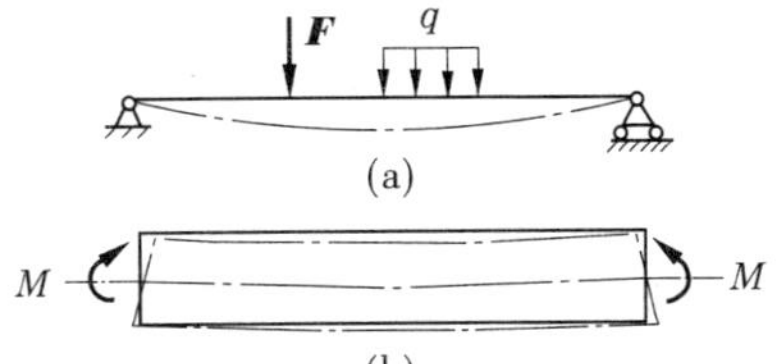

图 3-25　杆件的弯曲受力

(五)组合变形

如果在外力作用下,杆件同时发生两种或两种以上基本变形,则称为组合变形。实际杆件的受力无论多么复杂,在一定条件下均可简化为基本受力形式的组合。

值得注意的是,杆件的基本变形形式有以上四种,每种变形形式的受力与变形各不相同,在工程上为了对其加以区分,通常将只承受拉伸的杆件称为拉杆,只承受压缩的杆件称为压杆或柱,主要承受扭转的杆件称为轴,而把主要承受弯曲的杆件称为梁,在以后的讨论中我们将不加声明地采用这种称呼。

二、轴向拉压杆的内力与应力

用假想的平面将物体截开,将内力显示出来,然后考虑其中任意一部分的平衡,从而确定该截面内力的方法,称为截面法,这种方法是内力求解的一般方法。可将其归纳为以下三个步骤:

(1)欲求构件某一截面上的内力,可沿该截面假想地将构件一分为二。

(2)留下一部分作为研究对象,弃去另一部分,并用作用于截面上的内力代替弃去部分对留下部分的作用。

(3)建立留下部分的平衡方程,确定未知的内力。

【例 3-3】　如图 3-26(a)所示杆件,杆端受一集中力 $\boldsymbol{F}$ 作用。试求此杆件 B 截面处的内力。

解　(1)求约束反力。

内力是根据静力平衡方法由所截取部分的平衡求得的,因而在求解时,除内力外的所有外力(包括约束反力)一般应先于内力求得。

对于本例,由静力学基本知识,建立杆件的整体平衡方程如下

$$\sum F_x = 0 \qquad F_{Ax} - F\cos45^\circ = 0$$

$$\sum F_y = 0 \qquad F_{Ay} - F\sin45^\circ = 0$$

$$\sum M_{O_A}(\boldsymbol{F}) = 0 \qquad M_A - F\sin45^\circ \cdot l = 0$$

解得

$$F_{Ax} = F_{Ay} = \frac{\sqrt{2}}{2}F \qquad M_A = \frac{\sqrt{2}}{2}Fl$$

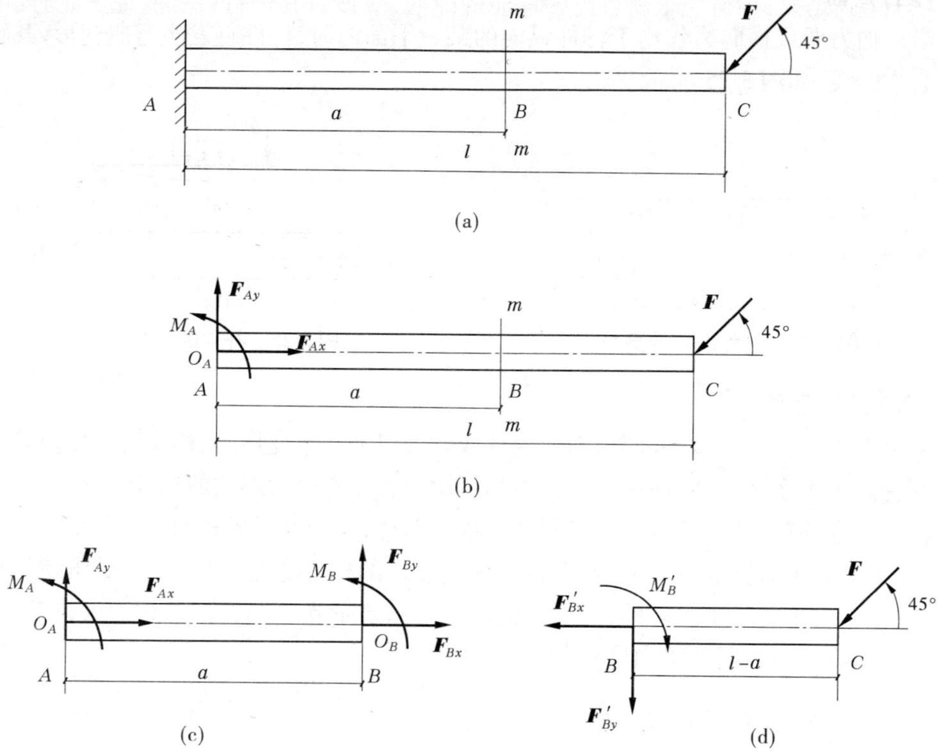

图 3-26

(2)沿 m—m 截面切开。

用假想的 m—m 截面将杆件沿 B 截面切开，任取一部分为研究对象，取如图 3-26(c)所示左半部分。考虑左部分杆件的平衡可知，右部分杆件必然以内力 $\boldsymbol{F}_{Bx}$、$\boldsymbol{F}_{By}$ 及 M_B 作用于截面 m—m 上。

当然，本例中也可选取右半部分为研究对象，此时的情况如图 3-26(d)所示。不难发现，当这样选取研究对象时，根据杆件的局部静力平衡仍可以求得 B 截面处的内力，而无须求解约束反力。可见，应用截面法求内力时，可以根据情况适当地选择截开后的研究对象简化求解过程。

(3)建立留下部分的平衡方程，求得截面上的内力。

建立图 3-26(c)所示部分杆件的平衡方程，有

$$\sum F_x = 0 \qquad F_{Ax} + F_{Bx} = 0$$

$$\sum F_y = 0 \qquad F_{Ay} + F_{By} = 0$$

$$\sum M_{O_B}(\boldsymbol{F}) = 0 \qquad M_A - F_{Ay} \cdot a + M_B = 0$$

解得

$$F_{Bx} = F_{By} = -\frac{\sqrt{2}}{2}F$$

$$M_B = -\frac{\sqrt{2}}{2}F(l - a)$$（负号代表内力真实方向与图示方向相反）

对于上述结果，为避免求解过程中可能的疏漏，应该对其进行检查验证。此时，可取所弃去的右半部分为研究对象。建立如图 3-26(d)所示右半部分杆件的平衡方程，不难求得

$$F'_{Bx} = F'_{By} = -\frac{\sqrt{2}}{2}F \qquad M'_B = -\frac{\sqrt{2}}{2}F(l-a)$$

这与以左半部分杆段为研究对象所得到的结果是一致的，可见，上述求解的结果是正确的。

【例 3-4】 一等直杆受力如图 3-27(a)所示，试画出杆件的轴力图。

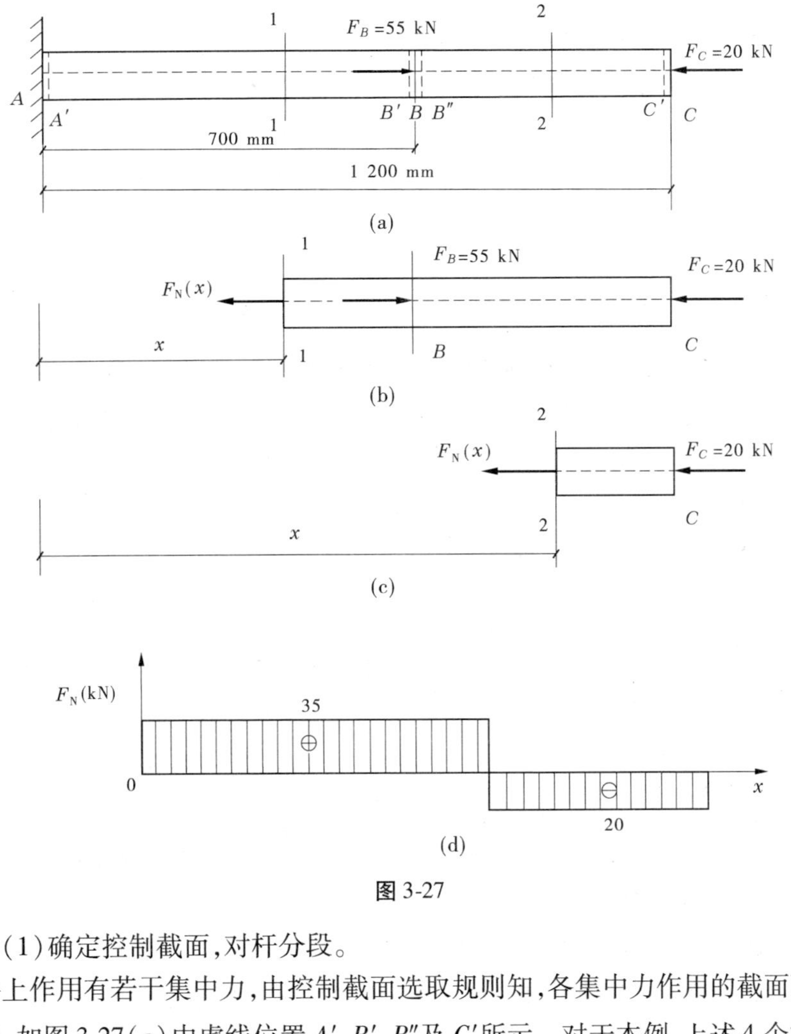

图 3-27

解 (1)确定控制截面，对杆分段。

杆件上作用有若干集中力，由控制截面选取规则知，各集中力作用的截面两侧均为控制面位置，如图 3-27(a)中虚线位置 A'、B'、B''及 C'所示。对于本例，上述 4 个控制截面将杆件分为 2 个杆段：$A'B'$和 $B''C'$。

(2)应用截面法求取内力方程。

从杆段中选取任意假想的截面 1—1 和 2—2 将杆件截开，弃去部分杆段，并以假定的正的轴力代替弃去部分对截面的作用，如图 3-27(b)、(c)所示。列写保留的杆段的平衡

方程：

图 3-27(b) $\sum F_x = 0 \qquad -F_N(x) + F_B - F_C = 0$

得 $$F_N(x) = 35\ \text{kN}$$

图 3-27(c) $\sum F_x = 0 \qquad -F_N(x) - F_C = 0$

得 $$F_N(x) = -20\ \text{kN}$$

上述方程反映了轴力沿杆件轴线方向的变化规律，称为轴力方程。

(3)建立坐标系，作轴力图。

在建立坐标系时，通常先平行于杆件轴线建立 x 轴，然后取 F_N 轴垂直于 x 轴。将所求得的各控制截面上的轴力按比例标在坐标系中，考虑控制截面 A' 与 B' 之间无外力作用，因此由截面 A、B 间任意截面内力的平衡方程知，截面 A、B 间轴力为一常数，即杆件 AB 段的轴力图为一平行于 x 轴的直线。同理，杆件 BC 段的轴力图也为一直线。于是，最终杆件的轴力图如图 3-27(d)所示。

三、受弯物体的内力与应力

受弯构件是工程中最常见的一种构件。如图 3-28 所示厂房内常用的一种起重设备，它的作用是通过横梁和电葫芦的联合移动实现物体在厂房内任意位置的搬运，其横梁在重物和支座反力的共同作用下，将发生弯曲变形。这类以弯曲变形为主的杆件习惯上称为梁。

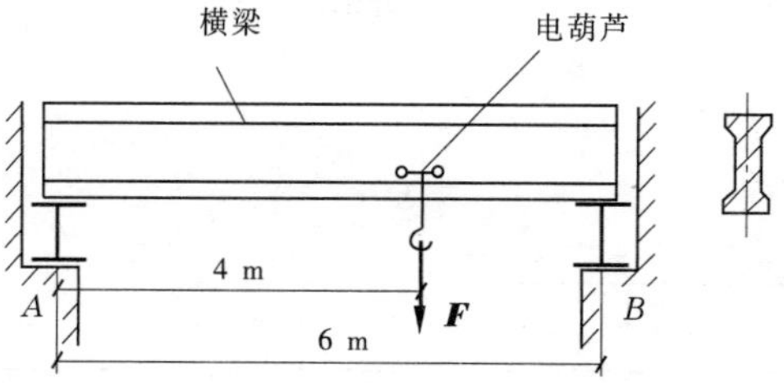

图 3-28 厂房内的起重设备

工程问题中绝大部分的梁的横截面都有一根对称轴，因而整个杆件有一个包含轴线在内的纵向对称面，图 3-28 所示的起重设备即属于这种情况。当作用于杆件上的所有外力都在纵向对称面内时，弯曲变形后的轴线也将是位于这个对称面内的一条曲线。这种弯曲是弯曲问题中最常见的情况，称为平面弯曲，如图 3-29 所示。

图 3-28 所示起重设备的计算简图如图 3-30(a)所示，其中 $\boldsymbol{F}_{Ay}$ 和 $\boldsymbol{F}_{By}$ 分别为 A、B 两处支座的支座反力，该约束反力可由梁的整体平衡求得。为了显示 x 截面上的内力，沿该截面假想地把梁截分为两部分，并弃去右半段，以左半段为研究对象。根据左半段的平衡以内力 $\boldsymbol{F}_s$ 和 M 代替右段对左段梁 x 截面的作用。列写左段梁的平衡方程，有

$$\sum F_y = 0 \qquad F_{Ay} - F_s = 0 \tag{3-19}$$

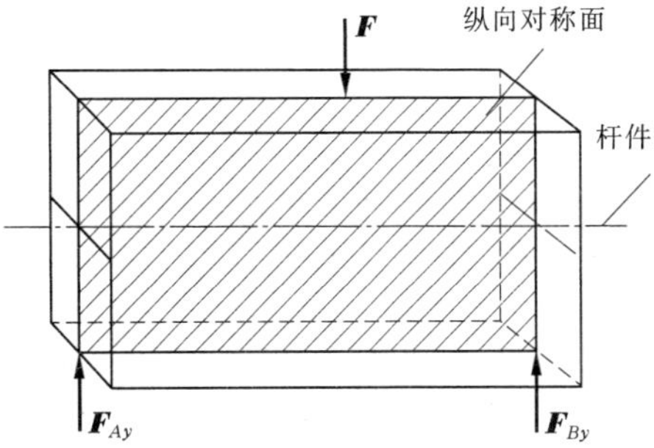

图 3-29　弯曲变形分析图

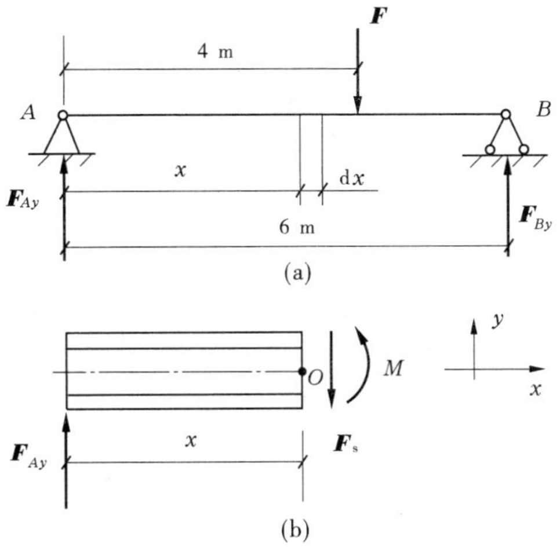

图 3-30　梁的弯曲内力分析

$$\sum M_O = 0 \qquad -F_{Ay} \cdot x + M = 0 \tag{3-20}$$

解得　　　　$F_s = F_{Ay} \qquad M = F_{Ay}x$

图 3-31 表示受力方向正负的判断，剪力左上右下为正，反之为负；弯矩上压下拉为正，反之为负。

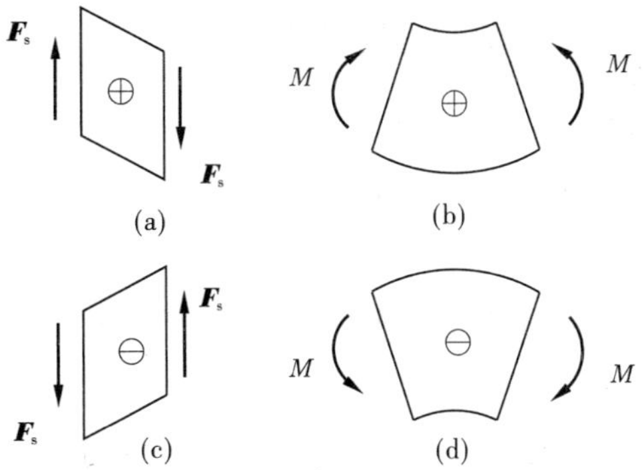

图 3-31　受力方向判断

与前面类似，我们称描述梁的剪力和弯矩沿梁长度方向变化的代数方程分别为剪力方程和弯矩方程。对应地，我们称反映梁的剪力和弯矩沿梁长度方向变化的图形为剪力图和弯矩图。

【例 3-5】 图 3-32(a)所示一端固定、另一端自由的梁，称为悬臂梁。梁端承受集中力 $\boldsymbol{F}$ 和集中力偶 Fl 的作用。试写出该梁的剪力方程和弯矩方程，并作剪力图和弯矩图。

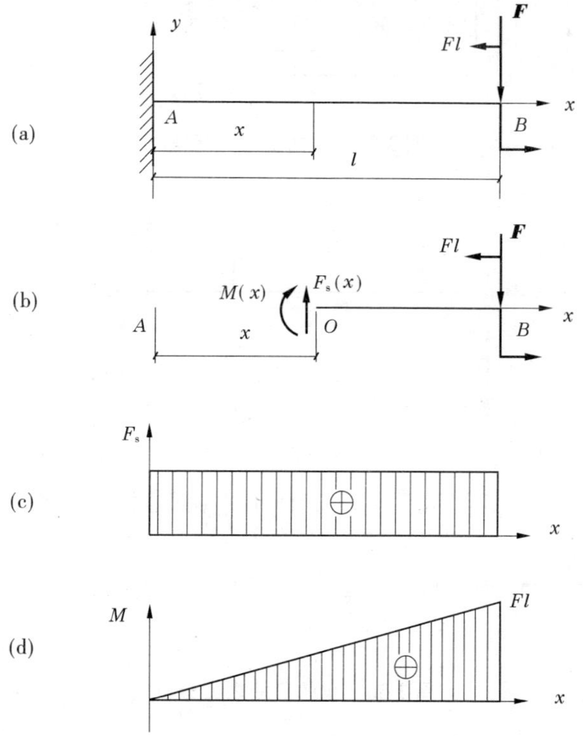

图 3-32 悬臂梁受力分析

解 (1)确定控制截面，对梁分段。对于本例，所有的外力均作用在梁的两端，因而整个梁只需分段进行考虑。

(2)应用截面法求取内力方程，取图示任意 x 位置将梁截开，弃去左段并以正的截面内力代替左段梁在 x 截面对右段梁的作用，如图 3-32(b)所示，列写右段梁的平衡方程，有

$$\sum F_y = 0 \qquad F_s(x) - F = 0$$

解得

$$F_s(x) = F$$

$$\sum M_O = 0 \qquad -M(x) + Fl - F(l - x) = 0$$

解得

$$M(x) = Fl - F(l - x) = Fx$$

建立如图 3-32(c)、(d)所示坐标系，根据剪力方程及弯矩方程作图，即得所求剪力图和弯矩图。

四、压杆稳定

在工程实际中，很多情况下要用到压杆，压杆就是指两端受压的杆。对于受压的细长杆件，还需要考虑其稳定性问题。

如图 3-33 所示的压杆为中心受压直杆。在轴向压力 $\boldsymbol{F}$ 的作用下，如果沿横向作用一个小扰动力即横向外力，在横向外力的扰动下，杆将偏离原来的平衡位置形成新的杆曲线（见图 3-33（a））。现在撤去干扰力，试验表明：

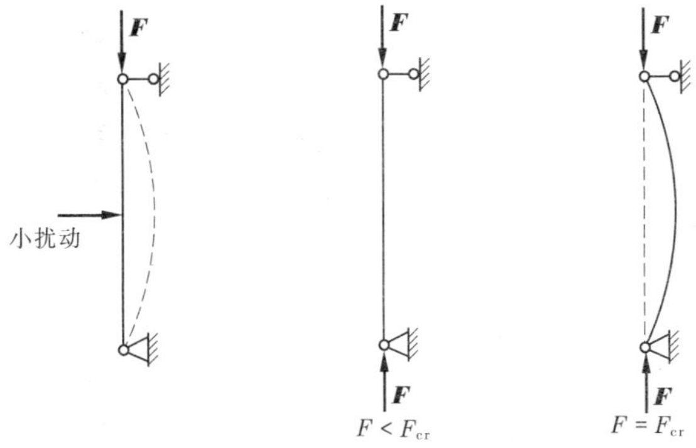

图 3-33　杆的纵向受压

（1）当轴向压力不大时，撤去干扰力，杆的轴线将恢复其原来的直线平衡形态，如图 3-33（b）所示。此时，压杆在直线形态下的平衡是稳定的。

（2）当轴向压力增大到某一临界值时，撤去横向力后，杆的轴线将保持微弯形态的平衡，而不再恢复其原有的直线平衡形态，如图 3-33（c）所示。这说明，压杆原来在直线形态下的平衡是不稳定的。

受压直杆在受到干扰后，由直线平衡形式转变为弯曲平衡形式，如果干扰消除后，压杆仍保持为弯曲平衡形式，而不能恢复到原来的直线平衡形态的现象，称压杆丧失稳定，简称失稳或屈曲，即原来的直线平衡是不稳定的。由稳定平衡转化为不稳定平衡时所受轴向压力的临界值称为临界压力，简称临界力，用 $\boldsymbol{F}_{cr}$ 表示。

由于构件的失稳往往是突然发生的，因而其危害性也较大。因此，稳定问题在工程设计中占有重要地位。

第三节　建筑结构体系基本知识

一、建筑结构的概念、分类及基本特点

建筑结构的分类与应用问题，可从结构所用材料的不同和结构受力构造的不同两个方面来讨论。

（一）按结构所用材料不同分类

建筑结构按所用材料的不同，可分为砌体结构、木结构、钢结构和钢筋混凝土结构等。

1. 砌体结构

砌体结构在房屋建筑中的应用历史悠久，砖石砌体具有许多优点，如就地取材、成本低廉、耐久性和化学稳定性好等，所以目前应用还比较普遍。但砌体结构的施工砌筑进度缓慢，现场作业量大、结构自重大，不能适应建筑工业化发展的要求。为了改变“秦砖汉瓦”的落后面貌，实现建筑工业化，近年来国内正在大力推广大型板材建筑和砌块建筑。

2. 木结构

木结构也是具有悠久历史的结构体系，由于受自然木材产量的影响，目前大量采用木结构的建筑不多。

3. 钢结构

钢结构是主要的建筑结构之一，它的特点是：

(1)钢材强度高，做成的构件截面小、质量轻、运输架设方便；

(2)钢材是接近各向同性的材料，质地均匀，可靠性高；

(3)钢材具有可焊性，制造工艺比较简单；

(4)钢材容易锈蚀，经常性的维修费用高；

(5)钢材耐火性远较钢筋混凝土和砖石差。

钢结构在解决较大跨度和层数较多建筑的结构需求时具有较大的优势，所以钢结构一般多用于跨度很大的建筑屋盖和跨度很大或吊车吨位很大的工业厂房骨架及吊车梁，以及一些高层公共建筑。

4. 钢筋混凝土结构

钢筋混凝土结构在房屋建筑中是最主要的建筑结构，它的应用范围非常广泛，几乎任何建筑工程都可用，除一般工业与民用建筑构件外，高烟囱、水塔等构筑物等也广泛采用钢筋混凝土结构，公共建筑的高层楼房、大跨度会堂、剧院、展览馆等，也都可用钢筋混凝土结构建造。钢筋混凝土作为建筑材料具有许多优点，如强度大、耐久性好、抗震性好，并具有可塑性等，所以它是一种主要的房屋结构材料。但是，钢筋混凝土也有一些缺点，如自重大、建造周期长等。自从装配式和预应力混凝土结构出现以后，钢筋混凝土结构的应用范围又得到扩大。预应力混凝土结构是钢筋混凝土结构的一个重大革命和飞跃发展，由于预应力混凝土结构克服了普通钢筋混凝土结构的缺点，因而在跨度和承载能力方面大大地超越了普通的钢筋混凝土结构。

（二）按结构受力构造不同分类

建筑结构按结构受力构造特点的不同，可分为承重墙结构、排架结构、框架结构和其他形式的结构。

1. 承重墙结构

承重墙结构的传力途径是：屋盖的重量由屋架承担，屋架支撑在承重墙上，楼层的重量由楼盖承担，楼板和梁支撑在承重墙上。因此，屋盖荷载（如屋盖自重、雪荷载等）以及楼层荷载（如楼盖自重、楼面荷载等）均由承重墙承担，墙下有基础，基础下有地基，全部荷载通过墙、基础传到地基上。这种具有承重墙的房屋叫做承重墙结构。这种房屋的屋盖或楼盖一般用钢筋混凝土制造，承重墙一般用砖、砌块、石材等砌筑，因为它是由两种不同的结构材料混合组成的房屋承重结构体系，故承重墙结构通常也可称为混合结构。一般层数不多的民用建筑(如宿舍、住宅、教学楼、办公楼等)多用混合结构。

2. 排架结构

排架结构的主要承重体系由屋架(或梁)和柱组成。屋架与柱的顶端为铰接连接,而柱的下端嵌固于基础内。一般单层工业厂房结构大多属于排架结构。

3. 框架结构

框架结构的主要承重体系由横梁及柱组成,但横梁与柱为刚接连接,从而构成了一个整体刚架(或称框架)。这种具有刚接受力特点的房屋结构叫框架结构。一般多层工业厂房或大型高层民用房屋结构大多属于框架结构。

4. 其他形式的结构

以上是一般建筑中常用和常见的房屋结构。现在,高层建筑已经广泛采用框架 - 剪力墙结构体系、全剪力墙结构体系、筒体体系等。

在解决房屋跨度问题上,最初采用的屋盖结构形式如梁、桁架、拱、门式刚架等,在力学范畴中都属于平面结构体系,但随着跨度的增大,以及工程技术的发展,后来逐渐出现一种新的结构体系,即空间结构体系。它比平面结构的适用跨度要大得多,由于空间结构受力好、刚度大、本身质量轻,能解决平面结构所不能解决的问题,因此空间结构是解决大跨度建筑的更好形式。现代常用的空间结构有壳体结构、网架结构和悬索结构。

壳体结构的形式有球壳、柱面壳(筒壳)和双曲扁壳等。球壳是最早用在屋盖上的壳体形式。网架结构是一种受力性能很好的空间结构体系,这种结构是高次超静定结构,它是空间受力的结构。网架结构跨度大、自重轻、节省材料,常用于大型跨越式建筑物中。

二、建筑结构与建筑的关系

人类建造建筑物的目的是需要建筑物具备两个最基本的功能:一是具有抵御自然作用(包括气候、自然灾害)对人的行为的影响的功能,二是具有防御敌对势力侵害的功能。所以,建筑的基本要求是坚固(结构的耐久性)、适用和美观。在这些原则中,又以坚固最为重要,它由结构构造所决定。结构自有建筑以来就与建筑设计不可分割。无论这个建筑是简单的低小的住所,还是高大的宗教、商业空间,它都必须能抵抗重力、风力以及火灾。

凡是建筑物,如住宅、办公楼或厂房、体育馆,都是由屋盖、楼板、墙、柱、基础等结构构件所组成的。这些构件在房屋中互相支撑、互相协作,直接或间接、单独或协同地承受各种荷载作用,构成了一个结构整体——建筑结构。建筑结构是房屋的骨架,是建筑物赖以存在的物质基础,它的质量对建筑物的坚固和寿命具有决定性作用。

建筑结构与建筑有着密切的关系,在房屋设计一开始,决定建筑设计的空间构成、平面、立面和剖面的时候,就应该考虑结构方案,既要保证建筑使用的要求,又要照顾材料的选用、结构的可能和施工的难易。因为不同类型的建筑,它们的结构具有不同的受力特点和构造特点,大至结构体系的构成及选型,小至构件尺寸的大小,建筑师都应具有比较清晰的概念。

一个成功的设计必然是以选择一个经济合理的结构方案为基础,就是要选择一个切实可行的结构形式和结构体系,同时在各种可行的结构形式和结构体系的比较中,又要能在特定的物质与技术条件下,具有尽可能好的结构性能、经济效果和建造速度。

针对具体的建筑项目,一般都是相对地突出某一方面或两方面的性能来表达其合理性。对于特别重要的建筑物(如机场航站楼),结构性能的安全可靠则是十分重要和突出的性能;而对于大量性的居住建筑,则要求具有尽可能好的经济效果和建造速度,当然其他方面也是需要认真对待的。结构方案的选择还必须有可靠的施工方法来保证,如果没有一个适宜的施工方法加以保证,则结构方案的合理性和经济性就难以实现,方案本身也难以成立。当然,与建筑设计密切配合无疑是结构方案选择的根本出发点,但反过来又必然对建筑设计提出要求和限制,设计者若对结构知识有较深刻的了解,将可使两者的矛盾最大限度地减小。所以,建筑与结构之间的关系处理得好,就能相得益彰,得到功能、美观、经济俱佳的效果;相反,两者关系处理不好,不是结构妨碍建筑,就是建筑给结构带来困难,两者互相制约。

传统上,建筑师应同时为主要的结构工程师,这在过去不会有什么问题。由于长久以来结构系统的改变并不大,建筑师可依据经验值来决定结构尺寸。在工业社会,技术突飞猛进的发展,建造技术、建筑材料日新月异,建筑师在进行设计时,自身的结构理论与知识常显不足,这时,结构工程师便可以协助建筑师完成设计中结构的具体技术要求。

为了扮好统筹者的角色,建筑师对结构应有相当的了解。这是因为:第一,建筑师在方案及初步设计阶段充分考虑结构的需求与限制,对决定建筑物的设计与建造的难易程度、建筑物的经济合理性具有重大的战略意义;第二,建筑师只有对结构具有较全面的了解,才能与结构工程师做充分的沟通,圆满完成设计工作;第三,建筑师在具备相应的结构知识后,才能落实结构工程师的建议,并兼顾设计及预算。

第四节　钢筋混凝土结构体系

钢筋混凝土是由钢筋和混凝土两种性质不同的材料组成的共同受力的结构材料。这种人造材料充分发挥了混凝土的抗压强度与钢筋的抗拉强度,使其适应各种构件和各种荷载,使结构设计更为自由。钢筋渗透到一大堆水泥、砂子、碎石和水里去,把它们结合起来,待凝固之后,使构件具有较强的抗拉与抗压能力。混凝土是由水泥、砂子、石子和水按一定的配合比拌和而成的人工石材,内部结构复杂,力学性能好,较为复杂。

一、钢筋的种类及性能

(一)钢筋的种类

钢材的性能由其化学成分和冶炼的工艺而定。目前,我国的建筑钢材按化学成分可分为热轧碳素钢和普通低合金钢两种,按加工工艺可分为热轧钢筋、冷拉钢筋、热处理钢筋和钢丝四种,按钢筋的力学性能又分为有明显屈服点的钢筋和无明显屈服点的钢筋两大类。

碳素钢除含有铁元素外还含有少量的碳、锰、硅、硫等元素。钢筋中碳的含量增加,强度就随之提高,但塑性和可焊性降低。根据钢材中含碳量的多少,通常可分为低碳钢(含碳量少于 0.25%)、中碳钢(含碳量为 0.25% ~ 0.6%)和高碳钢(含碳量为 0.6% ~

1.4%)。在低碳钢中，加入少量锰、硅、钒、铌、钛等元素，便成为普通低合金钢，如 20MnSi、45MnsiV 等。此时，钢筋强度显著提高，塑性和可焊性等性能也可得到改善。

1. 热轧钢筋

热轧钢筋按其强度由低到高分成四级：HPB235、HRB335、HRB400、RRB400，它们由冶金工厂直接热轧成型。

1）HPB235 级热轧钢筋（Φ）

HPB235 级热轧钢筋是由 Q235 普通碳素钢经热轧而成的光圆钢筋。它是一种低碳钢，质量稳定，塑性好，易焊接，易加工成型，但强度低。其主要用于中小型钢筋混凝土结构构件中的受力钢筋以及各种构件的箍筋和构造钢筋。

2）HRB335 级热轧钢筋（Φ）

HRB335 级热轧钢筋主要是由 20MnSi 低合金钢经热轧而成的变形钢筋，其表面形状通常有螺纹形和月牙形两种，如图 3-34 所示。这种钢筋的强度较高，塑性和可焊性能都比较好，易加工成型。它主要用做大中型钢筋混凝土结构构件的主筋，特别是承受多次重复荷载、地震作用及其他振动和冲击荷载的结构构件的受力主筋与预应力混凝土构件中的非预应力钢筋。

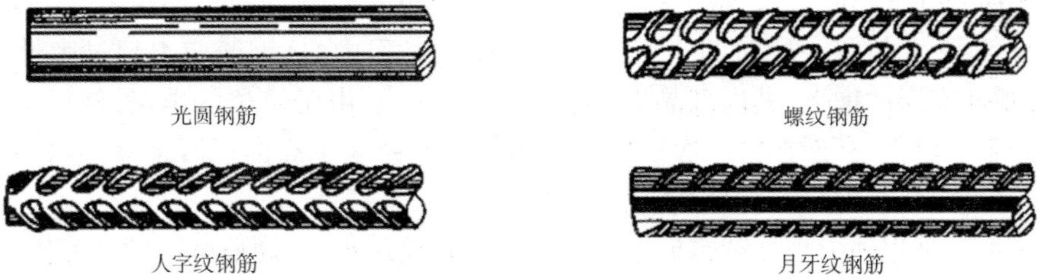

图 3-34　热轧钢筋的外形

3）HRB400 级热轧钢筋（Φ）

HRB400 级热轧钢筋是由 20MnSiV、20MnSiNb、20MnTi 低合金钢经热轧而成的变形钢筋，外形为月牙纹形。其强度高且与混凝土黏结性能较好。

4）RRB400 级热轧钢筋（Φ）

其代表钢种有 K20MnSi 等。由于含碳量较高，因此强度较高，但塑性和焊接性较差，经冷拉后做预应力钢筋。

热处理钢筋是由 $40Si_2Mn$、$48Si_2Mn$、$45Si_2Cr$ 热轧钢筋等经过淬火和回火处理后制成的。钢筋经淬火后强度大幅度提高，但塑性和韧性相应降低。

2. 钢丝

直径小于 6 mm 的钢筋称为钢丝。国产钢丝包括碳素钢丝、刻痕钢丝、钢绞线及冷拔低碳钢丝四种。钢丝的直径越细，其强度越高。冷拔低碳钢丝是用直径较小的 HPB235 级热轧钢筋用冷拔机经过几次冷拔后成型的。钢丝用于预应力混凝土结构，预应力钢筋以钢绞线及高强钢筋作为主导钢筋。

（二）钢筋混凝土结构对钢筋基本性能的要求

（1）具有较高的强度。钢筋强度高，则用钢量少，可以节约钢材。

(2)具有较好的塑性。使钢筋在断裂前有较大的变形,不致使构件发生脆性破坏。衡量钢筋的塑性有两个指标:一个是钢筋的伸长率,即钢筋试件拉断后的伸长值与原长值的比率;另一个是钢筋的冷弯性能,即钢筋绕某一规定直径的辊轴弯曲,要求在达到规定的冷弯角度时钢筋不发生裂纹、起层或断裂。

(3)具有与混凝土良好的黏结力。良好的黏结力使钢筋和混凝土可靠黏结,共同受力,可保证钢筋充分发挥作用。

(4)具有较好的可焊性。要求钢筋焊接后不产生裂纹和过大变形,保证焊接后接头性能良好。

为了满足建筑用钢的需要,冶金工业生产了许多品种的钢筋。现行《混凝土结构设计规范》(GB 50010—2002)规定了选用钢筋品种的原则:普通钢筋宜采用HRB400级和HRB335级钢筋,也可以采用HPB235级和RRB400级钢筋;预应力钢筋宜采用预应力钢绞线、钢丝,也可采用热处理钢筋。

(三)钢筋的性能

1. 钢筋的冷加工和热处理

所谓冷拉,是指把有明显屈服点的钢筋用卷扬机或其他拉伸装置逐根拉到其应力超过原有的屈服强度,使之进入应力—应变曲线的强化段,然后卸掉全部拉力,使钢筋应力重新恢复到零,并停留一段时间。在第一次加荷的过程中,从钢筋应力超过弹性极限开始,随着塑性变形的增大,其内部晶格产生滑移和错位。由于错位的堆集,使得钢筋对塑性变形的阻力增大,从而在第二次受拉时能够获得比原来更高的屈服强度。这种现象称为钢筋的冷拉强化,冷拉只能提高钢筋的抗拉强度。

冷拔加工是用强力把光圆钢筋通过比其本身直径稍小的、硬质合金的锥形拔丝孔,使钢筋产生塑性变形,横截面减小,长度增大。钢筋经过多次冷拔,延伸率不断减小,塑性明显降低,而且经冷拔后的钢丝没有明显的屈服点和流幅,对冷拔后的碳素钢丝若进行低温回火处理,则可改善其塑性。冷拔可同时提高钢筋的抗拉和抗压屈服强度。

冷拉和冷拔固然可以提高钢筋的强度,但同时也会使钢筋的脆性增加,使钢筋受力后容易发生突然断裂,因此不宜推广使用。

热处理是对某些特定钢号的热轧钢筋进行淬火和回火处理。钢筋经淬火后,硬度大幅度提高,但塑性和韧性降低,通过回火又可以在不降低强度的前提下,消除淬火产生的内应力,改善塑性和韧性,使这些钢筋成为较理想的预应力钢筋。

2. 钢筋的蠕变、松弛和疲劳

钢筋在高应力作用下,随着时间增长其应变继续增加的现象称为蠕变。钢筋受力后,若保持长度不变,而应力随时间增长而降低的现象称为松弛。

蠕变和松弛随时间的增长而增大,它们与钢筋初始应力的大小、钢材品种和温度等因素有关,通常初始应力大时蠕变和松弛也大,温度增加时蠕变和松弛增大。

钢筋的疲劳破坏是指钢筋在承受重复、周期动荷载的作用下,经过一定次数后,从塑性破坏的性质转变成脆性突然断裂的现象。钢筋在疲劳破坏时的强度低于钢筋在静荷载下的极限强度。疲劳强度是指在某一规定应力幅度内,经受某一规定次数循环加载后,才发生疲劳破坏的最大应力值。通常认为,在外力作用下,钢筋产生疲劳断裂是由于钢筋内部或外表的缺陷引起了应力集中，钢筋中超负荷的弱晶粒发生滑移，产生疲劳裂纹，最后断裂。

影响钢筋疲劳强度的因素很多，如应力的幅度、最大应力值的大小、钢筋外表面的几何形状、钢筋直径、钢筋等级和试验方法等。

对于承受重复荷载的钢筋混凝土构件，如吊车梁、桥梁面板等，如何确保其在正常使用期间不发生疲劳破坏，这就需要在设计时考虑钢筋的疲劳强度。

二、混凝土的力学性能

（一）混凝土的强度等级

混凝土是由水泥、砂子、石子和水拌和而成，浇筑后逐渐硬化成具有很高强度的密实块体。混凝土的力学性能和组成它的各种材料都不相同，我国规范规定的混凝土强度等级，是按立方体强度标准值（即有95%超值保证率）确定的，用符号C表示，规范中列出的有14个等级，即C15、C20、C25、C30、C35、C40、C45、C50、C55、C60、C65、C70、C75、C80。字母C后面的数字表示以N/mm^2为单位的立方体抗压强度标准值。

混凝土的立方体强度是衡量混凝土强度大小的基本指标，也是评价混凝土等级的标准。规范规定，用边长为150 mm的标准立方体试件，在标准养护条件（温度（20±3）℃，相对温度不小于90%）下养护28 d后在试验机上试压。试压时，试块表面不涂润滑剂，全截面受力，加荷速度为0.15～0.25 $N/(mm^2 \cdot s)$。试块加压至破坏时，所测得的极限平均压应力，作为混凝土的立方体抗压强度，用符号f_{cu}表示，单位为N/mm^2。

1. 混凝土立方体抗压强度

混凝土立方体抗压强度是在一定的试验条件下得出的。试件在试验机上受压时，纵向缩短，横向就要扩张。在一般情况下，试件的上下表面和试验机垫板之间有摩擦力，它阻碍了试件的横向变形，这样就延缓了裂缝的开展，从而提高了试件的抗压极限强度。试件破坏时，首先是试块中部外围混凝土发生剥落。这也说明，试块和试验机垫板之间的摩擦对试块有“套箍”作用，且这种“套箍”作用越靠近试块中部则越小。

在实际工程中，混凝土构件的形状、尺寸都与立方体试件大不相同。受压构件的高度通常要比构件截面的边长大许多倍，受力时也不存在上述“套箍”作用。这样，实际工程中混凝土的工作条件与前述立方体试块试验时的工作条件不相同，因而两者表现出的强度也不相同。因此，立方体抗压强度不能直接用于结构设计。

2. 混凝土轴心抗压强度f_c（棱柱体抗压强度）

混凝土轴心抗压强度又称为棱柱体抗压强度。该强度的大小与试块的高度h和截面宽度b之比有关。h/b越大，其承载力比立方体强度降低得越多。当h/b大于3时，其强度趋于稳定。常用的试件有150 mm×150 mm×450 mm、100 mm×100 mm×300 mm等尺寸。试验所得到的抗压强度极限值即为混凝土轴心抗压强度，设计时称为抗压强度标准值。

3. 混凝土轴心抗拉强度f_t

混凝土的抗拉强度很低，一般只有抗压强度的1/18～1/8，不与抗压强度成正比。在钢筋混凝土构件的破坏阶段,处于受拉状态的混凝土一般早已开裂,故在构件承载力计算中,多数情况下是不考虑受拉混凝土的工作的,但是混凝土的抗拉强度对钢筋混凝土构件多方面的工作性能是有重要影响的,是计算构件抗裂强度的重要指标。

由于影响因素较多,所以测定混凝土抗拉强度的试验方法没有统一。现在,常用的有直接轴心受拉试验、劈裂试验及弯折试验三种。

4. 混凝土强度标准值

混凝土轴心抗压、轴心抗拉强度标准值应按表 3-1 采用。

表 3-1　混凝土强度标准值　（单位:N/mm²）

强度种类	混凝土强度等级													
	C15	C20	C25	C30	C35	C40	C45	C50	C55	C60	C65	C70	C75	C80
f_{ck}	10.0	13.4	16.7	20.1	23.4	26.8	29.6	32.4	35.5	38.5	41.5	44.5	47.5	50.2
f_{tk}	1.27	1.54	1.78	2.01	2.20	2.39	2.51	2.64	2.74	2.85	2.93	2.99	3.05	3.11

5. 混凝土强度设计值

混凝土轴心抗压、轴心抗拉强度设计值应按表 3-2 采用。

表 3-2　混凝土强度设计值　（单位:N/mm²）

强度种类	混凝土强度等级													
	C15	C20	C25	C30	C35	C40	C45	C50	C55	C60	C65	C70	C75	C80
f_c	7.2	9.6	11.9	14.3	16.7	19.1	21.1	23.1	25.3	27.5	29.7	31.8	33.8	35.9
f_t	0.91	1.10	1.27	1.43	1.57	1.71	1.80	1.89	1.96	2.04	2.09	2.14	2.18	2.22

(二)混凝土的变形

混凝土的变形有短期加载作用下的变形、长期荷载作用下的变形、收缩(膨胀)和温度变形,上述变形可概括为受力变形和体积变形。

1. 混凝土的徐变

在荷载的长期作用下,混凝土的变形将随时间的增长而增加,即在应力不变的情况下,混凝土的应变会随时间的增长继续增大,这种现象被称为混凝土的徐变。

引起混凝土徐变的主要原因是:在荷载长期作用下,混凝土凝胶体中的水分逐渐压出,水泥石逐渐发生黏性流动,微细空隙逐渐闭合,结晶体内部逐渐滑动,微细裂缝逐渐发生等各种因素。

2. 混凝土的收缩

混凝土的收缩是一种随时间而增长的变形。结硬初期收缩变形发展很快,两周便可完成全部收缩的 25%,一个月约可完成 30%,三个月后增长变得缓慢,一般两年后趋于稳定。

引起混凝土发生收缩的原因:前期主要是硬化初期水泥石在水化凝固结硬过程中产

生体积变化，后期则主要是混凝土内部自由水分蒸发而引起的干缩。

混凝土的组成和配合比也是影响混凝土收缩的重要因素。水泥的用量越多，水灰比越大，收缩就越大。集料的级配好、密度大、弹性模量高、粒径大能减小混凝土的收缩。这是因为集料对水泥石的收缩有制约作用，粗集料所占体积比越大、强度越高，对收缩的制约作用就越大。

三、钢筋与混凝土的黏结及锚固

（一）钢筋与混凝土的黏结

钢筋与混凝土能共同工作的基本前提是两者间具有足够的黏结强度，能够承受由于变形差（相对滑移）沿钢筋与混凝土接触面上产生的剪应力，通常把这种剪应力称为黏结应力。面黏结强度则指黏结失效（钢筋被拔出或混凝土被劈裂）时的最大平均黏结应力。通过黏结应力来传递二者间的应力，使钢筋与混凝土共同受力。

钢筋混凝土构件中的黏结应力，按其作用性质可分为两类：一是锚固黏结应力，钢筋伸入支座，如图 3-35（a）所示，或支座负弯矩钢筋在跨间截断时，如图 3-35（b）所示，必须有足够的锚固长度或延伸长度，将钢筋锚固在混凝土中，而不致使钢筋在未充分发挥作用前就拔出；二是裂缝附近的局部黏结应力，如受弯构件跨间的截面开裂后，开裂截面的钢筋应力通过裂缝两侧的黏结应力部分地向混凝土传递，如图 3-35（c）所示，这类黏结应力的大小反映了混凝土参与受力的程度。

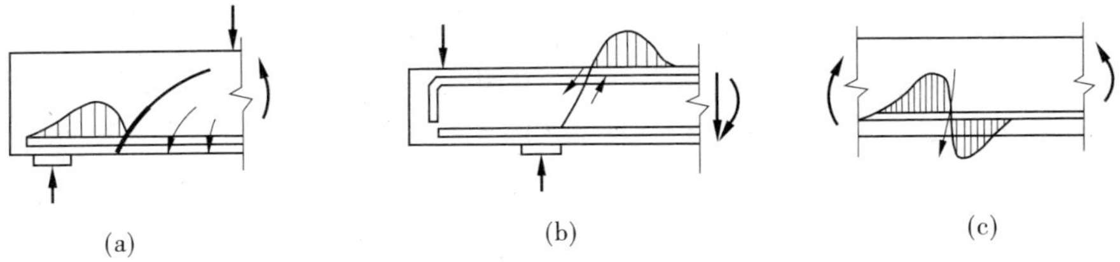

(a)　　(b)　　(c)

图 3-35　锚固黏结应力和局部黏结应力

钢筋与混凝土之间的黏结应力主要由以下三方面组成：

（1）化学胶结力。混凝土在结硬过程中，水泥胶体与钢筋间产生吸附胶着作用。混凝土强度等级越高，胶结力也越高。

（2）摩擦力。由于混凝土的收缩，使钢筋周围的混凝土黏附在钢筋上，当钢筋和混凝土之间出现相对滑动的趋势时，此接触面上将产生摩擦力。

（3）机械咬合力。由于钢筋表面粗糙不平（变形钢筋）所产生的机械咬合作用。

（二）钢筋的锚固

为了保证钢筋与混凝土的共同工作，应设法增加二者之间的黏结强度。《混凝土结构设计规范》（GB 50010—2002）规定，在计算中充分利用钢筋的抗拉强度时，受拉钢筋的锚固长度应满足表 3-3 的规定。

表 3-3　受拉钢筋的锚固长度 L_a

钢筋类型	混凝土强度等级			
	C20	C25	C30	C35
HPB235 钢筋	$30d$	$25d$	$20d$	$20d$
HRB335 钢筋	$40d$	$35d$	$30d$	$30d$
HRB400 钢筋	$45d$	$40d$	$35d$	$30d$
冷拔低碳钢丝	250 mm			

注：d 为钢筋直径。

（三）绑扎钢筋的搭接长度

在施工中当钢筋长度不够时，须将钢筋接长。除焊接的接头外，钢筋可以采用绑扎的接头。绑扎钢筋主要通过钢筋之间用铁丝扎紧，实际受力时靠混凝土和钢筋之间的黏结力传递钢筋的内力。因此，钢筋必须保证一定的搭接长度，对于光圆钢筋还需在接头两端做成弯钩。

钢筋绑扎接头最小搭接长度应满足下列要求：受拉钢筋不小于 $1.2L_a$，且不小于 300 mm；受压钢筋不小于 $0.85\ L_a$，且不小于 200 mm。

四、预应力钢筋混凝土结构的基本知识

（一）预应力的基本概念

预应力混凝土结构是由配置受力的预应力钢筋通过张拉或其他方法建立预加应力的混凝土制成的结构。

普通钢筋混凝土构件的主要缺点是混凝土的极限拉伸变形和抗拉强度均很低，构件即将开裂时钢筋中的应力只有 20 ~ 30 N/mm^2，因而在使用阶段钢筋混凝土构件一般是带裂缝工作的。但是，在有些情况下，如处于潮湿环境或侵蚀介质中的构件，裂缝的存在会使钢筋锈蚀，影响构件的承载力及耐久性。对于受振动作用的构件，裂缝的存在还会影响构件的耐疲劳性能。

虽然，在正常的使用条件下，构件是允许带裂缝工作的，但裂缝宽度应有所限制，一般不得超过 0.2 ~ 0.3 mm，否则也会有钢筋锈蚀等不良后果发生。对构件抗裂性和裂缝宽度限制的要求，使高强钢筋在普通钢筋混凝土中不可能应用，因而其技术经济指标就难以进一步得到改善。此外，由于裂缝的存在，不免会降低构件抵抗变形的刚度及其工作的可靠性，尤其是在动力荷载作用下的情况更为突出。

解决上述矛盾的有效办法是对构件采取预加应力的措施。形成预应力混凝土构件的基本思路是：在混凝土构件加荷以前，对其将发生受拉的部位以某种方法预先给以加压，使之建立预压应力；这样，在外荷载作用时，混凝土的预压应力将抵消由于外荷载作用引起的拉伸，因此就有可能在很大的荷载下，使受拉区的混凝土不发生拉应力或发生完全可以由混凝土抵抗得了的拉应力，构件可以保持不出现裂缝。

（二）施加预应力的方法

施加预应力一般是靠张拉钢筋来实现的，即张拉高强度的钢筋，并将其锚固在混凝土

构件内。由于钢筋企图弹性收缩，就使混凝土受压。

1. 先张法

先张法就是在浇筑混凝土之前，先在台座上张拉钢筋，然后再浇筑混凝上，待混凝土达到一定强度（一般达到强度的 70%）时就把张拉的钢筋放松，由于混凝土与钢筋的黏结阻止了钢筋的回缩，从而使混凝土受到预压应力，而预应力钢筋仍保持受拉状态。其工序如图 3-36 所示。

2. 后张法

后张法是指先浇筑混凝土构件，然后直接在构件上张拉预应力筋的一种施工方法，如图 3-37 所示。后张法的主要工序是：

（1）制作混凝土构件，并在构件中预留孔道。

（2）待混凝土达到规定的强度（为强度设计值的 75% 以上）后在孔道中穿钢筋或钢筋束，并在锚固端用锚具将预应力筋锚固在构件的端部，然后在构件另一端用张拉机具张拉预应力钢筋。

（3）张拉钢筋时，混凝土同时受到挤压，当预应力筋达到规定的控制应力值时，将张拉端的预应力筋用锚具锚固在构件上，并拆除张拉机具，最后用高压泵将水泥浆送入构件孔道中，使预应力筋与构件形成整体。

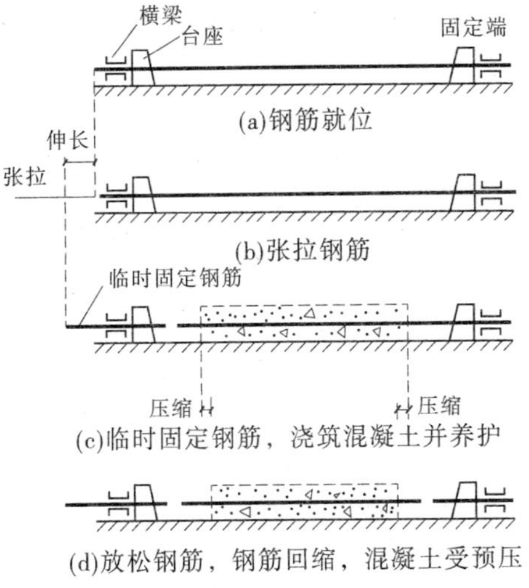

图 3-36　先张法主要工序示意

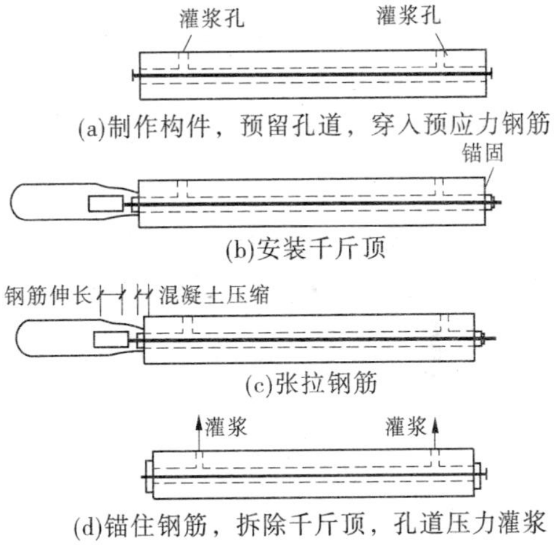

图 3-37　后张法主要工序示意

由此可看出，后张法是靠锚具保持并相传递预加应力的。

3. 两种方法的比较及适用范围

与后张法相比较，先张法工艺比较简单，但需要台座（或钢模）、千斤顶、传力架和锚具等设备；后张法工艺比较复杂，需要对构件安装永久性的工作锚具，但不需要台座，张拉钢筋可用双作用千斤顶，也可用电热法（即对钢筋通以低压强电流，使其受热伸长，切断电源锚固钢筋后，钢筋回缩，混凝土受到预加压力）。

先张法适用于在预制构件厂批量制造的、方便运输的中小型构件，后张法适用于在现场成型的大型构件、在现场分阶段张拉的大型构件以至整个结构。先张法只适用于直线预应力钢筋，后张法既适用于直线预应力钢筋又适用于曲线预应力钢筋。在有些结构中，可同时采用先张法和后张法施工。如在结构中对很多尺寸相同的构件，用先张法对它们分批制造是经济的；当构件运至现场安装就位后，则可以采用后张法将它们连成整体，形成结构。

（三）预应力混凝土构件的构造规定

预应力混凝土结构构件的构造要求，除应满足普通钢筋混凝土结构的有关规定外，还应根据预应力张拉工艺、锚固措施、预应力钢筋种类的不同，采取相应的构造措施。

1. 截面形式和尺寸

设计结构构件应选择几何特性良好、惯性矩较大的截面形式。对于预应力轴心受拉构件，通常采用正方形或矩形截面；对于预应力受弯构件，可采用T形、I形、箱形等截面。

由于预应力构件的抗裂度和刚度较大，其截面尺寸可比普通钢筋混凝土构件小些。对于预应力受弯构件，其截面高度 h 为 $(1/40 \sim 1/20)l$（l 为跨度），最小可为 $l/35$，一般可取普通钢筋混凝土构件高度的0.7～0.8倍。

2. 预应力纵向钢筋的布置

预应力纵向钢筋可分为直线布置和曲线布置（折线布置）两种形式，如图3-38所示。

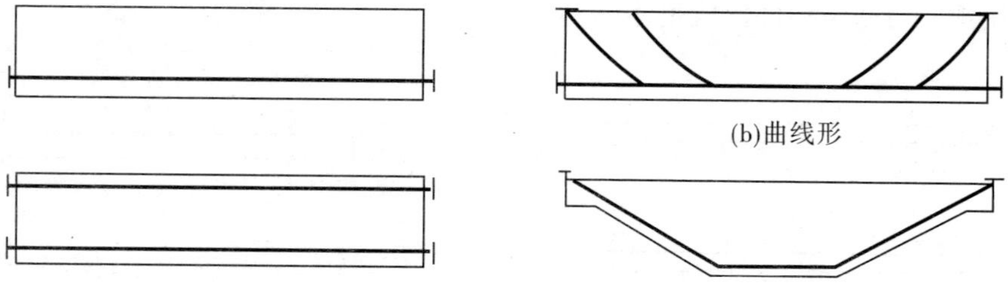

(a)直线形　　(c)折线形

图3-38　预应力钢筋的布置

直线布置适用于跨度和荷载均不大的情况，如预应力混凝土板。曲线布置适用于跨度和荷载较大时，施工时一般采用后张法，如预应力混凝土屋面梁、吊车梁等构件。为了防止由于施加预应力而产生预拉区的裂缝和减小支座附近区域的主拉应力，以及防止施加预应力时在构件端部产生沿截面中部的纵向水平裂缝，在靠近支座部分，可将一部分预应力钢筋弯起，且预应力钢筋尽可能沿构件端部均匀布置。折线布置可用于有倾斜受拉边的梁，施工时一般采用先张法。

3. 非预应力纵向钢筋的布置

在预应力构件中，为了防止施工阶段因混凝土收缩和温差引起预拉区裂缝，防止构件在制作、堆放、运输、吊装时出现裂缝或防止裂缝宽度超过限值，可在构件预拉区设置一定数量的非预应力钢筋。

五、钢筋混凝土梁板结构

钢筋混凝土梁板结构是土木工程中应用最为广泛的一种结构，如房屋中的楼（屋）板、地下室底板等都是梁板结构。钢筋混凝土楼板是建筑结构的重要组成部分：对于多层框架结构，楼板用钢量占全部结构用钢量的50%左右；对于混合结构，钢筋主要用在楼板处。因此，楼板结构造型和布置的合理性以及结构计算和构造的正确性，对建筑物的安全使用和技术经济指标有着非常重要的意义。

钢筋混凝土楼板按其施工方法可分为现浇整体式、预制装配式、装配整体式三种形式。

（一）现浇整体式钢筋混凝土楼板结构

现浇整体式钢筋混凝土楼板具有整体性好、抗震性强、防水性好等优点，适用于下列情况：楼面荷载较大、平面形状复杂或布置上有特殊要求的建筑物，对防渗、防漏或抗震要求较高的建筑物，在振动荷载作用的楼面以及高层建筑。它的缺点是模板用量较多，施工现场工作量较大。随着施工技术的不断革新和多次重复使用式钢模板的发展，现浇整体式梁板结构的应用将会日益增多。

现浇整体式钢筋混凝土楼板结构按楼板的受力和支撑条件的不同，又分为板式楼板、梁板式楼板、无梁楼板。

1. 板式楼板

板式楼板为平板式，楼板直接将其上的荷载传给周围的支撑构件。小开间房间，特别是墙体承重的建筑适合使用板式楼板。板式楼板，板厚 80 mm 左右，一般不超过 120 mm，经济跨度在 3 m 之内。

2. 梁板式楼板

梁板式楼板又叫肋形楼板，是在楼板下设梁以增加板的支点，减小板的跨度，如图 3-39(a)所示。板的荷载先由板传给梁，再由梁传给墙或柱。梁有主梁与次梁之分，板的区格在两个方向的跨度分别为 l_1 和 l_2。当 $n=\frac{l_2}{l_1}\geqslant 2$ 时，这种板在受力体系上称为单向板；当 $n=\frac{l_2}{l_1}<2$ 时，计算时需考虑两个方向的受弯作用，按双向板设计。单向梁板式楼板，板的荷载传给次梁，次梁的荷载传给主梁，主梁搁置在墙或柱上。梁板式楼板适用于房间空间尺寸较大的建筑。

合理选择构件的使用尺寸，能充分地发挥楼板结构的效力。楼板的经济尺寸：单向板跨为 1.7～2.5 m，不宜大于 3 m，双向板短边的跨度不宜大于 4 m，方形双向板不宜大于 5 m × 5 m；次梁的经济跨度为 4～6 m，次梁高为次梁跨度的 1/18～1/12；主梁的经济跨度为 5～9 m，最大可达 12 m，主梁高为其跨度的 1/14～1/8。梁的宽高比一般为 1/3～1/2。

当房间的形状近似方形、长短边之比不大于 2，且跨度在 10 m 左右时，沿两个方向交叉布置梁，不分主次，高度相等，同位相交成井字，形成井式楼板，如图 3-39(c)所示。当房间长宽比较大时，梁与楼板平面的边线可成 45°斜交布置。

井式楼板的梁板由于两个方向的梁相互支撑，为形成较大的建筑空间创造了条件，其跨度可达 30 m，梁的间距一般为 3 m 左右。井式楼盖可少设或不设内柱，能跨越较大的空间，获得较美观的天花板，适用于方形或接近于方形的公共建筑门厅及中小型礼堂、餐厅等，但用钢量大且造价高。

3. 无梁楼板

无梁楼板是框架结构中将板直接支撑在柱子上的楼板，如图 3-39(b)所示。为减小

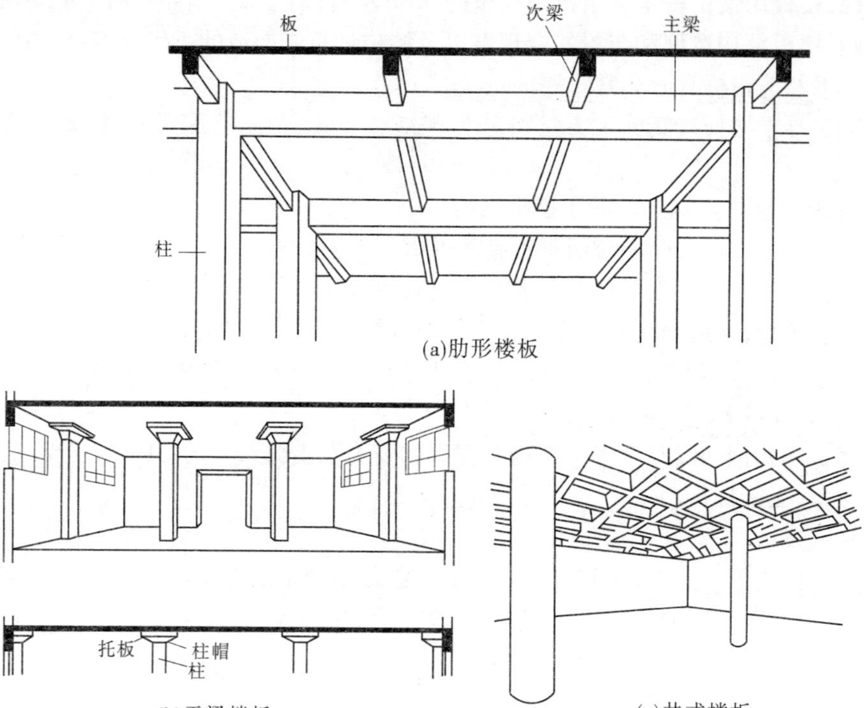

(a)肋形楼板

(b)无梁楼板

(c)井式楼板

图 3-39　楼板类型

板跨、改善板的受力条件、加强柱对板的支撑作用，通常在柱顶设置柱帽，特别是当楼板承受的荷载较大时，为了提高楼板的承载能力和刚度，必须设置柱帽，以免楼板过厚。柱帽的形式有方形、多边形、圆形等。

无梁楼板采用的柱网为正方形或接近正方形较为经济。常用的柱网尺寸为 6 m 左右，板厚为 170 ~ 190 mm。无梁楼板顶棚平整，室内净空大，采光、通风及视觉效果较好。无梁楼板常用于活荷载较大的商场、仓库、多层车库和展览馆等建筑。

（二）预制装配式钢筋混凝土楼板

预制装配式钢筋混凝土楼板是指楼板在预制厂或施工现场事先预制，然后运到施工现场进行装配而成的楼板。

预制楼板可分为预应力和非预应力两种。采用预应力构件，提高了构件的刚度和抗裂度。与非预应力构件相比较，可节省钢材 30% ~ 50%，节省混凝土 10% ~ 30%。因此，目前广泛采用预应力预制装配式钢筋混凝土楼板。

1. 板的类型

预制装配式钢筋混凝土楼板根据其截面形式不同可分为实心平板、槽形板和空心板三种类型。

1）实心平板

实心平板如图 3-40 所示，板厚一般为 50 ~ 80 mm，板宽为 500 ~ 900 mm，板跨在 2.4 m 以内。实心平板板面上下平整，制作简单，对吊装机械要求不高，但自重大，隔声效果差，常用做走道板、卫生间楼板、阳台板、雨篷板及管沟盖板等。

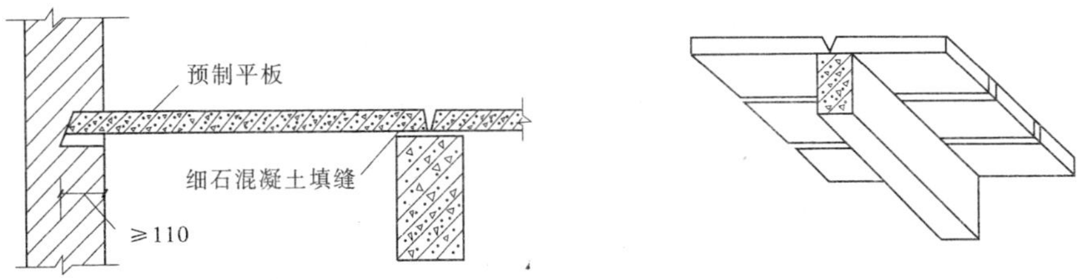

图 3-40　预制钢筋混凝土实心平板

2) 槽形板

槽形板是一种梁板结合的构件，是在实心板两侧设纵向边肋，截面为槽形的楼板。为提高板的刚度和便于搁置，常将板的两端以端肋封闭。板跨为 3 ~ 7. 2 m，板宽 600 ~ 1 200 mm，肋高为 120 ~ 300 mm，板的厚度仅 25 ~ 30 mm。当板跨达到 6 m 时，应在板的中部每隔 500 ~ 700 mm 增设横肋一道。槽形板减轻了板的自重，节省了材料且便于在板上开洞，但隔声效果差。槽形板的搁置方式有正放和倒放两种：当槽形板正放（肋朝下）时，受力比较合理，如图 3-41 所示；当槽形板倒放（肋向上）时，受力不太合理，且需在槽内填充轻质材料起保温、隔声作用，如图 3-42 所示。

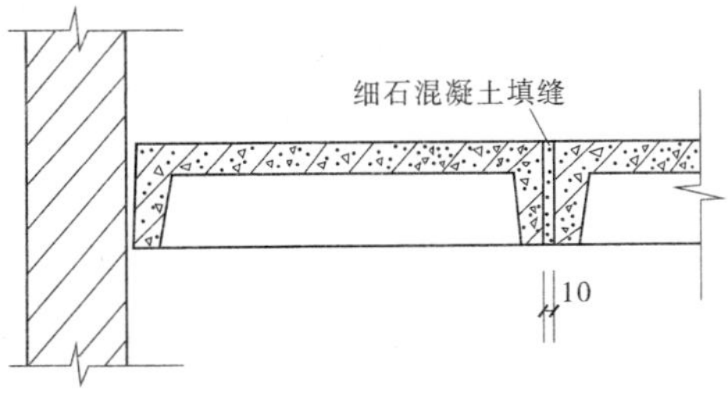

图 3-41　正放槽形板横剖面

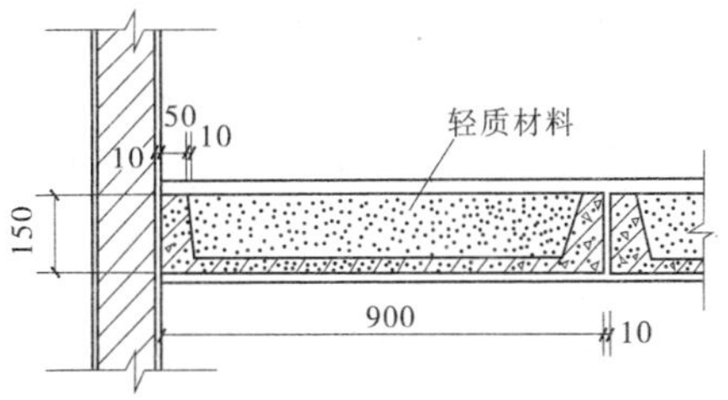

图 3-42　倒放槽形板横剖面

3) 空心板

空心板是在楼板高度的结构中性轴附近处抽孔，形成截面为工字形（由于受拉区翼缘开裂不起作用，实质上是 T 形截面）的一种楼板。作为受弯构件的楼板，采用 T 形截面不仅其承载力没有降低，而且还节省了混凝土，减轻了自重。

空心板的孔形多为圆形（见图 3-43）、椭圆形。圆形孔、椭圆形孔增大了板肋的截面面积，使板的刚度增强，对受力有利，抽心脱模也比较方便。空心板上下平整，且隔声效果较好。由于空心板是按照均布荷载计算的，且只有在板的底部沿长方向有冷拔钢丝作为受力钢筋。因此，空心板不能三面搁置，在跨中也不能承受较大的集中荷载。空心板的板面不能随意开洞。空心板的两端常用混凝土或砖填塞，以避免灌注端缝时漏浆。同时，保证板端不致被压坏。空心板有中型和大型之分，中型板跨多为 4. 5 m 以下，板宽 500 ~ 1 500 mm，常用 600 mm、900 mm、1 200 mm，板厚 90 ~ 120 mm，圆孔直径 50 ~ 75 mm，上表面板厚 20 ~ 30 mm，下表面板厚 15 ~ 20 mm。板厚为 120 mm 时圆孔直径为 83 mm。大型板跨为 4. 0 ~ 7. 2 m，板宽 1 200 ~ 1 500 mm，板厚 180 ~ 240 mm。

2. 楼板布置方式

对一个房间进行板的结构布置时，首先应根据其开间、进深尺寸确定板的支撑方式，

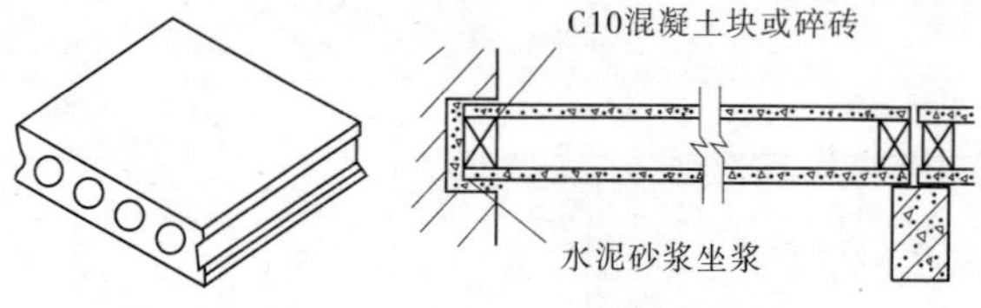

(a)圆孔板　　(b)端孔处理

图 3-43　预制空心板

板的支撑方式有板式和梁板式。预制板直接搁置在墙上的称为板式布置，若板支撑在梁上，梁再搁置在墙上的称为梁板式布置，如图 3-44 所示。当采用梁板式结构布置时，板在梁上的搁置方式一般有两种：一是板直接搁在梁顶上，如图 3-45(a)所示；另一种是板搁在花篮梁两侧的挑耳上，板的上皮与梁顶面平齐，如图 3-45(b)所示。从图中可以看出，采用花篮梁提高了室内净空高度，且板的跨度减小了一个梁顶的宽度。

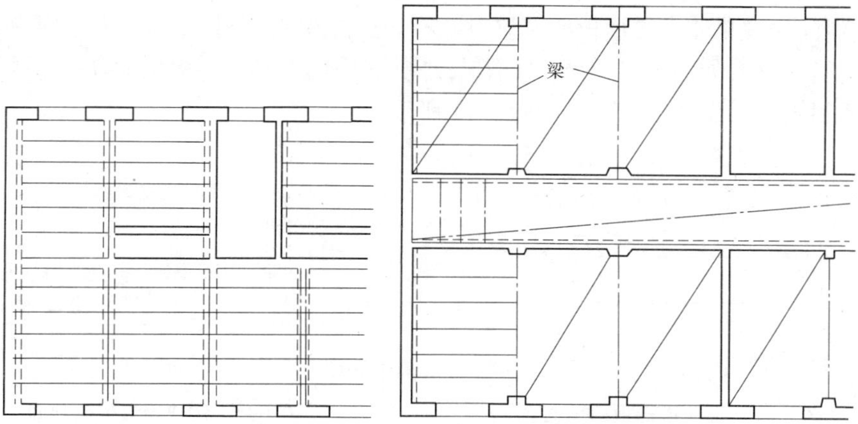

(a)板式结构布置　　(b)梁板式结构布置

图 3-44　预制楼板结构布置

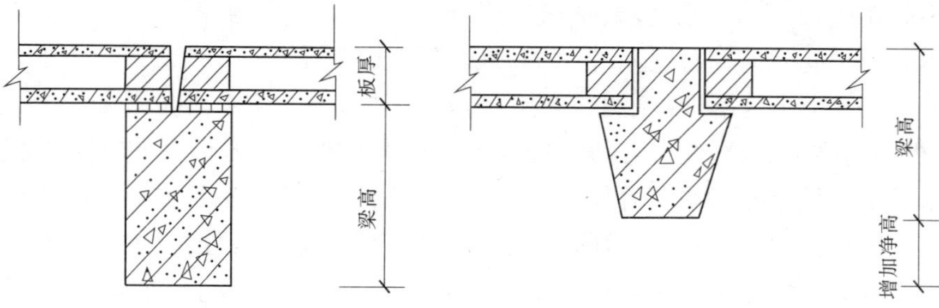

(a)板搁在矩形梁上　　(b)板搁在花篮梁上

图 3-45　板在梁上的搁置

在进行板的结构布置时，一般要求板的规格、类型越少越好，且宜优先采用宽度较大的板型。板的布置应避免出现三面支撑，即板的长边不得伸入砖墙内，否则在荷载的作用下，板会产生纵向裂缝，而且这样支撑的板，还会使压在边肋上的墙体因受局部承压影响而削弱墙体的承载能力。遇有上下管线、烟道、通风管道穿过楼板时,对于空心板为防止在板上开洞过多,应尽量在该处采用现浇楼板。

(三)装配整体式钢筋混凝土楼板

装配整体式钢筋混凝土楼板是将楼板中的部分构件预制,然后运到现场安装,再整体浇筑其余部分形成整体的楼板。这种楼板整体刚度优于预制装配式钢筋混凝土楼板。下面介绍的两种装配整体式钢筋混凝土楼板的预制部分可以充当永久性模板,可以承受施工荷载,完工后不需拆模,可以大大加速施工进度。

1. 叠合式楼板

叠合式楼板是由预制钢筋混凝土薄板与现浇混凝土层叠合而成的装配整体式楼板,如图3-46所示。叠合式楼板跨度一般为4~6 m,最大可达9 m,以5.4 m以内较为经济。预应力薄板厚度通常为60~70 mm,板宽1.1~1.8 m,板间应留缝10~20 mm。为了保证预制薄板与现浇层有较好的连接,薄板表面通常有两种处理方法:一种是在上表面做刻槽处理,如图3-46(a)所示,刻槽直径50 mm,深20 mm,间距150 mm;另一种是在薄板表面露出较规则的三角形状的结合钢筋,如图3-46(b)所示。现浇叠合层的混凝土为C20,厚度一般为70~120 mm。叠合楼板的总厚度取决于板的跨度,一般为150~250 mm,楼板厚度以薄板厚度的2倍为宜,如图3-46(c)所示。现浇混凝土叠合层四周需配置适量的支座负筋。预制薄板叠合式楼板目前已在住宅、宾馆、学校、办公室、医院以及仓库等建筑中应用。

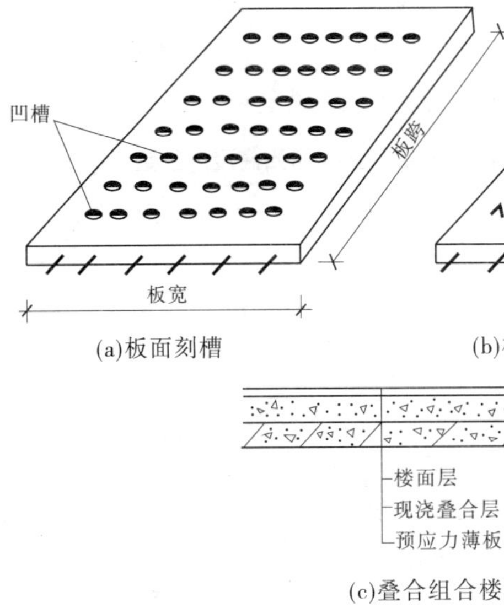

(a)板面刻槽

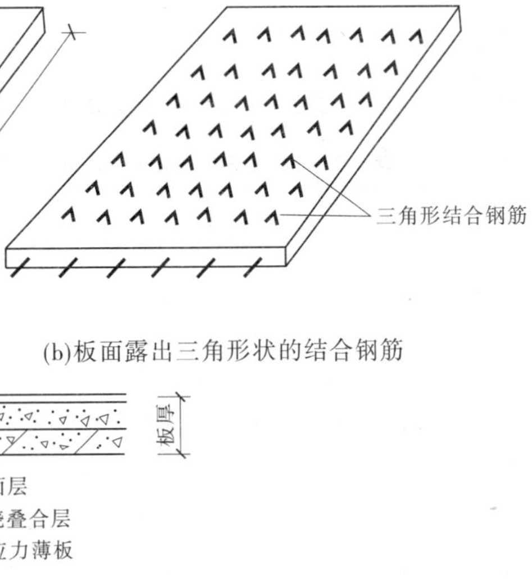

(b)板面露出三角形状的结合钢筋

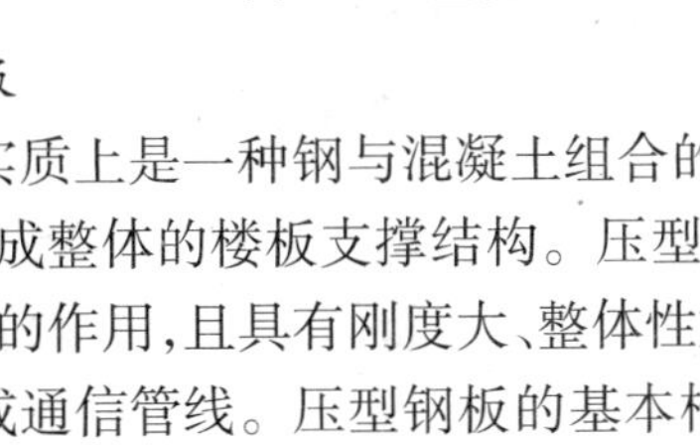

(c)叠合组合楼板

图3-46　叠合式楼板

2. 压型钢板组合楼板

压型钢板组合楼板实质上是一种钢与混凝土组合的楼板。压型钢衬板与混凝土浇筑在一起,搁置在钢梁上构成整体的楼板支撑结构。压型钢衬板既是现浇混凝土的永久性模板,又起到了受拉钢筋的作用,且具有刚度大、整体性好的优点。同时,还可利用压型钢板的肋间空间敷设电力或通信管线。压型钢板的基本构造由钢梁、压型钢板和现浇混凝土三部分组成,如图 3-47 所示。

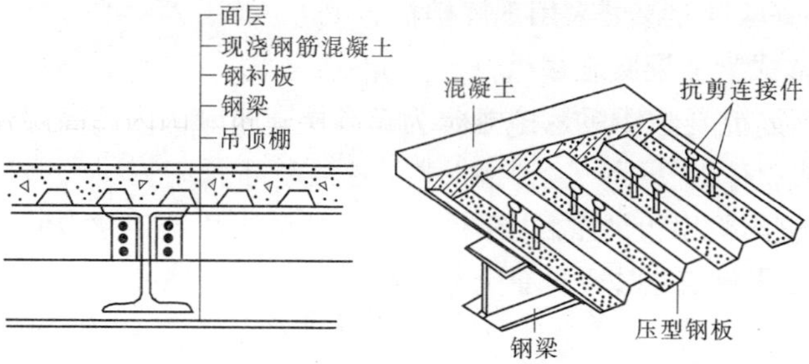

图 3-47 压型钢板组合楼板基本组成

压型钢板双面镀锌,截面一般为梯形,板薄但刚度大。为进一步提高承载能力和便于敷设管线,可采用在压型钢板下加一层钢板或由两层梯形板组合成箱形截面的压型钢板,压型钢板板宽 500 ~ 1 000 mm,肋高 35 ~ 150 mm。

压型钢板组合楼板应避免在有腐蚀性的环境中使用,避免长期暴露,以防止钢板和钢梁生锈,破坏结构的连接性能。一般适用于有较大空间的多层与高层民用建筑和大跨度工业厂房中。

六、钢筋混凝土高层建筑结构简介

(一) 高层建筑的层数或高度的界限

对于高层建筑的定义和划分目前世界各国尚无统一划分标准与界限。从一般原则来讲,当建筑物的高度导致它在规划、设计、施工、设备及消防等方面与多层建筑有显著不同时,常将其划分为高层建筑。表 3-4 列出我国相关规范的规定。

表 3-4 我国相关规范对高层建筑起始层数和起始高度的规定

我国有关规范	划分高层建筑结构	
	起始层数	起始高度
《高层建筑混凝土结构技术规程》(JGJ 3—2002)	$N \geq 10$	$H > 28$ m
《高层民用建筑设计防火规范》(GB 50045—95)(2005 版)	$N \geq 10$	$H > 24$ m
《住宅设计规范》(GB 50096—1999)	$N = 7 \sim 9$ 为中高层	—
	$N = 10 \sim 30$ 为高层	

联合国科教文组织所属世界高层建筑委员会曾提出高层建筑可划分为四类,如表 3-5 所示。

表 3-5 世界高层建筑委员会对高层建筑的分类

高层建筑的类别	层数	高度(m)
1 类高层建筑	9 ~ 16	<50
2 类高层建筑	17 ~ 25	<75
3 类高层建筑	26 ~ 40	<100
4 类高层建筑	>40	>100

近年来,随着科学技术的发展,高层建筑的高度有了大幅度的增长,出现了超高层建筑,目前世界各国对超高层建筑的划分高度及层数也没有统一规定。一般来说,目前国际上把高度在 100 m 以上或层数在 30 层以上的高层建筑称为超高层建筑。日本把 30 层以上的旅馆、办公楼及 20 层以上的住宅规定为超高层建筑。国内超高层建筑的划分和国际上基本相同。

(二)高层建筑结构设计的主要特点

水平荷载在高层建筑结构设计中起控制作用,在多层建筑中控制结构设计的是以重力为代表的竖向荷载,而在高层建筑中,即使重力荷载仍然对结构设计具有重要的影响,但起控制作用的则是水平荷载(风荷载和地震作用)。通常,在竖向荷载作用下,竖向构件中的轴力 F_N 随结构高度 H 成线性关系增长,而水平荷载作用下的结构底部弯矩 M 则是随结构高度 H 的二次方关系而急剧增长,如图 3-48 所示。因此,在高层建筑结构体系选型中,必须采用可靠的抗侧力结构体系来有效抵抗水平荷载的作用。

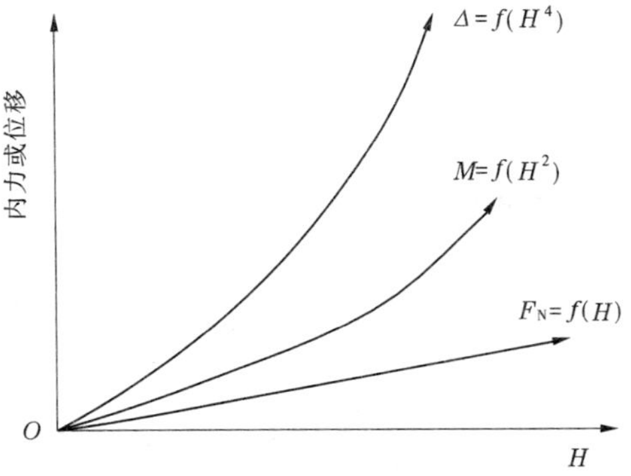

图 3-48　建筑物高度与内力及位移的关系

侧向位移在高层建筑结构设计计算中必须加以限制,随着建筑高度 H 的增大,水平荷载作用下结构的侧向位移急剧增大。结构顶点侧移 Δ 与建筑高度 H 成四次方的关系(见图 3-48)。

在水平荷载作用下,高层框架的柱轴力较大,由柱子轴向变形产生的侧移也较大,它在高层框架的侧移中往往占有重要的份额,在设计计算中不容忽视,否则就会使侧移的计算结果产生很大的误差。

(三)高层建筑结构体系

高层建筑结构体系有剪力墙、框剪、筒体等,表 3-6 为各种结构体系的适用层数,下面简要介绍几种体系的优缺点及布置要求。

1. 剪力墙结构体系

剪力墙结构体系是由钢筋混凝土墙体互相连接构成的承重墙结构体系,用以承担重力荷载及水平荷载(风荷载及地层作用),同时也兼作建筑物的围护(外墙)和内部各房间的分隔构件,剪力墙则称之为抗震墙。

1)剪力墙结构体系的主要优点

(1)集承重、抗风、抗震、围护与分隔于一体,经济合理地利用了结构材料。

(2)结构整体性强,抗侧刚度大,侧向变形小,在承载力方面的要求易于得到满足,可建造较高的建筑。

(3)抗震性能好,具有承受强烈地震裂而不倒的良好性能。

(4)用钢量较省。

(5)与框架结构体系相比,施工相对简便与快速。

表3-6　各种结构体系的适用层数

体系名称	框架	框架-剪力墙	剪力墙	框筒	筒体	筒中筒	束筒	带刚臂框筒	巨型支撑
适用功能	商业、娱乐、办公	酒店、办公	住宅、公寓	办公、酒店、公寓	办公、酒店、公寓	办公、酒店、公寓	办公、酒店、公寓	办公、酒店、公寓	办公、酒店、公寓
适用层数	12层	24层	40层	30层	100层	110层	110层	120层	150层
高度	50 m	80 m	120 m	100 m	400 m	450 m	450 m	500 m	800 m

2)剪力墙结构体系的主要缺点

(1)墙体较密,建筑平面布置和空间利用受到限制,很难满足大空间建筑功能的要求。

(2)结构自重较大,加上抗侧刚度较大,结构自振周期较短,导致较大的地震作用。

3)剪力墙结构体系的适用范围

(1)适用于隔墙较多的住宅、公寓和旅馆建筑。

(2)为了适应下部设置大空间公共设施的高层住宅、公寓和旅馆建筑的需要,可以使用框支剪力墙结构体系。

2. 框架-剪力墙结构体系

将框架与剪力墙结合起来,组成框架-剪力墙结构体系,两种结构可互相取长补短,既能提供较大、较灵活布置的建筑空间,又具有良好的抗震性能,这种结构体系已在各类房屋建筑中得到广泛的应用。

1)受力特点

(1)框架-剪力墙结构体系的底部,全部剪力由剪力墙承担,而框架的底部剪力为零,因此应特别重视底部剪力墙的设计。

(2)框架和剪力墙顶部的剪力不等于零,框架顶端与剪力墙顶端各自受到一个等量相反的水平集中力作用,在结构顶部设计中,应引起重视。

(3)随刚度特征值的变化,沿高度方向$(0.3\sim0.6)H$(H为结构总高度)范围出现框架剪力的最大值,对框架设计起控制作用。

2)结构布置要求

(1)框架-剪力墙结构应设计为双向抗侧力体系,主体结构不应采用铰接。需要抗震设防的框架-剪力墙结构宜双向布置剪力墙。

(2)在框架-剪力墙结构体系中剪力墙是抵抗水平力的主要构件,它本身承受很大的剪力和弯矩。在设计中,剪力墙应沿两个主轴方向布置并按照“均匀、对称、分散、周边”的原则来布置。若在平面中对称布置剪力墙有困难,则可调整有关部位剪力墙的长度和厚度,使框架－剪力墙结构体系的抗侧刚度中心尽量与质量中心相接近,以减轻地震作用下对结构产生扭转作用的不利影响。

(3)剪力墙的适宜布置位置是:①电梯间、楼梯间;②横向剪力墙宜布置在接近房屋的端部但又不在建筑物尽端;③建筑平面的复杂部位;④恒载较大的位置。

(4)不适宜布置剪力墙的位置是:①伸缩缝、沉降缝、防震缝两侧;②建筑物的尽端;③纵向剪力墙的端开间(建筑物纵向较长时,不宜在建筑两端布置纵向剪力墙,以免温度变形约束作用对结构产生不利影响)。当由于某些原因不得不在上列位置设置剪力墙时,必须采取特殊措施。

(5)纵向与横向的剪力墙宜互相交联成组布置成T形、L形、口形等形状。

(6)剪力墙宜贯通建筑物全高,避免沿高度方向突然中断而出现刚度突变。剪力墙厚度沿高度宜逐渐减薄,剪力墙的间距宜满足规范规定的要求。

3.筒体结构体系

当建筑物的层数多、高度大、抗震设防烈度高时,采用前述几种抗侧力结构体系往往难以满足要求,于是就需要采用抗侧刚度大、空间受力性能强的筒体结构体系。根据外围结构构成的不同,筒体结构可以分成两类:由剪力墙构成的两壁筒和内密排柱网裙梁组成的框筒。根据一个或多个筒体组合方式的不同,筒体结构可以有多种形式:框筒(单筒)、筒中筒(二重筒)、多重筒、群筒(多筒)及组合筒(成束筒)等,如图3-49所示。筒体结构体系的适用最大高度、抗震等级、高宽比等均可参见《高层建筑混凝土结构技术规程》(JGJ 3—2002)中的规定。具体设计布置要求如下所述。

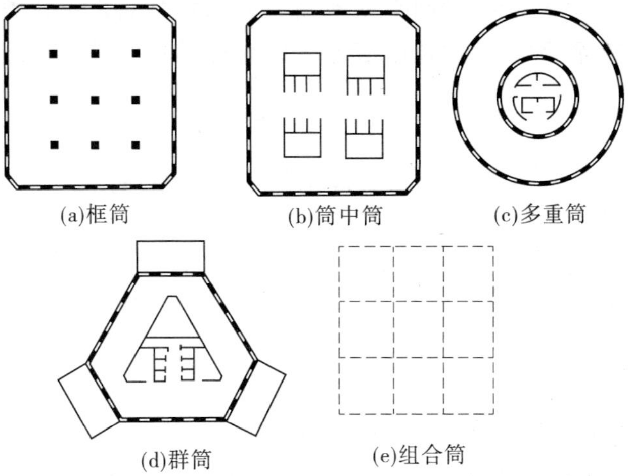

图3-49　筒体结构的多种形式

1)对平面形状的要求

筒中筒结构宜采用对称平面,优先考虑圆形、正多边形,矩形平面的长宽比不宜大于2,当大于2时,宜在平面内另设剪力墙或柱距较小的框架,将筒体划分为若干个小筒,每个小筒的平面宜接近方形,各小筒之间的刚度不宜相差过大。

2）对平面尺寸的要求

矩形平面的框筒，长边与短边的比值一般不宜大于1.5，任何情况下均不应大于2，对于超过限值的情形，可以考虑采用组合筒体结构体系。内墙筒的边长不宜小于外框筒方向边长的1/3，且宜为高度的1/10～1/8。

3）对平面布置的要求

关于内外筒的间距，当非抗震设计时，不宜大于12 m，当抗震设计时，不宜大于10 m。超过此值时，宜另设承受竖向荷载的内柱，或采用预应力混凝土楼板结构。关于外框筒的间距不宜大于层高，且宜小于3 m。当建筑物很高时，间距可适当放宽，但不宜超过4.5 m。

4）对外框筒立面开洞面积的要求

外框筒立面开洞面积不宜大于墙面面积的50%。

5）对框筒梁、柱截面的要求

外框筒的柱截面，宜采用矩形或T形截面，长边位于外墙平面内。角柱面积可为中柱的1.5～2倍，并采用L形角墙，或采用角筒。外框筒的裙梁截面，其高度一般取1.0～1.5 m，任何情况下都不得小于0.6 m，裙梁的高跨比不应小于1/3。

6）对混凝土强度的要求

框筒结构的裙梁、柱及实腹筒体的混凝土强度等级不宜低于C25。抗震设计时，柱的最大轴压比限值与框架柱相同。

7）外框筒上部小柱距到下部大柱距的转换

外框筒密柱到底层部分可通过转换梁、转换桁架、转换拱等来扩大柱距，但柱的总截面面积不宜减小。当有抗震设防要求时，应采取措施保证底层柱子的延性要求。

8）筒体结构的楼板

筒中筒结构体系中内、外筒的间距较大，相应地，内、外筒之间的楼板跨度也较大，在楼板的选型及布置上各有特点，宜选用结构高度小、整体性强、结构自重轻及有利于施工的楼板结构形式。

第五节　砌体结构体系

一、砌体材料的种类和强度等级

（一）常用块材

1. 砖

砖的种类很多，从材料上分有黏土砖、灰砂砖、炉渣砖等，从外形上分有实心砖、空心砖和多孔砖。烧结普通砖是以砂质黏土为原料，经配料调制、制坯、干燥、焙烧而成的。按制作工艺，分为机制砖和手工砖。按颜色，分为青砖和红砖。青砖比红砖坚实、耐碱、耐久。黏土砖在我国有着悠久的历史，但由于它所消耗的黏土吞噬了大量的农田，因此在有关规范中已规定限用或禁用黏土砖。

黏土砖规格为240 mm×115 mm×53 mm（长×宽×高），加上砌筑时所需灰缝尺寸，其长、宽、厚之比为4∶2∶1。烧结多孔砖和空心砖的规格常为190 mm×190 mm×90 mm、

240 mm × 115 mm × 90 mm、240 mm × 180 mm × 115 mm 等多种。

砖的强度等级根据标准试验方法所测得的抗压强度（单位为 N/mm^2）分为六级，即 MU30、MU25、MU20、MU15、MU10 和 MU7.5。

2. 砌块

砌块是利用工业废料（煤渣、矿渣等）和地方材料制成的块材，用以替代已被限用或禁用的普通黏土砖作为砌墙材料。其优点是既充分利用地方材料和工业废料，又能减少对耕地的破坏，且制作方便、施工简单，不需要大型的起重运输设备。采用砌块墙是我国目前墙体改革的主要途径之一。

目前，被各地广泛采用的砌块材料有混凝土、加气混凝土、陶料混凝土、各种工业废料、粉煤灰、煤矸石、石渣等。

砌块按单块尺寸大小分为小型砌块、中型砌块和大型砌块。砌块系列中主规格的高度为 115 ~ 380 mm，单块质量不超过 20 kg 的砌块称为小型砌块。目前，常用的尺寸有 390 mm × 190 mm × 190 mm、290 mm × 190 mm × 190 mm、190 mm × 190 mm × 190 mm。高度为 380 ~ 900 mm，单块质量为 20 ~ 350 kg 的砌块称为中型砌块。目前，常见的尺寸有 180 mm × 845 mm × 630（1 280） mm、240 mm × 380 mm × 280（430、580、880） mm。高度大于 900 mm，单块质量大于 350 kg 的砌块称为大型砌块。考虑施工因素，目前工程中多以中型砌块和小型砌块为主。

砌块按构造形式可分为实心砌块和空心砌块。空心砌块有单排方孔、单排圆孔和多排扁孔三种形式，其中多排扁孔对保温有利，如图 3-50 所示。按砌块在组砌中的位置与作用可以分为主要砌块和辅助砌块。砌块材料有混凝土砌块和工业废料砌块之分，不同材料、不同孔型其构造尺寸不同。

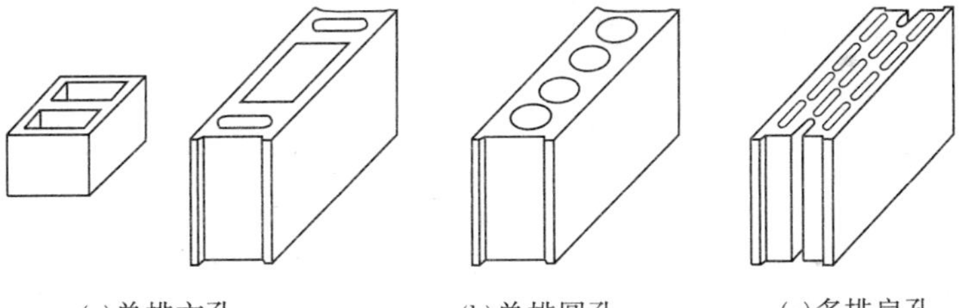

(a)单排方孔　　(b)单排圆孔　　(c)多排扁孔

图 3-50　空心砌块的形式

（二）黏结材料

砂浆是砌体的黏结材料，砂浆在砌体中的作用是把块材黏成整体并使块材间应力均匀分布，用砂浆填满块材之间的缝隙还能减小砌体的运气性，从而提高砌体的隔热性能和抗冻性。它将砖块胶结成为整体，并将砖块之间的空隙填平、密实，以使墙体传力均匀。

常用的砌筑砂浆有水泥砂浆、石灰砂浆和混合砂浆三种。其主要原材料为水泥、砂、石灰膏及外掺料。采用水泥和黄砂配制的水泥砂浆强度高、防潮性能好，主要用于受力和防潮要求高的砌体。其常用级配（水泥: 黄砂）为 1:2、1:3等。在水泥砂浆中加入石灰膏拌和而成的混合砂浆强度较高，和易性和保水性较好，常用于砌筑地面以上的砌体。其常用级配（水泥: 石灰: 黄砂）为 1:1:6、1:1:4等。石灰砂浆的强度和防潮性均较差，但和易性好，仅用于强度要求低的砌体。

砂浆的强度等级按抗压强度（单位为 N/mm^2）划分为七级：M15、M10、M7.5、M5、M2.5、M1 和 M0.4。常用的砌筑砂浆为 M1 ~ M5 几个级别，M5 以上属高强度砂浆。

在同一段砌体中，砂浆和块材的强度有一定的对应关系，以保证砌体的整体强度不受影响。

二、砌体结构的优点和结构布置

（一）砌体结构的优点

砌体结构之所以广泛应用于多层房屋上，是因为它具有几个主要优点：

（1）可以就地取材。主要承重结构是砖石砌体，这些材料在任何地区都很容易得到且还可以利用工业废料，因而造价低。

（2）混合结构的刚度大。多层房屋的纵横墙体布置容易达到刚性方案的构造要求。

（3）具有很好的耐久性。砖石为非燃材料，具有较好的耐火性；同时还具有较好的化学稳定性，在天然条件下不易腐蚀。

（4）保温、隔热和隔声的性能较好。

（5）施工技术简单，易于掌控。

混合结构也有一定的缺点：由于砌体强度低、自重大，所以房屋层数和应用范围受到一定限制；砌筑工程繁重，劳动量大，生产效率低；目前砖砌体大多数仍用黏土烧制，势必占用耕地，浪费能源。

随着科学技术的发展，新材料不断涌现，墙体材料的改革也正在进行，但在目前阶段砌体结构在我国大部分地区的多层建筑中仍占主导地位。

（二）混合结构房屋的结构布置

1. 墙体承重方案

墙体有四种承重方案：横墙承重、纵墙承重、纵横墙承重和内框架承重。

1）横墙承重

横墙承重方案的承重墙体主要为垂直于建筑物长度方向的横墙，如图 3-51（a）所示。楼面及屋面荷载依次通过楼板、横墙、基础传递给地基。由于横墙间距较密，因此建筑物的横向刚度较强，整体性好，有利于抵抗水平荷载（风荷载、地震力等）和调整地基不均匀沉降。由于纵墙只承担自身重量，主要起围护、隔断和联系作用，因此对纵墙上开门限制较少。由于横墙间距受限制，建筑开间尺寸不够灵活。这一布置方案适用于房间开间不大、墙体位置比较固定的建筑，如住宅、宿舍、旅馆等。

2）纵墙承重

纵墙承重方案主要由平行于建筑物长度方向的纵墙承受楼板与屋面荷载，如图 3-51（b）所示。楼面及屋面荷载依次通过楼板、梁、纵墙、基础传递给地基。由于内外纵墙起主要承重作用，横墙间距可以增大，建筑物的纵向刚度强而横向刚度弱，而且承重纵墙上开设门窗洞口有时受到限制。此方案空间划分较灵活，适用于要求有较大空间的建筑，如办公楼、教学楼中的教室和阅览室等。

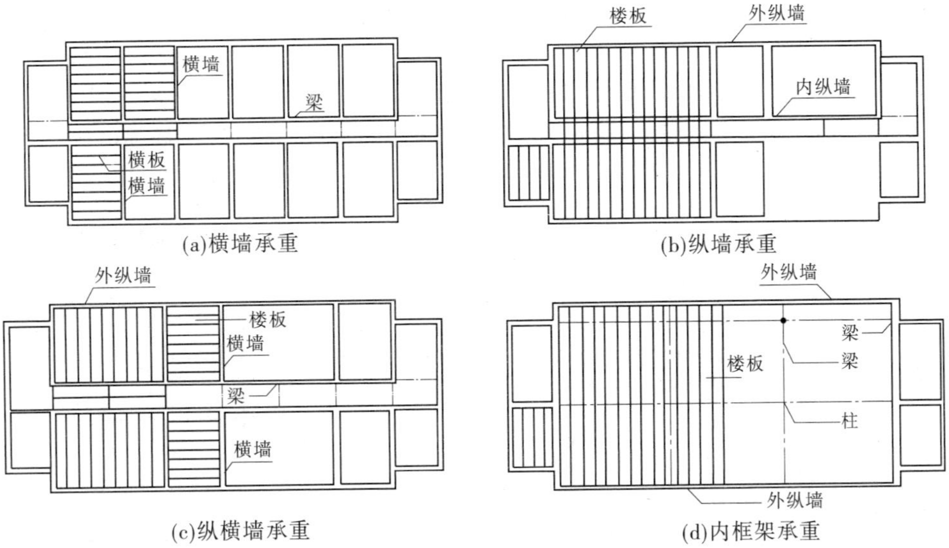

图 3-51　墙体承重

3）纵横墙承重

纵横墙承重方案的承重墙体由纵、横两个方向的墙体混合组成，如图 3-51（c）所示。此方案建筑组合灵活，空间刚度较好，适用于房间开间、进深变化较多的建筑，如医院、幼儿园等。

4）内框架承重

当建筑需要大空间时，房屋内部采用柱、梁组成的内框架承重，四周采用墙承重，楼板自重及活荷载传给梁、柱或墙，如图 3-51（d）所示。房屋的刚度主要由框架保证。这种方案适用于室内需要大空间的建筑，如商店、餐厅等。

2. 楼盖布置

砌体结构房屋一般选择钢筋混凝土楼（屋）盖，可用现浇楼盖，也可选用装配式楼盖。现浇楼盖的整体性、耐久性和抗震性均好，且灵活性大，能适应不同的平面形式。装配式楼盖施工进度快，造价低，质量稳定，有利于建筑工业化。浴室、卫生间的楼盖宜采用现浇楼盖。

楼盖结构的平面布置与建筑平面和墙体布置有密切的关系，所以在进行建筑平面设计和确定墙体布置时，就应联想到楼盖的平面布置。从结构经济合理方面考虑，应使楼盖的跨度较小。一般对于住宅、幼儿园、旅馆、学校、医院等开间或进深尺寸较小的建筑，可选用装配式楼盖、现浇单向板肋梁楼盖、现浇双向板肋梁楼盖等。

三、砌体结构构造规定

（一）一般构造要求

1. 砌块和砂浆的强度等级

（1）一幢建筑物所用的砖，其强度等级应一致。每层墙体所用的砂浆的强度等级应相同。

(2)五层及五层以上房屋的墙,以及受振动或层高大于 6 m 的墙、柱所用材料的最低强度等级:①砖采用 MU10;②砌块采用 MU7.5;③石材采用 MU30;④砂浆采用 M5。

(3)地面以下或防潮层以下的砌体,潮湿房间的墙,所用材料的最低强度等级应符合表 3-7 的要求。

表 3-7 地面以下或防潮层以下的砌体,潮湿房间的墙所用材料的最低强度等级

基土的潮湿程度	黏土砖		混凝土砌块	石材	混合砂浆	水泥砂浆
	严寒地区	一般地区				
稍潮湿的	MU10	MU10	MU5	MU20	M5	M5
很潮湿的	MU15	MU10	MU7.5	MU20	—	M5
含水饱和的	MU20	MU15	MU7.5	MU20	—	M7.5

注:1. 在冻胀地区,地面以下或防潮层以下的砌体,不宜采用多孔砖,当采用时,其孔洞应用水泥砂浆灌实。当采用混凝土砌体砌筑时,其孔洞应采用强度等级不低于 Cb20 的混凝土灌实。

2. 对安全等级为一级或设计使用年限大于 50 年的房屋,表中材料强度等级应至少提高一级。

(4)室内地面以下、室外散水坡顶面以上的砌体内,应铺设防潮层。勒脚部位应采用水泥砂浆粉刷。

(5)混凝土砌块墙体的下列部位,若未设圈梁或混凝土垫块,应采用不低于 Cb20 的灌孔混凝土将孔洞灌实:①搁栅、檩条和钢筋混凝土楼板的支撑面下,高度不应小于 200 mm 的砌体;②屋架、梁等构件的支撑面下,高度不小于 600 mm、长度不应小于 600 mm 的砌体;③挑梁的支撑面下,距墙中心线每边不小于 300 mm、高度不小于 600 mm 的砌体。

2. 墙体和屋盖、楼盖的联结

(1)跨度大于 6 m 的屋架和跨度大于某一数值(对砖砌体为 4.8 m,对砌块和料石砌体为 4.2 m,对毛石砌体为 3.9 m)的梁,应在支撑处砌体上设置混凝土或钢筋混凝土垫块;当墙中设有圈梁时,垫块与圈梁宜浇成整体。

(2)当梁跨度大于或等于某一数值(对 240 mm 厚的砖墙为 6 m,对 180 mm 厚的砖墙为 4.8 m,对砌块、料石墙为 4.8 m)时,其支撑处宜加设壁柱,或采取其他加强措施。

(3)预制钢筋混凝土板的支撑长度,在墙上不宜小于 100 mm,在钢筋混凝土圈梁上不宜小于 80 mm;当利用板端伸出钢筋拉结和混凝土灌缝时,其支撑长度可为 40 mm,但板端缝宽不小于 80 mm,灌缝混凝土强度等级不宜低于 C20。

(4)支撑在墙、柱上的吊车梁、屋架及跨度大于或等于某一数值(对砖砌体为 9 m,对砌块和料石砌体为 7.2 m)的预制梁的端部,应采用锚固件与墙、柱上的垫块锚固。

(二)墙身加固措施

设置圈梁,圈梁是沿外墙四周及部分内墙设置的连续闭合的梁,设置在屋盖及楼盖处。圈梁配合楼板共同作用，可提高建筑物的空间刚度及整体性，增加墙体的稳定性，减少不均匀沉降引起的墙身开裂。在抗震设防地区，圈梁与构造柱一起形成骨架，提高建筑物的抗震能力。

三层以下的建筑一般设一道圈梁，四层以上的建筑根据横墙数量及地基情况隔一层或两层设一道圈梁。在抗震设防区，按照不同的设防等级设置圈梁，如表3-8所示。

表3-8　砖房现浇钢筋混凝土圈梁设置要求

墙类	烈度		
	Ⅵ、Ⅶ度	Ⅷ度	Ⅸ度
外墙和内纵墙	屋盖处及隔层楼盖处	屋盖处及每层楼盖处	屋盖处及每层楼盖处
内横墙	屋盖处及隔层楼盖处，屋盖处间距不大于7 m，楼盖处间距不大于15 m，构造柱对应部位	屋盖处及每层楼盖处，屋盖处沿所有横墙且间距不大于7 m，楼盖处间距不大于15 m，构造柱对应部位	屋盖处及每层楼盖处，各层所有横墙

圈梁宜连续地设在同一水平面上，并形成封闭状；当圈梁被门窗洞口截断时，应在洞口上部增设相同截面的附加圈梁，附加圈梁与圈梁的搭接长度不应小于两梁垂直间距的2倍，且不得小于1 m，如图3-52所示。

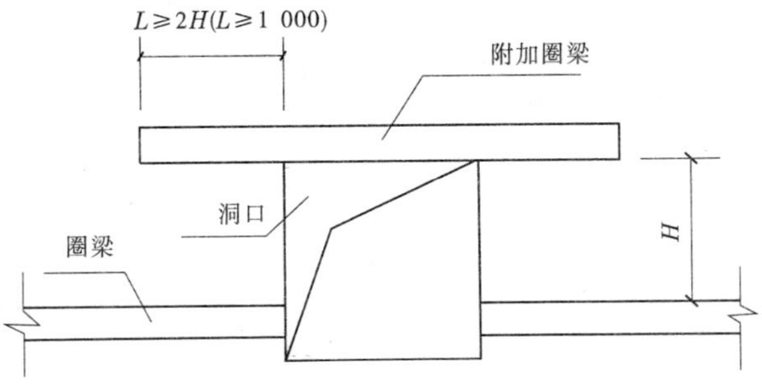

图3-52　附加圈梁

圈梁有钢筋混凝土圈梁和钢筋砖圈梁两种。钢筋混凝土圈梁整体性好，按施工方式又分现浇和预制两种。圈梁宽度同墙厚，高度一般不小于120 mm，常为180 mm、240 mm。当圈梁兼作过梁，或圈梁局部下面有走道时，圈梁的配筋需进行结构计算来确定。钢筋砖圈梁多用于非抗震区，其做法与钢筋砖过梁相同。

为加强砌块建筑的整体性，砌块建筑应在适当的位置设置圈梁。当圈梁与过梁位置接近时，往往用圈梁取代过梁。圈梁的设置要求如表3-9所示。

表 3-9　砌块圈梁设置要求

<table>
<tr><th>圈梁位置</th><th>设置要求</th><th>说明</th></tr>
<tr><td>外墙及内纵墙</td><td>屋顶处应设置，楼板处应各层设置</td><td rowspan="2">1. 如果采用预制圈梁，安装时应坐浆，并保证现浇接头牢固可靠；
2. 屋顶处圈梁应现浇；
3. 承重墙厚≤200 mm 的砌块，宜每层设置一道圈梁</td></tr>
<tr><td>内墙横</td><td>屋顶处应设置，楼板处应各层设置，间距不宜大于 10 m</td></tr>
</table>

圈梁分现浇和预制两种。现浇圈梁整体性强，对加固墙身较为有利，但施工支模较为麻烦。

设置构造柱也是增强建筑物的整体刚度和稳定性的有效措施之一。多层砖房构造柱的设置部位为外墙四角、内外墙交接处、较大洞口两侧及楼梯、电梯间四角等。如表 3-10 所示为多层砖混结构构造柱的设置要求。由于房屋的层数和地震烈度不同，构造柱的设置要求也有所不同。构造柱必须与圈梁紧密连接形成空间骨架，以增强房屋的整体刚度，提高墙体抵抗变形的能力，并使砖墙在受震开裂后也能“裂而不倒”。

表 3-10　多层砖混结构构造柱的设置要求

<table>
<tr><th colspan="4">房屋层数</th><th colspan="2" rowspan="2">设置部位</th></tr>
<tr><th>Ⅵ度</th><th>Ⅶ度</th><th>Ⅷ度</th><th>Ⅸ度</th></tr>
<tr><td>四、五</td><td>三、四</td><td>二、三</td><td></td><td rowspan="3">楼梯、电梯间的四角，外墙四角，楼梯段上下段对应的墙体处错层部位，横墙与外纵墙交接处，大房间内外墙交接处，较大洞口两侧</td><td>隔 15 m 或单元横墙与外纵墙交接处</td></tr>
<tr><td>六、七</td><td>五</td><td>四</td><td>二</td><td>隔开间横墙（轴线）与外墙交接处，山墙与内纵墙交接处</td></tr>
<tr><td>八</td><td>六、七</td><td>五、六</td><td>三、四</td><td>内墙（轴线）与外墙交接处，内墙的局部较小墙垛处；Ⅸ度时内纵墙与横墙（轴线）交接处</td></tr>
</table>

构造柱的最小截面尺寸为 240 mm × 180 mm；构造柱的最小配筋量：纵向钢筋为 $4\Phi 12$，箍筋为 $\Phi 6$，间距不大于 250 mm。在离圈梁上下不小于 1/6 层高或 450 mm 范围内，箍筋需加密至间距为 100 mm。为加强构造柱与墙体的连接，施工时必须先砌墙，后浇筑混凝土，且构造柱处墙体宜砌成马牙槎，并应沿墙高每隔 500 mm 设 $2\Phi 6$ 拉结钢筋，每边伸入墙内不宜小于 1 m。

砌块墙构造柱是将砌块在垂直方向连成整体。构造柱多利用空心砌块上下孔洞对齐，并在孔中用直径 10 ~ 14 mm 的钢筋分层插入，再用 C20 细石混凝土分层灌实。构造柱与砌块墙连接处的拉结钢筋网片每边伸入墙内不少于1 m。混凝土小型砌块房屋可采用Φ 4 点焊钢筋网片，沿墙高每隔600 mm 设置；中型砌块可采用Φ 6 钢筋网片，隔皮设置，如图3-53 所示。小砌块房屋构造柱设置要求如表3-11 所示。

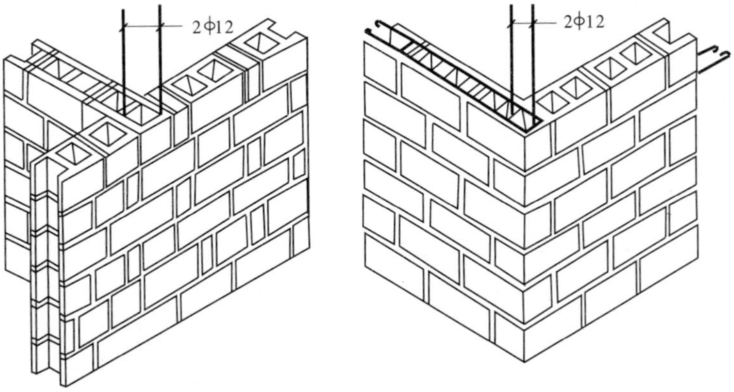

(a)内外墙交接处构造柱　　(b)外墙转角处构造柱

图3-53　砌块墙构造柱

表3-11　小砌块房屋心柱设置要求

房屋层数			设置部位	设置数量
Ⅵ度	Ⅶ度	Ⅷ度		
四、五	三、四	二、三	外墙转角，楼梯间四角；大房间内外墙交接处；隔15 m或单元横墙与外纵墙交接处	外墙转角，灌实3个孔；内外墙交接处，灌实4个孔
六	五	四	外墙转角，楼梯间四角；大房间内外墙交接处，山墙与内纵墙交接处，隔开间横墙（轴线）与外纵墙交接处	
七	六	五	外墙转角，楼梯间四角；各内墙（轴线）与外纵墙交接处；Ⅷ、Ⅸ度时内纵墙与横墙（轴线）交接处和洞口两侧	外墙转角，灌实5个孔；内外墙交接处，灌实4个孔；内墙交接处；灌实4～5个孔；洞口两侧各灌实1个孔
	七	六	同上；横墙内心柱间距不宜大于2 m	外墙转角，灌实7个孔；内外墙交接处，灌实5个孔；内墙交接处，灌实4～5个孔；洞口两侧各灌实1个孔

构造柱可不单独设置基础，但其下端应伸入地梁内，无地梁时应伸入底层地坪下500 mm处。

第六节 钢结构体系

一、钢结构的特点、应用范围和材料

（一）钢结构的特点

钢结构是用钢板、热轧型钢或冷加工成型的薄壁型钢制造而成的，与其他材料的结构相比，钢结构有一些不同的特点。

1. 材料的强度高，塑性和韧性好

钢材与其他建筑材料相比，强度要高得多。因此，特别适用于跨度大或荷载很大的构件和结构。钢材还具有塑性和韧性好的特点。塑性好，结构在一般条件下不会因超载而突然断裂；韧性好，结构对动力荷载的适应性强。良好的吸能能力和延性还使钢结构具有优越的抗震性能。另外，由于钢材的强度高，做成的构件截面小、面壁薄，受压时需要满足稳定的要求。

2. 材质均匀，与力学计算的假定比较符合

钢材内部组织比较接近于匀质和各向同性体，而且在一定的应力幅度内几乎是完全弹性的。因此，钢结构的实际受力情况和工程力学计算结果比较符合。

3. 钢结构制造简便，施工周期短

钢结构所用的材料单纯而且是成材，加工比较简便，并能使用机械操作。因此，大量的钢结构一般在专业化的金属结构厂做成构件，精确度较高。构件在工地拼装，以缩短施工周期。小量的钢结构和轻钢屋架，也可以在现场就地制造，随即用简便机具吊装。此外，对已建成的钢结构也比较容易进行改建和加固，用螺栓连接的钢结构还可以根据需要进行拆迁。

4. 钢结构的质量轻

钢材的强度与密度之比要比混凝土大得多。以同样的跨度承受同样荷载，钢屋架的质量最多不过钢筋混凝土屋架的1/4～1/3，冷弯薄壁型钢屋架甚至接近1/10，为吊装提供了方便条件。质量轻的屋盖结构，对抵抗地震作用有利。另外，质量轻的屋盖结构对可变荷载的变动比较敏感，荷载超额的不利影响比较大。设计沿海地区的房屋结构，如果对飓风作用下的风吸力估计不足，则屋面系统有被掀起的危险。

5. 钢材耐腐蚀性差

钢材耐腐蚀的性能比较差，尤其是暴露在大气中的结构（如桥梁），更应特别注意结构防护，这使维护费用比钢筋混凝土结构高。不过在没有侵蚀性介质的一般厂房中，构件经过防锈处理后，锈蚀问题并不严重。近年来出现的耐候钢具有较好的抗锈性能，已经逐步推广应用。

6. 钢材耐热但不耐火

钢材在长期经受100 ℃辐射热时，强度没有多大变化，具有一定的耐热性能，但温度达150 ℃以上时，就须用隔热层加以保护。钢材不耐火，重要的结构必须注意采取防火措施。

（二）钢结构的应用范围

从技术角度看，钢结构的合理应用范围包括以下几个方面：

（1）大跨度结构。结构跨度越大，自重在全部荷载中所占比重也就越大，减轻自重可以获得明显的经济效果。因此，钢结构强度高而质量轻的优点对于大跨桥梁和大跨建筑结构特别突出。我国人民大会堂的钢屋架，各地体育馆的悬索结构、钢网架都是大跨度屋盖的具体例子。很多大型体育馆屋盖结构的跨度都已超过 100 m。

（2）重型厂房结构。是指车间里吊车的起重量大（常在 100 t 以上，有的达到 440 t）的工业厂房，其中有些作业也十分繁重（24 h 运转）。这些车间的主要承重骨架往往全部或部分采用钢结构。

（3）受动力荷载影响的结构。由于钢材具有良好的韧性，设有较大锻锤或其他产生动力作用设备的厂房，即使屋架跨度不很大，也往往用钢制成。对于抗震能力要求高的结构，用钢来做也是比较适宜的。

（4）高层建筑。

（5）可拆卸的结构、临时性展览馆等，钢结构最为适宜。

（6）轻型钢结构。钢结构质量轻，不仅对大跨结构有利，对使用荷载特别轻的小跨结构也有优越性。因为使用荷载特别轻时，结构的自重荷载也就成了一个重要因素。冷弯薄壁型钢屋架在一定条件下的用钢量可以不超过钢筋混凝土屋架的用钢量。轻型门式刚架因其轻便和安装迅速，近 20 年应用十分广泛。

在地基条件差的场地，多层房屋即使高度不是很大，钢结构因其质轻而降低基础工程造价，仍然可能是首选。在地价高昂的区域，钢结构则以占用土地面积小而显示它的优越性。工期短，投资及早得到回报，是选用钢结构的又一重要因素。施工现场可利用的面积狭小，也是需要钢结构的一个条件。此外，现代化的建筑物中各类服务设施包括供电、供水、中央空调和信息化、智能化设备，需用管线很多。钢结构易于和这些设施配合，使之少占用空间。因此，对多层建筑采用钢结构也逐渐成为一种趋势。

（三）材料的类别及选用

钢结构建筑选用的钢材必须具备高强度、足够的变形能力和良好的加工等性能。钢结构用的钢材主要有两种，即碳素结构钢和低合金高强度结构钢。

1. 碳素结构钢

碳素结构钢的牌号（简称钢号）有 Q195，Q215A 及 Q215B，Q235A、Q235B、Q235C 及 Q235D，Q255A 及 Q255B 以及 Q275。其中的 Q 是屈服强度中“屈”字汉语拼音的字首，后接的阿拉伯字表示以N/mm^2为单位屈服强度的大小，A、B、C 或 D 等表示按质量划分的级别。Q195 及 Q215 的强度比较低，而 Q255 的含碳量上限和 Q275 的含碳量都超出低碳钢的范围，所以建筑结构在碳素结构钢这一钢种中主要应用 Q235 这一钢号。

2. 低合金高强度结构钢

低合金高强度结构钢是在钢的冶炼过程中添加少量几种合金元素（合金元素的总量低于 5%），使钢的强度明显提高，故称低合金高强度结构钢。低合金高强度结构钢分为 Q295、Q345、Q390、Q420、Q460 等五种，其牌号的含义和碳素结构钢牌号的含义相同。其中，Q235、Q390 和 Q420 是钢结构设计规范规定采用的钢种。这三种钢都包括 A、B、C、D、

E 五种质量等级，A、B 级属于镇静钢，C、D、E 级属于特殊镇静钢。

3. 高强钢丝和钢索材料

悬索结构和斜张拉结构的钢索、桅杆结构的钢丝绳等通常都采用由高强钢丝织成的平行钢丝束、钢绞线和钢丝绳。高强钢丝是由优质碳素钢经过多次冷拔而成的，分为光面钢丝和镀锌钢丝两种类型。钢丝强度的主要指标是抗拉强度，其值为 1 570 ~ 1 700 N/mm^2，而屈服强度通常不作要求。

平行钢丝束由 7 根、19 根、37 根或 61 根钢丝组成。钢绞线亦称单股钢丝绳，由多根钢丝捻成，钢丝根数也为 7 根、19 根、37 根。由于各钢丝之间受力不均匀，钢绞线的抗拉强度比单根钢丝绳低 10% ~ 20%，弹性模量也有所降低。

钢丝绳多由 7 股钢绞线捻成，以一股钢绞线为核心，外层的 6 股钢绞线沿同一方向缠绕。钢丝绳承载力较高，适用于土建结构。钢丝绳的强度和弹性模量比钢绞线又有不同程度降低，其中纤维心绳又略逊于钢心绳。

(四) 型钢规格

钢结构构件一般宜直接选用型钢，这样可减少制造工作量，降低造价。型钢尺寸不合适或构件很大时则用钢板制作。构件间或直接连接或附以连接钢板进行连接。所以，钢结构中的元件是型钢及钢板。型钢有热轧型及冷弯型两种，如图 3-54、图 3-55 所示。现分别介绍如下。

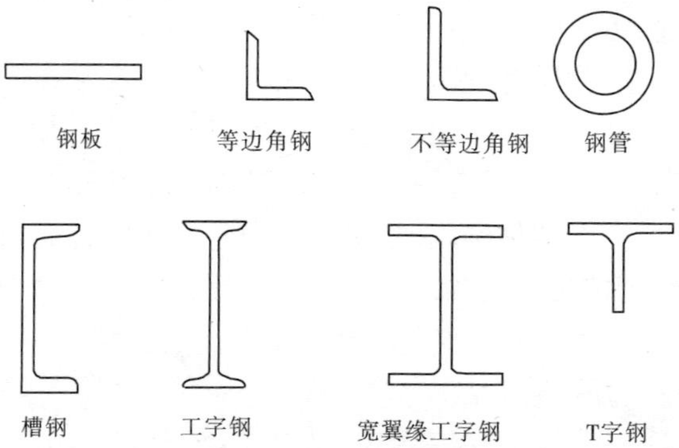

图 3-54 热轧型钢的截面形式

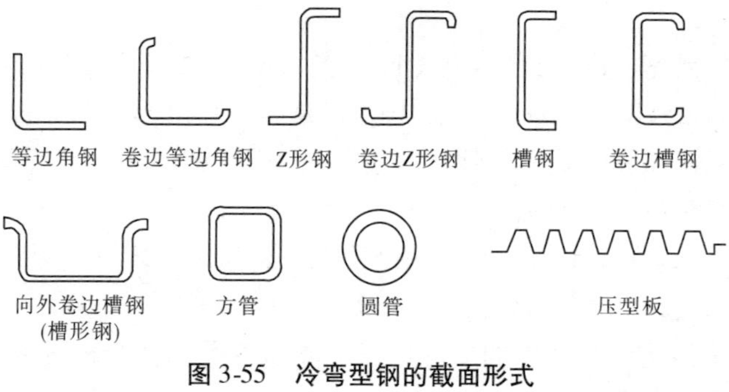

图 3-55 冷弯型钢的截面形式

1. 热轧钢板

热轧钢板分厚板及薄板两种，厚板的厚度为 4.5 ~ 60 mm，薄板的厚度为 0.35 ~ 4 mm。

前者广泛用来组成焊接构件和连接钢板,后者是冷弯薄壁型钢的原料。在图纸中钢板用“厚×宽×长(单位为 mm)”前面附加钢板横断面的方法表示,如—12×800×2100 等。

2. 热轧型钢

角钢有等边和不等边两种。等边角钢(也叫等肢角钢),以边宽和厚度表示,如∟100×10 为肢宽 100 mm、厚 10 mm 的等边角钢。不等边角钢(也叫不等肢角钢)则以两边宽度和厚度表示,如∟100×80×8 等。我国目前生产的等边角钢,其肢宽为 20~200 mm,不等边角钢的肢宽为 25 mm×16 mm~200 mm×125 mm。

我国槽钢有两种尺寸系列,即热轧普通槽钢与热轧轻型槽钢。前者的表示方法如[30a,指槽钢外廓高度为 30 cm 且腹板厚度为最薄的一种;后者的表示方法如[25Q,表示外廓高度为 25 cm,Q 是汉语拼音“轻”的拼音字首。同样号数时,轻型者由于腹板薄及翼缘宽而薄,因而截面面积小但回转半径大,能节约钢材,减少自重。不过轻型系列的实际产品较少。

工字钢与槽钢相同,也分成两个尺寸系列:普通型和轻型。与槽钢一样,工字钢外轮廓高度的厘米数即为型号。普通型者当型号较大时腹板厚度分 a、b 及 c 三种。两种工字钢表示方法如 I32c、I32Q 等。

H 型钢、热轧 H 型钢分为三类:宽翼缘 H 型钢(HW)、中翼缘 H 型钢(HM)和窄翼缘 H 型钢(HN)。H 型钢型号的表示方法是先用符号 HW、HM 和 HN 表示 H 型钢的类别,后面加“高度(mm)×宽度(mm)”,例如 HW300×300。剖分 T 型钢也分为三类,即宽翼缘剖分 T 型钢(TW)、中翼缘剖分 T 型钢(TM)和窄翼缘剖分 T 型钢(TN)。剖分 T 型钢是由对应的 H 型钢沿腹板中部对等剖分而成的。

3. 冷弯薄壁型钢

冷弯薄壁型钢是用 2~6 mm 厚的薄钢板经冷弯或模压而成型的,如图 3-55 所示。在国外,冷弯型钢所用钢板的厚度有加大范围的趋势,如美国可用到 1 in(25.4 mm)厚。压型钢板是近年来开始使用的薄壁型材,所用钢板厚度为 0.4~2 mm,用做轻型屋面等构件。

二、钢结构的连接

钢结构是由钢板、型钢通过必要的连接组成构件,各构件再通过一定的安装连接而形成整体结构。连接部位应有足够的强度、刚度及延性。连接设计不合理会影响结构的造价、安全和寿命。因此,选定合适的连接方案和节点构造是钢结构设计中重要的环节。

钢结构的连接方式可分为焊缝连接、铆钉连接、普通螺栓连接和高强度螺栓连接,如图 3-56 所示。

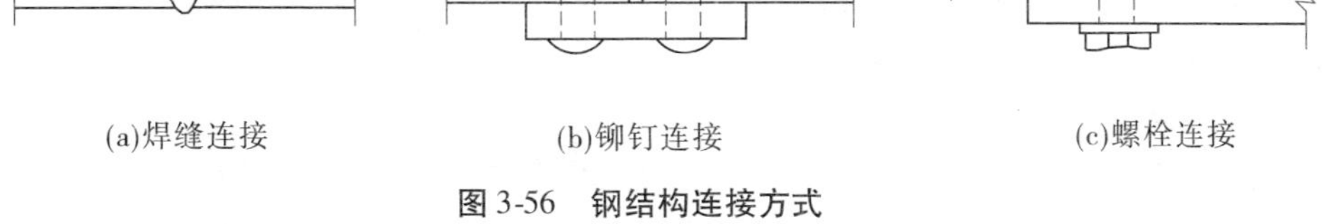

(a)焊缝连接　(b)铆钉连接　(c)螺栓连接

图 3-56　钢结构连接方式

焊缝连接是钢结构最主要的连接方法，其优点是构造简单、不削弱构件截面、节约钢材、加工方便、易于采用自动化操作、连接的密封性好、刚度大。其缺点是焊接残余应力和残余变形对结构有不利影响，焊接结构的低温冷脆问题也比较突出。目前，除少数直接承受动载结构的某些连接，如重级工作制吊车梁和柱及梁的相互连接、桁架式桥梁的节点连接，从目前使用情况看不宜采用焊接外，焊接可广泛用于工业与民用建筑钢结构。

铆钉连接的优点是塑性和韧性较好，传力可靠，质量易于检查，适用于直接承受动载结构的连接。其缺点是构造复杂，用钢量多，目前已很少采用。

普通螺栓连接的优点是施工简单、拆装方便，缺点是用钢量多。适用于安装连接和需要经常拆装的结构。普通螺栓又分为A级螺栓、B级螺栓和C级螺栓。A级螺栓、B级螺栓一般用45号钢和35号钢制成。其中A级螺栓包括 $d \leqslant 24$ mm，且 $L \leqslant 150$ mm 的螺栓，B级螺栓包括 $d > 24$ mm 或 $L > 150$ mm 的螺栓，d 为螺杆直径，L 为螺杆长度。C级螺栓一般用Q235钢制成。C级螺栓加工粗糙，尺寸不够准确，成本低。由于螺栓杆与螺孔之间存在着较大的间隙，传递剪力时，连接较早产生滑移，但传递拉力的性能仍较好，所以C级螺栓广泛用于承受拉力的安装连接、不重要的连接或用做安装时的临时固定。

三、钢屋盖

(一)钢屋盖结构的组成

钢屋盖包括屋架、屋盖支撑系统、檩条、屋面板，有时还有托架和天窗架等。根据屋面材料和屋面结构布置的不同，可分为有檩体系屋盖和无檩体系屋盖两类，采用较轻和小块的屋面材料时，如压型钢板、石棉水泥波形瓦等多用有檩体系屋盖，屋面荷载通过檩条传给屋架，整体刚度较差，常见于中小型厂房，如图3-57所示。采用钢筋混凝土等大型屋面板时，多用无檩体系屋盖，房面荷载直接传给屋架，整个屋架刚度较大，托架用于支撑在纵向柱距大于6 m的柱间设置的屋架，属于屋盖系统的支撑结构。天窗架支撑并固定于屋架的上弦结点，用于设置天窗。

整个屋盖结构的形式、屋架的布置、采用有檩体系还是无檩体系、屋面材料的选用等，需根据建筑要求、跨度大小、柱网布置、当地材料供应情况、经济条件等决定。

(二)钢屋盖支撑系统

屋盖支撑系统包括：上、下弦横向水平支撑，下弦纵向水平支撑，垂直支撑，系杆等。

支撑在柱顶或墙上的单榀屋架，在屋架平面内具有较大的强度和刚度，在垂直于屋架平面方向的强度和刚度较差。若未设置足够的支撑，在荷载作用下，可能整个屋架沿垂直屋架方向失稳，因此必须设置屋盖支撑系统。屋盖支撑的作用是：保证屋盖结构的空间几何不变性和稳定性，作为屋架弦杆的侧向支撑点，支撑和传递水平荷载，保证屋盖结构的安装质量和施工安全。

屋盖支撑系统应根据厂房跨度和长度、伸缩缝的设置、屋架的结构形式、对车间刚度的要求及是否作抗震设计等情况进行布置。

1. 上弦横向水平支撑

无论是有檩还是无檩屋盖体系均应设置上弦横向水平支撑。上弦横向水平支撑一般设置在房屋或温度区段两端的第一柱间的两屋架上弦，沿跨度全长布置，其净距不宜大于

60 m，否则应在房屋中间增设。当第一柱间距离小于标准柱距时，宜在第二柱间设置，以和中部上弦横向水平支撑尺寸相同，减少构件种类。屋架有天窗时，也宜设置在第二柱间，以和天窗支撑系统配合。但第一开间须在支撑结点处用刚性系杆（既能承受拉力，也能承受压力的杆）与端部屋架连接，如图 3-57（a）所示。

2. 下弦横向水平支撑

下弦横向水平支撑应在屋架下弦平面沿跨度全长布置，并与上弦横向水平支撑在同一柱间，以形成空间稳定体系，如图 3-57（b）所示。当屋架跨度较小（$L<18$ m）且没有悬挂吊车，厂房内也没有较大振动设备时，可不设下弦横向水平支撑。

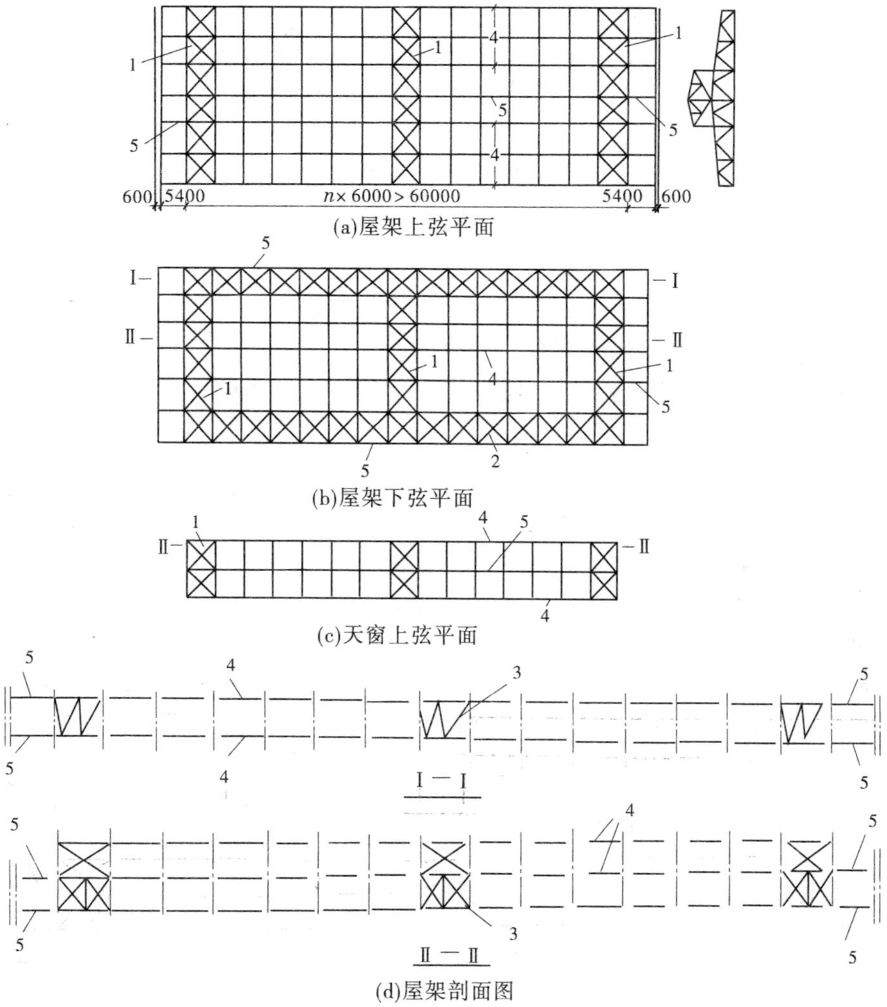

1—横向水平支撑；2—纵向水平支撑；3—垂直支撑；4—柔性系杆；5—刚性系杆

图 3-57　屋盖支撑布置示例

3. 纵向水平支撑

当房屋内设有托架，或有较大吨位的重级、中级工作制吊车，或有大型振动设备，以及房屋较高、跨度较大，空间刚度要求较高时，设置纵向水平支撑。纵向水平支撑应设置在屋架下弦(三角形屋架也可设在上弦)端节间,如图 3-57(b)所示。

4. 垂直支撑

垂直支撑是屋盖形成稳定的几何不变空间体系的不可缺少的部分。屋盖系统中均应设置垂直支撑。凡有横向支撑的柱间,都要沿房屋的纵向设置垂直支撑。梯形屋架在跨度 $L<30$ m,三角形屋架在跨度 $L<24$ m 时,仅在跨度中间位置设置一道,当跨度大于上述数值时,宜在跨度 1/3 附近或天窗架侧杆处设置两道,梯形屋架不分跨度大小,其两端还应各设置一道。

5. 系杆

系杆分柔性系杆(常用单角钢组成,只能承受拉力)和刚件系杆(常用双角钢组成),既能承受拉力又能承受压力。一般应设置在屋架和天窗架两端,以及横向水平支撑的结点处,沿房屋纵向通长布置,如图 3-57 所示。

(三)普通钢屋架

普通钢屋架所有杆件都采用普通角钢制成,可用于 18 ~ 36 m 跨度。按外形分为三角形、梯形和平行弦形,如图 3-58 所示。钢屋架具有耗钢量小、自重轻、平面内刚度大和容易按需要制成各种不同外形的特点。

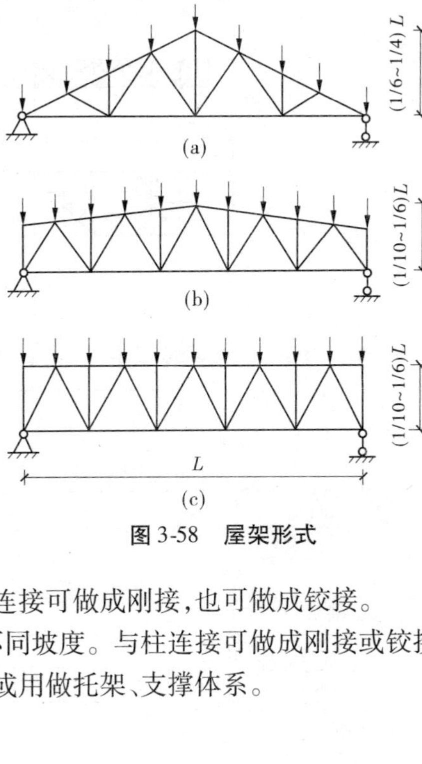

图 3-58 屋架形式

三角形屋架适用于坡度较陡的有檩屋盖结构。根据屋面材料的排水要求,屋面坡度一般为 1/2 ~ 1/3。三角形屋架端部只能与柱、墙铰接,故房屋横向刚度较低,且其外形与弯矩图的差别较大,因而弦杆的内力很不均匀。三角形屋架的上、下弦交角一般较小,使支座结点构造复杂。三角形屋架一般只宜用于中小跨度($L=$ 18 ~ 24 m)的轻屋面结构。

梯形屋架适用于屋面坡度平缓的无檩梯形屋盖和采用长尺压型钢板的有檩体系屋盖。由于梯形屋架的外形与均布荷载引起的弯矩图比较接近,因而弦杆内力比较均匀。梯形屋架与柱连接可做成刚接,也可做成铰接。

平行弦形屋架的上、下弦杆平行,且可做成不同坡度。与柱连接可做成刚接或铰接。

平行弦形屋架多用于单坡屋盖和双坡屋盖,或用做托架、支撑体系。

第四章　建筑室内环境设计原理

建筑环境学涵盖了建筑、声、光、热、材料及生理、心理等学科的内容，是一门跨学科的边缘学科。本章中主要介绍建筑室内的热湿环境、空气品质、声环境和光环境，人对室内环境的舒适与健康的要求，以及创造建筑室内环境的理论依据。

第一节　建筑室内热湿环境

热湿环境是建筑环境中最主要的内容，室内热湿环境是由空气温度、湿度、气流速度，以及壁面的辐射温度等综合构成的一种室内气候。各种室内气候因素的不同组合，可以形成不同的室内热湿环境。适合人们生产、工作和生活的热湿效果才是人们所满意的室内热湿环境。

一、影响室内热湿环境的物理因素

（一）室内空气温度

室内空气温度（简称室内气温）是表征室内热环境的主要参数。对一般民用建筑，按房间的使用要求对室内气温有相应规定：冬季室内气温一般应在 16 ~ 22 ℃，夏季空调房间的气温多规定为 22 ~ 28 ℃，并以此作为室内计算温度。室内实际温度是由房间内得热和失热、围护结构内表面的温度及通风等因素构成的热平衡所决定的，设计者的任务就在于使实际温度达到室内计算温度。另外，对一些有特殊要求的生产和试验房间，不但需要满足室温要求，还需使温度波动值控制在一定范围之内。

（二）室内空气相对湿度

空气湿度直接影响人体的蒸发散热，一般认为最适宜的相对湿度应为 50% ~ 60%。在多数情况下，即气温在 16 ~ 25 ℃时，相对湿度在 30% ~ 70% 范围内变化，对人体的热感觉影响不大。但若湿度过低（低于 30%）则人会感到干燥、呼吸器官不适；湿度过高则影响正常排汗，尤其在夏季高温时，若湿度过高（高于 70%）则汗液不易蒸发，令人不舒适。

（三）空气平均流速

室内气流状态影响人体的对流换热和蒸发换热，也影响室内空气的更新。在一般情况下，对人体舒适的气流速度应小于 0.3 m/s；但在夏季利用自然通风的房间，由于室温较高，舒适的气流速度也应较大。如广州、上海等地对一般居室在夏季的调查测试结果为：当室内风速为 0.3 ~ 1 m/s 时，多数人感到舒适；当空内风速大于 1.5 m/s 时，多数人认为风速太大，不舒适。

（四）维护结构内表面及其他表面的温度

对于一般民用建筑来说，室内热辐射主要指房间内各表面对人体的热辐射作用（对工业建筑和有辐射采暖设备的房间还应计入设备的热辐射）。室内热辐射的强弱通常用平均辐射温度（T_{mrt}）代表，平均辐射温度即室内对人体辐射热交换有影响的各表面温度的平均

值。但由于人在房间里的位置常不固定，房间里各表面的温度也不相同，室内平均辐射温度粗略计算公式为

$$T_{mrt} = \frac{T_1A_1 + T_2A_2 + \cdots + T_nA_n}{A_1 + A_2 + \cdots + A_n} \tag{4-1}$$

式中 T_1、T_2、…、T_n——各表面温度，K；

A_1、A_2、…、A_n——各表面面积，m^2；

T_{mrt}——室内平均辐射温度，K。

平均辐射温度对室内热环境有很大的影响，在炎热地区，夏季室内过热的原因除夏季气温高外，主要是外围护结构内表面的热辐射，特别是由通过窗口进入的日辐射所造成的。而在寒冷地区，若外围护结构内表面的温度过低，将对人产生“冷辐射”，也严重影响室内热环境。

二、人对热湿环境的评价

（一）人体热平衡方程

人们对热湿环境的舒适感主要来自人体的热平衡，因此热平衡是研究人们热舒适感的数学基础。热舒适不仅是保护人体健康的重要条件，而且是人们正常工作生活的保障。人们在室内感到热舒适的必要条件是：人体内产生的热量与向环境散发的热量相等。人体的热平衡可用下式表示

$$S = M - W - E - R - C \tag{4-2}$$

式中 S——人体蓄热量，W/m^2；

M——人体能量代谢率，决定于人体活动量的大小，W/m^2；

W——人体所做的机械功，W/m^2；

E——汗液蒸发和呼出的水蒸气所带走的热量，W/m^2；

R——穿衣人体外表面与周围表面间的辐射换热量，W/m^2；

C——穿衣人体外表面与周围环境之间的对流换热量，W/m^2。

1. 人体新陈代谢过程中的产热量

人体新陈代谢的过程（即人体内食物氧化过程）中，在单位时间内放出的热量称为新陈代谢率。人体新陈代谢释放的能量除用于对外做机械功外，大部分转化为人体内部的热量，最后以对流、辐射和蒸发的方式将热量散发到环境中。

2. 对流换热量

人体与周围空气间存在温度差时，就会产生对流换热。它取决于人体表面和空间的温差及气流速度等。当人体表面温度高于空气温度时，人体散热；反之，人体得热。

3. 辐射换热量

辐射换热量的大小取决于人体表面与周围环境壁面的温度、辐射系数、相对位置及辐射面积。当人体表面温度高于周围壁面温度时，人体失热；反之，人体得热。

4. 人体的蒸发散热量

人体的蒸发散热量在正常情况下是通过呼吸和皮肤进行的。由呼吸引起的散热量与新陈代谢率成正比。通过皮肤的散热量有两种情况：隐汗散热量取决于皮肤表面和周围空气中的水蒸气压力差；有感的汗液蒸发是靠皮下汗腺分泌汗液来散热的，它与空气的流速、从

皮肤经衣服到周围空气的水蒸气压力分布、衣服对水蒸气的渗透阻力等因素有关。

5. 人体的得失热量

人体的得失热量取决于上述各项热量得失的综合结果。有许多不同的组合都可能使人体保持热平衡。但是，并非所有 $S=0$ 的组合都会使人感到热舒适。因为人体具有热调节的生理机能，当环境过冷时，可靠皮肤毛细血管收缩，减少血液流量，从而使皮肤温度下降，减少散热量；当环境过热时，皮肤血管扩张，血流量增多，皮肤温度升高，甚至大量出汗，以增加散热量，争取热平衡。但是，在调节过程中，当人体的皮肤温度和汗液蒸发率超过了生理所允许的范围时，就会使人体感到难以忍受。所以，人体在环境中感到热舒适的充分条件，还必须使人体的皮肤温度和汗液蒸发率处于舒适的范围。

（二）热舒适的影响因素

室内环境热舒适不仅取决于室内的四个环境因素（即空气温度、湿度、气流速度以及壁面温度），还与人体活动量、人体衣着量、年龄、性别等人体变量有关。

1. 室内环境因素

人的冷热感觉对室内的环境因素依赖性很大。这些室内环境因素包括空气温度、湿度、气流速度以及壁面温度等。

2. 人体因素

1）人体活动量

人体活动量决定了人的新陈代谢率。进行不同的活动时，人体的新陈代谢率也不同，如表 4-1 所示。

表 4-1　不同活动的新陈代谢率

活动类型		新陈代谢率（W/m^2）
基础代谢		45
静坐		60
安静地站着		65
一般的办公室工作		75
站着从事轻型工作		90
平地上步行	速率：4 km/h	140
	6 km/h	200
	8 km/h	340
步行上山	5% 坡度，速度 4 km/h	200
	15% 坡度，速度 4 km/h	340
轻的手工劳动		150
重的工业劳动		250

2）人体衣着量

人体衣着的多少，也在相当程度上影响着人对热环境的感受。衣服热阻的单位为 clo，1 clo = 0.155 m^2K/W。常用衣服的热阻值如表 4-2 所示。

表 4-2　常用衣服的热阻值　（单位：clo）

男子		女子	
衬衫和裤子	0.51～0.65	衬衫和裙子	0.33～0.51
针织衬衫和裤子	0.48～0.76	连衣裙	0.21～0.71
绒衣和裤子	0.60～0.75	连衣裙和衬衫	0.32～0.37
衬衫、绒线衫和裤子	0.81～0.90	绒线衣衫和裙子	0.40～0.68
衬衫、外套和裤子	0.89～1.00	衬衫、绒线衫和裙子	0.42～0.80
		衬衫、外套和裙子	0.45～0.80
		衬衫和裤子	0.51～0.82
		绒线衫和裤子	0.58～0.89

三、室内热湿环境评价

室内热环境受到各种因素的综合影响。20 世纪以来，不少学者提出了一系列评价方法。其中，丹麦学者房格尔的热舒适方程、图表及 PMV－PPD 指标，能较全面地反映各个因素间的关系，经实践检验，被公认为是评价室内热湿环境质量较好的方法。

（一）房格尔热舒适方程

房格尔在人体热平衡方程式的基础上，得出人体的得失热量 Δq 是四个环境参数（气温 t_i、相对湿度 φ_i、环境表面平均温度 $\bar{\theta}_i$ 及气流速度 ν）和两个人体参数（新陈代谢率 m、衣服热阻 R_{cl}）的函数，即

$$\Delta q = f(t_i, \varphi_i, \bar{\theta}_i, \nu, m, R_{cl}) = 0 \tag{4-3}$$

该方程较为全面客观地描述了人与上述六个物理量之间的定量关系。

（二）PMV－PPD 评价方法

为了在已知室内各种气候参数的情况下确定人体的热感觉，房格尔提出了 PMV－PPD 评价方法。PMV 是 Predicted Mean Vote 的缩写，意为表决的平均预测值。它是运用试验及统计的方法，得出热感觉与六个物理量之间的定量函数关系，然后把 PMV 值按人体的热感觉分成七个等级，如表 4-3 所示。

表 4-3　PMV 值与人体热感觉

PMV 值	－3	－2	－1	0	1	2	3
人体热感觉	很冷	冷	稍冷	舒适	稍热	热	很热

通过大量的试验，房格尔获得了在一定 PMV 值时，对该热环境感到不满意的人数占总人数的比例，即 PPD 值。PPD 是 Predicted Percentage Dissatisfied 的缩写，意为预测不满意的百分比。PMV 与 PPD 的关系如图 4-1 所示，通过 PMV－PPD 曲线，可以获得对热环境的评价。

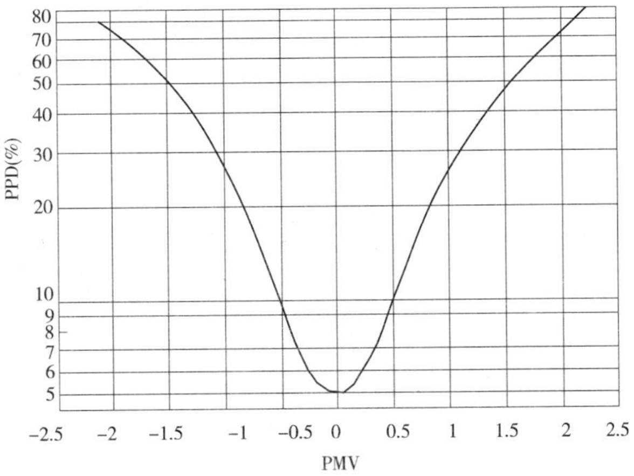

图 4-1　PMV－PPD 曲线图

第二节　建筑室内空气环境

建筑室内空气环境主要由热湿环境和空气品质等部分构成。室内空气环境应该是一个为大多数室内成员认可的舒适、卫生、空气新鲜的良好环境。本章第一节中已经介绍了空气环境中的热湿环境,本节着重介绍空气环境中空气品质方面的有关知识。

一、室内空气品质相关问题

(一)空气品质问题产生的原因

空气品质方面的研究近年来日益受到重视,经分析其产生的原因如下。

1. 强调节能导致的建筑密闭性增强和新风量减少

随着世界能源的日趋紧张,包括发达国家在内的许多国家都十分重视节约能源。许多建筑物密闭性增强,以防室外的过冷或过热空气影响了室内的适宜温度,使用空调的房间也尽量减少新风量的进入以节省耗电量。因此,严重影响了室内的通风换气。室内的污染物不能及时排出室外,在室内造成大量聚积,而室外的新鲜空气也不能正常地进入室内,严重恶化了室内的空气品质。

2. 新型合成材料在现代建筑中的大量应用

一些合成材料由于价格低廉、性能优越,作为建筑材料和建筑装饰材料获得广泛应用,但其中有些能够散发出对人体有害的气体。

3. 散发有害气体的电器产品大量使用

随着电子技术的发展,一些电器产品在办公室和家庭日益普及。其中,如复印机、打印机、计算机等会散发有害气体,造成室内空气品质的下降。

4. 传统集中空调系统的固有缺点以及系统设计和运行管理的不合理

传统集中空调冷凝除湿的方式,使空调箱和风机盘管系统往往成为霉菌的滋生地。系统设计和运行管理的不合理,如过滤网不及时清洗或更换、新风口设计不合理等都是造成室内空气品质下降的原因。

5. 厨房和卫生间气流组织不合理

对厨房、卫生间空间的特殊性缺乏足够的认识，在气流的组织上缺乏很好的应对措施，造成这一特殊空间的室内空气品质低劣。

6. 室外空气污染

我国能源主要依赖煤炭，煤炭在燃烧过程中往往会导致 SO_x、NO_x 及颗粒污染物的大量排放。随着汽车数量的增加，汽车尾气大量排放，以及植被的破坏等，都使得室内空气品质下降。

（二）室内空气品质的定义

室内空气品质的定义在近 20 年中经历了许多变化。最初，人们把室内空气品质几乎完全等价为一系列污染物浓度的指标。近年来，人们认识到这种纯客观的定义已不能完全涵盖室内空气品质的内容。于是，对室内空气品质的定义进行了不断的发展。

在 1989 年国际室内空气品质讨论会上，丹麦哥本哈根大学 Fanger 教授提出：空气品质反映了人们的满意程度，如果人们对空气满意，就是高品质，反之就是低品质。这种定义是将室内空气品质完全变成了人们的主观感受。

最近几年，美国供热制冷空调工程师学会（American Society of Heating, Refrigerating and Air-conditioning Engineers，简称 ASHRAE）颁布的标准《满足可接受室内空气品质的通风》（ASHRAE 62—1989）中兼顾了室内空气品质的主客观评价，给出的定义为：良好室内空气品质应该是“空气中没有已知的污染物达到公认的权威机构所确定的有害浓度指标，并且处于这种空气中的绝大多数人（≥80%）对此没有表示不满意”。这一定义体现了人们认识上的飞跃，它把客观评价和主观评价结合起来。不久，该组织在修订版 ASHRAE 62—1989R 中，又提出了可接受的室内空气品质（Acceptable indoor air quality）和可接受的感知室内空气品质（Acceptable perceived indoor air quality）等概念。可接受的室内空气品质的定义为：空调空间中绝大多数人没有对室内空气表示不满意，并且空气中没有已知的污染物达到了可能对人体产生严重健康威胁的浓度。可接受的感知室内空气品质的定义为：空调空间中绝大多数人没有因为气味或刺激性而表示不满。它是达到可接受的室内空气品质的必要而非充分条件。由于有些气体，如氡、一氧化碳等没有气味，对人也没有刺激作用，不会被人感受到，但对人危害很大，因而仅用感知到的室内空气品质是不够的，必须同时引入可接受的室内空气品质。

二、室内空气品质评价方法

（一）室内空气品质对人的影响

室内空气污染对人体的影响与污染物的种类、浓度及人体在污染物中的暴露时间有关。室内空气品质对人体的影响主要有以下两个方面。

1. 危害人体健康

一些健康方面的专家现已达成共识，认为一些疾病与工业厂房室内空气品质不好有很大关系。但是对于那些非工业厂房（如办公室、娱乐场所和住宅内）的综合症人们仍然认识不足。虽然一些国家针对工业污染制定了法律法规，但是对于住宅内的室内空气污染，只有少数国家制定了一些规范。这主要是由于调查室内综合症相当困难，而室内空气品质对人体的影响不像工业污染那么显著，因此较难对室内空气品质对人体的健康影响给出结论。

现在一般认为不良的室内空气品质可能引起病态建筑综合症(SBS)、建筑相关疾病(BRI)和多种化学污染物过敏症(MCS)。

2. 影响人们的工作效率

室内空气品质的好坏与劳动效率的高低有着密切的联系。《美国医学杂志》1985 年调查报告估计,在美国,每年因呼吸道感染而就医的人数达到 7 500 万次,每年损失 1.5 亿个工作日,花费的医疗费用达 150 亿美元,而缺勤损失则高达 590 亿美元。同样,病态建筑综合症会妨碍人正常工作,造成工作日的损失,同时也会消耗大量医疗费用。因此,不良的室内空气品质会引起巨大的损失,需引起人们的足够重视。

(二)室内空气品质的评价方法

室内空气品质评价是认识室内环境的一种科学方法,是随着人们对室内环境重要性认识的不断加深所提出的新概念。在评价室内空气品质时,一般采用量化监测和主观调查结合的手段进行,即采用客观评价和主观评价相结合的方法。

客观评价是以直接测量室内污染物浓度来客观了解、评价室内空气品质的。但涉及室内空气品质的低浓度污染物很多,不可能样样都测,需要选择具有代表性的污染物作为评价指标,来全面、公正地反映室内空气品质的状况。由于各国的国情不同,室内污染特点不一样,人种、文化传统与民族特性的不同,造成对室内环境的反应和接受程度上的差异,选取的评价指标也有所不同。一般选用二氧化碳、一氧化碳、甲醛、吸入尘、NO_x、SO_2、室内细菌总数,加上温度、相对湿度、风速、照度以及噪声等 12 个指标,全面、定量地反映室内环境。当然,上述评价指标可以根据具体评价对象适当增减。

主观评价主要是通过对室内人员的询问得到的,即利用人体的感觉器官对环境进行描述与评价工作。室内人员对室内环境接受与否属于评判性评价,对空气品质感受程度则属于描述性评价。人们普遍认为人是测定室内空气品质的最敏感的仪器。利用这种评价方法,不仅可以评定室内空气品质的等级,而且也能够证实建筑物内是否存在着病态建筑综合症。但作为一种以人的感觉为测定手段(人对环境的评价)或为测定对象(环境对人的影响)的方法,误差是不可避免的。在室内的人员与来访者对空气品质感受程度不一致,也是正常的,这是由于人与人的嗅觉适应性不同以及对不同的污染物适应程度不一致。同时,有时候利用人们的不满作为改进和评价建筑物性能的依据,也是非常模糊的。因为人们的不满常常是抱怨头痛、疲乏,或不喜欢室内家具、墙壁的颜色等,很难弄清楚什么是不满意的真正原因。

(三)室内空气品质标准

1. 国外室内空气品质标准简介

室内空气品质问题已经引起一些国家、地区和组织的重视,已有多个国家和地区制定了相关标准,见附表 1。

2. 国内室内空气品质标准简介

室内空气品质标准是客观评价室内空气品质的主要依据。标准中规定了室内污染物浓度的上限值。

我国于 1996 年 9 月 1 日发布并实施了《公共场所卫生标准》(GB 9663 ~ 9673—1996、GB 16153—1996),该标准主要包括旅店、文化娱乐场所和公共浴室等 12 个有关公共场所的标准。

我国第一部《室内空气质量标准》(GB/T 18883—2002),由国家质量监督检验检疫总局、国家环保总局和卫生部共同制定,于2002年11月19日正式公布,2003年3月1日正式实施。

2002年《室内建筑装饰装修材料有害物质限量》和《民用建筑工程室内环境污染控制规范》(GB 50325—2001)两部与室内空气品质相关的标准也已经实施。其中,《室内建筑装饰装修材料有害物质限量》总共包括10个国标,分别对聚氯乙烯卷材地板、地毯、建筑材料、人造板及其制品、壁纸、木家具、胶粘剂、内墙涂料、溶剂型木器涂料、建筑材料放射性物质等10类室内装饰材料中的有害物质含量或散发量进行了限制,部分具体内容见附表2。这项法规便于从源头上控制污染物的散发,改善室内空气质量。

三、室内空气污染途径及控制方法

(一)室内污染源

室内空气品质不仅影响人体的舒适和建康,而且对室内人员的工作效率也有显著影响。良好的室内空气品质能够使人感到精力充沛、心情愉悦。然而,许多国家的室内空气品质却不容乐观,室内空气品质之低劣使人们出现了一些病态反应,如头痛、困倦、恶心等,此类病症被统称为病态建筑综合症。调查和研究表明,造成室内空气品质恶劣的主要原因是室内空气污染。这些污染从其性质来讲可分三大类:

第一大类是化学的,主要来自装修、家具、玩具、煤气热水器、杀虫喷雾剂、化妆品、抽烟、厨房的油烟等,主要包括甲苯、二甲苯、醋酸乙酯、甲苯二乙氰酸酯、甲醛等挥发性的有机物和氨、一氧化碳、二氧化碳等无机化合物。

第二大类是物理的,主要来自室外及室内的电器设备产生的噪声、电磁辐射、光污染、放射性污染等。

第三大类是生物的,主要来自寄生于地毯、毛绒玩具、被褥中的尘螨及其他细菌等。但是,目前城市写字楼和家庭中的主要污染物质来自于建筑、装饰和家具。

(二)室内空气污染物来源

根据各种污染物形成的原因和进入室内的不同渠道,一般将室内空气污染物来源分为室外来源、室内来源(非人体自身)以及在室人员等几个方面。

1. 室外来源

室外来源主要有:

(1)室外空气中的各种污染物,包括工业废气和汽车尾气通过门窗、孔隙或管道缝隙等途径进入室内。

(2)人为带入室内的污染物,如带回家的工作服,可使工作环境中的污染物进入室内,或从邻居家传来的污染物等。

(3)各种天然源。

2. 室内来源

室内污染的来源除人体自身外主要包括以下几种途径。

1)建筑与装修材料的污染

(1)建筑材料的污染。建筑材料主要指建筑物的基础材料、承重材料。建筑材料的有些原料是废渣或再生材料及现代化工业产品,且在加工和生产过程中加入了各种辅助剂,其中有很多具有挥发性,有的还有放射性,对人体健康具有很大的威胁。

目前,由建筑物本身产生的污染主要有混凝土外加剂中氨的污染、建筑材料中氡的污染和建筑材料中甲醛的污染。

(2)装修材料的污染。随着经济的发展,人们更加重视室内环境和空气质量,但是,室内装饰装修材料的大量使用引起室内空气质量越来越差。北京市化学物质毒物鉴定中心报道,北京市每年由建材引起的室内污染使中毒人数达万人,因此对室内常见建材的污染物散发应该引起我们的重视。常见的散发污染物的室内装修材料主要有无机材料和再生材料、合成隔热板材、壁纸和地毯、人造板材和人造板家具、涂料、黏合剂以及吸声和隔声材料等。

2)日用化学品污染

随着社会的进步和发展,大量的化学物品进入家庭,成为人类生活中不可缺少的必需品。但是,化学物品在生产和使用过程中均存在许多卫生问题,据世界卫生组织统计,发展中国家每年约有 50 万人遭受化学物品的危害,其中大约有 500 人死亡。

日用化学物品广泛应用于每个家庭,渗透到人们生活的各个方面,其中可能释放有害化学物质的家庭用品所涉及的范围也很广泛,主要有洗涤产品、清洁产品、染料脱色剂、抛光产品、化妆品、皮毛和皮革保护剂、家用气溶胶、家用农药、医药品等。其中,家用化学物品是室内有机物污染的主要来源之一,可释放出多种有机化合物,其中有 20 多种具有致癌和致突变作用。在家中普遍使用化学物品也是引起非职业性急性中毒或损害事故的重要原因。此外,由于家用化学物品与皮肤接触的机会多,从而引起刺激性皮炎、变态反应性皮炎等皮肤损伤,严重时可导致皮肤化学性烧伤。

3)厨房污染

据权威部门检测,室内空气污染超标近七成来自厨房,厨房污染已成为影响人们身体健康的"重灾区"。其污染源是燃气燃烧所释放出的一氧化碳、二氧化碳、氮氧化物等有害气体,烹饪时产生的油烟,厨房装修引起的污染等。

(1)燃料燃烧产生的污染。厨房污染的一个重要来源就是燃料燃烧过程中产生的烟雾,其主要成分是一氧化碳、二氧化碳、氮氧化物、氢氯酸、氨等有害气体。长期在有害气体包围的厨房里停留,会使人的健康受到损害或过早衰老。

(2)烹饪中油烟产生的污染。烹饪油烟是食用油加热后产生的。通常炒菜温度在 250 ℃以上,油中的物质会发生氧化水解、聚合裂变等反应,随着沸腾的油挥发出来。这种油烟有 200 余种成分,其中含有多种致突变物质,主要来源于油脂中不饱和脂肪酸的高温氧化和聚合反应。

(3)厨房装修引起的污染。随着人们生活质量的不断提高,越来越多的消费者更注重绿色装修、环保装修。但在追求豪华装修的同时,与我们日常生活密切相关的厨房装修却往往被忽视,厨房装修污染对人们身体健康的危害日益凸显。目前,厨房装修中采用整体厨房的环保问题有两个方面:一方面是因为板衬不环保导致空气质量的污染,另一方面是油漆散发的气味引起人身体不适。

4)家用电器污染

目前,家庭中常见由家用电器导致的污染包括细菌污染、辐射污染及噪声污染等。这些污染危害健康,甚至危及人的安全。一项针对 2 000 多个家庭住户样本的室内污染状况调查结果显示,50% 以上的家庭室内存在有家用电器产生的污染。更令人担忧的是,在被调查的家庭中，绝大多数还没有意识到家中家用电器的污染问题。

(1)家用电器的细菌污染。如空调主要滋生支孢霉菌和军团菌。处于相对密闭状态的室内空气经过空调过滤网过滤并循环制冷时，空气中的细菌、真菌等微生物容易在过滤网表面密集滋生，并随空调出风口吹出。

(2)家用电器的辐射污染。如电视和电脑的荧光屏产生电磁辐射，长时间看屏幕可使视力下降、视网膜感光功能失调、眼睛干涩，引起视神经疲劳，造成头痛、失眠。手机辐射产生的微波热效应破坏脑细胞，可以诱发脑瘤。

(3)家用电器的噪声污染。有关专家指出，家庭中的噪声污染主要来源于各种家用电器的使用。比如电视机、录音机、洗衣机、电风扇、空调、电脑主机等，都会产生噪声。如果同时开启几种家用电器，噪声汇集，其危害程度不亚于繁华商业区的噪声污染。

3. 在室人员

室内人员可能产生的污染除吸烟产生的烟雾外，还有人体自身由于新陈代谢而产生的各种气味。

香烟散发的气体污染物种类及发生量如表4-4所示。

表4-4　香烟散发的气体污染物种类及发生量　（单位：μg/支）

污染物	发生量	污染物	发生量
二氧化碳	10～26	丙烷	0.05～0.3
一氧化碳	1.8～17	甲苯	0.02～0.2
氮氧化物	0.01～0.6	苯	0.015～0.1
甲烷	0.2～1	甲醛	0.015～0.05
乙烷	0.2～0.6	尼古丁	0.05～2.5
氨	0.01～0.15	乙醛	0.01～0.05
焦油	0.5～35	丙烯醛	0.02～0.15

人体代谢产物对室内空气清洁度有很大的影响。由人体呼吸排入环境的气体污染物有100多种，由皮肤排泄的废物多达200多种。其中，影响人体健康的主要有体臭、氨、霉菌、病菌、病毒等。家庭环境中的臭味主要来自于人体胃肠道排出的气体及人体代谢产物，衣服、被褥及家具物品不洁发霉发出的味，存放的粮食、蔬菜发霉、腐烂产生的味，杀虫药等化学品保管不当散发的味，来自室内卫生间的气味等。

(三)室内空气污染控制方法

如何减轻室内空气污染，保持和改善室内空气品质，使其达到人们能够接受的程度呢？通常采取三种方式：源头治理，通新风稀释和合理组织气流，空气净化。

1. 污染物源头治理

从源头治理室内空气污染，是治理室内空气污染的根本方法。前面介绍了室内空气污染的不同来源，污染物源头治理有以下几种方法。

1)消除室内污染源

这是最好最彻底的办法，如一些地毯吸收室内化学污染后会成为室内空气二次污染源，因此不用这类地毯就可消除其导致的污染；又如，目前一些室内装修材料含有大量的有机挥发物,研发具有相同功能但不含有害有机挥发物的材料可消除建筑装修材料引起的室内有机化学污染。

2)减少室内污染源散发强度

当室内污染源难以根除时,应考虑减少其挥发强度。如通过标准和法规对室内建筑材料中有害物含量进行限制,见附表2。国家标准对室内装饰装修材料使用作出了一定的限定,同时也对装饰装修材料的选择具有一定的指导意义。

3)污染源附近局部排风

对一些室内污染,可采用局部排风的办法。譬如,厨房烹饪污染可采用抽油烟机解决,卫生间异味可通过排气扇解决。

2. 通新风稀释和合理组织气流

通新风是改善室内空气品质的一种行之有效的方法,其本质是提供人体所必需的氧气并用室外污染物浓度低的空气来稀释室内污染物浓度高的空气。

美国标准 ASHRAE 62 和欧洲标准 CENCR 1752 中,给出了感知空气品质不满意率和新风量的关系。随着新风量加大,感知室内空气品质不满意率下降。考虑到进风量加大时,新风处理能耗也会加大,因此针对实际应用中采用的新风量有所不同。

室内新风量的确定需要从以下几个方面考虑:

(1)以室内 CO_2 允许的浓度为标准的必要换气量。人体 CO_2 发生量与人体表面积的新陈代谢情况有关,不同活动强度下人体 CO_2 发生量和所需新风量如表4-5所示。

表4-5　不同活动强度下 CO_2 的发生量和所需新风量

活动强度	CO_2 发生量(m^3/(h·人))	不同 CO_2 允许浓度下所需的新风量(m^3/(h·人))		
		0.1%	0.15%	0.2%
静坐	0.014 4	20.6	12	8.5
极轻	0.017 3	24.7	14.4	10.2
轻	0.023	32.9	19.2	13.5
中等	0.041	58.6	34.2	24.1
重	0.074 8	106.9	62.3	44

(2)以氧气为标准的必要换气量。必要新风量应能提供足够的氧气,满足室内人员的呼吸要求,以维持正常生理活动。

(3)以消除臭气为标准的必要换气量。人体会释放体臭,体臭释放与人所占有的空气体积、活动情况、年龄等情况因素有关。

合理的气流组织是保证室内空气品质的最终环节,通风通常包括自然通风和机械通风两种形式。

自然通风是指利用自然的手段(热压、风压等)来促使空气流动而进行的通风换气方式。它最大的特点是不消耗动力或与机械通风相比消耗很少的动力,因而其首要的优点是节能,而且占地面积小、投资少、运行费用低,其次是可以用充足的新鲜空气保证室内的空气品质。常见的自然通风实现形式主要有:①穿堂风;②单面通风;③被动风井通风;④中庭通风。

相对于自然通风而言,机械通风是指利用机械手段(风机、风扇等)产生压力差来实现空气流动的方式。机械通风和自然通风相比，最大的优点是可控制性强。通过调整风口的大小、风量等因素，可以调节室内的气流分布，达到比较满意的效果。

3. 空气净化

目前，空气净化的方法主要有过滤器过滤法、活性炭吸附有毒物质法、纳米光催化降解VOCs法、臭氧法、紫外线照射法、等离子体净化和其他净化技术。

1）过滤器过滤法

过滤器过滤的主要功能是处理空气中的颗粒污染。过滤器按照过滤率的高低可分为初效过滤器、中效过滤器、高效过滤器。过滤器的过滤过程比较复杂，分析起来主要有扩散、中途拦截、惯性碰撞、筛子效果及静电捕捉等机理。在实际使用中，为了达到不同的使用效果，几种过滤机理可以组合使用。

2）活性炭吸附有毒物质法

吸附对于室内VOCs和其他污染物是一种比较有效而又简单的消除技术。目前，比较常用的吸附剂主要是活性炭，其他的吸附剂还有人造沸石、分子筛等。吸附可分为物理吸附和化学吸附两类，活性炭吸附属于物理吸附。

活性炭的制备比较简单，几乎能由所有的含炭物质（如煤、木材、骨头、椰子壳、核桃壳和果核等）制成，把这些物质在低于600 ℃进行炭化，再用水蒸气、热空气或氯化锌等作为活化剂进行活化处理，即可制得活性炭。

活性炭吸附主要用来处理的常见有机物有苯、甲苯、二甲苯、乙醚、煤油、汽油、苯乙烯、恶臭物质、甲醛、甲基乙基酮、丙酮、四氯化碳、醋酸乙酯等气体。

活性炭纤维是20世纪60年代随着碳纤维工业而发展起来的一种活性炭新品种，近年来由于其在空气净化方面的应用受到人们的广泛关注。它与普通的碳纤维相比，比表面积大，炭化温度低，表面存在着多种含氧官能团。

3）臭氧法

臭氧是已知的最强的氧化剂之一，其强氧化性、高效的消毒和催化作用使其在空气净化方面作出了积极的贡献。臭氧的主要应用在于消毒灭菌，在消毒灭菌的过程中还原成氧和水，在空气中不留残留物，同时它能够将有害的物质分解成无毒的副产物，有效地避免了二次污染。因此，对于臭氧产品的开发，使其在医院、公共场所、家庭灭菌等方面得到了广泛的应用。

4）植物净化

绿色植物除能够美化室内环境外，还能改善室内空气品质。美国宇航局的科学家威廉·沃威尔发现绿色植物对居室和办公室的污染空气有很好的净化作用，他测试了几十种不同的绿色植物对几十种化学复合物的吸收能力，发现所测试的各种植物都能有效地降低室内污染物的浓度。24 h照明的条件下，芦荟吸收了1 m^3 空气中所含的90%的甲醛，90%的苯在常青藤中消失，而龙舌兰则可吞食70%的苯、50%的甲醛和24%的三氯乙烯。威廉又做了大量的试验证实绿色植物吸入化学物质的能力来自于盆栽土壤中的微生物，而不主要是叶子。与植物同时生长在土壤中的微生物在经历代代遗传后，其吸收化学物质的能力还会加强。所以，可以说，绿色植物是普通家庭都能用得起的空气净化器。

除上述的空气净化方法外，还有光催化净化法、等离子体净化法，这些是近年来发展的一些新的空气净化方法。

纳米光催化降解 VOCs 是利用光催化反应来把有害的有机物降解为无害的有机物。低温等离子体净化器的基本原理其实就是传统的静电过滤器或静电除尘器，主要是利用等离子体中的大量电子和正负离子来发生作用的。近年来，低温等离子体净化的技术与功能又有了新的发展，除主要的催化氧化作用外，还能够产生大量的负离子。如果这些负离子释放到室内空气中，不仅能够使空气粒子平衡，有利于人体健康，而且还能有效地清除空气中的污染物，因此在未来的室内空气净化方面会有更广阔的发展前景。

第三节　建筑室内声环境

建筑声环境是指室内音质问题与振动和噪声控制问题。理想的室内声环境应该是：需要的声音（如讲话、音乐等）能高度保真，而不需要的声音（噪声）不致干扰人的工作、学习和生活。研究声音质量（音质）问题的建筑声学是现代声学最早发展的一个分支，而研究减少噪声干扰的振动和噪声控制，则是在 20 世纪 50 年代以后由于工业交通的发展而建立起来的最新分支。随着城市化进程的加快，噪声已成为现代化生活中不可避免的副产品，其影响面非常广，几乎没有一个城市居民不受到噪声的干扰和危害，所以建筑声环境的主要问题是对振动和噪声的控制。噪声控制的基本目的是创造一个良好的室内外声学环境。

一、室内声学原理

（一）声音的产生与传播

声音是在气体、液体或固体等弹性介质中以波动形式传播的机械振动。也就是说，声音来源于振动的物体，振动的物体则称之为声源。声源发声后经过一定的介质才能向外传播。介质的分子只是振动而不移动，所以声音是一种波动，即声波是依靠介质的分子振动来向外传播声能的。介质分子的振动传播到人耳时引起人耳鼓膜的振动，再通过听觉机构的“翻译”，并发出信号，刺激听觉神经而产生声音的感觉。

（二）室内声学基本物理量

1. 声速、频率与波长

声源完成一次振动所经历的时间称为周期，记为 T，单位是秒（s）。1 s 内振动的次数称为频率，记为 f，单位是赫兹（Hz），或 r/s，它是周期的倒数。声波在一个周期内传播的距离称为波长，符号为 λ，单位是米（m）。声波在弹性介质中传播的速度称为“声速”，记为 c，单位是 m/s。声速不是质点的振动速度，而是振动状态传播的速度，它的大小与振动的特性无关，而与介质的弹性、密度以及温度有关。

声波的传播速度 c、波长 λ 及振动频率 f 之间的关系如下

$$c = f\lambda$$

或

$$c = \lambda / T \tag{4-4}$$

在空气中，声速与温度的关系如下

$$c = 331.4\sqrt{1 + \frac{\theta}{273}} \tag{4-5}$$

式中　θ——空气温度，℃。

在一定的介质中声速是确定的，因此频率越高，波长就越短。通常室温下空气中的声速

为340 m/s（$\theta=15$ ℃），100～4 000 Hz 的声音波长范围为 3.4～0.085 m。

人耳能听到的声波的频率范围为 20～20 000 Hz。低于 20 Hz 的声波称为次声，高于 20 000 Hz 的声波称为超声。次声与超声不能使人产生声音的感觉。

2. *声功率*

声功率是指声源在单位时间内向外辐射的声能，单位为瓦(W)。声源声功率有时是指在某个有限频率范围所辐射的声功率(通常称为频带声功率)，此时需注明所指的频率范围。

声功率不应与声源的其他功率相混淆。如扩声系统中所用的放大器的电功率通常是几百瓦以至上千瓦，但扬声器的效率很低，它辐射的声功率可能只有零点几瓦。电功率是声源的输入功率，而声功率是声源的输出功率。

声功率是声源本身的一种特性，不因环境条件的不同而改变。表 4-6 中给出了室内几种典型声源的声功率。

表 4-6　室内几种典型声源的声功率

声源种类	声功率	声源种类	声功率
75 人乐队	70 W	女高音	100～200 000 μW
钢琴	0.4 W	男高音	200～30 000 μW
小号	0.3 W	平均语音	20～50 μW
小提琴最轻音	3.8 μW	耳语	10^{-9} μW

3. *声强*

声强是衡量声波在传播过程中声音强弱的物理量。声场中某一点的声强是指在单位时间内，该点处垂直于声波传播方向的单位面积上所通过的声能，记为 I，单位是 W/m^2，表达式为

$$I=\frac{dW}{dS} \tag{4-6}$$

式中　I——声强；

dS——声能所通过的面积；

dW——单位时间内通过 dS 面积的声能。

在无反射声波的自由场中，点声源发出的球面波，均匀地向四周辐射声能。因此，距声源中心为 r 的球面上的声强为

$$I=\frac{W}{4\pi r^2} \tag{4-7}$$

式中　W——声源声功率。

4. *声压*

所谓声压，是指介质中有声波传播时，介质中的压强相对于无声波时介质静压强的改变量，单位为 Pa。任一点的声压都是随时间而不断变化的，每一瞬间的声压称瞬时声压，某段时间内瞬时声压的均方根值称为有效声压。若未说明，通常所指的声压即为有效声压。

声压与声强有着密切的关系。在自由声场中，某处的声强与该处声压的平方成正比，而与介质密度和声速的乘积成反比，即

$$I=\frac{p^2}{\rho_0 c} \tag{4-8}$$

式中　p——有效声压，N/m^2；

ρ_0——空气密度，kg/m^3；

c——空气中的声速，m/s。

5. 级的概念与声级

人耳对声音非常敏感，人耳刚能听见的下限声强为 10^{-12} W/m^2，相应的声压为 2×10^{-5} N/m^2；使人感到疼痛的上限声强为 1 W/m^2，相应的声压为 20 N/m^2。可以看出，人耳的容许声强相差 1 万亿倍，声压相差也达 100 万倍。同时，声强和声压的变化范围与人耳感觉的变化也不是成正比的，而是近似地与它们的对数值成正比，因此引入了“级”的概念。所谓级，是做相对比较的量。

声压级是声压与基准声压之比的以 10 为底的对数的 20 倍，即

$$L_p = 10\lg\frac{p^2}{p_0^2} = 20\lg\frac{p}{p_0} \tag{4-9}$$

式中　L_p——声压级，dB；

p_0——基准声压，对于空气声，基准声压规定为 2×10^{-5} N/m^2。

声强级是声强与基准声强之比的以 10 为底的对数的 10 倍，即

$$L_I = 10\lg\frac{I}{I_0} \tag{4-10}$$

式中　L_I——声强级，dB；

I——考察点声强，W/m^2；

I_0——基准声强，在空气中 $I_0=10^{-12}$ W/m^2，它相当于人耳对 1 000 Hz 声音的可听声强。

在自由声场中，声强级近似等于声压级，即

$$L_I \approx L_p \tag{4-11}$$

声功率级是声源声功率与基准声功率之比的以 10 为底的对数的 10 倍，即

$$L_W = 10\lg\frac{W}{W_0} \tag{4-12}$$

式中　L_W——声功率级，dB；

W_0——基准声功率，规定为 10^{-12} W。

几个声源总声级的计算，如果声源相同，则叠加后总声级为

$$L = L_1 + 10\lg n \tag{4-13}$$

式中　L_1——一个声源单独作用时的声级；

n——声源数目。

声级为 L_1 及 L_2（$L_1>L_2$）的两个声源共同作用时的叠加数为

$$L = L_1 + \Delta L \tag{4-14}$$

式中　ΔL——与声级差有关的修正值，可按表 4-7 选用。

表 4-7　与声级差有关的修正值

两个声源声级差	0	1	2	3	4	5	6	7	8	9	10
较大声级 L_1 的附加值 ΔL	3	2.5	2.1	1.8	1.5	1.2	1.0	0.8	0.6	0.5	0.4

(三)听觉特性

1. 人的主观听觉特性

前面已经介绍了评价声音常用的客观物理量,但仅有这些还是远远不够的,因为不同的人对声音的主观要求是不同的。人对声音的主观感觉通常与人们的生活习惯、特定条件、文化水平、心理状态甚至爱好等有密切的关系。除了解有关声音的客观物理量外,要创造良好的声环境还必须了解人耳对声音的主观感觉特性及怎样来评价这种感觉。

1)听觉定位

人耳的一个重要特性是能够判断声源的方向与远近。人耳确定声源远近的准确度较差,而确定方向相当准确。听觉定位特性是由双耳听闻而得到的,由声源发出的声波到达两耳,可以产生时间差和强度差。通常,当频率高于 1 400 Hz 时,强度差起主要作用,而当频率低于 1 400 Hz 时,则时间差起主要作用。人耳对声源方位的辨别在水平方向比竖直方向要好。当声源处于正前方(即水平方位角为 0°)时,一个正常听觉的人在安静和无回声的环境中,可辨别 1°~3°的方位变化;在水平方位角 0°~60°范围内,人耳有良好的方位辨别能力,超过 60°则迅速变差。在竖直平面内人耳定向能力相对较差,但可以通过摆动头部而大大改善。双耳定位能力有助于人们在存在背景噪声的情况下倾听所需注意的声音。

2)人耳的频率响应与等响曲线

人耳对声音的响应并不是在所有频率上都是一样的。人耳对 2 000~4 000 Hz 的声音最敏感;当声音的频率低于 1 000 Hz 时,人耳的灵敏度随频率的降低而降低;而当声音的频率在 4 000 Hz 以上时,人耳的灵敏度也逐渐下降,这就是人耳对频率的响应。

以连续纯音做试验,取 1 000 Hz 的某个声压级,例如 40 dB 作为参考标准,则听起来和它同样响的其他频率的纯音的各自声压级就构成一条等响曲线,并称之为响度级为 40 方(Phon)的等响曲线。如依次改变参考用的 1 000 Hz 纯音的声压级,就可以得到一组等响曲线。图 4-2 所示即为一组等响曲线,它是对大量健康人在自由场中测试的统计结果,由 ISO(国际标准化组织)于 1964 年确定。根据某一频率的某个声压级的纯音,落在多少方的等响曲线上,就可以知道它的响度级是多少。从图中不仅可以看出人耳对不同频率的响应是

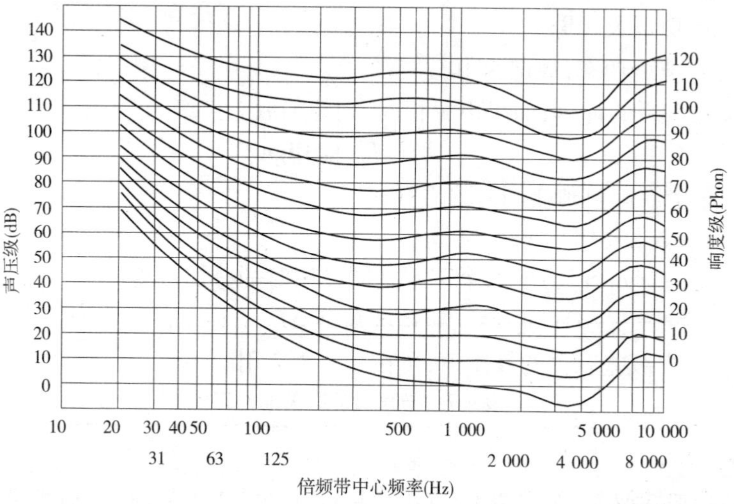

图 4-2 等响曲线

不同的，而且可以看出人耳的频率响应还与声音的强度有关系，等响曲线在声压级低时变化快，斜率大，而在声压级高时就比较平坦，这种情况在低频时尤为明显。

测量声音的响度级与声压级时所使用的仪器为声级计。在声级计中设有 A、B、C、D 四套计权网络，其中，A 计权网络是参考 40 方等响曲线，对 500 Hz 以下的声音有较大的衰减，以模拟人耳对低频不敏感的特征。因此，在音频范围内进行测量时，多使用 A 计权网络。A 计权网络测得的声级称为 A 计权声级，简称 A 声级，单位为 dBA。

3）时差效应

声音对人的听觉器官的作用效果并不随声音的消失而立即消失，而会暂留一短暂时间。一般来说，如果到达人耳的两个声音的时间间隔（称为时差）小于 50 ms，那么就不觉得它们是断续的。在室内，天花板、地面、墙壁都反射声音，当声源发出一个脉冲声时，人们首先听到的是直达声，然后陆续听到经过界面的一次反射、二次反射、三次反射……的反射声。一般认为，在直达声到达后约 50 ms 之内到达的反射声，可以加强直达声；而在 50 ms 以后到达的反射声，不会加强直达声。如果有的延时较长的反射声的强度比较突出，还会形成回声。回声的出现不仅与时差有关，还与声音的强度有关。

4）掩蔽效应

人们在安静环境中可以听到一个声压级很低的声音，即人耳对这个声音的听阈很低。但是，如果存在另一个声音（称为掩蔽声），就会影响到人耳对所听声音的听闻效果，这时对所听的声音的听阈就要提高。人耳对一个声音的听觉灵敏度因为另一个声音的存在而降低的现象叫掩蔽效应，听闻所提高的分贝数称为掩蔽量。也就是说，一个声音被另一个声音所掩蔽的程度即掩蔽量。掩蔽量提高后的听阈叫掩蔽阈。因此，一个声音能被听到的条件是这个声音的声压级不仅要超过听者的听阈，而且要超过其所在背景噪声环境中的掩蔽阈。掩蔽量取决于这两个声音的频谱、两者的声压级差及两者达到听者耳朵的时间和相位关系。近年来，公共场合常常播放一些背景音乐，以此来降低噪声，就是利用了这种掩蔽效应。

5）听觉疲劳和听力损失

人们在强烈噪声环境里经过一段时间后，会出现听阈提高的现象，即听力有所下降。如果这种情况持续时间不长，则在安静环境中停留一段时间，听力就会逐渐恢复。这种听阈暂时提高，事后可以恢复的现象称为听觉疲劳。如果听阈的提高即听力下降是永久性不可恢复的，则称为听力损失。一个人的听力损失通常用他的听阈比公认的正常听阈高出的分贝数表示。

2. 噪声

凡是人们不愿意听到的各种声音都是噪声。噪声的危害是多方面的，除可以造成听觉疲劳和听力损失，引起多种疾病外，还会影响人们正常的工作和生活，降低劳动生产率。此外，特别强力的噪声还能损坏建筑物，影响仪器设备的正常运行。

噪声评价是对各种环境条件下的噪声作出其对接收者影响的评价，并可用测量计算的评价指标来表示影响的程度。噪声评价涉及的因素很多，它与噪声的强度、频谱和时间特性（持续时间、起伏变化和出现的时间等）有关，与人们的生活和工作的性质以及环境条件有关，与人的听觉特性和人对噪声的生理及心理反应有关，还与测量条件和方法、标准化和通用性的考虑因素有关。

二、材料与结构的声学特性

(一)吸声材料和吸声结构

在室内声环境设计中,吸声材料和吸声结构用途广泛,主要用途有:控制房间的混响时间,使房间具有良好的音质;消除回声、颤动回声、声聚焦等声学缺陷;室内吸声降噪;管道消声。

材料和结构吸声能力大小通常用吸声系数表示,符号为 α。吸声系数定义式为

$$\alpha = \frac{E_0 - E_r}{E_0} \tag{4-15}$$

式中 α——吸声系数;

E_0——入射到材料或结构表面的总声能;

E_r——被材料或结构反射回去的声能。

根据声波入射角度不同,吸声系数分为垂直入射吸声系数 α_0 和无规入射吸声系数 α_T。垂直入射吸声系数常用驻波管测得,故又称为驻波管法吸声系数;无规入射吸声系数在混响室测得,故也称混响室法吸声系数。在实际工程中,入射到房间墙面的声波近似无规入射,因此在工程计算中吸声系数取值应取无规入射吸声系数。

1. 吸声材料和吸声结构的种类

吸声材料和吸声结构的种类很多。根据吸声机理,常用吸声材料和结构可分为两大类,即多孔吸声材料和共振吸声结构。由多孔吸声材料和共振吸声结构单独或两者结合还可派生出其他吸声结构。

1)多孔吸声材料

多孔吸声材料是工程中使用最普遍的吸声材料,其特征是具有大量内外连通的微小空隙和气泡。多孔吸声材料包括各种纤维材料和颗粒材料。纤维材料有玻璃棉、超细玻璃棉、岩棉等无机纤维及其毡、板制品,棉、毛、麻等有机纤维制成的家具和服饰。颗粒材料有膨胀珍珠岩、陶粒等及其板、块制品。

多孔吸声材料具有良好吸声性能的原因是多孔吸声材料具有大量内外连通的微小空隙和孔洞,当声波入射时,声波能顺着微孔进入材料内部,引起空隙中空气振动。由于空气的黏滞阻力及空气与孔壁的摩擦和热传导作用等,相当一部分声能转化为热能而被吸收。因此,只有孔洞对外开口,孔洞之间互相连通,且孔洞深入材料内部,才可以有效地吸收声能。

多孔吸声材料吸声特性及其影响因素主要有以下方面:

(1)一般中高频吸声系数大,低频吸声系数小。

(2)多孔吸声材料的空气流阻和表观密度对其吸声能力有直接的影响,流阻太大声波难以进入材料层内部,吸声性能会下降;如果流阻过小,声能因摩擦力、黏滞力小而损耗的效率就低,吸声性能也会下降。所以,多孔吸声材料存在最佳流阻。材料表观密度与空气流阻一般有较好的对应关系:表观密度增加,材料密实,引起流阻增大,导致吸声系数下降;表观密度降低,材料稀疏,流阻减小。因此,多孔吸声材料的表观密度也存在一个最佳值。

(3)多孔吸声材料的结构因子、有效孔隙率对其吸声系数也有影响。结构因子是由多孔材料结构特性所决定的物理量。有效孔隙率是指与外部连通的气泡和空隙的容积的百分比。某些材料内部含有的封闭气泡无助于吸声性能的改善。

(4)多孔吸声材料的吸声性能还与厚度及材料背后空气层大小有关,厚度增加,吸声系

数增大，尤以中低频吸声系数的增大更加显著。材料背后留有空气层也能增加吸声系数，与增加厚度有相似的作用。

多孔吸声材料（如超细玻璃棉、岩棉等）使用时需加防护面层，以便施工安装，满足装饰要求及防止纤维逸出。当面层采用钢板网、织物等完全透气材料时，吸声性能可不受影响。用穿孔薄板做面层，穿孔率大至30%以上时，吸声性能可基本不受影响；穿孔率降低，中高频尤其是高频吸声性能将降低；穿孔率更小时就成为共振型吸声结构。在多孔吸声材料表面喷刷油漆或涂料，将使材料表面气孔受堵，降低中高频吸声性能。

另外，多孔吸声材料吸湿受潮，使材料内部一部分孔隙或气泡被水充满，导致吸声性能下降。当吸湿不大时，首先是高频吸声系数变小；当吸湿很大时，中频甚至低频吸声也受到影响。

2）共振吸声结构

建筑空间的围蔽结构和空间中的物体，在声波激发下会发生振动，振动的结构和物体由于自身内摩擦和与空气的摩擦，会把一部分振动能量转变成热能，从而消耗声能，产生吸声效果。结构和物体有各自的固有振动频率，当声波频率与结构和物体的固有频率相同时，就会发生共振现象。这时，结构和物体的振动最强烈，从而能量损耗也最多。因此，吸声系数在共振频率处最大。

利用共振原理设计的共振吸声结构一般有两种：一种是空腔共振吸声结构，一种是薄板或薄膜共振吸声结构。

（1）空腔共振吸声结构。

空腔共振吸声结构是结构中间封闭有一定体积的空腔，并通过有一定深度的小孔和声场空间连通，其吸声原理可以用亥姆霍兹共振器来说明。图4-3（a）为亥姆霍兹共振器示意图。当孔的深度 l 和孔径 d 比声波波长小得多时，孔颈中的空气柱的弹性变形很小，可以看做质量块来处理。封闭空腔V的体积比孔颈大得多，起着空气弹簧的作用，整个系统类似图4-3（b）所示的弹簧振子。当外界入射声波频率 f 和系统固有频率 f_0 相等时，孔颈中的空气柱就由于共振而产生剧烈振动，在振动中，空气柱和孔颈侧壁摩擦而消耗声能。

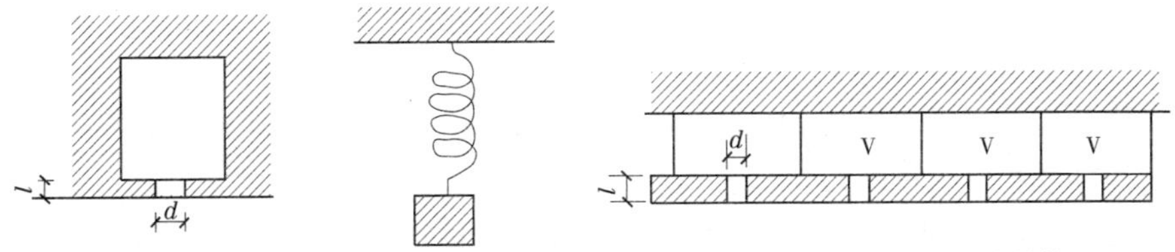

(a)亥姆霍兹共振器示意　(b)机械类比系统　(c)穿孔板吸声结构

图4-3　空腔共振吸声结构

亥姆霍兹共振器在共振频率附近吸声系数较大，而在共振频率以外的频段，吸声系数下降很快。吸收频带窄和共振频率较低是这种吸声结构的特点。

各种穿孔板、狭缝板背后设置空气层形成吸声结构，也属于空腔共振吸声结构。这类结构取材方便，并有良好的装饰效果，使用较广泛。

（2）薄板或薄膜共振吸声结构。

人造革、皮革、塑料薄膜等材料本身具有不透气、柔软，受拉时具有弹性的特性。当它们背后设置封闭空气层时，膜和空腔就形成一个共振系统。薄膜吸声结构共振频率通常为

200～1 000 Hz,最大吸声系数为0.30～0.40。

周边固定于龙骨上的胶合板、石膏板、石棉水泥板、金属板等薄板与其背后的空气层构成薄板共振系统。在声波作用下,薄板发生共振,从而消耗一部分声能。薄板吸声结构吸声系数在共振频率(通常在200～300 Hz以下)处有一峰值。峰值吸声系数为0.20～0.50。

大面积的抹灰吊顶天花板、架空木地板、玻璃窗、薄金属板灯罩等也相当于薄板共振吸声结构,对低频有较大的吸收。

3)空间吸声体

如果不是把多孔吸声材料或共振吸声结构靠墙或顶安装,而是把它们加工成一定形状,悬吊在空中,就成了空间吸声体。由于空间吸声体所有表面都能接收声波的入射,所以同样多的材料,吸声面积增大,吸声效率也相应提高。空间吸声体吸声系数按投影面积计算时可大于1。实用中多用单个吸声体的吸声量来表示其吸声大小。空间吸声体的形状可根据建筑形式的需要确定,可以是最简单的平板式,或用平板组合成其他形状,也可做成锥体、圆柱体等形式。

空间吸声体一般由多孔吸声材料外加透气护面层做成。所用多孔吸声材料常用超细玻璃棉,厚度一般取50～100 mm。护面层可用钢板网、铝板网、穿孔板等,也可在钢板网外再加一层阻燃织物。

空间吸声体一般中高频吸声较大,低频吸声较小,因此用于控制室内中高频混响时间十分有效。空间吸声体吸声效果还与吸声体布置有关,布置越密,单个吸声体吸声量越小。对于水平吊置的平板吸声体来说,吸声体投影面积占总面积40%是比较经济的。吸声体吊置高度对吸声性能也有影响,吊置过高,靠近屋面板,使吸声体上表面的吸声能力不能充分发挥,因而降低了吸声量。

4)帘幕、人和家具、新型吸声材料

(1)帘幕一般有良好的透气性,因此具有多孔吸声材料的吸声特性。帘幕吸声量与其厚度或面密度有关,较厚的帘幕对高频声有较大的吸收。当帘幕离开墙面一定距离时,就像多孔吸声材料背后增加空腔一样,可改善中低频吸声性能。帘幕打褶也有利于吸声性能的改善,打褶越多吸声越好。

(2)人和家具都会吸收声能。人由于所穿衣服属于多孔吸声材料,故其具有多孔吸声材料的吸声特性。沙发椅、被褥、地毯等也属于多孔吸声材料。其他家具如各种橱柜、写字台等一般用薄板做成,故可视为薄板共振吸声结构。

(3)新型吸声材料和结构。为满足工程上的一些特殊要求,一些新型吸声材料和结构应运而生,除具有良好的吸声性能外,还具有其他一些突出的优点。

羊毛吸声制品是利用羊毛下脚料制造的系列产品,有吸声板、吸声棉、成型顶棚板及织物面成型吸声板等。羊毛吸声制品突出的优点是卫生、环保。同时,防火性能达到B1级,防虫蛀达到二级,特别适用于卫生要求高的工程,如剧场、电影院、录音室、演播厅、报告厅、体育馆等。羊毛吸声板厚度在20～50 mm,表观密度在20～50 kg/m^3。

穿孔木饰面板是由10～20 mm厚密度板复合木纹饰面或木板,并在工厂穿孔或开缝后制成的成品。该产品有穿孔板、开缝板以及内侧穿孔外侧开通缝复合板等数种。板的表面形式有多种,外观十分美观,有很好的装饰性。该穿孔板具有一般穿孔板的吸声性能,特别适用于装饰要求很高的场合。

穿孔板专用无纺布是针对穿孔板吸声结构开发的产品，用它贴在穿孔板后，可使穿孔板吸声结构具有十分理想的声阻抗，从而增大吸声系数。当穿孔板穿孔率在6% ~20%，并有较大空腔时，贴该无纺布，可使吸声系数在125 ~4 000 Hz 范围达到0.6 ~0.8。该产品的外观与普通无纺布基本一致，厚度0.2 mm，适用于各种穿孔板吸声结构。

利用废木材经特殊加工后制成的吸声木丝板，表面喷涂透声涂料或贴无纺布，不仅有良好的吸声性能，而且外观十分美观。

2. 常用吸声材料的选用

在声环境控制设计中，选择何种吸声材料常需作多方面考虑。

(1)从吸声性能考虑，离心玻璃棉、岩棉、阻燃羊毛(毛渣)、聚氨酯吸声泡沫塑料等都具有良好的中高频吸声性能，增加厚度或材料层背后留有空气层还能获得较高的低频吸收，应作为首选吸声材料。有时为了吸收低频声，则选用穿孔板和薄板吸声结构。

(2)除吸声性能外，绝大多数场合还需考虑防火要求，选用不燃或阻燃材料。

(3)由于多孔吸声材料吸湿后吸声性能降低，故在潮湿的场合不宜使用。在洁净要求特别高的房间，即使极微量的纤维逸出也不允许。这时，也不应选用多孔吸声材料。上述两种环境，要获得较强吸声效果，可用微穿孔板吸声结构。

(4)此外，选择吸声材料时，还需考虑耐久性、力学强度、化学性质和尺寸的稳定性、装饰效果以及是否便于施工等因素。

(二)隔声与构件的隔声特性

对于一个建筑空间，它的围护结构受到外部声场的作用或直接受到物体撞击而发生振动，就会向建筑空间辐射声能，于是空间外部的声音通过围护结构传到建筑空间中来，这叫做传声。围护结构会隔绝一部分作用于它的声能，这叫做隔声。如果隔绝的是外部空间声场的声能，称为空气声隔绝；若使撞击的能量辐射到建筑空间中的声能有所减少，称为固体声或撞击声隔绝。这和隔振的概念不同，前者接收者接收到的是空气声，后者接收者感受到的是固体振动。但采取隔振措施，可以减少振动或撞击源对围护结构(如楼板)的撞击，可以降低撞击声。

1. 空气声隔声及其评价

1)隔声量与透射系数

在工程上常用构件隔声量R(dB)(或称为透射损失TL)来表示构件对空气声的隔绝能力，它与透射系数τ的关系是

$$R = 10\lg \frac{1}{\tau} \tag{4-16}$$

式中 R——隔声量，dB；

τ——构件的透声系数，即透过声能与入射总声能的比值。

同一结构对不同频率的入射声波的隔声量是不同的，因此隔声量常用中心频率为125 ~4 000 Hz 的六个倍频带的隔声量来表示某一个构件的隔声性能。为简化和便于比较起见，也用单一数值表示构件的隔声性能。

2)单层匀质密实墙的隔声

单层匀质密实墙的隔声性能除与入射声波的频率f有关外，还取决于墙本身的单位面积质量、刚度、材料的内阻尼以及墙的边界条件等因素。

3)双层匀质密实墙的隔声

根据质量定律,墙体厚度增加 1 倍,隔声量可增加 6 dB。显然,靠增加厚度来增大隔声量,效果并不理想。如果把单层墙改为双层墙,则隔声量可有很大增加。双层墙中间的空气层可看成"弹簧",当其中一层墙受到声波激发而振动时,振动能量通过空气层传至第二层墙,再由第二层墙向邻室辐射声能。由于空气弹簧具有减振作用,因而传至第二层墙的声能大大减弱,从而提高了隔声能力。这样墙的总质量没有变,而隔声量却比单层墙有了显著的提高。

在双层墙空气间层中填充多孔材料(如岩棉、玻璃棉等),可以在全频带上提高隔声量。

4)轻质隔墙的隔声

轻质隔墙隔声差一直是推广轻质隔墙的一大障碍。提高轻质隔墙隔声量的措施主要有以下几种:

(1)多层复合。将多层密实材料用多孔吸声材料(如玻璃棉、岩棉等)分隔,做成夹层结构。

(2)薄板叠合。多层薄板叠合在一起,可以避免板缝隙处理不好造成的漏声;若每层板减薄,可使吻合效应产生的隔声低谷上移出隔声频率范围;各层板材料不同或厚度不同,可以使各层的吻合谷错开,以减轻吻合谷的不利影响。

(3)弹性连接、双墙分立,避免声桥传声。

5)门窗隔声

门窗常是隔声的薄弱环节。门的隔声量取决于门扇本身的隔声性能及门缝的密闭程度。

提高门扇隔声量的措施有:多层复合,做成夹层门;若有可能,选用密实厚重材料做门。门缝处理可做成斜口外加毛毡密封或用 9 字形橡胶条等。门与地面之间密封可采用扫地橡胶或做门槛加密封条等方法。通常隔声门都需装压紧把手。在隔声要求非常高的场合,可用双层门或声锁来提高隔声量。

通常采用双层或多层窗来提高窗的隔声量。双层窗间距应尽可能大,最好能在 200 mm 以上。一侧玻璃可倾斜安装,以尽量避免共振影响;双层窗玻璃应用不同的厚度,以错开吻合谷。要求较高的隔声窗应采用 5 mm 以上的厚玻璃,也可由多层不同厚度的玻璃叠合而成。双层窗空腔周边需做吸声处理。

6)构件的组合隔声量

当墙上开有门窗时,整个墙的隔声量是墙和门窗的组合隔声量。

当门窗隔声量较低或墙上开洞时,组合隔声量远低于墙本身的隔声量。此时,提高墙体的隔声量是不经济的,一般墙体的隔声量高出门窗隔声量 10 dB 即可。要提高组合隔声量,有效的办法是提高隔声较差的构件的隔声量。

7)楼板撞击声隔声

确定某楼板的撞击声,是用标准打击器在其上打击,在楼下房间测量声压级,对所测声压级根据受声室吸声量进行修正,即得该楼板规范化撞击声压级。在现场测量时,根据受声室混响时间修正测量值,得出标准化撞击声压级。

隔绝撞击声可以从三个方面进行,即铺设弹性面层、加弹性垫层和在楼板下做隔声吊顶。

在楼板面铺各类地毯、橡胶等弹性面层均可降低撞击声。弹性面层对中高频撞击声改善明显,面层弹性越好,效果越好。在楼板面层与结构层之间加弹性垫层,也称浮筑构造。在楼板下做隔声吊顶,宜用厚重的吊顶,并用弹性吊钩。

三、室内声环境评价

（一）音质主观评价及其物理指标

1. 音质主观评价

室内音质评价可分为语言声音质评价和音乐声音质评价两类。对语言声主要是清晰度方面的要求；对音乐声，除清晰度的要求外，还有量的因素、质的因素和空间因素等方面的要求。

1）清晰度

在室内音质评价中，对于语言信号，有一个定量的评价标准，即清晰度。语言的清晰度常用“音节清晰度”表示。它是指在某种声学条件下，听者能够正确听到的音节数占发音人发出的全部音节数的百分比。

2）量的因素

量的因素又称音量感或力度。其评价标准主要是响度与丰满度。响度就是人们感受到的声音的大小，足够的响度是室内具有良好音质的条件。对于语言要求有 60 ~ 80 方；对于音乐，响度要求有一个较大的变化范围，如 50 ~ 100 方，或者更高。人们在室内听闻感到声音有“余音”，声音一出，整个房间都在响应，声音比在室外丰满、有力。这就是丰满度的含义。与响度相对应的物理量是声压级。与丰满度相对应的物理量主要是混响时间，所以丰满度又称混响感。

3）质的因素

质的因素主要指对声源音色的保持和美化。保持声源固有的音色，不会由于室内声学条件产生失真，是质的因素的基本评价标准。此外，特别对于音乐，还要求室内的声学条件能对声源音色有适当的美化，其评价常用“温暖”、“明亮”、“华丽”等词表现。与质的因素相对应的物理指标主要是混响时间的频率特性以及早期衰减的频率特性。

4）空间因素

空间因素指室内的声学条件给予听者的一种空间感觉，包括听者根据声音对声源方向的判断（方向感）、距声源远近的判断（距离感）等。在一个大的厅堂中，如果由于室内声学条件使听者感到演唱、演奏的声音如同在较小的厅内所听到的，即距离感较近，称做有“亲切感”。这是音乐厅特别是大型音乐厅所需要的。在音乐用大厅中，还有一个属于空间感觉的评价，即“围绕感”。它是指人们在厅内被演唱、演奏声所包围的感觉，特别是对于交响乐，具有这种感觉是很重要的。以上各个属于空间因素的评价，与反射声的强度、时间分布和空间分布有密切的关系。

2. 音质评价物理指标

音质的好坏最终是由听众的主观评价来判定的，但进行实际的音质设计时，还必须借助与音质的主观评价有关的物理指标。

1）混响时间

第一个与音质有关的物理指标就是混响时间，即室内稳态声压级衰减 60 dB 所经历的时间。它是由美国著名声学家 W. C. Sabine（1868 ~ 1919）于 1898 年确定的。他还通过试验确定了计算混响时间的公式，即著名的赛宾公式。

2）早期侧向反射声能比

20 世纪 60 年代以来，声学家们研究发现早期侧向反射声能与良好的音质空间感有关。此后，人们对侧向反射声开始予以特别注意，据此提出若干评价指标，可以以侧向效率为代表。侧向效率 LE 定义为

$$LE = \frac{\text{早期侧向声能}(25 \sim 80\ \text{ms})}{\text{早期总声能}(0 \sim 80\ \text{ms})} \tag{4-17}$$

3）声压级与响度指标

为了使语言和音乐听起来清晰、不费劲，甚至有快感，就必须有一定的响度，即必须有一定的声压级和信噪比。一般而言，对语言声声压级要求较低，而对音乐声声压级要求高一些，这样听起来才过瘾。所谓信噪比，指的是语言声或音乐声信号的声压级高出背景噪声级的值。同时，共同的要求是背景噪声声压级要低。

4）混响时间频率特性

为了使音乐各声部声音平衡，音色不失真，还必须照顾到低、中、高频声音的均衡。这就要求混响时间的频率特性要平直。由于人耳对低频声音的宽容度较大，同时室内的装饰材料和构造通常对中、高频声音的吸收较大，所以低频混响时间允许有 15% ~20% 的提高。因此，房间较理想的混响时间频率特性应符合图 4-4 的要求。

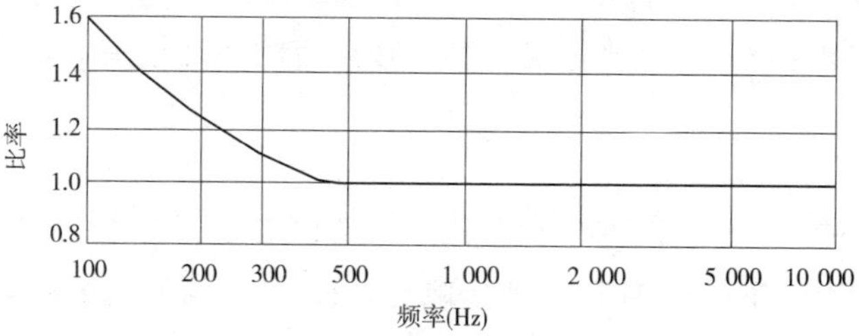

图 4-4　混响时间频率特性

（二）音质物理指标与主观评价的关系

要搞清楚音质主客观评价参量之间的关系是一个困难的课题。通过一系列研究，现在声学界趋于比较一致的看法是，良好的音质感受主要有以下几个方面：①在混响感（丰满度）和清晰度之间有适当的平衡；②具有适当的响度；③具有一定的空间感；④具有良好的音色，即低、中、高音适度平衡，不畸变，不失真。

混响时间是与第一音质感受密切相关的物理指标。这是因为如果房间的混响时间过长，则前面音节的混响声会遮蔽后面音节的混响声，特别是强的音节会遮蔽其后的弱音节，导致清晰度下降。但是混响时间过短，则表明界面反射声过弱，声吸收过大，就会影响丰满度。一般来讲，对以听语言声为主的房间，如教室、演讲厅、话剧院，混响时间不可过长，以 1 s左右为宜，而对以听音乐为主的房间，如音乐厅等，则希望混响时间较长些，如达到 1.5 ~2 s。最佳混响时间，还跟音乐的类型和题材有关。总之，必须针对具体房间的主要用途选择最佳混响时间，才可以达到丰满度和清晰度之间的适当平衡。

声压级是与第二音质感受密切相关的物理指标。对语言声和音乐声可以选择不同的声压级标准。对于语言声，一般要求 50 ~55 dB，信噪比要达到 10 dB。若房间大部分座位处的声压级达不到此要求，就要考虑用扩声系统来弥补声压级的不足或提高信噪比。对于音乐

声，一般要求声压级为75～96 dB。声压级和信噪比还与可懂度和清晰度有关。当声压级很低时，只有全神贯注地听，才能听清听懂，比较费劲。但如果声压级过高，也会影响清晰度。

与第三音质感受有关的物理指标主要是早期侧向声能与早期总声能之比以及双耳听闻的相干性指标。对音乐厅音质设计而言，就是要求观众厅的侧墙距离不要过大，侧墙宜修建成坚硬的声反射面或布置专用的反射板。最好使反射声在垂直于听众两耳连线的面中成±(55°±20°)的角度范围到达听众。至于在室内聆听立体声的音响效果时，由于这时立体声的空间感是由扬声器组经立体声技术处理后提供的，所以对建筑声学的要求就有所不同。

与第四音质感受有关的物理指标主要是混响时间的频率特性。

（三）室内声环境的标准

1. 室内允许噪声级

在室内音质设计与噪声控制设计中，常需对背景噪声进行频谱分析。根据人的听觉特性以及噪声对语言声的掩蔽特性，对不同频率的噪声可以限制在不同的声压级水平上。因此，在某些情况下，需要针对不同频率规定不超过某一声压级要求的噪声标准曲线。

1971年，国际标准化组织（ISO）采用 *NR* 曲线来评价室内噪声环境（见图4-5）。根据不同使用要求的房间，可采用不同的 *NR* 评价数作为背景噪声标准。

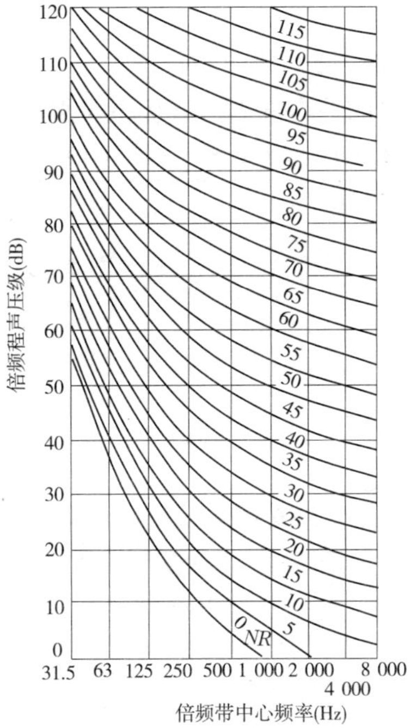

图4-5　噪声评价曲线 *NR*

表4-8是我国关于各类主要民用建筑室内允许的噪声 *NR* 评价数（我国广播电影电视部制订的“广播电教中心技术用房”标准中规定广播剧、电视剧录音室的允许噪声为 *NR*－10）。达到某一 *NR* 数的噪声，其声级应不超过相应的A声级值，也于表中列出。

2. 保护听力的噪声允许标准

噪声对健康的影响，目前仍主要从听力保护出发加以控制。我国制定的《工业企业卫生标准》，规定每天工作8 h，室内允许等效声级 L_{Aeq} 对新建企业为85 dBA，对老企业为90

dBA。工作时间减半,允许噪声标准提高 3 dB。例如,在老企业车间里,如每天工作 4 h,允许 L_{Aeq} 为 93 dB;如每天工作 2 h,则允许 L_{Aeq} 为 96 dB,以此类推,但最高不超过 115 dB。一些国家还规定了脉冲声的峰值声压级不得超过 140 dB,但我国尚未对此作出规定。此标准虽然是针对工业企业而言的,但对于其他高噪声级的室内环境,如舞厅等,也可以参照执行,因为制定该标准是从保护听力的原则出发的。

表 4-8　部分民用建筑的允许噪声级

类别	*NR* 评价数	A 声级(dBA)	类别	*NR* 评价数	A 声级(dBA)
播音、录音室	15	30	住宅	30	42
音乐厅	20	34	旅馆住房	30	42
电影院	25	38	办公室	35	46
教室	25	38	体育馆	35	46
医院病房	25	38	大办公室	40	50
图书馆	30	42	餐厅	40	50

3. 环境噪声允许标准

我国于 1993 年颁布的《城市区域环境噪声标准及其测量方法》(GB 3096—1993)规定了保障城市居民生活声环境质量的城市五类区域环境噪声标准值,如表 4-9 所示。

表 4-9　城市区域环境噪声标准值

<table>
<tr><th>类别</th><th>昼间(dBA)</th><th>夜间(dBA)</th><th>类别</th><th>昼间(dBA)</th><th>夜间(dBA)</th></tr>
<tr><td rowspan="2">疗养院、高级别墅区、高级宾馆区</td><td rowspan="2">50</td><td rowspan="2">40</td><td>居住、商业、工业混杂区</td><td>60</td><td>50</td></tr>
<tr><td>工业区</td><td>65</td><td>55</td></tr>
<tr><td>居住、文教区</td><td>55</td><td>45</td><td>交通干道两侧</td><td>70</td><td>55</td></tr>
</table>

表 4-9 中所列的标准值为户外允许噪声级。测点选在建筑物外,离开建筑物不小于 1 m 处,传声器离地面不小于 1.2 m。由于室内噪声级与户外噪声级有密切关系,通常住宅开窗时,若室内无附加声源,室内噪声级比室外噪声级可衰减 10 dB 左右。因此,室内声环境设计也需要了解环境噪声允许标准。

四、室内噪声控制

(一)噪声控制原则

噪声是一种造成空气物理性质的暂时性污染,噪声源的声输出停止以后,污染立即消失,不留下任何残余物质。噪声的防治主要是控制声源的输出和声的传播途径,以及对接收者进行保护。显然,若条件允许,首先在声源处降低噪声是最根本的措施。例如,打桩机在施工时严重影响附近住户,若对每个住宅采取措施,势必花费较多,而将打桩机由气锤式改为水压式,就可以彻底解决噪声干扰。又如,降低汽车本身发出的噪声则会使沿街建筑的隔声处理较为简易。

（二）室内噪声控制方法

1. 噪声源的控制

降低声源噪声辐射是控制噪声最根本和最有效的措施。在声源处即使只是局部地减弱了辐射，也可使控制中间传播途径或接收处的噪声变得容易。可通过采取改进结构设计、改进加工工艺、提高加工精度等措施来降低噪声的辐射，还可以采取吸声、隔声、减振等技术措施，以及安装消声器来控制声源的噪声辐射。

2. 在传播路径上降低噪声

（1）声在传播中的能量是随着距离的增加而衰减的，因此使噪声源远离安静的地方，可以达到一定的降噪效果。

（2）声源的辐射一般有指向性，处在与声源距离相等而方向不同的地方，接收到的声音强度也就不同。低频的噪声指向性很差，随着频率的增高，指向性就增强。因此，控制噪声的传播方向（包括改变声源的发射方向）是降低高频噪声的有效措施。

（3）建立隔声屏障或利用天然屏障（土坡、山丘或建筑物），以及利用其他隔声材料和隔声结构来阻挡噪声的传播。

（4）应用吸声材料和吸声结构，将传播中的声能吸收消耗。面对固体振动产生的噪声应采取隔振措施，以减弱噪声的传播。

（5）还可在接收点采取佩戴护耳器（如耳塞、耳罩、防噪头盔等）、减少在噪声中暴露的时间等防护措施。

（6）在城市建设中，采用合理的城市防噪规划。

3. 掩蔽作用降低噪声

在许多情况下，可以利用电子设备产生的背景噪声来掩蔽令人讨厌的噪声，以解决噪声控制问题。这种人工噪声通常被比喻为“声学香料”或“声学除臭剂”，它可以有效地抑制突然干扰人们宁静气氛的声音。通风系统、均匀的交通流量或办公楼内正常活动所产生的噪声，都可以成为人工掩蔽噪声。

在带有园林的办公室内，利用通风系统产生的相对较高而又使人易于接受的背景噪声，来掩蔽打字机、电话、办公用机器或响亮的谈话声等不希望听到的办公噪声是很有好处的，同时能创造一个适宜的宁静环境。

在分组教学的教室里，由几个学习小组发出的声音，向各个方向扩散，因在一定程度上彼此互相干扰抵消，也可以成为一种特别的掩蔽噪声。如果有条件，还可以适当地增加分布均匀的背景音乐，使其成为更有效的掩蔽噪声。

第四节　建筑室内光环境

一、室内光环境基本知识

光污染是指过量的光辐射对人类的室内外环境造成不良影响的现象，主要是指可见光污染，又叫噪光。可见光污染比较多见的是眩光。目前，由于城市中高楼建筑大量使用玻璃幕墙而使市区内到处充斥着眩目的噪光。光污染的另外一种形式——视觉污染，指城市环境中杂乱的视觉环境，如杂乱的电线和电话线、垃圾废物、乱七八糟的货摊以及五颜六色的广告招贴等。激光污染也是光污染的一种特殊形式,近年来由于激光在医学、生物学、物理学、化学、环境监测、天文学以及工业等多方面的应用日益广泛,激光污染也越来越受到人们的重视。

光污染主要损伤人体的视觉系统,长期暴露于强光下,使视觉敏锐度降低、视力下降。其中,以激光对眼睛的损伤最大。此外,视觉污染可使人情绪低落、心情烦闷等,从而影响身心健康。光污染的防护措施主要有:加强城市规划和管理,减少光污染的来源;加强对激光的管理,采取必要的防护措施;搞好个人防护等。

生活中的光一般有两类:一是自然光,二是人造光。不论是哪种光源,若处理不好都会危害人体健康。有的家庭在装饰装修选用灯具和光源时往往忽视合理的采光需要,仅考虑豪华的一面,把灯光设计成五颜六色、刺眼耀目。耀眼的灯光除对人眼睛危害甚大外,还能干扰大脑中枢高级神经的功能,使有的人头晕目眩、站立不稳或头痛、失眠、注意力不集中、食欲下降等。它对婴幼儿及儿童的健康影响更大,较强的光线会削弱婴幼儿的视力。

(一)光的性质

"光"这个概念,从不同的角度、不同的层次可以有不同的理解。从纯粹的物理意义上讲,"光"是电磁波,是所有形式的辐射能量,这是一种广义的理解。而通常,人们却是把对光的感觉,即光刺激眼睛所引起的感觉叫做"光",并不是所有的辐射都能引起人们的感觉。因此,在很多情况下,人们所说的光是指能够为人眼所感觉到的那一小段可见光谱的辐射能,其波长范围是380~780 nm。长于780 nm的红外线、无线电波等,以及短于380 nm的紫外线、X射线,都不能为人眼所感受,因此就不属于"光"的范畴了。

因此,"光"的本质包含了三层意思:一是有可见的辐射波,二是有良好的视觉器官,三是二者相互作用引起的视觉效果。不同波长的光在视觉上形成不同的颜色。在带有多种光谱成分的光源中,如果某一部分占的比例较大,就呈现出那个波长对应的颜色。

(二)视觉特性

视觉特性是指光射入人眼内发挥刺激作用产生视知觉的综合。人的视知觉只能通过眼睛来完成。而人眼的构造,决定了其具有以下视觉特性。

1. 视觉感受

位于视网膜外侧的光感受器有两种类型。这些感受器分别对不同波长的光波起作用,这样就产生了两种不同类型的视觉,即锥体视觉和杆体视觉,如图4-6所示。

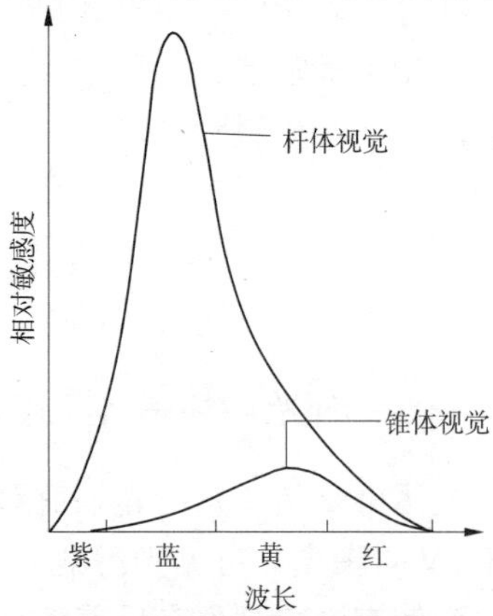

图4-6 人眼的敏感度

1) 锥体视觉

在照度正常的情况下,锥体细胞对光色刺激发挥作用。这时,人眼看到的光是有颜色的,而且对外界的亮度变化的适应能力强。

2) 杆体视觉

在非常低的照度水平条件下,杆体细胞发挥作用。这些杆体细胞要比锥体细胞敏感得多,但这时我们看到的光却是没有颜色的,并且对外界亮度变化的适应能力低。

2. 视觉术语

1) 视觉灵敏度

人眼辨认物体细部形状的能力称为视觉灵敏度，在医学上称为视力。它存在着个人的差异。在通用的国际眼科学会兰道尔环测量标准中，规定在 5 m 的视距上能辨别 1′的开口时，视力为 1.0。

2) 视野

当人的头部和双眼不移动时所能看到的空间范围称为视野。由于感光细胞在视网膜上的分布状况，以及脸部及其他部分的妨碍，视野的上下左右是不均等的。通常，视野的下部和右部较大。在视轴 1°～1.5°范围内具有最高的视觉灵敏度，能分辨最细小的细部，称为中心视野。

3) 适应

适应是指在视野中人眼为适应所观察到的物体的亮度和色彩而进行调整的过程。

4) 光视效能

人眼对能量相同，但波长不同的光所感受到的敏感程度是不一样的。例如，一个绿光和一个紫光，当它们的辐射功率相同时，人眼会感觉到绿光比紫光亮很多。人眼的这种特性，常用相对光谱光效率曲线 $V(\lambda)$ 来表示。

(三) 基本光度单位

在光环境设计中，需要用一些物理量来进行计算以保证光环境质量的要求。这些物理量以光通量为基础，形成一个光度量的体系，其中最基本的有光通量、发光强度、照度及亮度。

1. 光通量

辐射体以电磁辐射的形式向四面八方辐射能量。单位时间内辐射体辐射的能量称辐射功率或辐射通量(W)。相应的辐射通量中被人眼感觉为光的那部分能量称为光通量，即在波长 380～780 nm 范围内辐射出的并被人眼感觉到的辐射通量。

光通量是说明光源发光能力的基本量，单位为流明(lm)。它是描述光源基本特性的参数之一。如 100 W 普通白炽灯发出的光通量为 1 250 lm，40 W 日光色荧光灯发出的光通量为 2 000 lm。

2. 发光强度

光通量只说明了光源的发光能力，并没有表示出光源所发出的光通量在空间的分布情况。例如，同样是 100 W 普通白炽灯，带有灯罩和不带灯罩在室内形成的光分布是完全不同的。因此，仅仅知道光源光通量是不够的，还必须了解表示光通量在空间分布状况的参数，即光通量的空间密度，称为发光强度，常用符号 I 表示。光源在某一方向的发光强度定义为光源在这个方向上单位立体角内发出的光通量，单位为坎德拉(cd)，即

$$I = \frac{\mathrm{d}\Phi}{\mathrm{d}\Omega} \tag{4-18}$$

发光强度和光通量均是描述光源特性的参数，二者缺一不可。一只 40 W 白炽灯泡在其正下方具有 30 cd 的发光强度；若在其上加一白色搪瓷灯罩，灯的正下方发光强度能提高到 80～100 cd；若配上一个聚焦合适的镜面反射灯罩，则灯下方的发光强度可以高达数百坎

德拉。在后两种情况下，光源的光通量没有任何变化，只是光通量在空间的分布更为集中。

3. 照度

对于被照面而言，常用落在其单位面积上的光通量的数值表示它被照射的程度，这就是常用的照度，记做 E，表示被照面上的光通量密度。若照射到表面一点面元上的光通量为 $d\Phi$(lm)，该面元的面积为 dA(m^2)，则有

$$E = \frac{d\Phi}{dA} \tag{4-19}$$

照度的常用单位为勒克斯(lux，lx)，等于 1 lm 的光通量均匀分布在 1 m^2 的被照面上。晴天中午室外地平面上的照度为80 000 ~ 120 000 lx；阴天中午室外地平面上的照度为8 000 ~ 20 000 lx；在装有 40 W 白炽灯的台灯下看书，桌面照度平均值为 200 ~ 300 lx；而月光下的照度只有几个勒克斯。

照度可以直接相加，几个光源同时照射被照面时，其上的照度为单个光源分别存在时形成的照度的代数和。

4. 亮度

由于一个发光体在视网膜上成像所形成的视感觉与视网膜上的物像的照度成正比，物像的照度越大，人们就会感觉越亮。而该物像的照度是与发光体在视线方向的投影面积成反比，与发光体在视线方向的发光强度成正比。光亮度简称亮度，是发光体在某一方向上单位面积的发光强度，以符号 L_θ 表示，亮度可表示为

$$L_\theta = \frac{dI_\theta}{dA\cos\theta} \tag{4-20}$$

（四）色彩的基本概念

1. 色彩的特性

色彩来源于光，可见光包含的不同波长单色辐射在布局上反映出不同的颜色。直接看到的光源的颜色称为表观色；光投射到物体上，物体对光源的光谱辐射有选择地反射或透射对人眼所产生的颜色感觉称为物体色。

色彩包括有彩色和无彩色两大类。任何一种有彩色都具有三大属性：色相（色彩的相貌）、明度（色彩的敏感程度）、彩度（色彩的鲜艳程度，也叫饱和度）。

无彩色包括白色、黑色以及中间不同层次的灰色。它们只有明度上的变化，没有色相和彩度的区别。

2. 色彩系统

目前，国际上使用较普遍的表色系统有孟塞尔表色系统和 CIE1931 标准色度系统。它们不但用符号和数字规定了千万个颜色品种，而且在不同程度上揭示了色彩形成和组成的科学规律。

1）孟塞尔表色系统

孟赛尔表色系统按颜色的三个基本属性，即色相（H）、明度（V）和彩度（C）对颜色进行分类和标定。这是目前国际通用的物体色表色系统。孟赛尔用色样以等感觉尺度排列成一个三维空间体系，该体系称孟赛尔色空间或色立体。在一个色立体中，中轴是无色的，称为明度轴，表示色样表面的明亮程度，该轴从下方理想黑色至上方理想白色被均匀分成 0 到

10 共 11 个明度等级。

在色立体中垂直于中轴的每一平面上的色样中，有不同的色相（或色调）和不同的彩度（或称色饱和度），但是这一平面上的明度是相同的。在垂直于中轴的平面上，以中轴为圆心画出一个圆，在圆周上分成若干个等份，每一间隔点代表一个色相，这些色调又分为：红（R）、黄红（YR）、黄（Y）、绿黄（GY）、绿（G）、蓝绿（BG）、蓝（B）、紫蓝（PB）、紫（P）和红紫（RP）等 10 个色相，每个色调点和中轴所构成的半平面上有相同的色相。

在色立体中，用与中轴的距离表示彩度。距中轴越远，彩度越大。彩度表示颜色的鲜艳程度，如深红色的彩度就比粉红色的彩度大。

由于孟赛尔表色系统具有视觉上相等感觉尺度的特点，用于色匹配比较合适，因此在纺织、印染、印刷、涂料和化学薄膜等工业中的配色命名上经常使用。

2）CIE 标准色度系统

国际照明委员会（CIE）1931 年推荐的 CIE 标准色度系统是比孟赛尔表色系统用途更广泛的另一种表色方法。它不但能标定光源色，还能标定物体色，而且通过色度计算能预测两种颜色混合或改编后物体呈现的颜色，这一系统为颜色的物理测量奠定了基础。CIE 标准色度系统的特点是用严格的数学方法来计算和规定颜色，使用这一系统，任何一种颜色都能用两个色坐标在色度图上表示出来，但在计算上比较复杂。

（五）舒适光环境的要素与评价标准

什么样的光环境能满足视觉的要求，是确定设计标准的依据。良好光环境的基本要素可以通过使用者的意见和反应得到，为了建立人对光环境的主观评价与客观评价之间的对应关系，世界各国的科学工作者进行了大量的研究工作，通过大量视觉功效的心理物理试验，找出了评价光环境质量的客观标准，为制定光环境设计标准提供了依据。舒适光环境要素包括以下几方面。

1. 适当的照度或亮度水平

研究人员对办公室和车间等工作场所在各种照度条件下感到满意的人数百分比做过大量调查。发现随着照度的增加，感到满意的人数百分比也在增加，最大百分比处于 1 500 ~ 3 000 lx。照度超过此数值，对照度满意的人反而减少，这说明照度或亮度要适量。物体亮度取决于照度，照度过大，会使物体过亮，容易引起视觉疲劳和眼睛灵敏度的下降。

不同工作性质的场所对照度值的要求不同，适宜的照度应当是在某具体工作条件下，大多数人都感觉比较满意且保证工作效率和精度均较高的照度值。

2. 合理的照度分布

规定照度的平面称参考面，工作面往往就是参考面。通常，假定工作面是由室内墙面限定的距地面高 0.70 ~ 0.80 m 的水平面。原则上，任何照明装置都不会在参考面上获得绝对均匀的照度值。考虑到人眼的明暗视觉适应过程，参考面上的照度应该尽可能地均匀，否则很容易引起视觉疲劳。一般认为空间内照度最大值、最小值与平均值相差不超过 1/6 是可以接受的。

3. 舒适的亮度分布

人眼的视野很宽，在工作房间里，除视看对象外，工作面、顶棚、墙、窗户和灯具等都会进入视野，这些物体的亮度水平和亮度对比构成人眼周围视野的适应亮度，如果它们与中心视野内的工作对象亮度相差过大，就会加重眼睛瞬时适应的负担，或产生眩光，降低视觉功效。此外，房间主要表面的平均亮度形成房间明亮程度的总印象，其亮度分布使人产生不同的心理感受。因此，舒适并且有利于提高工作效率的光环境还应该具有合理的亮度分布。

4. 宜人的光色

光源的颜色质量常用两个性质不同的术语来表征，即光源的表观颜色（色表）和显色性，后者是指灯光对其所照射的物体颜色的影响作用。光源色表和显色性都取决于光源的光谱组成，但不同光谱组成的光源可能具有相同的色表，而其显色性却大不相同。同样，色表完全不同的光源可能具有相同的显色性。因此，光源的颜色质量必须用这两个术语同时表示，缺一不可。

5. 避免眩光干扰

当视野内出现高亮度或过大的亮度对比时，会引起视觉上的不舒适、烦恼或视觉疲劳，这种高亮度或亮度对比称为眩光。它是评价光环境舒适性的一个重要指标。若这种高亮度或大亮度对比被人眼直接看到，称为直接眩光；若是从视野内的光滑表面反射到眼睛的，则称为反射眩光或间接眩光。反射眩光难以避开，比直接眩光更让人感到不适。

6. 光的方向性

在光的照射下，室内空间结构特征、人和物都能清晰而自然地显示出来，这样的光环境给人的感受就生动了。一般来说，照明光线的方向性不能太强，否则会出现生硬的阴影，令人心情不愉快；但光线也不能过分漫射，以致被照物体没有立体感，平淡无奇。

二、室内装饰材料的光学特性

人们在建筑物内看到的光，绝大多数是经各种物件及壁面反射或透射的光。所以，如果选用不同的装饰材料，就会在室内形成不同的光效果。比如透光，如果窗户装的是透明玻璃，那么从室内就可以清晰地看到室外的景观；但如果用的是磨砂玻璃，效果就完全不同了，不仅看不清室外景物，而且室内的采光效果也相差很多。前者阳光射入室内，光线射到的地方很亮，但其余地方就较暗；后者使光线向各个方向扩散，整个房间都较明亮。由此可见，我们应该了解各种装饰材料的光学性质，根据不同的要求，选取不同的材料，以获得理想的室内光环境。

（一）反光材料与反光系数

表 4-10 列出了常见的室内装饰材料的反光系数值，可供采光及照明设计时参考，但如果是特定材料，在使用前还要进行反光及透光系数的测定。

反射后光线的空间分布，取决于材料表面的光洁程度和材料内部的结构。一般有两种基本形式：定向反射和扩散反射。当然，许多实际材料表面的光反射大多是这两者的组合。

1. 定向反射

光线射到非常光滑的不透明材料表面时，就会发生定向反射，也称镜面反射。很光滑的金属表面、玻璃等均属于这种类型。这时，在反射光线的方向上，人们可以较清晰地看到光源的形象。但如果稍稍偏离这个方向，就看不见了。利用定向反射材料的这种特性，在室内装饰及布置时，可以将这种材料放在适当的位置，以便在所需的地方得到反射光，或者可以避免光源在视线内出现。比如在布置灯具时，就需考虑在工作区、工作面上获得最佳的照度，而同时又不能让光源反射到人的眼睛而形成眩光。

表 4-10　常见室内装饰材料的反光系数值

序号	材料	反光系数值	序号	材料	反光系数值
1	石膏	0.91	12	菱苦土地面	0.15
2	大白粉刷	0.75	13	混凝土地面	0.20
3	水泥砂浆抹面	0.32	14	沥青地面	0.10
4	白水泥	0.75	15	铸铁、铜板地面	0.15
5	白色乳胶漆	0.84	16	广漆地板	0.10
6	调和漆 白色、米黄色 中黄色	 0.70 0.57	17	塑料墙纸 黄白色 蓝白色 浅粉白色	 0.72 0.61 0.65
7	塑料贴面板 浅黄色木纹 中黄色木纹 深棕色木纹	 0.36 0.30 0.12	18	浅色织品窗帷	0.30～0.50
			19	粗白窗纸	0.30～0.50
			20	红砖	0.33
8	胶合板	0.58	21	灰砖	0.23
9	水磨石 白色 白色间灰黑色 白色间绿色 黑灰色	 0.70 0.52 0.66 0.10	22	大理石 白色 乳色间绿色 红色 黑色	 0.60 0.39 0.32 0.08
10	陶砖锦砖 白色 浅蓝色 浅咖啡色 深咖啡色 绿色	 0.59 0.42 0.31 0.20 0.25	23	无釉陶土地砖 土黄色 朱砂	 0.53 0.19
11	瓷釉面砖 白色 黄绿色 粉色 天蓝色 黑色	 0.80 0.62 0.65 0.55 0.08	24	玻璃 普通玻璃 压花玻璃 磨砂玻璃 乳色玻璃 镜面玻璃	 0.08 0.15～0.25 0.15～0.25 0.60～0.70 0.88～0.99

2. 扩散反射

根据材料扩散程度的不同，可分为均匀扩散反射材料和定向扩散反射材料两种。

1）均匀扩散反射材料

均匀扩散反射材料将入射光线均匀地向全空间反射。因此，在各个方向和角度，反射的亮度完全相同,可又看不见光源,如石膏、氧化镁等就属于这种材料。同时,大部分粗糙、无光泽的建筑材料(如粉刷、砖墙等)都可以看成是这类材料。

2)定向扩散反射材料

定向扩散反射材料兼有定向反射和完全扩散反射两种特性,可以说是这两种形式的组合。它的反射光线出现在一定范围内,在定向反射方向上具有最大的亮度,在该方向附近的某一区域内,也有一定的亮度。但其扩散范围不是全空间的,离开了某个区域,就没有反射光线了。

定向扩散反射材料有油漆表面、较粗糙的金属表面等。这时,在反射方向可以看到模糊的光源形象,但不像定向反射那么清晰。

(二)透光材料与透光系数

根据透射后光线在空间的分布情况,可以把透光材料分为两大类:定向透光材料和扩散透光材料。表4-11给出了一些常用的透光材料的透光系数。

表4-11　常用的透光材料的透光系数

序号	材料	厚度(mm)	透光系数
1	普通玻璃	3~6	0.78~0.82
2	钢化玻璃	5~6	0.78
3	磨砂玻璃	3~6	0.55~0.60
4	压花玻璃(花纹深密)	3	0.57
	压花玻璃(花纹浅稀)	3	0.71
5	乳白玻璃	1	0.60
6	无色有机玻璃	2~6	0.85
7	乳白有机玻璃	3	0.20
8	玻璃砖	—	0.40~0.50
9	聚苯乙烯板	3	0.78
10	聚氯乙烯板	2	0.60
11	聚碳酸酯板	3	0.74
12	钢纱窗(绿色)	—	0.70
13	半透明塑料(白色)	—	0.30~0.50
	半透明塑料(深色)	—	0.01~0.10
14	天鹅绒(黑色)	—	0.001~0.10
15	糊窗纸(本色)	—	0.35~0.50

1.定向透射

光线射到很光滑的透明材料上,会发生定向透射。如果材料的两个表面相互平行,则透过材料的光线和入射方向保持一致,但是透射后的亮度和光强将会减弱。这就是我们在玻璃的一侧可以很清晰地看到另一侧的景物,但亮度有所下降的原因。但是,如果玻璃内部的质量不好,厚薄不均或两个表面不平行,则光线在两个表面的折射方向不一致,透射光线也就偏离了原方向,这会使光源形象受到歪曲,显得模糊不清。刻花玻璃就是利用这种特性制成的,其表面的花纹使玻璃两表面不平行,使得一侧的景物不被另一侧看到,同时又不会过分影响光线的透射，而保持室内的采光效果。

2. 扩散透射

半透明材料可使入射光线发生扩散透射，根据扩散的程度，又可分为均匀扩散透射和定向扩散透射两种。

1）均匀扩散透射

均匀扩散透射与均匀扩散反射相似，这类材料将入射光线均匀地向四面八方透射。各个方向所看到的亮度相同，可又看不到光源形象。乳白玻璃、半透明塑料等就属于这种材料，透过它们看不见光源的形象，常用于灯罩及发光顶棚的透光。它们可以降低光源的亮度，以减少对眼睛的强烈刺激，也可以使透过的光线均匀分布。

2）定向扩散透射

这种材料有定向和扩散两种特性，如磨砂玻璃，透过它可以看到光源的大致情况，但轮廓不清晰。

（三）污染对材料光学特性的影响

受环境污染，室内装饰材料的光学性质会随着时间的推移而受到影响。例如，在天然采光中，随着使用时间的增加，窗玻璃会积累各种尘垢等污染物，使其透光系数受到折减。而室内的饰面如果受到污染会退色，也会降低其反光系数。

各种材料由于环境污染的影响而使其光学特性降低的程度，称为污染减光系数 τ_w（%）。它是对材料光学特性所打的一个折扣。

材料的减光系数与房间的污染程度有关，也与材料的位置及布置方式有关。表4-12是玻璃受污染后的减光系数，它是按6个月擦一次的情况确定的。

表4-12　玻璃受污染后的减光系数

房间污染程度	玻璃安装角度		
	水平	45°	垂直
清洁	0.60	0.75	0.90
一般	0.45	0.60	0.75
严重污染	0.30	0.45	0.60

三、天然光环境与人工光环境

（一）天然光环境设计原理

1. 天然采光特点

（1）光效高：104 lm/W。

（2）视觉效果好，不易导致视觉疲劳。

（3）健康，连续的单峰值光谱满足人的心理和生理需要。

（4）难度大，受光气候条件和建筑设计制约。

（5）采光与遮阳有矛盾。

2. 天然光环境的评价方法

1）采光系数

采光系数是指在全阴天条件下，室内测量点直接或间接接受天空扩散光所形成的水平

照度 E_n 与室外同一时间不受遮挡的该天空扩散光在水平面上产生的照度 E_w 的比值,以百分数表示为

$$C = \frac{E_n}{E_w} \times 100\% \tag{4-21}$$

式中 C——室内所选择的测量点的采光系数(%);

E_n——在测量点的天然光照度,lx;

E_w——与 E_n 同一时间,室外无遮挡的天空扩散光在水平面上产生的照度,lx。

2)采光系数的标准值

作为采光设计目标的采光系数标准值,是根据视觉工作的难度和室外的有效照度确定的。室外有效照度也叫临界照度,这是人为设定的一个照度值。由于室外天然光照度是逐时变化的,室内也不可能全天采用天然光,所以只有当室外照度高于临界照度时,才考虑室内完全采用天然光照明,以此规定最低限度的采光系数标准。所以说,室外临界照度值相当于可利用天然光的室外照度值下限。

表4-13列出了我国工业企业作业场所工作面上的采光系数标准值。

表4-13 我国工业企业作业场所工作面上的采光系数标准值

采光等级	视觉工作特征		侧面采光		顶部采光	
	工作精确度	识别对象的最小尺寸 d(mm)	室内天然光临界照度(lx)	采光系数最低值 C_{min}(%)	室内天然光临界照度(lx)	采光系数平均值 C_{av}(%)
Ⅰ	特别精细	$d \leqslant 0.15$	250	5	350	7
Ⅱ	很精细	$0.15 < d \leqslant 0.3$	150	3	225	4.5
Ⅲ	精细	$0.3 < d \leqslant 1.0$	100	2	150	3
Ⅳ	一般	$1.0 < d \leqslant 5.0$	50	1	75	1.5
Ⅴ	粗糙	$d > 5.0$	25	0.5	35	0.7

3.采光口与室内光环境

天然采光口按其所处的位置可分为侧窗和天窗两类。

1)侧窗

侧窗可以用于任何有外墙的建筑内。但由于它的照射范围有限,故一般只用于进深不大的房间采光,这种采光形式称为侧窗采光。侧窗采光是最容易实现并最常用的采光方式。

侧窗可以开在墙的一侧或同时开在两侧,透过侧窗的光线有强烈的方向性,有利于形成阴影,对观看立体物件特别适宜,并可以直接看到外界景物,视野宽阔,满足了建筑通透感的要求,故得到了普遍的使用。侧窗窗台的高度通常为1 m左右。有时,为获得更多的可用于墙面或提高房间深处的照度,可能会将窗台的高度提高到2 m以上靠近顶棚处,这种窗口称为高侧窗。在高大车间、厂房和展览馆建筑中,高侧窗是一种常见的采光口形式。

2)天窗

利用房屋屋顶设置的采光口称天窗,这种采光方式称天窗采光或顶部采光。任何有屋

顶的室内空间均可使用天窗采光。由于天窗位于屋顶上,在开窗形式、面积、位置等方面受到的限制较少,因而无论从分布方式和数量上,都容易控制室内照度。一般用于大型工业厂房和大厅房间,这些房间面积大,侧窗采光不能满足视觉要求,故需用顶部采光来补充。天窗与侧窗相比,有以下特点:①采光效率较高,约为侧窗的 8 倍;②具有较好的照度均匀性;③一般很少受到室外遮挡。按使用要求的不同,天窗又分为多种形式,如矩形天窗、锯齿形天窗、平天窗、横向天窗和井式天窗。

同时采用两种采光形式时,称为混合采光。

4. 天然采光的控制调节

直射光透过采光口照射到室内,有时会造成照度不均匀,产生眩光与热辐射,不仅损害室内物品,而且过强的光照还导致人体的不舒适。因此,要对采光口采取一定的遮光和控光措施,以调节光量,改善室内照度的均匀性,减少或防止眩光,创造一个舒适的室内环境。

目前,我国常用的遮光、控光的方式有:①窗帘、百叶类控制;②光电玻璃、反射镜等透光材料控制;③绿化控制;④遮阳板控制;⑤天然采光与人工照明联合控制。

5. 混合照明

人们更喜欢在自然光环境下工作,但很难在室内的所有部分提供足够的自然光,为了特殊的情况而需要额外的照明,这样就需要人工照明与自然光照明结合起来使用。这种混合照明系统要尽可能维持自然光的效果。

(二)人工光环境设计原理

1. 人工光源的光特性

一些常用的人工光源的主要光特性指标如表 4-14 所示。

表 4-14　一些常用的人工光源的主要光特性指标

光源种类	普通白炽灯	管形单端卤钨灯	低压卤钨灯	直管形荧光灯	紧凑型荧光灯	荧光高压汞灯	高压钠灯	金属卤化物灯
额定功率范围(W)	10 ~ 1 500	60 ~ 5 000	20 ~ 75	4 ~ 200	5 ~ 55	50 ~ 1 000	35 ~ 1 000	35 ~ 3 500
光效(lm/W)	7.3 ~ 25	14 ~ 30		60 ~ 100	44 ~ 87	32 ~ 55	64 ~ 140	52 ~ 130
平均寿命(h)	1 000 ~ 2 000	1 500 ~ 2 000		8 000 ~ 15 000	5 000 ~ 10 000	10 000 ~ 20 000	12 000 ~ 24 000	5 000 ~ 20 000
一般显色指数 *Ra*	95 ~ 99	95 ~ 99		70 ~ 95	>80	30 ~ 60	23 ~ 85	60 ~ 90
相关色温(K)	2 400 ~ 2 900	2 800 ~ 3 300		2 500 ~ 6 500	2 500 ~ 6 500	5 500	1 900 ~ 2 800	3 000 ~ 6 500
启动稳定时间	瞬时			1 ~ 4 s	10 s	4 ~ 8 min		4 ~ 10 min
再启动时间	瞬时			1 ~ 4 s	10 s	5 ~ 10 min	10 ~ 15 min	10 ~ 15 min
闪烁	不明显			用电子镇流器不明显		明显		

2. 常见人工光源的构造和发光原理

常见的人工光源按其发光原理可分为热辐射光源和气体放电光源。前者靠通电加热钨丝，使其处于炽热状态而发光；后者靠放电产生的气体离子发光。

1）热辐射光源

（1）普通白炽灯。

白炽灯是一种利用电流通过细钨丝产生高温而发光的热辐射光源。它发出的可见光以长波辐射为主，与天然光相比，其光色偏红。因此，白炽灯不适用于需要仔细分辨颜色的场所。此外，白炽灯灯丝亮度很高，易形成眩光。

白炽灯也具有其他一些光源所不具备的优点。如无频闪现象，适用于不允许有频闪现象的场合；高度的集光性，便于光的再分配；良好的调光性，有利于光的调节；开关频繁程度对寿命影响小，适应于频繁开关的场所；体积小，构造简单，价格便宜，使用方便等。所以，白炽灯仍是一种广泛使用的光源。

（2）卤钨灯。

普通白炽灯的灯丝在高温下会造成钨的气化，气化后的钨粒子附着在灯的外玻璃壳内表面，使之透光率下降。将卤族元素，如碘、溴等充入灯泡内，它能和游离态的钨化合成气态的卤化钨。这种化合物很不稳定，在靠近高温的灯丝时会发生分解，分解出的钨重新附着在灯丝上，而卤族又继续进行新的循环，这种卤钨循环作用消除了灯泡的黑化，延缓了灯丝的蒸发，将灯的发光效率提高到 20 lm/W 以上，寿命也延长到 1 500 h 左右。卤钨循环必须在高温下进行，要求灯泡内保持高温，因此卤钨灯要比普通白炽灯体积小得多。碘钨灯呈管状，使用时灯管必须水平放置，以免卤素在一端积聚。

2）气体放电光源

（1）荧光灯。

荧光灯是一种低压汞放电灯。直管型荧光灯灯管的两端各有一个密封的电极，管内充有低压汞蒸气和少量帮助启燃的氩气。灯管内壁涂有一层荧光粉，当灯管两极加上电压后，由于气体放电产生紫外线，紫外线激发荧光粉发出可见光。荧光粉的成分决定荧光灯的光效和颜色。根据不同的荧光粉成分，产生不同的光色，可制成接近天然光光色、显色性良好的荧光灯。荧光灯的光效高，一般可达 60 lm/W，有的甚至可达 100 lm/W 以上。寿命也很长，有的寿命已达到 10 000 h 以上。

荧光灯发光面积大，管壁负荷小，表面亮度低，寿命长，广泛用于办公室、教室、商店、医院和部分工业厂房，但荧光灯与所有气体放电光源一样，其光通量随着交流电压的变化而产生周期性的强弱变化，使人眼观察旋转物体时产生不转动或倒转或慢速旋转的错觉，这种现象称频闪现象，故在观看对象为高速旋转体的场合不能使用。为适应不同的照明用途，除直管型荧光灯外，还有 U 型、环型、反射型等异型荧光灯。

（2）荧光高压汞灯。

荧光高压汞灯的发光原理与荧光灯相同，只是构造不同，其灯泡壳有两层，分透明泡壳层和涂荧光粉层。荧光高压汞灯具有光效高、寿命长的优点，其主要缺点是显色性差，主要发绿、蓝色光。在荧光高压汞灯照射下，物体都增加了绿、蓝色调，使人不能正确分辨颜色，故该灯通常用于街道、施工现场和不需要认真分辨颜色的大面积照明场所。

（3）金属卤化物灯。

金属卤化物灯的构造和发光原理与荧光高压汞灯相似，区别在于灯的内管充有碘化铟、碘化钪、溴化钠等金属卤化物和汞蒸气、惰性气体等，外壳和内管之间充氮气或惰性气体，外壳不涂荧光粉。由电子激发金属原子，直接发出与天然光相近的可见光。金属卤化物灯与汞灯相比，不仅提高了光效，显色性也有很大改进，但寿命较短。由于其光效高、光色好、单灯功率大，故适用于高大厂房和室外运动场照明。

(4)低压钠灯。

低压钠灯是钠原子在激发状态下发出的单色可见光，故不用荧光粉。由于低压钠灯发出的是单色光，故在它的照射下物体没有颜色感，不能用于区别颜色的场所。但是589.0 nm和589.6 nm的单色光接近人眼最敏感的555.0 nm的黄绿光，透雾性很强，故常用于灯塔的指示灯和航道、机场跑道的照明，以获得很高的能见度和节能效果。

(5)高压钠灯。

高压钠灯内管中含99%的多晶氧化铝半透明材料，有很好的抗钠腐蚀能力。管内充钠、汞蒸气和氙气，汞量是钠量的2~3倍。氙气的作用是起弧，汞蒸气则起缓冲剂和增加放电电抗的作用，仍然是由钠蒸气发出可见光。高压钠灯已成为目前一般照明应用的电光源中光效最高、寿命最长的灯。高压钠灯的透雾能力也很强，因此在街道照明方面，高压钠灯的应用非常普及，在高大厂房也有应用高压钠灯的实例。

(6)氙灯。

氙灯光色接近日光色，显色性好、功率大、体积小，紫外线辐射强。因此，氙灯常用于广场、机场、车站、港口大面积照明场所(探照灯)。通常氙灯悬挂高度较高，如3 000 W氙灯，挂高不低于12 m。

(7)HID灯(高强度气体放电灯)。

HID灯是高压汞灯、高压钠灯、金属卤化物灯和氙灯的总称。HID灯主要用于大空间照明和城市景观照明。

3)新型光源

(1)LED灯(发光二极管)。

LED灯是一种半导体发光光源，传统LED灯为红、绿、橙等单色光源，主要用于指示照明。蓝色LED灯的发明，使其可以组合出白色光，改善了光色，提高显色性，而且LED灯寿命很长(可达10万h)。因此，LED灯已逐渐用于建筑照明，其前景相当广阔。

(2)无极灯。

无极灯利用电磁感应原理使汞原子电离产生紫外线，激发荧光物质发光，也称为感应荧光灯。这种光源光效约为65 lm/W，显色指数为85。

(3)微波硫灯。

微波硫灯利用微波电磁场激发硫原子而发光，它也是一种无电极放电灯。这种光源发光效率高，消除了汞金属对环境的污染，是一种绿色照明产品。

(4)光纤照明。

光纤照明实际上是一种组合照明系统，它由光源、集光器、光导纤维和配光器组成。光纤照明常用的人工光源是卤钨灯和金属卤化物灯。它也可以利用天然光作为光源。

3.人工光环境质量及其评价标准

评价人工光环境质量的好坏，不仅应包含物理指标的客观评价，还应包含人们对光环境的主观评价。根据1997年全面实施的《中国绿色照明工程实施方案》,人工光环境还应从节约能源、保护环境的角度予以评价。

1)照度水平

目前,我国在建筑照明方面的通用标准是2004年开始实施的《建筑照明设计标准》(GB 50034—2004)。该标准的照度水平有大幅度提高,对建筑照明的质量有了更高要求,增加了居住、办公、商业、旅馆、医院、学校和工业等七类建筑的照明功率密度的最大允许值。该标准充分反映了建筑照明水平和照明质量提升到一个新的水准,并向国际水平靠拢。

(1)照明数量。

照明数量一般指照度值。视觉工作所需照度值与识别物件尺寸、识别物件与其背景的亮度对比、识别物件本身的亮度等有关。一般按工作面上的照度值来规定所处环境的照明标准。附表3给出了民用建筑对不同作业和活动推荐的照度标准值。

(2)照度均匀度。

照度均匀度是指规定表面上的最小照度与平均照度之比。照度的不均匀将影响视野内亮度的不均匀,易导致视觉疲劳。

(3)照明功率密度。

照明功率密度是指单位建筑使用面积的照明总安装功率(包括光源、镇流器或变压器)。它是指每个使用房间(不含公共使用面积)的最大照明安装功率密度,而并非指整幢建筑的照明功率密度。

2)适宜的亮度分布

室内主要表面应有合理的亮度分布,它是对工作面照度的重要补充。

在室内环境中,对于彼此亮度差别过大的场所,当人的视觉从一处转向另一处时,眼睛被迫经过一个适应过程,如果这种适应过程次数增多,就会引起视觉疲劳。相近环境的亮度应当尽可能低于被观察物的亮度,CIE推荐被观察物的亮度为相近环境的3倍时,视觉清晰度较好。

3)光源的色温与显色性

室内照明常用的光源按它们的相关色温可以分成三类:暖、中间和冷。不同波长的光在视觉上所感受的色调,在舒适感方面有所不同。照度水平和光色舒适感的关系如图4-7所示。

人工光源的种类很多,其光谱特性各不相同,因而同一物品在不同光源的照射下将显现出不同的颜色,这就是光源的显色性,常用显色指标 Ra 度量。在显色性比较中,以日光或接近日光光谱的人工光源作为标准光源,其显色性最好以显色指数100表示,与标准光源越接近的光源,其显色指数就越高。

4)眩光

由于视野中的亮度分布或亮度范围的不适宜,或存在极端的对比,以致引起不舒适感觉,或减低观察细部或目标的能力,这种视觉现象称为眩光。一般根据眩光对视觉影响的程度,可分为失能眩光和不舒适眩光。失能眩光的出现会导致视力下降,甚至丧失视力。不舒适眩光的存在则使人感到不舒适,影响注意力的集中,时间长了还会增加视觉疲劳,但不会影响视力。室内光环境经常遇到的基本上都是不舒适眩光。

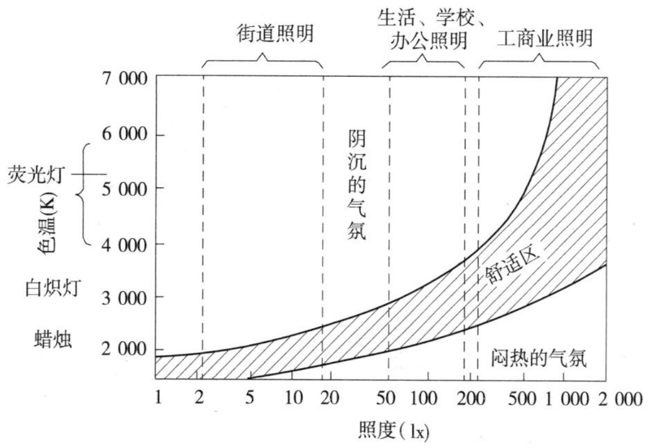

图 4-7　照度水平和光色舒适感的关系

5)阴影

在视觉环境中往往由于光源的位置不当造成不合适的投光方向,从而形成光照阴影,使人产生错觉和增加视力障碍,影响工作效率。在一般情况下,可以采取改变光源的位置、增加光源的数量等措施加以消除。

6)照明的稳定性

照明的不稳定性主要是由于光源光通量的变化引起的。因此,对照明质量要求较高时,照明供电电源应与冲击负荷的供电线路分开,也可考虑采取稳压措施。

第五章　建筑设备

为了满足人们对建筑在生产和生活上的使用需要，提供安全、卫生而舒适的室内环境，要求在建筑内设置完善的给水、排水、通风、供热、空调、燃气、供电、照明、消防、电梯、通信、音响、电视等设备系统。建筑设备工程是建筑物发挥使用功能、提高使用品质并减轻环境污染必不可少的组成部分。按照专业习惯，我们把"建筑设备"分为建筑给水排水、暖通空调和建筑电气三大部分内容。

第一节　建筑给水排水

一、管材、卫生器具

（一）管材及附件

近些年来，建筑给排水的最大热点是新型管材的广泛应用，目前，建筑给水排水常用的管材主要有塑料管、金属管和复合管三种。

1. 塑料管

塑料管是合成树脂加添加剂经熔融成型加工而成的制品。常用塑料管有硬聚氯乙烯管（PVC－U）、高密度聚乙烯管（PE－HD）、交联聚乙烯管（PE－X）、三型聚丙烯管（PP－R）、聚丁烯管（PB）、工程塑料丙烯晴－丁二烯－苯乙烯共聚物（ABS）等。

1）塑料管的主要优点

（1）化学稳定性好，不受环境因素和管道内介质组分的影响，耐腐蚀性好。

（2）导热系数小，热传导率低，绝热保温，节能效果好。

（3）水力性能好，管道内壁光滑，阻力系数小，不易积垢，管内流通面积不随时间发生变化，管道阻塞几率小。

（4）相对于金属管材，密度小，材质轻，运输、安装方便，灵活、简捷，维修容易。

（5）可自然弯曲或具有冷弯性能，可采用盘管供货方式，减少管接头数量。

2）塑料管的主要缺点

（1）力学性能差，抗冲击性不佳，刚性及平直性差，因而管卡及吊架设置密度高。

（2）阻燃性差，大多数塑料制品可燃，且燃烧时热分解，会释放出有毒气体和烟雾。

（3）热膨胀系数大，伸缩补偿必须十分强调。

2. 钢管

焊接钢管有耐压、抗振性能好、单管长、接头少，且质量比铸铁管轻等优点，有镀锌钢管（白铁管）和非镀锌钢管（黑铁管）之分，前者防腐、防锈性能较后者好。镀锌钢管由于具有价格低廉、性能优越、防火性能好、使用寿命长等优点，在消防给水系统，尤其是自动喷水灭火系统中应用。

无缝钢管较少采用，只有当焊接钢管不能满足压力要求时才采用。

钢管连接方法有螺纹连接、焊接连接、卡箍连接和法兰连接四种，为避免焊接造成镀锌层破坏，镀锌钢管必须用螺纹连接或卡箍连接。

3. 铸铁管

给水铸铁管与钢管相比有不易腐蚀、造价低、耐久性好等优点，适用于埋地敷设。其缺点是质脆、自重大、长度小等。连接方式一般采用承插连接。

目前，传统的镀锌钢管和普通排水铸铁管由于易锈蚀、自重大、运输施工不便等而被其他新型管材取代。

4. 铜管

铜管的优点是：强度高、能经受高压，坚固耐用，可用于高层建筑供水管、消防管，适合输送热水，在标准高的公共建筑、高层建筑中也可用于输送冷水。它可确保水质的纯净天然，无有害物质，抗锈能力强，抗老化，防腐蚀，热胀冷缩系数小，防火，抗高温环境，抗严寒气候，管配件易于连接，纯净的紫铜管能够杀灭水中的军团菌等细菌，使用寿命长。其缺点是价格较贵，软水可引起铜管内部锈蚀，出现“铜绿水”。

铜管常用的连接方法有两种，即管配件丝扣连接和焊接。

5. 给水附件

给水附件分为配水附件和控制附件两大类。配水附件是指装在卫生器具和用水点的各式水龙头，用以调节和分配流量。控制附件用来调节水量、控制水流方向以及切断水流，如截止阀、闸阀、蝶阀、止回阀、浮球阀等。

6. 水表

水表是一种计量建筑物用水量的仪表。目前，常用的是流速式水表。其工作原理为：水流通过水表推动水表盒内叶轮转动，其转速与水的流速成正比，叶轮轴传动一组联动齿轮，然后传递到记录装置，指示针即在标度盘上指出流量的累积值。

流速式水表按翼轮构造不同分为旋翼式和螺翼式。旋翼式的翼轮转轴与水流方向垂直，水流阻力较大，多为小口径水表，宜用于测量小流量。螺翼式的翼轮转轴与水流方向平行，阻力较小，适用于大流量的大口径水表。

流速式水表按其计数机件所处状态又分干式和湿式两种。干式水表的计数机件用金属圆盘与水隔开；湿式水表的计数机件浸在水中，在计数度盘上装一块厚玻璃（或钢化玻璃）用以承受水压。湿式水表机件简单、计量准确、密封性能好，但只能用在水中不含杂质的管道上，否则会影响其精确度。

选择水表时，按通过水表的设计流量（不包括消防流量），以不超过水表的额定流量确定水表直径，并以平均每小时流量的6% ~8%校核水表灵敏度。对于生活、消防共用系统，还需要加消防流量复核，使总流量不超过水表的最大流量限值。

（二）卫生器具

卫生器具是建筑内部排水系统的起点，用来满足日常生活和生产过程中各种卫生要求，收集和排除污废水的设备。卫生器具的结构、形式和材料各不相同，应根据其用途、设置地点、维护条件和安装条件选用。

卫生器具一般要求不透水、耐腐蚀、耐磨损、表面光滑、便于清扫。常用材料有陶瓷、搪瓷、生铁、塑料、水磨石、不锈钢、复合材料等。

1. 便溺器具

1) 大便器

常用的大便器有坐式大便器、蹲式大便器和大便槽三种。

(1) 坐式大便器。

坐式大便器按冲洗的水力原理分为冲洗式和虹吸式两种。坐式大便器本身构造包括存水弯,冲洗设备一般多用低水箱。坐式大便器多设在家庭、宾馆、饭店等建筑物内。

(2) 蹲式大便器。

蹲式大便器一般用于集体宿舍和公共建筑物的公共厕所及防止接触传染的医院。采用高位水箱或延时自闭式冲洗阀冲洗。

(3) 大便槽。

大便槽用于学校、火车站、汽车站等人员较多的场所。它的卫生条件较差,但造价低,便于集中自动冲洗。

2) 小便器

小便器设于公共建筑男厕内,有挂式、立式和小便槽三类。其中,立式小便器用于标准高的建筑,小便槽用于工业企业、公共建筑和集体宿舍等建筑。

2. 盥洗、沐浴器具

1) 洗脸盆

洗脸盆一般用于洗脸、洗手和洗头,设置在盥洗室、浴室、卫生间及理发室内。洗脸盆的高度及深度要适宜,盥洗不用弯腰较省力,使用时不溅水,用流动水盥洗比较卫生。洗脸盆有长方形、椭圆形和三角形等,安装方式有立柱式、挂墙式和台式。

2) 盥洗槽

盥洗槽是用瓷砖、水磨石等材料现场建造的卫生设备,设置在同时有多人使用的地方,如集体宿舍、车站、工厂生活间等。

3) 浴盆

浴盆设在住宅、宾馆、医院等卫生间或公共浴室。浴盆配有冷热水管或混合龙头,有的还配有沐浴设备。

4) 淋浴器

淋浴器多用于工厂、学校、机关、部队公共浴室和集体宿舍、体育馆内。与浴盆相比,淋浴器具有占地面积小、设备费用低、耗水量小、清洁卫生、避免疾病传染的优点。淋浴器有成品的,也有现场安装的。

5) 净身盆

净身盆与大便器配套安装,供便溺后洗下身用,适合妇女和痔疮患者使用。一般用于宾馆的高级客房的卫生间内,也用于医院、养老院、疗养院和工厂的妇女卫生室内。

3. 洗涤器具

1) 洗涤盆

洗涤盆装设在厨房或公共食堂内,用来洗涤碗碟、蔬菜等。洗涤盆有单格和双格之分,双格洗涤盆一格洗涤,另一格泄水。

2) 化验盆

化验盆设置在工厂、科研机关和学校的化验室或实验室内,盆内已带水封,根据需要,可安装单联、双联、三联鹅颈龙头。

3)污水盆

污水盆设置在公共建筑的厕所、盥洗室内,供洗涤拖把、打扫厕所或倾倒污水用。

4. 地漏

地漏是排水的一种特殊装置,装在地面须经常清洗(如食堂、餐厅)或地面有水须排泄处(如淋浴间、水泵房、厕所、盥洗室、卫生间等),家庭还可用做洗衣机排水口。地漏有扣碗式、多通道式、双箅杯式、防回流式、密闭式、无水式、防冻式、侧墙式等多种类型。

二、建筑给水

建筑给水系统的任务是将室外给水引入室内,并在保证满足用户对水质、水量、水压等要求的情况下,把水送到各个配水点。

(一)给水系统的分类

给水系统按用途可分为生活给水系统、生产给水系统和消防给水系统三类。

1. 生活给水系统

生活给水系统供给人们饮用、盥洗、洗涤、沐浴、烹饪等生活用水。其水质必须符合国家规定的饮用水质标准。

2. 生产给水系统

生产给水系统供给生产设备冷却、原料和产品的洗涤,以及各类产品制造过程中所需的生产用水。生产用水应根据工艺要求,提供所需的水质、水量和水压。

3. 消防给水系统

消防给水系统供给各类消防设备灭火用水。消防用水对水质要求不高,但必须按照建筑防火规范保证供给足够的水量和水压。

上述三类给水系统可独立设置,也可根据实际条件和需要结合成同时供应不同用途水量的生活、消防,生产、消防,生活、生产和生活、生产、消防等共用给水系统,或进一步按供水用途的不同和系统功能的差异分为饮用水给水系统、杂用水给水系统(中水系统)、消火栓给水系统、自动喷水灭火系统和循环或重复使用的生产给水系统等。系统的选择,应根据生活、生产、消防等各项用水对水质、水量、水压、水温的要求,结合室外给水系统的实际情况,经技术经济比较后确定。

(二)给水系统的组成

建筑内部给水系统的组成如图 5-1 所示,从图中可以看出其由下列几部分组成。

(1)引入管:是指从室外给水管穿越建筑物承重墙或基础将水引入室内的管段,也称进户管。

(2)水表节点:是安装在引入管上的水表及其前后设置的阀门和泄水装置的总称。

(3)给水管道:包括水平干管、立管和支管。

(4)配水装置和用水设备。

(5)给水附件:是指给水管道上的阀门、止回阀等。

(6)增压和储水设备:当室外给水管网压力不足或要求供水压力稳定,确保供水安全可靠时,设置水泵、气压给水设备和水池、水箱等增压储水设备。

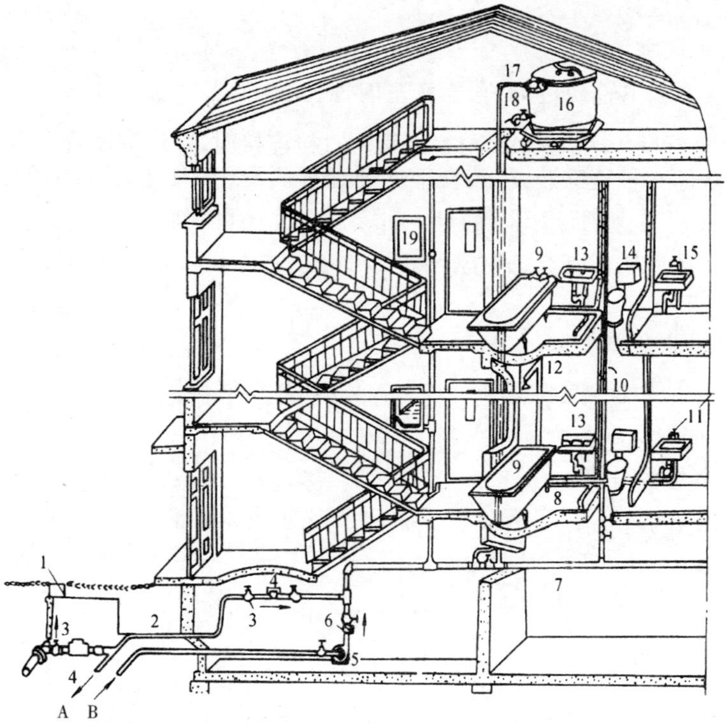

1—阀门井;2—引入管;3—闸阀;4—水表;5—水泵;6—逆止阀;7—干管;8—支管;
9—浴盆;10—立管;11—水龙头;12—淋浴器;13—洗脸盆;14—大便器;
15—洗涤盆;16—水箱;17—进水管;18—出水管;19—消火栓

图 5-1 建筑内部给水系统

(三)给水压力

给水管网应具有一定的压力,才能保证各配水点所需的水量,并保证最高最远的配水点(最不利配水点)具有一定的流出水头。

(四)给水方式

室内给水方式是根据建筑物的性质、高度、配水点的布置情况以及室内所需水压、室外管网水压和水量等因素而决定的给水系统的布置形式。给水方式的基本类型(不含高层建筑)有如下几种。

1. 直接给水方式

直接给水方式由室外给水管网直接供水,如图 5-2 所示,为最简单、经济的给水方式。其适用于室外给水管网的水量、水压在一天内均能满足用水要求的建筑。

2. 设水箱的给水方式

室外给水管网供水压力周期性不足时采用设水箱的给水方式。室外管网压力正常时,可利用室外给水管网水压直接供水并向水箱进水,水箱储存水量。高峰用水时,室外管网水压不足,则由水箱向建筑内给水系统供水。当室外给水管网水压偏高或不稳定时,为保证建筑内给水系统的良好工况或满足稳压供水的要求,也可采用设水箱的给水方式,室外管网直接将水输入水箱,由水箱向建筑内给水系统供水。由于水箱内容易造成给水二次污染,因此不宜用于生活给水系统。

3. 设水泵的给水方式

当室外给水管网的水压经常不足时采用设水泵的给水方式。当建筑内用水量大且较均匀时，可用恒速水泵供水；当建筑内用水不均匀时，应采用一台或多台水泵变速运行供水。为充分利用室外管网压力，当水泵与室外管网直接连接时，应设旁通管。当室外管网压力足够大时，可自动开启旁通管的逆止阀供水。因水泵直接从室外管网抽水，会使管网压力降低，影响附近用水，严重时可能产生负压，在管道接口不严密时，其周围土壤中的渗漏水会吸入，污染水质。为避免上述问题，可在系统中增设储水池，采用水泵和室外管网间接连接方式。

4. 设水泵和水箱的给水方式

设水泵和水箱的给水方式宜在室外给水管网压力低于或经常低于建筑内给水管所需压力且室内用水不均匀时采用。该给水方式的优点是水泵能及时向水箱供水，可缩小水箱的容积，又因水箱的调节作用，水泵出水量稳定。设水泵和水箱的给水方式如图 5-3 所示。

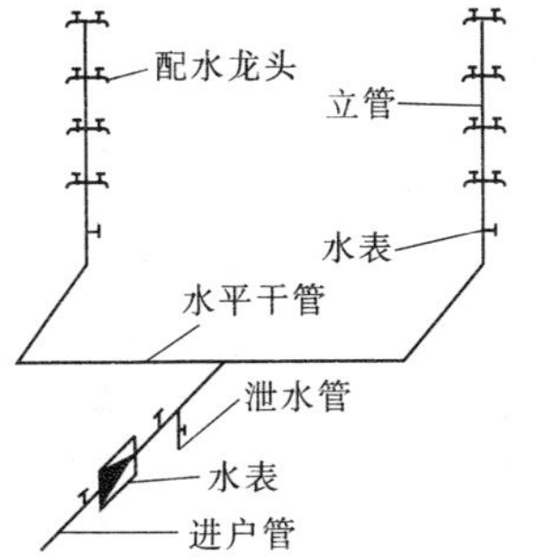

图 5-2　直接给水方式

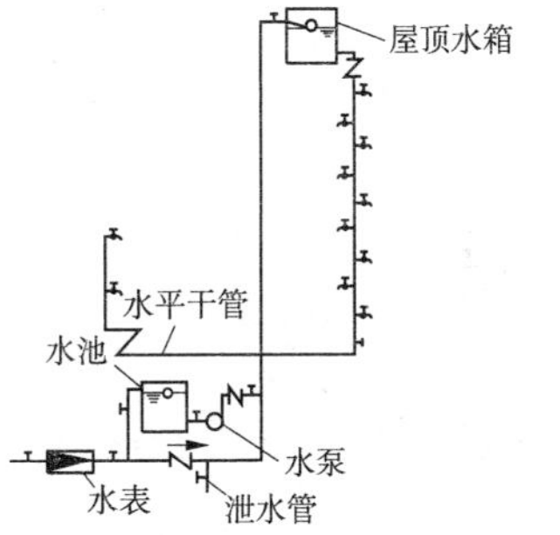

图 5-3　设水泵和水箱的给水方式

5. 气压给水方式

气压给水方式即在给水系统中设置气压给水设备，利用该设备的气压水罐内气体的可压缩性，升压供水。气压水罐的作用相当于高位水箱，但其位置可根据需要设置在高处或低处。该给水方式宜在室外给水管网压力低于或经常不能满足建筑内给水管网所需水压，室内用水不均匀，且不宜设置高位水箱时采用，如图 5-4 所示。

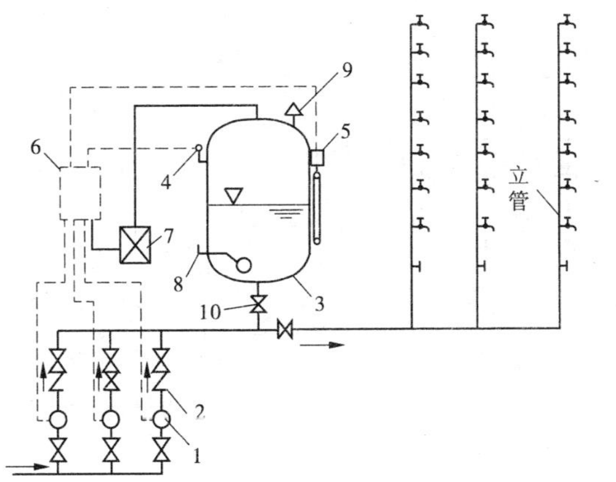

1—水泵；2—止回阀；3—气压水罐；4—压力信号器；5—液位信号器；
6—控制器；7—补气装置；8—排气阀；9—安全阀；10—阀门

图 5-4　气压给水方式

6. 分区给水方式

当室外给水管网的压力只能满足建筑下层供水要求时,可采用分区给水方式,如图5-5所示。室外给水管网水压线以下为低区,由外网直接供水;室外给水管网水压线以上为高区,由升压储水设备供水。可将两区的一根或几根立管相连,在分区处设阀门,以备低区进水管发生故障或外网压力不足时,打开阀门由高区水箱向低区供水。

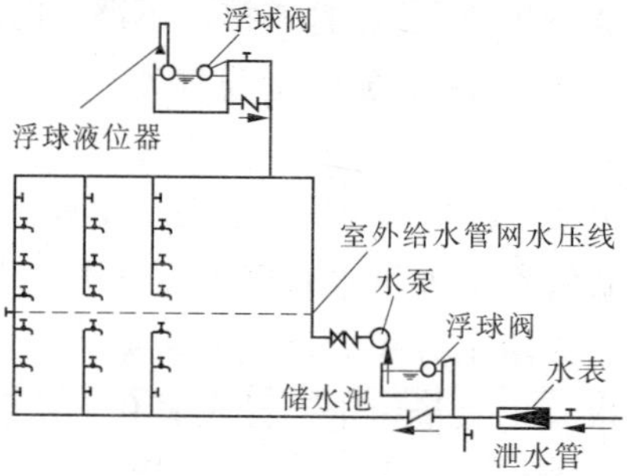

图5-5 分区给水方式

7. 分质给水方式

分质给水方式即根据不同用途所需的不同水质,分别设置独立的给水系统。饮用水给水系统供饮用、烹饪、盥洗等生活用水,水质符合《生活饮用水卫生规范》(GB/T 5750—2001),杂用水给水系统水质较差,仅符合《生活杂用水水质标准》(CJ/T 48—1999),只能用于建筑内冲洗便器、扫除等用水。近年来,为确保水质,有些国家还采用了饮用水与盥洗、沐浴等生活用水分设两个独立管网的分质给水方式。生活用水均先入屋顶水箱(空气隔断)后,再经管网供给各用水点,以防回流污染。饮用水则根据需要,深度处理达到直接饮用要求时,再行输配。

(五)给水管网的布置和敷设

1. 引入管和水表节点

1)引入管

建筑物的给水引入管,从配水平衡和供水可靠考虑。当建筑物内卫生器具布置不均匀时,应当从建筑物用水量最大处和不允许断水处引入;当建筑物内卫生器具布置比较均匀时,应当在建筑物中央部分引入,以缩短管网向不利点的输水长度,减少管网的阻力损失。

引入管应设置两条或两条以上,并要从市政管网的不同侧引入,在室内将管道连成环状或贯通状双向供水。若受到条件限制,也可从同侧引入,但两根引入管的间距不得小于15 m,并应当在两根引入管之间设置阀门。若条件不可能满足,可采取设储水池或增设第二水源等安全供水措施。

生活给水引入管与污水排出管管外壁的水平距离不得小于1.0 m。引入管穿过承重墙或基础时,管上部预留净空不得小于建筑物的沉降量,一般小于0.1 m,并做好防水的技术处理。引入管进入建筑内有两种情况:一种是从浅基础下面通过,另一种是穿过建筑物基础或地下室墙壁。当引入管穿过建筑物基础或地下室墙壁时,要在穿过处的管道上设置止水环等设施,做好防水的技术处理。

2)水表节点

水表节点是安装在引入管上的水表及其前后设置的阀门和泄水装置的总称。必须单独计量水量的建筑物，应在引入管上装设水表。

为检修水表方便，水表前应设阀门，水表后可设止回阀和泄水阀。泄水阀主要用于检修室内管路时，将系统内的水放空和检验水表灵敏度。阀门的作用是关闭管段，以便修理或拆换水表。

水表节点一般装设在建筑物的外墙内或室外专门的水表井中。水表装设地方的空气温度要在 2 ℃以上，并要便于检修、不受污染、不被损坏、查表方便。

2. 管网布置和管道敷设

1）管网布置

设计室内给水管网系统时，应根据建筑物性质、标准、结构，用水要求、用户位置等情况，合理布置。各种给水系统，按照水平配水干管的敷设位置，可以布置成下行上给式、上行下给式和环状式三种方式。

（1）下行上给式。

下行上给式的水平配水干管敷设在底层（明装、埋设或沟设）或地下室天花板下，居住建筑、公共建筑和工业建筑利用室外管网水压直接供水时多采用这种方式。这种布置方式简单，明装时便于安装、维修，埋地管道检修不方便。

（2）上行下给式。

上行下给式的水平配水干管敷设在顶层天花板下或吊顶内，对于非冰冻地区，也有敷设在屋顶上的。设有高位水箱的居住建筑、公共建筑，机械设备或地下管线较多的工业厂房多采用这种方式。它的特点是最高层配水点流出水头稍高，安装在吊顶内的配水干管可能因漏水、结露损坏吊顶和墙面。

（3）环状式。

环状式的水平配水干管或配水立管互相连成环，组成水平干管环状或立管环状。在有两根引入管时，也可将两根引入管通过配水立管和水平配水干管相连通，组成贯穿环状。高层建筑、大型公共建筑和工艺要求不间断供水的工业建筑常采用这种方式，消火栓管网往往要求采用环状。该方式的特点是在任何管段发生故障时，可用阀门切断事故管段而不中断供水，使水流通畅，水头损失小，水质不易滞流变质，但管网造价较高。

给水管道不宜穿过伸缩缝、沉降缝和抗震缝，必须穿过时应采取相应的技术措施；给水管道不应穿越变、配电房，通信机房，大、中型计算机房，计算机网络中心，音像库房等遇水会损坏设备和引发事故的房间；给水管道不允许敷设在烟道、风道、排水沟内；给水管道不允许穿过生产设备的基础、大小便槽、橱窗、壁柜、木装修等。

厂房、车间内管道架空布置时，应注意不妨碍生产操作、交通运输和建筑物的使用，不得布置在遇水能引起爆炸、燃烧或损坏原料的产品和设备的上方。

2）管道敷设

室内给水管道的敷设根据建筑物的性质及要求，可以分为明装和暗装两种。

明装时，管道尽量沿墙、梁、柱、顶棚、地板或桁架敷设。它的特点是便于安装、维修管理方便、造价低，但管道表面易积灰、结露，影响美观和整洁。该方式适用于一般民用建筑和生产车间。

暗装时，管道应尽量暗设在地下室、顶棚、吊顶、公共管廊、管道层或公共管沟内，立管和支管宜设在公共管道井及管槽内。管道井应每层设检修门。暗设在顶棚、吊顶或管槽内的管道，在阀门处应留有检修门。

在砌筑基础、安装楼板、砌筑内墙时，管道工程应根据设计图纸及时配合土建施工，预埋好各种管道、管件或预留孔、槽等。

为了固定管道位置，不使管道因受自重、温度或外力影响而变形或位移，水平管道和垂直管道都应每隔一定距离装设支、吊架，常用的支、吊架有钩钉、管卡、吊环、托架等。当管道需要穿越墙壁和楼板时，应设置金属套管或塑料套管。安装在楼板内的套管，其顶部应高出装饰地面 20 mm；安装在卫生间及厨房内的套管，其顶部应高出装饰地面 50 mm，底部应与楼板底面相平；安装在墙壁内的套管，其两端应与饰面相平。

（六）高层建筑给水特点

1. 技术要求

整幢高层建筑若采用同一给水系统供水，则垂直方向管线过长，下层管道中的静水压力很大，必然带来以下弊病：需要采用耐高压的管材、附件和配水器材，费用高；启闭龙头、阀门易产生水锤，不但会引起噪声，还可能损坏管道、附件，造成漏水；开启龙头水流喷溅，既浪费水量，又影响使用，同时由于配水龙头前压力过大，水流速度加快，出流量增大，水头损失增加，使设计工况与实际工况不符，不但会产生水流噪声，还将直接影响高层供水的安全可靠性。

因此，高层建筑给水系统必须解决低层管道中静水压力过大的问题。

2. 技术措施

为克服高层建筑同一给水系统供水，低层管道中静水压力过大的问题，高层建筑给水系统应采取竖向分区供水，即在建筑物的垂直方向按层分段，各段为一区，分别组成各自的给水系统。每区的高度应根据每区最低层处用水设备允许的静水压力而定，一般住宅、旅馆、医院宜为 0.30～0.35 MPa。办公楼因卫生器具较以上建筑少，且使用不频繁，故卫生器具配水装置处的静水压力可略高些，宜为 0.35～0.45 MPa。

高层建筑给水系统竖向分区的基本形式有以下几种。

1）串联式

如图 5-6（a）所示，各区分设水箱和水泵，低区的水箱兼作上区的水池。

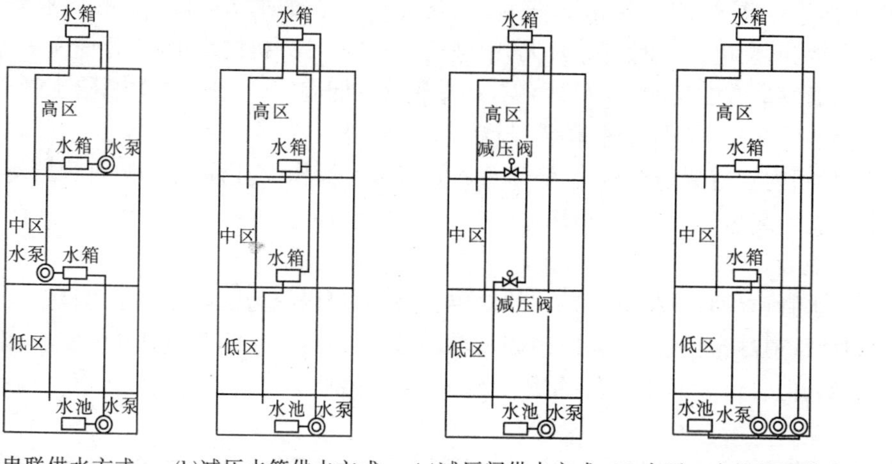

(a)串联供水方式　(b)减压水箱供水方式　(c)减压阀供水方式　(d)水泵、水箱并列供水方式

图 5-6　高层建筑供水方式

其优点是：无需设置高压水泵和高压管线；水泵可保持在高效区工作，能耗较少；管道布置简单，较省管材。缺点是：供水不够安全，下区设备故障将直接影响上区供水，各区水箱、水泵分散设置，维修、管理不便，且要占用一定的建筑面积；水箱容积较大，将增加结构的负荷和造价。

2）减压式

建筑用水由设在底层的水泵一次提升至屋顶水箱，再通过各区减压装置（如减压水箱、减压阀等）依次向下供水。如图 5-6（b）所示为采用减压水箱的供水方式，如图 5-6（c）所示为采用减压阀的供水方式。

其共同的优点是：水泵数量少，占地少，且集中设置，便于维修、管理；管线布置简单，投资省。共同的缺点是：各区用水均需提升至屋顶水箱，不但水箱容积大，而且对建筑结构和抗震不利，同时也增加了电耗；供水不够安全，水泵或屋顶水箱输水管、出水管的局部故障将影响各区供水。

3）并列式

各区升压设备集中设在底层或地下设备层，分别向各区供水。如图 5-6（d）所示，为采用水泵、水箱并列的供水方式。

其优点是：各区供水自成系统，互不影响，供水较安全可靠；升压设备集中设置，便于维修、管理。水泵、水箱并列供水系统中，各区水箱容积小，占地少。气压给水设备和变频调速泵并列供水系统中，无需水箱，节省了占地面积。缺点是：上区供水水泵扬程较大，高压管线长。由气压给水设备升压供水时，调节容积小，耗电量较大，分区多时，高区气压罐承受压力大，使用钢材较多，费用高。由变频调速泵升压供水时，设备费用较高，维修较复杂。

三、建筑排水

（一）排水系统

建筑排水系统的任务是将建筑内部人们在日常生活和工业生产中使用过的水收集起来及时排到室外。

1. 排水系统的分类

按系统接纳的污废水类型不同，建筑内排水系统可分为以下三类。

1）生活排水系统

生活排水系统用于排除居住建筑、公共建筑及工厂生活间的污废水。有时，由于污废水处理、卫生条件或杂用水水源的需要，把生活排水系统又进一步分为排除冲洗便器的生活污水排水系统和排除盥洗、洗涤废水的生活废水排水系统。生活废水经过处理后，可作为杂用水，用来冲洗厕所、浇洒绿地和道路、冲洗汽车等。

2）工业废水排水系统

工业废水排水系统用于排除工艺生产过程中产生的污废水。为了便于污废水的处理和综合利用，按污染程度可分为生产污水排水系统和生产废水排水系统。生产污水污染较重，需要经过处理，达到排放标准后排放；生产废水污染较轻，如机械设备冷却水、生产废水可作为杂用水水源，也可经过简单处理后（如降温）回用或排入水体。

3）屋面雨水排除系统

屋面雨水排除系统用于收集并排除降落到多跨工业厂房、大屋面建筑和高层建筑屋面上的雨雪水。

2. 排水系统的组成

建筑内部排水系统一般由卫生器具和生产设备的收水器、排水管道、清通设备和通气管道组成，如图 5-7 所示。根据需要，还可设污废水提升设备和局部处理构筑物。

1）卫生器具和生产设备收水器

卫生器具是室内排水系统的起点，用于接纳各种污废水。污废水从卫生器具排出口经存水弯和器具排水管排入管道。

2）排水管道

排水管道包括器具排水管（存水弯）、排水横支管、立管、埋地干管和排出管。

3）清通设备

为疏通建筑内排水管道，在排水系统内设检查口、清扫口和检查井。

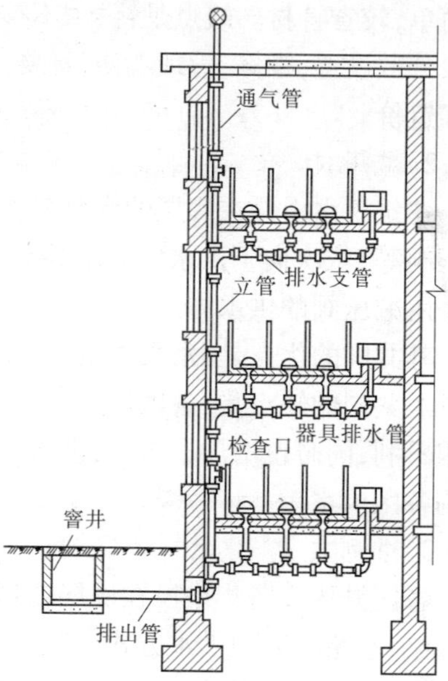

图 5-7　室内排水系统基本组成

4）通气管

通气管的作用是：使污水在室内排水管道中产生的臭气和有毒气体能排到大气中去，使管道内在排污水时的压力变化较小并接近大气压，因而可避免卫生器具存水弯的水封破坏。

对于层数不多的建筑，在排水支管不长、卫生器具数量不多的情况下，采取排水立管上部延伸出屋顶的通气措施。排水立管上延部分称为伸顶通气管，一般建筑内的排水管道均设通气管。

对于层数较多的建筑或高层建筑，因卫生器具较多，排水量大，空气流动过程易受排水过程干扰，须将排水管和通气管分开，设专用通气管道。

5）污水提升设备

在工业与民用建筑的地下室、人防地道等地下建筑物中，卫生器具的污水不能自流排入室外排水管道，需设水泵、集水池等局部提升设备，将污水提升排至室外排水管道。

6）污水局部处理设备

当个别建筑内排出的污水（如呈强酸性、强碱性，含多量汽油、油脂或大量杂质的污水）不允许直接排入室外排水管道时，则要设置污水局部处理设备，使污水水质得到初步改善后再排入室外排水管道。此外，当没有室外排水管网或有室外排水管网但没有污水处理厂时，室内污水也需经过局部处理后才能排入附近水体、渗入地下或排入室外排水管网。根据污水性质的不同，可以采用不同的污水局部处理设备，如沉淀池、除油池、化粪池、中和池及其他含毒污水的局部处理设备。

3. 排水管网的敷设和设置

1）横支管的敷设

横支管在底层可埋设在地下，在楼层可以沿墙明装在地板上或者悬吊在楼板下。当建筑有较高要求时，可采用暗装或将管道敷设在吊顶内，但必须考虑安装和检修的方便。

架空或悬吊横管不得敷设在有特殊卫生要求的生产厂房、食品和贵重物品仓库、通风室和变配电间内，并尽量避免布置在食堂及饮食业的主、副食操作烹调间的上方，以防因管道结露、漏水而影响室内卫生和工作的正常进行。同时，架空管道的布置，应考虑建筑艺术和美观的要求，尽量避免通过大门和控制室等。

横支管不得穿越沉降缝、烟道、风道，并应避免穿越伸缩缝。必须穿越时，应采取相应的技术措施，如装伸缩接头等。

横支管不宜过长，以免落差太大，一般不得超过 10 m，并应尽量少转弯，以避免阻塞。

2）污水立管的设置

污水立管应设在靠近最脏、杂质最多的排水点处，一般在墙角、柱角或沿墙、柱设置，但应避免穿越卧室，办公室和其他卫生、环境安静要求较高的房间。生活污水立管应避免靠近与卧室相邻的内墙。

立管一般布置在墙角明装，无冻害地区亦可布置在墙外。当建筑有较高要求时，可在管槽或管井内暗装。暗装时，需考虑检修的方便，在检查口处设检修门。

立管需要穿越楼层时，预留的孔洞尺寸一般较通过的管径大 50 ~ 100 mm，并且应在通过的立管外加设一段套管，现浇楼板可预先镶入套管。

3）排出管的设置

排出管宜以最短距离通至室外。排出管可埋在底层或悬吊在地下室的顶板下面。排出管的长度取决于室外排水检查井的位置。

排出管与立管的连接宜采用 45°弯头连接，排出管穿越承重墙时要预留洞或预埋穿墙套管，管顶要留有作为沉降的空间。排出管要根据土壤冰冻线深度和受压情况确定覆土深度。

（二）雨水排放

落在屋面的雨水和雪水，必须妥善地予以排除。屋面雨水的排除方式一般可分为外排水系统和内排水系统两种，根据建筑结构形式、气候条件及生产使用要求，在技术经济合理的情况下，屋面排水应尽量采用外排水。

1. 外排水

外排水是指屋面不设雨水斗，建筑物内部没有雨水管道的雨水排放方式。按屋面有无天沟可分为普通外排水和天沟外排水。

1）普通外排水（水落管外排水）

对于一般居住建筑、屋面面积较小的公共建筑及单跨的工业建筑，常采用普通外排水。雨水由屋面檐沟汇集，然后通过设在墙外的水落管排入建筑物外的明沟，再通过雨水管引至室外检查井。普通外排水系统如图 5-8 所示。

水落管多用镀锌铁皮制成，截面为矩形或圆形，断面尺寸一般为 80 mm × 100 mm 或 80 mm × 120 mm；也有用石棉水泥管的，但其下端极易碰撞而破裂，故使用时，其下部距离 1 m 高应考虑保护措施（多用水泥砂浆抹面）。目前，PVC – U 水落管正被广泛采用。水落管的间距：民用建筑为 12 ~ 16 m，工业建筑为 18 ~ 24 m。

2）天沟外排水

天沟外排水是利用屋面构造上的长天沟本身的容量和坡度，使雨水向建筑物两端或两边（山墙、女儿墙）泄放，并由雨水斗收集经墙外立管排至地面、明沟或通过排出管、检查井流入雨水管道。

天沟排水应以伸缩缝、沉降缝、变形缝为分水线。天沟流水长度应根据暴雨强度、汇水面积、屋面结构等进行计算确定，一般以 40 ~ 50 m 为宜，过长会使天沟的起终点高差过大，超过天沟限值。天沟坡度不宜小于 0.3%，并伸出山墙 0.4 m。天沟的净宽按设置的雨水斗的管径来确定。管径 100 mm 的雨水斗，天沟最小宽度为 300 mm；管径 150 mm 的雨水斗，天沟最小宽度为 350 mm。落水管可采用承压塑料管、承压排水铸铁管和钢塑复合管等。

外排水系统的优点是：由于室内没有管道、检查井，不会因雨水系统而产生漏水、检查井冒水现象，不会影响室内管道、设备的安装，所产生的水流噪声不影响室内，节省管材。

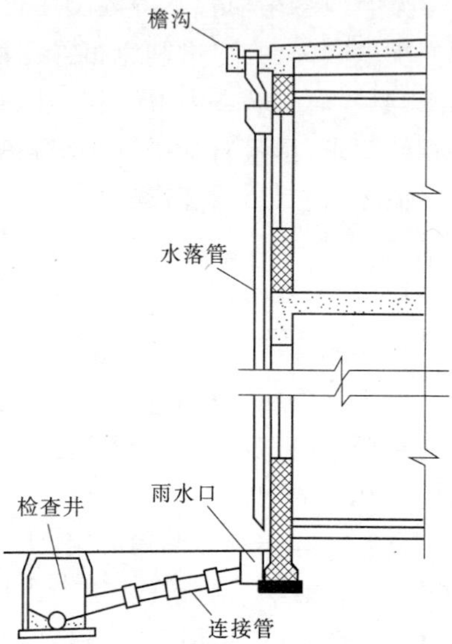

图 5-8　普通外排水系统

2. 内排水

大屋面（跨度甚大）的工业建筑和民用建筑，尤其是屋面天窗及多跨度、锯齿形屋面或壳性屋面等工业厂房，其屋面面积大或曲折，可采用内排水系统。

1）系统的组成

内排水管道系统是由雨水斗、连接管、悬吊管、立管、排出管及埋地管、检查井和清通设备等组成的，但视其具体情况和不同要求，也有用悬吊管直接吊出室外的，或无悬吊管的单斗系统。

2）系统的布置和安装

（1）雨水斗。

雨水斗的作用是汇集屋面雨水，使流过的水流平稳、畅通和截留杂物，防止管道阻塞。为此，要求选用导水畅通、排水量大、斗前水位低和泄水时渗水量小的雨水斗。

（2）连接管。

连接管是指承接雨水斗流来的雨水，并将其引入悬吊管的一段短管。连接管的管径不得小于雨水斗短管的管径。连接管应牢固地固定在建筑物的承重结构（如桁架梁）上。

（3）悬吊管。

悬吊管承接连接管流来的雨水并将它引入立管。悬吊管按连接雨水斗的数量可分为单斗悬吊管和多斗悬吊管，连接 2 个及以上雨水斗的为多斗悬吊管。悬吊管一般沿桁架或梁敷设，并牢固地固定在其上。悬吊管需有不小于 0.3% 的管坡，坡向立管。

（4）立管。

立管接纳悬吊管或雨水斗流来的水流。立管宜沿墙、柱安装，一般为明装，当建筑或工艺要求暗装时，可敷设于管槽或管井内，但必须考虑安装和检修方便，立管上应装设检查口，检查口中心距地面 1.0 m。立管的管径不得小于与其连接的悬吊管的管径。

（5）排出管。

排出管是指将立管雨水引入检查井的一段埋地管。排出管管径不得小于立管的管径。当穿越地下室墙壁时，应有防水措施。排出管穿越基础墙处应预留洞，洞口尺寸应保证建筑物沉陷时不压坏管道，在一般情况下，管顶宜有不小于 150 mm 的净空。

(6)埋地管。

埋地管用于接纳各立管流来的雨水，它是敷设于室内地下的横管，并将雨水引至室外的雨水管道。其最小管径不得小于 200 mm，最大管径不宜大于 600 mm。埋地管不得穿越设备基础及其他可能受水发生危害的构筑物。埋地管坡度应不小于 0.3%。

(7)附属构筑物。

常见的附属构筑物有检查井、检查口井和排气井，用于雨水管道的清扫、检修、排气。检查井井深不小于 0.7 m，井内采用管顶平接，井底设高流槽，流槽应高出管顶 200 mm。密闭内排水系统的埋地管上设检查口，将检查口放在检查井内，便于清通检修，称为检查口井。

第二节　暖通空调

一、供暖与燃气供应

(一)供暖系统

1. 供暖系统及其分类

在冬季，当室外温度低于室内温度时，室内的热量就会不断传向室外，为保持室内所需温度，就必须向室内提供相应的热量，这种不断向室内提供热量的设备，就是供暖设备。供暖系统主要由热源、供热管道、散热设备三部分组成。根据三个主要组成部分的相互位置关系来分，供暖系统可分为局部供暖系统和集中供暖系统。

1)局部供暖系统

热源、热媒输送和散热设备三个主要组成部分在构造上都在一起的供暖系统，称为局部供暖系统，如烟气供暖(火炉、火墙和火炕等)、电热供暖和燃气供暖等。

2)集中供暖系统

利用一个热源供给多个建筑或建筑群所需的热量，称为集中供暖。这种方式是目前应用最广泛的一种供暖方式，如图 5-9 所示。

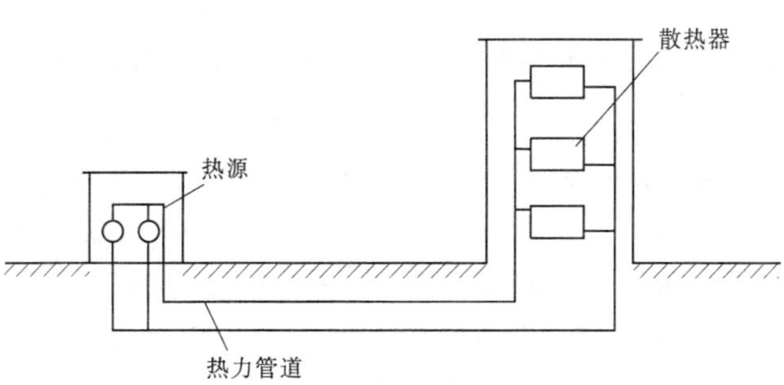

图 5-9　集中供暖系统示意图

3)区域供热(暖)

区域供热的热源(集中供热锅炉房、热电厂等)供热能力更大、供热范围更广，由于是以单一介质和参数向不同要求的用户提供热能，一般在用户接口处应设置热交换站。由热源到热交换站之间的管网称为一次管网，而热交换站至用热设备间的管网称为二次管网。相对于城市供热系统而言,热交换站就是它的用户;对于一个建筑或建筑群而言,热交换站就是它的热源。

在集中供热系统中,把热量从热源输入到散热设备的介质称为热媒。按所用的热媒不同,集中供暖系统可分为三类:热水供暖系统、蒸汽供暖系统和热风供暖系统。由于综合考虑了节能和卫生条件等因素,目前单纯供暖多采用热水供暖系统。只有在有蒸汽源的工厂才采用蒸汽供暖,既需要通风又需要供暖的场所才采用热风供暖。

2. 热水供暖系统

热水供暖系统是利用热水为热媒,将热量从热源经管道送至供暖房间的散热设备,放出部分热量后又经管道送回热源加热。

1)热水供暖系统的分类

(1)热水供暖系统按热媒参数分为低温(≤100 ℃)系统和高温(>100 ℃)系统。目前,常用的是低温供暖系统。

(2)热水供暖系统按系统循环动力分为自然循环系统和机械循环系统。自然循环系统是利用供回水温差所产生的自然压头促使水在系统中循环的。这种系统由于自然压头小,作用半径不大,因而只适用于较小的系统,如图 5-10 所示。机械循环系统是利用水泵进行强制循环的,因而作用半径大,但是需要消耗电能。常见的集中供暖系统多采用机械循环系统,如图 5-11 所示。

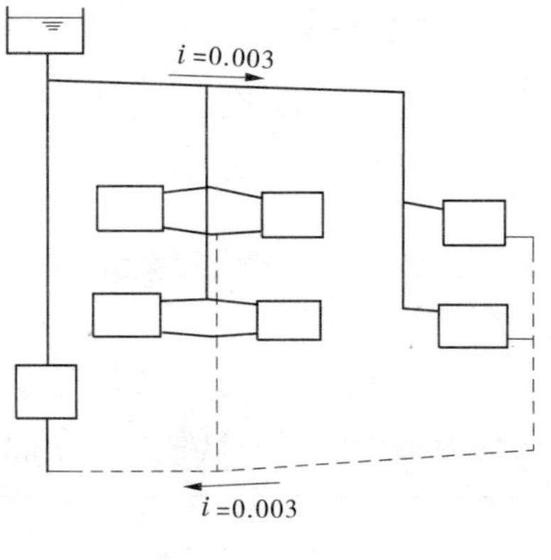

图 5-10　自然循环热水供暖系统示意图

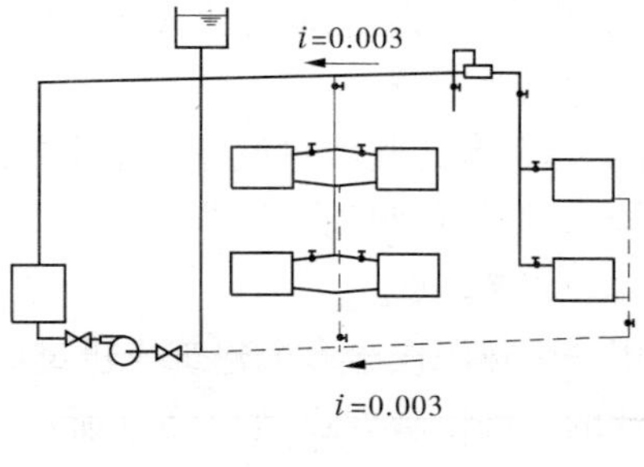

图 5-11　机械循环双管上供下回式热水供暖系统

(3)热水供暖系统按系统的每组立管数分为单管系统和双管系统。单管系统节省立管,安装方便,不会出现垂直失调现象。但是由于热媒是顺序经过各散热器的,到后面时热媒温度较低,使得下层散热器片数较多,同时也无法调节个别散热器的散热量。它适用于学校、办公楼和宿舍等公共建筑。双管系统中热水平行分配到各个散热器,回水直接流至回水管,因此各层散热器的布置条件是相同的。但是由于环路自然压头作用,会产生上层过热、下层过冷(垂直失调)的现象,因此不宜在 4 层以上的建筑中采用。其优点是可以个别调节散热器散热量,检修方便。

(4)热水供暖系统按系统的管道连接方式分为垂直系统和水平系统。垂直系统又包括上供下回、下供上回、下供下回、上供上回、中供式等多种供回水干管布置方式。具体使用哪一种,应该根据建筑本身的特点来确定。一般建筑的供暖系统多采用上供下回式系统,如图 5-12 所示。水平系统的特点是沿一层布置,这样可以少穿楼板。室内无立管,布置显得比较美观，但是因为过门较多而难以处理。

目前，新建集中供暖居住建筑采用的分户热量计量、分室温度调节系统，其各户支管布置一般为水平式，如图 5-13 所示。

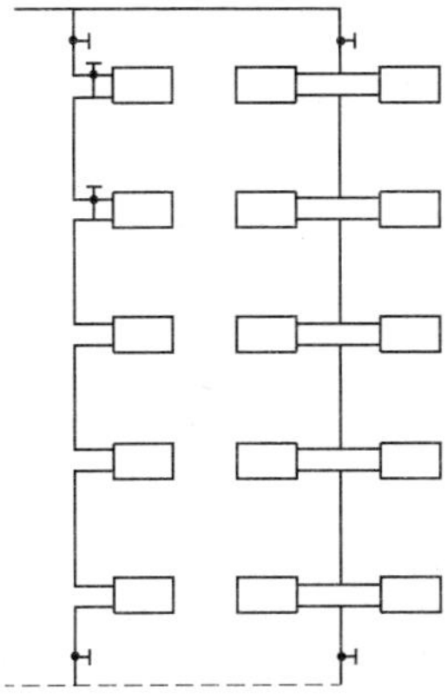

图 5-12　上供下回垂直单管热水供暖系统

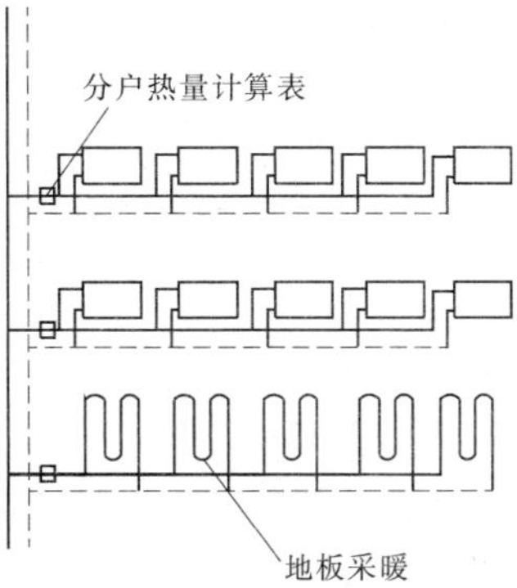

图 5-13　共用立管为垂直双管，每层支管为水平双管

（5）热水供暖系统按各环路总长度分为异程式供暖系统和同程式供暖系统。由于异程式供暖系统（见图 5-14）从热入口到热出口通过各立管的总长度不同，这样就使得距离远的立管阻力大，系统的水力平衡难以实现，容易出现近热远冷的现象，无法满足热量要求。因此，目前多采用同程式供暖系统（见图 5-15），以便于设计、调试和运行。

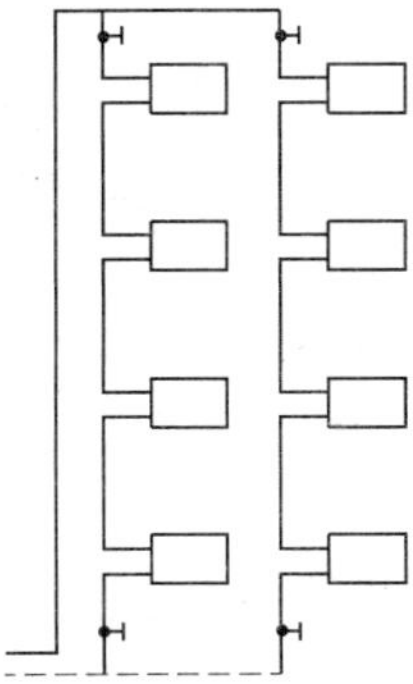

图 5-14　异程式供暖系统

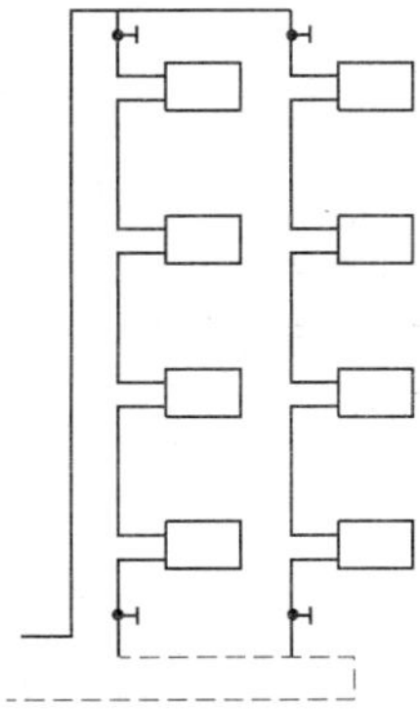

图 5-15　同程式供暖系统

2）热水供暖系统中的几个问题

（1）从系统中排除空气的问题。

在热水供暖系统中，因为在充水前系统中充满空气，或者由于溶于冷水中的部分空气在运行中水被加热后不断从水中析出，而如果有空气积存在散热器中，就会减少散热器的有效面积。如果有空气聚积在管道中，就可能形成气塞，破坏水循环，造成系统局部不热的情况。另外，空气与钢管表面接触还会引起腐蚀，缩短管道寿命。所以，为了保持系统正常工作，必须及时、方便地排除系统中的空气。

排气的方法是在自然循环系统最高点设膨胀水箱，在机械循环系统最高点设集气罐、放气阀。供、回水干管和支管要有一定的坡度。

(2)系统中受热膨胀的问题。

热水供暖系统在运行中，将系统中的水加热后，水的体积就要膨胀。解决方法是在系统中装设膨胀水箱来容纳水所膨胀的体积。

(3)管道的热胀冷缩问题。

供暖系统中的金属管道因受热而伸长，当管道两端固定时，管道伸长就会引起弯曲、管件破裂等，因此要妥善解决管道伸缩问题。

解决管道变形最简单的方法是合理利用管道本身的弯头。在两个固定点之间必须有一个弯曲部分补偿。室内管道一般弯头较多，可不设专门的补偿装置。若伸缩量过大，则应设补偿器来补偿。

3)低温热水地板辐射供暖系统

低温热水地板辐射供暖系统是采用低于60 ℃的低温水做热媒，通过直接埋入建筑物地板内的加热盘管进行低温辐射供暖的系统。低温热水地板辐射供暖具有室内温度均匀、稳定、热容量大、不占使用面积的特点，使用效果较好，人体感觉舒适，卫生标准也比较高。由于供暖主要依靠辐射方式，在相同的舒适条件下，室内计算温度一般可比对流供暖方式低2～3 ℃，总耗热量可减少10%左右。

该系统主要由热媒集配装置以及埋设于地面垫层内的加热管组成。

(1)热媒集配装置(即分水器和集水器)。

它是有一个进口(或出口)和多个出口(或进口)的筒形承压装置，使横断面的流速限制在一定范围内，并配置放气装置和各通路阀门，以控制系统流量和使各通路流量分配均匀。

(2)加热管。

加热管一般选用交联铝塑复合管(XPAP)、聚丁烯管(PB)、交联聚乙烯管(PE－X)、三型聚丙烯管(PP－R)。加热管的材质和壁厚应按工程使用条件经计算选择确定，管材壁厚不应小于1.7 mm。

加热管的间距不宜大于300 mm，应根据房间的热工特性和保证温度均匀的原则进行布置。热损失明显不均匀的房间，宜采用将高温管段优先布置于房间热损失较大的外窗和外墙侧的方式。

辐射供暖地板由地面层、填充层、防水层、找平层以及加热管等组成。加热管应采用卵石混凝土填充层覆盖，并符合下列要求：加热管以上的填充层不应小于30 mm；地面荷载大于20 kN时，加热管上皮的填充层应设计计算确定加固构造措施。辐射供暖地板铺设在土壤上时，绝热层以下应做防潮层；辐射供暖地板铺设在潮湿房间(如卫生间、厨房、游泳池)内的楼板上时，填充层以上应做防水层。

3. 蒸汽供暖系统

蒸汽供暖系统中的热媒是蒸汽。蒸汽进入散热器后放出汽化潜热，凝结为同温度的凝结水后回到热源。由于蒸汽的汽化潜热比同样质量的热水所携带的显热的热量大很多，因此在热负荷相同的情况下，蒸汽量比热水流量小很多。同时，由于蒸汽系统散热器平均温度比热水系统高，因而可以减少散热器面积，如图5-16所示。

1)蒸汽供暖系统的分类

蒸汽供暖系统按蒸汽压力可分为高压(＞0.7表压)、低压(＜0.7表压)和真空(＜0表压)系统。

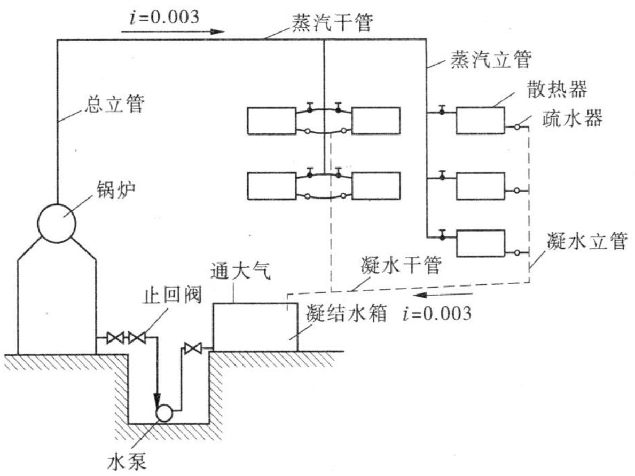

图 5-16　机械回水双管上供下回式蒸汽供暖系统

高压系统的压力和温度都较高(随着压力的升高,饱和蒸汽的温度也高,汽化潜热也大),因此在热负荷相同的情况下,管径小,散热器片数少。但是,高压蒸汽供暖卫生条件差,表面温度高而易伤人,容易产生二次汽化。因此,这种系统一般只用在有高压蒸汽热源的工业厂房和辅助建筑中,还需要考虑管道和设备的耐压能力。

低压系统运行较可靠,卫生条件也较好,因此可以用于民用建筑。

真空系统目前国内很少使用。国外设计的一种真空蒸汽供暖系统中,蒸汽压力可随室外气温变化而调节。

2)蒸汽供暖系统中的几个问题

(1)疏水问题。

水的热容量比蒸汽凝结为水放出的汽化潜热要小得多。为保证设计要求的散热量,就要求散热器中的凝结水能及时排出,而蒸汽则不应进入凝水管。另外,为保证锅炉正常运行,在进入锅炉的回水中也不应有蒸汽。因此,需要在回水干管、支管通干管处设疏水器,管道抬头部分也应设疏水器,干管应有沿流动方向向下的坡度。

(2)排除系统中空气的问题。

空气的热惰性大,热容量小,比重大,管道中有空气会影响系统的正常工作,停留在散热器中会影响散热量。因此,应在系统运行后将空气赶至凝水箱,然后经凝水箱排入大气。

(3)水击现象。

由于蒸汽管道的沿程凝水被高速运动的蒸汽推动而产生浪花或水塞,在弯头、阀门等处与管件相撞,会产生振动和噪声,造成水击现象。减少水击现象的方法是及时排除沿程凝水,适当降低管道中蒸汽的流速,尽量使蒸汽管中凝水和蒸汽同向流动。

(4)二次汽化问题。

当凝水经过疏水器时因为减压再次发生汽化,凝水在流动中也会因沿程水头损失使压力下降产生汽化,使得凝水管中单相液体流动变为汽液两相流动。因此,对大量的二次蒸汽,若有可能应当回收,少量的则可通过凝水箱排入大气。

(5)管道的热胀冷缩问题。

蒸汽供暖系统中管道的热胀冷缩问题同热水供暖系统。

3)蒸汽供暖与热水供暖的比较

(1)蒸汽温度比热水高,携带热量多,传热系数大,故蒸汽供暖系统所用的散热器要少,管径也小。因此,蒸汽供暖系统初投资要小。

(2)由于蒸汽供暖多为间歇供暖,管道内时为蒸汽、时为空气,管道内壁氧化腐蚀就快。因此,蒸汽供暖系统使用年限要短。

(3)一般蒸汽系统不能调节蒸汽温度。当室外气温高于供暖计算温度时,蒸汽供暖系统只能采用间歇调节,使室温产生波动,卫生条件差;热水则可以调节供水温度。

(4)蒸汽系统热惰性小,加热和冷却过程较快,因而适用于人员骤多骤少或不常有人而需要迅速加热的建筑,如剧院、会议厅等。

(5)热水供暖散热器表面温度低,卫生条件好,宜用于住宅、学校、医院、幼儿园等对卫生要求较高的建筑。蒸汽供暖则有机灰尘多、干燥、噪声大、卫生条件差。

(6)由于蒸汽温度高于热水,因而锅炉耗能大,沿程热损失大。从节能角度出发,应尽量采用热水供暖。

4.热风供暖系统

热风供暖系统以空气作为热媒,先将空气加热至高于室温直接送入室内,放出热量而达到供暖目的。热风供暖系统主要用于既需通风又需供暖的建筑物。

空气加热主要是利用蒸汽或热水通过空气加热器来完成的。

热风供暖系统向室内供暖主要是利用暖风机完成的。暖风机是由通风机、电机、空气加热器组成的,有些则利用通风系统完成。

热风供暖系统与蒸汽或热水供暖系统相比,有下列特点:

(1)热风供暖系统热惰性小,适用于体育馆、剧院等场所。

(2)热风供暖系统可同时兼有通风作用。

(3)热风供暖系统噪声较大。

(4)设置热风供暖系统的同时,还需设置少量散热器,以维持5 ℃的值班温度。所以,常与热水或蒸汽系统同时使用。

(二)散热设备

供暖房间安装散热设备的目的是向房间供给热量,以补充房间的热损失,使室内保持需要的温度,从而达到供暖的目的。

散热设备包括散热器、暖风机、钢质辐射板等。

散热器是目前我国大量使用的散热设备。散热器内流过热水或蒸汽,散热器壁面被加热,其外表面温度高于室内空气温度,因而形成对流换热,大部分热量以这种方式传给室内空气。同时,辐射换热把另一部分热量传给室内的物体和人,最终起到提高室内空气温度的作用。

1.基本要求

在选择散热器的类型、评价散热器的优劣、研制新型散热器时,要全面了解对散热器的各种要求,概括起来有以下几个方面:

(1)热工性能方面的要求。散热器的传热系数 K 值越大,热工性能越好。散热器传热系数的大小取决于它的材料、构造、安装方式以及热媒的种类。

(2)经济方面的要求。通常用散热器的金属热强度来衡量散热器的经济性。金属热强度是指散热器内热媒平均温度与室内温度差为1 ℃时,每千克质量的散热器在单位时间所散出的热量。金属热强度值越大,说明散出同样的热量所消耗的金属量越少,它的经济性越高。

(3)卫生和美观方面的要求。外表光滑、不易积灰尘，易于清扫。散热器的形式等应与房间内部装饰相协调。

(4)制造和安装方面的要求。散热器应能承受较高的压力，有一定的机械强度，不漏水、不漏气、耐腐蚀，并尽量做到制造简单、安装方便、价格低。

(5)散热器应不易被腐蚀和破坏，使用寿命长。结构形式应便于大规模工业化生产和组装。散热器的高度应有多种尺寸，以适应窗台高度不同的要求。

2. 常用散热器的类型

散热器主要用铸铁、钢、铜或铝等材料制成。常用的散热器的类型包括柱形、翼形、钢串片和光管等。

1)铸铁散热器

长期以来，铸铁散热器得到了广泛的应用，它结构简单、防腐性能好，使用寿命长，适用于各种水质；热稳定性好，价格低廉。但铸铁散热器的缺点也很突出：金属含量大，金属热强度低于钢质散热器；安装运输劳动强度大，生产污染大；污染管道系统，影响阀门密封等。常见的铸铁散热器有柱形、翼形、柱翼形、板翼形等类型。

2)钢制散热器

钢制散热器在我国近10年来取得了较大的发展，应用较多的主要有光管散热器、柱形散热器、板形散热器、钢串片对流散热器、翅片管对流散热器等类型。

3)散热器的选用

散热器的选择应根据对散热器的一般要求，再结合各自具体情况来选用。对散热器的一般要求归纳起来有"紧凑、卫生、耐用、轻型、高效、节能、节材、美观、内净、安全、环保、经济"这24字，其中最关键的是"高效、节能、美观和耐用"。

3. 散热器的布置

散热器设置在外墙窗下最为合理。因为经散热器加热后空气沿外窗上升，能阻止渗入的冷空气沿墙及外窗下降，使流经工作地区的空气比较暖和，给人以舒适的感觉。在要求不高的房间中散热器也可以沿内墙布置，这样布置可以减少干管的总长度。

一般情况下，散热器应敞露布置，这样散热效果好，易清灰。在有特殊要求的建筑中，为美观起见，或采用高压蒸汽供暖的浴室，应加以围挡，进行装饰。

楼梯间内散热器应尽量设在底层，因为空气被加热后能自动上升，补偿上部热损失。为防止冻裂，在双层门的外室及门斗中不宜设散热器。

安装散热器时，有脚的可直立在地上，无脚的可用专门的托架挂在墙上，装埋托架应与土建同时进行。

4. 常用暖风机的类型

暖风机是由吸风口、风机、空气加热器和送风口等联合组成的通风供热联合机组，在风机作用下，室内空气由吸风口进入机组，经空气加热器加热，然后由送风口送至室内，来满足室内一定的温度要求。热风供暖是比较经济的供热方式之一，其对流散热几乎占100%，具有热惰性小、升温快的特点。

根据所用风机形式不同，暖风机分为轴流式和离心式，常称小型暖风机和大型暖风机。根据使用热媒的不同，暖风机又分为蒸汽型、热水型、蒸汽热水两用型、冷热水两用型及电热型。

5. 辐射供暖

辐射供暖是利用建筑物内表面或辐射板，以辐射的形式向室内供暖的，是一种卫生条件和舒适标准都比较高的供暖方式。早在20世纪30年代，国外有些高级住宅就已经开始应用。近年来，应用范围已经逐步扩大，在我国建筑设计中近年来辐射供暖方式也已逐步推广应用。

辐射供暖由于室内围护结构内表面温度比较高，从而减少了四周表面对人体的冷辐射，因此具有最佳舒适感。辐射供暖与土建专业的关系比较密切，不需要在室内布置散热器和连接散热器的支管、立管，所以较为美观，也便于布置家具，而且室内沿高度方向上的温度分布较均匀，温度梯度小，节约能量。

辐射供暖的形式较多，按辐射供暖表面温度可分为低温辐射（表面温度在80 ℃以下）、中温辐射（表面温度在80～200 ℃）、高温辐射（表面温度在500～900 ℃）三种。根据辐射散热设备的不同构造，又可以分为单体式（块状和带状辐射板、红外线辐射器）和与建筑物构造相结合的辐射板式（顶棚式、墙面式和地板式等）。

目前，在民用建筑中多采用低温辐射供暖，通常在顶棚、地面或墙面埋管，埋管用盘管形状，一般为蛇形管。近年来，采用的新型塑料管、铝塑复合管等管材，耐腐蚀、承压高、不结垢、无毒性、易安装。

地面辐射供暖已广泛用于居住建筑和公共建筑。居住建筑采用低温辐射，可以取得良好的舒适效果，节约能耗，便于用户热计量，用于游泳馆、展览馆、宾馆大堂等高大空间的公共建筑，可以克服冬季温度梯度大、上热下冷的现象。

（三）供暖管网的布置和安装

1. 供暖管网的布置

布置供暖管道应力求管道最短，便于维护管理和不影响房间美观。同时，应符合暖通设计规范和施工安装技术规程的要求。

1）供水（汽）干管

在上供下回式系统中，供水干管一般应敷设在顶棚下。当建筑对美观要求较高或过梁底面标高过低妨碍供水干管敷设时，可在顶棚上敷设。供水干管应有合理的坡度和坡向。

2）立管

立管应布置在窗间墙处，并尽可能将立管布置在房间角落处。外墙角应布置立管，因为外墙温度较低，容易结露或结霜。每根立管的上、下端应设阀门。楼梯间除与辅助间可合做一根立管外，一般应单设立管，以便检修时不影响房间的供暖。

3）支管

支管应有一定的坡度，与散热器最好采用双面连接。散热器片数较少的可用单侧连接。

4）集气罐

集气罐装设在系统最高处，应设在储藏室、厕所、厨房、楼梯间等处。集气罐上的排气管应引到有下水的地方。应当注意，两个不同环路不能合用一个集气罐，以免热水通过集气罐而互相串通。

5）回水（凝水）干管

回水干管一般布置在地板下或首层顶棚下。

2. 供暖管网的安装

管道的安装有明装和暗装两种。一般民用建筑、公共建筑及厂房都为明装,装饰要求较高的建筑(如剧院、礼堂、展览馆、宾馆)及某些特殊要求的建筑常采用暗装。

管道安装时,立管应垂直地面安装,同一房间的散热器高度应一致,干管、支管应有规范要求的坡度。

管道穿过楼板或隔墙时,为使管道可自由移动而不损坏楼板或墙面,应在穿墙处预埋套管,套管内径稍大于管径,管道和套管间填石棉绳。

暗装时一定要保证质量,安装前要详细检查,以免覆盖后有漏水、漏气现象。

在设计和安装暗装管道时,要考虑沟槽对墙的强度、热工方面的影响。对沟槽砌砖的质量应要求高一些,并在沟槽内抹灰,以免沟槽与室外不严密的砖缝,造成冷空气渗入,加大管道热损失。

为减少沟槽内空气对流运动造成的立管热损失,在多层建筑中,沟槽应在每层间用隔板把空气隔开。

3. 高层建筑的供暖特点

随着城市人口的增加,高层建筑也得到迅速发展,随之也就产生了各种高层建筑供暖系统。由于高层建筑供暖本身的特点,也随之出现一系列新问题。

1)高层建筑供暖中应特殊考虑的问题

(1)围护结构的传热系数。

室外风速从地面到高空逐渐增大,使得其外表面的对流换热系数也大。此外,由于高层部分四周无其他建筑物遮挡,使高层建筑在夜间不断向天空辐射热量,而其他建筑对高层建筑的辐射热量很小,也增大了辐射热损失,从而使得高层部分的传热系数增大。

(2)室外空气侵入的问题。

高层室外风速大,使作用于迎风面上的风压也相应增大,这样就增加了冷风侵入量,也就加大了高层部分的热负荷。此外,高层建筑高度较高,由于热压作用,室外冷空气从下部进入后又通过上部排出的空气量也增大,这样就增加了下层部分的热负荷。

(3)水压力问题。

由于下层只能承受一定的静压力,而高层建筑中,如果要把水压到高层,就需要有较大的静水压力,从而限制了供暖系统的高度。

2)建筑和供暖方面应采取的措施

(1)减少由风压造成的室外空气渗入量,应尽量减少窗缝的长度,增加密闭性,如可在窗缝间加装橡胶密封衬垫等。底层大门应设双层门,在门外加一深度适当的门斗或设空气幕,在楼梯间通走廊处设弹簧门等常闭门。

(2)若采用热水供暖系统,则应沿垂直方向分区,如图 5-17 所示。在低层部分,供暖系统可与热力管网直接连接。高层部分则通过水－水换热器与热力管网连接。用这种方法将上、下两个系统分开,水－水换热器和水泵均设在辅助间内。

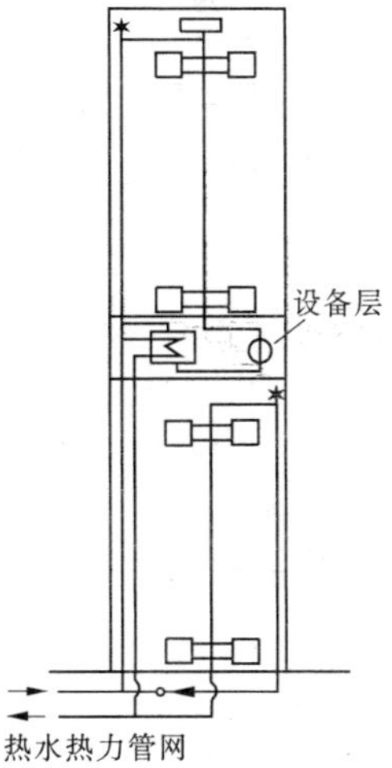

图 5-17　高层建筑的热水供暖系统

通常将供暖设备、空调设备、给排水设备和电气设备等放在同一层内,这一层叫设备层。设备层比标准层高约1.6倍,一般每10~20层设一个设备层。

高层建筑中一般不采用蒸汽供暖系统,这是因为除散热器表面温度过高不符合卫生要求外,还因为采用间歇供暖而造成室温波动过大。

(四)燃气供应

1.燃气的种类及特性

根据来源不同,燃气主要有天然气、人工燃气、液化石油气和生物质气等四种。

1)天然气

天然气热值高,容易燃烧且燃烧效率高,是优质、清洁的气体燃料,是理想的城市气源。天然气一般可分为从气井开采出来的纯天然气、随石油一起开采出来的石油伴生气、含石油轻质馏分的凝析气田气、从井下煤层抽出的矿井气(又称矿井瓦斯)四种。

天然气从地下开采出来时压力很高,有利于远距离输送,但需经降压、分离、净化(脱硫、脱水)才能作为城市燃气的气源。

2)人工燃气

人工燃气是将矿物燃料(煤、重油)通过热加工(分解、裂变)而得到的,包括煤制气和油制气。通常使用的有干馏煤气(如焦炉煤气)和重油裂解气(油制气)。另外,还有工业用的发生炉煤气等。

人工燃气具有强烈的气味及毒性,含有硫化氢、萘、苯、氨、焦油等杂质,易腐蚀和堵塞管道。因此,人工燃气需净化后使用。

3)液化石油气

液化石油气是在对石油进行加工处理过程中获得的一种可燃气体。它是多种气体的混合物,主要有丙烷、乙烯、丁烷、丁烯。这些气体很容易加压液化,故称为液化石油气。

目前,液化石油气多采用瓶装供应。随着我国石油工业的发展,液化石油气已成为城市燃气的重要气源之一。

4)生物质气

生物质气是利用农村废弃的秸秆(稻秆、麦秆、玉米秆、高粱秆等)、杂草、藤条等农林可燃植物作为主要原料,经过生物催化而产生的一种清洁燃气。

2.燃气输配管网的分类

输配管网将总站(接收站)的燃气输送至各储气站、调压站、燃气用户,并保证沿途输气安全可靠。燃气管网可按输气压力、用途、管网形状等加以分类。

1)按输气压力分类

燃气管道与其他管道相比,有特别严格的要求,因为管道漏气可能导致火灾、爆炸、中毒等事故。燃气管道中的压力越高,管道接头脱开、管道本身出现裂缝的可能性就越大。管道内燃气压力不同,对管材、安装质量、检验标准及运行管理等要求亦不相同。我国城镇燃气管道按燃气设计压力 P(MPa)分为七级。

2)按用途分类

(1)长距离输气管线。其干管及支管的末端连接城镇或大型工业企业,作为该供气区的气源点。

(2)城镇燃气管道。①分配管道:在供气地区将燃气分配给工业企业用户、商业用户和居民用户。管道包括街区和庭院的分配管道。②用户引入管:将燃气从分配管道引到用户室内管道引入口处的总阀门。③室内燃气管道:通过用户管道引入口的总阀门将燃气引向室内,并分配到每个燃气用具。

(3)工业企业燃气管道。①工厂引入管和厂区燃气管道:将燃气从城镇燃气管道引入工厂,分送到备用气车间。②车间燃气管道:从车间的管道引入口将燃气送到车间内各个用气设备(如窑炉)。燃气管道包括干管和支管。③炉前燃气管道:从支管将燃气分送给炉户各个燃烧设备。

3)按管网形状分类

为了便于工程设计中进行管网水力计算,通常将管网分为以下几种。

(1)环状管网:管道连成封闭的环状,它是城镇输配管网的基本形式,在同一环中,压力处于同一级制。

(2)枝状管网:以下管为主管,呈放射状从主管引出分配管而不成环状。在城镇管网中不单独使用。

(3)环枝状管网:环状与枝状混合使用的一种管网形式,是工程设计中常用的管网形状。

3. 室内燃气管道布置及敷设

由引入管进入房屋后的燃气管为室内管道,压力为低压。因为用户燃气管在住宅里面,所以要求有极高的严密性,不得有丝毫的漏气。

在燃气管道压力控制当中,燃气调压箱是一个很重要的设备组成部分。其主要作用是调节和稳定系统压力,并且控制输气系统燃气流量,保护系统以免出口压力过高或过低。燃气调压箱由阀体、膜片组件、弹簧加荷器、平衡阀芯等组成。其工作原理为:气体介质经过阀杆感应通道,进入调压器下膜腔;作用于膜片组件的负荷力与调节弹簧给定值进行比较;在负荷偏差 ΔF 力的作用下,使膜片组件上下移动,带动阀杆随之动作,以改变阀口开度实现自动调节的全过程,全平衡阀芯结构消除了前压对调节精度的影响,保障用户端的气流平稳,满足用户要求。

用户燃气管的管道走向曲折,接头较多,所以接头为丝扣连接,以避免用火切割、焊接。管材多为钢管,地下部分应涂防蚀剂,地上部分为镀锌钢管,以防腐蚀。

引入管垂直向上,在顶端用三通与横向管连接,以防燃气夹杂物和水进入用户。同样,横向管应以0.5%的坡度坡向入口。燃气管穿越墙壁和地板时,应套以套管,以便检修。

立管应在走廊的一端或其他较少防碍的地方竖向安置,在不影响装卸的情况下,尽量靠墙角。立管上设总阀门一个,其严密性要好,要易关闭,且不带手轮,避免随意开关。立管在一幢房屋中不应改变管径。

水平支管经煤气表后通向各用户。水平支管应安装在靠近顶棚的高处,然后再折向燃气用具。

煤气表后的细管一般不应沿气窗、窗台、门框和窗框敷设。当必须绕门窗时,应在管道绕行最低处设排泄凝结水或吹扫用的堵头。

为保证安全,室内的燃气管道不允许穿越卧室。

4. 燃气设备

近几年来,燃气设备在不断地发展,产品种类增多,技术更新很快。除一般的燃气灶具、燃气壁挂炉、燃气热水器外,还有空调系统的直燃式溴化锂制冷机组、供热系统的燃气锅炉、集中热水供应系统的热水炉等大负荷燃气设备。下面主要介绍一般的民用炊事和热水供应的燃气设备。

1)燃气灶具

燃气灶具是使用最广泛的民用燃气设备。灶具中燃气燃烧器一般采用的是引射式燃烧器,其工作原理是有压力的燃气流从喷嘴喷出,在燃烧器引射管入口形成负压,引入一次空气,燃气与空气混合,在燃烧器头部已混合的燃气空气流出火孔燃烧,在二次空气加入的情况下完全燃烧放热。

2)燃气壁挂炉

天然气作为一种优质高效的清洁能源,越来越受到世界各国的重视。在我国,随着西气东输工程的实施,天然气事业得到迅猛的发展,天然气应用已从传统的生活用气扩展到工业、采暖、制冷等领域,尤其是在我国北方,天然气的应用使得燃气锅炉、直燃机、家用壁挂炉等形式的采暖设备得到了越来越广泛的应用。家用壁挂炉以单一家庭住宅为单位,采用同一台热源满足生活热水和采暖的要求,具有安全舒适、调控方便、节约投资、热损失少、能效高、维修及计量方便的优点。

3)燃气热水器

燃气热水器是另一类常见的民用燃气设备。燃气热水器的额定工作压力与使用同种燃气灶具相同。燃气热水器分为快速式和容积式两类。

新型的烟道式燃气热水器是烟道强排式的燃气热水器。其改进的关键是实现了机械排烟,热水器增加了内置排烟风机。强排式热水器燃烧加热和烟气排放效果更好。

4)燃气计量表

燃气计量表是计量用户燃气消费量的装置。燃气计量表有代表性的是皮膜式燃气计量表,燃气进入计量表时,表中两个皮膜袋轮换接纳燃气气流,皮膜的进气带动机械传动机构计数。

居民住宅燃气用户计量表一般安装在厨房内。近年来,为了便于管理,不少地区已采用在表内增加IC卡辅助装置的气表,使计量表读卡交费供气,成为智能化仪表。

二、通风

(一)建筑通风概述

1. 通风的任务与意义

通风的任务是把室内被污染的空气直接或净化后排到室外,把室外的新鲜空气送入室内,以保持室内空气符合卫生标准和满足生产工艺的需要。

对于一般的民用建筑或污染轻微的小型厂房,只需采取一些简单措施,如穿堂风、利用门窗换气、设电风扇等。

在许多工业厂房,伴随工艺过程会释放出大量余热、余湿、各种工业粉尘及有害气体和有害蒸汽等工业有害物。若不采取防护措施,势必会恶化空气环境、危害工人健康、损坏设备,而大量粉尘和有害气体排入大气,又会污染大气。同时,许多工业粉尘和气体本身就是生产的原料或成品,需要回收,因此必须加以重视。这样的通风为工业通风。

如果由于生产和生活条件的限制、有害物源不固定等,不能采用局部排风,或者采用局部排风后,室内有害物质浓度仍超过卫生标准,在这种情况下可以采用全面通风。全面通风是对整个车间和建筑空间进行通风换气,即用新鲜的空气把有害物质浓度稀释到最高容许浓度以下。

2. 通风方式分类

通风,简单地说,就是把整个建筑物或局部地方不符合卫生标准的污浊空气排至室外,把新鲜空气或经过净化处理符合卫生标准的空气送入室内,前者称为排风,后者称为送风。

按照通风动力的不同,通风系统可分为自然通风和机械通风两大类。

自然通风是依靠室内外空气的温度差所造成的热压或室外风力造成的风压使空气流动的。自然通风在一般的民用建筑及公共建筑中大多采用开启的外窗进行自然换气,在工业建筑中用以改善工作区的劳动条件。

机械通风是依靠风机的动力使空气流动的,由于配置了动力设备(通风机),可使空气通过风道输送,并可对所输送的空气进行净化(空气过滤),因此它有自然通风无可比拟的优越性。其缺点是初投资大,运行及维护费较高。

机械通风系统按照通风作用范围的不同又可分为全面通风和局部通风两大类。

(1)全面通风。

全面通风又称稀释通风,它一方面用清洁空气稀释室内空气中有害物浓度,另一方面把污染的空气排至室外,使室内空气中的有害物浓度不超过国家卫生标准规定的最高允许浓度。全面通风由于所需要风量大,故相应的设备也较庞大。设计全面通风系统时,要选择合理的气流组织,合理地布置送风口和排风口,使得送入室内的新鲜空气以最短的路程送入工作区,同时使得污浊的空气以最短的路程排至室外。

(2)局部通风。

局部通风系统可分为局部送风和局部排风两种形式。它们都是利用局部气流使某工作区不受有害物的污染,创造良好的工作环境。局部通风系统由于风量小、造价低,设计时应优先考虑。

局部送风即只向局部工作区输送新鲜空气,在局部地点造成良好的空气环境。局部送风系统有系统式和分散式两种。系统式即空气经过集中处理后直接送入局部工作区;分散式一般采用轴流风机或喷雾风扇,采用室内再循环空气的方法。

局部排风即把局部工作区产生的有害物(空气)收集起来通过风机排至室外。局部排风系统一般由局部排风罩(密闭罩)、风道、除尘器(有害气体净化器)、通风机等组成。

3. 通风系统的组成

通风系统由于设置场所的不同,其系统组成也各不相同,一般通风系统主要由以下各部分组成。

1)进风系统

进风系统一般由进风百叶窗、空气过滤器(加热器)、通风机(离心式、轴流式、贯流式)、风道以及送风口等组成。

2)排风系统

排风系统一般由排风口(排气罩)、风道、过滤器(除尘器、空气净化器)、风机、风帽等组成。

(二)通风系统的主要设备和构件

在自然通风中,其设备装置比较简单,只需用进风窗、排风窗及附属的开关装置。而机械通风系统则由较多的构件和设备所组成,除管道和风机外,一般还包括如下一些组成部分:全面排风系统有室内排风口和室外排风装置等,局部排风系统有局部排风罩、排风处理设备以及室外排风装置等,进风系统有室外进风装置、进风处理设备以及室内送风口等。下面仅就一些主要设备和构件作简单介绍。

1. 室内送风口、排风口

室内送风口是送风系统中的风道末端装置,由风道送来的空气通过送风口以适当的速度分配到各个指定的送风地点。

图 5-18 所示是构造最简单的两种送风口,孔口直接开设在风管上,用于侧向或下向送风。其中图 5-18(a)所示为风管侧送风口,除孔口本身外没有任何调节装置;图 5-18(b)所示为插板式送风口,其中设有插板,这种风口虽可调节送风量,但不能控制气流的方向。

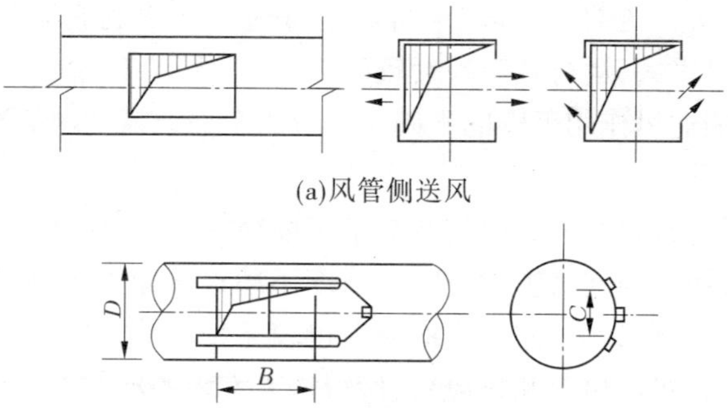

(a)风管侧送风

(b)插板式送风口

图 5-18　两种最简单的送风口

图 5-19 是常用的一种性能较好的百叶式送风口,可以在风管上、风管末端或墙上安装。其中,双层百叶式送风口不但可以调节出口气流速度,而且可以调节气流的角度。

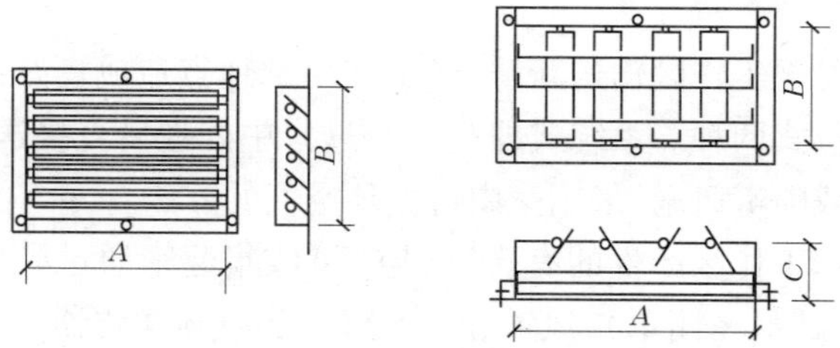

(a)单层百叶式送风口　　(b)双层百叶式送风口

图 5-19　百叶式送风口

在工业厂房中,往往需要向一些工作地点供应大量空气,但又要求送风口附近的速度迅速降低,以避免吹风感觉。这种大型送风口称为空气分布器。

室内排风口是全面排风系统的一个组成部分,室内部分被污染的空气经由排风口进入排风管道。排风口的种类较少,通常做成百叶式。此外,图 5-19 所示的送风口,也可以用于排风系统,当做排风口使用。

室内送风口、排风口的布置情况是决定通风气流方向的一个重要因素,而气流的方向是否合理,将直接影响全面通风的效果。在组织通风气流时,应将新鲜空气直接送到工作地点或洁净区域,而排风口则要根据有害物的分布规律设在室内浓度最大的地方。

2. 风管

风管是通风系统中的主要部件之一,其作用是输送空气。常用的通风管道的断面有圆形和矩形两种。同样截面面积的风管,以圆形截面最节省材料,而且其流动阻力小,因此采用圆形风管的较多。考虑到美观和穿越结构物或管道交叉敷设时便于施工,才用矩形风管或其他截面风管。圆形风管和矩形风管分别以外径 D 和外边长 $A \times B$ 表示,单位是毫米(mm)。

目前,最常用的管材是普通薄钢板和镀锌薄钢板,有板材和卷材两种。通风管道除支管外,还要根据工程的实际需要配设弯头、乙字弯、三通、四通、变径管等。

3. 阀门

通风系统中的阀门主要用来调节风量、平衡系统、防止系统火灾蔓延等。常用的阀门有气动阀、调节阀、止回阀和防火阀几种。

1)气动阀

风机入口处的阀门有圆形插板阀和圆形瓣式气动阀等。圆形插板阀多用于中小型离心通风机上;圆形瓣式气动阀结构复杂,造价较高,但占地面积小,操作方便。

2)调节阀

调节阀是用来对风量进行调节的阀门。常用的调节阀有密封式斜插板阀、蝶阀、三通调节阀等。

3)止回阀

止回阀的作用是当风机停止运转时,阻止风管路中的空气倒流。止回阀有圆形和方形之分。止回阀必须动作灵活、能防止火花及爆炸。止回阀适宜安装在风速大于 8 m/s 的风管内。

4)防火阀

防火阀的作用是当发生火灾时,能自动关闭管道,切断气流,防止火势通过通风系统蔓延。防火阀也有方形、矩形之分,由阀板套、阀板和易熔片组成。防火阀是高层建筑空调系统中不可缺少的部件。

4. 风机

风机是通风系统中的重要设备,其作用是为通风系统提供使空气流动的动力,以克服风管和其他部件、设备对空气流动产生的动力。在通风和空调工程中,常用的风机有离心风机和轴流风机两种类型。

1)离心风机

离心风机(见图 5-20)是由叶轮、机壳和集流器(吸气口)三个主要部分组成的。离心风机的工作原理与离心水泵相同,主要借助于叶轮旋转时产生的离心力而使气体获得压能和动能。

离心风机的机号是用叶轮外径的分米数表示的,不论哪一种形式的风机,其机号均与叶轮外径的分米数相等,例如 No6 风机,叶轮外径等于 6 dm(600 mm)。

2)轴流风机

轴流风机的构造如图 5-21 所示,叶轮由轮毂和铆在其上的叶片组成,叶片与轮毂平面安装成一定的角度。叶片的构造形式很多,如机翼形扭曲或不扭曲的叶片、等厚板形扭曲或不扭曲叶片等。大型轴流风机的叶片安装角度是可以调节的,借以改变风量和全压。有的轴流风机做成长轴形式,将电动机放在机壳的外面。大型的轴流风机不与电动机同轴,而用三角皮带传动。

轴流风机是借助叶轮的推力作用促使气流流动的,气流的方向与机轴相平行。

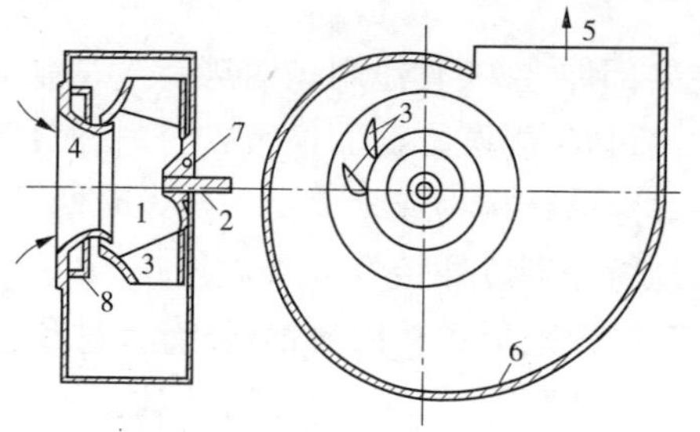

1—叶轮;2—机轴;3—叶片;4—吸气口;

5—出口;6—机壳;7—轮毂;8—扩压环

图 5-20 离心风机构造

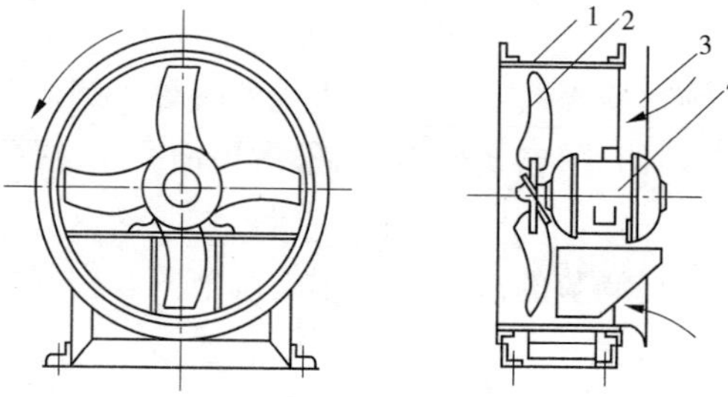

1—圆筒形机壳;2—叶轮;3—进口;4—电动机

图 5-21 轴流风机构造

轴流风机与离心风机在性能上最主要的差别是,前者产生的全压较小,后者产生的全压较大。因此,轴流风机只能用于无需设置管道的场合以及管道阻力较小的系统,而离心风机则往往用在阻力较大的系统中。

3)风机的安装

轴流风机往往安装在风管中间或者墙洞内,在风管中间安装时,可将风机装在角钢制成的支架上,再将支架固定在墙上、柱上或混凝土楼板下面。图 5-22 所示是轴流风机在墙上安装的示意图。

小型直联传动的离心风机也可以用支架安装在墙上、柱上及平台上,或者通过地脚螺栓安装在混凝土基础上(见图 5-23),大、中型皮带传动的离心风机,一般都安装在混凝土基础上。对隔振有一定要求时,则安装在减振台座上。

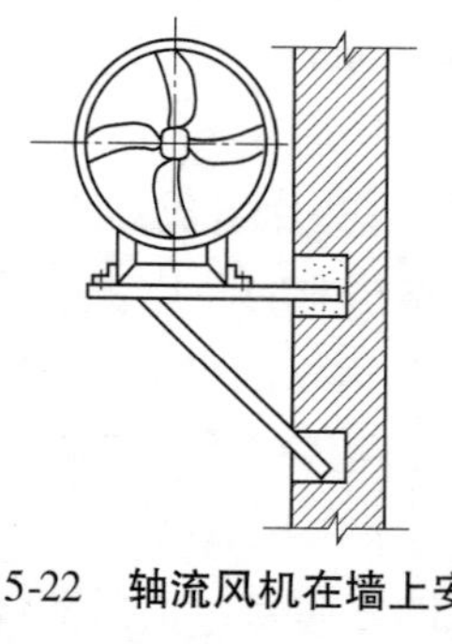

图 5-22 轴流风机在墙上安装

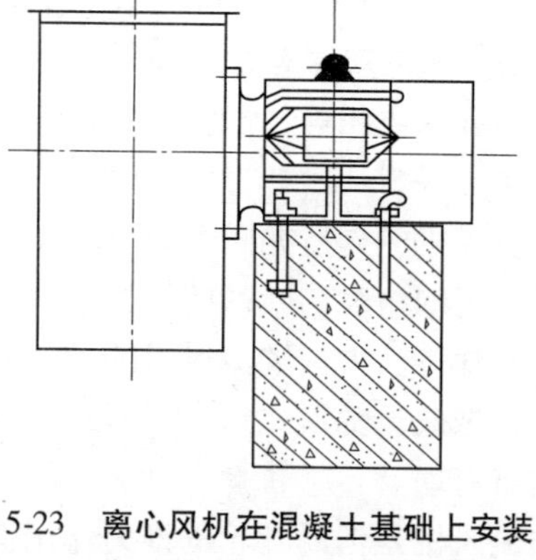

图 5-23 离心风机在混凝土基础上安装

5. 风帽

为了防止雨水、雪、杂质等进入排气管或利用室外空气流速在排气口处进行自然通风，在机械及自然排风中用钢板作为排气管时均应设风帽。

6. 除尘器

在一些机械排风系统中，排出的空气中往往会有大量的粉尘，如果直接排入大气，就会使周围的空气受到污染，影响环境卫生和危害居民健康。因此，必须对排出的空气进行适当的净化，净化时还能够回收有用的物料。除掉粉尘所用的设备称为除尘器。

按照除尘器的主要机理，除尘器可分为机械式除尘器、过滤式除尘器、湿式除尘器和静电除尘器等。

1）机械式除尘器

机械式除尘器包括重力沉降室、旋风除尘器和惯性除尘器等。这类除尘器的特点是结构简单、造价低、维护方便，但除尘效率不高，往往用于多级除尘系统中的高级预除尘。

2）过滤式除尘器

过滤式除尘器包括袋式除尘器和颗粒层除尘器等。其特点是除尘效率高，但阻力较大、维护不方便。一般用做第二级除尘器。

3）湿式除尘器

湿式除尘器包括低能湿式除尘器和高能文氏管除尘器。其主要优点是用水作为除尘介质，除尘效率高；缺点是所消耗的能量高，除尘过程中有污水产生，需要对污水进行处理，而且对憎水性粉尘不适用。

4）静电除尘器

静电除尘器又称电除尘器，有干式电除尘器和湿式电除尘器等。其优点是除尘的效率高，消耗动力少；缺点是耗钢材多，投资大，制造、安装及运行管理要求高。

（三）全面通风与局部通风

1. 全面通风概述

全面通风是对整个房间进行通风换气，用送入室内的新鲜空气把整个房间里的有害物浓度稀释到国家卫生标准的允许浓度以下，同时把室内被污染的污浊空气直接或经过净化处理后排放到室外大气中去。

1）全面通风的系统形式

全面通风包括全面送风和全面排风，两者可同时或单独使用。单独使用时需要与自然通风方式相结合。

（1）全面机械排风，自然进风系统。室内污浊空气在风机作用下通过排风口和排风管道排到室外，而室外新鲜空气在排风机抽吸造成的室内负压作用下，通过外墙上的门窗孔洞或缝隙进入室内。这种通风方式由于室内是负压，可以防止室内空气中的有害物向邻室扩散。

（2）全面机械送风，自然排风系统。室外新鲜空气经过空气处理设备处理达到要求的送风状态后，用风机经送风管和送风口送入室内。这时，室内因不断地送入空气，压力升高，呈正压状态。使室内空气在正压作用下，通过外墙上的门窗孔洞或缝隙排向室外。这种通风方式在与室内卫生条件要求较高的房间相邻时不宜采用，以免室内空气中的有害物在正压作用下向邻室扩散。

(3)全面机械送风、排风系统。室外新鲜空气在送风机作用下经过空气处理设备、送风管道和送风门送入室内,污染后的室内空气在排风机的作用下直接排至室外,或送往空气净化设备处理,达到允许的有害物浓度的排放标准后排入大气。

2)气流组织

全面通风的通风效果除与所采用的通风系统的形式有关外,还与通风房间的气流组织形式有关。为了获得良好的全面通风效果,需要合理地选择和设置送、排风口的形式、数量及位置。如图5-24所示为气流组织方案。

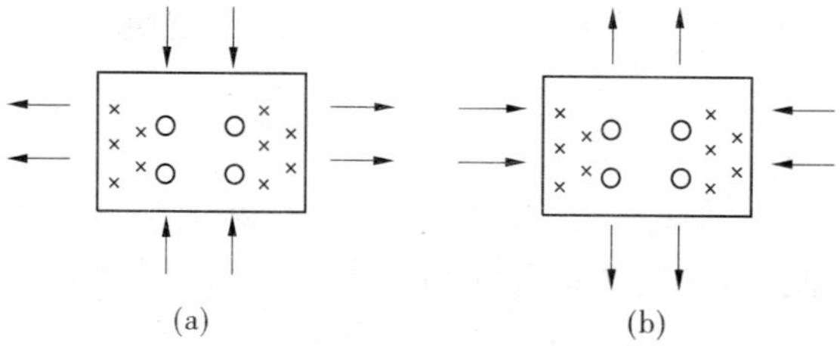

×—有害物源;○—人的工作位置

图5-24 气流组织方案

2. 空气平衡和热平衡

1)通风房间的空气平衡

一个通风房间,为了能够正常地进风和排风,必须保持室内压力稳定。根据质量守恒定理,要求在单位时间内送入房间的空气量等于从房间排出的空气量,这就是通风房间的空气平衡。

在工程实践中,为了满足通风房间或邻室的卫生条件要求,通过使机械送风量略大于机械排风量(通常取5% ~10%)让一部分机械送风量从门窗缝隙自然渗出的方法,使洁净度要求较高的房间保持正压,以防止室外或邻室的污染空气进入室内;或通过使机械送风量略小于机械排风量(通常取10% ~20%)让一部分室外空气通过门窗缝隙自然渗入室内补充多余的排风量的方法,使污染程度较严重的房间保持负压,以防止污染空气向邻室扩散。

2)通风房间的热平衡

在气候寒冷的地区,冬季要求保持一定的室内温度,并且不允许将温度很低的室外空气直接送入工作区。因此,在设计全面通风系统时,需按照热平衡方法计算所需要的送风温度。通风房间的热平衡,是指为了使室内温度保持不变,通风房间在单位时间内的得热量等于失热量。

3. 局部通风及系统组成

局部通风系统利用局部气流使工作区域不受污染物的危害,以造成良好的局部工作环境。局部通风包括局部送风和局部排风。

1)局部送风

对于面积较大且工作人员很少的生产车间(如高温车间),使用局部送风方法,向少数工作人员停留的地点送风,使工作区保持较好的空气环境。局部送风避免了全面送风对改善整个车间的空气环境既困难又不经济的问题。局部机械送风系统如图5-25所示。

2)局部排风

局部排风是把有害物质在生产过程中的产生地点直接收集起来排放到室外的通风方法,这是防止有害物质向四周扩散的最有效的措施。局部机械排风系统如图5-26所示。

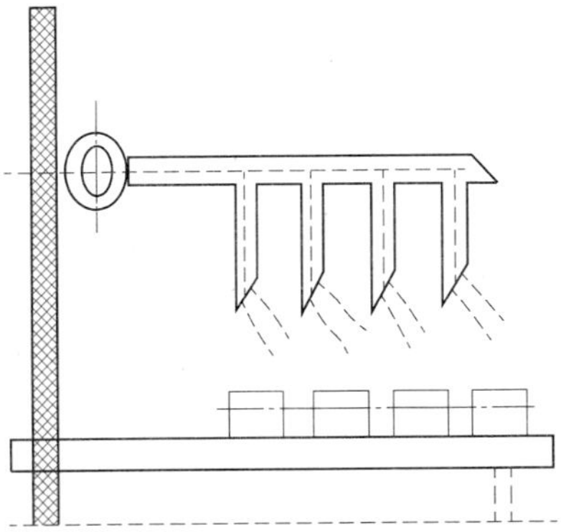

图 5-25　局部机械送风系统

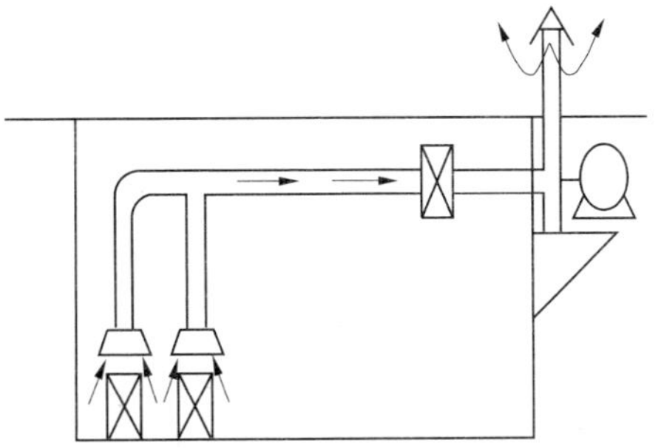

图 5-26　局部机械排风系统

与全面排风相比，局部排风除能有效地防止有害物质污染环境和危害人们的身体健康外，还可以大大地减少排除有害物质所需的通风量，是一种经济的排风方式。局部排风系统通常由局部排风罩、风管、空气净化处理设备、风机等部分组成。

（四）自然通风

自然通风是指利用自然手段（热压、风压等）来促进室内空气流动而进行的通风换气方式。它最大的特点是不消耗动力，因而是一种节能、经济的通风方式。良好的通风可以把新鲜空气带入室内，带走进入室内的热量，还可以促进人体的汗液蒸发降温，使人感到舒适。因此，自然通风作为一项重要的被动式设计方法被广泛应用于建筑设计中。

1. 自然通风的成因

自然通风主要依靠室内外风压或者热压的差值作为动力来促使室内外空气交换。如果建筑物外墙上的窗口两侧存在压力差，就会有空气流过窗口。

1）热压作用下的自然通风

当较重的冷空气从进风口进入室内，吸收了室内的热量后变成较轻的热空气上升从出风口排至室外，不断流入的冷空气在室内被加热后从建筑物的上部出风口排出就形成了室内自然通风，这称为热压通风，如图 5-27 所示。

热压的大小取决于室内外空气温差所形成的空气密度差，以及进出风口的高差。

热压作用产生的通风效应通常被称为烟囱效应（Stack effect）。烟囱效应的强度与建筑高度和室内外空气温度有关。建筑物越高，烟囱效应越强烈。但是，建筑物内部没有烟囱（竖向通道），也就没有烟囱效应。比如，外廊式多层建筑在建筑内部没有竖向通道，也就没有烟囱效应，其每一层热压通风与单层建筑没有本质区别。

2）风压作用下的自然通风

当风吹向建筑物时，由于空气流动受阻，风速降低，风的部分动能变为静压，作用在建筑物的迎风面上，因而使迎风面上所受到的压力大于大气压，从而在迎风面上形成正压区。风受到迎风面的阻挡后，从建筑物的屋顶及两侧快速绕流过去。绕流作用增加的风速使建筑物屋顶、两侧及背风面受到的压力小于大气压，形成负压区，如图 5-28 所示。如果建筑物上设有开口，气流就会从正压区流入室内，再从室内流向负压区，这就形成了风压通风。

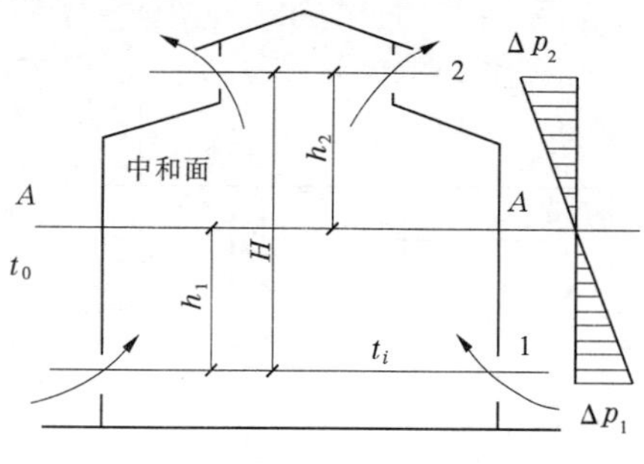

图 5-27　热压作用下的自然通风

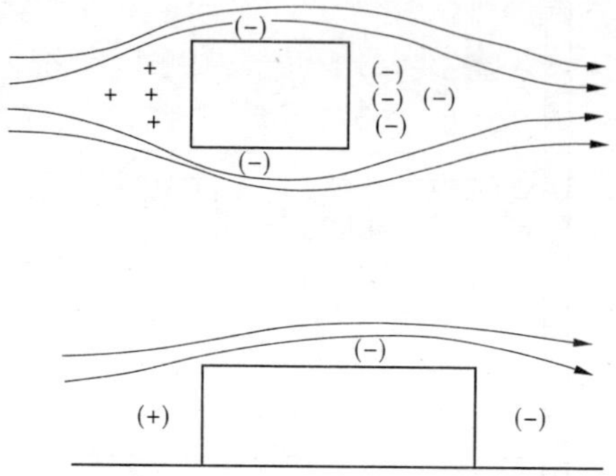

图 5-28　风压作用下的自然通风

3）热压与风压共同作用下的自然通风

在一般情况下，室内自然通风的形成，既有热压通风的因素，也有风压通风的因素。热压与风压共同作用下的自然通风可以认为是它们的代数叠加。在热压与风压共同作用下，如果室内空气温度大于室外空气温度，则下层迎风面进风量增加，上层背风面排风量增加。实测和原理分析表明，对于高层建筑，在冬季时，即使风速很大，上层的迎风面房间仍是排风的。

由于室外风速和风向是多变的，由风压引起的自然通风的不确定因素很多，因此相关规范规定，在实际计算时仅考虑热压的作用，风压一般不考虑。但是，必须定性地考虑风压对自然通风的影响。

2. 自然通风的形式与特点

1）自然通风的形式

自然通风的实现是灵活多样的，但是通常自然通风可以分为以下几种形式：

（1）穿堂风。一般来说，主要指房间的入口和出口相对，自然风能够直接从入口进入，通过整个房间后穿出出口，如果进、出口间有隔断，这种风就会被阻挡，通风效果大打折扣。一般来说，进出口间的距离应该是屋顶高度的 2.5 ~ 5 倍。

（2）单面通风。当自然风的入口和出口在建筑的一个面的时候，这种通风方式被称为单面通风，单面通风有三种情况，即主要依靠空气的湍流脉动来进行室内外空气交换、主要依靠热压或风压来进行室内外空气交换和由于室内各部分之间的空隙引起的穿堂风。

（3）被动风井通风。被动风井（烟囱）通风系统已被广泛地应用于斯堪的纳维亚半岛的很多建筑中，通常用于排出比较潮湿的房间中的湿空气，也可用于改善室内空气品质。通过烟囱的气流被热压和风压共同驱动。

在每个需要排风的房间中都需要一个独立的风井以防止交叉感染，必须给补充空气留有进口，风井的最后出口应该处于室外的负压区。

（4）中厅通风。中厅在一些现代办公楼中是一种常见的建筑构造，可以用中厅作为风井来实现自然通风。

（5）双层玻璃通风。双层玻璃幕墙作为一种近来较为流行的建筑手法，也是一种强化自然通风的手段。双层玻璃之间留有较大的空间，常被称为“会呼吸的皮肤”。在冬季，双层玻璃间层形成阳光温室，提高建筑围护结构表面温度；在夏季，可利用烟囱效应在间层内通风。

2）自然通风的优缺点

一般来说，在室外气象条件和噪声符合要求的条件下，自然通风可以应用于低层建筑，中小尺寸的办公室、学校、住宅、仓库、轻工业厂房以及简易的养殖场。

自然通风的主要优点有：①自然通风对温带气候的很多建筑类型都适用；②自然通风比机械通风经济；③如果开口数量足够、位置合适、空气流量会较大；④不需要专门的机房；⑤不需要专门的维护。

自然通风的主要缺点有：①通风量往往难以控制，因此可能会导致室内空气品质达不到预期的要求和过量的热损失；②在大而深的多房间建筑中，自然通风难以保证新风的充分输入和平衡分配；③在噪声和污染比较严重的地区，自然通风不适用；④一些自然通风的设计可能会带来安全隐患，应预先采取措施；⑤自然通风不适用于恶劣气候环境的地区；⑥自然通风往往需要居住者自己调整风口来满足需要，比较麻烦；⑦目前的自然通风很少对进口空气进行过滤和净化；⑧自然通风风道需要比较大的空间，经常受到建筑形式的限制。

三、空气调节

（一）概述

1. 空气调节的任务和作用

空气调节是控制室内空气的温度、湿度、洁净度和气流速度等符合一定要求的工程技术。所谓“一定要求”，是指一些生产工艺或客观需要，不同的使用要求对上述各项要求有不同的侧重。仅满足人体舒适要求的空调称为舒适性空调，它不严格要求温度、湿度的恒定，主要是以夏季降温为主，一般的民用建筑空调多为舒适性空调。

根据工艺、生产的要求而将温度、湿度等严格控制在一定范围内的空调称为恒温恒湿空调，如计量室、精密车间等，不仅对温度、湿度有一定要求，而且对空气的含尘量和尘粒大小有严格要求的空调为净化空调，如生产集成电路的车间等。为满足科研要求建立的特殊空间气候，以模拟高温、低温、低湿等环境的称为“人工气候室”。此外，还有无菌空调（如医药实验室、手术室）和以除湿为主的空调（如地下建筑）等。

2. 室内空气的计算参数

室内空气计算参数的大小与空调负荷有密切关系。在人体的舒适范围内，夏季降温时采用较高的室内干球温度和相对湿度，可以大幅度减小空调负荷。美国国家标准局的调查认为，把夏季室内计算温度从 24 ℃提高到 26.7 ℃约可节约能量 15%，日本的一个办公楼将夏季室内温度从 26 ℃提高到 28 ℃，冷负荷减小 21% ~23%。上海、广州的一些实例表明，若将夏季室内计算温度提高 1℃，则空调工程投资额可降低 6% 左右，空调运行费可减少 8% 左右。综上所述，空调系统室内计算参数的恰当选择非常重要。因此，我国的有关标准对各种不同类型和不同等级的空调室内计算参数作了规定。表 5-1 是我国舒适性空调通常采用的设计参数。

3. 空调系统的分类

1）集中式系统

集中式系统的全部空气处理设备都设在一个集中的空调机房中。图 5-29 是一个集中式空调系统示意图，多用于大型空调系统。

表 5-1　舒适性空调的室内设计参数

建筑类别		夏季		冬季	
		高级	一般	高级	一般
宾馆、办公楼、医院、学校	温度(℃) 湿度(%) 风速(m/s)	25～27 50～60 0.2～0.4	26～28 55～65 0.2～0.4	20～22 ≥35 0.15～0.25	18～20 不规定 0.15～0.25
百货商场、展览馆、影剧院、车站、机场等	温度(℃) 湿度(%) 风速(m/s)	26～28 55～65 0.3～0.5	27～29 55～65 0.3～0.5	18～20 ≥35 0.2～0.3	16～18 不规定 0.2～0.3
电视演播室、计算机机房、广播通信机房	温度(℃) 湿度(%) 风速(m/s)	24～26 40～50 0.3～0.45	26～27 45～55 0.3～0.5	18～20 ≥35 0.2～0.3	18～20 ≥35 0.2～0.3

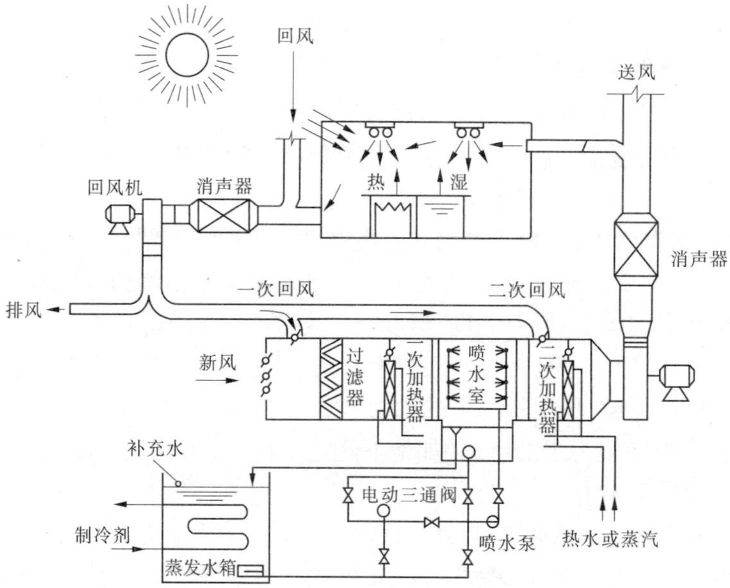

图 5-29　集中式空调系统

2)分散式系统

分散式系统将冷源、热源和空气处理、输送、控制设备集中在一个箱体中(空调机组),直接在空调房间或邻近地点就地处理空气,主要用于住宅、办公室等场所。

3)半集中式系统

半集中式系统除有集中的空调机房外,在各空调房间内设有二次处理设备(末端装置),如风机盘管式空调系统,该系统多用于宾馆等场所。

4. 空气调节的特点

(1)空调系统在运行中需要消耗大量的能源(特别是夏季降温和除湿)。

一般建筑的夏季空调冷负荷要大于冬季供暖热负荷,如一般民用建筑冬季供暖热负荷为 70 W/m^2 左右,而仅为满足舒适要求的舒适性空调,夏季空调冷负荷也在 100～200

W/m^2。对于有特殊要求的工艺性空调,冷负荷可能会更大。按目前的空气处理方法,对空气加热和加湿比较容易,而对空气降温和减湿则比较困难。一般来说,每制备 1 kW 冷量所消耗的能量可以制备 2.5 ~4 kW 热量。

(2)在大型公共建筑的建筑设备中,空调系统的投资一般都比较大。如果是有特殊要求的工艺性空调,投资则更高。而要使空调系统投资减少到合理的程度,建筑设计的合理性、建筑节能技术的运用、最大限度地减小空调负荷、减少室外温度波动的干扰至关重要。

(3)空调系统中有大量的室外设备,如集中、半集中式的冷却塔,分散式的室外机组等。这些设备的布置不但会对建筑外立面效果产生影响,而且噪声、释放出的热量、水蒸气、冷凝水的排出等都会对周围环境产生不良影响,这些因素都应在建筑设计中予以注意。

(4)空调系统设备较大,风道尺寸也较大,因此建筑设计工作中应充分注意到这一点,特别是在各层层高确定时,应注意风道所需要占据的高度。

5. 空调和通风的区别

空调系统和通风系统,都是向室内送风,似乎差别不大。但实际上二者之间有很明显的区别,主要表现在以下几个方面:

(1)从定义看,通风的任务是满足室内的卫生要求(满足要求),而空调的任务则是通过人工的手段创造一个所要求的室内环境(创造环境)。二者显然在标准上有很大差别。以住宅夏季降温为例,通风的方法是采用电风扇,而空调的方法则是采用空调机。当然,标准不同,所耗资金和能源也不同。

(2)在通风中,把室外空气看做新鲜空气。而在空调中,室内外空气的温度、湿度及洁净度都差别很大,因此除必要的新风量外,应尽量减少室外空气进入室内。

(3)在通风中,排出的空气为被污染空气。而在空调中,排出空调房间的空气质量显然比室外空气要好得多。因此,一般情况下排出空气大部分经处理后又被送到空调房间。

(4)房间的气流组织形式不同。通风中送风首先经过工作区或呼吸区,而空调中送风应与室内空气充分混合后才进入工作区,即工作区处于回流区。

(5)建筑设计思路不同。简单地说,通风房间讲究敞开,充分利用穿堂风,而空调房间则讲究密闭,以减少外界对室内的影响。

(二)空气处理

空气处理包括空气的热、湿处理和净化处理。下面简单介绍各种空气处理设备及方法。

1. 空气的热、湿处理

1)用喷水室处理空气

当空气和水直接接触时,两者之间就会发生热、湿交换过程。用喷水室(见图 5-30)处理空气就是根据这一原理进行的。在喷水室中喷不同温度的水,可以实现对空气的加热、冷却、加湿和减湿等多种空气处理过程。同时,它还具有一定的净化空气的能力。喷水室耗费金属量小,加工方便,但系统较复杂,体积大,在大型的空调工程中得以采用。

2)用表面式换热器处理空气

在空调系统中,还广泛使用表面式换热器来处理空气。用表面式换热器(见图 5-31)可以完成对空气的加热、冷却或冷却减湿过程。表面式换热器具有结构紧凑、水系统简单、占地面积小和管理方便等优点,但是它不能像喷水室那样进行加湿处理,也难以精确调节空气的温度和相对湿度。

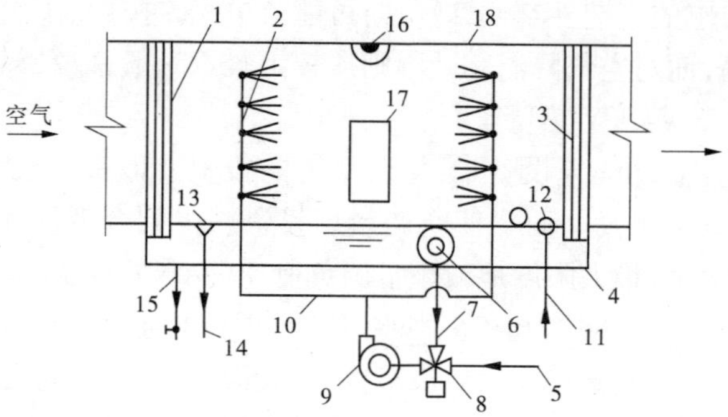

1—前挡水板;2—喷嘴和排管;3—后挡水板;4—底池;5—冷水管;6—滤水器;7—循环水管;
8—三通阀;9—水泵;10—供水管;11—补水管;12—浮球阀;13—溢水器;
14—溢水管;15—泄水管;16—防水灯;17—检查门;18—外壳

图 5-30 喷水室构造

3)用电加热器处理空气

电加热器是使电流通过电阻丝发热来加热空气的设备。它具有加热均匀、热量稳定、效率高、结构紧凑和控制方便等优点。因此,在空调机组和小型空调系统中应用较广,在精度要求较高的大型空调系统中也经常在各空调房间的送风末端作为精调设备。但电加热器要耗费较多电能,所以不宜在加热量大的地方使用。

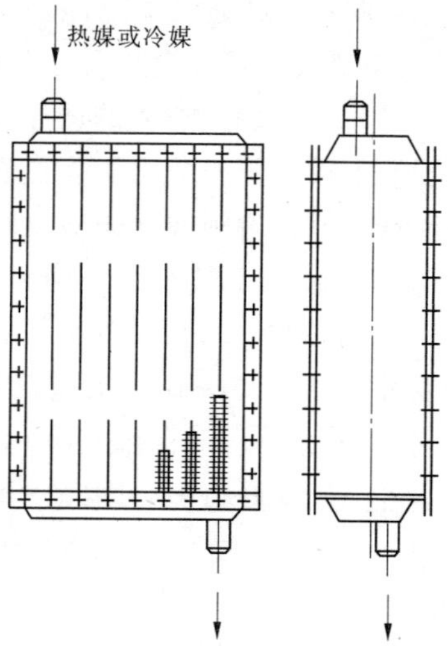

图 5-31 表面式换热器

4)空气的加湿处理

空气的加湿可以在两个地方进行,在空气处理室或送风管道内对送入空调房间的空气进行集中加湿或在空调房间内对空气进行局部加湿。前面提到的喷水室加湿就是一种常用的集中加湿法。

空气的加湿方法除利用喷水室外,还有喷蒸汽加湿、直接喷水加湿和电加湿器加湿等。空气加湿处理较为简单。

5)空气的减湿处理

在气候潮湿的地区、地下建筑及生产工艺要求空气干燥的场合,需要对空气进行减湿处理。常用的空气减湿方法有以下几种:

(1)加热通风法减湿。将空气加热后,虽然含湿量没有变化,但相对湿度降低,这是一种简单经济的方法,但不是根本的减湿方法。

(2)冷却减湿。依靠冷冻除湿机来降低空气的含湿量。潮湿空气通过制冷系统的蒸发器时,蒸发器表面温度低于空气露点,使得空气冷却到露点以下,析出部分凝结水,达到减湿目的。经过冷却减湿的空气通过制冷系统的冷凝器时,又被加热升温,从而降低了相对湿度。冷冻除湿机性能可靠、可连续工作,但初投资和运行费用较高。

(3)利用固体吸湿剂吸湿。固体吸湿剂有两种类型:一种是具有吸附多孔性材料(如硅胶),吸湿后材料的固体形态不变;另一种是具有吸湿性能的固体材料(如氯化钙),吸湿后,由固态逐渐变为液态,失去吸湿能力。这种减湿方法多用于局部小空间内部(如仪器箱等)。

常用的空调系统主要还是依靠喷水室或冷冻除湿机等方法减湿的。

2. 空气的净化处理

空气的净化处理主要是除去空气中的悬浮尘埃。此外,在某些场合还有除臭、增加空气离子等要求。

对空气的除尘处理,通常使用空气过滤器。根据过滤效率高低,可将空气过滤器分成三种类型:①低效过滤器的滤料多采用金属丝网、粗孔聚氨酯泡沫塑料等;②中效过滤器的滤料是由玻璃纤维和涤纶、丙纶、晴纶等原料制成的合成纤维;③高效过滤器的滤料是超细玻璃纤维、超细石棉纤维,在使用时必须有低、中效过滤器的保护而成的三级过滤的末级过滤器。高效过滤器还可用于无菌要求的洁净室。

对空气过滤器的选用,应主要根据空调房间的净化要求和室外空气的污染情况。一般空调系统,通常只在空气处理室入口设一级低效过滤器;有净化要求的可设低效和中效两级过滤器,其中中效过滤器应设在风机的出口段(即系统的正压段)。有超级净化要求的系统才采用三级过滤,高效过滤器应尽量靠近送风口。

3. 空气处理室

空气处理室(或空调箱)是集中设置各种空气处理设备的专用小室或箱体,可以自行设计也可以选用定型产品。空气处理室包括过滤段、一次加热段、喷水段和二次加热段四个部分。外壳可用钢板或非金属材料(钢筋混凝土、砖)制作。空气处理室的长度一般为 5 ~ 9 m,宽为 1.5 ~ 3 m,高为 2.8 ~ 3.8 m。

4. 消声与减振

空调设备(风机、冷冻机)在运行中会产生噪声和振动,并通过风道或其他结构物传入空调房间。因此,对于要求控制噪声和防止振动的空调工程,应采取适当的消声和减振措施,为了防止振动由风道和水管等处传递出去,在管道或风道等的吊卡、穿墙处都要作防振处理。消声措施主要有:①设法减少噪声的产生;②必要时在系统中设消声器。减振措施主要是安装减振器。

(三)空调房间

合理地组织室内空气的流动,使室内空气的温度、湿度、流速等能更好地满足工艺要求和符合人体舒适感,是气流组织的任务。气流组织直接影响室内空调效果,是关系到室内工作区的温度和湿度基数、精度及区域温差、工作区的流速及清洁程度和人体舒适感的重要因素,是空调的一个重要环节。

影响气流组织的主要因素有送风口和回风口的形式、位置及送风射流参数。常用的气流组织方式有以下几种。

1. 侧向送风

单侧送风方式的送风口、回风口分别布置在房间同侧的上、下部,送风射流出送风口后形成贴附射流,到达对面的墙壁后下降回流,使工作区处于回流区,以利于送风温差的衰减和提高空调精度。

侧向送风是最常用的一种送风方式,它具有布置方便、结构简单、节省投资的优点,在空调精度≥0.5 ℃的空调房间中均可采用。图 5-32 是几种布置实例,其中图 5-32(a)是将回风管设在室内或走廊,图 5-32(b)是利用送风管周围空间做回风干管,图 5-32(c)是利用走廊回风。

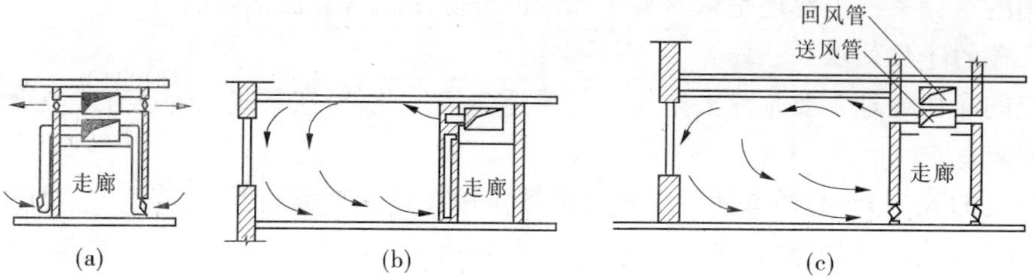

图 5-32　侧向送风

2. 散流器送风

散流器是装在顶棚上的一种送风口,它具有诱导室内空气使之与送风射流迅速混合的特性。散流器送风分为平送风和下送风两种。

1) 平送风

如图 5-33 所示,是空气经散流器后呈辐射状射出,贴附平顶扩散,其作用范围大,扩散快,能与室内空气充分混合,适用于 ±0.5 ℃的空调工程和一般空调工程,特别是房间较低但有吊顶或技术夹层可以利用的场合。送风口常用盘式散流器。

2) 下送风

下送风常用的是流线型散流器,如图 5-34 所示。其特点是整个工作区全部处于比较稳定的平行流送风气流之中,主要用于较高净化要求的车间。

散流器送风一般需设吊顶,管道暗装量大,因而投资较侧向送风高。

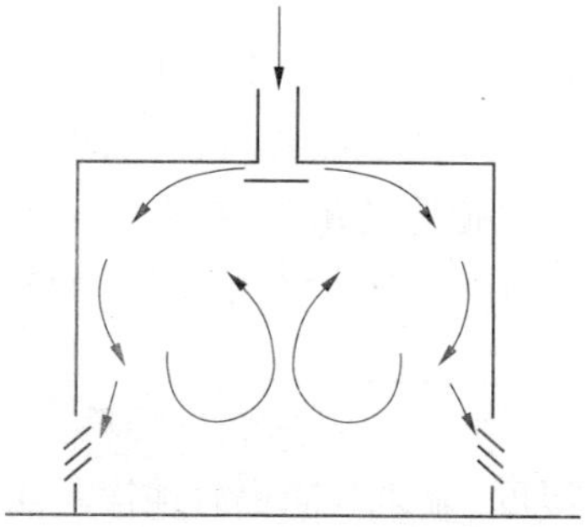

图 5-33　散流器平送风

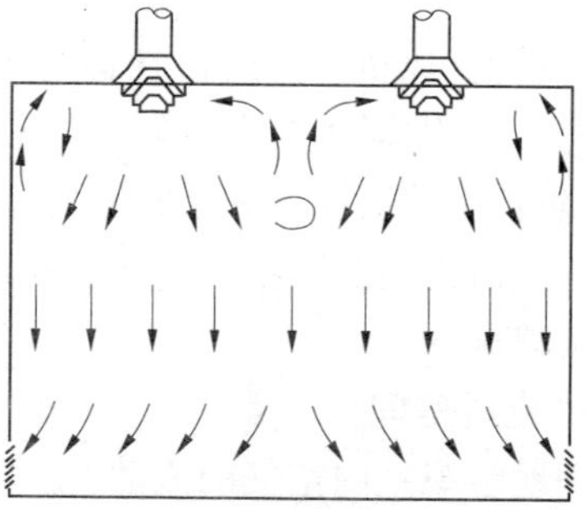

图 5-34　散流器下送风

3. 孔板送风

孔板送风(见图 5-35)是将空气送入顶棚上的稳压层中,在稳压层作用下,通过顶棚上的大量小孔均匀送入房间。孔板送风分全面孔板(整个顶棚都是孔板)送风和局部孔板(局部地点设置孔板)送风两种类型。孔板送风适用于工艺布置分布在部分区域或有局部热源的空调房间,以及仅在局部地区要求较高空调精度和较小气流速度的空调工程。

4. 喷口送风

喷口送风是将送风口、回风口布置在房间同侧,送风以较高的速度和较大的风量集中由少数的风口射出,射流行至一定路程后折回,使工作区处于气流的回流之中。这种送风方式具有射程远、系统简单、节省投资等特点,能满足一般舒适要求,因此广泛应用于大型体育馆、礼堂、影剧院、大厅以及高大空间的一些工业厂房和公共建筑中。

5. 回风口

回风口对室内气流影响较小,通常设在房间下部,下缘距地面 0.15 m 以上。回风口可

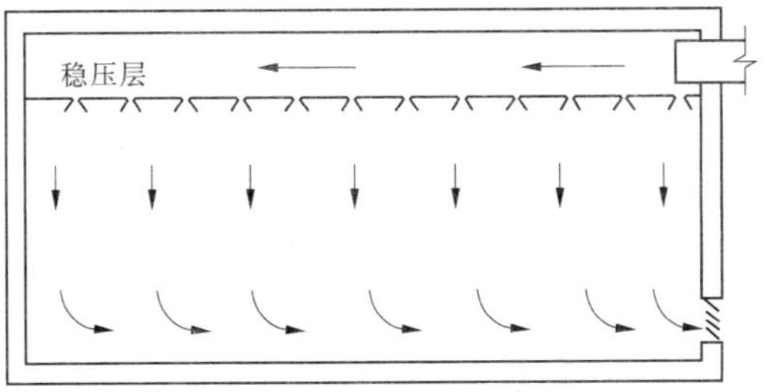

图 5-35　孔板送风

设百叶风口，回风速度为 1 ~ 2 m/s。若有走廊，可充分利用走廊回风，以减少回风干管。

（四）空调冷源

空调中所使用的冷源，有天然冷源和人工冷源两种。

1. 天然冷源

（1）地下水是一种常用的天然冷源，在我国大部分地区，特别是北方地区，都有可能利用地下水处理空气达到一定降温效果。但并不是哪里都有充裕的地下水，若过量开采甚至会造成地面沉陷，有些又不能满足温度要求。

（2）利用夏季地下空气温度低于地面空气温度这一特点，使空气通过地道达到冷却或冷却减湿的效果。

此外，在有条件的地方，还可以利用天然冰、深湖水、山涧水等天然冷源。在天然冷源不能满足要求时，就需要采用人工冷源。

2. 人工冷源

人工冷源是依靠制冷机获得的，空调中使用的制冷机有压缩式、吸收式和蒸汽喷射式三种，目前常用的是压缩式制冷机。

（五）常用的空调系统

1. 集中式恒温恒湿空调系统

集中式恒温恒湿空调系统是应用广泛的一种工艺性空调，它的特点是要求室内有一定温度、湿度基数和一定的波动范围。工程中常采用一次回风和二次回风两种形式。

（1）一次回风系统是将回风全部引至空气处理室前端，集中一次使用。处理工程为新风和回风混合后，经喷水室进行冷却减湿处理，达到机器露点，再加热至送风状态点。

（2）二次回风系统是将回风在喷水室前后与新风进行两次混合。二次回风的特点是可以节省再加热负荷，但机器露点比一次回风系统的低，制冷系统效率差，且系统复杂。

2. 净化空调系统

净化空调是指使空调房间室内空气洁净度达到一定级别的空调工程，如工业净化室（精密机械制造、电子元件生产等）和生物洁净室（手术室、生物实验室、医药制品制造车间等）。为保证洁净室正常工作，应严防外界灰尘进入洁净室和尽量避免洁净室及空调系统本身产生灰尘。必须采取一系列有效措施，如：

（1）洁净室内必须保持正压。

（2）在洁净室入口处设空气吹淋室。空气吹淋室是一个净宽为 0.8 ~ 1.0 m 的小室，内设若干喷嘴，将经过过滤的空气吹向人体各个部位，以吹掉工作服上的灰尘。

（3）洁净室通常应设传递窗，一般可采用机械式传递窗。

(4)净化系统应力求严密,各部件应选用不易起尘和便于清扫的材料制作。

3. 大型公共建筑空调系统

这一系统多为舒适性空调,如影剧院、会堂、体育馆等。它的特点是人员集中,而停留时间短暂,新风量大。送风方式多为集中送风(喷口送风)方式,如图 5-36 所示。

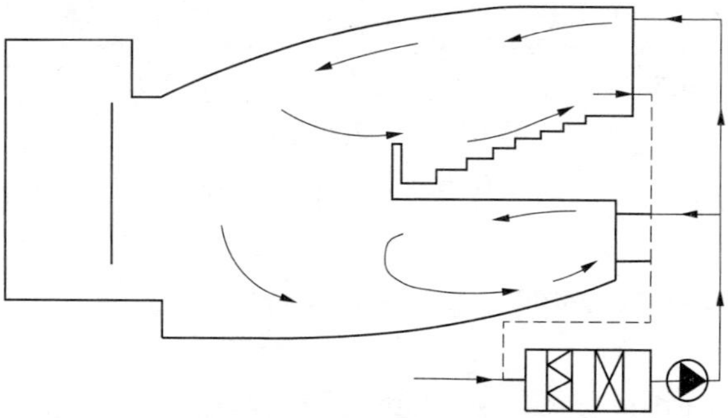

图 5-36 观众厅喷口送风

4. 分散式空调系统——空调机组

空调机组是将一个空调系统连同匹配的制冷系统中的全部设备或部分设备配套组装,形成整体,而由工厂定型生产的一种空气调节设备。将空调和制冷系统中的全部主要设备都组装在同一个箱体内的,称为整体式空调机组;而将空调器和压缩冷凝机组分成两个组成部分的,称为分体式空调机组。

空调机组具有结构紧凑、体积较小、安装方便、使用灵活以及不需要专人管理等特点,因此在中、小型空调工程中应用非常广泛。

空调机组的种类很多,大致可分为立柜式、窗式和分体式几种。

(1)立柜式恒温恒湿机组。这类机组是将空气处理、制冷和电气控制等三个系统全部组装在一个箱体内,此外还有电加热器。此类机组能自动调节房间内空气的温度和相对湿度,以满足房间在全年内的恒温、恒湿要求。不同型号机组的产冷量和送风量大小不等,目前国内机组的产冷量为 7 ~ 116 kW,风量为 1 700 ~ 18 000 m^3/h。

(2)立柜式冷风机组。这类空调机组没有电加热器和电加湿器,一般也没有自动控制设备,只能供一般空调房间夏季降温减湿用。产冷量为 3.5 ~ 210 kW。

(3)窗式空调器。窗式空调器是可以安装在窗上或高台下预留洞内的一种小型空调机组。一般可控制室温范围为 20 ~ 28 ℃,产冷量 3.5 kW 左右,循环风量为 500 ~ 800 m^3/h。

由于窗式空调安装困难,噪声大等,目前已很少采用。

(4)分体式空调。分体式空调分为室内机(壁挂式)和室外机两部分。其压缩机、冷凝器两部分设在室外,目前在住宅及一般公共建筑中使用较多。

5. 风机盘管空调系统

风机盘管机组是空调系统的一种末端装置,由风机、盘管(换热器)以及电动机、空气过滤器、室温调节装置和箱体等组成(见图 5-37)。其形式有立式和卧式两种。

风机盘管空调系统的工作原理,就是借助风机盘管机组不断地循环室内空气,使之通过盘管而被冷却或加热,以保持房间要求的温度和一定的相对湿度。盘管使用的冷水和热水由集中冷源和热源供应。机组一般设有三挡(高、中、低挡)变速装置,可调整风量大小,以

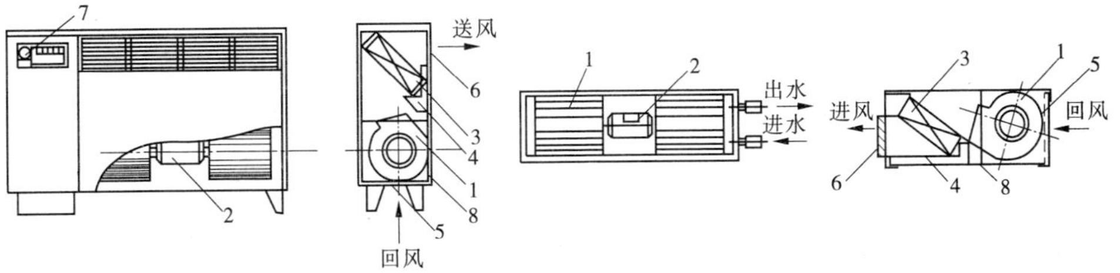

(a)立式明装　　　　　　　　　　(b)卧式明装

1—离心风机;2—电动机;3—盘管;4—凝水盘;5—空气过滤器;6—出风搁栅;7—控制器(电动阀);8—箱体

图 5-37　风机盘管机组

达到调节冷、热量和噪声的目的。有些型号的机组还另外配带室温自动调节装置,可控制室温为(16～28)℃ ±1 ℃。

第三节　建筑电气

一、供配电系统

电力系统由电源、电力网、电力用户组成。电力系统的电源一般是发电厂,发电厂多数建造在燃料或水力资源比较丰富的地方,而电能用户则是比较分散的,往往又远离发电厂。这样就必须通过输电线路和变电站等中间环节将发电厂发出的电能输送给用户。由于电能目前尚不能大量储存,其生产、输送、分配和使用的全过程,实际上是在同一瞬间完成的。在这个全过程中,各个环节构成一个紧密相连的整体。

由各种电压的电力线路将发电厂、变电所和电力用户联系起来的一个发电、输电、变电、配电和用电的整体,统称电力系统,如图 5-38 所示。

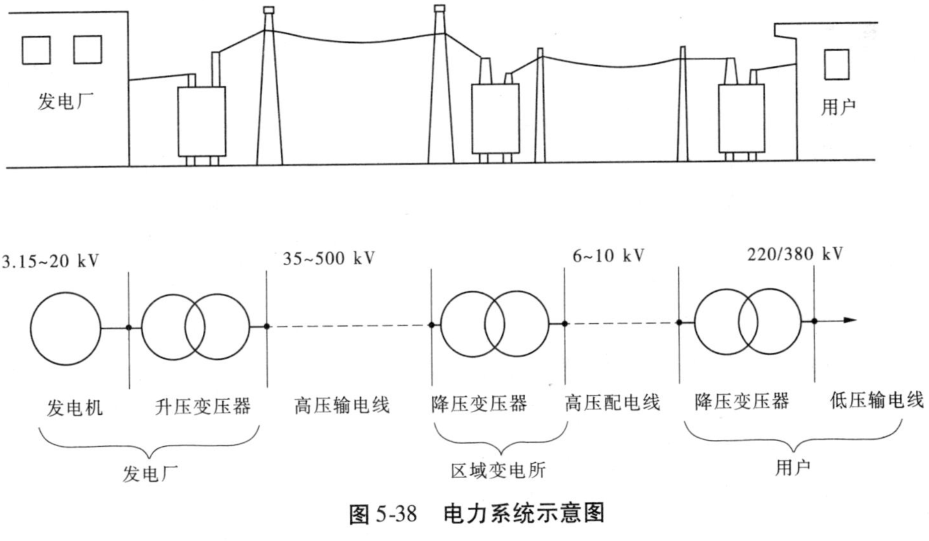

图 5-38　电力系统示意图

(一)建筑供配电系统基本概念

对于建筑电气而言,电源可泛指城市电网中的任一点,如变电所的一路出线、一台变压器、一根电缆的Π形接线转接箱等。建筑供配电系统包括从电源进户起到用电设备的输入端止的整个电路,其主要功能是完成在建筑内接收电能、变换电压、分配电能、输送电能的任务。其设计内容主要包括建筑电力负荷分级、供电电源和电压级别、配电方式、电气设备以及配电线路的选择和确定。

1. 负荷分级

根据电力负荷供电可靠性及中断供电在政治上造成影响或在经济上造成损失的程度,分为一级负荷、二级负荷和三级负荷,并对各级负荷的供电电源提出要求,作为供配电系统设计的主要依据。

1)一级负荷

(1)中断供电将造成人身伤亡者。

(2)中断供电将造成重大政治影响者。

(3)中断供电将造成重大经济损失者。

(4)中断供电将造成公共场所秩序严重混乱者。

2)二级负荷

(1)中断供电将造成较大政治影响者。

(2)中断供电将造成较大经济损失者。

(3)中断供电将造成公共场所秩序混乱者。

3)三级负荷

不属于一级和二级的负荷属于三级负荷,三级负荷对供电无特殊要求。

2. 电压选择和电能质量

1)电压等级

电器设备都是设计在额定电压下工作的。电器设备的额定电压就是保证设备正常运行且能获得最佳经济效果的电压。我国标准规定的电网和用电设备额定电压等级为:低压配电电压应采用220/380 V,高压供电电压为6 kV、10 kV、35 kV、110 kV等。

2)电压选择

用电单位的供电电压应从用电容量、用电设备特性、供电距离、供电线路的回路数、用电单位的远景规划、公共电网现状以及经济合理等因素综合考虑决定。

3)电能质量

电力系统的电压和频率直接影响电气设备的运行,因此电压和频率是衡量电能质量的两个基本参数。我国一般交流电力设备的额定频率为50 Hz,称之为“工频”,频率的偏差一般不得超过±0.5 Hz,频率的调整主要依靠发电厂。

4)供电可靠性

供电可靠性可通过停电时间的长短来描述,为了定量描述供电可靠性,引入供电可靠率的概念。供电可靠率定义为一年内电力部门对某用户供电时间减去平均停电时间,再除以应供电时间得到的百分比。我国目前供电可靠率的平均水平大约为99.96%,在某些发达国家这一指标可达到“4个9”甚至“5个9”。

(二)低压配电线路

1. 低压配电系统的接线方式

低压配电系统的接线方式有三种,分别是放射式、树干式和混合式,如图5-39所示。

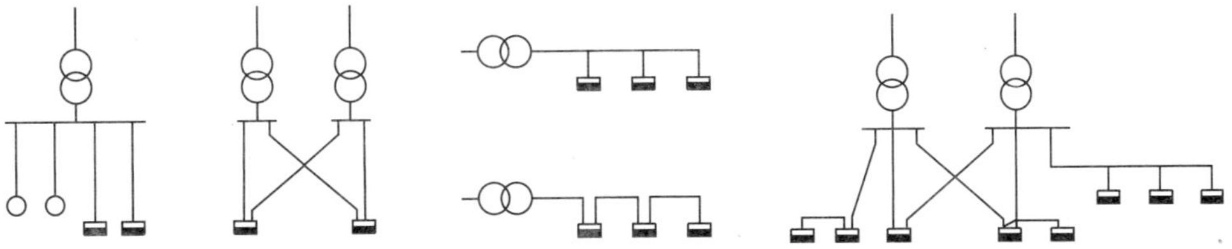

(a)放射式　　(b)树干式　　(c)混合式

图 5-39　低压配电系统的接线方式

1）放射式

如图 5-39（a）所示，从低压母线到用电设备或二级配电箱均由独立的线路直接供电，沿线不支接其他负荷。这种接线方式的优点是线路敷设简单，并且当其中的一路发生故障时，不影响其他干线的供电，供电可靠性高。其缺点是低压母线出线回路较多，耗用的电缆或导线较多。这种方式适用于负荷比较集中、容量较大的场所或重要的用电设备。

2）树干式

如图 5-39（b）所示，在低压母线所引出的配电干线上可以直接连接 3 ~5 个分配电箱或用电设备，每个用电负荷从该干线上直接接出分支线。这种供电方式的可靠性比放射式差，干线发生故障时影响范围大，但敷设简单，低压母线出线回路少，可以节省导线和控制设备。一般适用于用电设备分布较广且布置较均匀、容量不大、对供电无特殊要求的场所。

3）混合式

如图 5-39（c）所示，混合式接线方式是放射式和树干式两种接线方式的组合，这种系统的灵活性好，也最为常用。对建筑物内的重要部分可用放射式供电，一般负荷采用树干式供电。民用建筑供电中一般多采用混合式的接线方式。图 5-40 列出了几种常用的低压配电干线接线方案图。

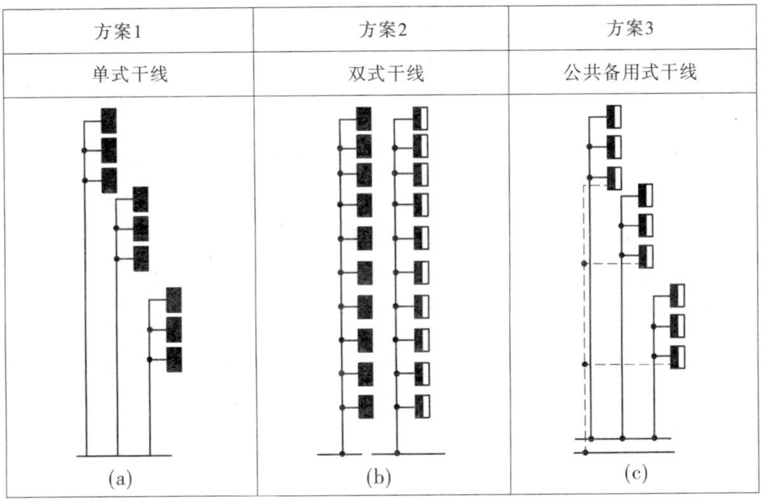

图 5-40　常用低压配电干线接线方案图

图 5-40（a）适用于用电负荷较小的高层建筑，干线采用电缆或导线穿管敷设，工程造价较低，供电可靠性较差。图 5-40（b）适用于用电负荷较大的建筑，配电干线可采用硬母线或

预分支电缆方式配线。图5-40(c)采用公共备用电源干线作为重要部位的电力负荷的备用电源,比上述两个方案提高了用电的可靠性。

2. 电线、电缆的选择和敷设

在建筑电气系统中,导线在建筑物内用量最大、分布最广。合理地选择导线,不但可以节省有色金属,而且可以有效地保证供电质量和安全。选择导线主要是确定导线型号和导线截面。

1)电线、电缆型号的选择

电线、电缆型号用来反映导线的导体材料和绝缘方式,型号选择就是导体材料和绝缘方式的选择。导体材料有铝心和铜心两种,铜的导电性略好于铝,但价格较贵。绝缘材料有橡皮和塑料两种。橡皮的缺点是不耐油、不耐酸碱,比较适合作为户外线路绝缘材料;塑料价格低廉,但低温时容易变硬变脆,高温时又容易软化。

2)导线和电缆截面的选择

导线和电缆线心截面的选择应满足下列几个要求:①在额定电流下,导线和电缆的温升不应超过允许值;②在额定电流下,导线和电缆上的电压损失不应超过容许值;③导线的截面不应小于最小允许截面,对于电缆不必校验机械强度;导线和电缆,还应满足工作电压的要求。

3)导线和电缆的敷设

导线和电缆的敷设方式应根据建筑物的性质、要求、用电设备的分布及环境特征等因素确定。应避免因外部热源、灰尘聚集及腐蚀或污染物的存在而带来的对布线系统的影响,并应防止在敷设及使用过程中因受冲击、振动和建筑物的伸缩、沉降等各种外界应力作用而带来的损害。

(三)低压电器和配电箱(盘)

1. 低压电器

建筑供配电系统中的低压电器可分为低压配电电器和低压控制电器两大类。

低压配电电器包括断路器、熔断器、负荷开关、转换开关等,主要用于低压配电线路中,对电路和设备进行保护以及通断、转换电源或负载。

低压控制电器包括接触器、控制继电器、变阻器等,主要用于控制用电设备,使其达到预期要求的工作状态。

低压电器的额定电流应等于或大于所控制回路的预期工作电流。电器还应能承载异常情况下可能通过的电流,保护装置应在其允许的持续时间内将电路切断。

常用的低压电器有以下几种。

1)负荷开关

负荷开关具有简单的灭弧装置,其灭弧能力有限,在电路正常工作时,用来接通或切断负荷电流,但在电路短路时,不能用来切断巨大的短路电流。

2)低压断路器(自动空气开关)

低压断路器在现代的民用建筑中大量应用。其动作情况是手动合闸、自动跳闸,故同时可用做线路的故障(过载、短路、欠压、失压等)保护。

3)隔离开关

隔离开关灭弧能力微弱,一般只能用来隔离电压,不能用来接通或切断负荷电流。隔离开关的主要作用是当电器设备需停电检修时，用它来隔离电源电压，并造成一个明显的断开点，以保证检修人员工作的安全。

4）熔断器

熔断器俗称保险丝，是广泛应用于供电系统中的保护电器，也是单台用电设备的重要保护元件之一。熔断器串接于被保护的电路中，当电路发生短路或严重过载时，自动熔断，从而切断电路。熔断器不能在正常工作时切断和接通电路，并且一般只能一次利用，不能恢复。熔断器按结构可分为插入式、旋塞式和管式三种。

5）电表

电表主要是指电能计量的电度表，包括静止式交流有功电度表、多费率电能表、电子式载波电度表、预付费电度表、多功能电度表等多种类型。其主要功能是：单相、三相有功电能计量，包括分时段分费率计度；IC卡预付费用电，当剩余电量达到报警值时，跳闸断电提醒用户购电；防窃电，超负荷自动断电等。除计量电能外，有些电表还可通过交流采样技术分别测量电网中的电流、电压、功率、功率因数、相位相序、频率等多种电参数，甚至还具有事件记录、负荷曲线记录并输出的功能。随着建筑智能化程度的不断提高，通过电表上的固定接口就可以对电表进行通信、完成编程设置和抄表，实现远程集中抄表。

2. 配电箱（盘、柜）

上述低压电器，均应安装在配电箱内。而所有的配电箱均要在建筑内占据一定的空间位置，或放置在专门的电气房间中。配电箱可选用成套产品，也可在现场制作安装。在现代民用建筑中，一般均根据设计图纸成套订购。

1）配电箱的设置需要考虑的因素

（1）经济性：应尽量位于用电负荷的中心，以缩短配电线路，减少电压损失。

（2）可靠性：供电总干线中的电流，一般不应大于60～100 A。每个配电箱的单相分支线不应超过6～9路，每路分支线上设一个自动空气开关。

（3）技术性：在每个分配电箱的供电范围内，各相负荷的不均匀程度不应大于30%。在总配电箱供电范围内，各相负荷的不均匀程度不应大于10%。

（4）维护方便：多层或高层建筑标准层中，各层配电箱的位置应在相同的平面位置处，以有利于配线和维护。应设置在操作维护方便、干燥通风、采光良好处，但又应注意不要影响建筑美观，并应与结构合理配合。

室内配电箱的位置、数量主要由用户决定（即供电应尽量满足用电要求）。

2）配电箱的安装

配电箱的安装有明装和暗装两种。明装配电箱一般挂墙安装，明装配电柜一般落地安装；暗装配电箱嵌在建筑物墙壁内安装，箱门与墙面取平，导线用暗管敷设，若不加说明，底口距地面的高度一般为1.4 m。暗装配电箱的部位在建筑设计中应预留洞口，洞口尺寸应比配电箱的尺寸稍大。

3. 开关及插座

1）照明开关

照明开关主要是指照明系统的灯具开关。照明开关的种类很多，按使用方式分拉线式和跷板式等，按安装方式分明装和暗装，按外壳防护形式分普通式、防水防尘式、防爆式等，按控制数量分单联、双联、三联等，按控制方式分单控、双控、三控。

出于安全的考虑,要求照明开关必须安装在相线上,严禁安装在零线上。照明开关安装位置要求便于操作,一般应布置在门旁开门一侧,距门框边缘0.15~0.2 m,距地面高度为1.3 m。

2)插座

插座主要用来插接移动电器设备和家用电器设备。插座按相数分单相插座、三相插座,按安装方式分明装和暗装,按防护方式分普通式、防水防尘式、防爆式等。插座的安装位置以用电安全、方便、适用为原则。

二、电气照明

(一)照明基本知识

相关基本知识见第四章第四节。

(二)人工光源

常用的人工照明光源及其光特性见第四章第四节相关内容。

(三)灯具

灯具是光源、灯罩及附件的总称。灯具起着固定与保护光源,控制并重新分配光在空间的分布,防止眩光等作用。此外,有些灯具还兼有装饰的功能。灯具分为功能灯具和装饰灯具两大类。

1. 灯具的光学特性

1)灯具的配光特性

各种灯具分配光通的特性可以由各种灯具的配光曲线和空间等照度曲线来表示。

灯具的配光曲线表示灯具的发光强度在空间的分布状况。以灯具中的光源为球心,以通过球心和光轴线的剖面作为绘制配光曲线的平面。以光源为极坐标的原点,以光轴线为0°轴,圆的半径长短表示发光强度的大小。在这个极坐标平面上,把灯具从0°开始的各个张角的发光强度绘制在图上,即成为一个灯具的完整的配光曲线,如图5-41所示。

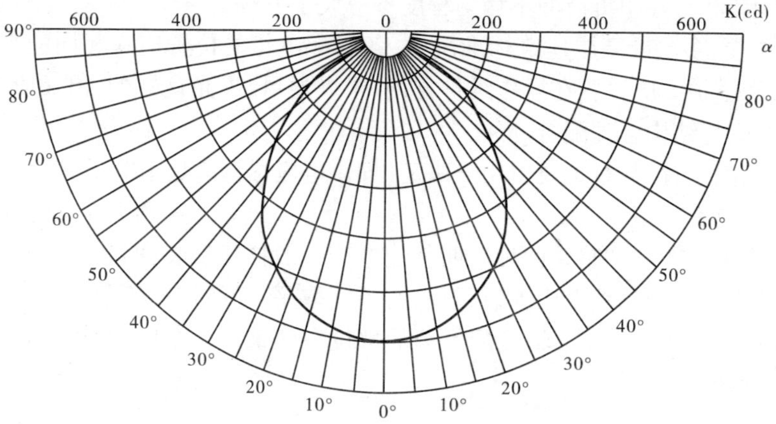

图5-41　16 W 荧光灯的配光曲线

若已知对称计算点的投光角 α,利用配光曲线可查到相应的发光强度。然后,再利用距离平方反比定律,即可求出点光源在计算点上形成的照度。

2)灯具的遮光角

遮光角是指投光边界线与灯罩开口平面的夹角 γ。一般灯具的遮光角越大,则配光曲线越狭小,在要求配光分布宽广且又要避免直接眩光时,应该在灯具开口处用能够透射光线的玻璃灯罩,也可以用各种形状的搁栅。

3)灯具的效率

灯具效率 η 是指灯具向空间投射的光通量与光源发出的光通量之比。任何材料制成的灯罩,对于投射在其表面上的光通量都要吸收一部分,光源本身也要吸收少量的反射光,余下的才是灯具向周围空间投射的光通量,所以灯具的效率 η 总是小于 1。灯具的效率取决于灯罩开口的大小和灯罩材料的光反射比与光投射比。灯具的效率是反映灯具的技术经济效果的指标。

2. 灯具的分类

灯具的分类通常以灯具的光通量在空间上下部分的分配比例分类,或者按灯具的安装方式来分类等。

1)按光通量在空间分配比例分类

根据照明灯具光通量在上下空间的分配比例,灯具可分为直接型、半直接型、漫射型、半间接型和间接型 5 种,如表 5-2 所示。

表 5-2　灯具的分类

类型		直接型	半直接型	漫射型	半间接型	间接型
光通分布	上半球	0 ~ 10%	10% ~ 40%	40% ~ 60%	60% ~ 90%	90% ~ 100%
	下半球	100% ~ 90%	90% ~ 60%	60% ~ 40%	40% ~ 10%	10% ~ 0
灯罩材料		不透光材料	半透光材料	漫射透光材料	半透光材料	不透光材料

2)按安装方式分类

根据安装方式的不同,灯具大致可分为如下几类:

(1)壁灯。壁灯是安装在墙壁上、庭柱上的灯具,有托架式和嵌入式两种,主要用于局部照明、装饰照明或不适宜在顶棚安装灯具或没有顶棚的场所。

壁灯还可分为封闭灯罩型壁灯、半封闭灯罩型壁灯两类。壁灯安装高度一定要注意,防止人眼直接看到光源,要注意遮光。

(2)筒灯。口径很小、嵌入天花板内的灯具称为筒灯。筒灯可以有效防止眩光。筒灯与吊顶给合具有很好的装饰效果。筒灯光源可用白炽灯、紧凑的荧光灯和小型 HID 灯。

(3)吊灯。吊灯是从顶棚垂吊的灯具。吊灯是最普通的一种灯具安装方式,也是运用最广泛的一种。它主要利用吊杆、吊链、吊管、吊线来吊装灯具,以达到不同的效果。利用吊杆式荧光灯组成一定规则的图案,不但能满足照明功能上的要求,而且还能形成一定的装饰艺术效果。

带有反光罩的吊灯,配光曲线比较好,照度集中,适用于顶棚较高的场所,如教室、办公室、设计室。吊线灯适用于住宅、卧室、休息室、小仓库、普通用房等。吊管、吊链花灯适用于有装饰性要求的房间,如宾馆、餐厅、会议厅、大展厅等。

(4)吸顶灯。吸顶灯是安装在顶棚上的一种固定灯具。吸顶灯明亮、简洁、较容易融入空间,因而应用广泛。

(5)射灯。射灯安装在顶棚上,使受照对象比周围更加明亮地浮现在人们的眼前,选择高反射镜面材料和灯丝很小的卤钨灯可以提高射灯的聚光效果,射灯有直接式、滑轨式、软轨式、夹接式等安装方式,射灯多用于餐厅、服装店等商业设施,射灯安装时灯具不要太显眼。

(6)放置式灯具。放置式灯具主要包括落地灯、台灯、床头灯等,这种灯具灯罩通常有伞形、球形、反射形、火矩形等。

(7)滑轨照明灯具。滑轨照明灯具是指安装在滑轨上可移动的灯具。滑轨安装在顶棚上,多用射灯,也有用直接荧光灯或吊灯的,这种灯具较适用于商业空间及对照明表现要求高的住宅。

(8)搁栅荧光灯盘。这是一种嵌入式灯具,曲面搁栅可外露,或用乳白色灯罩,光源选用直管或紧凑型荧光灯。

3)建筑化照明装置

建筑化照明就是利用整体规模的光源,对天花板及墙面进行间接照明,这种照明充分表现了建筑空间的规模,装饰效果好,因此被逐渐用于住宅照明设计中。

(1)暗槽灯照明。暗槽灯照明是指将光源隐藏在沿墙边暗槽中,以照亮天花板面的建筑化照明(见图5-42),这种照明使天花板得到均匀的光亮,突出强调了天花板面的明亮轮廓。

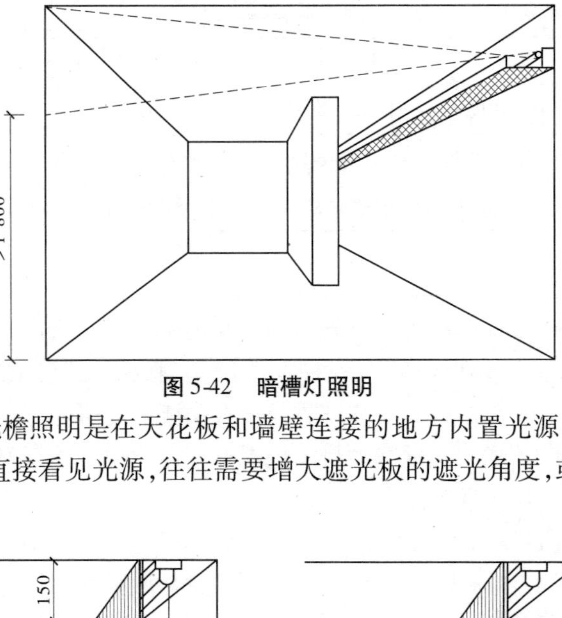

图5-42　暗槽灯照明

(2)光檐照明。光檐照明是在天花板和墙壁连接的地方内置光源,以均匀照亮墙面和窗帘的照明。为了不直接看见光源,往往需要增大遮光板的遮光角度,或安装搁栅和乳白灯罩等(见图5-43)。

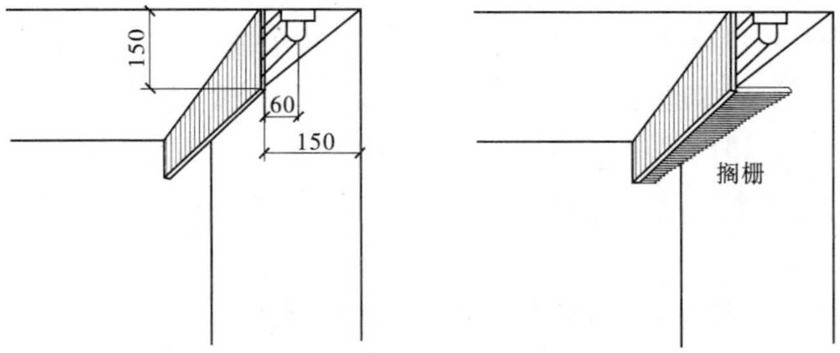

(a)无遮光光檐照明　　(b)有遮光光檐照明

图5-43　光檐照明

(3)发光顶棚。利用扩散透光材料(如乳白玻璃、晶体玻璃、磨砂玻璃、有机玻璃、棱镜等)制作的发光装置,光源安装在顶棚上面夹层中的照明装置称之为发光顶棚。发光顶棚的光源可以是白炽灯或荧光灯。由于荧光灯光效高,亮度均匀,故较常用。这种装置的特点是发光表面亮度低而面积大,所以照明质量高、照度均匀、光线柔和、无强烈阴影、无直射眩光和反射眩光、有合适的垂直照度和水平照度之比值等。发光顶棚是现代室内照明设计中广泛采用的照明装置之一。

(4)光带和光梁。将发光表面(灯具表面)在顶棚上排列成带状,此发光表面与顶棚表面平齐的称为光带,其发光表面有开启式、搁栅式、扩散透光玻璃式等各种结构形式。若发光表面凸出于顶棚表面,其发光面一般为扩散透光材料,则称为光梁。

光梁与光带在照度与照明扩散、均匀度方面仅次于发光顶棚,但方向性却优越于发光顶棚。对于方向性要求较高的场所(如浮雕场所)等采用光梁或光带比采用发光顶棚效果好。光带和光梁可以构成各种图案,丰富室内建筑构图。光带和光梁的光源通常为单列或多列布置的荧光灯管,其透光表面可以用磨砂玻璃、有机玻璃或搁栅结构。

(四)建筑照明设计

1.基本原则及主要内容

1)基本原则

(1)安全:照明设计必须首先考虑设施安装、维修和检修方便、安全及运行的可靠,防止火灾和电气事故的发生。

(2)适用:保证照明质量,满足规定的照度需要。灯具的类型、照度的高低、光色的强弱变化等,都应与使用要求相一致。

(3)经济性:在设计实施中,要符合我国当前电力供应、设备和材料方面的生产水平。尽量采用先进照明技术,实施绿色照明工程。

(4)美观:照明装置应具有装饰、美化环境的作用。正确选择照明方式、光源种类和功率、灯具的类型及数量、光色与灯光控制器,以达到美的意境和灯光装饰在观感上的环境气氛,体现灯光与建筑的艺术美。

2)建筑照明的主要内容

建筑照明的主要内容有:确定照明方式、种类、照度值;选择光源和灯具类型,并布置合理;计算照度,确定光源的安装功率;选择或设计灯光控制器,确定声控、光控、电控或综合控制;确定供电电压、电源;选择配电网络形式;选择导线型号、截面和敷设方式;选择和布置配电箱、开关、熔断器和其他电器设备;绘制照明布置平面图,汇总安装容量,开列设备材料清单。

2.照明方式的选择

照明方式是根据灯具的空间布置来分类的,一般可分为一般照明、分区一般照明、局部照明、混合照明。

1)一般照明

在工作场所内不考虑特殊的局部需要,以照亮整个工作面为目的的照明方式称一般照明。一般照明时,灯具均匀分布在被照面上空,在工作面形成均匀的照度。这种照明方式适用于工作人员的视看对象位置频繁变换的场所,以及对光的投射方向没有特殊要求,或在工作面内没有特别需要提高视度的工作点,或工作点很密的场合。但当工作精度较高,要求的照度很高或房间高度较大时,单独采用一般照明,就会造成灯具过多、功率过大,导致投资和使用费太高。

2)分区一般照明

同一房间内由于使用功能不同,各功能区所需要的照度值不相同,这时需首先对房间进行分区,再对每一分区做一般照明,这种照明方式称分区一般照明。例如:在大型厂房内,会有工作区与交通区的照度差别,不同工段间也有照度差别;在开敞式办公室内有办公区和休息区之别,两区域对照度和光色的要求均不相同。在这种情况下,分区一般照明不仅满足厂各区域的功能需求,还达到了节能的目的。

3)局部照明

为了实现某一指定点的高照度要求,在较小范围或有限空间内,采用距离视看对象近的灯具来满足该点照明要求的照明方式称局部照明。如车间内的车床灯、商店里的点射灯以及办公室的台灯等均属于局部照明。由于这种照明方式的灯只靠近工作面,故可以在少耗费电能的条件下获得较高的照度。为避免直接眩光,局部照明灯具通常都具有较大的保护角,照射范围非常有限,故在大空间单独使用局部照明时,整个环境得不到必要的照度,造成工作面与周围环境之间的亮度对比过大,人眼一离开工作面就处于黑暗之中,易引起视觉疲劳,因此是不适宜的。

4)混合照明

工作面上的照度由一般照明和局部照明合成的照明方式称为混合照明。为保证工作面与周围环境的亮度比不致过大,获得较好的视觉舒适性,一般照明提供的照度占总照度的比例不能太小。在车间内,一般照明提供的照度占总照度的比例应不小于10%,并不得小于20 lx;在办公室中,一般照明提供的照度占总照度的比例在35% ~50%时比较合适。

混合照明是一种分工合理的照明方式,在工作区需要很高照度的情况下,常常是一种最经济的照明方法。这种照明方式适用于要求高照度或要求有一定的投光方向,或工作面上的固定工作点分布稀疏的场所。

在确定照明方式时,必须同时考虑选择哪一种光分布的照明灯具或设备。以直射光为主的灯具光的利用率高,室内表面反射比影响较小,但直接眩光和光幕反射较难避免,阴影浓重。以反射光为主的照明则情况相反。在设计中,应根据房间功能将直射光和反射光控制在适当的比例。

3. 光源和灯具的选择

1)光源的选择

在选用光源时,应考虑视觉工作特点及室内情况,并结合光源的性能指标。

(1)要尽量选用光效高、寿命长的光源,选用大功率节能光源,真正做到节能、高效。

(2)应考虑光色的情况。各种光源颜色不同,所产生的环境气氛及效果会截然不同。不同的光源色彩会使人产生冷暖、远近、感情等不同的心理因素效果。光源的颜色应与室内环境相协调,创造出不同的室内气氛,如冷色光源可创造出宁静、和谐的气氛,而暖色光源可创造出热情、活泼的气氛。

(3)尽量选用显色好的大功率节能光源,对某些显色性要求高的房间,如美术馆、商店、餐厅灯应选用显色指数大于85的光源。为了改善光色,还可以采用多种不同类型光源的混合照明。

(4)应考虑光源所使用的环境条件。有些光源使用常常受到环境条件的限制,如温度、湿度、空调及冷负荷等。

(5)还应考虑光源的某些特性，如启动时间就是根据房间的使用性质及功能来选用的。如宴会厅、应急照明灯不宜使用启动时间较长的电光源。

2)灯具的选择

在照明设计中，选择灯具应考虑的主要因素有以下几类。①光学性：配光要求、灯具表面亮度、显色性能、眩光等。②环境性：使用环境对防护方式的要求。③协调性：灯具外形是否与建筑物和室内装饰协调。④经济性：如灯具效率、电功率消耗、投资运行费、节电效果等。在满足眩光限制和配光要求的条件下，应选用效率高的灯具。

根据照明场所的环境条件，分别选用灯具：

(1)在潮湿的场所，应采用相应防护等级的防水灯具或带防水灯头的开敞式灯具。

(2)在有腐蚀性气体或蒸汽的场所，宜采用防腐蚀密闭式灯具。若采用开敞式灯具，各部分应有防腐蚀或防水措施。

(3)在高温场所，宜采用散热性能好、耐高温的灯具。

(4)在有尘埃的场所，应按防尘的相应防护等级选择适宜的灯具。

(5)在装有锻锤、大型桥式吊车等振动、摆动较大场所使用的灯具，应有防振和防脱落措施。

(6)在易受机械损伤、光源自行脱落可能造成人员伤害或财物损失的场所使用的灯具，应有防护措施。

(7)在有爆炸或火灾危险场所使用的灯具，应符合国家现行相关标准和规范的有关规定。

(8)在有洁净要求的场所，应采用不易积尘、易于擦拭的洁净灯具。

(9)在需防止紫外线照射的场所，应采用隔紫灯具或无紫光源。

4.灯具的布置

灯具的布置是确定灯具在房间内的空间位置。根据照明方式不同，灯具布置方式有均匀布灯和选择性布灯两类。灯具均匀布置形式如图5-44所示。均匀布置时，灯具到墙的距离为灯具间距L的1/3 ~ 1/2。当采用矩形或菱形布置灯具时，灯具间距L为灯具距离L_1、L_2的几何平均值，即$L = \sqrt{L_1 L_2}$。

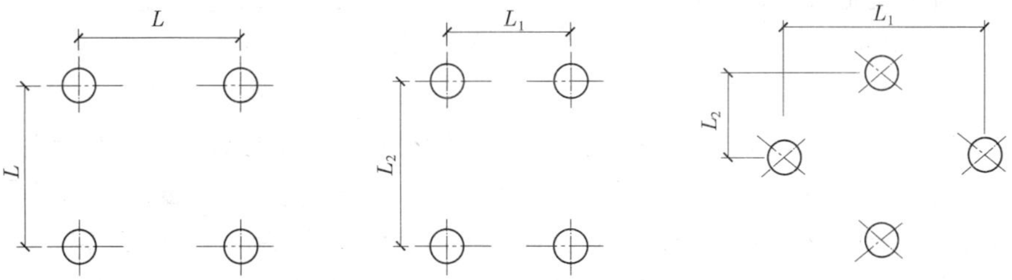

(a)正方形布置　(b)矩形布置　(c)菱形布置

图5-44　灯具均匀布置形式

为了满足照度均匀度的要求，灯具的距高比L/h必须合理选择，如表5-3所示。灯具计算高度h和垂度h_c的确定参见图5-45。

表 5-3　不同灯具距高比 L/h

灯具类型	L/h
直接型	1.0~1.2
半直接型	1.0~1.5
均匀扩散型	1.5~2.0
半间接型	2.0~3.0
间接型	3.0~5.0

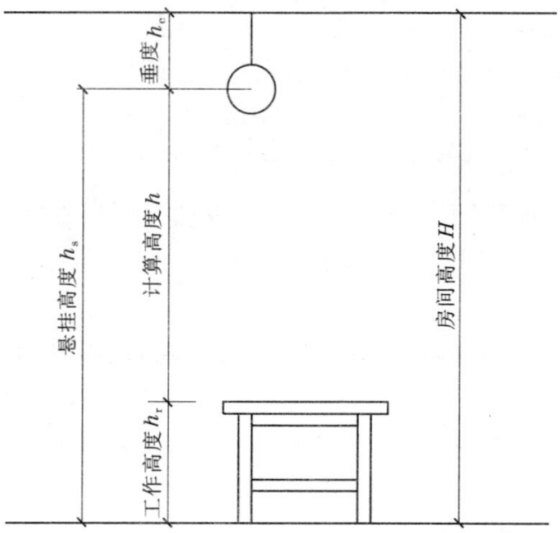

图 5-45　灯具的悬挂尺寸

三、安全用电和建筑防雷

(一)安全用电

1. 安全电流和安全电压

1)安全电流

安全电流也就是人体触电后最大的摆脱电流。各国对于安全电流值的规定并不完全一致。我国规定,30 mA(50 Hz 交流)为安全电流值,但要求其触电时间不超过 1 s。

2)安全电压

安全电压就是不致使人直接致死或致残的电压。安全电压与人体电阻是有关系的。从触电安全角度考虑,人体电阻一般可取 1 700 Ω。由于安全电流为 30 mA,所以人体允许持续接触的安全电压为 $U=30\ \text{mA}\times 1\ 700\ \Omega\approx 50\ \text{V}$,所以一般称 50 V 为正常环境条件下允许持续接触的安全特低电压。我国规定的安全电压标准有 42 V、36 V、24 V、12 V、6 V。

2. 保护接地

为保障人身安全,防止间接触电而将设备的外露可导电部分进行接地,称为保护接地。低压配电系统按保护接地的形式不同,分为 TN 系统、TT 系统和 IT 系统。在民用建筑中一般均采用 TN 系统,TN 系统又依据其 PE 线的设置形式分为 TN－C 系统、TN－S 系统和 TN－C－S系统。

3. 重复接地

在电源中性点直接接地的TN系统中,为确保公共PE线或PEN线安全可靠,除在电源中性点进行工作接地外,还必须在PE线或PEN线的下列地方,进行必要的重复接地:

(1)在架空线路的干线和分支线的终端及沿线每1 km处。

(2)电缆和架空线在引入建筑物处。

施工时,一定要保证PE线和PEN线的安装质量,运行中也要特别注意对PE线和PEN线状况的检查,PE线和PEN线上一般均不允许装设开关或熔断器。

4. 等电位连接

我们常做的安全接地其实就是等电位连接,它以地电位作为基准电位,由于它连接的范围大、线路距离长,减小故障接触电压的效果并不好。在建筑物内用几根导线做等电位连接可大大减小接触电压,而被连接的金属管道,结构本身往往就是接地电阻小、寿命长的自然接地极,因此除有特殊要求外,做等电位连接后人工接地极没有多大意义。

民用建筑中需进行等电位连接的部位有:

(1)电缆桥架、设施管道、金属门框架、金属地板、电梯轨道等大尺寸的内部导电物,其等电位连接应以最短路径连到最近的等电位连接带。

(2)电力线、通信线和外来导电物均应在进入建筑物处做等电位连接。

(3)信息系统的所有外露导电物应建立一个等电位连接网,并与建筑物的共用接地系统等电位连接。

(二)建筑物防雷

雷电是一种常见的自然现象,雷击能使建筑物损坏、着火,能造成严重的人身安全事故,损坏电器设备,使电力系统停电。因此,防雷是现代建筑物必须采取的安全保护措施。

雷电按其造成危害的形式和作用一般可分为直接雷和感应雷两种,直接雷和感应雷都可转变成另外一种作用形式——高电位侵入,即很高的电压沿着供电线路和金属管道,高速涌入变电所、用电户等建筑内部,造成人员伤亡和设备损坏。

1. 建筑物防雷分级

根据《建筑防雷设计规范》(GB 50057—94)规定建筑物应根据其重要性、使用性质、发生雷电事故的可能性和后果,按防雷要求分为三类。

1)一类防雷建筑

(1)凡制造、使用或储存炸药、火药、起爆药、火工品等大量爆炸物质的建筑物,因电火花而引起爆炸,会造成巨大破坏和人身伤亡者。

(2)具有0区或10区爆炸危险环境的建筑物。

(3)具有1区爆炸危险环境的建筑物,因电火花而引起爆炸,会造成巨大破坏和人身伤亡者。

2)二类防雷建筑

(1)国家级重点文物保护的建筑物。

(2)国家级的会堂、办公建筑物、大型展览和博览建筑物、大型火车站和飞机场、国家级宾馆、国家级档案馆、大型城市的重要给水水泵房等特别重要的建筑物。

(3)国家级计算中心、国际通信枢纽等对国民经济有重要意义的建筑物。

(4)制造、使用或储存爆炸物质的建筑物,并且电火花不易引起爆炸或不致造成巨大破坏和人身伤亡者。

(5)具有1区爆炸危险场所的建筑物,并且电火花不易引起爆炸或不致造成巨大破坏和人身伤亡者。

(6)具有2区或11区爆炸危险场所的建筑物。

(7)有爆炸危险的露天钢质封闭气罐。

(8)预计雷击次数大于0.06次/年的部、省级办公建筑物及其他重要或人员密集的公共建筑物。

(9)预计雷击次数大于0.3次/年的住宅、办公楼等一般性民用建筑物。

3)三类防雷建筑

(1)省级重点文物保护的建筑物及省级档案馆。

(2)预计雷击次数大于或等于0.012次/年且小于或等于0.06次/年的部、省级办公建筑物及其他重要或人员密集的公共建筑物。

(3)预计雷击次数大于或等于0.06次/年且小于或等于0.3次/年的住宅、办公楼等一般性民用建筑物。

(4)预计雷击次数大于或等于0.06次/年的一般性工业建筑物。

(5)根据雷击后对工业生产的影响及产生的后果,并结合当地气象、地形、地质及周围环境等因素,确定需要防雷的21区、22区、23区火灾危险场所。

(6)在平均雷暴日大于15天/年的地区,高度在15 m及以上的烟囱、水塔等孤立的高耸建筑物;在平均雷暴日小于或等于15天/年的地区,高度在20 m及以上的烟囱、水塔等孤立的高耸建筑物。

上述建筑物防雷分类中所提到的火灾和爆炸危险环境的区域是按如下原则进行划分的:

0区:连续出现或长期出现爆炸性气体混合物的环境;

1区:在正常运行时可能出现爆炸性气体混合物的环境;

2区:在正常运行时不可能出现爆炸性气体混合物的环境,或即使出现也仅是短时存在的爆炸性气体混合物的环境;

10区:连续出现或长期出现爆炸性粉尘的环境;

11区:有时会将积留下的粉尘扬起而偶然出现爆炸性粉尘混合物的环境;

21区:具有闪点高于环境温度的可燃气体,在数量和配置上能引起火灾危险的环境;

22区:具有悬浮状、堆积状的可燃粉尘或可燃纤维,虽不可能形成爆炸混合物,但在数量和配置上能引起火灾危险的环境;

23区:具有固体状可燃物质,在数量和配置上能引起火灾危险的环境。

2. 建筑物防雷系统组成

建筑物防雷装置一般由接闪器、引下线和接地装置三部分组成。

1)接闪器

接闪器是接受雷电流的金属导体,接闪器有避雷针、避雷网(带)、避雷线等。

2)引下线

引下线是把雷电流由接闪器引到接地装置的金属导体。在现代民用建筑中,一般利用建(构)筑物的混凝土柱中的钢筋或金属构件作为防雷引下线。

3)接地装置

接地装置是对埋设于地下的接地体和接地线的总称,通常称之为接地极。其作用是把雷电流疏散到大地中去。接地体有自然接地体和人工接地体。自然接地体可利用建筑物基础中的钢筋。人工接地体按埋设方式可分为垂直接地体和水平接地体,垂直接地体一般采用镀锌钢管、镀锌角钢,水平接地体一般采用镀锌圆钢、扁钢等。设计时,应优先考虑设置自然接地体,当接地电阻不能满足要求时再加装人工接地体。

四、建筑弱电系统

(一)信息系统

建筑内的信息系统有很多子系统,包括电话通信系统、共用天线电视系统、公共广播系统、计算机网络系统、闭路监控电视系统、电子巡更系统、防盗报警系统、公共显示系统、扩声系统、呼叫系统等。它们都属于“弱电”系统。其主要对信息进行传递、控制和管理,保证信息能够准确接收、传输和显示,以满足人们对各种信息的需要。

1. 电话通信系统

1)电话通信系统组成

电话通信系统有三个组成部分:电话交换设备、电话传输系统和用户终端设备。

电话交换设备主要就是电话交换机,是接通电话用户之间通信线路的专用设备。电话交换机的发展很快,它从人工电话交换机发展到自动电话交换机,又从电子式自动电话交换机发展至如今普遍应用的数字程控电话交换机。数字程控电话交换机的工作原理是预先把电话交换的功能编制成相应的程序,并把这些程序和相关的数据都存入存储器中,当用户呼叫时,由处理机根据程序所发出的指令来控制交换机的操作,以完成通信接续功能。

电话传输系统按传输媒介分为有线传输和无线传输。建筑内通信系统主要指有线传输。有线传输按信息工作方式又可分为模拟传输和数字传输两种。模拟传输是将信息转换成为与之相应大小的电流模拟量进行传输,如普通电话就是采用模拟语言信息传输。

用户终端设备,以前主要指电话机,随着通信技术的迅速发展,现在又增加了许多新设备,如传真机、计算机终端等。它直接实现用户对信息的需求。

2)民用建筑常见电话通信系统

在民用建筑中,电话通信系统实际上可根据有无程控交换机分为两类:一类为无中继线,全体用户均为直拨电话的系统,用户电话线经适当处理后直接进入市话网络;另一类则设有专用的程控交换机,由市话网引来电缆(包括中继线和直拨电话),先经总配线架再进入程控交换机(中继线)或直接经总配线架—各楼层分线箱—用户(直拨和分机配线)。前一类系统多应用于住宅建筑和较小规模的商业建筑,后一类多应用于综合性办公楼、大型宾馆等终端用户业务量较大、信息功能较复杂的建筑。图5-46为典型的电话通信系统原理图。

3)电话通信系统的室内配线

建筑内电话通信系统的室内配线有明配线和暗配线两种方式,除既有的要求不高的建筑使用明配线外,一般新建与改建民用建筑都采用暗配线方式。在进行电话通信系统暗配线设计时,一般应注意以下几个方面:

(1)在考虑线路和交接箱、上升电缆、分线箱的容量时,应该以楼房用户的最大可能使

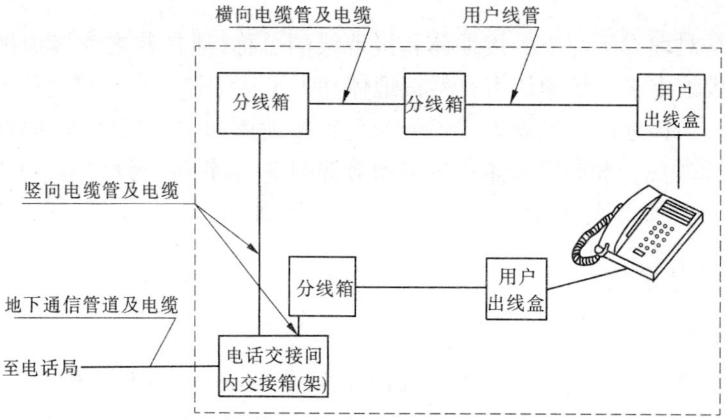

图 5-46　电话通信系统原理图(无交换机)

用量为依据。

(2)在有用户交换机的建筑物内,一般将配线架设在电话站内;在无用户交换机的建筑物内,一般在首层或二层设交接箱。

(3)高层建筑中应设置弱电专用竖井,从电话站或交接箱出来的分支电缆一般采用桥架、线槽或钢管敷设至电气竖井,分支电缆在竖井内应穿钢管、线槽或电缆桥架沿墙明敷至各层分线箱。各层分线箱一般就安装在弱电竖井里,一般为挂墙明装,距地 2.0 m 左右。在多层建筑中,一般采用电缆穿管暗敷方式,电缆管上升点的位置应选在:①靠近各层分线箱;②各层的上升点位置无其他设施并且建筑结构容许设置;③上升点应与强电、煤气、给排水管线保持一定的距离。

(4)室内配线宜采用全铜心电线或电缆,常用的电话线和电话电缆型号有 RVB 型电话线和 HPVV 型电话电缆。

4)电话机房的位置选择和有关专业的要求

选择电话机房的位置时应考虑以下因素:

(1)总机房的位置一般宜选在一楼或二楼并邻近道路,以便引线,应避免将总机室设在地下室,以防设备受潮;

(2)总机房最好放在分机用户负荷的中心位置,以节省用户线路的投资;

(3)总机房注意不要设置在厕所、浴室、开水房、卫生间、洗衣房和食堂餐厅等易于积水的房间附近,也不要设于变配电室、空调机房、通风机房等有电磁或噪声影响的房间的附近。

对有关专业的要求有以下几个方面:

(1)电话机房内的技术用房一般情况下均应做架空活动防静电地板,吊顶应尽量采用铝合金吊顶顶棚;

(2)交换机室要求地面平整,直接通往室外的窗和门都应严密防尘;

(3)蓄电池室的地板、墙面、门窗等表面均应采用耐酸腐蚀的材料;

(4)电话机房应满足一定的温度、湿度要求;

(5)电话机房的通信用接地(包括直流电源接地、电信设备机壳或机架接地、入站通信电缆的金属护套或屏蔽层的接地等)均应与专用的通信接地装置相连。

2. 共用天线电视系统

共用天线电视系统简称 CATV 系统，是用来接收、整理、传输和分配电视信号的设备，其目的是向电视用户提供稳定的、强度合适的不失真信号。CATV 系统一般由前端、干线传输和用户分配三个部分组成。

前端部分主要包括电视接收天线、频道放大器、调制器和混合器等设备。

干线传输系统是把前端接收处理、混合后的电视信号传输给用户分配系统的一系列传输设备。一般在较大型的 CATV 系统中才有干线部分。

用户分配部分是 CATV 系统的最后部分，主要包括放大器、分配器、分支器、用户接线盒以及同轴电缆等。在建筑中一般所指的电视系统就是 CATV 系统中的用户分配系统，因此本书只对用户分配系统作简要介绍。CATV 系统的组成如图 5-47 所示。

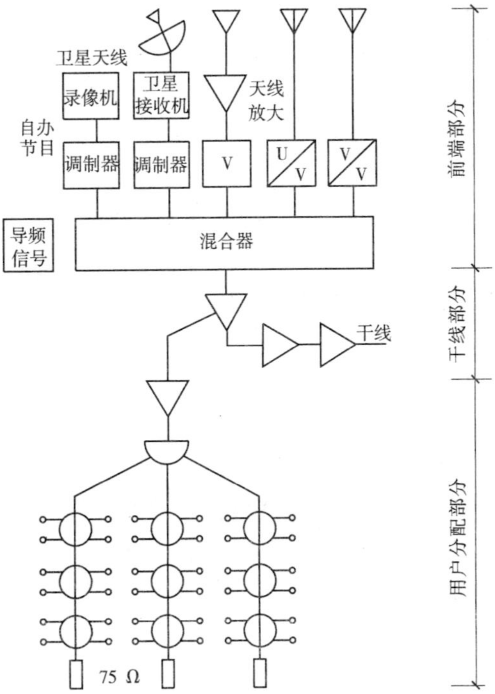

图 5-47　CATV 系统的组成

1）用户分配系统设备简介

（1）放大器。

放大器是将信号放大并保持一定电平输出的器件。前端用的放大器称为天线放大器，线路用的放大器称为线路放大器。建筑中一般使用的是线路放大器中的干线放大器或分配放大器，用来补偿同轴电缆对信号的损耗或分配分支的损耗，以满足用户电视机输入电平的需要。

（2）分配器。

分配器是用来分配电视信号并保持线路匹配的装置。分配器具有分配隔离和阻抗匹配的作用。分配器按其输出路数多少可分为二分配器、三分配器、四分配器等。

（3）分支器。

分支器是从干线（或支线）上取出一小部分信号传送给电视机用户的设备，它的作用是以较小的插入损耗从传输干线或分配线上分出部分信号经衰减后送至各用户，它由一个主输入端、一个主输出端和若干分支输出端构成。根据分支器的分支输出端的个数可以分为一分支器、二分支器、四分支器等。

(4)用户接线盒。

用户接线盒也称用户终端，它将电缆分配系统与用户电视机连接在一起。通常包括面板、接线盒。其特性阻抗为75 Ω。

(5)同轴电缆。

同轴电缆由同轴的内外导体构成，心线一般为铜线，外导体一般为铜网加铝箔。同轴电缆性能的好坏，不仅直接影响到信号的传输质量好坏，还影响到系统规模的大小、寿命的长短和造价是否合理。

在CATV工程中，常用SYKV型同轴电线。干线一般采用SYKV-75-12型，分支干线多用SYKV-75-12和SYKV-75-9型，用户配线多用SYKV-75-5型。在实际使用中，还需根据电平衰减情况来确定。

2)用户分配系统的方式

在用户分配系统中，信号分配方式有分配—分支方式、分配—分配方式、分支—分支方式等。其中，分配—分支方式(见图5-48)，因为其与住宅建筑的布局配合方便、扩充性强、用户之间影响小、维修方便等优点在住宅建筑中广泛应用。在分配—分支方式中，为了使各用户端电平接近，应选用不同损耗的分支器。为防止干线出现空载的状态，在每一干线终端都接有75 Ω的匹配电阻。

3)用户分配系统设计时应注意的问题

(1)用户电平是用户分配系统设计的重要依据。用户电平太高，电视机的高频放大部分全工作在非线性区内，会产生互扰调制和交扰调制；用户电平太低，又会形成雪花干扰。

(2)分配器的输出端不适合直接用于用户终端。在系统中，当其输出端有空余时，必须接75 Ω匹配电阻。

(3)在建筑中用分支器进行系统分配时，一般在接近前端箱的地方分支衰减量应取大一些，距离前端箱较远处分支衰减量应小一些，以保证各个部位的用户端电平基本保持一致。

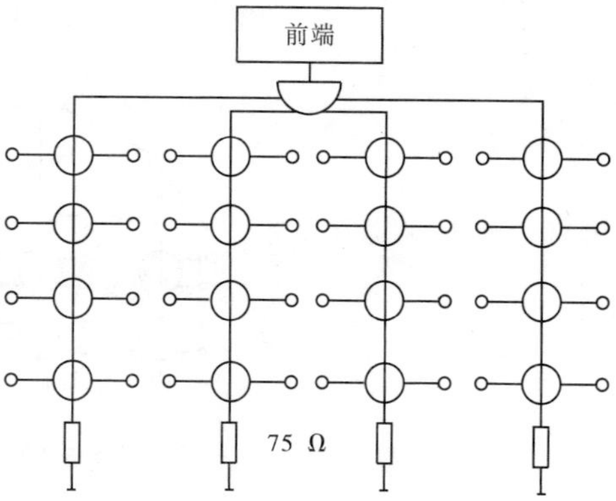

图5-48　分配—分支方式

(4)对于任何一用户，各个频道的电视信号电平差应在±2 dB内。

3. 公共广播系统

1)概述

在民用建筑中，公共广播系统是指面向公众区(广场、车站、码头、商场、餐厅、走廊、教室等)和宾馆客房的广播音响系统。它具有业务广播、背景音乐和紧急广播功能，平时播放背景音乐和其他节目，出现火灾等紧急情况时，强切转换为紧急广播。这种系统中的传声器(话筒)与向公众进行广播的扬声器一般不在同一房间内，而且其服务范围广、传输距离长。因此，虽然公共广播也是一个扩声系统，但它对音质的要求往往不如专业扩声系统那么高，而注重强调系统功能的可靠性和实用性。

公共广播系统的基本结构如图 5-49 所示。

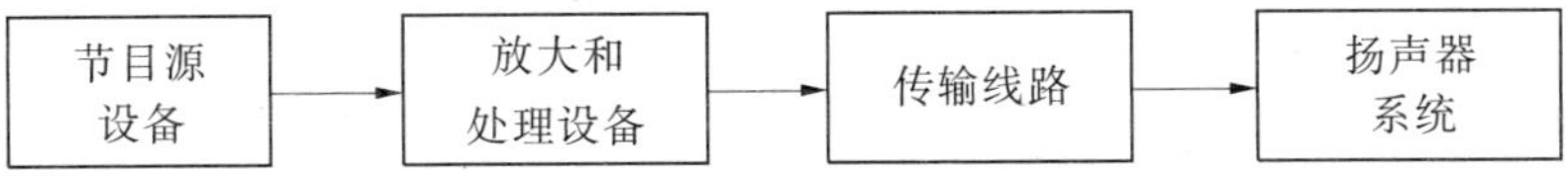

图 5-49　公共广播系统的基本结构框图

2) 公共广播系统的传输方式

公共广播系统一般有高电平传输、低电平传输和调频载波传输三种方式。

(1) 高电平传输方式。该方式从机房的功率放大器到各个分散的扬声器是采用高电平传输的，一般为 120 V、100 V 或 70 V。高电平传输的优点是线路损耗小、负载连接方便，并且接在线路上的扬声器只需加线路变压器即可。在这种情况下，当所接扬声器的阻抗相同时，其分配到的功率也相同。高电平传输又称定压传输，是最为常用的传输方式，目前以 70 V和 100 V 的产品最常见。

(2) 低电平传输方式。这种方式的传输线路只向终端功率放大器(含一组扬声器)传送约等于 1 V 的线路信号，经功放后再以低电平方式送到扬声器组。它可避免大功率音频电流的远距离传输，但只适用于控制室距终端较远，而终端各个区域的扬声器又相对集中的情况。

(3) 调频载波传输方式。它采用调频方法将音频信号调制成调频信号，然后经同轴电缆网络(可利用 CATV 网络)传送到多个终端，在终端通过调频接收机接收。这种方式可以同时传送几套音频节目，用户选择节目方便，一般适用于宾馆的客房内广播，而不适用于公共场所的广播。

3) 扬声器

公共广播系统广泛使用吸顶式和壁挂式扬声器，把它们安装在走廊、大堂、电梯间、办公室、写字间的顶棚或墙壁上。单只吸顶式扬声器的额定功率一般取 3 W，按顶棚 3 ~3.5 m 高度计，其在人耳高度(约 1.6 m)处所产生的声压级已足够，如图 5-50 所示。扬声器的间距

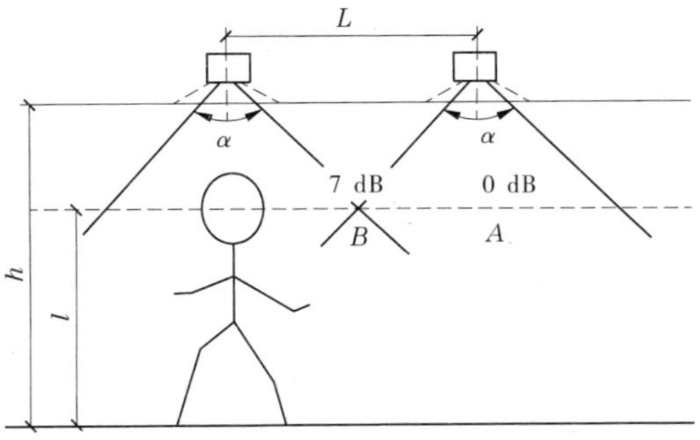

图 5-50　天花板扬声器间距

则取决于对声压不均匀度的要求，这可根据扬声器的辐射角 α (一般指在指向性图中由轴向分别向两边各降低 10 dB 的夹角)、顶棚和人耳的高度确定，上述参数可通过简单的计算而得到。大多数锥形纸盒扬声器的 $\alpha = 90°$，当顶棚高度 $h = 3$ m，人耳高度 l 取 1.6 m，声压不均匀度不大于 7 dB 时，扬声器间距 $L = 2(h - l)\tan 45° = 2.8$ m 。实际上，一般要求声压不均匀度为 10 dB 或更低些，此时，以同样高度的顶棚扬声器间距可增至 4 m 左右或更多。在停车场、设备机房、地下室或潮湿的地方不适合安装吸顶式扬声器，可安装挂墙式小型号

角扬声器，其功率一般为 5 ~ 10 W。

4）背景音乐功能

背景音乐的主要作用是掩盖噪声并创造一种轻松和谐的气氛。听的人若不专心听，就不能辨别其声源位置，音量较小，是一种能创造轻松愉快环境气氛的音乐。背景音乐通常是把记录在磁带、唱片上的节目，经过重放设备使其输出分配到各个走廊、门厅和房间内的扬声器，变成重放音乐，背景音乐不是立体声，而是单声道音乐。

背景音乐的乐曲应是抒情风格的或是轻快的，一般认为某些民歌、抒情乐曲、室内乐、舞曲或古典音乐等改编的轻音乐风格的乐曲，能提高背景音乐的效果。

5）紧急广播功能

在民用建筑中，公共广播系统往往与火灾事故广播合用，平时为各广播区域提供背景音乐广播或寻呼广播服务，火灾发生时则提供消防报警紧急广播。这种背景音乐广播和紧急广播功能的结合，有利于设备的充分利用和节约投资。

4. 计算机网络系统

计算机网络是由多台独立的计算机按照约定的协议，通过传输介质连接而成的集合。传输介质可以是电缆或光缆等有线介质，也可以是电波或光波等无线介质。计算机网络能使在地理上分散的计算机连接起来互相交换数据，还能实现硬件、软件和信息等资源的共享。计算机网络按照网络覆盖的范围分为局域网（LAN）、城域网（MAN）、广域网（WAN）。计算机网络是一个复杂的系统，但基本上是由计算机与外部设备、网络互联设备、传输介质、网络协议和网络软件组成的。

网络中的计算机包括主机、服务器、工作站和客户机等，其主要作用是处理数据。外部设备包括终端、打印机、海量存储设备等。

网络互联设备负责控制数据的发送、接收或转发，包括网卡、集线器、路由器、中继器、网桥等。

传输设备构成网络中各设备之间的物理通信线路，用于传输数据信号。有线传输介质包括同轴电缆、双绞线、光缆等，无线传输介质包括微波、红外线、激光等。

网络协议是网络中各通信方共同遵守的一组通信规则。例如，应按什么格式组织和传输数据，如何区分不同性质的数据等。

5. 闭路监控电视系统

闭路监控电视系统主要用于工业、交通、商业、金融、医疗卫生、军事及安全保卫等领域，是现代化管理、监测、控制的重要手段之一。它能实时、形象、真实地反映监控的对象，能够及时获取大量丰富的信息，有效提高管理效率和自动化水平。

一般的闭路监控电视系统由摄像、传输、控制、图像处理和显示四个部分组成，摄像部分的作用是把系统所监视目标的光、声信号变成电信号，送入系统中的传输分配部分进行传送，其核心是电视摄像机。摄像机的种类很多，不同的系统可以根据不同的使用目的选择不同的摄像机及镜头。摄像机通常安装在可水平和垂直回转的摄像机云台上。

传输分配部分的主要作用是将摄像机输出的视频和音频信号馈送到中心机房或监控室。传输分配部分一般有馈线（同轴电缆）、视频分配器、视频电缆补偿器、视频放大器等设备。

控制部分的作用是在监控室通过有关设备对摄像机、云台和传输分配部分的设备进行远程控制。其功能主要是实现对摄像机的电源、旋转广角变焦的控制和实现对云台远程的驱动。

图像处理和显示部分实现对传输回来的图像综合的切换、记录、重放、加工、复制和利用监视器进行图像重现。监控电视系统的组成和工作流程如图 5-51 所示。

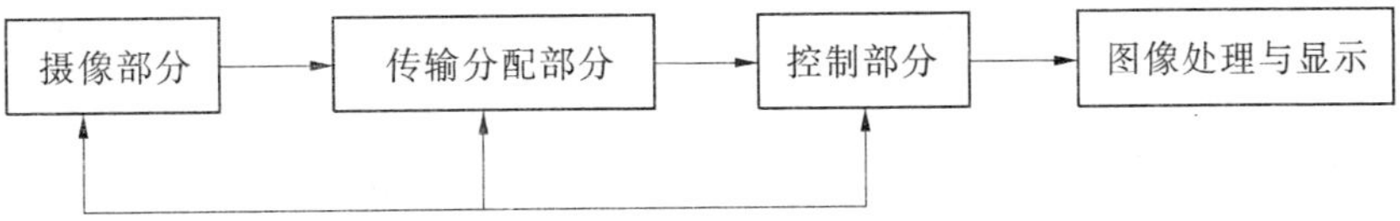

图 5-51　监控电视系统的组成和工作流程

6. 电子巡更系统

电子巡更系统可以有效地提高建筑的安全性，加强对巡更人员的保护，帮助管理人员分析巡更人员的表现。电子巡更系统规定保安人员必须在规定的巡更路线上、按规定的次序、在指定的时间向中央控制室发回信号以表示正常，如果信号没有发回控制室或未按规定发回控制室，系统就会认为是不正常，以此来实现电子巡更。

7. 防盗报警系统

防盗报警系统就是利用探测装置对建筑内外的重要区域进行设防。在探测到有非法侵入时，及时报警。例如，玻璃破碎报警器及门磁开关可有效探测罪犯从外部的侵入，安装在建筑重要房间内的红外探测器和运动探测器可感知人员在楼内的活动。在此系统中，探测器是最重要的设备，应根据其保护的地点、保护的对象等条件来选择。

8. 公共信息显示系统

在下列场所应设置公共信息显示装置：

(1)体育馆(场)应设置计时记分装置；

(2)民用航空港、中等以上城市火车站、大城市的港口码头、长途汽车客运站，应设置班次动态显示牌；

(3)大型商业、金融营业厅，宜设置商品、金融信息显示牌；

(4)中型以上火车站、大型汽车客运站、客运码头、民用航空港、广播电视信号大楼，以及其他有统一计时要求的工程，宜设置时钟系统，对旅游宾馆宜设世界时钟系统。

(二)火灾报警与消防联动控制

1. 系统概述

火灾自动报警系统是通过探测伴随火灾产生和发展而出现的烟、光、温度等参数，早期发现火情，及时发出声、光等报警信号，同时协调组织消防水系统、消防排烟系统，迅速进行建筑内人流疏散和灭火的建筑防火与灭火系统。

火灾自动报警与消防联动控制包括火灾自动报警系统和消防联动控制灭火系统。火灾自动报警控制器是火灾报警系统的核心部分，是分析、判断、记录和显示火灾的部件，它通过火灾探测器在规定的时间内向监视现场发出巡测信号，监视现场的烟雾浓度、温度等，报警控制器上可以显示火灾区域或楼层房号的地址编码，并打印报警时间、地址。联动控制器是在火灾报警控制器的控制下，执行自动灭火的程序。当确认火灾后联动控制器启动喷淋泵、消防泵进行灭火；启动送风机、排烟风机创造疏散条件；按程序放下防火卷帘门，关闭烟道防火阀，实现防火分区的功能等。

2. 设置条件

根据《民用建筑电气设计规范》(JGJ/T 16—2008)的规定,需要设置火灾报警与消防联动控制系统的建筑如下所述。

1)高层建筑

(1)10层及10层以上的高级住宅。

(2)建筑高度超过24 m的其他民用建筑,以及与其相连高度不超过24 m的裙房。

(3)建筑高度超过250 m的民用建筑的火灾自动报警与联动控制的设计,应提交消防主管部门组织专题研究论证。

2)低层建筑

(1)9层及9层以下的多层高级住宅。

(2)建筑高度不超过24 m的单层及多层有关公共建筑。

(3)单层主体建筑高度超过24 m的体育馆、会堂、影剧院等有关公共建筑。

3)地下民用建筑

(1)铁道、车站、汽车库。

(2)影剧院、礼堂。

(3)商场、医院、旅馆、展览厅、歌舞娱乐放映游艺场所。

(4)重要的实验室、图书库、资料库、档案库。

3. 火灾报警与消防联动控制系统的类型及系统组成

1)火灾报警与消防联动控制系统的类型

根据建筑工程的建设规模和用途以及建筑物的防火等级,火灾报警与消防联动控制系统又可分为下列四种基本形式:①区域系统;②集中系统;③区域-集中系统;④控制中心系统。

(1)区域系统。

区域系统用于局部性重点保护对象的火灾报警与消防联动控制,一般应用于区域保护方式或场所保护方式的火灾报警与消防联动控制。这种系统可由一台或几台各自独立的区域报警控制器,组成各自独立报警、独立消防联动控制的区域火灾自动报警控制方式,对某一个局部范围或设施进行报警或控制。系统由一个专门有人值班的房间或场所管理。该系统多用于图书馆、电子计算机房等建筑物内的火灾报警与控制。

(2)集中系统。

集中系统用于对整个建筑物进行火灾自动报警和控制,无区域报警控制器和集中报警控制器之分。在消防控制室内设1~2台报警控制器,对整个建筑物实施监控,中间楼层不设区域报警控制器,但应装设楼层显示器和复示盘等。这种系统适用于无服务台(或楼层值班室)的写字楼、商业楼、综合办公楼等建筑。

(3)区域-集中系统。

区域-集中系统适用于规模较大、保护控制对象较多并且有条件设置区域报警控制器的大型高层建筑,如有服务台的宾馆等场所。

(4)控制中心系统。

控制中心系统适用于规模大、需要集中管理的群体建筑或超高层建筑。如有若干个消防控制室组成的且在防火上互有关联的群体建筑,则应设消防控制中心。它主要承担总体灭火的联络与调度任务。

2）火灾自动报警与消防联动控制系统的组成

火灾自动报警与消防联动控制系统由火灾信号检测部分、火灾报警控制器、联动控制器及消防联动执行机构几大部分组成。

（1）火灾信号检测部分。

火灾信号检测部分是由各种探测器、手动报警器、自动喷淋系统的水流指示器、消火栓按钮等组成的，其任务是检测火灾信号，并将信号传送给火灾自动报警器。

手动报警器、水流指示器、消火栓按钮等均可输出开关量信号，各类火灾探测器可根据要求输出开关量信号或模拟量信号，在一般情况下可采用开关量信号输出的火灾探测器，在要求比较高的场合可采用模拟量信号输出的火灾探测器。

（2）火灾报警控制器和联动控制器。

火灾报警控制器和联动控制器是火灾报警及联动控制的中枢。它的任务是接收、处理、存储、显示火灾信号并发出联动控制指令。

火灾报警控制器是系统的核心设备，有区域报警控制器、集中报警控制器和通用报警控制器之分，按设备结构形式可分为壁挂式、台式或柜式。系统较小的用壁挂式（通常不多于128点），大型系统采用台式或柜式。与之配套的设备还有消防联动控制器、外设驱动电源、火灾应急广播设备、消防电话总机、多种探测器接口、火灾显示屏、火灾讯响器及打印机、微机等。

（3）消防联动执行机构。

消防联动执行机构的任务是执行火灾自动报警联动控制器的指令，使各种执行机构自动完成事先按程序确定的指令内容，如启动消防泵、排烟风机，接通消防广播，切除相关的非消防电源等。

除以上三大部分外，火灾自动报警及联动控制系统还包括一些附属设备，如专用主机电源、外控设备集中供电电源等。

4.探测器的种类及适用场所

在火灾报警系统中，探测器是关键的元件，探测器选用的合理性关系到整个系统的可靠性，所以应根据可能发生的火灾特点和需设置的部位来选择探测器。常用的火灾探测器主要有以下几种。

1）感烟探测器

感烟探测器根据工作原理的不同，可分为离子感烟探测器和光电感烟探测器。在火灾初期有引燃阶段，产生大量的烟和少量的热，很少或没有火焰辐射的场所宜选用感烟探测器。但其不宜用于在正常情况下有烟滞留，有大量粉尘、水需要滞留等不利于感烟元件工作的场所。

2）感温探测器

感温探测器是一种对警戒范围内某点周围的温度达到或超过预定值时发生响应的火灾探测器。其特点是结构简单、可靠性高，但灵敏度较低。感温探测器可分为点型和线型两大类，点型又可分为定温、差温、差定温三种，线型可分为缆式线型定温探测器和空气管式探测器。

感温探测器适用于相对湿度长期大于95%，可能发生无烟火灾，有大量粉尘，正常情况下有烟和蒸气滞留、厨房、锅炉房、汽车库房等场所。

3)可燃气体探测器

在可燃性气体可能泄漏的危险场所应安装可燃气体探测器。

4)火焰探测器

在火灾时有强烈的火焰辐射,需要对火焰作出快速反应的场所应安装火焰探测器,常用的火焰探测器有感光探测器,它可用于对可燃物燃烧时的辐射光谱进行探测。

5. 消防控制室

消防控制室是设有火灾自动报警控制器和消防控制设备,专门用于接收、显示、处理火灾报警信号,并控制有关消防设施的房间。

1)消防控制室的设置

(1)仅有火灾自动报警系统但无消防联动控制功能时,可设消防值班室,也可与经常有人值班的部门合设(如门卫)。

(2)设有火灾自动报警并有消防联动控制的建筑物应设消防控制室。

(3)具有两个或两个以上消防控制室的大型建筑群或超高层建筑,应设置消防控制中心。

2)消防控制室的位置选择

(1)应设置在建筑物的首层,距通往室外出入口不应大于20 m。

(2)应设在内部和外部的消防人员容易找到并可以接近的房间部位,并应设在交通方便和发生火灾时不易延燃的部位。

(3)不应将消防控制室设于厕所、锅炉房、浴室、汽车库、变压器室等的隔壁和上、下层相对应的房间。

(4)有条件时宜与防灾监控、广播、通信设施等用房相邻近。

(5)应适当考虑长期值班人员房间的朝向。

3)消防控制室的设备布置要求

(1)设备面盘前的操作距离:单列布置时不应小于1.5 m,双列布置时不应小于2 m。

(2)在值班人员经常工作的一面,控制屏(台)至墙的距离不应小于3 m。

(3)控制屏(台)后的维修距离不宜小于1 m。

(4)控制屏(台)的排列长度大于4 m时,控制屏(台)两端应设置宽度不小于1 m的通道。

(5)集中报警控制器(或火灾通用报警控制器)安装在墙上时,其底边距地高度应为1.3~1.5 m,靠近其门轴的侧面距墙不应小于0.5 m,正面操作距离不应小于1.2 m。

第四节　智能建筑简介

一、概述

近年来,计算机技术和网络通信技术的发展,使社会高度信息化。为适应社会信息化的要求,在建筑内部应用信息技术,将古老的建筑技术与现代化的高科技相结合,在建筑内建立起完整的控制、管理、维护和通信设施,实现环境控制和安全管理等功能,为建筑使用者提供舒适、温馨、便利的环境和气氛。

智能建筑(Intelligent Building)的含义,在计算机技术的影响下,也是不断发展的。日本电机工业协会智能建筑分会把智能建筑定义为:综合计算机信息通信等方面的最先进技术,使建筑物内的电力、空调、照明、防灾、防盗、运输设备等协调工作,实现建筑物自动化、通信自动化和办公自动化这三种功能结合起来的建筑就是智能建筑。国际智能工程学会对智能建筑的定义为:在一座建筑中设计了可提供响应的功能以及适应用户对建筑物用途、信息技术要求变动时的灵活性。智能建筑应该是安全、舒适、系统综合、有效利用投资、节能和具备很强的使用功能,以满足用户实现高效率需要的。

我国对于智能建筑,在国家标准《智能建筑设计标准》(GB/T 50314—2006)中定义如下:是以建筑为平台,兼备信息设施系统、信息化应用系统、建筑设备管理系统、公共安全系统,集结构、系统、服务、管理及其优化组合于一体,向人们提供安全、高效、便捷、节能、环保、健康的建筑环境。由此可见,智能建筑就是采用计算机技术对建筑物内的设备进行自动控制,对信息资源进行管理和对用户提供信息服务等的一种新型建筑。"智能"是指对信息的感受和处理、传递的能力,建筑的智能化就是指对环境和使用功能变化的感知能力,将信号传递到控制设备的能力,综合分析数据的能力,作出判断和响应的能力。

二、智能建筑的功能

(1)应具有信息处理功能。各种信息应能进行通信,具有多种内部及外部信息的交换手段,信息交换的范围不应局限于建筑物内部,应能在城市、地区和国家之间进行。

(2)能对建筑物内的照明、电力、暖通、空调、给水排水、防火、防盗、运输设备等进行自动控制和综合管理,实现建筑物自动化。

(3)智能建筑提供的环境应该是优越的和高效率的,应满足舒适性、高效性、方便性、适应性、安全性、可靠性的要求。

(4)建筑物应具有充分的适应性和可扩展性。它提供的功能,应能随技术进步和社会需要而发展。

三、智能建筑的组成和所依赖的关键技术

从智能建筑的组成来分析,应包括三大系统,概括为"3A"系统,即建筑物自动化系统(BAS)、办公自动化系统(OAS)、通信自动化系统(CAS),这三个系统应该是一个综合性的整体,是互相协调、统一动作的系统。

(一)建筑物自动化系统

建筑物自动化系统即楼宇自动化控制系统,它采用现代传感技术、计算机技术和通信技术对建筑物内所有机电设施进行自动控制。这些机电设施包括变配电、给水排水、空气调节、采暖、通风、运输、火警、保安等系统设备。用计算机对设施实行全自动的综合监控管理。

(二)办公自动化系统

办公自动化系统的主要功能有文字处理、模式识别、图形处理、情报检索、统计分析、决策支持、计算机辅助设计、印刷排版、文档管理、电子账务、电子函件、电子数据交换、来访接待、电子黑板、会议电视、同声传译等。另外,先进的办公自动化系统还可以提供辅助决策功能,提供从低级到高级的,逐步建立为领导办公服务的决策支持。办公自动化系统是一个综

合性系统,它主要由计算机系统组成,可分为局域网部分、公用网络设备、办公设备、共享软件和数据库、公共办公系统、应用系统等。

(三)通信自动化系统

通信自动化系统包括以程控用户交换机(PABX)为核心,以多功能电话、传真、各类终端为主要设备的通信网以及楼内局域网、工作站、高速主干通信网等。这些设备(包括软件)应用新的信息技术构成智能大厦信息通信的“中枢神经”。通信系统提供语音通信、数据通信和图形图像通信。

通信自动化系统完成的业务有:①语音增值业务和信息服务业务,主要有语言信箱、可视图文、语音自动应答信息服务电话等;②非话业务,主要有分组交换数据业务、数字数据业务、电子数据交换、传真、数据库检索、电子函件、可视电话等功能;③数据/语音综合通信,现代通信技术主要体现在具有综合业务数字网(ISDN)功能的通信网络技术,它能在一个通信网上同时实现语音、数据及文本的通信。

上述“3A”系统是建立在三大关键技术基础上的综合体系,这三大技术是现代计算机技术(Computer)、现代控制技术(Control)和现代通信技术(Communication),概括为“3C”技术。在智能建筑中,计算机技术主要体现在数据并行处理和分布式计算机网络技术,控制技术体现在分布式控制系统,而通信技术则体现在一体化的综合布线。于是,智能建筑(IB)可以简单形象地概括为:IB = 3A + 3C。

四、综合布线

(一)概述

我们知道,智能建筑主要由建筑物自动化系统、办公自动化系统和通信自动化系统组成。这三大系统中几乎所有功能的实现,都要依靠连接线路。在传统的布线系统中,像电话、计算机、保安设备、火灾自动报警设备、供热及空调设备的控制系统等,都是采用各自独立的布线系统,各布线系统分别由不同的厂商设计和安装,采用不同的电缆、电线和终端插座。这种传统的布线存在着设计复杂、实施困难、线路繁杂、扩展困难等缺点。综合布线可以将智能建筑中的“3A”系统有机地连接起来,从而有效地解决传统布线所带来的问题。它采用单一的电缆,可以连接多种设备,可以支持多个厂家的语言和数据设备,通过简单灵活的跳线,就可以方便地变换服务功能。

(二)综合布线的特点

(1)实用性。综合布线系统,用一套标准电缆系统满足语音、数据的传输要求。它可以把原来互不兼容、分散的系统(如计算机系统、终端机系统、通信系统、建筑物自动化系统等)综合在一个布线统一、系统庞大的网络结构中。

(2)模块化。它的所有插件都是模块化的标准件,采用标准单一型布线,使用相同的电缆、配线架和插座。

(3)具有开放性、灵活性。它传送信号的速度、距离和信号能力的性能高,而且只要在插座出口配上适当的适配器,就能支持各个厂家的语言、数据和图像设备。

(4)扩充性好。能够适应建筑物内新增各种先进设备的布线要求。

(5)方便用户变动。插座可以连接不同类型的设备,并且可根据用户需求随意变换功能。

(6)便于设计和施工。无论布线多么复杂,工程多么庞大,不需要根据不同的设备准备不同的配线零件,不需要与不同厂商进行布线工程的协调。

(7)经济性。可以有效地节约成本。

(三)综合布线系统的组成

综合布线系统由6个独立的子系统组成。一般采用星形结构,可使任何一个子系统独立地进入综合布线系统中。这六个子系统分别是工作区子系统、水平干线子系统、管理区子系统、垂直干线子系统、设备间子系统和建筑群子系统。综合布线系统的组成如图5-52所示。

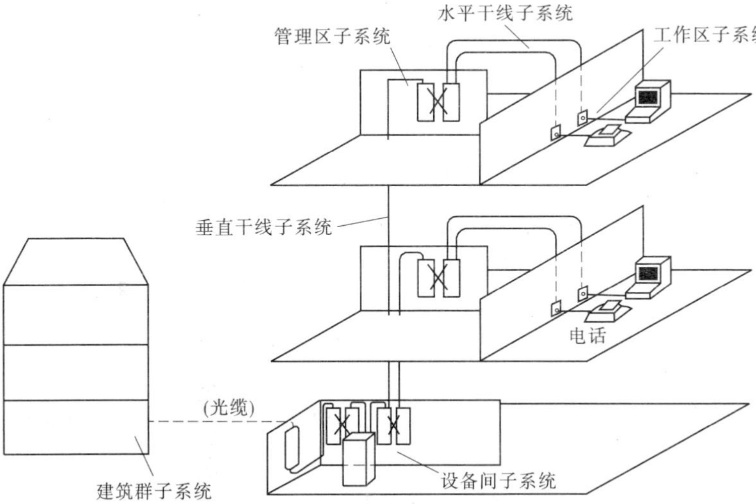

图5-52　综合布线系统的组成

五、智能建筑的发展趋势

智能建筑的发展是科学技术和经济水平的综合体现,它是一个国家、地区和城市现代化水平的重要标志之一。智能建筑应是可持续发展的。可持续发展的智能建筑的建筑形式要与功能相结合,环境要和谐,要适应材料、设备和技术的要求,要体现文化传统、生活方式和社会意识。随着社会的发展和科技的进步,智能建筑的发展趋势应为:

(1)智能建筑技术将不断采用科技领域里的高新科技成果,向系统集成化、管理综合化、智能技术人性化的方向发展。

(2)多学科、多技术的不断渗透。如生态学、生物电子工程、虚拟现实等新技术的应用,不断扩展智能建筑的功能。

(3)智能建筑的多样化。智能建筑由于用途、规模的不同,将逐步区分为智能办公建筑、智能住宅建筑、智能学校建筑、智能医疗建筑等。

(4)多个系统的相互交叉融合。随着信息技术的发展,智能建筑的三大系统将最终合而为一,将形成一个更具综合处理能力、性能更稳定、系统更单一的建筑智能系统。

第六章 建筑装饰材料

建筑装饰材料是建筑装饰工程的物质基础，无论从建筑装饰工程角度还是从装饰艺术的角度来看，建筑装饰材料在很大程度上决定着建筑装饰工程的结果。好的设计要依靠合适的建筑装饰材料将其表现出来，尤其是材料的颜色、质感、花纹、光泽等方面，更是对设计作品的表达起到决定作用。只有掌握和了解了建筑装饰材料的性能，综合考虑建筑物的使用功能、建设标准、外部环境等因素，充分发挥每一种装饰材料的长处，才能够真正实现建筑艺术的整体表达，满足建筑装饰工程的各项要求。

第一节 概 述

一、建筑装饰材料的基本性能

建筑装饰材料是用于建筑物表面、起装饰作用的材料，它的基本性能如下所述。

（一）颜色、光泽、透明性

颜色是材料对光谱选择吸收的结果。不同的颜色给人以不同的感觉，如红色、粉红色给人一种温暖、热烈的感觉，绿色、蓝色给人一种宁静、清凉、寂静的感觉。

光泽是材料表明方向性反射光线的性质，用光泽度表示。材料表面越光滑，则光泽度越高。当为定向反射时，材料表面具有镜面特征。不同的光泽度可改变材料表面的明暗程度，也可扩大视野或造成不同的虚实对比。

透明性也是与光线有关的一种性质。既能透光又能透视的物体称为透明体，能透光而不能透视的物体称为半透明体，既不能透光又不能透视的物体称为不透明体。利用不同的透明度可隔断光线或调整光线的明暗，根据需要，造成不同的光学效果，也可使物像清晰或模糊。

（二）质感

质感是材料的表面组织结构、花纹图案、颜色、光泽、透明性等给人的一种综合感觉，各种材料在人的感官中有软硬、轻重、粗犷、细腻、冷暖等感觉，相同组成的材料，表面不同可以有不同的质感，如普通玻璃与压花玻璃（见图 6-1）、镜面花岗石与火烧面花岗石。相同的表面处理形式往往具有相同或类似的质感，但有时也不尽相同，如人造大理石、仿木纹制品，一般均没有天然的大理石和木材亲切、真实。虽然仿制的制品不真实，但有时也能达到以假乱真的效果。

（三）形状和尺寸

对于块材、板材和卷材等装饰材料的形状与尺寸，以及表面的天然花纹、纹理及人造花纹或图案都有特定的要求和规格。利用装饰材料的形状和尺寸，并配合花纹、颜色、光泽等可拼镶出各种线型和图案，从而获得不同的装饰效果，以满足不同建筑形体和空间的需要。

（四）耐沾污性、易洁性与耐擦性

材料表面抵抗污物作用并能保持其原有的颜色和光泽的性质称为材料的耐沾污性。材

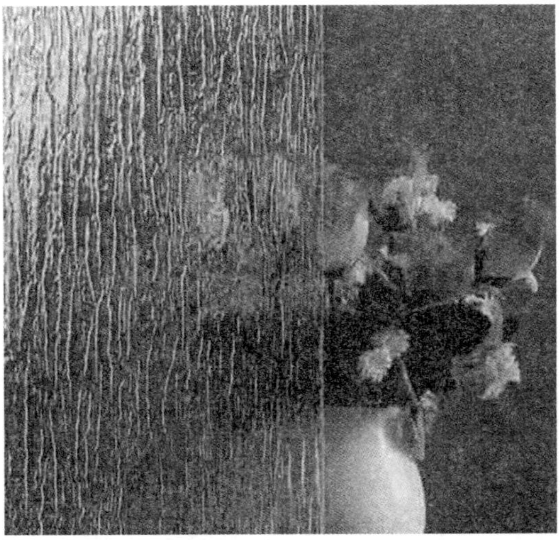

图 6-1 压花玻璃

料表面易于清洗洁净的性质称为材料的易洁性，它包括在风、雨等作用下的易洁性及在人工清洗作用下的易洁性。良好的耐沾污性和易洁性是建筑装饰材料经久常新、长期保持其装饰效果的重要保证。如用于地面、台面、外墙及卫生间、厨房等的装饰材料需考虑材料的耐沾污性和易洁性。材料的耐擦性实质上是材料的耐磨性，分为干擦（称耐干擦性）和湿擦（称耐洗刷性）。耐擦性越高，材料的使用寿命越长。

总之，在选用建筑装饰材料时，除具有以上性质外，材料还应具有某些其他性质，如一定的强度、耐水性、耐火性、耐腐蚀性等。此外，还应考虑装饰工程的环境、气氛、功能、空间、不同材料的恰当配合及经济合理等问题。

二、建筑装饰材料的功能

装饰材料用在建筑物的表面，借以美化建筑物与环境，也起着保护建筑物及改善使用效果的作用。根据建筑物的部位不同所用材料的功能也不尽一致。

（一）装饰功能

建筑物的内外墙面装饰是通过装饰材料的质感、色彩来表现的。

质感是指材料质地的感觉，重要的是要了解材料在使用后人们对它的主观感受。一般装饰材料要经过适当的选择和加工才能满足人们的视觉美感要求。如花岗石不经过加工打磨，就没有动人的质感，只有经过加工处理，才能显现出不同的质感，既可光洁细腻，又可粗犷坚硬。

色彩可以影响到建筑物的外观和城市面貌，也可影响到人们的心理。材料的本身颜色有些是很美的，所以在室内外装饰中应充分发挥材料自然美的特点，如大理石色彩的庄重美、花岗石色彩的朴素美、壁纸的柔和美、木材质朴的色彩美和纹理美。

（二）保护功能

建筑物在长期使用过程中经常会受到日晒、雨淋、风吹、冰冻等作用，也经常会受到腐蚀性气体和微生物的侵蚀，使其出现粉化、裂缝，甚至脱落等现象，影响到建筑物的耐久性。选用适当的建筑装饰材料对建筑物表面进行装饰，不仅能对建筑物起到良好的装饰作用，而且能有效地提高建筑物的耐久性,降低维修费用。如在建筑物的墙面、地面贴面砖或涂刷涂料能够保护墙面、地面免受或减轻各种侵蚀,延长了建筑物的使用寿命。

(三)室内环境调节功能

建筑装饰材料除具有装饰功能和保护功能外,还有改善室内环境使用条件的功能。如内墙和顶棚使用的石膏装饰板能起到调节室内空气的相对湿度,起到改善使用环境的作用;木地板、地毯等能起到保温、隔声、隔热的作用,使人感到温暖舒适,改善了室内的生活环境。

(四)复合功能

复合功能是指使用一定组合和构造方式,将两种或两种以上的装饰材料组合在一起,从而产生多重功能。比如,固定在龙骨上的石膏多孔装饰吊顶,内部填充了玻璃棉,不但有材料本身的阻燃防火、装饰美化功能,还利用材料组合与构造方式形成了宽频吸声功能。

三、建筑装饰材料的分类

建筑装饰材料的品种、花色非常繁杂,要想全面了解和掌握各种建筑装饰材料的性能、特点与用途,首先应对其进行分类。

(一)按材料的化学性质进行分类

根据化学成分的不同,建筑装饰材料可分为金属材料、非金属材料和复合材料三大类。其中,金属材料又分为黑色金属材料和有色金属材料,非金属材料又分为无机材料和有机材料,复合材料又分为有机与无机复合材料、金属与非金属复合材料,详见表6-1。

表6-1 建筑装饰材料按化学成分分类

金属材料	黑色金属材料	不锈钢、彩色不锈钢
	有色金属材料	铝及铝合金、铜及铜合金、金、银等
非金属材料	无机材料	天然饰面石材:大理石、花岗石
		陶瓷装饰制品:釉面砖、彩釉砖、玻化石、琉璃制品
		玻璃装饰制品:中空玻璃、压花玻璃、彩色玻璃、夹丝玻璃、空心玻璃砖、压膜玻璃、磨砂玻璃、镜面玻璃等
		石膏装饰制品:装饰石膏、纸面石膏板、装饰石膏吸声板
		水泥制品:白水泥、彩色水泥等
		装饰砂浆、装饰混凝土制品
		矿棉、珍珠岩装饰制品:矿棉吸声板、玻璃棉装饰吸声板
	有机材料	木材装饰制品:胶合板、纤维板、细木工板、旋切微薄木、木地板、木装饰条、竹材装饰品、藤材装饰品等
		装饰织物:地毯、墙布、窗帘等
		塑料装饰制品:壁纸、塑料地板、塑料装饰板等
		装饰涂料:地面涂料、外墙涂料、内墙涂料
复合材料	有机与无机复合材料	人造大理石、人造花岗石
	金属与非金属复合材料	彩色涂层钢板、铝塑板

（二）按在建筑物上的装饰部位进行分类

按建筑装饰材料的使用部位，可分为外墙装饰材料、内墙装饰材料、地面装饰材料、顶棚与屋面装饰材料等，这种分类方式便于工程技术人员选用。

1. 外墙装饰材料

外墙装饰材料主要是指外墙面、阳台、台阶、雨篷等建筑物全部外露部位装饰所选用材料。常用的装饰材料有天然花岗岩、陶瓷装饰制品、玻璃制品、外墙涂料、金属制品、装饰混凝土、装饰砂浆等。

2. 内墙装饰材料

内墙装饰材料主要是指墙面、墙裙、踢脚板、隔断等内部构造装饰所选用的材料。常用的装饰材料有壁纸、墙布、内墙涂料、织物饰品、装饰饰面板、大理石、人造石材、内墙釉面砖、人造板材、玻璃制品、隔热吸声饰面板等。

3. 地面装饰材料

地面装饰材料主要是指地面、楼面、楼梯等结构装饰所选用的材料。常见的地面装饰材料有地毯、地面涂料、天然石材、人造石材、陶瓷地砖、木地板、复合地板等。

4. 顶棚装饰材料

顶棚装饰材料主要是指室内顶棚装饰所选用的材料。常见的顶棚装饰材料有石膏板、各类复合材料吸声板、合金板、PVC 板、涂料等。

四、建筑装饰材料的选择

建筑物的种类繁多，不同功能的建筑物，对装饰的要求不同，即使同一类建筑物，也因设计标准不同而装饰要求也不相同。通常建筑物的装修有高级装修、中级装修和普通装修之分。在建筑装饰工程中，为确保工程质量，应当按照不同档次的装修要求，正确而合理地选用建筑装饰材料。

人们进行建筑设计的目的就是要造就环境，而造就优美环境的目的正是造就人们本身，否则，任何建筑艺术都毫无意义。建筑装饰也是一种艺术，它也是为了造就和改善环境。这种环境应该是自然环境与人造环境的高度统一与和谐。然而，各种装饰材料的色彩、质感、触感、光泽、耐久性等性能的正确运用，将会在很大程度上影响到环境。因此，在选择装饰材料时必须考虑以下几个方面。

（一）装饰效果

建筑物的艺术效果，很大程度上是通过装饰材料特有的装饰性能来表现的。这一功能的实现，主要取决于装饰材料本身的形式，材料的形式、色彩、质感只有与空间环境的其他装饰因素（如光线等）完美融合、协调统一，才能具有艺术感染力。从事装饰工程的有关人员应熟练地了解和掌握各种装饰材料的性能、装饰功能与效果以及获得途径，从面合理地选择和正确使用装饰材料，才能使建筑物获得美感。

1. 形式

材料的形式是指材料本身的形状、尺寸以及使用后形成的图形效果，包括材料组合后形成的界面图形、界面边缘及材料交接处的线脚等，除少数种类的材料（如涂料）外，一般装饰材料本身由于加工等因素的影响，均有一定的形状、尺寸，有意识地利用这一点，就可以在使用材料时做到最有效且经济，还可以结合一些美学规律和手法进行排列组合，以便形成新的形式及图案,从而获得更好的装饰效果。

2. 色彩

建筑装饰效果最突出的一点是材料的色彩,它是构成人造环境的重要内容之一。我国古建筑总是利用材料的色彩来突出表现建筑物的美,正确吸取古代建筑色彩处理手法的精华,有助于今天丰富建筑艺术和形成新的建筑民族风格。

使用色彩是中国古代建筑形式美的突出表现。随着社会的进步和发展,建筑物外部的色彩处理日趋丰富。在这方面的卓越成就,就是建筑艺术和保护结构材料的结合。我国古建筑的色彩处理的方法和技巧是多种多样的,如根据建筑物性质明确区分色彩,如宫殿、庙宇为了显示富丽堂皇,常采用强烈的原色,台基为白色或青色,屋身为朱红色,檐下以青绿等冷色为主,屋面是黄色或绿色的琉璃瓦。而平民住宅一般采用中和的色彩使建筑物显得素雅、宁静,与居住环境所要求的气氛相协调。运用对比色以达到强调某种艺术气氛的目的,由色彩对比衬托质的对比。运用对比色还可以达到协调建筑物各部分,使其统一于同一风格的目的。例如,北京天坛太和殿外部多种色彩的运用有简有繁、有细有粗、彼此呼应,获得了浑然一体的艺术效果。

以各种色彩的和谐创造建筑的风格和环境。如园林建筑为了表现特有的风格,在色彩方面运用浅灰、棕褐、绿、浅黄、浅蓝等做原色,同时避免大面积的单色,再配以精致淡雅的装饰和家具、陈设、建筑小品等,使色彩更加协调。在现代建筑中,材料色彩的选择是十分重要的,它是构成人造环境的重要内容。

建筑外部色彩的选择,要根据建筑物的规模、环境及功能等因素来决定。在现代建筑中:庞大的高层建筑宜采用较深的色调,使之与蓝天白云相衬,显得庄重和深远;而小型民用建筑宜用淡色调,使人不致感觉矮小和零散,同时还能增加环境的幽雅感。另外,建筑物外部装饰色彩的观赏性,还应与其周围的道路、园林、小品以及其他建筑物的风格和色彩相配合,力求构成一个完美的、色彩协调的环境整体。

各种色彩能使人产生不同的感觉,因此建筑内部色彩的选择,不仅要从美学上来考虑,还要考虑到色彩功能的重要性,力求合理应用色彩以使生理上和心理上均能产生良好的效果。红、橙、黄色使人看了联想到太阳、火焰而感觉温暖,故称为暖色;绿、蓝、紫罗兰色使人看了会联想到大海、蓝天、森林而感到凉爽,故称冷色。暖色调使人感到热烈、兴奋、温暖,而冷色调使人感到宁静、幽雅、清凉。所以,夏天的工作和休息环境应采用冷色调,给人以清爽感,冬天则宜用暖色调,给人以温暖感;寝室宜用淡蓝或淡绿色,以增加室内的舒适和宁静感;幼儿园的活动室应采用中黄、淡黄、橙黄、粉红等暖色调,以适应儿童天真活泼的心理;饭馆餐厅宜用淡黄、橙黄色等色调,能增进食欲;医院病房则宜采用淡绿、淡蓝、淡黄等色调,以使人感到安静和安全。

总之,从合理而艺术地运用色彩的角度来选择装饰材料,可把建筑物点缀得丰富多彩、情趣盎然。

3. 质感

质感是人们对装饰材料外观质地的一种整体感觉,它包括装饰材料的粗细程度、自身纹理及花样、软硬程度、色彩的深浅程度、光泽度、透明度等。装饰材料的质感主要来源于材料本身的质地、结构特征,同时还取决于材料的加工方法和加工程度。

不同的材料质感会使人们产生不同的联想,产生不同的空间比例感和视觉效果。比如,保持天然纹理及质地的木材给人以亲切、淳朴之感,凿毛的花岗岩则表现出厚重、粗犷和力量,而磨光的镜面花岗岩则让人感觉轻巧和富丽堂皇。充分利用这些质感和联想,可以创造出特定视觉效果及环境氛围,从而使人们获得艺术上的良好感受。

另外,在装饰工程中,还可以选用各种质感的装饰材料进行组合搭配,从不同材料质感的协调配合或对比映衬中,又可以产生新的富于魅力的装饰效果。

(二)耐久性

通常建筑物外部装饰材料要经受日晒、雨淋、霜雪、冰冻、风化等侵袭,因此外墙装饰材料既要美观,又要耐久。如一般有机材料在光、热等自然条件作用下,容易老化而改变其固有性能,不经抗老化处理不宜选做外墙装饰材料。而无机材料如白水泥、彩色水泥、陶瓷、玻璃及铝合金制品等,不但色彩宜人,而且耐久可靠,是理想的外墙装饰材料。内部装饰材料需要经受摩擦、潮湿、洗刷等作用。因此,对装饰材料的耐久性要求,应包括以下三个方面。

1. 力学性能

力学性能包括强度(抗压、抗拉、抗弯、冲击韧性等)、受力变形、黏结性、耐磨性以及可加工性等。

2. 物理性能

物理性能包括密度、吸水性、耐水性、抗渗性、抗冻性、耐热性、绝热性、吸声性、隔声性、光泽度、光吸收性及光反射性等。

3. 化学性能

化学性能包括耐酸碱性、耐大气侵蚀性、耐污染性、抗风化性及阻燃性等。

各种建筑装饰材料均各具特性,应根据其使用部位及条件不同,提出相应的性能要求。

(三)经济性

装饰材料的运用,还必须考虑一个不容忽视的问题,即装饰造价问题。从经济角度考虑材料的选择,既要考虑到工程装饰一次投资的多少,也要考虑到日后的维修费用,有时宁可适当加大一次性投资,以达到保证总体上的经济性。

装饰材料选用的经济性原则包括两个方面。一是对装饰甲方或装饰设计单位而言,要考虑经济性原则,做到"量体裁衣"。在装饰材料选用时,不能只追求豪华、气派,搞华而不实。要考虑的是把有限的资金,如何使用才能取得最佳的装饰效果,认真进行统筹处理。二是对装饰施工单位而言,同样也应具有上述的思想,并应随时了解市场的行情,掌握装饰材料的价格调整,做好概预算工作。此外,施工单位还要搞好技术管理,尽量减少人员的不合理安排,材料、工具的不合理调运、周转等。以最少的人力、最快的速度、最恰当的施工方法取得最佳的装饰质量,并由此取得满意的经济效益。

五、建筑装饰材料的运用原则

(一)满足使用功能的原则

在选择装饰材料时,应把装饰设计的目的和具体装饰部位的使用功能作为选用材料的原则。例如,外墙面的装饰除美化环境外,还要弥补墙体功能不足,选用能保护墙体的材料。再如,在高洁净度车间的装饰中,为了尽可能地减少尘源和易于清洗,选用塑料壁纸、釉面砖等材料,显然比采用普通抹灰、涂料更为适宜。又如,在楼梯面的装饰中,为了防止人的行走引起的磨损,通常选用耐磨石料或在梯沿附加金属保护材料。而在会议室、音乐厅或空调房间的装饰当中,需选用吸收声性的或具有绝热性的装饰材料。因此,为了满足使用功能上的需要:对于起防振或起防护作用的装饰材料应该具有一定的强度或对比强度;对易起火或有腐蚀性场所进行装饰时,则应选用抗火性强或耐蚀性好的材料,以能满足使用功能上的要求。

(二)区域差异性原则

建筑物所处的地区与装饰材料之间有着极大的关系。首先,地区的气象条件:如温度、湿度变化或霉变程度等都影响到装饰材料的选择;风力的大小影响到室外饰面材料强度的选择;地理位置所造成的太阳高度角的变化,影响到塑料饰品的老化和墙面材料的色彩选用等。其次,该地区的建筑特点和风俗习惯,也对室内外装饰材料的选择产生影响。总之,对一个特定地区在装饰方面的习惯用材及气象特点,应给予高度重视,在设计和材料选用时认真借鉴考虑。

(三)确保材料供应原则

从装饰设计阶段开始,就必须了解所选用的装饰材料的用量、产地及市场上的供应情况,以便确保所选材料的供应。对此,当要选用的装饰材料有以下几种情况时,应慎重对待:①该种材料用量较大,目前市场紧缺;②材料的供应地过远,用量较大;③所要求的属于进口材料;④属于国家控制使用的稀缺材料。遇到上述情况时,对装饰工程的正常进行有可能造成极大的影响。例如,选用的是市场上紧缺的材料,在采购上存在着困难,就可能会影响到施工的进度。而材料的产地过远,用量又较大,势必造成运输上的困难,有些材料的运输损耗极为严重,这些都可能使成本上涨。在需要选用进口材料的情况下,对于材料的价格、外汇解决方法、购货渠道等更需仔细考虑,稍有不慎,就可能对整个装饰工程的进行造成影响。另外,还应重视选用材料所需配件产品的供应,应做到配货齐全、货源易采购,以确保装饰材料的配套供应。

(四)施工可行性原则

在选用的装饰材料能做到确保供应的前提下,要十分重视施工的可行性。如在装饰设计中,为了追求某种既定的效果而非要使用某种特定的材料时,还应充分考虑施工的可行性。一般来说,可行性原则中对施工气候条件(如高温、潮湿或高寒区冬季施工)、施工机具条件以及施工队伍技术水平等因素,应给予充分考虑,以保证装饰的质量。例如,高级抹灰、混色油漆和花饰工程要求在不低于5 ℃的情况下施工,对此,应结合工期要求和气候条件,统筹安排;同样,施工机具是装饰工程中质量和工效的保证,当选用铝合金波纹板、吊顶龙骨及铝合金门窗等材料时,如果没有电钻、电锤之类的机具,安装施工就难以进行。

优美的建筑艺术效果不在于多种材料的堆砌,而要在体察材料内在构造和美的基础上精于选材,贵在使材料合理配置及质感的和谐运用,特别是对那些贵重而富有魅力感的材料,要施以“画龙点睛”的手法,才能充分发挥材料的装饰性。

随着社会的进步和人类文明的发展,建筑装饰已成为建筑艺术一个不可分割的组成部分。与此同时,建筑装饰材料也已成为建筑材料大家庭中的重要成员。人们对包括建筑装饰在内的建筑艺术的追求将是无止境的。因此,对构成这种艺术的基础——建筑装饰材料的品种、质量、档次等的要求也将是无止境的。人们企盼着用更新一代的建筑装饰材料,把每个家庭、每幢建筑物都装点得更加舒适和瑰丽。

第二节　地面装饰材料

地面装饰材料是装饰材料的重要组成部分。地面是人类活动的场所，是人们接触最频繁的部位，因此地面装饰材料不仅要求美观，具有装饰性，而且必须牢固、耐磨、耐腐蚀。随着现代生活发展的需要，人们对地面装饰材料的功能要求进一步提高，地面装饰材料的发展日新月异，各种新型材料除满足以上功能外，还要具有抗静电、防水、防火、隔声、隔热等功能。地面装饰材料品种繁多，本节主要介绍石材装饰地面材料、陶瓷材料、地板、地毯等。

一、石材装饰地面材料

岩石按形成条件分为三大类：火成岩、沉积岩和变质岩。花岗石是火成岩中分布最广的一种岩石，大理石是一种变质岩。

（一）天然大理石

1. 天然大理石的特点及主要品种

大理石是大理岩的俗称，是经过高温、高压的地质作用重新结晶而成的变质岩，如图6-2所示为天然大理石。其主要矿物为方解石、白云石等。建筑装饰工程上所指的大理石是广义的，除指大理岩外，还泛指具有装饰功能，可以磨平、抛光的各种碳酸盐类的沉积岩和与其有关的变质岩，如石灰岩、白云岩、砂岩、灰岩等。

图6-2　天然大理石

大理石质地比较密实、抗压强度较高、吸水率低、表面硬度一般不大，属中硬石材。纯白色的大理石成分较为单纯，但大多数大理石是两种或两种以上成分混杂在一起，成分复杂，所以颜色变化较多，深浅不一，有多种光泽，形成大理石独特的天然美。“大理石”以云南省大理县的大理石而得名，该地所产的大理石品种繁多、石质细腻、多彩绚丽、享誉中外。云南大理所产的大理石主要有云灰大理石、白色大理石和彩花大理石三大类。

云灰大理石的特点是其花色多呈云灰色，或云灰色底面上泛起一些类似自然云朵状的花纹，看起来有的像青云直上、有的像乱云飞渡、有的如乌云滚滚、有的若浮云漫天。其中，花纹状如波纹的一类称为水花石。云灰大理石加工性能优良，易于锯切、抛光，是理想的建筑装饰饰面石材。

白色大理石又称苍白玉或汉白玉，其晶莹纯净、洁白如玉，是大理石中的名贵品种，常用做高级的饰面石材。

彩花大理石是大理所产大理石中的精品。该种岩石呈薄层状，经研磨、抛光后，可呈现出色彩斑斓、千姿百态的自然图案，为世界之罕见。精心雕磨、镶拼后常可显现出山水林木、花草虫鱼、云雾雨雪、奇岩怪石等瑰丽、逼真的画面。彩花大理石按其花纹、色泽的不同，又分为“绿花”、“秋花”和“水墨花”三个品种。

除以上所介绍的几种大理石外，广西的桂林黑、辽宁铁岭的东北红、山东莱阳的莱阳绿、河南淅川的松香黄和米黄等都是闻名的大理石品种。

2. 天然大理石的应用

天然大理石板材是高级装饰工程的饰面材料，一般用于宾馆、展览馆、剧院、商场、图书馆、机场、车站等建筑的室内墙面、柱面、服务台、栏板、电梯间门口等部位。由于其耐磨性相对较差，虽也可用于室内地面，但不宜用于人流较多场所的地面。大理石由于耐酸腐蚀能力较差，除个别品种外，一般只适用于室内。

除整板铺贴外，大理石厂生产光面和镜面大理石时裁割下的大量边角余料，经过适当的分类加工，也可制成碎拼大理石墙面或地面，是一种别具风格、造价较低的高级饰面，可用以点缀高级建筑的庭园、走廊等部位，使建筑物丰富多彩。

（二）天然花岗石

1. 天然花岗石的特点及品种

花岗石是花岗岩的俗称。花岗岩属于酸性结晶生成岩，是火成岩中分布最广的岩石，其主要矿物组成为长石、石英和少量的云母。花岗石构造致密、强度高、密度大、吸水率极低，材质坚硬、耐磨，属硬石材，如图 6-3 所示。

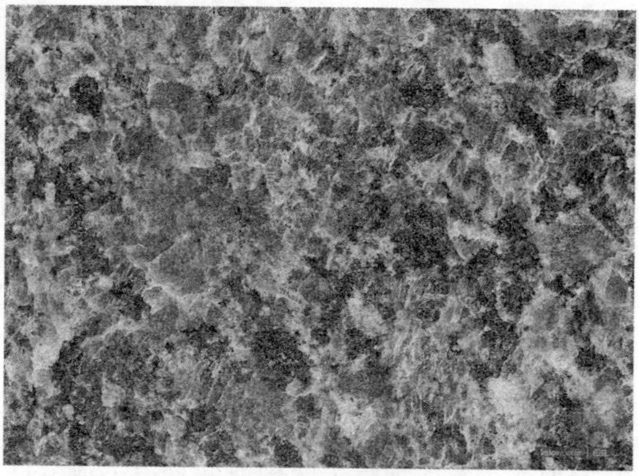

图 6-3　天然花岗石

我国花岗石的资源极为丰富，储量大、品种多。山东、江苏、浙江、福建、北京、山西、湖南、黑龙江、河南、广东等省（市）都有出产，花色品种有 90 多种。北京的白虎涧（花岗岩）、济南的济南青（辉长岩）、青岛的黑色花岗石（辉绿岩）、四川石棉的石棉红、湖北的将军红、山西灵邱的贵妃红都是花岗石的主要品种。

在国际上，花岗石板材可分为三个档次：高档花岗石抛光板主要品种有巴西黑、非洲黑、印度红等，这一类产品的主要特点是色调纯正、颗粒均匀，具有高雅、端庄的深色调；中档花岗石板材主要有粉红色、浅紫罗兰色、淡绿色等，这一类产品多为粗中粒结构，色彩均匀变化少；低档花岗石板材主要为灰色、粉红色等色泽一般的花岗石及灰色片麻岩等，这一类产品的特点是色调较暗淡、结晶颗粒欠均匀。

2. 天然花岗石的应用

花岗石自古就是优良的建筑石材，有“石烂需千年”之美称，但因其坚硬，开采加工较困难，故造价较高，属于高级装饰材料，主要应用于大型公共建筑或装饰等级要求较高的室内外装饰工程。花岗石因不易风化，外观色泽可保持百年以上，所以粗面板材和细面板材常用于室外地面、墙面、柱面、勒脚、基座、台阶，镜面板材主要用于室内外地面、墙面、柱面、台面、台阶等，特别适宜用于大型公共建筑大厅的地面。

（三）人造饰面石材

天然石材虽然有许多优良的性能，但由于其资源分布不均，加工后成品率低，成本较高，尤其是一些名贵品种，所以价格昂贵。在大型装饰工程中，石材的成本常常对总工程造价起决定作用。为适应现代装饰业的需要，人造饰面石材应运而生。

人造饰面石材是采用无机或有机胶凝材料作为胶粘剂，以天然砂、碎石、石粉或工业渣等为粗、细填充料，经成型、固化、表面处理而成的一种人造材料。它具有以下特点：①质量轻、强度大、厚度薄；②色泽鲜艳、花色繁多、装饰性好；③耐腐蚀、耐污染；④便于施工、价格便宜。除以上优点外，人造石材还存着一些缺点，如有的品种表面耐刻划能力较差，某些板材使用中发生翘曲变形等，随着对人造饰面石材制作工艺、原料配比的不断改进和完善，这些缺点和问题是可以逐步克服的。

按照生产材料和制造工艺的不同，可把人造饰面石材分为以下几类。

1. 水泥型人造饰面石材

这种人造石材是以各种水泥（硅酸盐水泥、白色或彩色硅酸盐水泥、铝酸盐水泥等）为胶凝材料，以天然砂为细集料，以碎大理石、碎花岗岩、工业废渣等为粗集料，经配料、搅拌、成型、加压蒸养、磨光、抛光而制成的。这种人造石材成本低，但耐酸腐蚀能力较差，若养护不好，易产生龟裂。

2. 聚酯型人造饰面石材

这种人造石材多是以不饱和聚酯为胶凝材料，配以天然大理石、花岗石、石英砂或氢氧化铝等无机粉状、粒状填料，经配料、搅拌、浇筑成型，在固化剂、催化剂作用下发生面化，再经脱模、抛光等工序制成的。目前，我国多用此法生产人造石材，使用不饱和聚酯，产品光泽好、色浅、颜料省、易于调色，同时这种树脂黏度低、易于成型、固化快。

聚酯型人造石材的主要特点是光泽度高、质地高雅、强度和硬度较高、耐水、耐污染、花色可设计性强。其缺点是填料级配若不合理，产品易出现翘曲变形。

3. 复合型人造饰面石材

这种人造石材具备了上述两类的特点，采用无机和有机两类胶凝材料。先用无机胶凝材料（各类水泥或石膏）将填料黏结成型，再将所成的坯体浸渍于有机单体（苯乙烯、甲基丙烯酸甲酯、醋酸乙烯等）中，使其在一定的条件下聚合而成。

二、陶瓷材料

(一)陶瓷材料的分类及特点

陶瓷是陶器和瓷器的总称,它们虽然都是由黏土和其他材料经烧结而成的,但所含杂质不同,陶含杂质量大,瓷含杂质量少或者无杂质,而且其制品的坯体以及断面不同。介于陶和瓷之间的一种材料叫做炻。因此,根据陶瓷制品的特点,陶瓷可分为陶、炻和瓷三大类。

陶含杂质量大,所以坯体密实性差,固烧结程度较低,有一定的吸水性,断面粗糙无光,不透明,敲之声音粗哑,可施釉或不施釉。根据其原黏土杂质含量不同,又分为粗陶和精陶两种。建筑上用的黏土砖、瓦以及缸器均属于粗陶,釉面内墙砖及卫生洁具等为精陶。

瓷含杂质量少、坯体致密,烧结程度很高,基本不吸水(吸水率小于1%),有一定的半透明性,敲击时声音清脆,通常是施釉,如日用瓷、电瓷、化工瓷多属此类。

炻与陶的区别在于陶的坯体多孔,而炻的坯体孔隙率低,吸水率较低(吸水率小于2%),炻器坯体致密,达到了结烧程度。炻与瓷器的区别主要是炻的坯体致密,但仍有一定的吸水率,多数坯体有灰、红等颜色,且不透明,热稳定性优于瓷,可以用质量较差的黏土烧成,成本低于瓷。炻可分为粗炻和细炻。粗炻是指建筑装饰上的外墙面砖、地砖及陶瓷锦砖,细炻主要是指日用的炻器和陈设品。例如,驰名中外的宜兴紫砂是一种不施釉的有色细炻制品。

(二)陶瓷的原材料

1. 可塑性原料

可塑性原料以可烧制陶瓷的各类黏土为主,它是陶瓷坯体的主要原料。

黏土是由长石类的岩石经长期风化而成的。风化作用分为机械风化(温度变化、冰冻、水力等)、化学风化(空气中的 CO_2 和水作用)和有机物风化(动植物遗骸腐蚀)。

按地质构造分为残留黏土和沉积黏土,按主要矿物可分为高岭土、水云母类、蒙脱石类,按耐火度可分为耐火黏土(耐火度在1 580 ℃以上)、难熔黏土(耐火度1 350 ~ 1 580 ℃)和易熔黏土(耐火度在1 350 ℃以下)。

黏土中含有不同大小的颗粒,小于等于10 nm的称为胶体颗粒,而大于10 nm的颗粒都是夹杂在黏土中的石英和其他物质。

黏土具有可塑性和结合性。可塑性是指黏土加适量的水搅拌后,在外力作用下能获得任意的形状而不发生裂纹和破裂现象,在外力作用停止后能保持原有形状。

2. 瘠性原料

瘠性原料包括石英、熟料和废砖粉。石英的主要成分是 SiO_2。当石英的烧制温度达573 ℃以上时会发生晶体转变,产生开裂现象,故在生产工艺上使用时应加以控制。加入熟料和废砖粉的目的是减少坯体的收缩和烧制过程中的收缩。

3. 辅助原料

常用的辅助原料是硅酸钙类矿物质。其作用是降低热膨胀系数,减少坯体收缩,使产品具有热稳定性好、吸水少的特点。

(三)建筑装饰陶瓷的釉面装饰

建筑装饰陶瓷的装饰是通过对陶瓷坯体的改变实现的,也可通过在坯体表面上施釉来实现。前者是在坯料中加入适当的着色氧化物,使之以一定的分散方式(如均匀分布或非均匀分布)存在坯料中,从而使烧制的陶瓷制品的内部、表面均有所需要的颜色或色斑。这种方法适用于无釉陶瓷制品,如陶瓷锦砖、无釉地砖等。施釉装饰则是最常用的装饰方法,不仅装饰效果好,而且还可保护坯体。

1. 釉面装饰

釉是指附在陶瓷坯体表面的连续玻璃材料,它具有与玻璃相似的某些物理化学性质,没有确定的熔点,只有熔融范围。其透明、具有光泽的这些性质与玻璃相似。但毕竟不是玻璃,二者并不完全相同。釉在熔融软化时必须保持黏稠不发生流坠,以满足在烧制过程中保持表面不会流釉,并能在直立情况下不致形成流坠纹。当然艺术釉除外,某些作品需要向坯体表面流动,如流纹釉等,它们在烧制时釉在坯体表面有较大的流动性,制品才能得到理想的艺术装饰效果。在熔烧过程的高温作用下,釉中的一些成分挥发,且与坯体中的某些组成物质发生反应,以致使釉的微观结构和化学成分的均匀性都比玻璃要差。

釉具有以下性质:

(1)釉料必须在坯体烧制温度下成熟,一般要求釉的成熟温度低于坯体烧成温度。为了便于一次烧成,釉应具有较高的始熔温度和较宽的熔融温度范围。

(2)釉料要与坯体牢固地结合,遇到温度变化情况,不易发生开裂或釉面剥离现象。

(3)釉料在高温熔化后,要有适当的黏度和表面张力,以保证冷却后形成平滑、光泽釉面。

(4)釉面质地坚硬、耐磕碰、不易磨损。

2. 釉的分类

釉的成分极为复杂,各品种的烧制工艺不同,适宜使用的陶瓷种类也不一样。

常用的釉有以下几种。

1)长石釉

它是瓷、炻和精陶采用最多的材料,一般都是由长石、石灰石、石英、高岭土、黏土和废粉等成分组成的,属高温釉,也是透明釉的一种。这种釉的特点是硬度大、光泽度高、透明、呈白色、色泽柔和、烧结范围较宽、与含 SiO_2 高的坯体结合性良好。

2)石灰釉

它是我国传统陶瓷制品中应用历史最长的一种釉料,直接由石灰和其他原料配制。这种釉弹性好、有刚硬感、透明,有利于釉下彩绘来显色,可制成透明釉、无光釉和乳浊釉。其与 Al_2O_3 含量高的坯体结合良好。

3)滑石釉

它是在长石釉和石灰釉的基础上发展而来的,在釉料中加入滑石。其特点是烧成温度范围较宽,白度高,透明性好,对坯体适应性强,不易开裂、烟熏等。

4)混合釉

它是在传统釉料中加入多种助熔剂组成的釉料。根据各种助熔剂的特性进行配制,可以获得较为满意的效果。现代釉料的发展均趋向于多熔剂的组成。

5)透明釉

其是涂于坯体表面,经高温焙烧后形成的玻璃体层,透明度高,又能呈现坯体原来的颜色。白色釉面砖就是由透明釉透视坯体的白颜色而形成洁白光滑的表面效果,还利用透明釉的特点来显示和保护釉下的彩色图案。

6）乳浊釉

它是一种与透明釉作用相反的釉种，它主要是为了掩盖不够洁白的坯体、坯体表面的缺陷或显示特殊的效果而人为在釉料中加入乳浊剂，产生细微晶粒或气泡而达到乳浊效果。

7）生料釉

它是指全部釉料都不经熔制而直接加水搅拌成浆后施于坯体表面，在高温熔烧时，相互熔融而成为釉层整体。长石釉、石灰釉、滑石釉及混合釉均为生料釉。

8）熔块釉

熔块釉是将部分釉料混合、磨细，熔融成块料，与其他的原料混合磨细后成块料，再与其他的原料混合磨细后而得到的釉，使用时与水搅拌，施于坯体上，再次熔烧而成釉面层。熔块釉多数用于低温釉料。

9）色釉

它在釉料中加入着色的金属氧化物或它们的盐类，在熔烧后可使釉层呈现各种艳丽的色彩。如以铜、铁、钴、锰的化合物为主的着色剂可分别制成红、青、蓝、绿、棕等色彩。

10）土釉

土釉是采用天然有色黏土与长石、方解石等配合，经加工制备而成的釉料。由于黏土本身含有着色氧化物，所以熟化后自然呈现赤黄、铁红、黑等不同色调。

11）食盐釉

食盐釉是一种在形成和施釉方法上都很独特的釉种。这种釉不是预先将釉料涂于坯体表面烧成，而是在坯体烧成即将结束时，在熔炉内投入食盐。该种釉具有釉层薄（仅 0.025 mm）、与坯体结合牢固、耐久、不开裂、不脱落、耐酸性强等特点。在坯体中加入铁和碱金属氧化物，还可形成灰、黄至棕红色的色彩釉层。

12）结晶釉和砂金釉

这两种装饰釉的共同特点是在烧制后的釉层中形成各种结晶形式，宏观上呈现晶体光泽，构成晶莹闪亮的效果。

结晶釉是指表面分布成针状、星形或者花叶形粗大聚晶体的一种装饰釉，其釉层较薄，一般为 1.5 ~ 2 mm。

砂金釉因在釉面中可以形成天然砂金石的细结晶而得名，根据结晶颗粒度的大小可显现黄色或红色，结晶越多，透明性越差。

13）光泽釉

光泽釉又名电光釉，是在烧过的釉层上施涂一层金属或金属氧化物，经 600 ~ 900 ℃的熔烧，形成入射光和反射光产生衍射的薄膜，可呈现出彩虹般的装饰釉。常用的有砖石光泽釉、黄色光泽釉、铁红光泽釉、驼色光泽釉和灰色光泽釉等。

14）裂纹釉

裂纹釉是根据所需要的装饰效果而特意在釉层上形成大小不一、形状各异的裂纹的装饰釉。裂纹釉的线胀系数大于坯体的线胀系数，在熔烧后迅速冷却的过程中，釉面处于受拉应力状态。釉属于脆性材料，所以在足够的拉应力状态下产生裂纹。

15）无光釉

无光釉的特点是釉层没有光的反射，在平滑的表面上显示丝状、绒状细纹，对光产生漫反射，从而降低光泽，产生特殊的艺术效果。无光釉属于一种珍贵的艺术釉种。

16）流动釉

流动釉又称为留纹釉。在釉烧制过程中，提高熔烧温度，使釉料处于过烧的状态，黏度下降，具有一定的流动性，在重力作用下，釉沿坯体的倾斜或直立表面形成自然流纹。流动釉也是一种艺术釉。流动釉通常都着色，以获得多种色彩。

3. 彩釉装饰

彩釉装饰根据彩绘的形成可分为釉下彩绘和釉上彩绘两种。

釉下彩绘是在生坯或素烧后的坯体上进行彩绘，然后在表面上施一层透明釉或半透明釉，再釉烧而成（釉烧在后）。釉下彩绘有釉层的保护，所以图案耐磨，釉面清洁光亮，使用过程中颜料不溶散，使用较安全（因为有些矿物颜料有毒性）。但釉下彩绘色彩不够丰富，也难以机械化生产。

釉上彩绘采用釉烧过的坯体，在釉层上用低温颜料（600 ~ 900 ℃烧成）进行彩绘，而后进行彩烧。釉上彩绘采用的是低温颜料，所以几乎可以采用全部的陶瓷颜料，故颜色丰富多变。由于在已烧过的釉上彩绘，所以可以用各种装饰法进行图案的制作，生产效率高，成本低，价格便宜，是一种广泛应用的装饰工艺。釉上彩绘由于彩绘颜料上没有釉层保护，图案易磨损，而且颜料里加有一种铅原料，对人体有害。喷花和刷花是预先制作各种图案，然后用压缩空气喷枪或涂刷工具将材料通过镂空处施于釉面上得到图案形式。

4. 贵金属装饰

所谓贵金属装饰，是指将金、银等贵金属，用各种方法置于陶瓷表面而形成富有贵金属色泽图案的装饰。它具有华丽、高贵的效果，是高级陶瓷制品的艺术处理方法。贵金属装饰中最常用的是饰金装饰，它是采用纯金溶于熔剂里，然后绘于釉面之上，经彩烧（不大于900 ℃）直接或再抛光形成闪光的金膜。高档釉面砖常采用饰金装饰来进行图案的描边处理，具有良好的装饰效果。但由于纯金较软，易于磨损，所以该种釉面砖的使用部位应慎重选择。

（四）陶瓷地砖

陶瓷地砖是以优质陶土为原料，经半干压成型再在 1 100 ℃左右焙烧而成的，其可分为无釉和有釉两种。有釉的地砖在已烧成的素坯上施釉，然后再烧制而成。陶瓷地砖是粗炻类建筑陶瓷品，其背面有凹凸条纹，便于镶嵌时增强面砖与基层的黏结力。

1. 陶瓷地砖的种类与花色

地砖按其表面是否施釉分为无釉地砖和彩色釉面陶瓷地砖（简称彩釉砖）。地砖颜色丰富，对于一次烧成的无釉地砖，通常利用其原料中含有的天然矿物（如赤铁矿）等进行自然着色，也可在泥料中加入各种金属氧化物进行人工着色，如米黄、紫红及白色等。

地砖的表面质感多种多样。通过配料和改变制作工艺，可获得平面、麻面、磨光面、抛光面、纹点面、仿大理石（或花岗岩）表面、压花浮雕表面、无光釉面、金属光泽面、防滑面、玻化瓷面及耐磨面等多种表面形状，也可获得丝网印刷、套花图案单色及多色等装饰效果。

2. 陶瓷地砖的规格

根据国家标准《彩色釉面陶瓷地砖》（GB 11947—1989）规定，按产品表面质量和变形允许偏差分为优等品、一等品和合格品三个等级。

彩釉砖的主要产品规格有 500 mm × 500 mm、600 mm × 600 mm、800 mm × 800 mm 和 1 000 mm × 1 000 mm，厚度为 8 ~ 12 mm。

无釉地砖主要产品规格有500 mm×500 mm、600 mm×600 mm、800 mm×800 mm,厚度为8~9 mm。

(五)陶瓷锦砖

陶瓷锦砖俗称马赛克(系外来语 Masaic 的译音)。陶瓷锦砖采用优质瓷土烧制而成,可上釉或不上釉。陶瓷锦砖的规格较小,直接粘贴很困难,需预先反贴于牛皮纸上(正面与纸相粘),故又俗称纸皮砖,所形成的一张张的产品,称为联。联的边长有284 mm、295 mm、305 mm和325 mm四种。按常见的联长为305 mm计算,每联约0.093 m^2,约0.65 kg,每40张为一箱,每箱约3.7 m^2。

应用基本形状的锦砖小块,每联可拼贴成变化多端的拼画图案。具体使用时,联与联可连续铺粘形成连续图案饰面。

陶瓷锦砖质地坚实、吸水率极小、耐酸、耐碱、耐火、耐磨、不渗水、易清洗、抗压强度高和永不退色。陶瓷锦砖色彩鲜艳、色泽稳定,可拼出风景、动物、花草及各种抽象图案。陶瓷锦砖块小,不易踩碎,因此宜用于地面的装饰。

陶瓷锦砖适用于洁净车间、门厅、走廊、餐厅、浴室、卫生间及化验室等处的地面和墙面的饰面,并可应用于建筑的外墙饰面。其与外墙面砖相比,具有面层薄、自重轻、造价低、坚固耐用及色泽稳定的特点。

陶瓷锦砖按照尺寸允许偏差和外观质量可分为优等品和合格品两个等级。

锦砖在铺贴时应黏结合格,将成联锦砖正面朝上两手捏住联的一边的两角,垂直提起,然后放平反复3次,锦砖不掉为合格。背面粘贴丝网的砖联,应将成联锦砖放在室温清水中约30 min,然后轻轻提起,不应有锦砖脱落。为保证在水泥初凝前将衬材撕掉,露出正面,要求正面贴纸的陶瓷锦砖的脱纸时间不大于40 min。联内及联间的锦砖色差,优等品应目测一致,合格品目测可有稍许色差。

(六)新型建筑装饰陶瓷制品

近年来,随着建筑装饰业的不断发展,新型建筑装饰陶瓷制品不断增加,如劈离砖、彩坯砖、玻化砖、麻面砖、大规格墙地砖、陶瓷艺术砖和金属釉面砖等。

1.劈离砖

劈离砖又称劈裂砖,是将一定配比的原料,经粉碎、练泥、真空挤压成型,干燥后,高温煅烧而成的。由于成型时为双砖背连坯体,烧成后再劈成两块砖,故称劈离砖。

劈离砖最先在德国兴起并得到发展,继而世界各地竞相模仿。这种新型墙地砖制造工艺简单、能耗低、使用效果好,深受消费者喜爱。

劈离砖强度高、吸水率低、抗冻性强、防潮、防腐、耐磨、耐压、耐酸碱且防滑,色彩丰富、自然柔和表面质感变幻多样。表面施釉者光泽晶莹、富丽堂皇,表面无釉者质朴典雅、大方、无反射眩光。

劈离砖产品主要规格有240 mm×52 mm×11 mm、240 mm×115 mm×11 mm、194 mm×94 mm×11 mm、190 mm×190 mm×13 mm、240 mm×155(52) mm×13 mm、196 mm×94(52) mm×13 mm等。

劈离砖适用于各类建筑物外墙装饰,也适用于高楼、殿堂、宾馆、处所、车站、候车室与餐厅等处室内地面铺设。

2. 彩坯砖

彩坯砖是一种无釉瓷质装饰面砖，它采用彩色颗粒土为原料混合配料，压制成彩坯体后，经一次烧成呈彩色细花纹的表面，有红、绿、黄、灰和棕等多种基色，多为浅色调，纹点细腻，质朴高雅。

彩坯砖的产品主要规格有 200 mm×200 mm、400 mm×400 mm、500 mm×500 mm 及 600 mm×600 mm 等。最小尺寸为 95 mm×95 mm，最大尺寸为 600 mm×900 mm。

这种砖的耐磨性极好，特别适合用于人流较多的商场、剧院、宾馆及酒楼等公共场所铺地装饰，也可用于住宅墙地面装饰。

3. 玻化砖

玻化砖是以优质的瓷土为原料，在 1 230 ℃以上的高温下，使砖中的熔融成分呈玻璃状态，具有玻璃般的亮丽质感的一种新型高级铺地砖，也称为全瓷玻化砖。玻化砖有银灰、斑点绿、浅蓝、珍珠白、黄、纯黑等多种色调。玻化砖有抛光和不抛光两种。其主要规格有 300 mm×300 mm×8 mm、400 mm×400 mm×8 mm 及 500 mm×500 mm×8 mm 等。玻化砖适用于各类大中型商业建筑、旅游建筑、观演建筑的室内外墙面和地面的装饰，也适用于民用住宅的室内地面装饰，是一种中高档的饰面材料，如图 6-4 所示。

图 6-4　玻化砖地面装饰

4. 麻面砖

麻面砖是采用仿天然岩石色彩的配料，压制成表面凹凸不平的麻面后，一次烧成的炻质面砖。砖的表面酷似经人工修凿过的天然岩石面，纹理自然，粗犷雅朴，有白、黄、红、灰、黑等多种色调。主要规格有 200 mm×100 mm、200 mm×75 mm 和 100 mm×100 mm 等。麻面砖吸水率小于 1%，抗折强度大于 20 MPa，防滑耐磨。薄型砖适用于建筑物外墙装饰，厚型砖适用于广场、停车场、码头及人行道等地面铺设。

5. 大规格墙地砖

近些年来，各陶瓷生产厂商开始生产 1 000 mm×1 000 mm、800 mm×1 200 mm 和 650 mm×900 mm 等超大规格墙地砖。该砖硬度大于石材而密度小于石材，还具有耐酸、耐碱和耐风化的优点，不含对人体有害的放射性物质，颜色丰富多彩，应用前景十分广阔。

6. 陶瓷艺术砖

陶瓷艺术砖采用优质黏土、瘠性原料及无机矿化剂为原料，经成型、干燥后高温焙烧而成。陶瓷艺术砖表面具有各种图案浮雕，艺术夸张性强，组合空间自由度大，可运用点、线、面等几何组成原理，配以适量同规格彩釉或釉面砖，可组合成抽象的或具体的图案壁画。

7. 金属釉面砖

金属釉面砖是运用金属釉料等特种原料烧制而成的，是当今国内市场的领先产品。产品具有光泽耐久、质地坚韧、网纹纯朴等优点，赋予墙面装饰静态美，还具有良好的热稳定性、耐酸碱性、易于清洁和装饰效果好等性能。

金属釉面砖采用钛的化合物，以真空离子溅射法将釉面砖表面处理成金黄、银白、蓝、黑等多种色彩，光泽灿烂辉煌，给人以坚固豪华的感觉。这种面砖抗风化、耐腐蚀，历久长新，适用于高级宾馆、咖啡厅等娱乐场所的墙面、柱面、门面的铺贴。

8. 黑瓷装饰板

由山东省新材料研究所和北京丰台区丰远黑瓷制品厂生产的钒钛黑瓷板，现已获中、美、澳三国专利。该装饰板具有比天然花岗岩更黑、更硬、更亮的特点，其硬度、抗压强度、密度、吸水率均好于天然花岗岩，规格有 400 mm×400 mm、500 mm×500 mm，厚度为 8 mm，适用于宾馆、饭店等大型建筑物的内外墙面及地面装饰，也可用于做台面、铭牌等。

9. 大型陶瓷艺术饰面板

大型陶瓷艺术饰面板具有单块面积大、厚度薄、平整度好、吸水率低、抗冻、抗化学侵蚀、耐极冷极热及施工方便等优点，并有绘制艺术、书法、条幅、陶瓷壁画等多种功能。产品表面可做成平滑或各种浮雕花纹图案，并施以各种彩色釉，以作为建筑物的外墙、内墙、墙裙、廊厅及立柱等的饰面材料。其主要适用于大厦、宾馆、酒楼、机场、车站及码头等公共设施的装饰。

三、地板

地板是现代室内设计中常用的一种地面材料。木地板是由软木树材（如松、杉等）或硬木树材（如水曲柳、柞木、榆木、柚木、橡木、枫木及樱桃木等）经加工处理而成的木板面层。常用的木地板分为实木地板和复合地板两大类。其中，实木地板包括实木地板和竹地板，复合地板包括软木地板和强化地板等。

（一）实木地板

实木地板是一种比较高级的室内地面装饰材料，适用于办公室、会议室、休息室、宾馆客房、住宅卧室、幼儿园等场所的地面装饰，如图 6-5 所示。实木地板主要包括硬木拼花地板和条木地板。

图 6-5　实木地板

总体来看，硬木拼花地板由于施工复杂、工艺要求高、造价高等缺点，近些年来较少使用。

条木地板是我国传统的木地板，它一般选用径级大、缺陷少的优良树种经干燥处理后加工而成。它具有木质感强、整体感强、自重轻、弹性好、脚感舒适、美观大方和冬暖夏凉等特点。常用树种有松木、杉木、柳桉木、水曲柳、樱桃木、柚木、柞木、桦木及榉木等。条木地板的宽度按照地板的铺设要求一般不大于 120 mm，厚度不大于 25 mm。

条木地板有不上漆和上漆之分。不上漆的条木地板是在地板安装后再上漆；而上漆的条木地板是指生产厂家在木地板生产过程中就涂上了油漆的地板。实木漆板是一种无需上漆的一次成型实木地板的简称，它的质量高于手工油漆地板的质量，安装也很方便，同时价格也高于同级未上漆的实木地板。

实木漆板的油漆工艺简称 UV 漆淋工艺。它是采用一种含有感光原料的特种油漆，通过紫外光照射这种油漆，使油漆分子发生结构重组，从而完成油漆固化的工艺过程。其固化过程是不可逆的，不同于一般的利用温度使油漆面固化的烤漆工艺。由于采用了特种油漆和特殊的工艺处理，因此实木漆板的漆面比手工油漆的木地板具有更高的丰满度和自然光泽度，漆膜均匀稳定、反光度分布均匀，而且漆膜具有耐火性（阻燃性）和很好的耐磨性。在正常使用情况下，实木漆板无需每年上漆保养，只要安装、使用得当，实木漆板的使用寿命可长达几十年。这种实木漆板是目前最常用的一种实木地板。

（二）软木地板

软木地板是以优质天然软木为原料加工而成的，或以软木为基层，以优质原木薄板为表层，经过加工复合成软木复合地板，如图 6-6 所示。

图 6-6　软木地板地面装饰

软木地板经高效透明、无毒、防火和耐磨处理，既保持了原木天然的色泽纹理，又具有软木特有的弹性和柔韧性，看似木板，踩如地毯。这种地板具有吸声减震、保温绝热、防水、防火、防蛀、防燃、抗静电及不变形、不扭曲、不开裂等优点，因此被誉为环保型高档装饰材料。软木地板适用于高级宾馆、图书馆、医院、计算机房、播音室、电话室、实验室、幼儿园、博物馆及住宅等地面的铺装。

软木除用来制造地板外，还可用来制造墙面装饰材料，即软木贴墙板。软木贴墙板完全是天然软木的纹理，有不同的天然图案，切割容易、弯曲不裂。冷暖兼顾的色调给人以亲切、宁静的感受。表面经磨绒处理，手感十分舒适。软木贴墙板有块材，规格为 600 mm × 300 mm,也有宽 480 mm、长 8 ~ 10 m 的卷材。

世界上的软木制品(包括软木地板和软木贴墙板)以葡萄牙的产品最为有名,质量也最好,其产量居世界首位。我国生产软木地板的厂家较少,但近几年来,在产品花色品种的开发及质量上都取得了较大的进步。现有的软木地板品种有纯天然软木地板、特种橡胶软木地板和天然软木复合地板等。地板规格有长条形和方块形两种,长条形尺寸为 300 mm × 100 mm、600 mm × 200 mm、900 mm × 100 mm、900 mm × 150 mm、900 mm × 200 mm、900 mm × 300 mm、1 200 mm × 100 mm 和 1 200 mm × 200 mm 等,方形尺寸有 300 mm × 300 mm 和 400 mm × 400 mm 等。

软木地板是天然木质产品,应放置于干燥、通风的场所。若长期存放于湿度大于 65% 的场所,其尺寸和形状将会发生变化。此外,安装时应注意选用与软木地板相配套的胶粘剂。涂敷软木地板的涂料宜用生产厂家指定的特种聚氨酯弹性漆,切勿使用不合格的涂料。

(三)复合地板

随着木材加工技术和高分子材料应用的快速发展,复合地板作为一种新型的地面装饰材料得到广泛的开发和应用。在我国木材资源(尤其是珍贵木材资源)相对缺乏的情况下,采用复合地板代替木地板不失为一种节约天然资源的好办法。复合地板分为实木复合地板和强化地板两类。

1. 实木复合地板

实木复合地板一般为三层结构:表层厚 4 ~ 7 mm,选用珍贵树种(如榉木、橡木、枫木、樱桃木、水曲柳等)锯切板;中层厚 7 ~ 12 mm,选用普通木材(如松木、杉木、杨木等);底层(防潮层)厚 2 ~ 4 mm,选用各种木材旋切单板。也有以多层胶合板为基层的多层实木复合地板,如图 6-7 所示。

图 6-7　实木复合地板

2. 强化地板

强化地板是以防潮薄膜为平衡层,以硬质纤维板、中密度纤维板、刨花板为基层,以木纹图案浸渍纸为装饰层,以耐磨高分子材料为面层复合而成的新型地面装饰材料。因强化地板的装饰层是木纹图案浸渍纸,所以强化地板的花样很多,色彩丰富,几乎覆盖了所有的珍贵树种，如榉木、栎木、樱桃木、橡木、枫木等，同时强化地板还有色彩丰富、造型别致的拼接图案，这使得复合地板能做出许多别具一格的效果。

强化地板一般宽为 200 mm，长为 1 200 mm、1 800 mm，厚为 6 mm、7 mm、8 mm 等。

强化地板耐磨、阻燃、防潮、易清理、花纹美丽、色泽均匀、不变形、防虫蛀且安装方便，但弹性不如实木复合地板。

此外，强化地板所用的胶粘剂中残留的甲醛，会向周围环境逐渐释放。甲醛是一种对人体有害的物质，人体处于甲醛浓度较高的环境中，会引起眼睛、鼻腔以及呼吸道的不适，长期处于这种环境中有致癌的危险。因此，消费者在选择地板时，建议选择甲醛含量较少的地板，并且在铺设后的一段时间里，注意保持室内通风，新居应在装修后一个月左右再搬进。室内还可放置一些花、草等绿色植物，有助于减少室内的有害气体。

复合地板不宜用于浴室、卫生间等潮湿的场所。

（四）竹地板

竹地板是 20 世纪 90 年代兴起的地面装饰材料，它采用中上等竹材，经严格选材、制材、漂白、硫化、脱水、防虫和防腐等工序加工处理后，再经高温、高压下的热固胶合而成。竹地板板面光洁平滑，外观呈现自然竹纹，色泽高雅美观，符合人们崇尚回归大自然的心理。同时，竹地板具有耐磨、耐压、防潮、阻燃、富有弹性及经久耐用的优点。此外，竹地板还能弥补木地板易损变形的缺点，是高级宾馆、写字楼及现代家庭地面装饰的新型材料。

按外观形状竹地板可分为条形竹地板和方形竹地板，按涂料不同又可分为原色竹地板和上色竹地板。

（五）活动地板

活动地板又称装配式地板。它是由各种规格型号和材质的面块板、行条、可调支架等组合拼接而成的。

活动地板与基层地面或楼面之间多形成的架空空间，不仅可满足敷设纵横交错的电缆和各种管线的需要，而且在架空地板的适当部位设置通风口（通风百叶或通风型地板），还可满足静压送风等空调方面的要求。

活动地板质量轻，强度大，表面平整，尺寸稳定，面层质感良好，装饰性好，并具有防灰、防虫、防鼠侵害和耐腐蚀等优点。

活动地板适用于计算机房、实验室、控制室、调试度、广播室等以及有空调要求的会议室、高级宾馆、电视发射台的地面和有防尘、防静电要求的场所。

四、地毯

地毯是一种历史悠久的世界性装饰制品。最初仅为铺地、御寒湿及坐卧之用。由于民族文化的陶冶和手工技艺的发展，地毯逐步发展成为一种高级的装饰品。

地毯具有实用价值和欣赏价值，能起到抗风湿、吸尘、保护地面和美化室内环境的作用。它富有弹性、脚感舒适，能隔热保温，降低空调费用，而且还能隔声、吸声、降噪，使住所更加宁静、舒适。另外，地毯固有的缓冲作用，能防止滑倒、减轻碰撞，使人步履平稳。丰富而巧妙的图案构思及配色，使地毯具有较高的艺术性，同其他材料相比，它给人以高贵、华丽、美观、舒适而愉快的感觉，是比较理想的现代室内装饰材料。

(一)地毯的分类

1. 地毯按所用材质不同分类

1)纯毛地毯

纯毛地毯是以粗绵羊毛为主要原料制成的一种地毯。羊毛不易变形、不易磨损、不易燃烧、不易污染,而且弹性好、隔热性能优良,因此纯毛地毯的主要特点是弹性大、拉力强、光泽足,为高档铺地装饰材料,如图6-8所示。

图6-8 纯毛地毯

纯毛地毯又分为手工编织纯毛地毯和机织纯毛地毯两种。

(1)手工编织纯毛地毯。

手工编织纯毛地毯是采用中国特产的优质棉羊毛纺纱,用现代染色技术染出最牢固的颜色,用精湛的技巧织成美丽的图案后,再以专用机械平整毯面或剪凹花的周边,最后用化学方法洗出丝光。

手工地毯具有图案优美、色泽鲜艳、富丽堂皇、质地厚实、富有弹性、柔软舒适及经久耐用等特点,其铺地装饰效果极佳。手工地毯做工精细,产品名贵,故售价高。因此,仅用于国际性、国家级的大会堂、迎宾馆、高级饭店和高级住宅、会客厅、舞台以及其他重要的、装饰性要求高的场所。

(2)机织纯毛地毯。

机织纯毛地毯具有毯面平整、光泽好、富有弹性、脚感柔软和抗磨耐用等特点。机织纯毛地毯最适合宾馆、饭店的客房、楼梯、楼道、宴会厅、酒吧间、会客室、会议室及体育馆、家庭等满铺使用。另外,这种地毯还有阻燃性产品,可用于防火性能要求高的建筑室内地面。

近年来,我国还发展生产了纯羊毛无纺地毯,即不用纺织或编织方法而制成的纯毛地毯。它具有质地优良、消声抑尘、使用方便、工艺简单及价格低等特点,但弹性和耐久性稍差。

2)混纺地毯

混纺地毯是指将羊毛与合成纤维混纺后再织造的地毯,其性能介于纯毛地毯和化纤地毯之间。由于合成纤维的品种多,并且性能也各不相同,当混纺地毯中所用纤维品种或掺量不同时,混纺地毯的性能也不尽相同。如在羊毛中掺加15%的锦纶纤维,织成的地毯比纯毛地毯更耐磨损;在羊毛纤维中加入20%的尼龙纤维,可使地毯的耐磨性提高5倍,装饰性能不亚于纯毛地毯,且价格低于纯毛地毯。

3)化纤地毯

化纤地毯也叫合成纤维地毯,是以各种化学纤维为主要原料,经过机织法或簇绒法等加工成面层织物后,再与麻布背衬材料复合处理而成的一种地毯。用于制作地毯的化学纤维,主要有锦纶、腈纶、丙纶及涤纶等。化纤地毯如图6-9所示。

图6-9　化纤地毯

化纤地毯的共同特性是:不霉、不蛀、耐腐蚀、质轻、吸湿性小及易于清洗等。但各种化学纤维的特性并不相同,应注意其间的区别。在着色性能方面,涤纶纤维的着色性很差,颜料在其上的附着力很小,故在清理涤纶地毯时应注意:如果擦洗频繁或清洁剂选用不当,可能会引起地毯的退色。在耐磨性能方面,锦纶纤维是所有化学纤维中最好的(是羊毛的20倍),涤纶纤维次之,腈纶纤维最差;在耐暴晒性能方面,腈纶纤维最好,涤纶纤维次之,而锦纶纤维和丙纶纤维均比较差;在弹性方面,丙纶纤维和腈纶纤维的弹性恢复能力较好,在低延伸范围内接近于羊毛,而锦纶纤维和涤纶纤维则均比较差;在静电特性方面,锦纶纤维在干热环境条件下比较容易造成静电的积累,其他三种化学纤维的静电积累问题则并不很严重。

化纤地毯的缺点是:与纯毛地毯相比,均存在着易变形、易产生静电、遇火易局部熔化以及吸附性和黏附性污染等问题。

化纤地毯由面层、防松涂层和背衬三部分构成。

化纤地毯按面层织物的织造方法不同,可分为簇绒地毯、针刺地毯、机织地毯、黏合地毯和静电植绒地毯等,其中以簇绒地毯产销量最大。

化纤地毯是目前用量最大的中低档地毯品种,适用于宾馆、饭店、招待所、接待室、餐厅、住宅居室、活动室及船舶、车辆、飞机等地面装饰铺设。对于高绒头、高密度、流行色、格调新颖、图案美丽的化纤地毯,可用于三星级以上的宾馆。

化纤地毯可以摊铺,也可以粘铺在木地板、马赛克地面、水磨石地面及水泥混凝土地面上,其外观及触感酷似纯毛地毯,耐磨而富有弹性,色泽艳丽,装饰效果显著,可在宾馆、饭店等公共建筑中代替纯毛地毯使用。

4)剑麻地毯

剑麻地毯是植物纤维地毯的代表，它采用剑麻纤维（西沙尔麻）为原料，经过纺纱、编织、涂胶和硫化等工序制成。产品分素色和染色两类，有斜纹、罗纹、鱼骨纹、帆布平纹、半巴拿马纹和多米诺纹等多种花色品种，幅宽 4 m 以下，卷长 50 m 以下，可按需要裁切。剑麻地毯具有耐酸碱、耐磨、尺寸稳定、无静电现象等特点。其较纯毛地毯经济实用，但弹性较其他类型的地毯差，可用于高楼、殿堂、宾馆、处所等公共建筑地面及家庭地面。

5)塑料地毯

塑料地毯是以聚氯乙烯树脂为基料，加入填料、增塑剂等多种辅助材料和添加剂，然后经混炼、塑化，并在地毯模具中成型而制成的一种新型地毯。这种地毯具有质地柔软、色泽美观、脚感舒适、经久耐用、易于清洗及质量轻等特点。塑料地毯一般是方块地毯，常见规格有 500 mm × 500 mm、400 mm × 600 mm、1 000 mm × 1 000 mm 等多种，用于一般公共建筑和住宅地面的铺装，如宾馆、商场、舞台等公用建筑及高级浴室等。

6)橡胶地毯

橡胶地毯是以天然橡胶为原料，用地毯模具在蒸压条件下模压而成的，所形成的橡胶绒长度一般为 5 ~ 6 mm。橡胶地毯的形式一般是方块地毯，常见产品规格为 500 mm × 500 mm、1 000 mm × 1 000 mm。橡胶地毯除具有其他材质地毯的一般特性（如色彩丰富、图案美观、脚感舒适、耐磨性好等）外，还具有隔潮、防霉、防滑、耐蛀、绝缘及清扫方便等优点，适用于各种经常淋水或需经常擦洗的场合，如浴室、走廊、卫生间和方厅等。

2. 按编制工艺分类

地毯产品根据构成毯面加工工艺的不同可分为两大类，即手工类地毯和机织类地毯。

1)手工类地毯

手工类地毯即以人手和手工工具完成毯面加工的地毯。按其编织方法的不同又分为手工打结地毯、手工簇绒地毯、手工绳条编结地毯和手工绳条缝结地毯。

2)机织类地毯

机织类地毯即以机械设备完成地毯毯面加工过程的地毯。按其具体编造方法的不同又可分为机织地毯、簇绒地毯、针织地毯、针刺地毯、黏合地毯、针缝地毯、静电植绒地毯和辫结地毯。

（二）常用地毯的主要编织方法

1. 手工打结地毯

手工打结地毯亦称收编地毯，即以手工打结方式形成裁绒结的地毯，是我国的一种传统民间工艺地毯，分手工打结 8 字扣（波斯结）地毯、手工打结马蹄扣地毯和手工打结双结地毯三个品种。此种织造方法多用于纯毛美术地毯，它是采用双经双纬，通过人工打结裁绒，将绒毛层与基底一起织做而成。这种地毯图案千变万化、色彩丰富、做工精细，是地毯中的高档品。但其工效低，产量少，因而成本高，价格昂贵。近年也出现了用化学纤维、混纺纤维织造的工艺毯。这类工艺毯与纯毛美术地毯相比，具有基本相同的外观装饰效果（这类地毯在产品的规格尺寸、图案、用色等各方面均模仿纯毛美术毯），但价格要低得多。一般来说，混纺纤维工艺毯的价格仅是纯毛美术毯的 1/2，而化学纤维工艺毯则只有纯毛美术毯价格的 1/3 左右。

2. 机织簇绒地毯

簇绒法是目前生产化纤地毯的主要方式。簇绒地毯是目前生产量最大的一种地毯，它是由带有复式针的簇绒机织造的地毯，即在簇绒机上，将绒头纱线在预先制出的初级背衬的两侧编织成线圈，然后再将其中一侧用涂层或胶粘剂固定在底布上，这样就生产出了厚实的圈绒地毯，若再用锋利的刀片横向切割毛圈顶部，并经修剪，则就成了割绒地毯。习惯上，将圈绒的产品称为缝编地毯，而将后期经过割绒处理的地毯称为平绒地毯。

（三）地毯主要技术要求

地毯的技术性能要求是鉴别地毯质量的标准，也是用户挑选地毯时的依据。

1. 耐磨性

地毯的耐磨性是衡量其使用耐久性的重要指标。地毯的耐磨性能常用耐磨次数表示，即地毯在固定压力下磨至背衬露出所需要的次数。耐磨次数越多，表示耐磨性越好。耐磨性能的优劣与所用材质、绒毛长度和道数多少有关。化纤地毯比羊毛地毯耐磨，地毯越厚越耐磨。

2. 弹性

弹性是反映地毯受压力后，其厚度产生压缩变形的程度，这是地毯是否脚感舒适的重要性能。地毯的弹性通常用动态负载下地毯厚度减少值及中等静负载后地毯厚底减少值来表示。化纤地毯的弹性次于羊毛地毯，丙纶地毯的弹性次于腈纶地毯。

3. 剥离强度

剥离强度反映地毯面层与背衬间复合强度的大小，也反映地毯复合之后的耐水能力，通常以背衬剥离强力表示，即采用一定的仪器设备，在规定速度下，将 50 mm 宽的地毯试样的面层与背衬剥离至 50 mm 长时所需的最大力。化纤簇绒地毯要求剥离强力大于 25 N。国产簇绒和机织丙纶地毯、腈纶地毯无论干湿状态，其剥离强力均在 35 N 以上，超过了国外同类产品水平。

4. 绒毛黏合力

绒毛黏合力是指地毯绒毛在背衬上黏结的牢固程度。化纤簇绒地毯的黏合力以簇绒拔出力来表示，要求平绒毯簇绒拔出力大于 12 N，圈绒毯拔出力大于 20 N。

5. 抗静电性

静电性是表示地毯带电和放电的性能。静电大小与化纤本身的导电性有关。一般来说，化学纤维未经抗静电处理时，其导电性差，所以化纤地毯所带静电较羊毛地毯大。这是由于有机高分子材料受到摩擦后易产生静电，且其本身又具绝缘性，使静电不易放出所致。这就使得化纤地毯易吸尘、难清扫，严重时会使走在上面的人有触电感。为此，在生产合成纤维时，常掺入具有适量导电能力的抗静电剂，国外还采取增加导电性处理等措施，以提高其抗静电性。化纤地毯的静电大小，常以其表面电阻和静电压来表示。

6. 抗老化性

在光照和空气等因素作用下，经过一定时间后，毯面化学纤维会产生老化，导致地毯性能指标下降。化纤地毯老化后，受撞击和摩擦时会产生断裂粉化现象。在生产化学纤维时，加入一定量的抗老化剂，可提高其抗老化性能。

化纤地毯的抗老化性通常用经过一定时间的紫外线照射后，地毯的耐磨次数、弹性及色泽等变化程度来评定。

7. 耐燃性

耐燃性是指化纤地毯遇火时,在一定时间内燃烧的程度。由于化学纤维一般易燃,故常在生产化学纤维时加入一定量的阻燃剂,以使织成的地毯具有自熄性或阻燃性。当化纤地毯试样燃烧 12 min 之内,其燃烧面积的直径不大于 17.96 cm 时,则认为耐燃性合格。

需要特别注意的是,化纤地毯在燃烧时会释放出有害气体及大量烟气,容易使人窒息,难以逃离火灾现场。因此,应尽量选用阻燃型化纤地毯,避免使用非阻燃型化纤地毯。

8. 抗菌性

地毯作为地面覆盖材料,在使用过程中较易被虫菌侵蚀而引起霉变。因此,地毯在生产中常要做抗菌、防霉等处理。通常规定,凡能经受 8 种常见霉菌及 5 种常见细菌侵蚀而不长菌和霉变的地毯认为合格,化纤地毯的抗菌性优于纯毛地毯。

(四)地毯的应用

地毯是相对比较高级的装饰材料,所以应正确、合理地选用、储运和使用,以免造成浪费和损坏。首先,在订购地毯时,应说明所购地毯的品种,包括材质、图案类型、颜色及规格尺寸等。若是高级羊毛手工编织地毯,还应说明经纬线的道数和厚度。若有特殊需要,还可自行提出图案颜色和尺寸。其次,在搬运地毯前,应先把地毯圈在圆管上,圆管直径不宜过细,在搬运过程中,不能弯曲,不能局部重压,以防止地毯褶皱和损坏毯面。运输地毯的车船应洁净、无潮湿,并需覆盖防雨毡布,防日晒和雨淋。当地毯暂时不用时,应卷起来,用塑料薄膜包裹,分类储放在通风干燥的室内,距热源不得小于 1 m,温度不超过 40 ℃,并避免阳光直接照射。大批量地毯的存放不可码垛过高,以防毯面出现压痕。对于纯毛地毯应定期撒放防虫药物。铺设地毯时,应尽量注意避免阳光直射。使用过程不得沾染油污、碱性物质、咖啡和茶渍等,若有沾污应立即清除。在地毯上放置家具时,其接触毯面的部分,最好放置一面积稍大的垫片,或定期移动家具的位置,以减轻对毯面的压力,防止变形。对于那些经常行走、践踏或磨损严重的部分,应采取一些保护措施,或把地毯调换位置使用。

五、地面涂料

(一)地面涂料的特点

地面涂料的主要功能是装饰和保护室内地面,使其清洁美观。因此,地面涂料应具有如下特点。

1. 耐磨性好

地面是很容易受到磨损的部位,针对这一特点,地面涂料应具有足够的耐磨性。

2. 良好的耐碱性

地面涂料主要是涂刷在水泥砂浆地面上,因此必须有良好的耐碱性能,并且应与水泥砂浆地面有良好的黏结力。

3. 良好的耐水性

为保持地面清洁,需要经常用水擦洗,因此地面涂料必须具有良好的耐水性。

4. 良好的冲击性

地面容易受到重物撞击,这就要求地面涂料的涂层在受到重物冲击时,不易开裂或脱落,只允许出现轻微的凹痕。

5. 施工方便,重涂容易,价格合理

地面涂料主要用于民用住宅的地面装饰,应便于施工,磨损后的重涂性要好,价格也能被人们接受。

(二)过氯乙烯地面涂料

过氯乙烯地面涂料是以过氯乙烯树脂为主要成膜物质,掺入少量的酚醛树脂改性,加入适量的增塑剂、稳定剂、颜料和填充料等物质,经加工而成的一种溶剂型涂料。它是我国开发较早的一种地面涂料。

过氯乙烯地面涂料的特点是:涂膜干燥快、施工方便,常温下 2 h 就可完全干燥,在冬季较低的气温下也能照常施工;具有良好的耐磨性,在人流较多的地方,该涂料可以确保 1 ~ 2 年;具有很好的耐水性和耐化学腐蚀性,重涂性好。

由于含有大量的易挥发、易燃的有机溶剂,在配置涂料及施工时应注意防火、防毒,并且基层含水率不大于 8%。

(三)聚氨酯地面涂料

聚氨酯地面涂料分为薄质罩面涂料和厚质弹性地面涂料两类。前者涂膜较薄,涂膜的硬度较大,脚感硬,主要用于木质地板或其他地面的罩面上光。后者整体性好、色泽多样、装饰性好,并有良好的耐油性、耐水性、耐酸性和优良的耐磨性,此外,还具有一定的弹性,脚感舒适。其缺点是价格高且原材料有毒。

聚氨酯地面涂料主要适用于水泥砂浆或水泥混凝土的表面,如用于高级住宅、会议室、手术室及放映厅等的地面装饰,也可用于地下室、卫生间等的防水装饰或工业厂房的耐磨、耐油、耐腐蚀等地面。

(四)环氧树脂地面涂料

环氧树脂地面涂料主要有环氧树脂厚质地面涂料和环氧树脂地面涂料两种。

环氧树脂厚质地面涂料是以环氧树脂为基料的双组分溶剂型涂料,具有良好的耐化学腐蚀性、耐油性、耐水性和耐久性,涂膜与水泥混凝土等基层材料的黏结性强、坚硬、耐磨,且具有一定的韧性,色彩多样,装饰性好。其缺点是价格高,原材料有毒。主要用于高级住宅、手术室、实验室、公用建筑、工业厂房的地面装饰、防腐、防水等。

环氧树脂地面涂料与环氧树脂厚质地面涂料相比,涂膜较薄、韧性较差,其他性能基本相同。主要用于水泥砂浆、水泥混凝土地面,也可用于木质地板。

(五)塑料涂布地面装饰涂料

塑料涂布地面装饰涂料是石油树脂添加适量颜色、助剂和较多的填料,在现场配置而成的一种聚合物腻子或砂浆。涂料就地抹压或刮涂后即可形成一种整体无缝的塑料地面。塑料涂布地面的优点是施工简便,涂层耐磨、耐油、耐化学腐蚀、光洁、无缝。其适用于卫生标准要求较高的医院手术室、食品加工厂及奶制品车间的旧地面维修。

塑料涂布地面一般厚 2 ~ 4 mm,由罩面层、印花层和塑料涂布层组成。

塑料涂布地面按所用的树脂不同分为不饱和聚酯树脂(UP)涂布地面、环氧树脂涂布地面和聚合物水泥地面。

第三节　墙面装饰材料

近几年,墙面装饰材料获得了较快的发展,新材料和进口材料不断涌现,可供工程设计人员选择的墙面装饰材料越来越多。常用的墙面装饰材料有涂料、石材、建筑陶瓷、玻璃、木饰面板、金属装饰板、塑料及合成装饰板、壁纸、纺织品等。

一、涂料

建筑涂料是指涂敷于建筑物或建筑构件表面,并能与建筑物或建筑构件表面材料很好地黏结,形成完整保护膜的材料。它具有色彩丰富、质感逼真、施工方便等特点。采用涂料来装饰和保护建筑,是较为简便和经济的方法。

建筑涂料除应具有装饰效果、保护建筑主体的性能外,还应具备一些特殊性能,如耐污染性、耐久性、耐洗刷性、耐老化性、耐碱性等,同时最低成膜温度还是乳液型涂料很重要的一项性能,因为乳液型涂料是通过涂料中的微小颗粒的凝结成膜的,成膜只有在某个最低温度以上才能实现。一般乳液涂料的最低成膜温度在10 ℃以上。

建筑装饰装修工程中选用涂料的原则是:较好的装饰效果,合理的耐久性、经济性和环保性能。

(一)内墙涂料

1. 改性聚乙烯醇内墙涂料

聚乙烯醇水玻璃或聚乙烯醇缩甲醛涂料,总体来说其耐擦洗性仍然不高,难以满足内墙装饰的功能要求。改性后的聚乙烯醇内墙涂料,其耐擦洗性可提高到500 ~ 1 000次以上。改进的方法是提高基料的耐水性及采用活性填料提高涂膜的耐水性。

2. 聚醋酸乙烯乳液涂料

聚醋酸乙烯乳液涂料又称聚醋酸乙烯乳胶漆,是以醋酸乙烯乳液为主要成膜物质,加入适量的颜料、填料及各种助剂,经研磨或分散处理而制成的一种水乳型涂料。

聚醋酸乙烯乳液涂料具有无毒、无味、不燃、易于施工、干燥快、透气性好、附着力强、耐水性较好与色泽鲜艳等特点,但吸水性、耐碱性、耐候性较其他共聚乳液差,是一种中档的内墙装饰涂料,适用于装饰要求较高的内墙。

3. 乙-丙有光乳胶漆

乙-丙有光乳胶漆是以聚醋酸乙烯与丙烯酯共聚乳液为主要成膜物质,掺入适量的填料及少量的颜料和助剂,经过研磨、分散后配制的半光或有光的内墙涂料。

乙-丙有光乳胶漆是以水为稀释剂,具有安全无毒、施工方便、干燥快的特点,其耐候性、耐水性、耐久性都优于聚醋酸乙烯乳胶漆,且细腻、保护色性好、有光泽,是一种中高档的内墙装饰涂料。

同时,乙-丙有光乳胶漆具有外观细腻、耐水性强和保水性好等独特的优点,因而它还是一种很好的外墙涂料。

4. 苯-丙乳胶漆内墙涂料

苯-丙乳胶漆涂料是由苯乙烯、甲基丙烯酸等三元共聚乳液为主要成膜物质,掺入适量的填料、少量的颜料和助剂,经研磨、分散后配制而成的一种各色无光内墙涂料。

苯-丙乳胶漆具有优良的耐碱性、耐水性、耐擦洗性、耐光性、耐候性和不变颜色等特点。其外观细腻、色彩艳丽、质感好、与水泥基料附着力好,尤其是耐碱、耐水、耐擦洗及耐久性均优于以上各种内墙涂料,是一种中高档的内墙装饰涂料。

5. 多彩内墙涂料

多彩内墙涂料又称多彩内墙花纹涂料，是将带色的溶剂型树脂涂料慢慢地掺入甲基纤维素和水组成的溶液中，通过不断搅拌，使其分散成细小的溶剂型油漆涂料滴，形成不同颜色油滴的混合悬浊液而成的。它是一种较新颖的内墙涂料，自 1988 年上海汇丽化学建材总厂从日本关西涂料公司引进生产技术和生产线以来，全国已有很多厂家生产这种涂料，是目前最受欢迎的一种内墙涂料。

1) 多彩内墙涂料的分类

多彩内墙涂料按其介质可以分为水包油型、油包水型、油包油型和水包水型四种，其中以水包油型的储存稳定性最好，在国外应用亦很广泛。因此，目前生产的多彩涂料主要是水包油型。

2) 多彩内墙涂料的特点

(1) 涂层色泽丰富，富有立体感，装饰效果好。

(2) 涂膜的耐久性好。

(3) 涂膜质地较厚，具有弹性，类似壁纸，整体性好。

(4) 耐油、耐水、耐腐蚀和耐洗刷，并具有较好的透气性。

多彩内墙涂料适用于建筑物内墙和顶棚水泥混凝土、砂浆、石膏板、木材、钢和铝等多种基面的装饰。

3) 多彩涂料的构成

多彩涂料的涂层由底层、中层、面层涂料复合而成。

底层涂料主要起封闭潮气的作用，防止涂料由于墙面受潮而剥落，也保护涂料免受碱性的侵蚀，一般须使用具有较强耐碱性的溶剂为稀释剂，过 2 h 后可刷中层覆盖。

中层是水乳型涂料，主要起到增加面层和底层的黏结作用，并能消除墙面色差，突出多彩面层的光泽和立体感，通常选用性能良好的合成树脂乳液内墙涂料。

面层水乳型多彩涂料，固体含量高，要求用专用喷枪喷涂。喷涂时因喷雾散发较远，需将不喷涂处遮盖起来。一般一遍可成活，面层的喷涂不能掺任何稀释剂。要求施工气温在 10 ℃上下，气温过低时，面层涂料稠度将增加，可将容器放在 50 ~ 60 ℃的温水中加温。

6. 幻彩涂料

幻彩涂料又称多彩立体涂料或万彩壁涂料，其主要成分是水溶性乳胶和人造纤维或天然纤维，属纤维质水溶性涂料。

幻彩涂料具有无毒、无味、无接缝及不起皮等优点，有良好的抗冻性，可降低施工温度，是一种高档室内涂料，不但防潮，而且吸声，更无剥落现象。使用时若弄脏墙面，只需将同一种涂料重新涂上便洁净如新，装饰效果十分理想，是前几年市场上流行的多彩花纹涂料的换代产品。涂料的颜色可按设计要求现场调配，并可任意套色，能呈现出变化无穷的装饰效果与质感。

幻彩涂料可在混凝土、砂浆抹面、石膏板、TK 板、玻璃和金属等基层上进行喷涂装饰，不但适用于室内墙面和顶棚的装饰，还可用于家居、木器及一些工艺品的装饰。

7. 仿瓷涂料

仿瓷涂料又称瓷釉涂料，是以多种高分子化合物为基料，配以各种助剂、颜料和无机填料，精加工而成的一种光泽涂料。

仿瓷涂料涂膜具有耐磨、耐沸水、耐化学品、耐冲击、耐老化及硬度高的特点，涂层丰满、细腻、坚硬、光亮，酷似陶瓷和搪瓷。仿瓷涂料可在水泥、金属、塑料及木器等表面进行涂刷与喷涂。仿瓷涂料可用于公共建筑内墙、厨房、卫生间和浴室等处，还可用于电器、机械及家具的外表涂饰。

8. 仿绒涂料

仿绒涂料不含纤维，是由树脂乳液和不同色彩聚合物微粒配制的涂料。其涂层富有弹性，色彩图案丰富，有一种类似于织物的绒面效果，给人以柔和、高雅的感觉。仿绒涂料适用于内墙装饰，也可用于室外，特别适用于局部装饰。

9. 纤维涂料

纤维涂料又称锦壁涂料，是由植物纤维配制而成的，可采用抹涂施工，形成 2 ~ 3 mm 厚的饰面层。纤维涂料适用于局部装饰，若与木质护墙板配合使用进行室内装饰，装饰效果将更加柔和、华贵。

(二) 外墙装饰涂料

外墙装饰涂料的主要功能是装饰和保护建筑物的外墙面，使建筑物美观而耐久。建筑外墙涂料的品种很多，主要分为石灰浆涂料、聚合物水泥涂料、乳液型涂料、溶剂型涂料和无机硅酸盐涂料五类。目前，建筑工程上常用的是后三类。

1. 苯 - 丙乳液外墙涂料

苯 - 丙乳液外墙涂料是以苯乙烯和丙烯酸酯类共聚乳液为基料，以水为稀释剂，加入颜料、填料和助剂，经分散而成的一种水性涂料。其具有安全无毒、施工方便、干燥迅速、色泽鲜艳、储存稳定、涂层有透气性、耐水、耐碱、耐老化且保色性能好、附着力强的特点。苯 - 丙乳液外墙涂料产品分为有光、无光、薄质和厚质等类型，适用于建筑物外墙装饰，也可用于木质或钢质门窗的保护层装饰。

2. 丙烯酸酯乳胶漆

丙烯酸酯乳胶漆是一种乳液型涂料，它是由甲基丙烯酸甲酯、丙烯酸丁酯、丙烯酸乙酯等丙烯酸系列单体加入乳化剂、引发剂等，经乳液共聚而成的纯丙烯酸酯乳液，并以此为主要成膜物质，加入颜料、填料及其他助剂，经分散、混合、过滤而制成的涂料，是优质外墙涂料之一。

该涂料的涂膜较其他乳液涂料的涂膜光泽柔和，耐候性、保光性优异，耐久性好(耐久性可达 10 年以上)，但是价格较贵。

3. 聚氨酯系外墙涂料

聚氨酯系外墙涂料是以聚氨酯树脂或聚氨酯与其他树脂复合物为主要成膜物质，加入填料、助剂、颜料而成的一种双组分固化型的优质外墙涂料。

聚氨酯系外墙涂料涂膜柔软，弹性变形能力大，与混凝土、金属、木材等黏结牢固，对基层的裂缝有很好的适应性；具有极好的耐水、耐碱、耐酸等性能；表面光洁度好，呈瓷状质感；耐候性、耐污性好，但价格较贵。

聚氨酯系外墙涂料有各种颜色，施工时在现场按比例搭配混合均匀，要求基层含水率不大于 8%；涂料中溶剂挥发，还应注意防火及劳动保护。

4. 彩砂外墙涂料

彩砂外墙涂料又称色砂壁状涂料、彩色石英涂料、天然真石漆等，是以合成树脂乳液和着色集料为主体,外加增稠剂及各种助剂配制而成的。由于采用了不同粒径的天然大理石、花岗石等带色石屑或采用高温烧结的彩色砂粒、彩色陶粒作为集料,因而制成的涂层具有丰富的色彩及质感,其保护色性及耐候性比其他类型的涂料有较大的提高。该涂料具有无毒、无味、施工简便、涂层干燥快、不易燃、耐强光、不退色、耐水性优良、黏结力强及装饰效果好等特点,是外墙涂料中颇具特色的一种装饰材料。彩砂外墙涂料适用于新旧建筑内外墙面装饰,也可用于工艺美术和城市雕塑的装饰。

5. JH80 - 1 无机外墙装饰涂料

JH80 - 1 无机外墙装饰涂料是以硅酸钾为主要胶结剂,加入适量的填料、颜料及其他助剂,经混合、搅拌、研磨而制成的一种无机外墙涂料。

该涂料是一种双组分固化型的涂料,需固化剂与涂料分装。施工时,在现场按比例加入固化剂,经充分搅拌后使用。由于无机涂料不含有机高分子合成树脂,因此施工安全,价格便宜,耐老化,成膜温度低,色泽丰富,无毒,不易燃,可刷,可滚涂、喷涂、弹涂,功效高。

JH80 - 1 无机外墙装饰涂料适用于建筑物的外墙、内墙饰面工程,可用于水泥预制板、水泥饰面板、石膏板、面砖等基层的墙面与顶棚部位。

6. 复层建筑涂料

复层建筑涂料简称复层涂料,是以水泥硅溶胶和合成树脂乳液为基料,加入颜料、填料和各种助剂配制而成的一种涂料,通常由底涂料(抗碱底漆)、中间层涂料(主涂料)和面层涂料(罩面涂料)三种材料配套复合而成。底涂料主要用于封闭基层和增强主涂层与基层的黏结力;中间层涂料主要用于形成凹凸花纹立体感;面层涂料主要用于装饰面层,保护主涂层,提高复层涂料的耐候性、耐污染性。

复层建筑涂料具有优良的耐候性、耐水性、耐碱性、耐冻融性、耐擦洗性、高附着性、涂层质感好及装饰效果好等特点,对环境无污染,对人体无害。

复层建筑涂料可用于水泥砂浆抹面、混凝土预制板、水泥石棉板、石膏板和木结构等基层上,施工时可采用喷滚相结合的方法,制成粗粒状、细粒状、柳条状、树皮状、凹凸花纹等优美质感的涂层。一般作为内外墙、顶棚的中、高档建筑装饰使用。

7. 常用的其他外墙涂料

建筑装饰工程上常用的其他外墙涂料有 104 外墙饰面涂料、乙丙外墙乳胶漆、过氯乙烯外墙涂料和新型无机外墙涂料等。

二、木饰面板

木饰面板是一种深受国内外装饰设计人员喜爱的建筑装饰材料,常用于较高档次的室内墙面装饰及家具制造。

用木材装饰室内墙面,从使用的板材类型上分类,常有两种类型:一类是薄木装饰板,此种板材主要由原木加工而成,经选材干燥处理后用于装饰工程中;另一类是人工合成木制品,它主要由木材加工过程中的下脚料或废料,经过机械处理,生产出人造材料。这两种类型的板材在装饰工程中应用都比较广泛。

(一)木胶合板

胶合板是将原木软化处理后旋切成单板(薄木),干燥涂胶后按木材纹理纵横交错重叠起来,经热压而成的人造板材,如图 6-10 所示。胶合板有 3 层、5 层、7 层、9 层和 11 层,常用的为3层和5层，俗称三合板、五合板。通常胶合板面层选用光滑平整且纹理美观的单板，以提高胶合板的装饰性能。根据需要，还可用刨制薄木、塑料薄膜、装饰板等材料制成贴面胶合板。

图6-10　木胶合板

由于胶合板的各层单板按纹理纵横交错胶合，在很大程度上克服了木材各向异性的缺点，使胶合板具有良好的稳定性和力学性能。同时，胶合板还具有表面平整、幅度大、强度高、变形小、不开裂、纹理美观及装饰性好等优点，是建筑装饰工程及制造家具用量最大的人造板材之一。

根据耐水性的不同，胶合板可分为四类：Ⅰ类（NOF）为耐气候、耐沸水胶合板，是用酚醛树脂或其他性能相当的胶粘剂胶合制成的，此类胶合板耐久、耐煮沸或汽蒸处理、耐干热、抗菌，能在室外环境中使用；Ⅱ类（NS）为耐水胶合板，是用脲醛树脂胶合制成的，能经受冷水浸泡和短时间热水浸泡，抗菌，但不耐煮沸，可用于室内外工程；Ⅲ类（NC）为耐潮胶合板，是用血胶或多填料脲醛胶等胶合制成的，耐短期冷水浸泡，适于室内常温使用；Ⅳ类（BNC）为不耐潮胶合板，是使用豆胶等胶合制成的，有一定的胶合强度，但不耐潮，适用于湿度较小的环境。

胶合板的常用规格有915 mm×915 mm、915 mm×1 830 mm、1 220 mm×1 220 mm、1 220 mm×1 830 mm、1 220 mm×2 440 mm等。

（二）细木工板

细木工板属于特种胶合板的一种，心板用木板拼接而成，两面胶粘一层或两层单板，如图6-11所示。细木工板按结构不同，可分为心板条不胶拼的和心板条胶拼的两种；按表面加工状况不同，可分为一面砂光、两面砂光和不砂光三种；按所使用的胶合剂不同，可分为Ⅰ类胶细木工板、Ⅱ类胶细木工板两种；按面板的材质和加工工艺质量不同，可分为一、二、三等三个等级。细木工板具有质坚、吸声、绝热等特点，适用于家具和建筑物内装修等。

（三）纤维板

纤维板是以植物纤维为主要原料，经过纤维分离、成型、干燥和热压等工序制成的人造板材。其具有幅面大、质地均匀、绝缘性好、适于各种加工等优点。

根据密度，纤维板可分为三类：密度在0.4 g/cm^3 以下的为软质纤维板，密度为0.4～

图 6-11　细木工板

0.8 g/cm³ 的为半硬质纤维板，密度在 0.8 g/cm³ 以上的称为硬质纤维板。在纤维板的标准中将硬质纤维板又分为三等：一等品的密度不得低于 0.9 g/cm³，二等品和三等品的密度不低于 0.8 g/cm³。

软木纤维板结构疏散、强度低，是一种良好的保温隔热材料。半硬质纤维板组织均匀，强度较高，表面平整光滑，加工性能良好，与其他材料黏结能力强，是制作家具的良好材料。建筑装饰工程中比较常用的是硬质纤维板，其结构均匀、强度较大，可代替薄木板用于室内墙面、天花板、门心板、地板的装修及家具制造等，但表面不美观，易吸湿变形。常用硬质纤维板的规格有 610 mm × 1 220 mm、915 mm × 1 830 mm、1 000 mm × 2 000 mm、915 mm × 2 150 mm、1 220 mm × 1 830 mm、1 220 mm × 2 440 mm，板厚有 2.5 mm、3.0 mm、3.2 mm、3.5 mm、4.0 mm、5.0 mm。

（四）刨花板

刨花板是利用施加胶料和辅助料或未施加胶料和辅助料的木材或非木材植物制成的刨花材料（如木材刨花、甘蔗渣、亚麻屑等）压制成的板材。按原料分为木材刨花板、甘蔗渣刨花板、亚麻屑刨花板、棉杆刨花板、竹材刨花板、水泥刨花板、石膏刨花板，按表面分为未饰面刨花板（如砂光刨花板、未砂光刨花板）和饰面刨花板（如浸渍纸饰面刨花板、装饰层压板饰面刨花板、PVC 饰面刨花板、单板切面刨花板），按用途分为家具、室内装饰等一般用途刨花板（即 A 类刨花板）和非结构建筑用刨花板（即 B 类刨花板）。

（五）薄木贴面装饰板

以珍贵树种（如水曲柳、柞木、樟木、花梨木、柚木、枫木、原木或多瘤的树根等）为原料，通过精密刨切或旋切，制得的厚度为 0.2 ~ 0.5 mm 的薄木，采用先进的胶粘工艺经热压粘贴在胶合板、刨花板等基材上的一种木质饰面材料。

薄木按厚度分类，可分为两种类型：一是厚薄木，即厚度大于 0.5 mm 的薄木，一般指 0.7 ~ 0.8 mm 厚的薄木；二是微薄木，即厚度小于 0.5 mm 的薄木，一般指 0.2 ~ 0.3 mm 厚的薄木。按制造方法分类，有旋切薄木、刨切薄木和半圆旋切薄木。按薄木形态分类，有天然薄木、组合薄木、集成薄木、染色薄木和成卷薄木等。天然薄木是指由天然珍贵树种的木方制得的薄木。组合薄木是指由一般树种的旋制单板按同一方向胶合成木方后制成的刨切薄木。集成薄木是指由珍贵树种的木材按薄木的图案先拼成集成木方，然后再刨切成整张拼花薄木。染色薄木是指将一般树种的薄木仿照珍贵树种的色调染色而成的薄木。成卷薄木是指由连续带状的旋切薄木与纸张复合在一起制成的可卷的薄木。薄木作为一种表面装饰材料，不能单独使用，只有粘贴在一定厚度和具有一定强度的基层板上，才能得到合理利用，常用的基材板有胶合板、刨花板、细木工板等较结实的板材。

（六）竹木胶合板

竹木胶合板是将竹篾、竹材单板或小竹条用胶黏结在胶合板上制成的一种装饰材料。其具有幅面大、质量轻、材质坚韧、刚性好、防潮、防腐、耐热、耐寒及纹理美观等优点。竹木胶合板具有素雅、朴实的民族风格，硬度和强度均高于木材，加工性能优良，可进行锯、刨等各种机械加工，也可进行开榫、胶合接长等后续加工。其可作为室内顶棚、墙面、门等部位的装饰材料及家具制作。

竹木胶合板有 2 层、3 层、4 层、5 层和 7 层，其规格有 1 800 mm × 960 mm、1 850 mm × 750 mm、1 830 mm × 915 mm、2 000 mm × 1 000 mm、2 440 mm × 1 220 mm、3 000 mm × 1 500 mm，厚度为 2.5 ~ 13 mm。

（七）木装饰线条

木装饰线条是选用质硬、纹理细腻、材质较好的木材，经过干燥处理后加工而成的。它在室内装饰中起着固定、连接、加强装饰饰面的作用，可作为装饰工程中各平面相接处、相交处、分界面、层次面、对接面的衔接口及交接条等的收边封口材料。

木线条的种类很多：从材质上分，有硬质杂木线、水曲柳木线、泡桐木线、樟木线、柚木线、核桃木线等；从功能上分，有压边线、压脚线、墙腰线、封边线、天花角线、上楣线、柱角线等；从款式上分，有外凸线、内凹线、凹凸结合线、嵌槽线等；从外形上分，有半圆线、直角线、斜角线、指甲线等。各类木线条造型各异，断面形状丰富。

木线条具有材质硬、木质细、表面光滑、耐磨、耐腐蚀、不劈裂、加工性能好、涂饰性好及钉着力强等优点。此外，木线条可涂饰成各种颜色或木纹本色，又可进行对接、拼接，还可弯曲成各种弧线，所以木线条在各种材质中具有独特的优点。

木线条主要用于做建筑室内墙面的墙腰饰线、墙面洞口装饰线、护壁板和勒脚的压条饰线、门框装饰线、顶棚装饰角线、栏杆扶手镶边、门窗及家具的镶边等。建筑物室内采用木线条装饰，可增加古朴、高雅和亲切的美感。

木线条的外观应表面光滑，棱角及棱边挺直分明，不得有扭曲和斜弯的现象。

（八）其他木质装饰材料

木装饰材料除上述的品种外，还有木制马赛克、卷式镶拼木质地毯、木质桑拿房等。

木制马赛克是以优质硬木为原料，经过特殊加工、烘干处理后，用手工精心拼接而成的。它既具有陶瓷马赛克的拼花特征，又具有木材的天然纹理，耐磨性、装饰性好，给人以富丽豪华、古朴典雅的感觉。木制马赛克可用做地面、吊顶、墙根及家具等处的装饰。

卷式镶拼木质地毯是通过特殊的工艺处理，将短小的条状木地板铺在特制的底纸上。它具有耐磨、防腐、防潮、不变形及脚感舒适等优点，施工时只需要将其直接铺贴在平整的基层上，不需油漆，不用时可直接将其从基层上卷起来。

木制桑拿房是用上乘的木料制成的一种木制品，能承受较高的温度而不变形开裂，是现代浴室的必备设备。

三、合成装饰板

合成装饰板是以合成树脂(高分子聚合物或预聚物)为主要成分,添加一定量助剂,在一定条件下塑制成型的一种新型装饰材料。近年来,各种塑料装饰与合成材料的问世和应用,又大大推进了建筑的现代化,使建筑环境变得更加绚丽多彩。

(一)防火板

防火板是用3层三聚氰胺树脂浸渍纸和10层酚醛树脂浸渍纸,经高温热压而成的热固性层积塑料。它是一种用于贴面的硬质薄板,具有耐磨、耐热、耐寒、耐溶剂、耐污染和耐腐蚀等特点。其质地牢固,使用寿命比油漆、蜡光等涂料长,尤其是板面平整、光滑、洁净,有各种花纹图案,色调丰富多彩,表面硬度大,并易于清洗,是一种较好的防尘材料。

防火板可以加工成各种色彩和图案,花色品种多,既有各种柔和、鲜艳的彩色饰面板,又有各种名贵树种纹理、大理石纹理、花岗岩纹理的饰面板,还有一些防火板表面有皮革和织物纹理的表面效果。防火板的表面分光洁面和亚光面两类,适用于各种环境下的装饰。防火板较脆,在搬运和加工过程中,边缘易脆裂损伤,损伤处难以修补,因此在搬运和施工过程中必须采取一些保护措施。

防火板可用胶类粘贴于木材面、木墙裙、木搁栅、木造型体等木质基层的表面,餐桌、茶几、酒吧柜和各种家具的表面,柱面、吊顶局部等部位的表面。防火板用做装饰面板时,粘贴在胶合板、刨花板、纤维板、细木工板等基层上,该板饰面效果较为高雅,色彩均匀,效果较好,属中档饰面材料。

(二)中密度纤维板

中密度纤维板是近年来国内外大力发展的一种新型木质人造板,简称MDF。它是利用木材或其他植物的纤维为主要原料,加入适量的胶粘剂和添加剂,经成型、热压制成的人造板材。

中密度纤维板在各种人造板中,是性能最接近天然木材的一种,具有组织结构均匀、密度适中、质量轻、抗拉强度大、板面平滑、易于装饰、握持螺钉牢固,及开榫、钻孔、截断容易等优点。在生产过程中,加入防火、防霉及防蛀等添加剂可制成各种特殊性能的中密度纤维板,以满足各种需要。

中密度纤维板可代替天然木材,用于家具、建筑、车船、家用电器及乐器制造等方面。在建筑上,主要用于内门、板墙、隔断、地板、贴脸及筒子板、窗台板、暖气罩、踢脚板、楼梯扶手和各种装饰线条等。

根据密度不同中密度纤维板分为三种类型:60型,密度为0.60~0.69 g/cm^3;70型,密度为0.70~0.79 g/cm^3;80型,密度为0.80~0.88 g/cm^3。每种类型的中密度纤维板因性能指标不同又分为特级、一级和二级三个等级。

(三)浸渍胶膜纸饰面人造板

浸渍胶膜纸饰面人造板是用专用的纸浸渍氨基树脂,并干燥到一定固化程度,铺装在人造板基材表面,经热压制成的人造板。其特点是:具有多种花纹图案、颜色丰富,表面可制成多种凹凸花纹、立体感强,耐磨、耐水、耐热、耐污染。浸渍胶膜纸饰面人造板主要用于室内墙面、墙裙、顶棚和台面等部位的装饰。

浸渍胶膜纸饰面人造板根据饰面情况可分为单饰面人造板、双饰面人造板和浮雕饰面人造板,按外观质量又分为优等品、一等品和合格品。浸渍胶膜纸饰面人造板的幅面尺寸有

1 830 mm×915 mm、2 135 mm×915 mm、2 000 mm×1 000 mm、2 440 mm×1 220 mm。基材为薄板(硬质纤维板、胶合板)时,其厚度为 3 mm、4 mm、5 mm 等;基材为厚板(刨花板、中密度纤维板)时,其厚度为 10～30 mm。

(四)塑料贴面装饰板

塑料贴面装饰板是将热塑性树脂制成的薄膜贴在人造板表面而制成的装饰板材。它具有色泽鲜艳、花纹美观、耐水性好、有立体感及价格低等优点,缺点是透气性、耐热性差,表面硬度不理想。

塑料贴面装饰板根据所使用的塑料薄膜不同可分为聚氯乙烯贴面装饰板、聚酯贴面纤维板、塑料贴面刨花板等。塑料贴面装饰板属于中低档装饰材料,主要用于装饰墙面、吊顶及家具制作等。

(五)涂饰人造板

涂饰人造板是在人造板表面直接采用涂料涂饰制成的装饰人造板。采用涂饰的方法制造装饰板方法简单,价格低廉,应用普遍。

根据涂料的不同,涂饰人造板可分为透明涂饰人造板和不透明涂饰人造板两种。用透明涂料涂饰人造板可显露基材表面原有的色泽和纹理,风格古朴自然;采用不透明涂料(即着色涂料)涂饰人造板,适宜现代风格。由于涂饰人造板的质量及其装饰效果均比浸渍胶膜纸饰面人造板差,所以它主要用于中低档家具及建筑物的墙面、墙裙和顶棚等部位的装饰。

四、金属饰面板

金属饰面板是建筑装饰中的中高档装饰材料,主要用于墙面的点缀、柱面的装饰。金属装饰板易于成型,能满足造型方面的要求,同时具有防火、耐磨、耐腐蚀等一系列优点。因此,在现代建筑装饰中,金属装饰板以独特的金属质感、丰富多变的色彩与图案、美满的造型而获得广泛的使用。

(一)不锈钢板

不锈钢是一种特殊用途的钢材,它具有优异的耐腐性、优越的成型性以及赏心悦目的外表。不锈钢装饰板根据表面的光泽程度、反光率大小,又分为镜面不锈钢板、亚光不锈钢板和浮雕不锈钢板三种类型。

镜面不锈钢板光亮如镜,其反光率、变形率均与高级镜面相似,与玻璃略有不同的装饰效果,该板耐火、耐潮、耐腐蚀,不会变形和破碎,安装施工方便,主要用于高级宾馆、饭店、舞厅、会议厅、展览馆、影剧院的墙面、柱面、造型面以及门面、门厅的装饰。镜面不锈钢板有普通镜面不锈钢板和彩色镜面不锈钢板两种。彩色不锈钢板是在普通不锈钢板上进行技术和艺术加工,成为各种色彩绚丽的不锈钢板。常用颜色有蓝、灰、紫、红、青、绿、金黄、茶色等。

不锈钢板表面反光率在 50% 以下者称为亚光板,其光线柔和、不刺眼,在室内装饰中有一种很柔和的艺术效果。亚光不锈钢板根据反光率不同,又分为多种级别。通常使用的钢板,反光率为 24%～28%,最低的反光率为 8%,比墙面壁纸反光率略高一点。

浮雕不锈钢板表面不仅具有光泽,而且还有立体感的浮雕装饰。它是经辊压、待研待磨、腐蚀或雕刻而成的。钢板在腐蚀雕刻前,必须先经过正常研磨和抛光,比较费工,所以价格也比较高。由于不锈钢的高反射性及金属质地的强烈时代感,与周围环境中的各种色彩、景物交相辉映,对空间效应起到了强化、点缀和烘托的作用。

不锈钢装饰是近几年来较流行的一种建筑装饰方法，它已经从高档宾馆、大型百货商场、银行、证券公司、营业厅等高档场所的装饰，走向了中小型商店、娱乐场所的普通装饰中，从以前的柱面、橱窗、边框的装饰走向了更为细部的装饰，如大理石墙面、木装修墙面的分隔、灯箱的边框装饰等。

（二）铝塑板

铝塑板又称塑铝板，是一种新型的金属饰面板，如图 6-12 所示。铝塑板是由面板、核心、底板三部分组成的，面板是 0.2 mm 铝片上以聚酯做面板涂层的双重涂层结构（底漆和面漆），核心是 2.6 mm 无毒低密度聚乙烯材料，底板同样是涂透明保护光漆的 0.2 mm 铝片，通过对心材进行特殊工艺处理的铝塑板可达到 B1 级难燃材料等级。

图 6-12　铝塑板

常用的铝塑板分为外墙板和内墙板两种，内墙板是现代新型轻质防火装饰材料，具有色彩多样、质量轻、易加工、施工简便、耐污染、易清洗、耐腐蚀、耐衰变、色泽保持长久、保养容易等优异的性能，而外墙板则比内墙板在弯曲强度、耐温差性、导热系数、隔声等物理特性上有着更高的要求。

（三）镁铝曲面装饰板

镁铝曲面装饰板是以着色铝合金箔为装饰面层，以纤维板或蔗板为基材，以特种牛皮纸为底面纸，经黏结、刻沟等工艺而制成的装饰板。

镁铝曲面装饰板属高档装饰材料。目前，我国北京、上海、武汉、广州及台湾均有生产。北京生产的镁铝曲面板有着色铝箔面、木纹皮面、塑胶皮面、镜面等品种。它主要用于高级室内装饰的墙面、柱面、造型面及宾馆、商场、饭店的门面装饰和家具贴面。此外，还可作为装饰条和压边条来使用。用镁铝曲面装饰板装修的建筑典雅豪华、光彩夺目。

镁铝曲面装饰板根据条宽可分为细条装饰板（条宽 10 ~ 15 mm）、中宽条装饰板（条宽 15 ~ 20 mm）和宽条装饰板（条宽 25 mm）三类，根据外观质量和物理力学性能又可分为优等品、一等品和合格品。

镁铝曲面装饰板的幅面尺寸为 2 440 mm × 1 220 mm，厚 3.5 mm。

五、壁纸、墙布

壁纸、墙布是目前国内外内墙面装饰的主要材料。它花色品种繁多，可以仿制出许多天然材料和传统材料的外观。这种墙面装饰材料的发展非常迅速，近些年来新产品、新工艺层出不穷，极大地丰富了建筑装饰市场，为广大业主和设计人员提供了很多选择。新材料的壁纸、墙布有环保、透气、防潮、防霉等优点，而且施工简单、装饰性强，越来越受到人们的喜欢。

（一）壁纸

1. 塑料壁纸

塑料壁纸是以一定材料为基材，表面进行涂塑后，再经印花、压花或发泡处理等多种工艺而制成的一种墙面装饰材料。目前，国内生产的塑料壁纸均为聚氯乙烯壁纸。塑料壁纸主要有普通塑料壁纸、发泡壁纸、特种塑料壁纸三种。

1）普通塑料壁纸

普通塑料壁纸又分为单色压花、印花压花和有光印花、无光印花几种，花色品种多、适用面广、价格低，是住宅和公共建筑墙面装饰应用最普遍的一种壁纸。

2）发泡壁纸

发泡壁纸有高发泡印花、低发泡印花、低发泡印花压花等品种。

高发泡印花壁纸发泡倍数较大，表面呈富有弹性的凹凸花纹，是一种具有装饰、吸声等多功能的壁纸，常用于影剧院和住宅天花板等装饰。

低发泡印花壁纸是在发泡平面印有图案的品种。

低发泡印花压花壁纸是用油墨印花后再发泡，使表面形成具有不同色彩的凹凸花纹图案。它图案逼真、立体感强、装饰效果好并有弹性，适用于室内墙裙、客厅和内走廊的装饰。

3）特种塑料壁纸

特种塑料壁纸是指具有耐水、防水和特殊装饰效果的壁纸品种。

耐水壁纸是用玻璃纤维毡做基材，以适应卫生间、浴室等墙面的装饰。

防火壁纸用石棉纸做基材，并在 PVC 涂塑材料中掺加阻燃剂，使壁纸具有一定的阻燃防火性能，适用于防火要求较高的建筑和木板面装饰。

所谓特殊装饰效果的壁纸，是指彩色砂粒壁纸。它是在基材上散布彩色砂粒，再喷涂黏结剂，使表面具有砂粒毛面，一般用做门厅、柱头、走廊等局部的装饰。

2. 纸基织物壁纸

纸基织物壁纸是以棉、麻、毛等天然纤维制成的各种色泽、花色和粗细不一的纺线，经特殊工艺处理和巧妙的艺术编排，黏合于基纸上而制成的。这种壁纸面层的艺术效果主要是通过各色纺线的排列来体现的，有的将纺线排出各种花纹，有的带有荧光，有的线中夹有金、银丝，使壁纸呈现金光点，别具一格。

3. 麻草壁纸

用草、麻、木材、树叶等天然材料与纸基复合，可制成各种植物纤维壁纸，其风格独特，生活气息浓厚，颇受人们喜爱。麻草壁纸即是其中应用较多的一种。麻草壁纸是以编织的麻草与纸基复合而成的墙面装饰织物，具有吸声、阻燃、散潮湿、不变形等特点，格调清新淡雅，富有自然、古朴、粗犷的美感。其适用于会议室、接待室、影剧院、歌舞厅、宾馆客房及家庭居室等的墙面装饰，亦可用于商店的橱窗设计。

4. 金属壁纸

金属壁纸是以金属薄膜为面层材料，以纸为基层材料的一种内墙贴面材料。

金属壁纸的面层金属薄膜通常用铝箔制成。铝箔的表面可用特制的带有花纹的辊轴进行辊压，可制得压花金属墙纸；如果在铝箔表面按设计的花型用油墨进行印刷，则可制成印花金属墙纸。印花金属墙纸表面上的印花面无光泽，没有印花的部分仍然有金属的光泽，两种质感形成一定的对比，因而它的装饰效果较强。

金属壁纸的表面具有金属的质感，使用寿命较长，不易老化和损伤，耐擦洗性和耐污性能较好，属中高档装饰材料。金属墙纸可用于舞厅、商场、酒吧和餐厅等公共场所的墙面与顶棚的装饰。

（二）墙布

除装饰壁纸外，还有许多装饰织物在不同的环境中使用，各具特色，如玻璃纤维印花贴墙布、无纺贴墙布、化纤装饰贴墙布、棉纺装饰墙布和高级墙面装饰织物等。

1. 玻璃纤维印花贴墙布

玻璃纤维印花贴墙布是以中碱玻璃纤维布为基材，表面涂以耐磨树脂，印上彩色图案而制成的一种新型墙面装饰材料。这种墙布色彩鲜艳，花色繁多，有布纹质感，经套色印花后，装饰效果好；室内使用不退色，不老化，防火、耐潮性强，可用肥皂水洗刷，施工简便，粘贴方便，价格低廉。玻璃纤维印花贴墙布适用于宾馆、饭店、商店、展览馆、会议室、餐厅、居民住宅等内墙面装饰，特别适用于室内卫生间、浴室等墙面的装饰。

2. 无纺贴墙布

无纺贴墙布是采用棉、麻等天然纤维或涤、腈等合成纤维，经过无纺成型、上树脂、印制彩色花纹而成的一种贴墙材料。无纺贴墙布有棉、麻、涤纶、腈纶等品种，并有多种花色图案。

无纺贴墙布挺括，富有弹性，不易折断，纤维不老化、不散头，对皮肤无刺激作用。无纺贴墙布色彩鲜艳，图案雅致，粘贴方便，具有一定的透气性和防潮性，可擦洗而不退色，适用于宾馆、饭店、商店、展览馆、会议室、餐厅、居民住宅等内墙面装饰，尤其是涤纶棉无纺贴墙布，除具有麻质无纺贴墙布的所有性能外，还具有质地细洁、光滑的特点，特别适用于高级宾馆、高级住宅等建筑物内墙面装饰。

3. 化纤装饰贴墙布

化纤称为人造纤维，种类繁多，性质各异。化纤装饰贴墙布就是多种纤维与棉纱混纺的贴墙布，也有以单纯化纤布为基材，经一定处理后，印花而成的化纤装饰贴墙布。

4. 棉纺装饰墙布

棉纺装饰墙布是以纯棉平布为基材经前处理、印花、涂布耐磨树脂等工序制作而成的墙布。其强度大、静电小、蠕变性小、无光、吸声、无毒、无味、花型色泽美观大方，可用于宾馆、饭店及其他公共建筑和较高级的民用建筑中的内墙面装饰。棉纺装饰墙布还常用做窗帘。

5. 高级墙面装饰织物

锦缎、丝绒、呢料等织物因价格较贵、装饰格调华美高雅，多用做高级建筑室内墙面装饰，属高级墙面装饰织物。这些织物由于纤维材料、织造方法及处理工艺的不同，所产生的质感和装饰效果也不相同,它们均能给人以美的感受。

锦缎也称织锦缎,是我国的一种传统丝织装饰品,常织有绚丽多彩、古雅精致的各种图案,加上丝织品本身的质感与丝光效果,使其显得高雅华贵,具有很高的装饰作用。常被用于高档室内墙面的浮挂装饰,也可用于室内高级墙面的裱糊。

丝绒色彩华丽,光泽柔和,质感厚实温暖,格调高雅,耐磨性好,主要用做高级建筑室内窗帘、软隔断或浮挂,可营造出富贵、豪华的氛围。

粗毛呢料或仿毛化纤织物和麻类织物质感粗实厚重,具有温暖感,吸声性能好,还能从纹理上显示出厚实、古朴等特色,适用于高级宾馆等公共厅堂柱面的裱糊装饰。

锦缎、丝绒、呢料等高级墙面装饰织物不易擦洗,稍受潮就会留下斑,易生霉变,使用中应予注意。

第四节　顶棚装饰材料

一、面板材料

顶棚是室内装饰中最能体现整体效果的部位,是实用性和观赏性的统一体。根据装饰部位的功能设计顶棚的造型和风格,合理选用顶棚饰面材料,是室内设计人员、现场施工人员的一项重要工作。顶棚饰面材料品种繁多,目前常用品种有石膏板、矿棉板、钙塑泡沫装饰吸声板、纤维水泥加压板、PVC 天花板、金属装饰板等。

(一)石膏板

石膏板具有轻质、保温和隔热性能好、防火性能好、施工安装方便等特点,在隔断及顶棚工程中是一种应用较为广泛的建筑装饰材料。

1. 纸面石膏板

纸面石膏板是以建筑石膏为主要原料,渗入适量纤维与外加剂制成板心,再在其表面贴以厚质护面纸而制成的板材,其具有质轻,防火、隔声、隔热和抗震性能好等特点。

纸面石膏板常见规格尺寸有:长 1 800 mm、2 100 mm、2 400 mm、2 700 mm、3 000 mm、3 300 mm 和 3 600 mm,宽 900 mm 和 1 200 mm,厚 9 mm、12 mm、15 mm、18 mm、21 mm 和 25 mm。

纸面石膏板品种很多,有普通纸面石膏板、耐火纸面石膏板、耐水纸面石膏板和纸面石膏装饰吸声板等。

将纸面石膏板配以金属龙骨用做吊顶或隔墙时,与采用胶合木板相比,较好地解决了防火问题。根据公安部消防科学研究所的测试,认为纸面石膏板的耐火极限已满足了规范规定的一、二级耐火等级的吊顶要求,即要求其应为不燃材料,其耐火极限为 15 min。

普通纸面石膏板和耐火纸面石膏板因其板面幅宽平整,并具有可锯、可刨、可钉等易加工性,故易于安装施工,劳动强度小,工效高、进度快,且可在吊顶造型中,通过起伏变化构成不同艺术风格的空间顶面,以进一步创造富于变化、开朗轻快的环境美。

普通纸面石膏板和耐火纸面石膏板一般用做吊顶的基层,故必须做饰面处理。纸面石膏装饰吸声板用做装饰面层。纸面石膏板适用于住宅、办公楼、旅馆、影剧院、宾馆、商店、车站等建筑的室内吊顶及墙面装饰。但在厕所、厨房以及空气相对湿度经常大于70%的潮湿环境中使用时,必须采取相应的防潮措施。防水纸面石膏板的应用范围广,其缺点是强度不够。

2. 装饰石膏板

装饰石膏板是以建筑石膏为基料，附加少量纤维增强材料和外加剂，经搅拌、成型、烘干等工艺而制成的一种新型顶棚装饰板材。装饰石膏板具有轻质、高强、变形小、防火、阻燃、耐老化、可调节室内湿度等特点，同时可加工性好，施工方便，功效高，可缩短施工工期。

装饰石膏板常用尺寸有：边长 300 mm、400 mm、500 mm、600 mm、800 mm 和 305 mm、498 mm、625 mm 等的正方形，厚度为 6 ~ 25 mm。

装饰石膏板的品种很多，根据板材正面形状和防潮性能的不同，有平板、花纹浮雕板、穿孔吸声板和平穿孔吸声板等。

装饰石膏板可用于宾馆、商场、餐厅、礼堂、音乐厅、练歌房、影剧院、会议室、医院、候机室、幼儿园、住宅等建筑的墙面和顶棚装饰。对于湿度较大的环境应使用防潮板。

(二) 矿棉板

矿棉板是以矿渣棉或玻璃棉为主要原料，加入适量的黏结剂、防腐剂、防潮剂，经加压、烘干、饰面而成的一种高级顶棚装饰材料，如图 6-13 所示。

图 6-13　矿棉板

矿棉装饰材料具有轻质、吸声、防火、保温、隔热、美观大方、可钉、可刨、施工简便等特点，装配化程度高，完全是干作业，是宾馆、办公室、商场等公共场所比较理想的顶棚材料。

矿棉装饰吸声板能吸收大量的声音能量，而只将很小部分反射回房间。其主要用于影剧院、会议中心、音乐厅、播音室、大教室等，可以控制和调整室内的混响时间，消除回声，改善室内的音质，提高语言清晰度；也可用于宾馆、医院、开放式办公室、教室、会议室、走廊、商场以及吵闹场所，如工厂车间、仪表控制间等，可以降低室内噪声级，改善生活环境和劳动条件。

矿棉板的形状主要为正方形和长方形，表面有各种色彩，花纹图案繁多。有的表面加工成树皮纹理，有的则加工成小浮雕或满天星图案，具有一定的装饰效果。

(三) 钙塑泡沫装饰吸声板

钙塑泡沫装饰吸声板是以聚乙烯树脂（PE）加入无机硅填料轻质碳酸钙、发泡剂等，经混炼、模压、发泡成型而成的，具有轻质、吸声、隔热和耐水等特点。其适用于大会堂、电视台、广播室、影剧院、医院、宾馆及工厂、商店等建筑的室内平顶或墙面装饰。

钙塑泡沫装饰吸声板有一般板和加入阻燃剂的难燃泡沫装饰板，常用规格有：边长 500

mm、305 mm、333 mm、350 mm、496 mm 和 610 mm 的正方形，厚度为 4 mm、5 mm、5.5 mm、6 mm、7 mm、8 mm 和 10 mm。

（四）纤维水泥加压板

纤维水泥加压板是纤维水泥板材经加压成型的轻质品种。纤维水泥加压板具有轻质、耐火、防水和抗冲击强度高等优点，并具有可锯、可刨、可钉和可钻孔等良好的现场加工性能。纤维水泥加压板适用于各种工业与民用建筑的吊顶板、内外墙板以及通风道板和地下工程墙板等。

（五）PVC 天花板

PVC 天花板是以聚氯乙烯树脂为主要原料，加入适量的抗老化剂、改性剂等，经混炼、压延、真空吸塑等工艺而成的板材。它具有轻质、隔热、保温、防潮、阻燃、施工简便等特点，外观有拼花、格花等图案，颜色有乳白色、米色和天蓝色等。它的防潮性能非常好，所以较多适用于一些空气湿度较大的空间，如居室的厕所、浴室、厨房等，也适用于宾馆、礼堂、医院、商场等建筑物的内墙和吊顶的装饰。

（六）金属装饰板

近几年，金属顶棚装饰材料发展较快，不仅用于公共建筑、旅游建筑中，而且更广泛地应用于民用建筑和家庭装修之中。在金属顶棚装修中使用最广泛的是铝合金天花板和彩色钢扣板，其他金属材料（如不锈钢顶棚饰面、铜顶棚饰面）也可作为顶棚材料，但因其造价太高，常规工程中一般很少采用。

1. 铝合金天花板

铝合金天花板也称铝扣板，是由铝合金薄板经冲压成型的，其具有轻质、高强等优点，是目前国内外流行的装饰材料。由于铝合金天花板暴露在空气中易发生氧化反应，因此表面要经过特殊处理，使其表面产生一层薄膜，从而达到保护与装饰的双重作用。目前，采用较多的是阳极氧化膜及漆膜。阳极氧化膜是将铝板经过特殊工艺处理，在铝材表面制取一道比天然氧化膜厚得多的氧化膜层。它经过氧化、电解着色、封孔处理等工序，在型材表面产生一层光滑、细腻、具有良好附着力、表面硬度及色彩的氧化膜，目前常用的色彩有古铜色、金色、银白色、黑色等。氧化膜的厚度和质量是评判铝合金天花板质量的一项重要技术指标。该膜就是在型材表面刷一层漆，形成一层保护膜。为了使铝合金表面的漆膜牢固，必须对型材表面进行清洗、打磨、氧化等工序，然后再进行烤漆或其他涂饰。

2. 彩色钢扣板

彩色钢扣板是最近几年兴起的金属顶棚材料，这种板条是用薄壁金属冲压成型，再做表面涂漆处理而成的，如图 6-14 所示。其断面与铝扣板相似，安装方法基本相同。这种彩色钢扣板可以代替铝扣板使用，产品色调均匀，颜色选择面广。如江苏扬中县新型装饰材料厂生产的扣板，色彩达 100 多种，物美价廉，同时具有防锈、耐腐、经久耐用等优点。其表面硬度为 72H（钢笔硬度），耐化学侵蚀性能良好，耐热性能好，盐雾试验 500 h 良好，抗冲击性也很好。彩色钢扣板安装方式同铝合金天花板。

二、龙骨材料

（一）吊顶木骨架

吊顶木骨架也叫吊顶木龙骨，分为主龙骨和次龙骨。主龙骨断面尺寸为 50 mm ×（60 ~

图 6-14　彩色钢扣板

80)mm,大断面为 80 mm×100 mm,主龙骨间距为 1.2～1.5 m;次龙骨断面尺寸为 40 mm×40 mm 或 50 mm×50 mm,次龙骨的间距为 0.4～0.6 m。主、次龙骨间用 30 mm×30 mm 的小木方盒铁钉连接,次龙骨一般组成方格。

在实际使用中,木骨架材料具有使用方便、造型丰富、造价低的特点,但木材容易干缩、裂缝,防火、防腐性差,因此必须进行防火或防腐处理。在现代装饰工程中,吊顶和隔墙的龙骨已普遍被轻钢龙骨等取代。

(二)吊顶轻钢龙骨

吊顶轻钢龙骨按承载能力可分为上人龙骨和不上人龙骨,按型材断面分为 U 形龙骨、C 形龙骨和 L 形龙骨,按用途分为主龙骨(又称承载龙骨)、次龙骨(中、小龙骨)(又称覆面龙骨)及连接件三部分。

吊顶轻钢龙骨主要有 D38、D45、D50 和 D60 四种系列。

吊顶轻钢龙骨主要用于饭店、办公楼、娱乐场所和医院等新建或改建工程中。不上人吊顶承受吊顶本身的重量,龙骨断面一般较小。上人吊顶不仅要承受自身的重量,还要承受人员走动的荷载,一般可以承受 80～100 kg/m^2 的集中荷载,常用于空间较大的影剧院、音乐厅、会议中心或有中央空调的顶棚工程。

(三)铝合金吊顶龙骨

铝合金吊顶龙骨具有不锈、轻质、美观、防火、抗震及安装方便等特点,适用于室内吊顶装饰。铝合金吊顶龙骨有主龙骨(大龙骨)、次龙骨、边龙骨及吊挂件。主次龙骨与板材组成 450 mm×450 mm、500 mm×500 mm 和 600 mm×600 mm 的方格。铝合金龙骨通常外露,做成明龙骨吊顶,吊顶材料可选用小规格材料,如装饰石膏板吊顶、吸声石膏板吊顶、金属微穿孔吸声板吊顶及铝合金装饰板吊顶等。

铝合金吊顶中,主龙骨间距无论上人或不上人都应小于 1 200 mm,吊点为 900～1 200 mm 一个,中小龙骨间距小于 600 mm,中龙骨垂直固定于大龙骨下,小龙骨垂直搭在中龙骨翼缘上,吊杆分别采用Φ 6、Φ 8 或Φ 10 钢筋。

三、玻璃采光顶装饰材料

(一)夹层安全玻璃

夹层安全玻璃是将两片或两片以上的平板玻璃,用聚乙烯塑料黏合在一起制成的。其强度胜过旧时玻璃顶常用的夹丝玻璃,而且被击碎后能借中间塑料层的黏合作用,仅产生辐射状裂纹,不致脱落。夹层安全玻璃有净白和茶色等品种,透光系数为 28% ~55%,有良好的吸热性。

(二)丙烯酸酯有机玻璃

丙烯酸酯有机玻璃是在战时作为制造军用飞机座舱的材料而发展起来的,可以采用热成型和压延工艺,适合预制成穹形和方锥单元体,再加以拼装成复合型的各种玻璃,具有平板玻璃所没有的刚度。早期的丙烯酸酯有机玻璃是净白的,现在有乳白色和高密度的有机玻璃,有利于消除眩光;染色和反色的有机玻璃可控制太阳热的传入。

(三)聚碳酸酯有机玻璃

聚碳酸酯有机玻璃是坚韧的热塑性塑料,具有很高的抗冲击强度和高软化温度,广泛地用于商店作为一种防破坏和防偷盗的玻璃材料。在玻璃顶中常用于走廊上部和人行天桥上部。

(四)玻璃钢(夹筋纤维玻璃)

玻璃钢具有强度大、明亮和耐磨损等特点,有半透明的平板和弧形板。

(五)其他玻璃

其他玻璃如反射玻璃、吸热玻璃等双层玻璃。北部地区常用双层玻璃顶,以减少热传导,双层玻璃顶可由上述任何两种材料组成,第二层玻璃装在天窗架的下方。这种做法的缺点是密闭性不够好,两层之间可能会形成冷凝水。双层玻璃也可采用复合板:一种由丙烯酸酯有机玻璃挤压成型,纵向有肋和孔洞;另一种为玻璃复合板,即将双层玻璃钢板熔合在蜂窝状铝心板上,强度很高。双层玻璃有时还填充半透明的隔热材料,以增加热阻,但透明度会降低。

第七章　建筑装饰构造

建筑装饰构造是指建筑物除主体结构外,使用建筑装饰材料对建筑物内外与人接触的部分,以及看得见的部分进行装潢和修饰的构造做法。

建筑装饰构造是一门综合性的技术学科,它应该与建筑、艺术、结构、材料、设备、施工、经济等方面密切配合,提供合理的建筑装饰构造方案,既作为建筑装饰设计中综合技术方面的依据,又作为实施建筑装饰设计至关重要的手段,而且它本身就是建筑装饰设计的组成部分。

第一节　概　述

一、建筑装饰构造的范围

建筑装饰构造主要是为了使建筑物各部位达到预期的装饰艺术效果,运用合适的材料、工艺及施工技术所做的饰面处理手段。

建筑装饰工程涉及建筑室内外各个部位,包括内外墙面、楼地面、顶棚、门窗、楼梯和隔墙与隔断等,有的工程还包括阳台、雨篷、台阶和坡道等。

二、建筑装饰构造的功能

(一)保护建筑物的结构构件

建筑中的结构构件不仅要有足够的强度和刚度,而且还要有足够的耐久性。在使用过程中,构件直接受到风吹、日晒、冰霜雨雪的侵袭,而且还会受到腐蚀气体和有害气体的破坏。在建筑物内外表面做装饰层,使建筑物的结构构件免遭直接破坏,从而延长其使用寿命。

(二)改善建筑物的使用功能

建筑装饰的功能之一就是改善建筑物声学、光学和热工等方面的物理性能,提高其防水、防火、防腐和防锈等性能,从而为人们创造更舒适、更便利的生活和工作环境。

(三)美化建筑物室内外环境

建筑装饰设计就是通过装饰材料的质地、线条和色彩,运用不同的装饰构造手法改变建筑物室内外的空间感,使建筑物在满足使用条件的基础上,获得最佳的艺术效果。

三、建筑装饰构造的类型

概括而言,建筑装饰构造可以划分为饰面构造和配件构造两大类。

(一)饰面构造

饰面构造又称覆盖式构造,是指覆盖在建筑构件表面,起保护和美化构件作用的构造。

饰面构造主要是处理好面层与基层的连接构造方法。它在装饰构造中占有相当大的比重，是一个普遍性的问题。例如，木墙裙与砖墙的连接、木楼面与钢筋混凝土楼板的连接、悬吊顶棚与结构层之间的连接等，都属于此类问题。

1. 饰面构造的基本要求

1）连接牢固

饰面层附着于结构层，如果构造措施处理不当，面层材料与基层材料膨胀系数不一致，黏结材料的选择不当或受风化，都将会使面层剥落。饰面的剥落不仅影响美观和使用，还有可能伤人。因此，饰面构造首先要求装饰材料在结构层上必须附着牢固、可靠，严防开裂剥落。

2）厚度与分层

饰面构造往往分为若干个层次。由于饰面层的厚度与材料的耐久性和坚固性成正比，因而在构造设计时必须保证它具有相应的厚度。但是，厚度的增加又会带来构造方法与施工技术上的复杂化，这就需要对饰面层进行分层施工或采取其他的构造加固措施。例如，内墙面抹灰通常分底层、中层和面层，总厚度控制在 15 ~ 20 mm。

3）均匀与平整

饰面的质量标准，除要求附着牢固外，还应该均匀平整、色泽一致、清晰美观。要达到这些效果，必须从选料到施工，都要严把质量关，严格遵循有关规范条例操作。

2. 饰面构造的分类

根据建筑装饰材料的加工性能和饰面部位的特点不同，饰面构造可分为罩面类饰面构造、贴面类饰面构造和钩挂类饰面构造三大类。

1）罩面类饰面构造

罩面的方法有涂刷和抹灰两种。

（1）涂刷类饰面。

涂刷类饰面又分为涂料饰面与刷浆饰面。涂料饰面是指将建筑涂料涂敷于建筑构配件表面，并能与基层材料很好地黏结而形成完整的保护膜（又称涂膜）；刷浆类饰面是用水质涂料涂刷到建筑物抹灰层或基层表面所形成的饰面。

（2）抹灰类饰面。

抹灰类饰面是大量民用建筑物中用以保护与装饰主体工程而采用的最基本的装饰手段之一。根据部位的不同，可将其分为外墙抹灰、内墙抹灰和顶棚抹灰等。

2）贴面类饰面构造

贴面的方法有铺贴、裱糊和钉嵌三种。

（1）铺贴常用的贴面材料有瓷砖、面砖、陶瓷锦砖等。为加强黏结力，常在其背面开槽用水泥砂浆粘贴在墙上。

（2）裱糊的饰面材料呈薄片或卷材状，如粘贴于墙面的壁纸、墙布、绸缎等。地面粘贴油地毡、橡胶板或各种塑料板等，可直接贴在找平层上。

（3）钉嵌常用于自重轻或厚度小、面积大的板材，如木制品、石棉板、金属板、石膏、矿棉、玻璃等。这些材料可直接钉固于基层或借助压条、嵌条、钉头等固定，也可用涂料粘贴。

3)钩挂类饰面构造

钩挂的方法有系挂和钩挂两种。

系挂用于较薄的石材或人造石等材料，厚度为20～30 mm。在板材上方的两侧钻小孔，用铜丝、钢丝或镀锌铁丝将板材与结构层上的预埋金属件连接，板与结构间灌砂浆固定。

大理石、花岗岩等饰面材料，如果厚度为40～150 mm，常在结构层包砌。块材上口可留槽口，用于结构固定的铁钩在槽内搭住，这种方法称钩挂。

（二）配件构造

配件构造又称装备式构造、型构造，是指通过各种加工工艺，将建筑装饰材料制成装饰配件，然后在现场安装，以满足使用和装饰要求的构造。根据建筑装饰材料的加工性能，配件构造可分为塑造与铸造、加工与拼装、搁置与砌筑三类。

1. 塑造与铸造

塑造是指对在常温常压下呈可塑状态的液态材料，经过一定的物理、化学变化过程的处理，使其逐渐失去流动性和可塑性而凝结成固体。建筑装饰工程中常用的可塑材料有水泥、石灰、石膏、树脂等。这一类材料取材方便，价格低廉，能在常温下发生物理、化学变化，还可与砂、石等集料胶凝成整体。塑造可根据使用要求做成具有不同强度、不同色彩、不同质感、不同性能（如防水、防火、隔声、吸声等）的预制构件，如古典式柱头、顶棚及墙面的石膏花饰、大型图案雕饰等。

生铁、铜、铅等可熔性金属常采用铸造成型的工艺，在工厂制成各种花饰、零件，然后在现场进行安装。

塑造与铸造的基本程序是：先做模胎，后制阴模（或砂型），再用阴模（或砂型）复制花饰和构件。

2. 加工与拼装

木材与木制品具有可锯、可刨、可削、可凿等加工性能，还能通过粘、钉、开榫等方法，拼装成各种构配件（见表7-1）。一些人造材料，如石膏板、碳化板、矿棉板、石棉板等具有与木材相类似的加工性能与拼装性能。金属薄板（铝板、镀锌钢板、各种钢板网等）具有剪、切、割的加工性能，并兼有焊、钉、卷、铆的结合拼装性能。

3. 搁置与砌筑

水泥制品、玻璃制品、陶土制品等，往往通过一些黏结材料，将这些分散的块材相互搁置垒砌，并胶结成完整的砌体。建筑装饰上常用于搁置与砌筑构造的配件主要有花格、隔断、窗台等。

四、建筑装饰构造的设计原则

建筑装饰构造的设计是实现建筑装饰设计构思的技术手段，安全可靠、切实可行的构造设计往往是一个好的建筑装饰设计的基础。因此，对于特定的装饰设计，必须对多种因素加以考虑和分析，选择最佳的构造方案，从而提高质量、缩短工期并降低造价。为此，建筑装饰构造的设计一般应遵循以下原则。

（一）安全性原则

建筑装饰构造设计，如果没有安全保障，建筑的其他功能就无从谈及。为了确保在施工和使用阶段的安全可靠，一般应考虑以下几个方面：

表 7-1　常用的结合构造方法

类别	名称	图形		附注
黏结	高分子胶	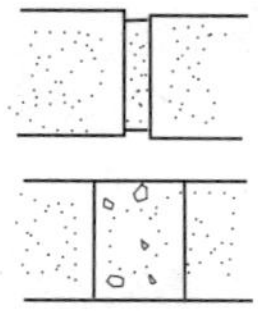	常用高分子胶有环氧树脂、聚氨酯、聚乙烯醇缩乙醛、聚醋酸乙烯等	水泥、白灰等胶凝材料价格便宜，做成砂浆应用广泛，有防水要求时可用沥青、水玻璃结合，高分子胶价格相对较高，只在特殊情况下应用
	动物胶		如皮胶、骨胶、血胶	
	植物胶		如橡胶、淀粉胶、叶胶	
	其他		如沥青、水玻璃、水泥、石灰、石膏	
钉合	钉	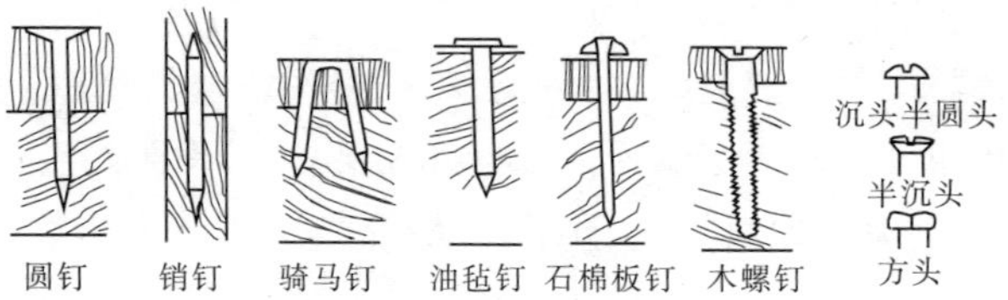		钉结合多用于木制品、金属板等，以及石棉制品、石膏、白灰或塑料制品
	螺栓	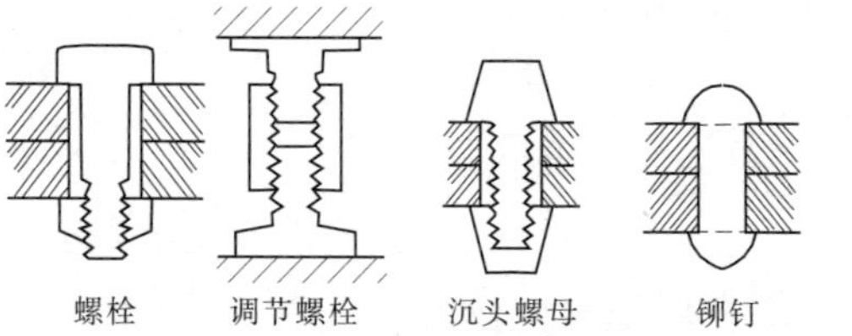		螺栓常用于建筑结构及装饰装修构造，可用来固定、调节距离、松紧，其形式、规格、品种繁多
	膨胀螺栓	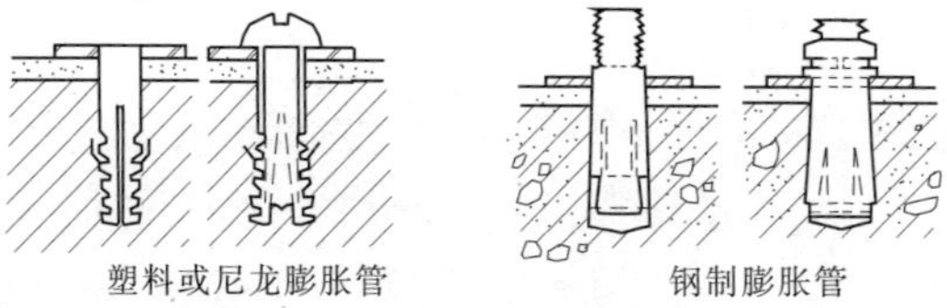		膨胀螺栓可以用来代替预埋件，构件上先打孔，放入膨胀螺栓，旋紧膨胀固定
榫接	平对接	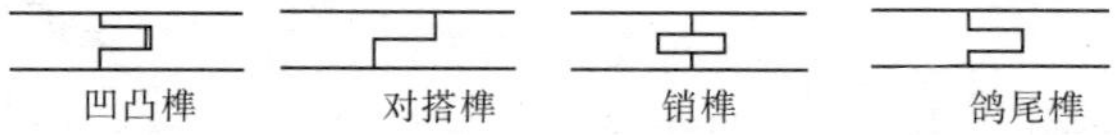		榫接多用于木制品，但其他装饰装修材料（如塑料、碳化板、石膏板）也具有木材的可锯、可凿、可削、可钉的性能，也可适当采用
	转角顶接	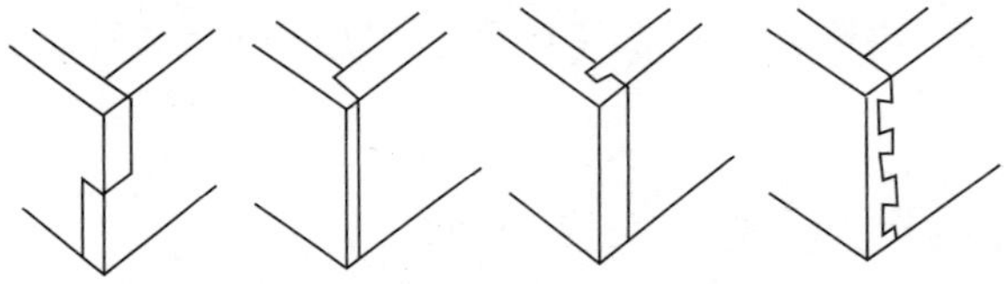		
其他	焊接	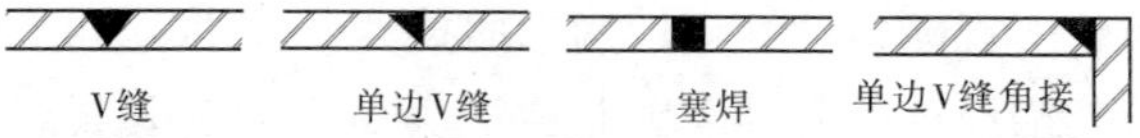		用于金属、塑料等可熔材料的结合
	卷口	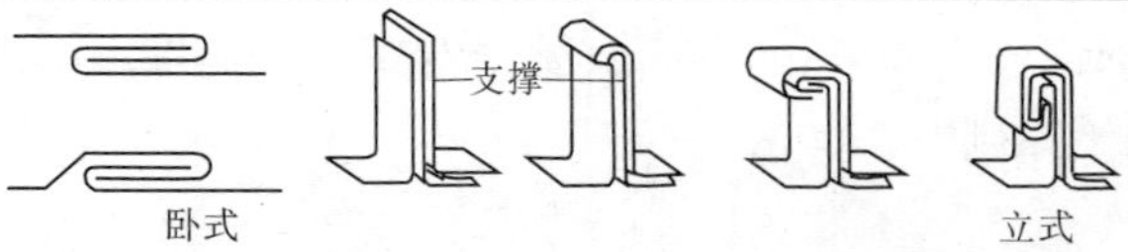		用于薄钢板、铅皮、铜皮等的结合

(1)构造结构安全涉及装饰构件自身的强度、刚度和稳定性，装饰构件与主体结构的连接安全，主体结构的安全等。

(2)在建筑装饰工程的设计施工过程中材料使用不当、防火措施不力导致的火灾时有发生，因此我们要十分重视建筑装饰设计中的防火安全问题。建筑装饰方案必须符合有关消防规范，尤其是隐蔽工程必须满足防火要求，按照建筑物的房间性质、装饰部位及防火要求，合理地选择装饰材料。

(3)在建筑装饰工程的设计施工中，应避免选择一些会挥发有毒气体或产生放射性物质的建筑装饰材料，如挥发有毒性气体的油漆、涂料和化纤制品，以及放射性指标超过国家标准的石材等，以免对使用者造成身体的伤害。

(二)功能性原则

人们在日常工作、生产、生活的过程中，需要有一个与其活动性质相适应的室内外空间环境。如何创造一个既舒适又能满足人们各种生理要求，同时能给人以美感的空间环境，是建筑装饰构造设计的永恒主题。

(三)可行性原则

设计中的一切构想最终要经过施工制作变为现实。构造方案的可行性在很大程度上就是施工的可行性。因此，建筑装饰构造设计必须做到工艺合理、施工方便，并综合考虑各种因素，选择既满足设计意图，又能提高施工效率的装饰工艺及做法，设计出切实可行且适于采用先进生产工艺的构造。

(四)经济性原则

建筑装饰工程费用在整个建筑工程造价中占有很大的比重。目前，我国的一般民用建筑装饰工程费用占工程总造价的30%～40%，标准较高的工程可达60%以上。不同的建筑物，由于使用性质、使用对象及经济条件的不同，建筑装饰造价标准差异很大，即便是同一建筑，由于所用装饰材料、构造方案及施工方法不同，其造价也相差甚远。因此，如何把握建筑装饰标准并控制造价，是建筑装饰设计人员必须考虑的问题。

(1)应根据建筑物的性质、装饰等级以及使用者的经济实力等条件综合考虑，确定合适的建筑装饰标推。切忌盲目提高装修标准，单纯追求艺术效果，造成资金浪费，可通过巧妙的构造设计达到最佳的装饰效果。

(2)根据装饰工程的标准、方案设计及使用者的经济实力等把握装饰材料的档次和价格。一般来说，中低档价格的装饰材料普及率较高，应用广泛，高档价格的装饰材料常用于局部空间的点缀。此外，就地取材也是节省投资的好办法。恰当的构造工艺和做法也是降低施工成本的有效途径之一。

(3)建筑装饰构造设计还应合理地确定使用周期，正确处理远期投资和近期投资、一次性投资和日常维护费用的关系。有时，一次性投资虽然较低，但日常维护费用极大，反而容易造成后期的浪费。也有些建筑类型(如中小型商店)装饰更换较为频繁，则不必使用价高耐久的材料。

(4)装饰构造设计应根据不同性质和功能的建筑的需求，从色彩、质感等美学角度合理地选择装饰材料，确定相应的构造工艺及工程做法，因为运用不同的构造处理措施能形成不同的气氛，并以强烈的艺术感染力影响着人们的精神生活。

第二节　楼地面装饰构造

楼地面是对楼层地面(简称“楼面”)和底层地面(简称“地面”)的总称。它是建筑装饰中的一个重要部位。楼面与地面由于使用要求基本相同,在基本构造组成上又有很多共同之处,所以人们常把楼面也称为“地面”。但是,楼面与地面支撑结构的性质不同,因而它们又各有特点。楼板结构的弹性变形较小,地面承重层的弹性变形较大。

楼地面是人们日常生活、工作、生产、学习时必须接触的部分,也是建筑中直接承受荷载,经常受到摩擦、清扫和冲洗且使用频繁的部分。因此,楼地面的装饰设计是室内外环境设计的重要组成部分。

一、楼地面的功能、分类与组成

(一)楼地面的功能

1. 创造良好的空间气氛

室内地面与墙面、顶棚等应进行统一设计,将室内的色彩、肌理和光影等综合运用,以便与室内空间的使用性质相协调。

2. 具有足够的坚固性,并保护结构层

装修后的地面应当不易被磨损、破坏,表面平整光洁,易清洁,不起灰。同时,装修后的饰面层对楼地面的结构层应起到保护作用,以保证结构层的使用寿命与使用条件。

3. 满足使用条件

从热工角度考虑,地面装修材料导热系数宜小,具有良好的保温性能,以免冬季给人以过冷的感觉;为了满足隔声的要求,地面要用有一定弹性的材料或用有弹性垫层的面层,对音质要求高的房间,地面材料要满足吸声的要求;有水作业的房间,地面应抗潮湿、不透水;有火源的房间,地面应防火、耐燃;有酸碱腐蚀的房间,地面应具有防腐蚀的能力;考虑到人行走时的感受,面层材料不宜过硬,应具有一定的弹性。

(二)楼地面的分类

楼地面可以根据其饰面层所采用材料的不同来命名和分类,如水泥地面、水磨石地面、大理石地面等。这种分类方法比较直观易懂,但由于材料品种繁多,因而显得过细过多,缺乏归纳性。

楼地面也可以根据构造方法和施工工艺的不同来分类,可分为整体地面、块料地面、木地面和人造软制品地面等。例如,现浇水磨石地面属于整体地面,而预制水磨石板材地面则属于块料地面。

楼地面还可以根据用途的不同来分类,可分为防水地面、防腐蚀地面、弹性地面、防火地面、保温地面、防湿地面等。

装修时,必须根据各种装修材料的特性与地面的用途综合考虑,选用合适的构造做法及面层材料。低档地面施工简便,基本不需要维修养护,价格便宜,但存在易返潮、起灰、开裂及冷、硬、响等问题。高档地面施工复杂,造价高,但性能稳定。因此,要视经济条件灵活选用。

(三)楼地面的组成

楼地面一般由基层、垫层和面层三部分组成,如图 7-1 所示。

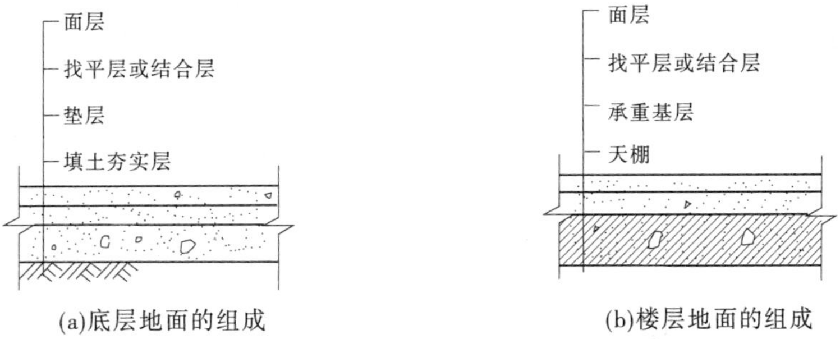

图 7-1　楼地面的组成

1. 基层

基层的作用是承受其上面的全部荷载,它是楼地面的基体。因此,要求基层坚固、稳定。地面的基层多为素土或加入石灰、碎砖的夯实层。施工时,要求分层夯实,一般每铺 300 mm 厚应夯实一次。

2. 垫层

垫层位于基层之上、面层之下,是承受和传递面层荷载的构造层。楼层的垫层还具有隔声和找坡的作用。根据材料性质的不同,垫层分为刚性垫层和非刚性垫层(又称柔性垫层)两种。

刚性垫层的整体刚度好,受力后不产生塑性变形。刚性垫层一般采用 C7.5 ~ C10 混凝土。这种垫层多用于整体面层下面或小块的块料面层下面。

非刚性垫层无整体刚度,受力后会产生塑性变形。它一般由松散的材料(如砂、碎石、炉渣、矿渣、灰土等)组成,具有较好的保温、隔热性能及弹性。

3. 面层

面层又称表层,是楼地面的最上层。它是供人们生活、生产或工作直接接触的结构层次,也是地面承受各种物理、化学作用的表面层。因此,根据不同的施工要求,面层的构造也各不相同。但是,无论何种构造的面层,都应具有一定的强度、耐久性、舒适性和安全性,以及较好的美化作用。

二、整体地面的装饰构造

(一)水泥地面

水泥地面是应用最广泛、最大众化的地面,曾是 20 世纪 50 ~ 70 年代的主导地面,它造价低、施工方便,广泛用于住宅、教室、办公楼和厂房设备间等建筑。在施工中,必须选用合格的材料,施工工艺做法准确到位,这样才能使地面光洁明亮,不起砂。

但是,水泥地面的吸热系数大,冬天感觉冷,在空气相对湿度较大时容易产生凝结水,而且表面起灰,不易清洁。

水泥地面经常采用的做法是在结构层上抹水泥砂浆,一般有双层和单层两种。双层的做法是:用 15 ~ 20 mm 厚 1∶3水泥砂浆打底做结合层,面层用 5 ~ 10 mm 厚 1∶(1.5 ~ 2)水泥砂浆抹面。单层的做法是：只在基层上抹一层 15 ~ 20 mm 厚 1∶2.5 水泥砂浆，待其终凝前，再用铁板抹光。双层的施工虽较复杂，但开裂较少。

在水泥中掺入一些颜料，可以做成不同颜色的地面，但是由于普通水泥本身呈灰色，因而做出的地面颜色都较深。如图 7-2 所示为掺有氧化铁红的矾红水泥地面的构造做法。

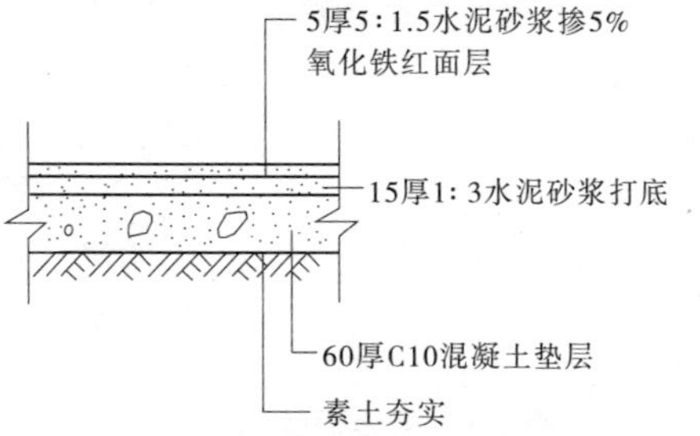

图 7-2 矾红水泥地面的构造做法

为了提高水泥地面的耐磨性和光洁度，通常用干硬性水泥做原料，有的还用磨光机磨光或者另以石屑做集料，即水泥石屑地面（又称瓜米石地面或豆石地面）。此外，还可以在一般水泥地面上涂抹氟硅酸或氟硅酸盐溶液，称为氟化水泥地面，也可涂一层塑料涂料，如过氯乙烯涂料等。

水泥地面常见质量通病有空鼓、裂缝、地面起砂。空鼓是基层处理不当，洁净、凿毛、湿润做得不好造成的；裂缝是养护时间不够或湿度太大、气候干燥等原因造成的；地面起砂是水泥不合格、操作工艺不好、抹压时间掌握不准确等原因造成的。

（二）细石混凝土楼地面

与水泥砂浆地面相比，细石混凝土地面强度高，干缩值小，耐久性和防水性好，且不易起砂；缺点是厚度较大。

细石混凝土楼地面有两种做法：一种是先浇筑 30 ~ 50 mm 厚细石混凝土，再抹 20 mm 厚水泥砂浆面层；另一种是用 C20 细石混凝土（35 mm 以上厚度）浇捣在钢筋混凝土楼地面结构基层上，待其表面略有收水后，即提浆抹平、压光，也就是通常所说的随打随抹做法，这种做法垫层和面层一次完成，构造层次做法如图 7-3 所示。

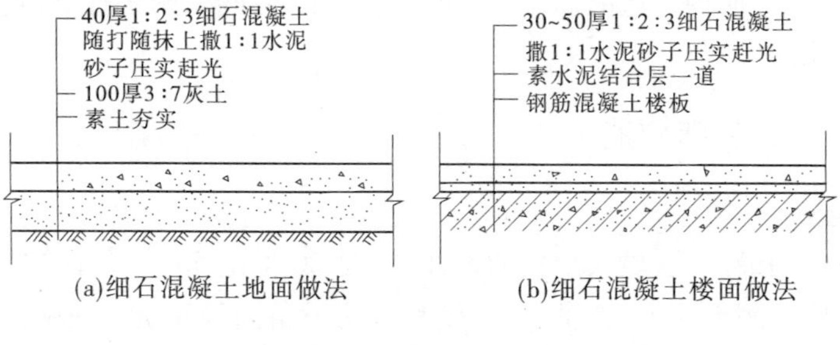

(a)细石混凝土地面做法　(b)细石混凝土楼面做法

图 7-3 细石混凝土楼地面构造层次做法

（三）现浇水磨石地面

现浇水磨石地面，又称磨石子地面，它是按设计要求分格，将天然石料（大理石或中等硬度的石料，如白云石等）的石屑用水泥浆拌和在一起铺设在镶嵌分隔条的水泥找平层上，硬结后再经磨光、打蜡而成的。现浇水磨石地面分为普通水磨石地面及美术水磨石地面。

现浇水磨石地面具有良好的耐磨性、耐久性、防火性,并具有质地美观、表面光洁、不起尘和易清洁等优点,通常应用于居住建筑的浴室、厨房、厕所和公共建筑门厅、走道等房间。

现浇水磨石地面一般分两层施工。在结构层上用 10 ~ 20 mm 厚 1∶(3 ~ 4)的水泥砂浆找平,面铺 10 ~ 15 mm 厚 1∶(1.5 ~ 2)的水泥白石子,待面层达到一定强度后(一般需 24 h)加水,用水磨石机磨光,用草酸水或纯氧化铝进行清洗,再打蜡即成。所用水泥为普通水泥,石子为中等硬度的方解石、大理石、白云石屑等。为适应地面变形及便于施工和维修,做好找平层后,用嵌条把地面分成若干小块,尺寸约 1 000 mm,分块形状可以设计成图案。嵌条用料常为 2 ~ 3 mm 厚玻璃、塑料或金属条(铜条、铝条),嵌条高度同水磨石面层厚度,用 1∶1 水泥砂浆固定。嵌固砂浆不宜过高,否则会造成面层在嵌条两侧仅有水泥而无石子,影响美观。现浇水磨石地面如图 7-4 所示。

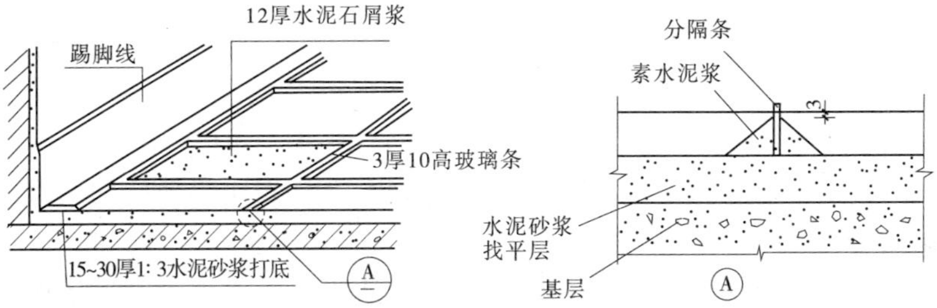

图 7-4　现浇水磨石地面

如果采用白水泥,并掺入不同颜料,或彩色水泥与大理石屑可做成各种彩色地面,就形成美术水磨石地面。由于美术水磨石质地均匀稳定,加工简便,价格低于天然石,所以常常代替大理石而作为公共建筑中人流较多的门厅地面或墙面装饰。同时,在设计嵌条分格大小或按设计要求做成各种花纹或图案时,要注意防止因气温而产生不规则裂缝。

(四)菱苦土地面

菱苦土的主要成分是氧化镁。把菱苦土轧成粉末后用氯化镁溶液来调剂,即可制作菱苦土地面。菱苦土地面分为单层、双层和预制块等三种,其构造如图 7-5 所示。

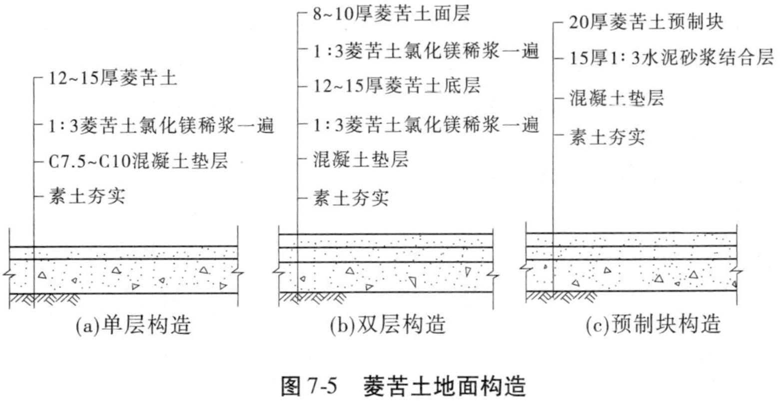

图 7-5　菱苦土地面构造

菱苦土地面应采用刚性垫层,一般情况下采用混凝土垫层。楼层面层采用菱苦土地面时,可以直接做在钢筋混凝土楼板上;若楼板面不平,可用 1∶3 水泥砂浆做找平层,然后再在其上铺菱苦土面层。

菱苦土地面保温性能较好，有一定弹性，耐火，不导电，不易起尘，而且具有能钉、易施工等优点，适用于人们经常活动的房间以及有弹性要求的房间。但是，它不耐水，故不宜用在有水或各种液体经常作用及地面温度经常处于 36 ℃以上的房间。

菱苦土本身呈微黄色，所以地面可做成红色、黄色。地面制作待硬化稳定后，用磨光机磨光、打蜡，十分光洁美观。但是，由于其中的氯离子可起漂白作用，故容易退色。菱苦土地面制作较困难，并且不容易保证质量，因此应用不广。

三、板块料地面的装饰构造

板块料地面是指用胶结材料将预加工好的板块状地面材料，如预制水磨石板、大理石板、花岗石板、缸砖、陶瓷锦砖、水泥砖等，用铺砌或粘贴的方式，使之与基层连接固定所形成的地面。

板块料地面具有花色多、品种全、经久耐用、易于保持清洁等优点，但是通常又具有造价偏高、工效偏低等缺点。

板块料地面属于中高档装饰，目前在我国应用十分广泛。但是，在应用中应注意这类地面是刚性地面，不具有弹性、保温、消声等性能。因此，虽然板块料地面的装饰等级比较高，但是必须要根据其材质特点使用。

板块料地面通常用于人流较大、耐磨损、保持清洁等方面要求较高的场所，或者用于经常比较潮湿的地方。一般来说，除在南方较炎热的地区外，不宜用于居室、宾馆客房，也不适宜用于人们要长时间逗留、行走或需要保持高度安静的地方。

（一）陶瓷地砖类地面

陶瓷地砖的类型有釉面地砖、无光釉面地砖和无釉防滑地砖及抛光同质地砖（玻化砖、通体砖、釉面砖等）。

陶瓷地砖类地面材料均属于刚性块材，在构造与工艺上要解决的问题：一是平整度和线形规则，二是黏结牢固。因此，在构造上都要求有找平层、黏结层和面层。

1. 陶瓷锦砖（又称马赛克）地面

1）饰面特点

陶瓷锦砖地面是由一种小瓷砖镶铺而成的地面。这种小瓷砖根据其花色品种，可以拼成各种花纹，故名“锦砖”。这种砖表面光滑，质地坚实，色泽多样，比较经久耐用，并且具有耐酸、耐碱、耐火、耐磨、不透水、易清洗的特点。近年来，随着科学技术的进步，陶瓷锦砖的设计和生产得到很大的提高与发展，增添了很多新的颜色和品种规格，它的最小规格尺寸仅为 10 mm×10 mm。由于它的尺寸范围很广，所以可以拼出许多精美的造型图案，拼花组合变化万千。如图 7-6 所示，利用陶瓷锦砖的特点以中国书法为元素拼成的地面，再现了中国书法艺术，也烘托出主题餐厅的气氛。

陶瓷锦砖还可以和其他块材（如大理石、花岗岩）结合铺装，使地面的形式更加丰富活泼。这种设计方式被广泛用于酒店、餐厅、游泳池、洗浴中心等商业空间。

2）基本构造

在施工时，先在基层上铺一层 15～20 mm 厚的 1∶（3～4）水泥砂浆，将拼排好的陶瓷锦砖纸板反铺在上面，然后用滚筒压平，使水泥砂浆挤入缝隙。待水泥砂浆初凝后，用水及草酸洗去牛皮纸，最后剔正并用白水泥浆嵌缝即成。陶瓷锦砖地面如图 7-7 所示。

图 7-6 用陶瓷锦砖铺贴的中国书法图案的地面

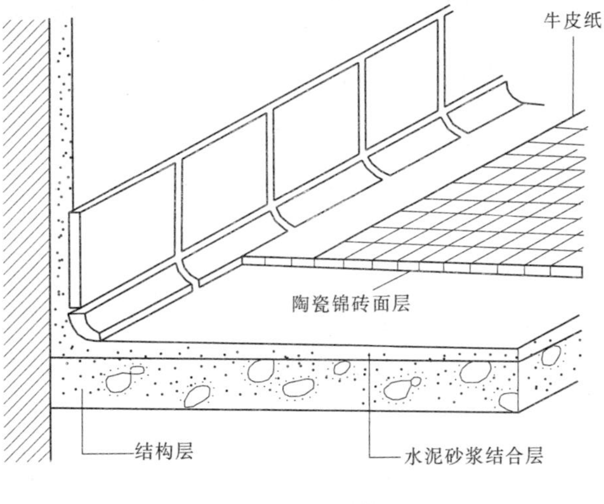

图 7-7 陶瓷锦砖地面

2. 陶瓷地面砖地面

1) 饰面特点

陶瓷地砖是由黏土或其他非金属原料,经成型、高温烧制而成的。其具有表面致密光滑、质地坚硬、耐磨、防水性能好、抗折性能强等特点。

2) 基本构造

基层在找平前必须清理干净,若基层是混凝土楼板还需凿毛,然后用 15 ~ 20 mm 厚

1:(3~4)的水泥砂浆作为砂浆结合层。面层铺设时用1:2水泥砂浆粘贴地砖。铺贴根据分配图施工,一般从门口或中线开始向两边铺砌,若有镶边应先铺砌镶边部分,余数尺寸以接缝宽度来调整;当不能以接缝宽度处理时,则在墙角放入界砖进行调整。最后用1:1砂浆扫缝,打蜡处理。陶瓷地面砖地面如图7-8所示。

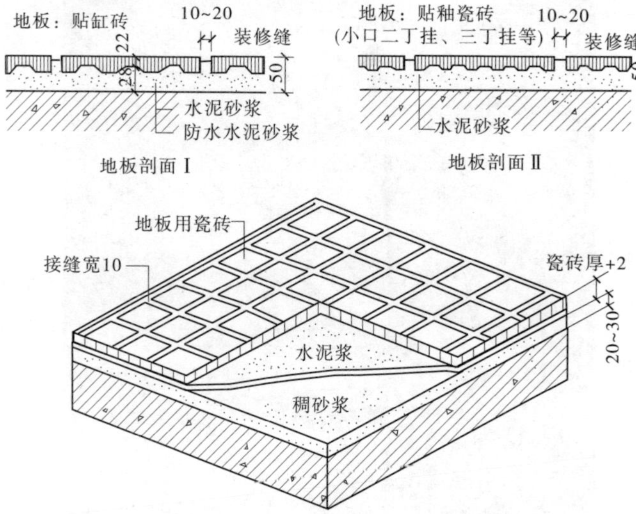

图 7-8　陶瓷地面砖地面

(二)石材板地面

建筑装修中所用的饰面石材包括天然石材和人造石材。天然石材主要有大理石和花岗岩两大类。

1. 天然石材板地面

1)饰面特点

大理石和花岗岩具有丰富的色彩、美丽的花纹和很好的光泽度以及优良的物理力学性能,在建筑装饰工程中广泛应用。

2)构造做法

大理石、花岗岩楼面的做法是:在钢筋混凝土楼板上铺40 mm厚1:6水泥焦渣垫层,然后铺30 mm厚1:4干硬性水泥砂浆结合层,涂刷素水泥浆一道,上铺20 mm厚大理石或花岗岩板材灌稀水泥浆擦缝。

大理石、花岗岩地面的做法是:素土夯实,上面打100 mm厚3:7灰土,铺50 mm厚C10混凝土,素水泥浆结合层一道上铺30 mm厚1:4干硬性水泥砂浆结合层,刷素水泥浆一道上铺20 mm厚花岗岩,大理石板材灌稀水泥浆擦缝(见图7-9)。

2. 人造石材板地面

1)饰面特点

人造石材的表面色彩和纹理或模仿天然石材或自行设计都很美观大方,富于装饰性。人造石材强度高、耐磨、耐腐蚀,某些理化指标和稳定性甚至超过天然石材,其中微晶石板材就是人造石材中一种新型美观的装饰板材。

微晶石板材表面华贵典雅、色泽艳丽,目前在国内许多大型公共建筑中使用并获得令人

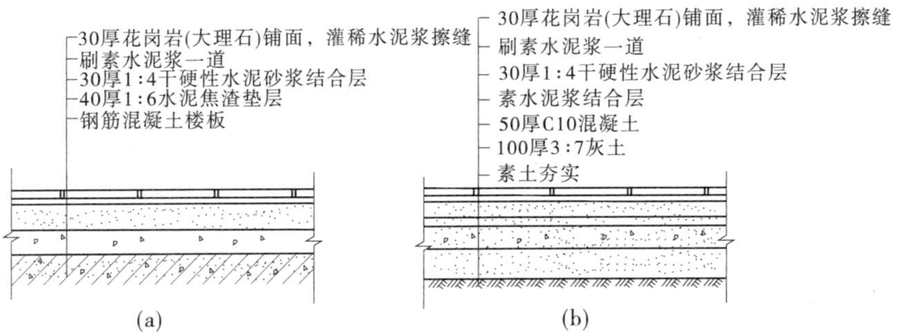

图 7-9　花岗岩、大理石楼地面构造

满意的效果。其种类有抛光板和琢石面板两种。

由于微晶石与水泥砂浆的膨胀系数有很大差异，如果采用一般的石材湿贴工艺做法，会因水泥砂浆固化时产生过大应力而导致板材开裂，因此应特别注意铺贴时水泥砂浆的配比和粘贴方式。

2）构造做法

施工时，找平层应采用水泥硬度等级不大于 32.5 级、材料质量比为 1∶(4～5)的干硬性水泥砂浆，砂浆中要掺入锯末(锯末要用长度为 3～5 mm 的细锯末)，掺入量干质量比为砂浆(及水泥素灰)∶锯末＝22∶3，尽量做到配合比准确，无锯末时可用蛭石代替。砂浆厚度为 20～30 mm，并将砂浆分割成≤300 mm×300 mm 的方格(用≥20 mm×20 mm 的木条置放砂浆中，待面层板试铺砂浆敲实后将木条取出)，待敲实干硬水泥砂浆后铺放面层板(粘贴时面层板背面先抹一层掺有锯末的素水泥砂浆)，压平敲实即可。微晶石板材地面的构造如图 7-10 所示。

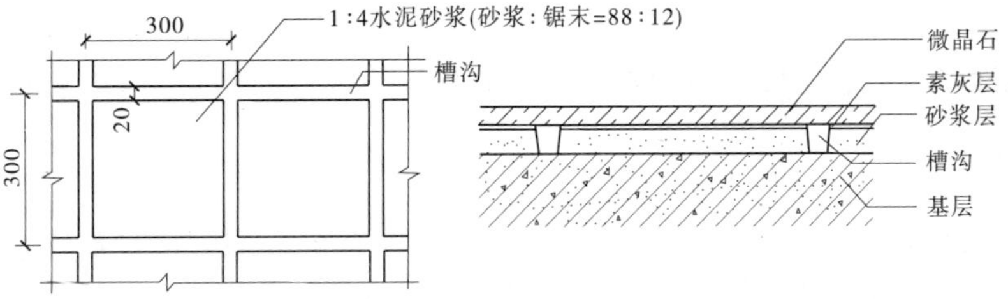

图 7-10　微晶石板材地面的构造

四、木质楼地面的装饰构造

木质楼地面是指表面粘贴或铺钉木板而成的地面。

木质楼地面的优点是弹性好、保温性能好、质感好、易加工、纹理美观、易清洁，常用于住宅的室内装修。

木质楼地面的缺点是：容易因湿度、温度变化或保养不当引起变形、开裂和翘曲，若施工工艺不到位，走路还会有响声。

(一)木质楼地面的类型

木质楼地面有多种形式，按所用材质的不同，可分为复合木地板、软木地板和普通纯木地板。

1. 复合木地板

复合木地板是以中密度纤维板为基材,用特种耐磨塑料贴面板为面材的新型地面装饰材料,又称为层压木地板。

复合木地板安装很方便,可直接在普通水泥地面或其他地面上安装,与地面不需胶接,通过板材本身槽榫间的胶接,直接浮铺于地面垫层之上,面层与垫层之间满铺底垫(薄型泡沫塑料),底垫接缝可用封箱胶带封闭。复合木地板的构造如图 7-11 所示。

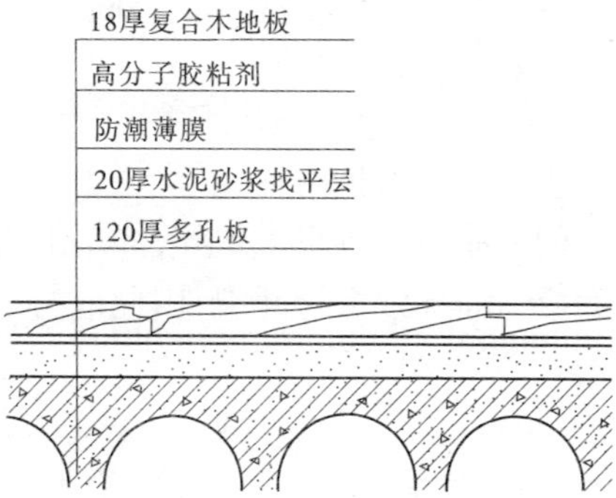

图 7-11 复合木地板的构造

2. 软木地板

软木中含有许多束状小气柱,因而具有良好的隔热、隔声、消声性能,将木材经过真空抽出细胞中的空气,注入防腐剂溶液,然后再经过高压处理,迫使防腐剂压入木材细胞中,这样经处理过的木材可以有效地抵御虫害和腐蚀。经过处理加工制成的板材,表面可以上漆、打蜡抛光。

软木地面多用于室外景观中的露台、花园、凉亭、人行道以及室内要求安静和温暖的房间。

3. 普通纯木地板

普通纯木地板具有良好的弹性、蓄热性和接触感,耐磨,不起灰,自重轻,易清洁,不泛潮,不老化,此外木材表面纹理优美,经油漆打蜡之后有良好的光泽。普通纯木地板广泛用于住宅、宾馆、健身房、体育馆的比赛场、剧院舞台等建筑的楼地面。

(二)木质楼地面的装饰构造

木质楼地面的构造方式很多,主要有架空式木地面、实铺式木地面和粘贴式木地面。

1. 架空式木地面

架空式木地面(见图 7-12)是将木搁栅两头搁在墙体垫木上,木搁栅之间加设剪刀撑的地面。架空式木地面主要用于地面标高与设计标高相差较大的地方,如建筑首层;为了减少回填土方量或是由于管道设备的架设与维修,需要有一定的敷设空间;或是由于潮湿的季节、潮湿的地方,便于通风、防腐。此外,由于其弹性好,也常用于舞台。

2. 实铺式木地面

实铺式木地面用于地面标高已达到设计要求的场合,它是与架空式木地面相比较而存在的。换句话说,实铺式木地面是将木搁栅直接固定在基层上,而不用像架空式木地面那

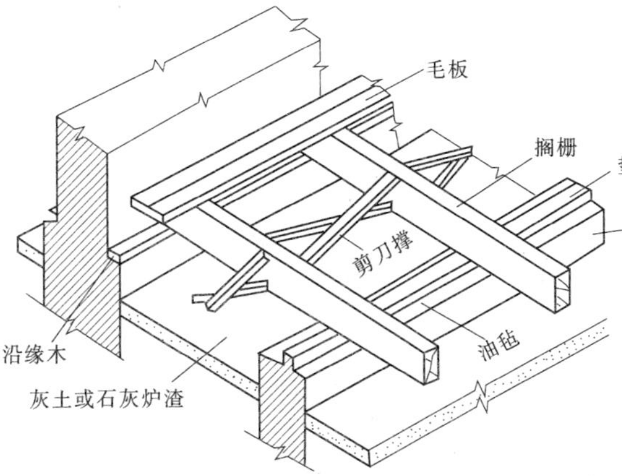

图 7-12　架空式木地面的构造

样，用地垄墙架空。

(1) 木搁栅的截面一般为 50 mm × 50 mm，间距 450 mm 左右。木搁栅之间可填以炉渣等隔声材料并加横向木撑。为了防止木材受潮变形，在木搁栅的底面要做防腐处理。

(2) 面层分为双层和单层两种。单层面层是在木搁栅上直接钉铺企口板；双层面层是在木搁栅上先铺钉一层毛地板，再钉一层企口板。

为防止使用中发生声响和潮气侵触，可在毛地板上干铺一层沥青油纸。企口板铺设时，应与搁栅成垂直方向钉牢。板的接缝应间隔错开，板与板之间仅允许个别地方有缝隙，但不应大于 1 mm，企口板与墙之间留 10 ~ 15 mm 的缝隙，并用踢脚板或踢脚条封盖，每块企口板钉牢在其下的每根搁栅上。钉的长度为企口板厚度的 2 ~ 2.5 倍，钉帽砸扁，从侧面斜向钉入。实铺式木地面的构造如图 7-13 所示。

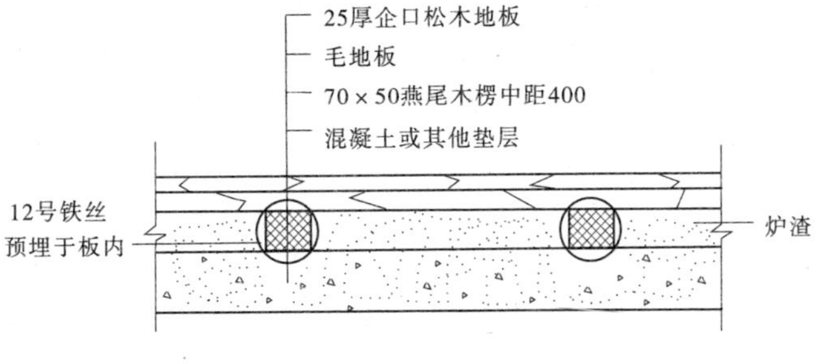

图 7-13　实铺式木地面的构造

3. 粘贴式木地面

1) 饰面特点

粘贴式木地面是在钢筋混凝土楼板上做好找平层，然后用黏结材料将木板直接贴上。由于受找平基层平整度的影响，这种做法一般不适宜铺设长形面板，而多铺成拼花形式面板。粘贴式木地面省工省料，简便易行，造价较低，表面也可以取得实铺式木地面相同的效果。

2) 构造做法

在结构层上用 15 mm 厚 1∶3水泥砂浆找平，上面刷冷底子油一道，然后铺设 5 mm 厚沥青胶结材料(或其他胶结剂),最后粘贴木地板,随涂随粘。粘贴式木地面的构造如图 7-14 所示。

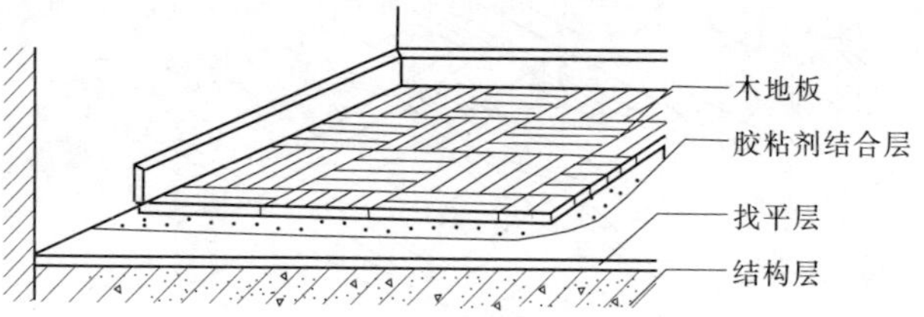

图 7-14　粘贴式木地面的构造

五、卷材类地面构造

卷材类地面主要有塑胶地面、地毯类地面等。

(一)塑胶地面

1. 饰面特点

塑胶地面是由塑料和橡胶两种材料分别制成的建筑用地板材料铺设的地面。

塑胶地面的特点是:不仅具有独特的装饰效果,而且不易沾灰、耐磨、质量轻、吸水性小、耐腐蚀性好、机械强度高,也没有水泥基地板的冷、硬、潮、脏等缺陷。

塑胶地面品种规格很多,故多用于住宅、医院、商场、学校、排练场、幼儿园等室内地面。

2. 构造做法

塑料地面的基本构造做法是:塑料地面的基层一般是混凝土或水泥砂浆类,基层应平整、干燥,有足够的强度,铺贴可干铺或胶粘铺贴。若干铺应注意在大面积铺设时要求定位裁切,足尺铺贴,对不同的基层还应采取相应的构造措施,如首层地面应加做防潮层,在金属基层上应加橡胶垫层。

橡胶地毡的基本构造做法是:橡胶地毡与基层的固定一般用胶结材料粘贴的方法,粘贴在水泥砂浆或混凝土基层上即可。橡胶地毡表面有光滑和带肋两类,带肋的也一般用在防滑走道上。

(二)地毯类地面

1. 饰面特点

地毯具有吸声、隔声、保湿、防滑、弹性好、脚感舒适、色泽艳丽和装饰性强等特点,常用于宾馆、会堂等礼仪场所,为中高档地面装饰品。它铺设简便,同时可节省能源。

地毯从编织工艺上可分为手工地毯、机织地毯、簇绒地毯和无纺地毯,从材质上可分为羊毛地毯、混纺地毯、化纤地毯、剑麻地毯、橡胶绒地毯和塑料地毯等。

2. 构造做法

地毯的铺设可分为满铺和局部铺设两种,其铺设方法分为活动式和固定式两种。

活动式地毯铺设操作工艺简单、更换方便,住宅中采用较多。

固定式地毯铺设有两种方法:一种方法是用黏结剂将地毯背面的四周与地面粘贴;另一种方法是在房间周边地面上安装带有倒刺的钉板条,将地毯背面固定在有倒刺板的小钉钩上,对于地毯下铺设弹性波垫的地毯固定常用此种方法。固定式地毯地面的构造如图 7-15 所示。

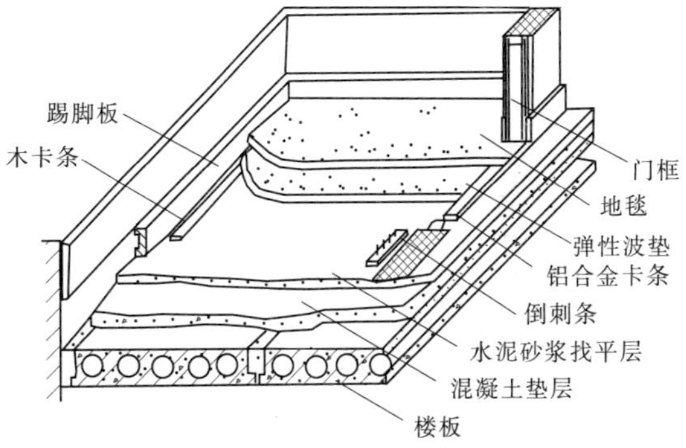

(a)固定式地毯铺设示意

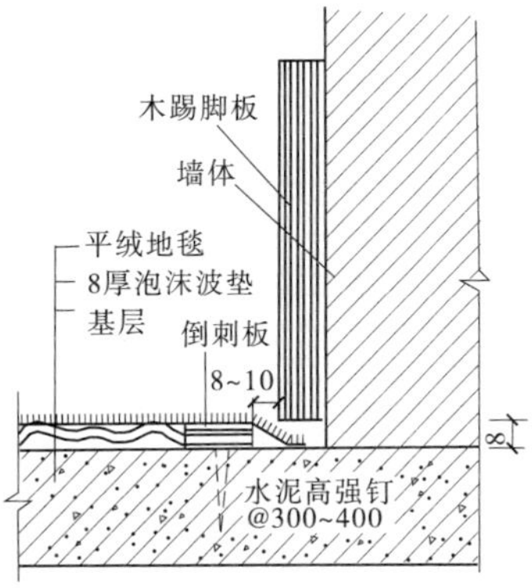

(b)倒刺板、踢脚板的固定

图 7-15　固定式地毯地面构造

六、其他地面构造

上述介绍了一些常用的地面形式和构造,在生活、工作中还有一些专用的地面形式及材料用来满足不同的功能要求,如活动夹层地板地面、玻璃楼地面、发光地面、防水地面、隔声地面等,下面主要介绍两种地面基本构造,供参考。

(一)活动夹层地板地面

活动夹层地板也称装配式地板,是由各种规格型号和材质的面板块配以龙骨、橡胶条和可供调节的金属支架等组合拼装而成的一种架空装饰地面,如图 7-16 所示。

活动夹层地板与基层地面或楼面之间所形成的架空空间,不仅可以满足敷设纵横交错的电缆和各种管线的需要,而且可以通过设计在架空地板的适当位置设置通风口,即安装通风百叶或设置通风型地板,以满足静压送风等空调方面的要求。

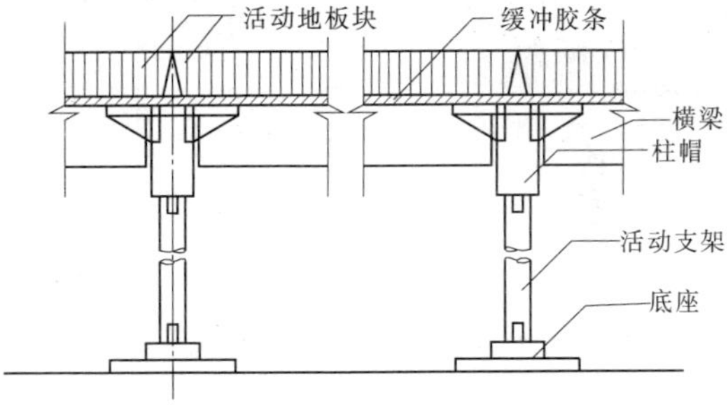

图 7-16　活动夹层地板组装示意

一般活动夹层地板具有质量轻、强度大、表面平整、尺寸稳定、面层质感好及装饰效果好等优点,并具有防火、防虫、防鼠害及耐腐蚀等性能。其中,防静电地板尤其适用于计算机房、电教室、程控交换机房、抗静电净化处理厂房及现代化办公场所的室内地面。

(二)玻璃楼地面

玻璃楼地面是采用全透光或半透光等安全玻璃为面层,以金属、混凝土材料等为骨架砌筑成的玻璃地面。

架空层地面内部设置的灯光既可营造架空内部的光环境,也可向上透射(反射)。在地面的架空层内可设置所需要的特殊艺术效果,比如古建筑改造中需要保留的历史遗迹,使历史得到充分尊重。再如,空架内设置水体、卵石以及各种造型景观等,使环境产生出一种扑朔迷离的效果。其基本构造如图 7-17 所示。

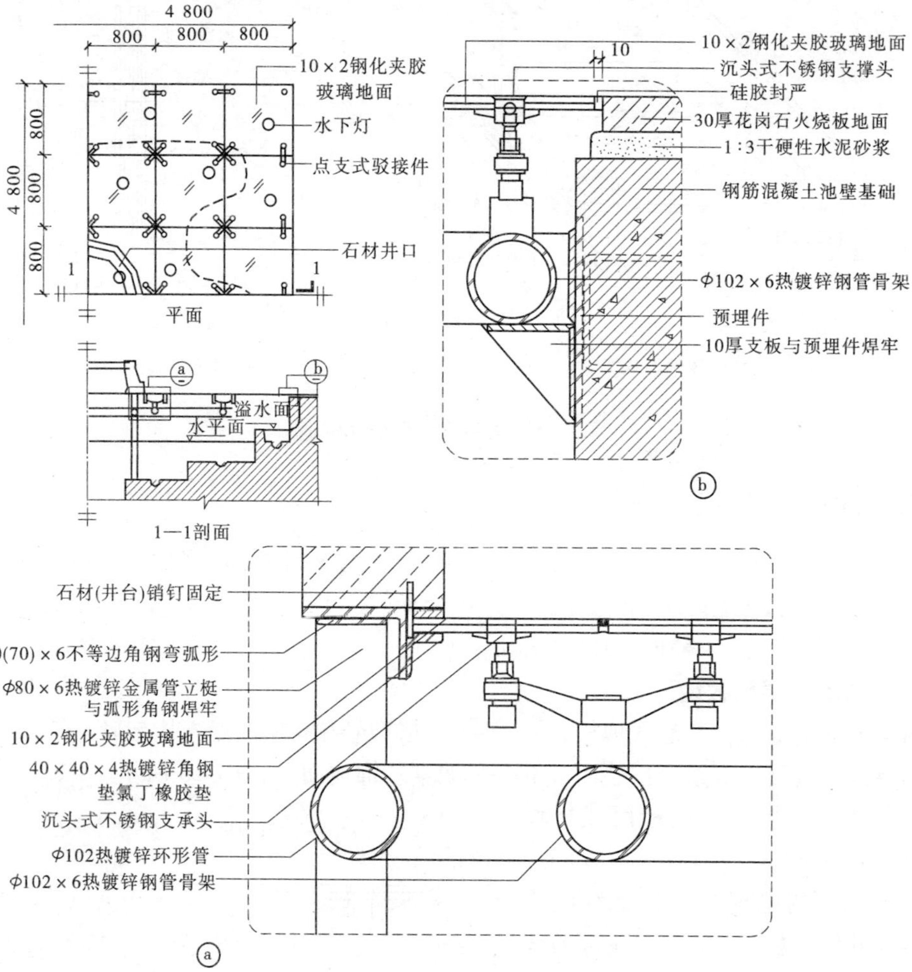

图 7-17　玻璃楼地面的基本构造

玻璃地面小到几平方米的展示或表演台,大到几百平方米甚至更大的架空地面。玻璃地面主要用于室内舞台、展厅、餐厅及室外等场所。

七、踢脚线

踢脚线是指楼地面与墙面交接处的构造处理。其不仅可以遮盖地面与墙面的接缝,增加室内美观,而且可以保护墙面根部及墙面清洁。踢脚线所用材料一般应与地面材料相同,常见的有抹灰类踢脚线、块材式踢脚线及木质踢脚线,高度宜为 80 ~ 120 mm。踢脚线材质选型与构造如图 7-18 所示。

(一)抹灰类踢脚线的铺贴

抹灰类踢脚线的做法与地面基本相同,只是为了与上部墙面区分,踢脚部分可凸出、凹入或做凹缝。

(二)块材式踢脚线的铺贴

对于块材式大理石、花岗岩踢脚线,在墙面抹灰时要空出一个踢脚板高度不抹,一般以

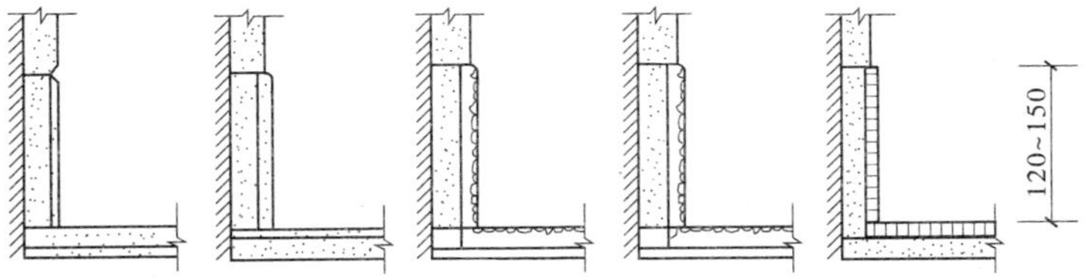

楼地面	水泥砂浆或细石混凝土	水泥砂浆	现制水磨石	现制或预制水磨石	陶瓷地砖
踢脚	水泥砂浆	水泥砂浆	现制水磨石	预制水磨石	陶瓷地砖

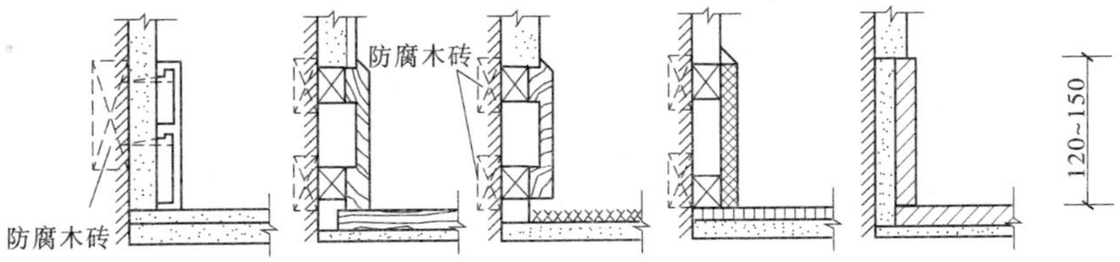

楼地面	塑料或水泥	木地板	地毯	陶瓷地砖	大理石、花岗岩
踢脚	塑料	木板	木板	木夹板	大理石、花岗岩

图 7-18　踢脚材质选型与构造

楼地面层向上量 120 ~ 150 mm 为宜。踢脚线出墙厚度一般为 8 ~ 10 mm。

块材式踢脚线的施工步骤为：根据建筑 50 线找踢脚线上口水平线拉通线，在墙两端各安装一块踢脚线，逐块按顺序安装，相邻两块之间及踢脚线与地面、墙面之间用石膏稳定，灌 1∶2水泥砂浆，待水泥砂浆终凝后，把石膏铲掉，擦缝打蜡。

(三)木质踢脚线的铺贴

木质踢脚板的规格一般为 150 mm × (20 ~ 25) mm，背面开槽，并做防腐处理。用钉将木质踢脚线与墙内防腐木砖钉牢，钉帽砸扁冲入板内。踢脚线要求与墙紧贴，上口平直。踢脚线接缝处应做企口或错口相接，在 90°转角处应做 45°斜角相接。踢脚线与木地板面层交接处钉设木压条。

第三节　墙面装饰构造

墙面装饰主要包括建筑室外墙面装饰和室内墙面装饰两大部分。装饰的主要目的是保护墙体、美化建筑的室内外环境。

一、墙面装饰的功能

(一)外墙面装饰的功能

1. 保护墙体

外墙除有时作为承重墙，承担一部分结构荷载外，还是建筑物的主要外部围护构件之一。所以，外墙应该能够遮挡风雨、隔绝噪声、防火、保温隔热，而且应具有一定的耐久性。

外墙面装饰在一定程度上能保护墙体不受外界的侵袭和影响，提高墙体防潮、防老化、抗腐蚀的能力,增强墙体的坚固性和耐久性。对于一些重点部位,如勒脚、窗台、檐口或女儿墙压顶等部位,在装饰时应采取相应的构造措施。

2. 改善墙体物理性能

外墙作为围护结构,往往会由于材料、气候条件、功能要求等因素的影响而不能满足全部使用需要,这时可通过墙面装饰处理加以弥补。比如,一些隔热要求比较高的建筑,如果外墙面用白色反光性强的装饰材料,就可以进一步减少太阳辐射热对室内温度的影响,节约制冷能源。在现代建筑中,大量采用的吸热和热反射玻璃能吸收或反射太阳热辐射能的50% ~70% 。

3. 美化建筑立面

由于建筑物的立面是人们在正常视线视野中所能观赏到的一个主要面,所以外墙面的装饰处理,对烘托气氛、美化外环境、体现建筑物的风格,具有十分重要的作用。只有充分利用建筑装饰材料的质感、颜色搭配并结合构图法则,采取相应的构造措施才能取得令人满意的效果。

(二) 内墙面装饰的功能

1. 保护墙体

建筑物的内墙面装饰与外墙面装饰一样,通常都有保护墙体的作用。内墙面装饰可以避免外来不利因素对墙体的直接侵害。在一些重点部位,还必须采取相应的构造措施加以处理。例如,厨房、浴室、卫生间等高湿度房间,必须装饰成耐水性好的饰面,以保护墙身不受潮湿的影响等。

2. 满足使用要求

为了保证人们在室内正常的学习、工作和生活,内墙面应当是易于保持清洁的,并且具有较好的反光性,使室内的亮度比较均匀,远离窗口的一端不致光线太暗。由于墙体本身一般是不能满足这些要求的,这就要通过内墙面装饰来弥补这方面的不足。例如,砖墙墙体表面抹灰喷白浆,就是保障房间基本使用条件的常用手段。

内墙饰面可以通过抹保温砂浆等方法加以保温,还可以通过在墙面、顶棚上合适的位置布置相应的吸声材料或反射材料来达到控制混响时间、改善建筑内部音质的目的。对于人群集中的公共场所,也可通过饰面层吸声来控制噪声、减轻嘈杂程度等。

现代室内装饰中经常会用到木材、化纤产品等易燃材料,这就给消防带来了诸多不利因素,在高层建筑中更是如此。所以,在进行内墙面装饰时,应尽量不选高度易燃的装饰材料,否则,应对其进行防火构造处理。对燃烧后会产生大量烟雾或有毒气体的装饰材料,应坚决杜绝使用。

3. 美化室内环境

建筑物的内墙面装饰在不同程度上起到装饰美化室内环境的作用。建筑物的级别及装饰档次越高,这种作用就越明显。

由于内墙面多数是在近距离上观看的,甚至有可能和人体直接接触,所以应选择一些质感、接触感较好的装饰材料来进行内墙面装饰。此外,内墙面装饰所强调的是墙面、地面、顶棚饰面和家具、灯具及与其他陈设相结合的综合效果,因此在选定内墙面装饰的构造、质感、色彩时,应予以全面考虑。

二、墙面装饰的分类及装饰构造

墙面装饰材料种类繁多，构造做法各异，但从构造技术的角度可以归纳为六大类：抹灰类、涂刷类、贴面类、钩挂类、裱糊类、罩面板类。

(一)抹灰类饰面装饰构造

抹灰又称粉刷，是我国传统的饰面做法，它是用砂浆或石渣浆涂抹在墙体表面上的一种装修做法。该做法材料来源广泛、施工简便、造价低，通过改变工艺可获得不同的装饰效果，在墙面装修中应用较为广泛。但目前多为手工湿作业，工效低，劳动强度大。

1. 抹灰的组成

为了避免墙面出现裂缝，保证抹灰层牢固、表面平整、色彩均匀，施工时须分层操作。抹灰由底层、中间层和面层三个层次组成，如图 7-19 所示。普通抹灰分底层和面层；对一些标准较高的中级抹灰和高级抹灰，在底层和面层之间还要增加一层或数层中间层，各层抹灰不宜过厚，外墙一般为 15 ~ 25 mm，内墙为 15 ~ 20 mm。

底层抹灰为黏结层，其主要作用是确保灰层与基层牢固结合、初步找平。

中层抹灰为找平层，主要起找平作用。

面层抹灰为装饰层，起到饰面美化作用。

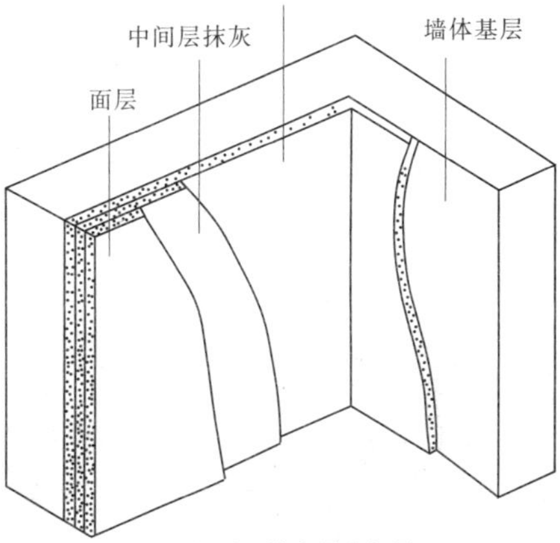

(可根据需要做多层中间层)

图 7-19　墙面抹灰构造层

2. 常用抹灰种类与做法

抹灰工程的种类按使用材料和装饰效果不同，可分为一般抹灰和装饰抹灰两大类。

一般抹灰常用石灰砂浆抹灰、混合砂浆抹灰、水泥砂浆抹灰、纸筋灰浆抹灰、麻刀石灰浆抹灰、保温砂浆抹灰等，装饰抹灰常用水刷石面、干粘石面、水磨石面、斩假石面、拉毛面、弹涂面、喷涂面等。其构造做法如表 7-2 所示。

表 7-2　常用抹灰构造做法举例

抹灰名称	构造及材料配合比	适用范围
纸筋(麻刀)灰	12 ~ 17 mm 厚 1:(2 ~ 2.5)石灰砂浆(加草筋)打底，2 ~ 3 mm 厚纸筋(麻刀)灰粉面	普通内墙抹灰
混合砂浆	12 ~ 15 mm 厚 1:1:6 水泥、石灰膏、砂、混合砂浆打底，5 ~ 10 mm 厚 1:1:6 水泥、石灰膏、砂、混合砂浆粉面	外墙、内墙均可
水泥砂浆	15 mm 厚 1:3 水泥砂浆打底，10 mm 厚 1:(2 ~ 2.5)水泥砂浆粉面	多用于外墙或内墙受潮侵蚀部位
水刷石	15 mm 厚 1:3 水泥砂浆打底，10 mm 厚 1:(1.2 ~ 1.4)水泥石渣抹面后水刷	用于外墙

续表 7-2

抹灰名称	构造及材料配合比	适用范围
干粘石	10～12 mm 厚 1∶3水泥砂浆打底，7～8 mm 厚 1∶0.5∶2外加 5%107 胶的混合砂浆黏结层，3～5 mm 厚彩色石渣面层(用喷或甩的方式进行)	用于外墙
斩假石	15 mm 厚 1∶3水泥砂浆打底，刷素水泥浆一道，8～10 mm 厚水泥石渣粉面，用剁斧斩去表面层水泥浆或石尖部分使其显出凿纹	用于外墙或局部内墙
水磨石	15 mm 厚 1∶3水泥砂浆打底，10 mm 厚 1∶1.5 水泥石渣粉面，磨光、打蜡	多用于室内潮湿部位
膨胀珍珠岩	12 mm 厚 1∶3水泥砂浆打底，9 mm 厚 1∶16 膨胀珍珠岩灰浆粉面(面层分 2 次操作)	多用于室内有保温或吸声要求的房间

在外墙抹灰中，由于墙面抹灰面积大，为了施工操作方便，避免面层产生裂纹，以及立面处理等的需要，常对抹灰面层进行分格。一般在抹灰前，事先按设计要求弹线分格(多以外墙窗洞口进行分格)，用素水泥浆将浸过水的小木条或成品塑料分格条、铝合金条固定在分格线上做成引条，然后抹灰，施工完毕后木引条及时取下，塑料及铝合金分格条一般永久固定在墙上，木引条取下后形成所需要的凹线，也可在凹线内涂上一定颜色，以增添装饰效果，如图 7-20 所示。

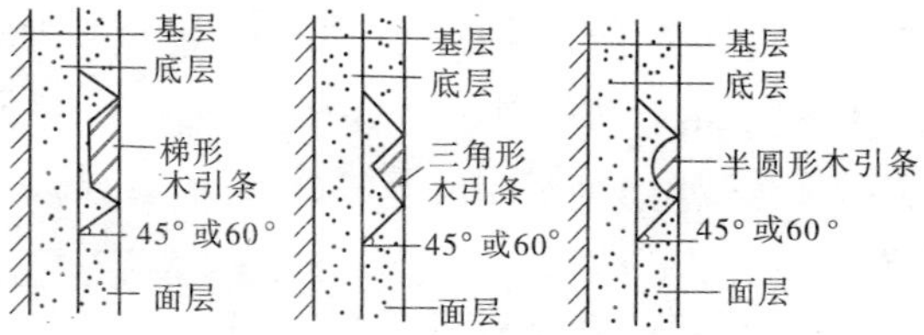

图 7-20　抹灰面的引条做法

另外，对经常受碰撞的内墙阳角，常抹以高 1.5 m 的 1∶2水泥砂浆打底，以素水泥浆做成小圆角，形成护角，如图 7-21 所示。

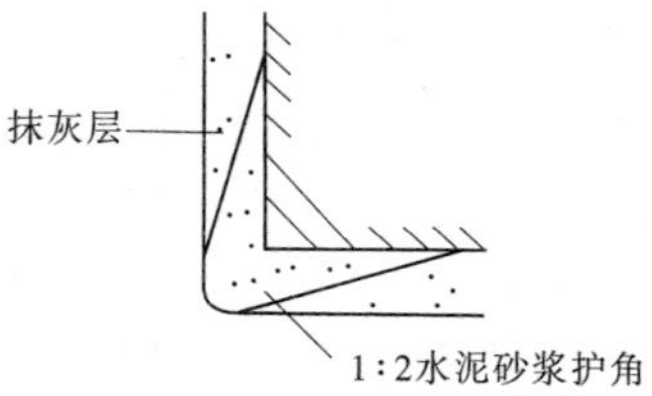

图 7-21　护角处理

在内墙抹灰中，为防止墙体下部的抹灰碰坏或受潮，常在这些部位做墙裙(或称护壁)。墙裙高一般为 1.5～1.8 m，采用水泥砂浆、水磨石、瓷砖、胶合板或涂料等饰面。

(二)涂刷类饰面装饰构造

1. 涂料的选择原则与方法

1)选择原则

(1)建筑的装饰效果主要由线型、质感和色彩这三个方面决定，其中建筑线型是由建筑结构及饰面方法所决定的，而质感和色彩则是涂料装饰效果优劣的基本要素。所以，在选用涂料时，应考虑所选用的涂料与建筑的协调性及对建筑形体设计的补充效果。

(2)耐久性原则，包括两个方面的含义，即对建筑的保护效果和装饰效果。涂膜的变色、沾污、剥落与装饰效果有直接关系，而粉化、龟裂、剥落则与保护效果有关。

(3)经济性原则，有些产品短期效果好而长期经济效果差，有些则反之，因此在选择时要综合考虑，权衡利弊，对不同建筑墙面选用不同的涂料。

2)选择方法

(1)按建筑的装饰部位选择。若外墙面长年累月处于风吹日晒雨淋的环境中，则所用涂料必须有足够好的耐久性、耐候性、耐沾污性和耐冻融性。而内墙涂料则对颜色、平整度、丰满度等有一定的要求，同时要耐干擦和湿擦。

(2)按不同的建筑结构材料选择。对于混凝土、水泥、石膏、砖、木材、钢铁和塑料等，各种涂料所适用的基层材料是不同的。例如，无机涂料不适用于塑料、钢铁等结构材料上，对这类材料一般使用溶剂型或其他有机高分子涂料来装饰；而对于混凝土、水泥砂浆等材料，必须选用具有较好耐碱性的涂料。

(3)按建筑物所处的地理位置和施工季节选择涂料。如炎热多雨的南方所用涂料不仅要求有较好的耐久性，而且应有较好的耐霉性，雨季施工时，应选择干燥迅速并且有较好初期凝水性的涂料。

2. 涂料饰面的基本构造

涂料饰面的构造一般分为底涂层、中涂层和面涂层三层。

1)底涂层

底涂层俗称刷底漆或封底涂层，其主要目的是增加涂层与基层之间的结合力，同时还可以进一步清理基层表面的灰尘，使一部分悬浮的灰尘颗粒固定于基层。此外，底涂层还兼具基层封闭剂的作用，用于防止木脂、水泥砂浆层中的可溶性盐等物质渗出表面，造成对饰面层的破坏。

2)中涂层

中涂层即中间层，又称为主层涂料，是整个涂层构造中的成型层，其目的是通过适当的工艺，形成具有一定厚度的、匀实饱满的涂层，既能保护基层，又能通过这一涂层形成所需的装饰效果。例如，复层凹凸花纹涂料和浮雕涂料就是通过主层涂料产生立体花纹和图案的。因此，主层涂料的质量如何对饰面层的保护作用和装饰效果的影响很大。

3)面涂层

面涂层即罩面层。其作用是体现涂层的色彩和光感。它能保护主层涂料，提高饰面层的耐久性和耐污染能力。为了保证色彩均匀，并满足耐久性、耐磨性等方面的要求，罩面涂料至少涂刷两遍。

3. 常用墙面涂料及性能

1)外墙涂料

(1)外墙涂料根据装饰质感可分为薄涂料、厚涂料、复层涂料。常用外墙薄涂料的特点及适用范围如表 7-3 所示。常用外墙厚涂料和复层涂料的特点及适用范围如表 7-4 所示。

表 7-3　常用外墙薄涂料的特点及适用范围

名称	主要成分及特点	适用范围及施工注意事项
建 81 外墙涂料	主要成分为苯乙烯－聚丙烯酸酯，无毒、无味、耐水、耐酸碱、耐冻	用于外墙，喷、刷均可，要求基层平整无灰土及黏附物，最后施工温度 5 ℃，干燥时间 2 h
SA－1 型乙－丙外墙涂料	主要成分为聚醋酸乙烯－聚丙烯酸，无毒、无味、耐水、耐老化、耐酸碱	适用于水泥砂浆、混凝土外墙面，喷、刷、滚涂均可，两次刷饰间隔时间 4 h 以上，最低施工温度 0 ℃，干燥时间不小于 2 h
有机无机复合涂料	主要成分为硅溶胶，耐污染、耐刷洗、耐水、耐碱	用于室内外墙面，喷、刷均可，最低施工温度 2 ℃
高级喷瓷型涂料	底层、面层为防碱底漆（溶剂型），中层为弹性类涂料，耐水、耐酸碱、耐磨性良好	适用于砂浆、混凝土、石棉瓦楞板等墙面，底层涂料可喷涂施工，中层涂料喷、滚、刷涂均可，面层涂料必须在中层充分干燥后进行，最低施工温度 5 ℃

表 7-4　常用外墙厚涂料和复层涂料的特点及适用范围

名称	主要成分及特点	适用范围及施工注意事项
PG－838 浮雕漆厚涂料	主要成分为聚丙烯酸酯，具有鲜明的浮雕花纹，耐水、耐碱、耐冻	适用于水泥砂浆、混凝土、石棉水泥板、砖墙等墙面，可喷涂施工，涂层干燥后再罩一遍面层，罩光涂料，施工温度 5 ℃，表干 30 min，实干 24 h
彩砂	主要成分为苯乙烯、聚丙烯酸酯，无毒、不燃、耐水、耐老化、耐酸碱、耐强光、不退色	用于混凝土墙面及砂浆墙面，喷涂施工，严禁受冻，风雨天禁用，最低施工温度 5 ℃
乙－丙乳液厚涂料	主要成分为聚醋酸乙烯－聚丙烯酸酯，涂层厚实、外观美丽、耐候性好	用于水泥砂浆、加气混凝土、石棉水泥面等，可喷、刷施工，如果太稠，可用水稀释，最低施工温度8 ℃，干燥时间 30 min
丙烯酸拉毛涂料	主要成分为苯乙烯、聚丙烯酸酯，有较好的柔韧性和耐污染性，黏结强度高、耐水、耐碱	适用于水泥砂浆基层墙面，滚、弹涂施工均可，最低施工温度 5 ℃，表干 30 min，实干 2 h
JH8501 无机厚涂料	主要成分为硅酸钾	适用于外墙饰面，喷、滚涂均可，施工时应在基层上涂封底漆，最低施工温度 0 ℃，大风、雨天不得施工

(2)外墙涂料饰面的构造做法，因涂料类型及墙体基层的不同而各不相同。图 7-22 为合成树脂乳液砂壁状建筑涂料在砖墙基层上的构造做法，图 7-23 为复层建筑涂料在基层上的构造做法。

2)内墙涂料

(1)常用内墙及顶棚涂料的特点及适用范围如表 7-5 所示。

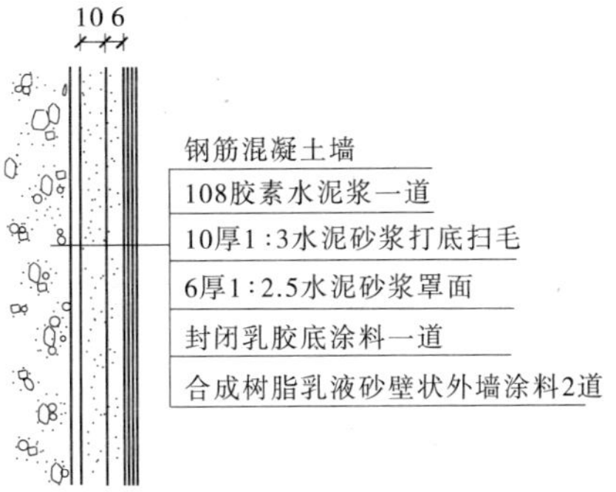

图 7-22　合成树脂乳液砂壁状建筑涂料在砖墙基层上的构造做法

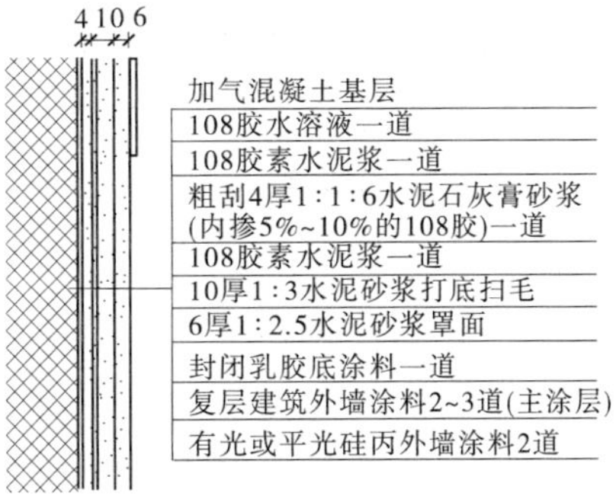

图 7-23 复层建筑涂料在基层上的构造做法

表 7-5　常用内墙及顶棚涂料的特点及适用范围

名称	主要成分及特点	适用范围及施工注意事项
LT－1 有光乳胶涂料	主要成分为苯乙烯、聚丙烯酸酯，无着火危险，能在潮湿面施工	用于混凝土、灰泥、木质基面，刷、滚均可，严禁掺入油料和有机溶剂，最低施工温度 8 ℃，相对湿度≤85%
JQ－831、JQ－841 耐擦洗涂料	主要成分为丙烯酸乳液，无毒、无味、保色、耐酸、耐水、不易燃，耐擦洗 100～250 次	适用于内墙及家具着色，喷、刷、滚均可，不能与溶剂型涂料混合，表涂料太稠可用水稀释，最低成膜温度 5 ℃
乙－乙乳液彩色内墙涂料	主要成分为聚乙烯醇，无毒、无味、成膜坚硬、平整光滑、耐水	用于水泥砂浆、石灰砂浆、混凝土、石膏板、石棉水泥板等基层，喷、刷、滚涂均可，最低施工温度 10 ℃
乙－丙涂料	主要成分为聚醋酸乙烯－聚丙烯酸酯，无毒、耐火、保色、不燃、外观细腻	适用于墙面，可用水稀释，喷、刷、滚涂均可，一般一遍成活，最低施工温度 15 ℃，表干≤30 min，实干 24 h
803 涂料	主要成分为聚乙烯醇缩甲醛，无毒、无味、涂膜表面光洁，耐洗刷 100 次	适用于水泥墙面，新旧石灰墙面，刷涂施工，不可加水或其他涂料，最低施工温度 10 ℃，表干 30 min，实干 24 h
膨胀珍珠岩喷涂浆料	主要成分为聚氯乙醇、聚醋酸乙烯，质感好，装饰效果似小拉毛	适用于木材、水泥砂浆等基层的顶棚，喷涂施工，涂料不能长期装于铁质容器内，也不宜长期暴露于空气中，最低施工温度 5 ℃
206 内墙涂料	主要成分为聚氯乙烯－偏氯乙烯，无毒、无味、耐碱，各种气体、蒸汽等只有较低的透过性	适用于潮湿的基层
过氯乙烯内墙涂料	主要成分为过氯乙烯树脂，属溶剂型涂料，具有良好的防水性、耐老化性	因有刺激性气味，不宜喷涂作业
水性无机高分子平面状涂料	主要成分为硅溶胶，外观平滑无光	适用于厨房、卫生间、走廊等墙面，顶棚喷涂，最低施工温度 5 ℃

续表 7-5

名称	主要成分及特点	适用范围及施工注意事项
乳胶漆	丙烯酸乳胶漆	适用于室内外混凝土及木质和金属表面,刷、滚涂施工,成膜温度 0 ℃
	乙 - 丙乳胶漆	分为有光和无光两种,适用于内外墙面,成膜温度 0 ℃
	苯 - 丙乳胶漆	分为有光、半光和无光三种,适用于内外墙面,成膜温度 0 ℃
多彩内墙涂料	具有良好的耐久性、耐油性、耐化学腐蚀、耐擦洗,有满意的透气性、难燃性	适用于室内各种基层的墙面、顶棚,底涂施工前基层含水率应低于 10%,刷涂时应注意通风、防火,面涂用喷涂施工,用水或稀释剂稀释,表干 2 h,实干不小于 24 h

(2)内墙涂料饰面的构造做法,因涂料类型、墙体基层的不同而各不相同。图 7-24 为合成树脂乳液内墙涂料在砖墙基层上的构造做法,图 7-25 为复层建筑内墙涂料在纸面石膏板基层上的构造做法。

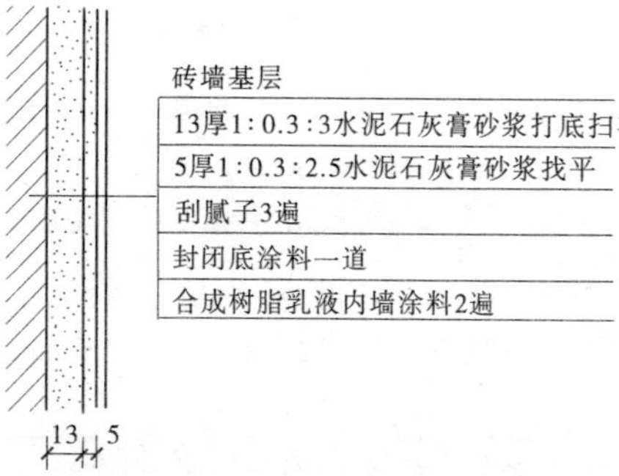

图 7-24 合成树脂乳液内墙涂料在砖墙基层上的构造做法

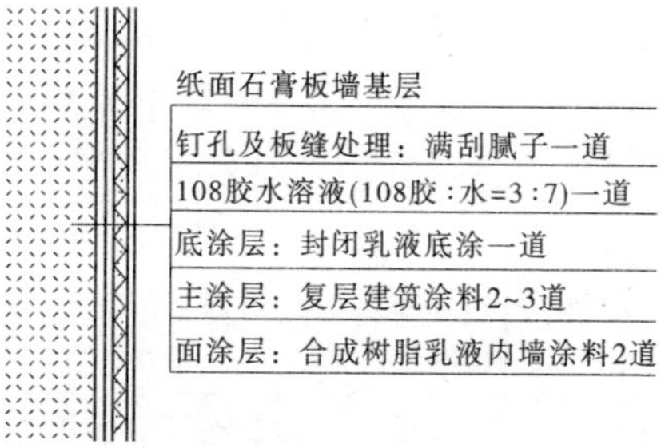

图 7-25 复层建筑内墙涂料在纸面石膏板基层上的构造做法

(三)贴面类饰面装饰构造

贴面类墙面装饰是指将尺寸、质量不是很大的人造或天然饰面块材,用砂浆类材料黏结于墙柱面基层的构造做法。常见的贴面材料有各种陶瓷类面砖,如瓷砖、面砖、陶瓷锦砖等;超薄形天然石材、人造石材等。下面我们以面砖为例了解贴面类饰面装饰构造。

1. 外墙面砖

1)饰面特点

根据表面处理是否挂釉、平滑及有一定纹理质感等特点,外墙面砖可划分为四类:

(1)表面无釉外墙面砖,又称"墙面砖"。

(2)表面有釉外墙面砖,又称"彩釉砖"。

(3)线砖,又名"泰山砖",表面有突起纹线。

(4)外墙立体贴面砖,又称"立体彩釉砖",其特点是表面上釉做成各种立体图案。

2)构造做法

外墙面砖粘贴时,用1∶3水泥砂浆做底灰,厚度为15 mm。贴面砖前,先将表面清扫干净,然后将面砖放入水中浸泡,粘贴前晾干或擦干。黏结砂浆用1∶2.5的水泥砂浆或1∶0.2∶2.5水泥石灰混合砂浆,稠度需适中。粘贴时,可在面砖黏结面上随贴随刷一道混凝土界面处理剂,以增强黏结,然后将黏结砂浆抹在面砖背后,厚度为6~10 mm,对位轻轻敲实。贴完一行后,需将每块面砖上的灰浆剔净。待整块墙面贴完后,用1∶1水泥细砂浆做勾缝处理,如图7-26所示。

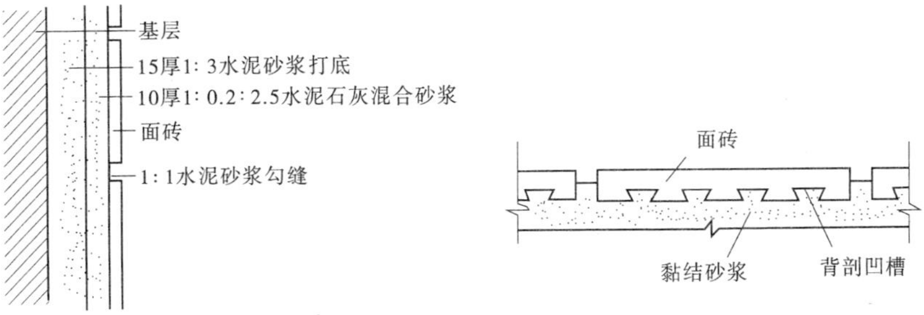

(a)构造示意　　(b)黏结状况

图7-26　外墙面砖构造示意

严寒地区选择贴面类外墙面砖应注意其抗冻性指标,规范规定外墙饰面砖的吸水率不得大于10%,吸水率过大易造成冻裂脱落而造成安全事故及影响美观。另外,镶贴于室外突出檐口、窗口、雨篷等处的饰面砖,均应做出滴水线。

2. 内墙釉面砖(瓷砖)饰面

1)饰面特点

瓷砖因为正面挂釉,所以又称"釉面瓷砖",它是用瓷土或优质陶土烧制成的饰面材料。其底胎一般呈白色,表面上釉可以是白色的,也可以是其他颜色的。因为是由氧化铁、氧化钴、氧化铜等高温烧制而成的,所以颜色稳定、经久不变。瓷砖表面光滑、美观、吸水率低,多用于室内需要经常擦洗的墙面,如厨房墙裙、卫生间等处,一般不用于室外。瓷砖的一般规格为152 mm×152 mm、108 mm×108 mm、152 mm×76 mm、50 mm×50 mm等,厚度4~6 mm。此外,在转弯或结束部位,均另有阳角条、阴角条、压条,或带有圆边的构件供选用。

2)构造做法

内墙釉面砖的构造做法是:在基层上分两遍抹完15 mm厚1∶3水泥砂浆,黏结砂浆用1∶2.5水泥砂浆或1∶0.2∶2.5的水泥石灰混合砂浆,厚度宜控制在8~10 mm。现在广泛使用的方法是在水泥砂浆中掺入2%~3%的108胶,使砂浆产生极好的和易性和保水性,提高了釉面砖的粘贴牢固度。面层一般用白水泥或有色水泥浆填缝,构造图如图7-27所示。

3)室内瓷砖的质量通病

(1)砖面泛黄、发暗、发花。这些病态是由釉面砖本身质量所造成的质量问题。按国家建材标准规定,釉面砖的釉面层厚度应在1 mm以上,而这些砖的釉面层厚度都在0.5 mm以下,故遮盖力差,又因砖的背面未施釉坯体,质地疏松,吸水率过大,砂浆浸入或浊水渗入砖坯内面造成质量问题。

(2)空鼓、脱落。空鼓、脱落是贴砖后最常见的通病。其造成原因是多方面的:如基层未做认真处理,洒水湿润时间短,没有湿透;黏结层抹上之后,失水过多;瓷砖上墙之前在水中浸泡时间太短,粘贴后又从黏结层砂浆中吸水过多,降低了砂浆的黏结强度;贴砖时砖背面抹涂黏结材料厚薄不均匀,抹的少未达到饱满要求,粘贴时,用力小,没有服帖。

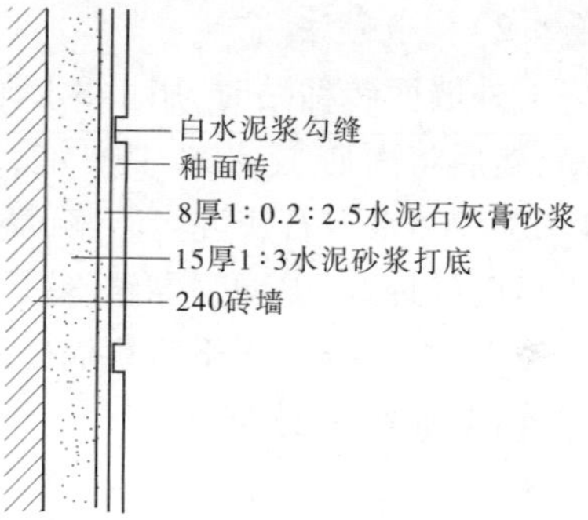

图7-27　内墙釉面砖粘贴构造

(3)砖饰面不平、接缝错缝不一致。瓷砖质量差,厚薄不均匀,施工前又没有进行认真选砖,造成规格不一致,再加上基层平整度差,砖背面抹灰厚度控制得不一致,挂线时,表面平整线没挂好,操作者技术水平低且又不严格遵守操作规程,从而造成饰面层平整度不合格。此外,砖的模数计算有误,未进行排砖试铺也是造成接缝错缝不一致的重要原因之一。

(四)钩挂类饰面装饰构造

钩挂类饰面装饰主要指天然石材饰面和人工石材饰面。石材饰面安装构造主要有"贴、挂"两种:小规格的板材(一般指边长不超过400 mm、厚度在10 mm左右的薄板)且安装高度在1 m以下时,通常用"贴"的安装方法。大规格饰面板材(一般指边长500~2 000 mm或厚度40 mm以上)一般采用"挂"的方法。"挂"的方法有钩挂、系挂和干挂三种。

1. 常用的饰面石材

常用的饰面石材主要有两大类:天然石材(主要有花岗岩、大理石、青石板等)和人工石材(主要有预制水磨石板、人造大理石板等)。

2. 石材安装基本构造

1)钩挂贴法

钩挂贴法又称挂贴楔固法。它与传统钢筋网挂贴法(系挂片)的施工方法不同,不是将饰面石板用铜丝或不锈钢丝绑在锚固于墙体上的钢筋网上,而是将饰面石板以不锈钢钩直接楔固于墙体上。钩挂贴法的做法是:首先要在饰面石板上钻孔剔槽,如图7-28所示,再在墙体上钻45°斜孔,孔径6 mm,孔深40~50 mm,最后安装饰面石板即可,如图7-29所示。

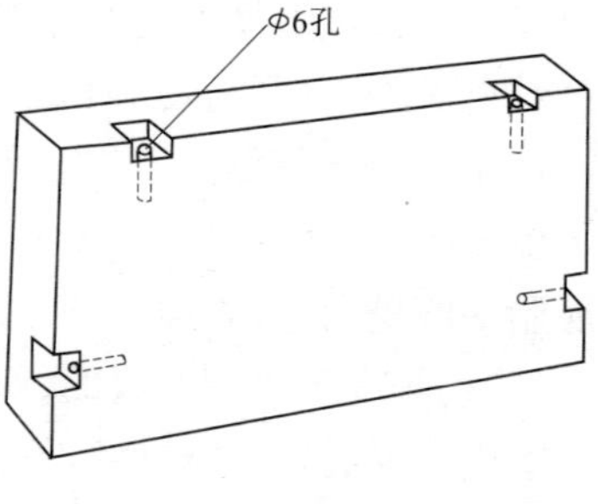

图7-28　钩挂法石板材钻孔剔槽

2)系挂贴法

系挂是将饰面板打眼或开槽,用铜丝或镀锌铅丝绑扎在钢筋上,再灌以水泥砂浆将板贴牢。系挂贴法是一种比较传统的工艺方法,由于这种方法在施工工艺上有一定的局限性,因此宜用在较低的建筑墙面。但由于它的总体造价相对比其他方法便宜,故目前不少工程还仍然使用。系挂石材板具体构造做法如图7-30所示。

3)干挂贴法

干挂贴法是直接在板上打出安装孔,然后把不锈钢连接件固定在墙体上,另一端勾挂住石材,板与墙体间形成空气层。这种工艺施工速度快,安装后饰面层垂直度、平整度好,但对连接件要求高,工艺要求高。石材干挂贴法构造如图7-31所示。

(五)裱糊类饰面装饰构造

裱糊类饰面是指将各种墙纸、织物、金属箔、微薄木等卷材粘贴在内墙面的一种饰面。首

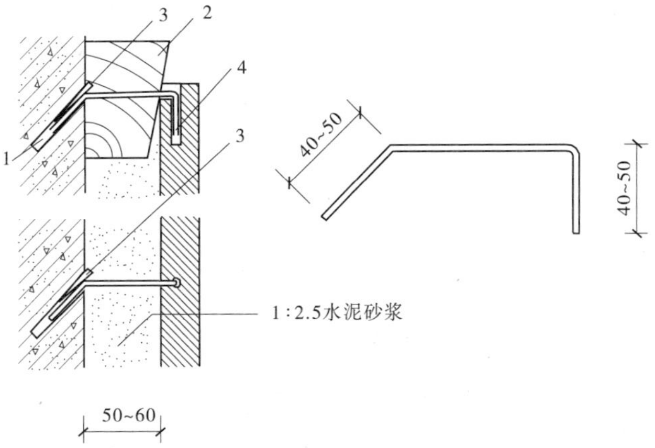

1—主体结构上钻斜孔;2—大头木楔;3—小硬木楔;4—斜脚直角不锈钢钉

图 7-29　锚固件形状及安装构造示意

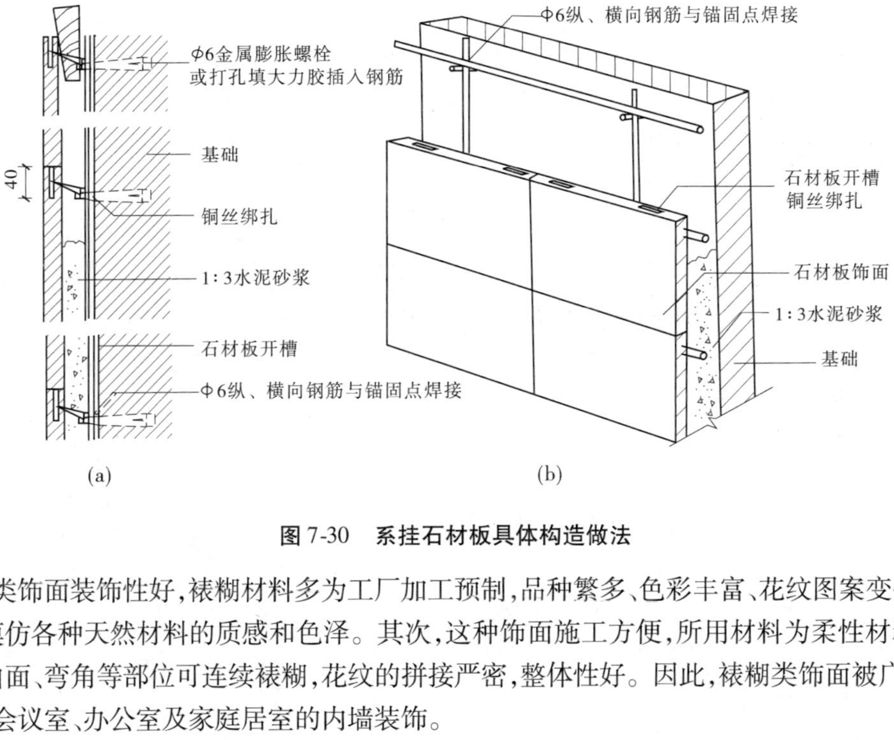

图 7-30　系挂石材板具体构造做法

先,这类饰面装饰性好,裱糊材料多为工厂加工预制,品种繁多、色彩丰富、花纹图案变化多样,可以模仿各种天然材料的质感和色泽。其次,这种饰面施工方便,所用材料为柔性材料,对于一些曲面、弯角等部位可连续裱糊,花纹的拼接严密,整体性好。因此,裱糊类饰面被广泛用于宾馆、会议室、办公室及家庭居室的内墙装饰。

1. 裱糊类墙面的基层处理

裱糊类装饰在粘贴前需对基层进行处理,要求基层坚实牢固、不起粉、表面光洁平整。通常的做法是在清洁的基层上用橡皮刮板在墙面上满刮腻子数遍,干后用砂纸磨平磨光,并将灰尘清扫干净。通常所用的腻子为乙烯乳胶腻子,刮腻子的主要作用是找平,另外在腻子表面一般需刷一道底漆,主要是为了防潮,增加墙纸的黏结能力,底漆一般可用酚醛清漆。

石膏板基层的接缝处和不同材料基层相接处,在磨平后需用胶粘贴贴缝纸,以防接缝开裂。

2. 裱糊的施工及接缝处理

墙纸和墙布在粘贴前应进行预拼，以确定裁剪尺寸，使接缝花纹完整。墙纸及墙布施工前要先做浸水处理或润水处理，以防其遇水膨胀，干后收缩变形。为防止基层吸水过快而影响墙布与基层的黏结效果，一般用喷枪在基层表面涂刷1～2遍1∶1的107胶做封底，再涂刷黏结剂，墙纸可以在背面均匀地涂刷黏结剂以增加黏结力，但墙布不宜在背面刷胶，否则胶粘剂容易渗透到墙布表面影响美观，裱糊时以事先弹好的垂直线作为裱糊第一幅的基准，先上后下，先高后低，用刮板抹压平整，挤出多余的胶粘剂并及时擦干净，中间不得有气泡。

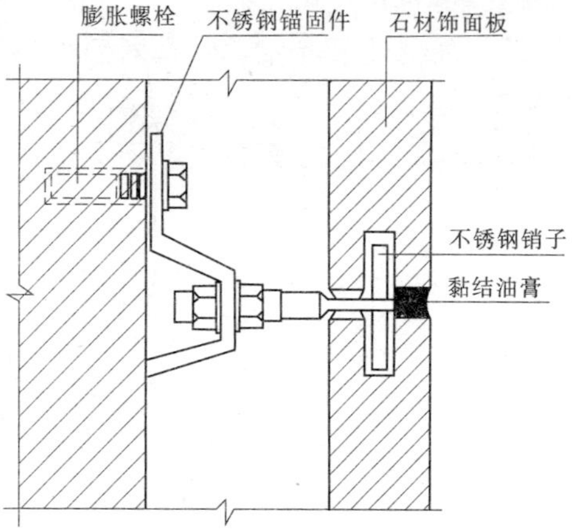

图7-31　石材干挂贴法构造

每次裱糊2～3幅后，吊线检查垂直，以防累积误差。相邻面接缝无拼花要求时，可使两幅材料重叠20～30 mm余量，用工具刀沿钢尺进行裁切，要求壁纸边缘无纸毛及飞刺现象，再用刮板处理接缝。当饰面要求拼花时，拼贴时花纹要拼接完整，图案吻合，对于阴阳转角，要求阳角无接缝，阴角搭接顺光。

（六）罩面板类饰面装饰构造

罩面板类饰面又称为镶板类饰面，是指将各种饰面板，通过镶、钉、拼和贴等方法固定于墙面的墙体饰面做法。这类装饰做法应用广泛，是高级的内墙装饰做法。

饰面板的品种繁多，通常包括胶合板、木板、塑料板、铝塑板、铝合金板、铜合金板、彩色镀锌钢板、镜面不锈钢板和玻璃等。由于罩面板类饰面能改善墙体在保温、隔热、隔声、吸声、防潮、防火等方面的性能，具有耐久性好、装饰性强等优点，且大都是装配法干式作业，面板的加工性好，施工方便，所以得到了广泛应用。

罩面板类饰面主要由龙骨和面板组成。首先，在基层上固定龙骨形成饰面板的结构层；然后，利用粘贴、紧固件连接、嵌条定位等手段，将饰面板固定在骨架上。有时，还需要先在龙骨上安装底板，再安装饰面板。具体构造应视饰面板的材料特点及装饰设计效果而定（见图7-32）。

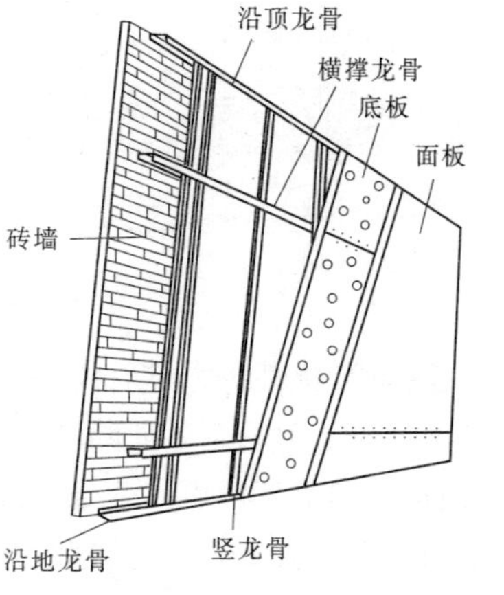

图7-32　罩面板类的基本构造

1. 木质罩面板类饰面

1）饰面特点

木质罩面板有局部（0.9～1.2 m高的木墙裙）和全高（一直到顶的木墙面）两种。由于木材具有很强的调温调湿特性，以此作为墙面装饰能够很大程度地改变室内的温度和湿度，同时还具有很强的装饰效果，因而得到了广泛应用。

2）基本构造

木质罩面板主要包括龙骨及面板两部分。多采用方木为固定面板的龙骨（木筋），以单层或多层胶合板为面板，并配以各种木线和花饰，再对胶合板表面进行油漆、涂料、裱糊壁纸等处理，可形成不同的装饰效果。木质罩面板基本构造及木墙裙上部压条、踏脚构造如图7-33所示。

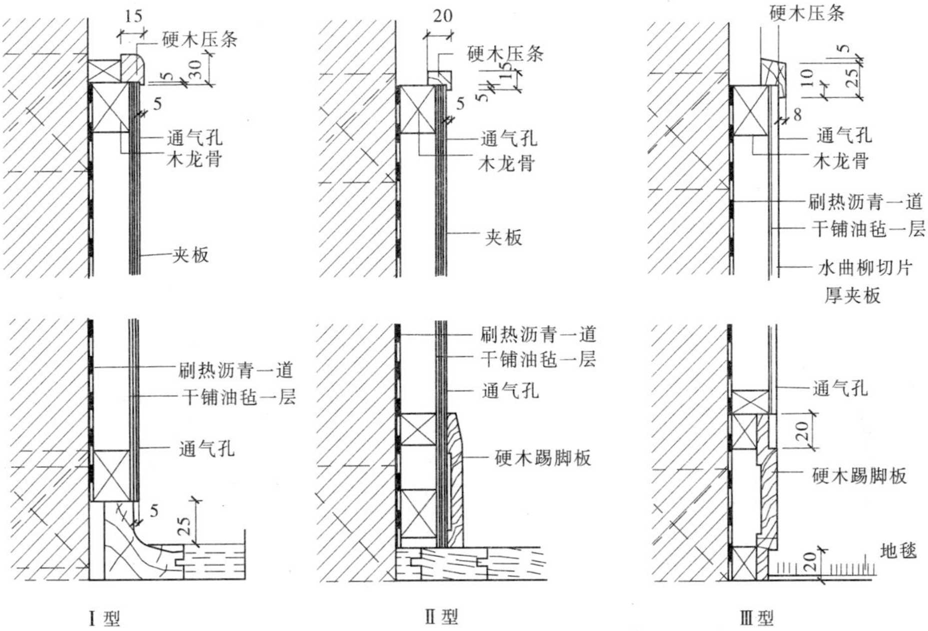

图7-33　木质罩面板类基本构造及木墙裙上部压条、踢脚构造

2. 镜面护壁板饰面

1）饰面特点

建筑物内墙面或柱面使用玻璃或镜面进行装饰，可使饰面层显得格外整洁、亮丽。同时，镜面饰面板还起到了扩大室内空间、反射景物和创造环境气氛的作用。如与灯光结合起来，还能形成不同的光影效果。

2）基本构造

小块镜面玻璃的安装方法有两种：一种是像面砖一样，直接将小块的镜面用砂浆贴在基层上；另一种是用压条黏结固定（见图7-34～图7-36）。

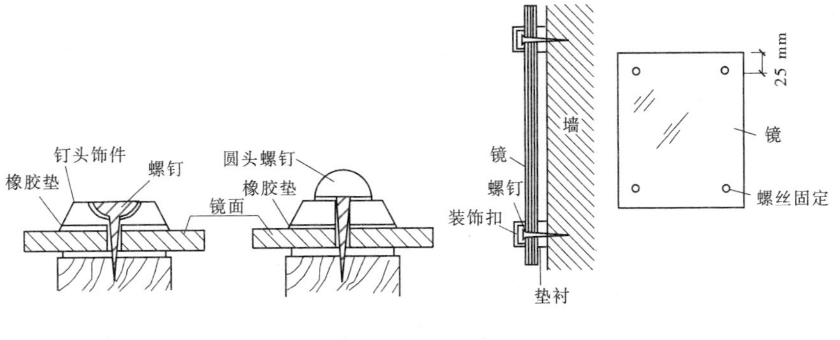

图7-34　螺钉固定镜面

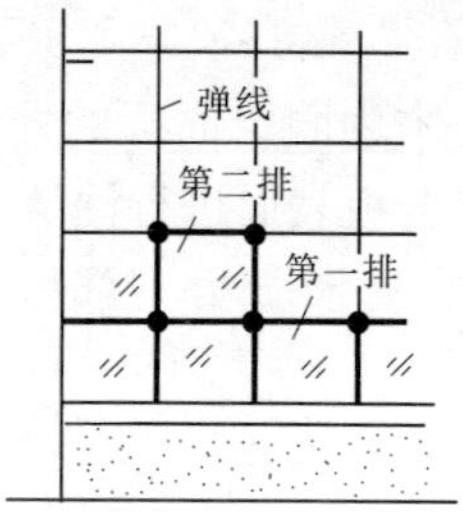

图 7-35　嵌钉固定镜面

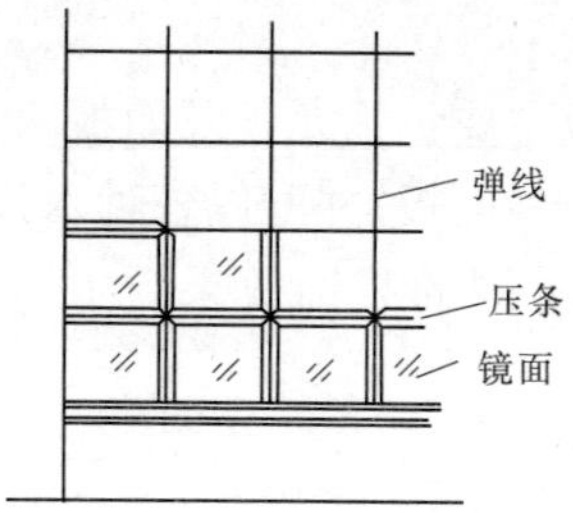

图 7-36　托压固定镜面

大型镜面玻璃墙的构造类似于木质罩面板,其基本构造如图 7-37 所示。

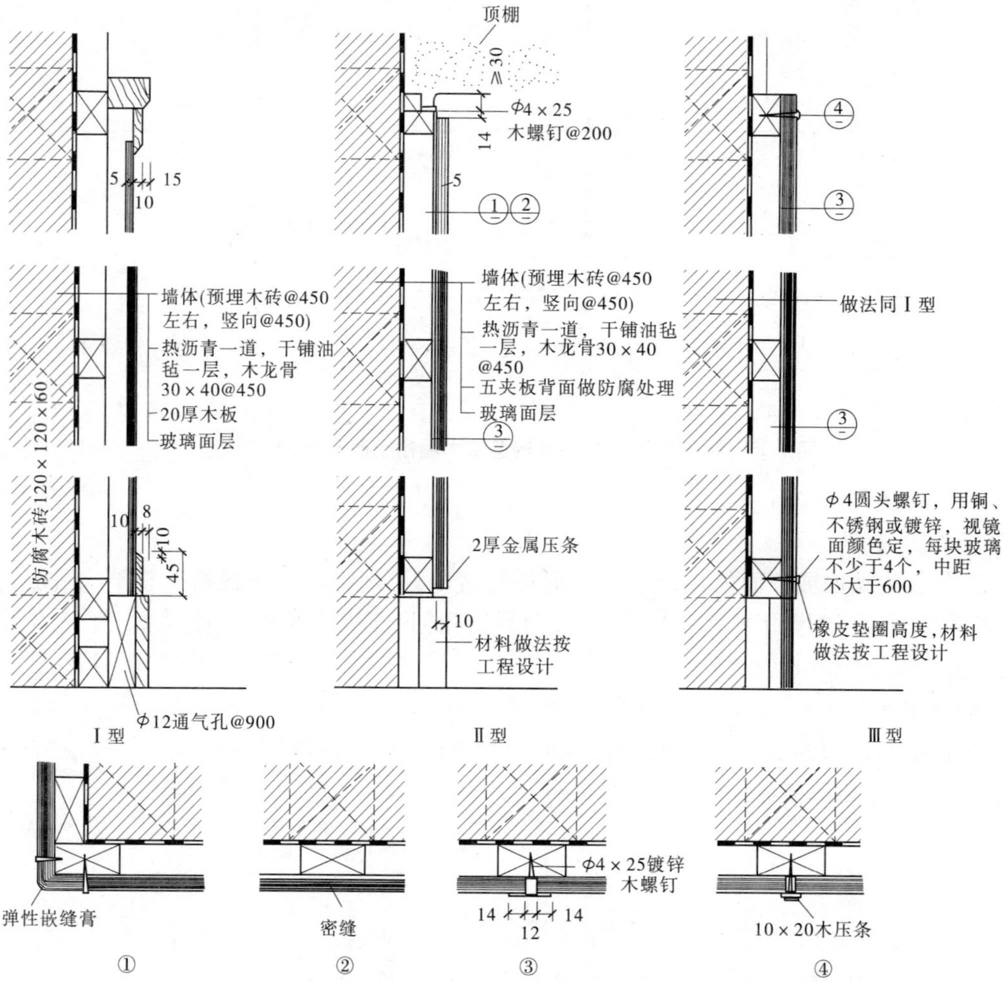

图 7-37　大型镜面玻璃构造

(1)先铺设龙骨,通常采用 40 mm×40 mm 或 50 mm×50 mm 的小木方,以铁钉钉于顶埋木砖(或加塞木楔)上。安装小块镜面多为双向立筋,龙骨间距同镜面尺寸;安装大片镜面可单向立筋,间距 500 mm。 为防止潮气使木衬板变形,使镀层脱落、镜面失去光泽,应在木龙骨安装前，在墙面与龙骨间加做防潮层，刷两遍聚氨酯防水涂料。也可将油毡夹于木衬板与镜面玻璃之间。

(2)再施以木衬板，通常采用15 mm厚的细木工板或5 mm厚的胶合板，衬板的缝隙应在立筋处。

(3)最后是镜面玻璃安装，镜面玻璃的安装方法一般有四种，即钉固法、粘贴法、嵌钉法和托压固定法。每种方法都有各自的特点和适用范围。根据镜子的大小、排列方法、使用场所等因素，选择其中一种或几种方法。

三、墙面装饰配件构造

(一)内墙变形缝

室内变形缝所处的位置有三种：一是平墙变形缝，二是阴角变形缝，三是门洞变形缝。各种变形缝的构造要求是共同的，即当建筑物发生变形时不会损坏变形缝的构造，压缝板只能一端固定，或者是波纹形金属薄板，缝隙内应装置挡风板和御寒材料。图7-38所示为内墙变形缝的常见做法。

(二)勒脚

外墙接近室外地坪处的表面部分叫勒脚。由于该部位墙面经常受地面水、雨水的侵袭，还容易受外界各种机械力碰撞，若不加保护，很可能使墙体受潮、墙身受损，致使室内抹灰脱落，影响建筑物的正常使用和耐久性。

勒脚常用的几种构造处理方法(见图7-39)为：

(1)在勒脚部位墙身加厚60～120 mm，再抹水泥砂浆或做水刷石。

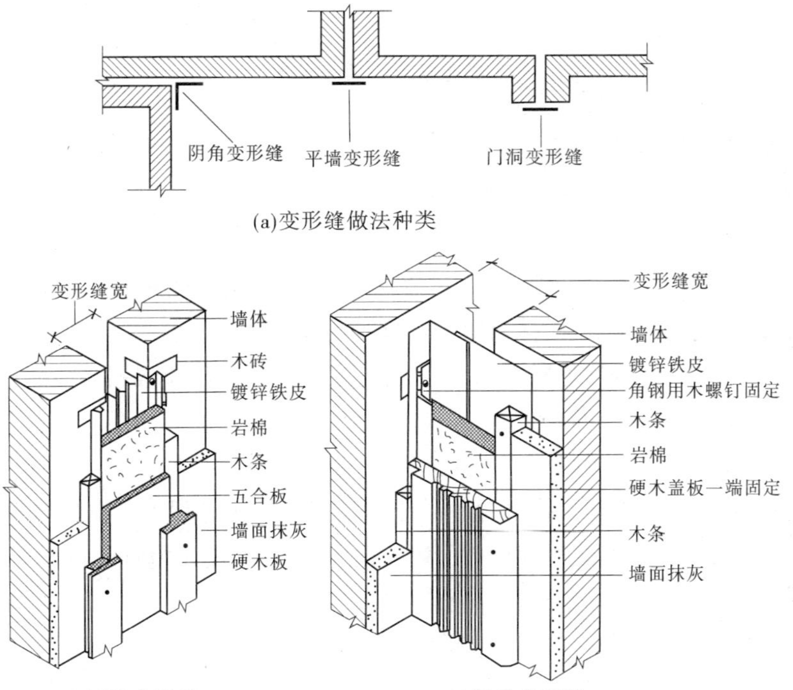

(a)变形缝做法种类

(b)平墙变形缝

(c)阴角变形缝

图7-38　内墙变形缝构造

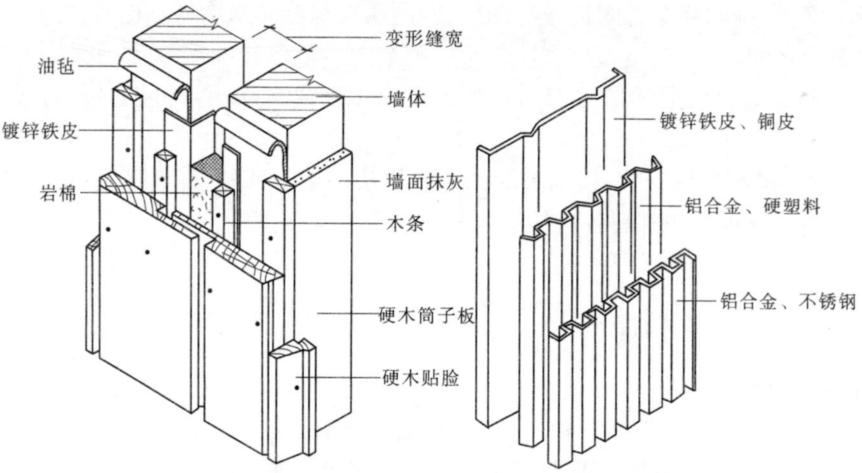

(d)门洞变形缝　　(e)金属变形缝盖板

续图 7-38

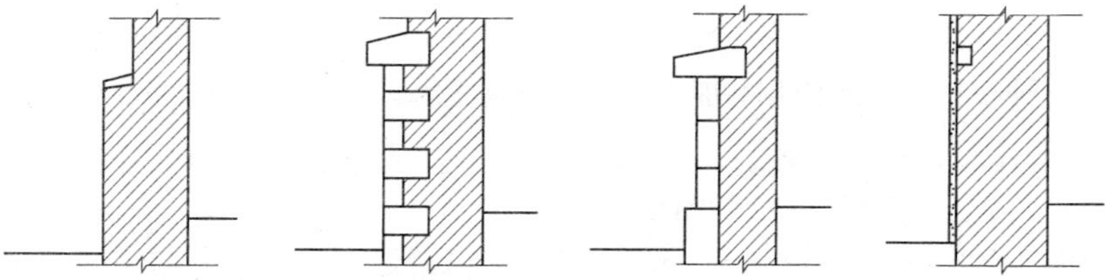
(a)墙身加厚　(b)镶砌块石　(c)石板或面砖贴面　(d)水泥砂浆抹面

图 7-39　勒脚常用的构造处理方法

(2)在勒脚部位墙身镶砌天然石材。

(3)在勒脚部位镶贴石板、面砖等坚固耐久的材料。

(4)在勒脚部位抹 20 ~ 30 mm 厚 1∶2.5 水泥砂浆或做水刷石饰面。

一般民用建筑较多采用水泥砂浆抹面或做水刷石。为了保证抹灰层与砖墙黏结牢固,防止表皮脱壳,可在墙面上留槽使抹灰嵌入。勒脚的抹灰要伸入散水。

勒脚的高度与饰面材料的色彩影响建筑物的立面效果,一般应根据立面处理来决定,从防护目的考虑应不低于 500 mm。

(三)线脚与花饰

线脚常用的有抹灰线脚和木线脚两种。花饰是指在抹灰过程中现制的各种浮雕图形。花饰与抹灰线在适用范围、工艺原理等方面均相同,只不过是所用模具因花形不同而有很大变化,材料是石膏浆而已。

抹灰线的式样很多,线条有简有繁,形状有大有小。一般可分为简单灰线(见图 7-40)、多线条灰线(见图 7-41)。简单灰线通常称为出口线角,常用于室内顶棚四周及方柱、圆柱的上端。多线条灰线一般是指三条以上凹槽较深、开头不一定相同的灰线,常用于房间的顶棚四周、舞台口、灯光装置的周围等。

图 7-40　简单灰线

图 7-41　多线条灰线

木线脚主要有檐板线脚、挂镜线脚等，如图 7-42 所示。木线脚根据室内装饰要求不同而简繁不一。简单的可采用挂镜线脚，而复杂的则可采用檐板线脚或二者兼具。檐板线脚可分为冠顶饰板、上檐板、下檐板、挡板及压条等，如图 7-43 所示，木线脚的各种板条一般都固定于墙内木榫或木砖上。

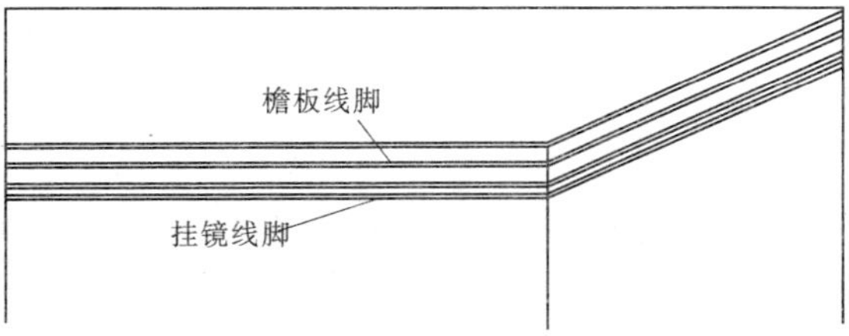

图 7-42　木线脚

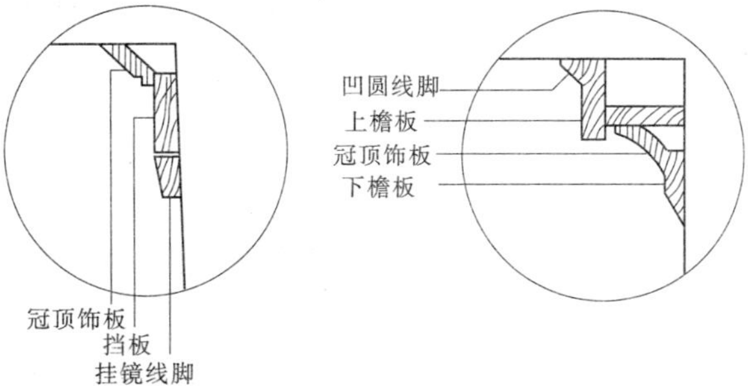

图 7-43　木线脚檐板及挂镜线脚

（四）窗帘盒

窗帘盒设置在窗的上口，主要用来吊挂窗帘，并对窗帘导轨等构件起遮挡作用，所以它也有美化居室的作用。窗帘盒的长度一般以窗帘拉开后不影响采光面积为准，通常为洞口宽度多 300 mm 左右（洞口两侧各 150 mm 左右）；深度（即出挑尺寸）与所选用的窗帘材料的厚薄和窗帘的层数有关，一般为 120 ~ 200 mm，以保证在拉扯每层窗帘时互不牵动。

吊挂窗帘的方式有三种，即软线式、棍式和轨道式。

1. 软线式

软线式是指选用14号铅丝或包有塑料的各种软线吊挂窗帘。软线易受气温的影响产生热胀冷缩而出现松动,或者由于窗帘过重而出现下垂。因此,可在端头设元宝螺帽加以调节。这种方式多用于吊挂较轻质的窗帘或跨度在1.0~1.2 m以内的窗口。

2. 棍式

棍式是指采用Φ 10钢筋、钢棍、铝合金棍等吊挂窗帘布。这种方式具有较好的刚性,当窗帘布较轻时,适用于1.5~1.8 m宽的窗口。跨度增加时,可在中间增设支点。

3. 轨道式

轨道式是指采用以铜或铝制成的窗帘轨,轨道上安装小轮来吊挂和移动窗帘。这种方式具有较好的刚性,可用于大跨度的窗子。由于轨道上设有小轮,拉扯窗帘方便,因而特别适宜于重型窗帘布。

窗帘盒的支架应固定在窗过梁或其他结构构件上。当层高较低或者窗过梁下缘与顶棚在同一标高时,窗帘盒可以隐蔽在顶棚上,其支架固定在顶棚搁栅上。另外,窗帘盒还可以与照明灯槽、灯具结合成一体。窗帘盒的构造如图7-44所示。

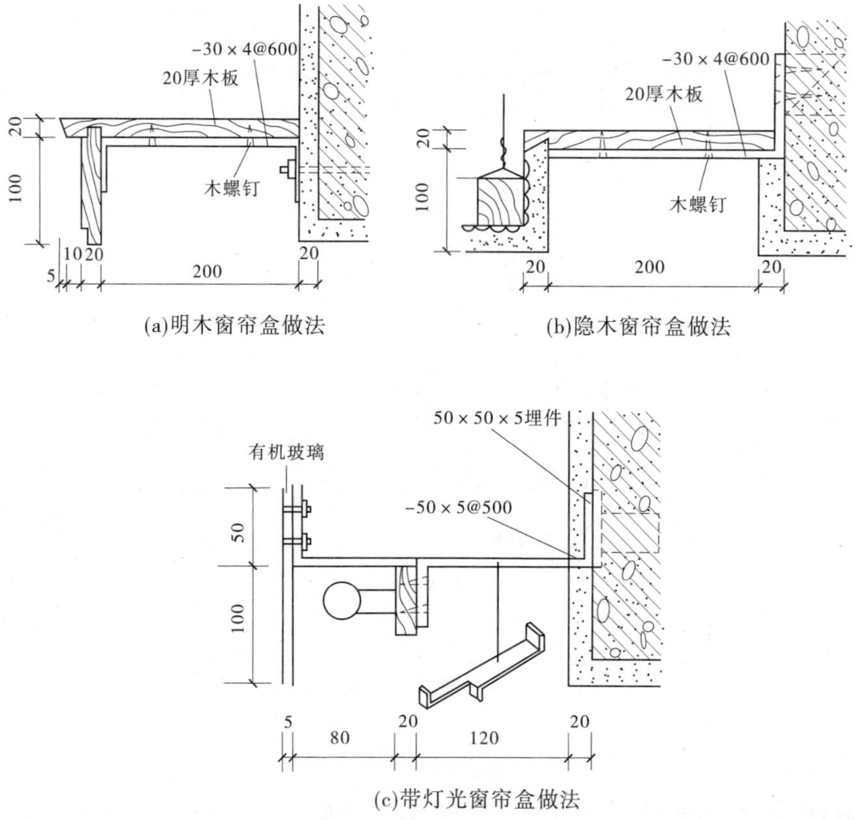

图7-44 窗帘盒构造

(五)暖气罩

暖气散热器多设在窗前,暖气罩多与窗台板等连在一起。常用的布罩方法有窗台下式、沿窗式、嵌入式和独立式等几种。暖气罩既要能保证室内均匀散热,又要造型美观,具有一定的装饰效果。

暖气罩常用的做法有以下几种：

(1)木制暖气罩采用硬木条、胶合板等做成格片状，也可以采用上下留空的形式。木制暖气罩舒适感较好。

(2)金属暖气罩采用钢或铝合金等金属板冲压打孔，或用格片等方式制成暖气罩。它具有性能良好、坚固耐用等特点。

第四节　顶棚装饰构造

顶棚又称天棚或天花，一般位于建筑空间顶部，通过采用各种材料及形式组合，形成具有一定使用功能与装饰效果的建筑装饰构件。顶棚位于室内的顶界面，是建筑物主要装修部位之一。顶棚起到增强室内装饰效果的作用，给人以美的享受。因此，顶棚的形式及构造方法的选择应从建筑功能、建筑照明、建筑声学、建筑热工、设备安装、管线敷设、防火安全等多方面综合考虑，在施工时还应以安装方便、操作简单和省工省料为原则。

一、顶棚的分类

(一)从外观上来分

顶棚从外观上来分可以分为平滑式、井式、分层式、折板式、悬浮式等。

1. 平滑式顶棚

平滑式顶棚是指顶棚的标高为统一的高度，这种顶棚表面形成较大的平面，常给人一种博大感。平滑式顶棚常常应用于居住空间，可直接利用原有结构顶棚加以简单装修形成；对于面积较大的室内空间，也可以采用悬吊的方法，即离开结构层一定距离，再做一层顶棚，灯具、通风口、空调口及扩音系统就布置在其中，这种形式的顶棚在商场和办公空间里经常被使用。

2. 井式顶棚

井式顶棚一般是楼盖或楼板采用了井式梁架结构，经抹灰或其他装修而成的，灯具、通风口或石膏花饰可以布置在格子中间或交叉点上。这种顶棚往往多采用在阶梯教室、大会议室、宴会厅等空间跨度较大的室内空间。

3. 分层式顶棚

分层式顶棚是现代室内空间设计采用较多的一种设计方法，将顶棚分成不同标高的两层或几层。在室内空间设计中，有时为了取得较柔和的光线或良好的声学效果，将顶棚分成高低不同的几层或设置暗灯槽。通过这种设计方法，可以使主要部分显得高大，次要部分显得亲切宜人。分层顶棚简洁大方，并可以与音响、照明、通风等要求自然结合，使室内丰富而有变化，重点突出，是现代设计中最常用的一种顶棚设计方法。

4. 折板式顶棚

折板式顶棚是专门针对一些对光学照明设计和声学设计有特殊要求的空间，如影剧院、音乐厅、剧场等。

5. 悬浮式顶棚

悬浮式顶棚是将顶棚的面层采用悬吊物装饰，如织物、木搁栅、金属搁栅、塑料格片等，也可以根据独特的设计构思和创意，采用特殊材质，以达到空间设计的独特性和个性。

（二）按构造方式分

顶棚按构造方式可分为直接式顶棚和悬吊式顶棚两种。

1. 直接式顶棚

直接式顶棚是指在楼板、屋面板的结构层底面直接喷刷、抹灰和粘贴其他装饰材料的顶棚形式。

2. 悬吊式顶棚

在较大空间和装饰要求较高的房间，因建筑声学、保温隔热、清洁卫生、管道敷设、室内美观等特殊要求，常用顶棚把屋架、梁板等结构构件及设备遮盖起来，形成一个完整的表面。由于顶棚是采用悬吊方式悬挂于屋顶结构层或楼板层的梁板之下的，所以称之为悬吊式顶棚，又叫吊顶棚、吊天花。

二、顶棚构造

（一）直接式顶棚构造

直接式顶棚构造简单、施工方便，并且由于其构造层厚度小，可充分节省室内空间。但这类顶棚存在由于受楼板结构形式的限制不易变化，不能遮盖明设管网等不足，一般用于装饰要求不高的一般性建筑，如普通办公用房、住宅及其他民用建筑。

1. 抹灰喷涂顶棚

抹灰喷涂顶棚是传统的顶棚装饰方法。抹灰喷涂顶棚具有耐久性好、牢固、防腐、防火、防虫蛀、施工简便、造价低和施工周期短等优点。

对于平整度较好的板底，不用抹灰，可直接抹腻子、喷涂，如图 7-45(a)所示。

对于平整度较差的板底，或者当顶棚装饰要求较高时，应在板底施抹灰浆，进行修补。根据顶棚结构材料的不同，灰浆可选用水泥砂浆、石灰砂浆、麻刀石灰砂浆、纸筋石灰浆、聚合物水泥砂浆等。构造做法如图 7-45(b)所示。

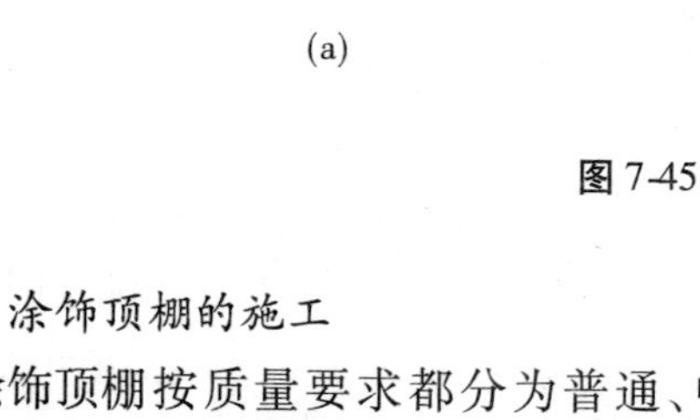

(a)

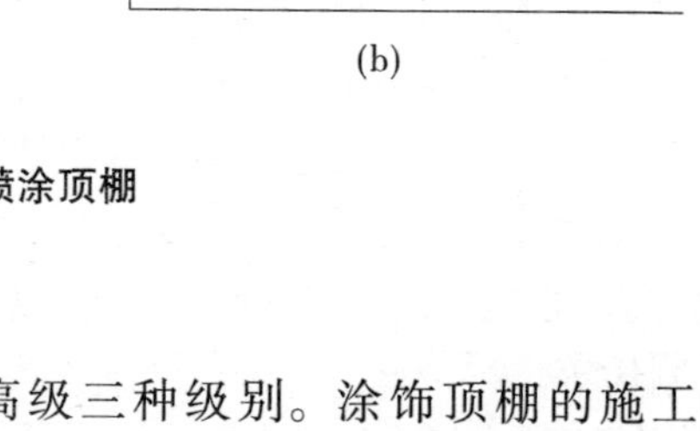

(b)

图 7-45　抹灰喷涂顶棚

2. 涂饰顶棚的施工

涂饰顶棚按质量要求都分为普通、中级、高级三种级别。涂饰顶棚的施工次序如表 7-6 所示。

表 7-6　涂饰顶棚施工次序

项次		次序名称	水溶性涂料		乳胶漆涂料			溶剂型漆涂料		
			普通	中级	普通	中级	高级	普通	中级	高级
一	1	清扫	△	△	△	△	△	△	△	△
	2	填补腻子、局部刮腻子	△	△	△	△	△	△	△	△
	3	磨平	△	△	△	△	△	△	△	△
二	4	第一遍填刮腻子	△	△	△	△	△	△	△	△
	5	磨平	△	△	△	△	△	△	△	△
	6	第二遍填刮腻子		△		△	△		△	△
	7	磨平		△		△	△		△	△
三	8	干性油打底						△	△	△
	9	第一遍涂料	△	△	△	△	△	△	△	△
	10	复补腻子		△		△	△			△
	11	磨平(光)		△		△	△		△	△
	12	第二遍涂料	△	△	△	△	△	△	△	△
	13	磨平(光)					△		△	△
	14	第三遍涂料					△		△	△
	15	磨平(光)								△
	16	第四遍涂料								△

注:△表示需要该工序。

3. 裱糊类顶棚的构造

在顶棚装饰装修工程中,采用粘贴的方法,把可卷折的软质面材固定在天花板上施工所得到的顶棚称为裱糊类顶棚。

裱糊类顶棚的构造一般分为三个层次,即基层、粘贴层和饰面层。基层要求平滑、光洁、质地较坚实;粘贴层要求厚薄均匀、粘贴力强、附着性好。所有饰面层粘贴处必须均布,不得有空白遗漏。面层材料主要有绿色的荧光壁纸、金属壁纸、植绒壁纸、葛藤皮壁纸、熟麻壁纸、草丝壁纸和珍贵微薄木壁纸等。

4. 直接固定装饰板顶棚

直接固定装饰板顶棚与悬吊式顶棚的区别是不使用吊杆而直接在结构楼板底面铺设龙骨(见图 7-46)。它适用于层高较低的房间。

先铺设龙骨,间距根据面板厚板和规格确定,木龙骨的断面尺寸宜为 40 mm × (40 ~ 50) mm。为保证龙骨的平整度,应根据房间宽度,将龙骨层的厚度(龙骨到楼板的间距)控制在 55 ~ 65 mm 以内。龙骨与楼板之间的间距可采用垫木填嵌。龙骨的固定方法一般采用胀管螺栓或射钉将连接件固定在楼板上。当龙骨与楼板之间的间距较小,且顶棚较轻时,也可采用冲击钻打孔,埋设锥形木楔的方法固定。然后铺设装饰面板,胶合板、石膏板等板材均可直接与龙骨钉接。最后对面板进行油饰(胶合板)或涂饰(石膏板)。

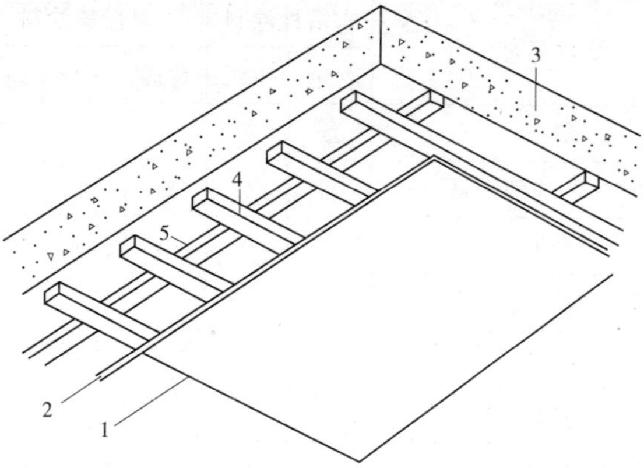

1—饰面穿孔石膏板;2—矿棉(上面纸层);3—楼板;4—次龙骨;5—主龙骨

图 7-46　直接固定装饰板顶棚示意

5. 结构顶棚

将屋盖或楼盖结构暴露在外,利用结构本身的韵律做装饰,称为结构顶棚。结构顶棚的装饰重点在于巧妙地组合照明、通风、防火和吸声等设备,以显示顶棚与结构韵律的和谐,形成统一的、优美的空间景观。例如,网架结构构成网架的杆件布置形式,本身很有规律,有结构本身的艺术表现力。又如,拱结构屋盖本身具有规律性的优美曲面,可以形成富有韵律的拱面顶棚。结构顶棚的构造示意如图 7-47 所示。结构顶棚广泛用于体育建筑及展览厅等大型公共建筑。

图 7-47　结构顶棚构造示意

(二)悬吊式顶棚构造

悬吊式顶棚也称吊顶,它不仅具有装饰美化作用,更具有保温、隔热、隔声和吸声等功能,同时也是电气、防火、通风、空调等各种系统管线及设备的隐蔽层。

悬吊式顶棚主要由吊杆(或吊筋)、龙骨和面层三部分组成。

龙骨分为主龙骨与次龙骨,主龙骨是吊顶的承重结构,次龙骨是吊顶的基层。主龙骨通过吊筋吊件固定在屋顶(楼板)结构上,次龙骨用同样的方法固定在主龙骨上,如图 7-48 所示。

龙骨可用木材、轻钢、铝合金等材料制作,其断面大小视其品种、是否上人(吊顶承受人的荷载)和面层构造做法等因素而定。主龙骨断面比次龙骨大,间距通常为 1 m 左右。悬吊主龙骨的吊筋常采用Φ(8 ~ 10)钢筋,间距也是 1 m 左右。次龙骨间距视面层材料而定,

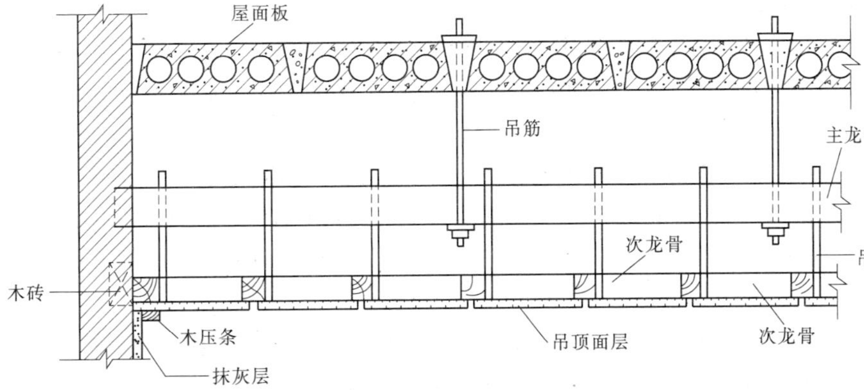

图 7-48　吊顶构造组成

间距不宜太大，一般为 300 ~ 500 mm。刚度大的面层不易翘曲变形，可允许扩大至 600 mm。

吊顶面层分为抹灰面层和板材面层两大类。抹灰面层为湿作业施工，费工费时。板材面层既可加快施工速度，又容易保证施工质量。板材吊顶有植物板材、矿物板材、金属板材。

1. 抹灰吊顶构造

抹灰吊顶的龙骨可用木材或型钢。当采用木龙骨时，主龙骨断面宽 60 ~ 80 mm，高 120 ~ 150 mm，中距约 1 m。次龙骨断面一般为 40 mm × 60 mm，中距为 400 ~ 500 mm，并用吊木固定于主龙骨上。当采用型钢龙骨时，主龙骨选用槽钢，次龙骨为角钢（20 mm × 20 mm × 3 mm），间距同木龙骨。

抹灰面层有以下几种做法：板条抹灰、板条钢板网抹灰、钢板网抹灰。

板条抹灰一般采用木龙骨，这种顶棚是传统做法，构造简单，造价低，但抹灰层由于干缩或结构变形的影响，很容易脱落，且不防火。

板条钢板网抹灰顶棚的做法是在前一种顶棚的基础上加钉一层钢板网，以防止抹灰层的开裂脱落。

钢板网抹灰吊顶一般采用钢龙骨，钢板网固定在钢筋上，如图 7-49 所示。这种做法不使用木材，可以提高顶棚的防火性、耐久性和抗裂性，多用于公共建筑的大厅顶棚和防火要求较高的建筑。

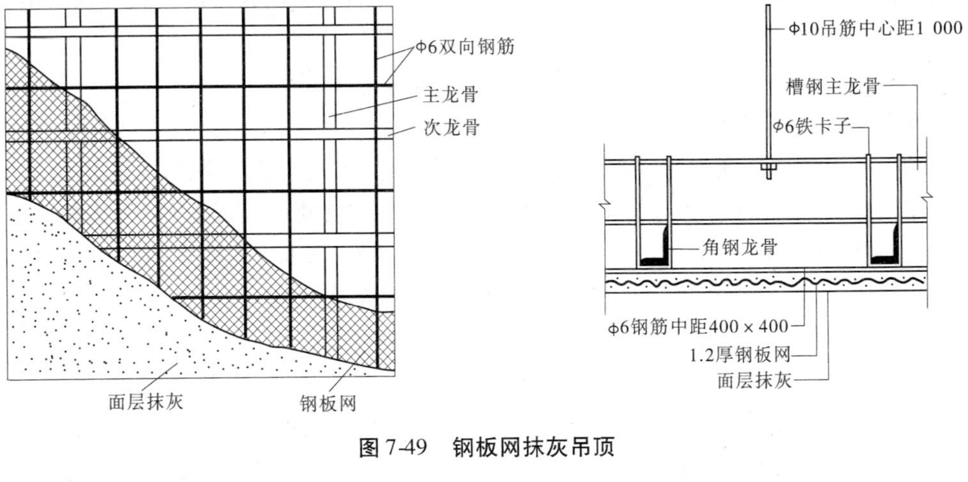

图 7-49　钢板网抹灰吊顶

2. 植物板材吊顶构造

植物板材的品种甚多，如胶合板、硬质纤维板、软质纤维板、装饰吸声板、木丝板、刨花板等，其中用得最多的是胶合板和纤维板。植物板材吊顶的优点是施工速度快，干作业，故比抹灰吊顶应用更广。

吊顶龙骨一般用木材制作，龙骨布置成格子状，如图 7-50(a)所示，分格大小应与板材规格相协调。例如，胶合板的规格为 915 mm×1 830 mm、1 220 mm×1 830 mm，硬质纤维板的规格为 915 mm×1 830 mm、1 050 mm×2 200 mm、1 150 mm×2 350 mm。龙骨的间距最好采用 450 mm。

为了防止植物板材因吸湿而产生凹凸变形，面板宜锯成小块板铺钉在次龙骨上。板块接头必须留有 3～6 mm 的间隙作为预防板面翘曲的措施。板缝缝形根据设计要求可做成密缝、槽缝、立缝等形式，如图 7-50(b)、(c)、(d)所示。胶合板应采用较厚的一夹板而不宜采用三夹板，以防翘曲变形。若选用纤维板则宜用硬质纤维板。为了提高植物板材吸湿的能力，可在面板铺钉前进行表面处理，以防止板材吸湿变形。

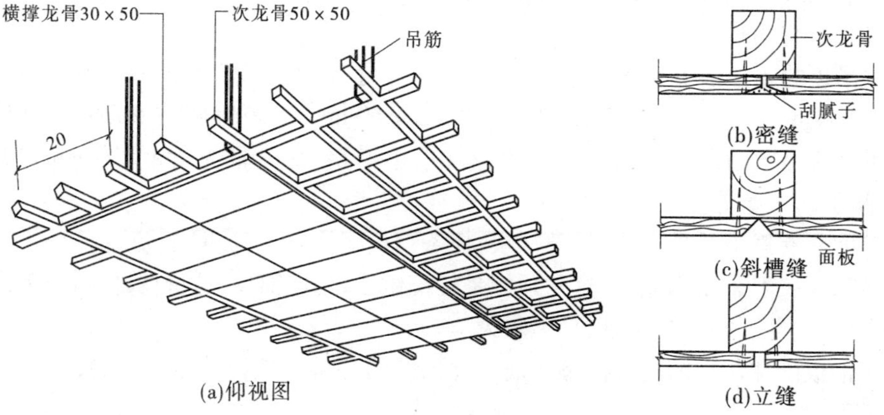

图 7-50　木质板材吊顶

3. 矿物板材吊顶构造

矿物板材吊顶常用石膏板、水泥板、矿棉板等板材做面层，轻钢或铝合金型材做龙骨，这类吊顶的优点是自重轻、施工安装快、无湿作业、耐火性能优于植物板材吊顶和抹灰吊顶，故在公共建筑和高级工程中应用较广。

轻钢和铝合金龙骨的布置方式有龙骨外露和不露龙骨两种。

1)龙骨外露的布置方式

这种布置方式的主龙骨采用槽形断面的轻钢型材，次龙骨为 T 形断面的铝合金型材。次龙骨双向布置，矿物板材置于次龙骨翼缘上，次龙骨在顶棚表面成方格形，方格大小 500 mm 左右，如图 7-51(a)所示。悬吊主龙骨的吊挂件为槽形断面，吊挂点间距为 0.9～1 m，最大不超过 1.5 m。次龙骨与主龙骨的连接采用 U 形连接挂钩，如图 7-51(b)所示为它们之间的连接关系。

2)不露龙骨的布置方式

这种布置方式的主龙骨仍采用槽形断面的轻钢型材，但次龙骨采用 U 形断面轻钢型材，用专门的吊挂件将次龙骨固定在主龙骨上，面板用自攻螺钉固定于次龙骨上，如

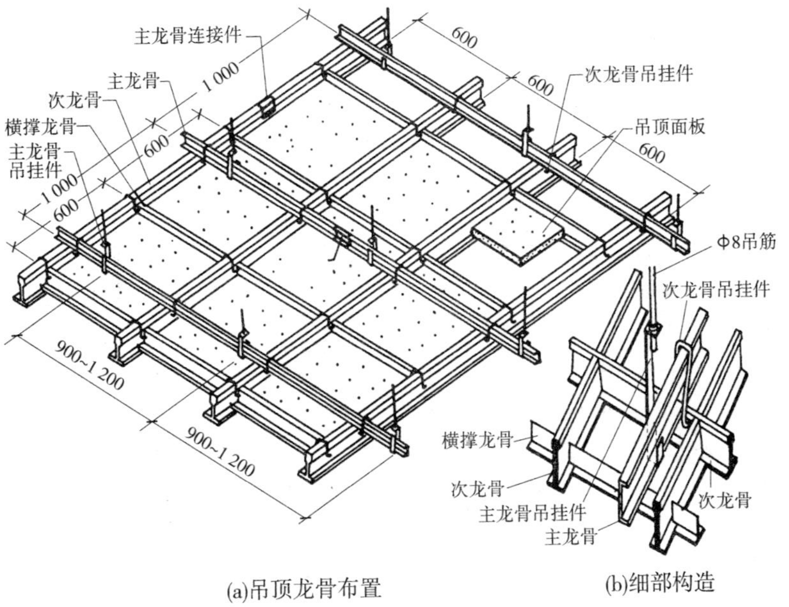

图 7-51　龙骨外露的布置方式

图 7-52(a)所示为主次龙骨的布置示意图,如图 7-52(b)、(c)所示为主、次龙骨及面板的连接节点构造。

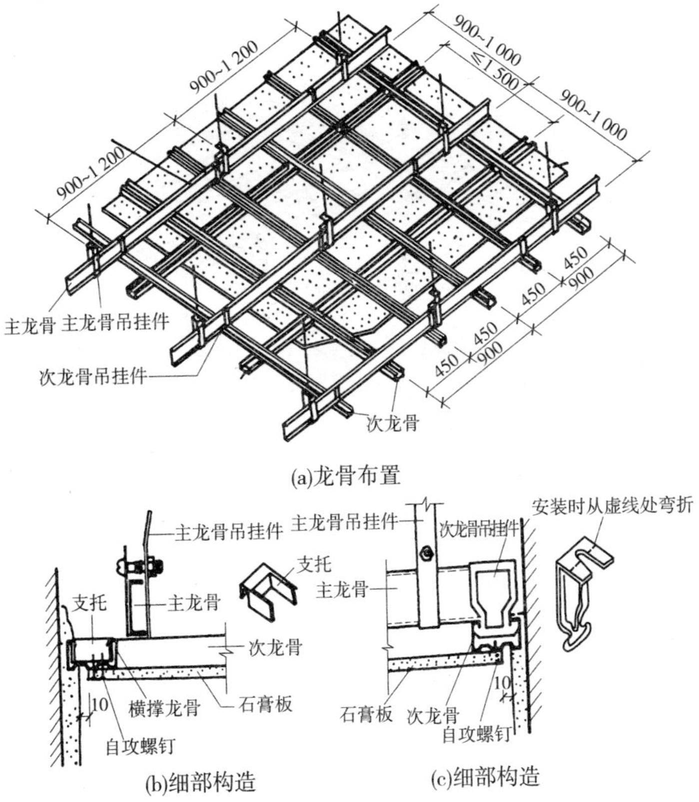

图 7-52　不露龙骨的吊顶

4. 金属板材吊顶构造

金属板材吊顶通常用的是以铝合金条板做面层，龙骨采用轻钢型材，当吊顶无吸声要求时，条板采用密铺方式，不留间隙，如图 7-53 所示。当有吸声要求时，条板上面需加铺吸声材料，条板之间应留出一定的间隙，以便投射到顶棚的声能从间隙处被吸声材料所吸收，如图 7-54 所示。

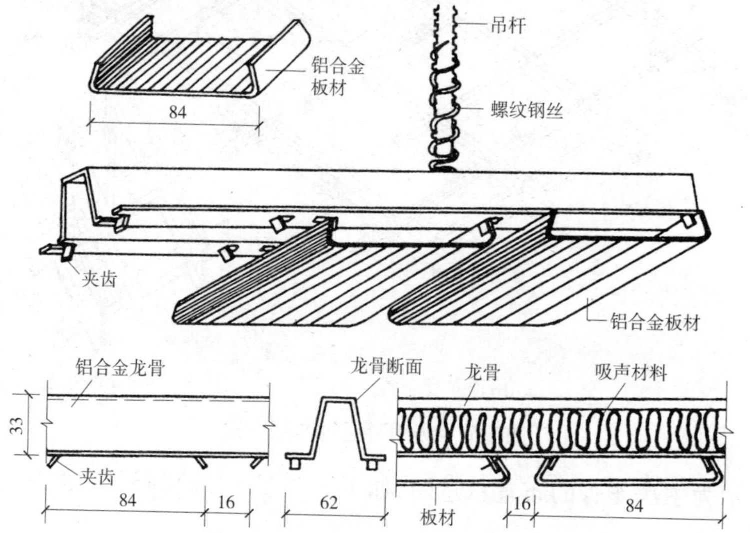

图 7-53　开敞式的铝合金板吊顶

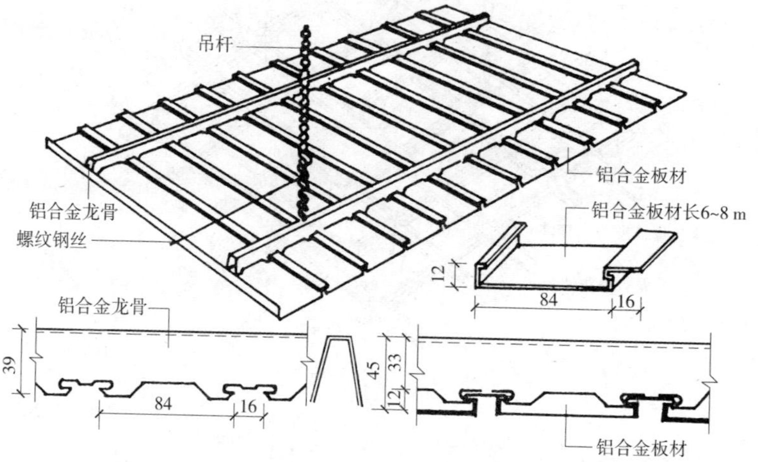

图 7-54　密铺的铝合金条板吊顶

三、采光顶

玻璃采光顶即玻璃屋顶，是建筑中不可缺少的采光和装饰并重的一种屋盖。它的出现最初是以满足室内采光为目的的，大多是垂直的高侧窗，如“锯齿”形天窗或“M”形天窗。后来，随着建筑形式的多样化，以及建筑材料和建筑技术的不断发展，玻璃采光顶在满足采光的同时，营造出丰富多彩的室内气氛。如图 7-55 所示为北京天佑酒店大厅的大型采光顶，气势磅礴的采光顶引入色彩斑斓的自然光线，使原本沉稳的大堂增添了几分洒脱。玻璃采光顶的形式决定着屋顶的结构形式，所以我们要先了解屋顶的结构形式。屋顶结构形式一般分为钢筋混凝土结构和钢结构两类。

图 7-55　北京天佑酒店大厅的采光顶

钢筋混凝土井格梁可以形成单个的采光天窗，井格梁的大小尺寸应根据采光井的设计和结构需要做统一考虑；钢筋混凝土密肋梁可以形成带状的采光天窗，配合采光天窗的设计，钢筋混凝土具有结构简单、合理等特点。

当屋顶采用钢结构形式时，采光天窗的形式可以按照使用要求灵活布置，既可以适应做单个采光天窗，也能设计成各种造型和面积较大的采光屋顶，以满足建筑的使用功能。当屋顶采用空间网架结构时，整个屋顶可以做成采光玻璃顶，但同时要在构造设计上解决好屋面的排水和网架的防腐与防火问题。

采光顶应遵循以下原则。

（一）强度安全原则

采光顶需要抵抗风荷载、雪荷载、自重和地震荷载等，因此采光顶要求有良好的抗冲击性、保温隔热和防水密封性能，以满足安全要求。各国规范对玻璃采光顶材料的选用都有限制，主要是怕碎落伤人。具体材料见第六章第四节顶棚装饰材料。

（二）水密性原则

水密性指的是采光顶在风、雨同时作用下，或积雪局部融化，屋面有积水的情况下，阻止雨水渗漏进入内侧的能力。对采用单块材料拼装而成的各类采光顶来说，排水防渗漏是一个关键问题，解决这个问题一般采取以下几种措施：

（1）使采光面材料保持一定坡度，雨水顺坡而下，由集水槽及时排走，防止积水。

（2）接缝处采用可靠的防水构造接口，并采用性能优越的封缝材料。

（3）室内金属型材加上排水槽，以便将漏进内侧的少量雨水收集起来排走。

（三）防结露的原则

玻璃采光顶的最大问题是保温隔热性能差，如果室内外温差大，随之出现的问题是容易产生凝结水的滴落，要解决这个问题常见的有三种办法：第一种是可以考虑采用双层玻璃，改善保温隔热的性能；第二种是做好玻璃采光顶的坡度和弧度设计，并组织好完善的排水系统,如图 7-56 所示;第三种是在玻璃下面的墙体上留通风缝成孔,让外面的冷空气渗入室内,以便减小室内外温差,这样在玻璃下面就难以形成凝结水,而且可以改善室内的空气质量,但要损失一些能源。

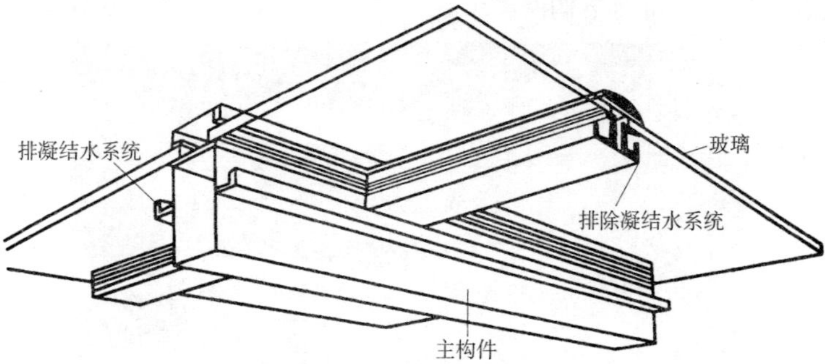

图 7-56　采光顶排除凝结水系统示意

(四)防眩光的原则

由于采光顶都位于建筑物顶部,极易因阳光直射而在室内形成眩光,从而影响它的使用。解决这一问题一般采取以下两种措施:第一种是使用磨砂玻璃之类的饰面板,使光线漫反射;第二种是在采光顶下加折光片顶棚,折光片可用塑料片和铝片等。

(五)防火原则

这里主要指的是用采光顶所封闭空间的防火问题。在一些大型公共建筑物中,由于采光顶所形成的共享空间是穿全楼或多层楼层的,从而使得防火分区面积大大超过规定,而且火灾极易通过这一空间蔓延,烟热不易排出。为此,必须按照《高层民用建筑设计防火规范》(GB 50045—95)来执行,房间(或中庭)内的通道、防火门及灭火装置等必须符合相关规定。

(六)防雷原则

采光顶的骨架及附件大都用金属制成,其防雷要求特别严格,而一般情况下无法在采光顶的顶部设置防雷装置。因此,主要措施是将采光顶设在建筑物防雷装置的 45°线之内,且该防雷系统的接地电阻不大于 4 Ω。

(七)满足屋顶的保温隔热要求的原则

可通过采用中空安全的屋顶玻璃或者采用双层玻璃顶来解决。如图 7-57 所示为双层空心丙烯酸酯有机玻璃顶构造。

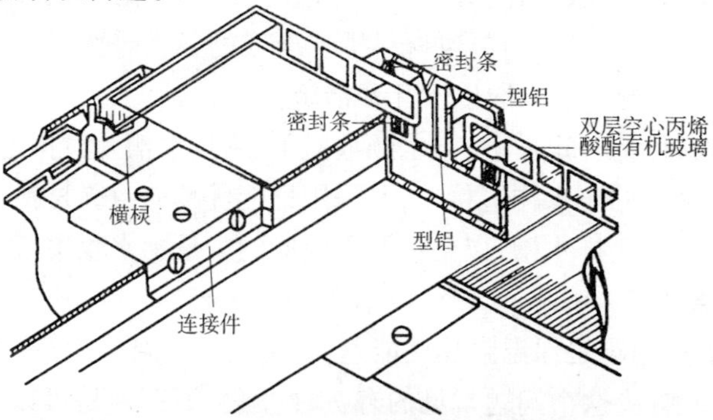

图 7-57　双层空心丙烯酸酯有机玻璃顶构造

第五节　楼梯构造

一、楼梯踏步面层

楼梯的踏步面层要求耐磨、防滑、便于清洁和具有良好的装饰效果。它的饰面面层做法与楼地面基本相同，一般可为水泥砂浆、水磨石板，标准较高的建筑物可以采用挑刺面砖、大理石、花岗岩或木材、地毯等材料作为踏步面层。采用水泥砂浆、水磨石、陶瓷面砖和天然石材的踏步面层虽然耐磨、便于清洁，但在行走时容易滑倒，故此类踏步表面应做防滑处理。一般可在踏步口做防滑条、防滑凹槽、防滑包角或防滑贴面等，如图 7-58 所示。

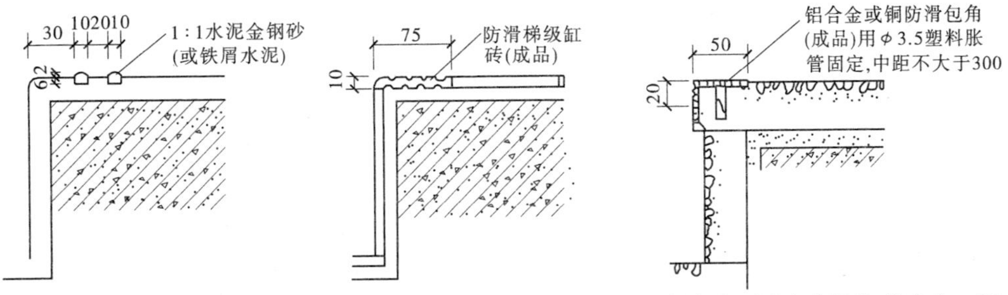

(a)水泥面踏步防滑条　(b)缸砖面踏步防滑条　(c)预制水磨石踏步防滑条(铝合金、铜)

图 7-58　防滑条做法

二、楼梯栏杆、栏板

楼梯的栏杆、栏板是重要的安全维护构件，也是装饰性很强的构件，必须具有一定强度和刚度，使之能承受人流的冲击力和水平推力，保持稳定。设计、施工时应注意立杆根部与踏步连接要牢固。

（一）栏杆

栏杆主要采用金属或硬木，金属栏杆主要有圆钢、扁钢和钢管栏杆。装饰标准较高、装饰效果较好的建筑多用钛合金、黄铜和铝合金栏杆。楼梯栏杆做法如图 7-59 所示。

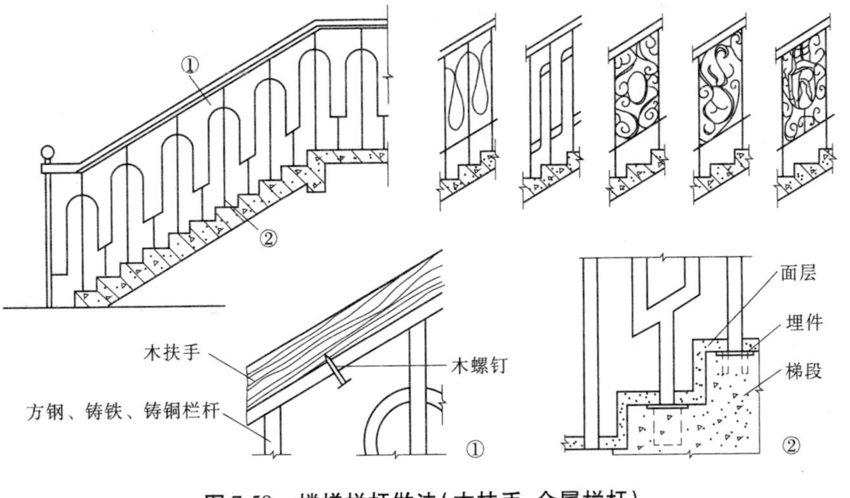

图 7-59　楼梯栏杆做法（木扶手、金属栏杆）

（二）栏板

栏板是不露立杆的栏杆构造，常采用钢筋混凝土、天然石板、玻璃板和硬木栏板。

（三）栏杆与踏步的连接方式

栏杆与踏步的连接方式主要有预留孔埋设、预埋件电焊连接、与预埋套管丝扣拧固、立杆焊在底板上用膨胀螺栓锚固底板，如图 7-60 所示。

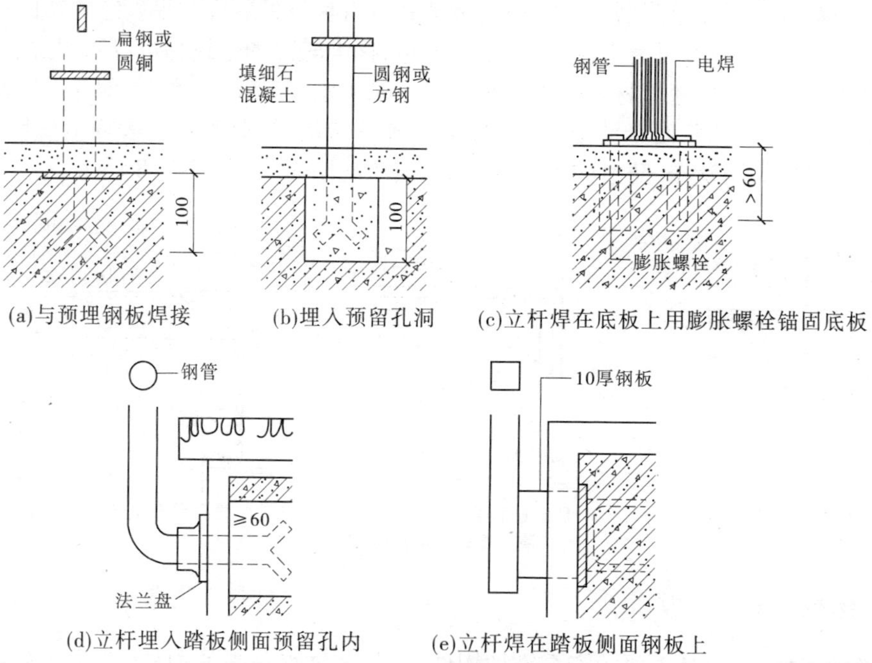

图 7-60　栏杆与踏步的连接

三、扶手

扶手是楼梯栏杆、栏板最上端的构件，是人们上下楼梯时依扶的构件，其类型主要有两种：一种是与楼梯栏杆、栏板组合安装的扶手，另一种是靠墙扶手。

常用的扶手材料有硬木、混凝土、水磨石、角钢、扁钢、金属管、聚氯乙烯等，木扶手样式新颖，用料、用工考究，手感舒适。常见扶手的断面形式如图 7-61 所示。

（1）栏杆扶手与栏杆的连接方式通常为：栏杆上部电焊一根扁铁，然后用螺丝将扶手与扁铁相连，图 7-62 为木扶手与玻璃栏板的连接做法详图。

（2）当楼梯梯段宽度超过 1 500 mm 时，应设置靠墙扶手，梯段宽度超过 3 000 mm 时，还应增设中间护栏，靠墙扶手做法为预埋件焊接或凿洞灌注细石混凝土，如图 7-63 所示。靠墙扶手与墙面间的净空应不小于 40 mm。

（3）楼梯转弯处扶手与栏杆的连接，可以在栏杆转弯处将扶手断开。这样虽然不美观，但不失为一种最简单的处理办法。为了栏杆以同一坡度转折，栏杆需要向休息平台延伸半步，多占 70 ~ 100 mm，这样既便于施工，又显顺畅，如图 7-64（a）所示。若楼梯间进深尺寸受限，只好将转弯处做成倾斜状，如图 7-64（b）所示。栏杆靠近平台边缘，扶手转角前做成鹤颈状，如图 7-64（c）所示。

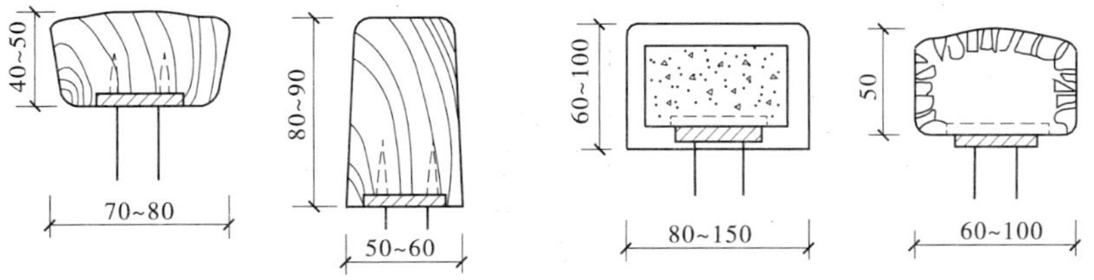

(a)木扶手　(b)混凝土扶手　(c)水磨石扶手

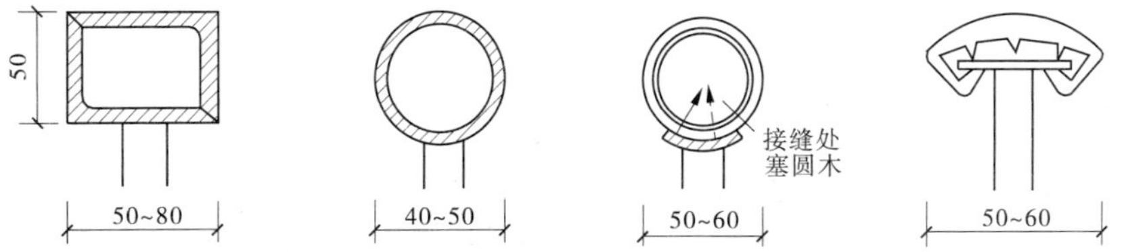

(d)角钢或扁铜扶手　(e)金属管扶手　(f)聚氯乙烯管扶手　(g)聚氯乙烯扶手

图 7-61　常见扶手的断面形式

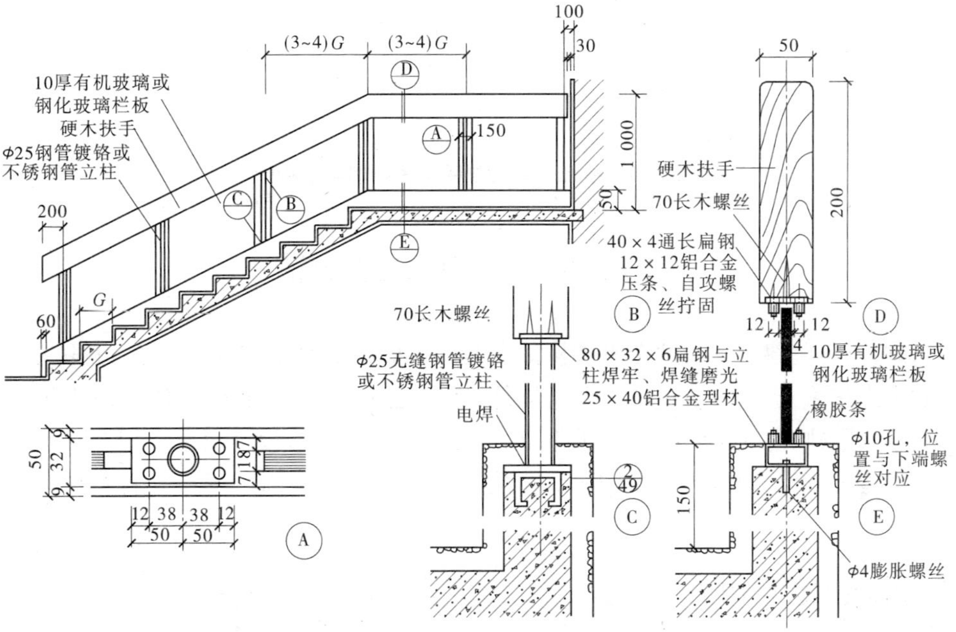

图 7-62　木扶手与玻璃栏杆的连接做法详图

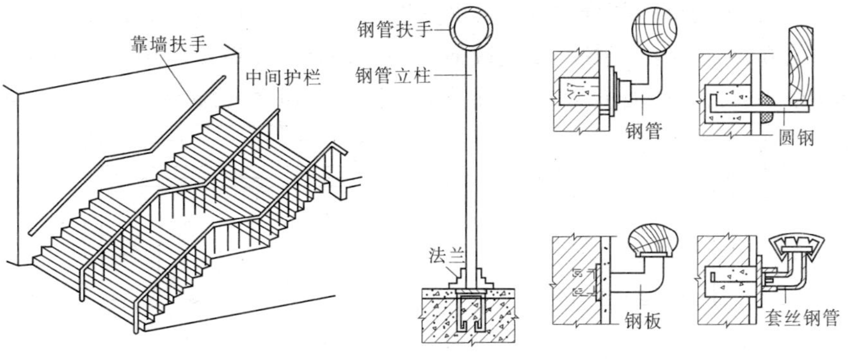

(a)位置　(b)中间护栏　(c)靠墙扶手

图 7-63　中间护栏与靠墙扶手构造

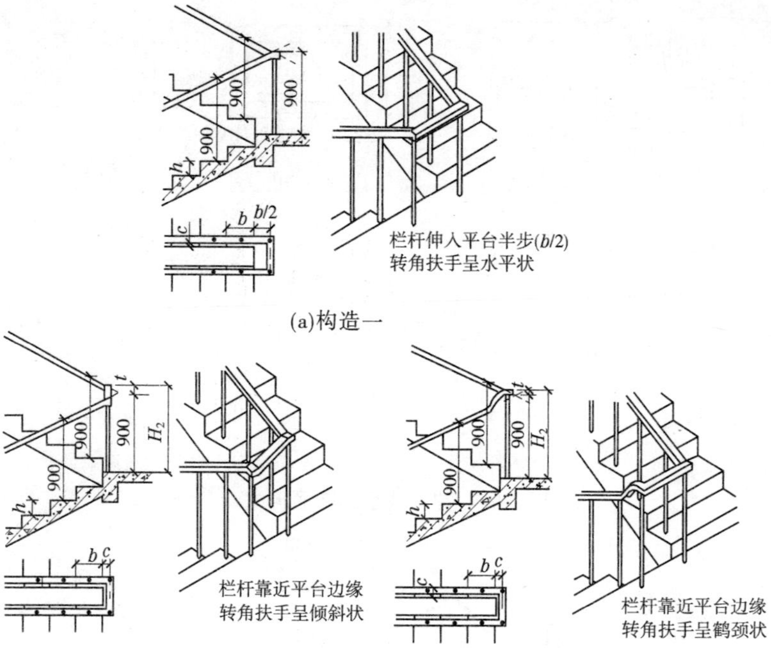

(a)构造一

(b)构造二　　(c)构造三

图 7-64　楼梯转弯处扶手与栏杆的连接构造

第六节　门窗装饰构造

门和窗是房屋建筑中的两个围护构件。门的主要功能是供交通出入、分隔联系建筑空间，有时也兼作采光和通风；窗的主要功能是采光、通风及眺望。在不同使用条件下，门窗还应具有保温、隔热、防火、防水、防尘及防盗等功能。门窗构造设计要求：开启灵活、关闭紧密，便于擦洗和维修方便，坚固耐用，耐腐蚀。本节介绍在装饰工程中几种特殊的门窗的构造。

一、全玻璃无框门

全玻璃无框门是用 12 mm 以上厚度的玻璃板直接做门扇的玻璃门。全玻璃无框门一般由活动门扇和固定玻璃两部分组成。玻璃一般采用厚平板白玻璃和钢化玻璃，具有透明度高、内部质量好、加工精细、耐冲击、机械强度高等特点。在玻璃门扇的上、下边一般设金属横挡，金属横挡通常用镜面不锈钢、镜面黄铜或铝合金等材料，如图 7-65 所示。

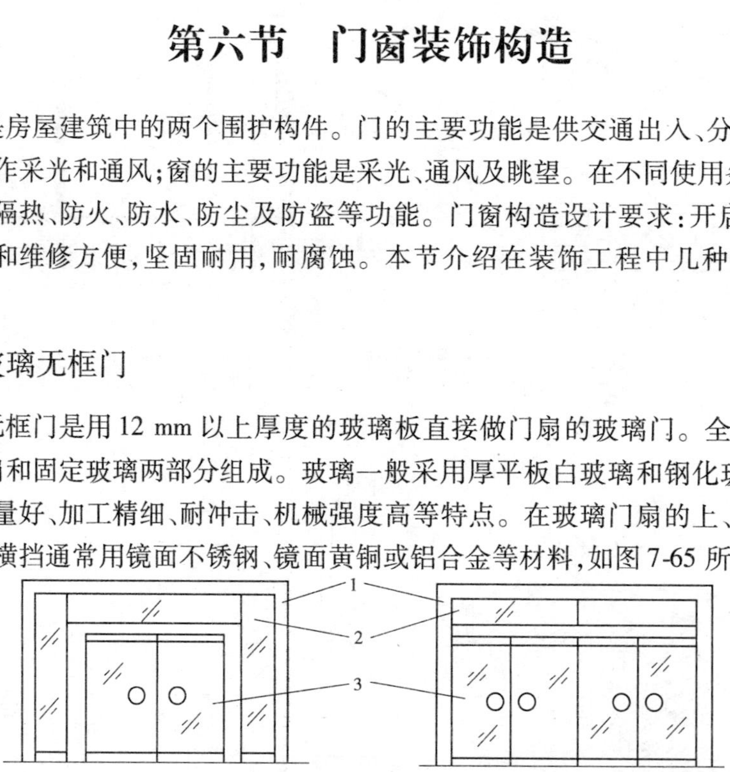

1—金属包框；2—固定部分；3—活动开启扇

图 7-65　全玻璃无框门构造

二、自动门

自动门一般是指电子感应自动门。

自动门的结构精巧、布局紧凑、运行噪声小、开闭平稳、运行可靠。当人被夹或门被异物卡住时，自控电路具有自动停机功能，安全可靠。若遇停电，可手动移门，轻巧灵活。自动门适用于宾馆、饭店、写字楼等公共建筑。

(一)自动门的分类

(1)按门体材料分，有铝合金门、不锈钢门、无框全玻璃门和异型薄壁钢管门。

(2)按扇型分，有两扇型、四扇型等。

(3)按控测传感器分，有微波传感器、踏板式传感器、光电感应传感器。

(4)按开启方式分，有推拉式、中分式、滑动式和平开式自动门等。

(二)自动门的构造

在自动门的滑动扇上部设吊挂滚轮装置，下部设滚轮导向结构或槽轨导向结构，如图7-66所示。自动门的机电装置设于自动门上部的通长机箱层内。

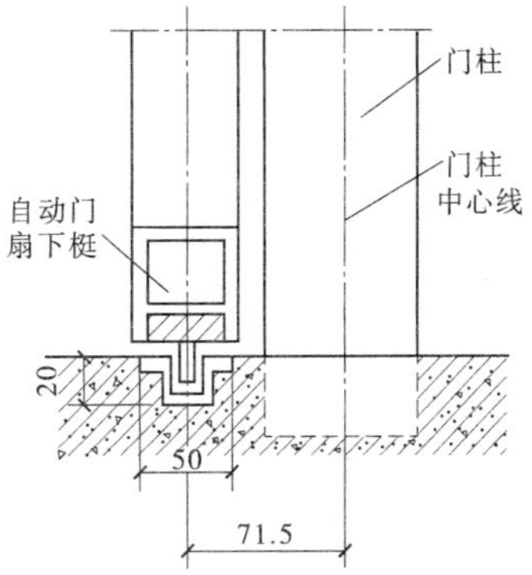

图7-66 自动门下部构造

三、转门

转门是一种装饰性较强的门，它开启轻盈，密封性能好，能达到防风保温的效果，同时对控制人的流量也有一定的作用。转门主要用于酒店、银行、大厦等高级公共建筑中。

转门为三扇门或四扇门连成风车形，在两个固定弧形门套内旋转的门。转门有手推式和自动式两种。旋转门旋转方向通常为逆时针，V形手推式旋转门在旋转主轴下部设有调节阻尼装置，以控制门扇的惯性转速，保持旋转平稳。自动式旋转门可根据需要的旋转速度进行调整。旋转门的常用规格很多，由最小1 650 mm(手推式)到最大4 800 mm(自动式)近20余种。从材料上分有铝质、钢质和金属玻璃转门三种类型可供选择。

转门不适用于人流较大且集中的场所，更不可作为疏散门使用。设置转门需有一定的空间，通常在转门的两侧加设玻璃辅门，以增加流通量，如图7-67所示。

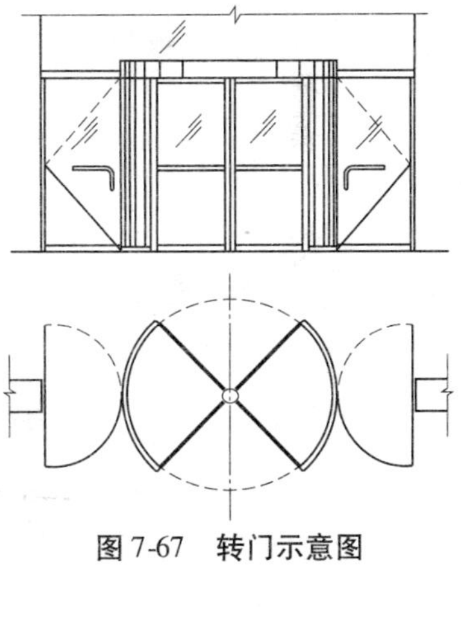

图7-67 转门示意图

四、卷帘门

卷帘门具有造型美观新颖、结构紧凑、操作简便、坚固耐用、密封性好和启闭灵活方便等特点，并具有防火、防盗、防风和防尘等多种功能。卷帘门广泛应用于银行、商场、医院、仓库、学校、工厂、车站、码头和变电室等建筑。

卷帘门由帘板、卷筒体、导轨和电气传动等部分组成，如图7-68所示。

防火卷帘门另配有温感、烟感、光感、报警系统，遇有火情自动报警、自动喷淋，门体自控下降，定点延长关闭。

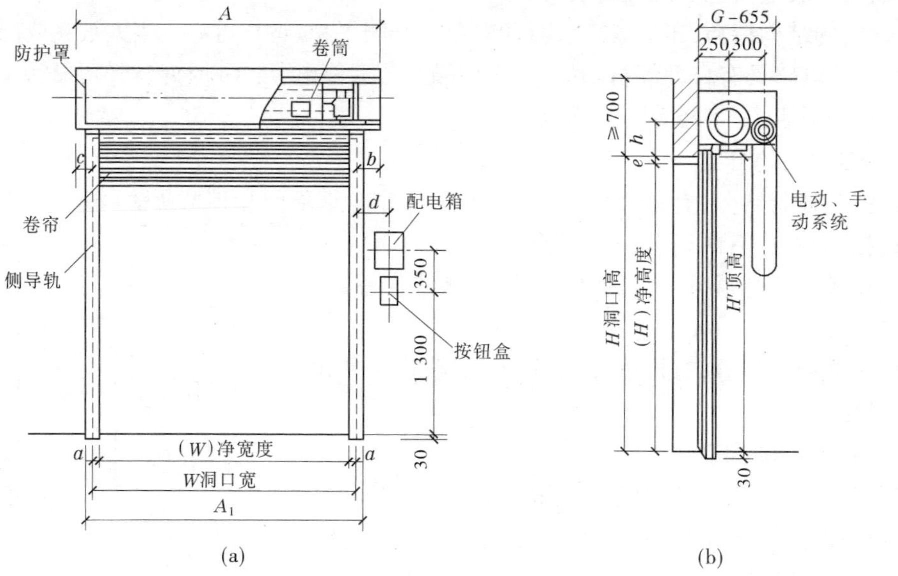

图 7-68　卷帘门构造示意图

五、防火门

防火门是为适应建筑防火要求而发展起来的一种新型门。

防火门与烟感、光感、温感报警器和喷淋等防火报警装置配套设置后，可自动报警、自动关闭，防止火势蔓延。

防火门由于其结构合理且加工美观，故同时具有防火、防盗、保温、隔声的功能特点，并有较好的装饰效果。

防火门主要用于建筑的防火分区、楼梯间和电梯间，也可安装于油库、机房、电影放映间、剧院及高层住宅楼等。

防火门按构造形式分为单扇门、双扇门；按耐火极限分为甲、乙、丙三级，甲级防火门耐火极限为1.2 h，乙级防火门耐火极限为0.9 h，丙级防火门耐火极限为0.6 h；按材质分为钢质防火门、复合玻璃防火门和木质防火门。目前，应用最多的为钢质防火门，下面就其构造和安装作一简单介绍。

钢质防火门采用优质冷轧钢板作为门扇、门框的结构材料，经冷加工成型。门扇内部填充的耐火材料通常为硅酸铝、耐火纤维毡(陶瓷棉)。乙、丙级防火门也可填充岩棉、矿棉耐火纤维。乙、丙级防火门可加设面积不大于0.1 m^2 的视窗，视窗玻璃采用夹丝玻璃或透明复合防火玻璃，其构造如图7-69所示。

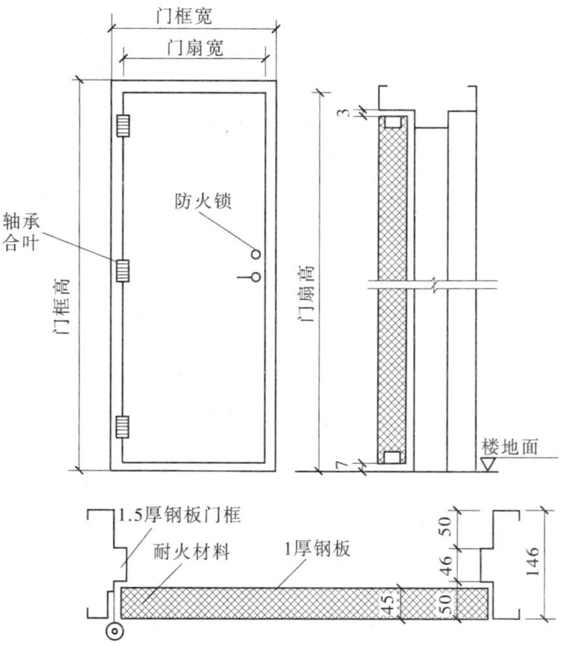

图 7-69　钢质防火门构造示意图

第七节　隔墙、隔断与幕墙构造

一、隔墙

(一)轻骨架隔墙

轻骨架隔墙是以木材、钢材或其他轻质材料构成骨架，把面层钉结、涂抹或粘贴在骨架上形成的隔墙。轻骨架隔墙又称为立筋式隔墙。

(1)骨架有木骨架、轻钢骨架、石膏骨架、石棉水泥骨架和铝合金骨架等。木骨架由上槛、下槛、墙筋、横档或斜撑组成。墙筋间距常用 400 mm。轻钢骨架常采用 0. 8 ~ 1 mm 厚槽钢或工字钢，它具有强度高、自重轻、整体性好、易于加工和大批量生产，防火、防潮性能好等优点。石膏骨架、石棉水泥骨架和铝合金骨架是利用工业废料与地方材料及轻金属制成的，具有良好的使用性能。同时，可以节约木材和钢材，应推广采用。骨架的安装过程是先用射钉将上槛、下槛固定在楼板上，然后安装龙骨。图 7-70 为薄壁型钢骨架及龙骨的排列。

(2)轻骨架隔墙的面层常用人造板材面层。如胶合板、纤维板、石膏板、塑料板等。胶合板、纤维板多用于木骨架隔墙，石膏板多用于石膏骨架或轻钢骨架隔墙。

人造板与骨架的关系有两种：一种是在骨架的两面或一面贴面板的贴面式；另一种是将板材置于骨架中间，四周用压条压住，称为镶板式，如图 7-71 所示。

面板在骨架上的固定可用镀锌螺钉、自攻螺钉或金属夹子，如图 7-72 所示。

(二)板材隔墙

板材隔墙是指轻质的单板装配拼合在一起形成的隔墙。单板高度相当于房间净高，面

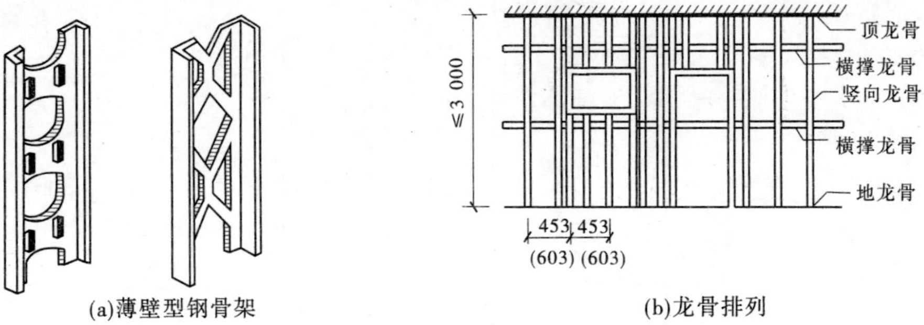

图 7-70 薄壁型钢骨架及龙骨的排列

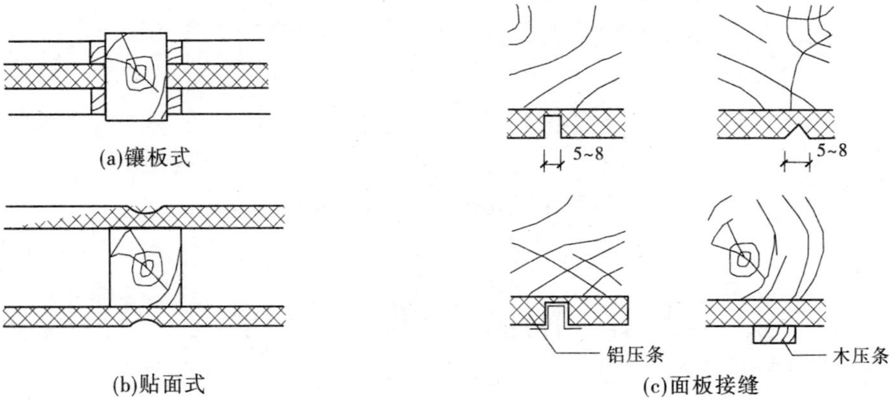

图 7-71 人造面板与骨架的连接

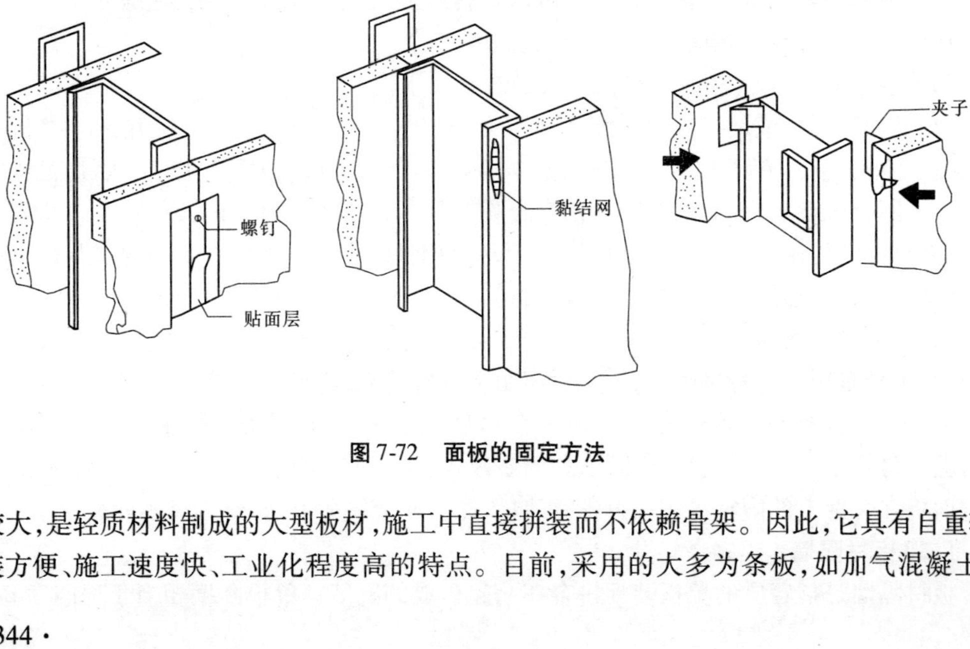

图 7-72 面板的固定方法

积较大,是轻质材料制成的大型板材,施工中直接拼装而不依赖骨架。因此,它具有自重轻、安装方便、施工速度快、工业化程度高的特点。目前,采用的大多为条板,如加气混凝土条板、增强石膏空心条板、粉煤灰泡沫水泥条板、植物纤维复合条板等。

(1)加气混凝土条板具有自重轻、运输和施工方便简单、经济等优点，但加气混凝土吸水性大、耐腐蚀性差、强度较低、易损坏。因此，不宜用于高温、湿度大或有腐蚀性的建筑中。加气混凝土条板规格为：长 2 400 ~ 3 300 mm，宽 595 mm，厚 90 ~ 120 mm，隔墙板之间用水玻璃砂浆或 107 胶砂浆黏结。

(2)增强石膏空心条板是采用建筑石膏(掺小于 10% 的普通硅酸盐水泥)、膨胀珍珠岩和中碱玻璃纤维涂塑网格布(或短切玻璃纤维)等为主要原料而制成的。增强石膏空心条板分为普通条板、钢木窗框条板及防水条板三种，在建筑中按各种功能要求配套使用。其规格尺寸同加气混凝土条板，能满足防火、隔声及抗撞击的功能要求。

(3)粉煤灰泡沫水泥条板采用硫铝酸盐水泥或轻烧镁粉为胶凝原料，掺粉煤灰和适量的外加剂，以中碱涂塑或无碱玻纤网格布为增强材料，发泡机制而成。一般的粉煤灰泡沫水泥条板的规格为：长 2 400 ~ 3 300 mm，宽 595 mm，厚 90 ~ 120 mm。

(4)植物纤维复合条板采用锯末、麦秸、稻草、玉米秆等植物秸秆中的一种材料，加入以轻烧镁粉、氯化镁、稳定剂、改性剂等为原料配制的黏结剂，以中碱或无碱短玻纤为增强材料而制成。一般的植物纤维复合条板的规格为：长 2 400 ~ 3 300 mm，宽 590 mm，厚 100 ~ 200 mm。复合板充分利用材料的性能，大多具有强度高，耐火性、防水性、隔声性能好的优点，有利于建筑工业化。

二、隔断

用隔断来划分室内空间，可产生灵活而丰富的空间效果，与隔墙相比，隔断是隔而不断，隔断更能增加室内空间的层次和深度，创造一种似隔非隔、似断非断、虚虚实实的装饰意境。根据使用和装配方法不同，一般有镶板式、折叠推拉式、拼装式和手风琴式。

(一)镶板式隔断

镶板式隔断是一种半固定式的活动隔断，墙板有木质组合板和金属组合板，如图 7-73 所示。预先在顶棚、地面、承重墙等处预埋螺栓，再固定特制的五金件，然后将组合隔断板固定在五金件上，一般上部五金可用薄板槽形钢，下部多用钉孔的 L 形钢板。

(二)折叠推拉式隔断

折叠推拉式隔断通常适用于较大的房间或厅，装修时在顶棚上装置槽钢轨道，而在折叠式的每块隔断上部装配两部滑轮吊轴，下部不宜装导轨和滑轮，以免垃圾堵塞导轨，如图 7-74所示。活动隔断在收折起来时，可放入房间旁边的壁柜内。壁柜内可分为双轨，以便隔断板的两个滑轮在壁柜内分轨滑动，达到隔断板重叠储藏的目的。隔断板的下部可用弹簧卡顶着地板，以免晃动。

(三)拼装式隔断

随着各种金属接插件的不断涌现，拼装式灵活隔断的运用也越来越普遍。一种方法是将四个方向都有卡口的铝合金竖框先用上槛和下槛上下固定。一般下部可用膨胀螺钉，上部用木螺钉固定在顶棚搁栅上。然后，可将隔断板或玻璃插入铝框的卡口内，玻璃要用橡胶密封条固定。

(四)手风琴式隔断

手风琴式隔断是一种软体的折叠式隔断，它的轨道可以顺意弯曲，适用于层高不是很高

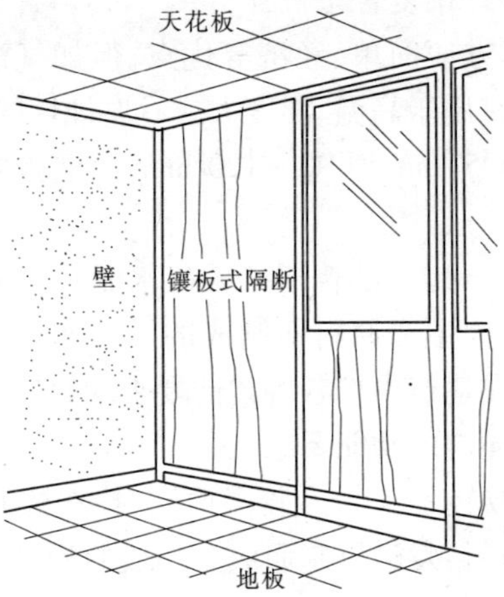

图 7-73　镶板式隔断透视

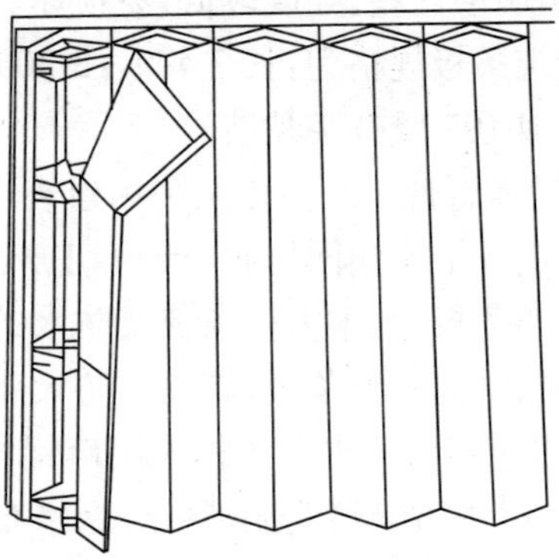

图 7-74　折叠推拉式隔断

的房间。手风琴式隔断的构造比一般隔断复杂,它的每一折叠单元是由一根长螺杆来串连若干组“X”形的弹簧钢片铰链与相邻的单元连接形成骨架,骨架的两边包软质的织物或人造皮革,可以像手风琴一样拉伸和折叠。手风琴式隔断是在开口部的两边各装一半,关闭时,在交合处用磁铁吸引。

手风琴式隔断一般用双滑轮吊在顶棚轨道上,下面也可装滑轮,如果开口部较大,地面上也应做轨道。

三、幕墙

幕墙是建筑物外围护墙的一种形式。它一般不承重,与主体连接多采用柔性连接,即用螺栓通过角钢,把幕墙材料悬吊挂于主体结构上,形成悬吊挂墙,故称幕墙。幕墙的特点是艺术效果好,质量轻,安装速度快,是外墙轻型化、装配化比较理想的形式。因此,在现代大型和高层建筑中得到广泛采用,但玻璃幕墙由于光反射,易造成光污染,在设计时应考虑对环境的影响。

常见的幕墙按使用材料不同,分为玻璃幕墙、金属板材幕墙、石材幕墙和彩色混凝土挂板幕墙等类型。

(一)玻璃幕墙

玻璃幕墙一般由金属骨架、连接固定件、嵌缝密封材料、填补材料和饰面玻璃组成。按其组合方式和构造做法的不同,有明框式玻璃幕墙、隐框式玻璃幕墙和半隐框式玻璃幕墙、全玻璃幕墙、点式玻璃幕墙等。按其施工方法的不同可分为元件式幕墙和单元式幕墙两种。元件式玻璃幕墙如图 7-75 所示,是在施工现场将金属骨架安装在建筑物主体结构上,形成框格体系,再镶嵌或安装玻璃而成的。单元式玻璃幕墙如图 7-76 所示,是一种工厂预制组合系统,铝型材加工、墙框组合、镶装玻璃、嵌条密封等工序都在工厂进行,运到现场直接与建筑结构连接而成的。为便于安装,板的规格应与结构相一致,一般为 1 层楼高或 2 ~ 3 层楼高。

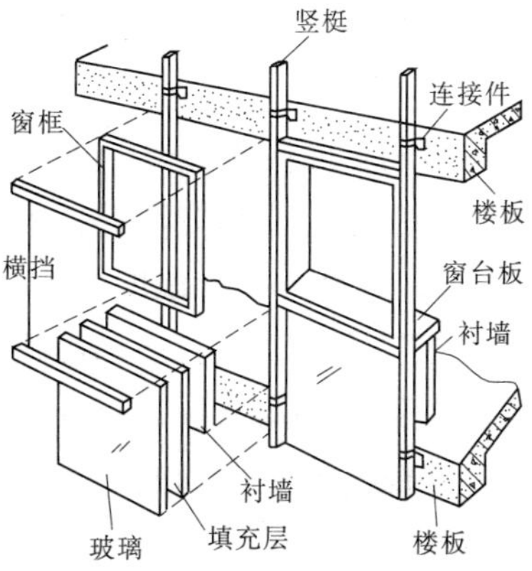

图 7-75 元件式玻璃幕墙

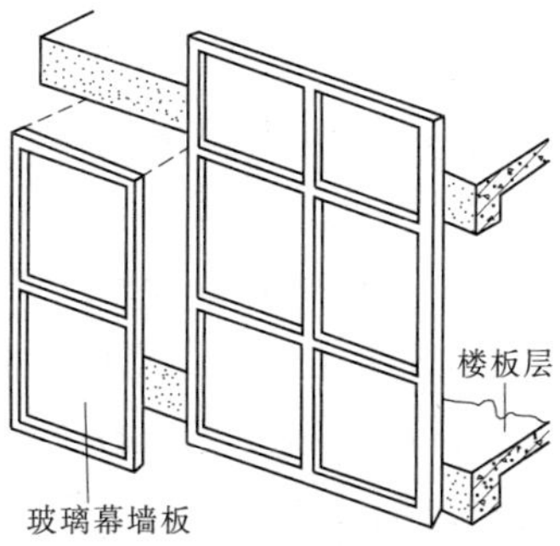

图 7-76 单元式玻璃幕墙

1. 明框式玻璃幕墙

这类幕墙是由铝合金立柱和横梁组成的框架，先通过与建筑主体结构预埋铁件的定位固定，然后将幕墙固定玻璃及开启窗再嵌入铝型材金属框架内，并能在外立面显示这些框架的玻璃幕墙。

其构造特点是：主要受力杆件（立柱）一般以悬挂方式与建筑物主体结构相连接，其自重与受到的外力通过柔性连接传递给主体结构，但不参与主体结构的内力传递。

玻璃幕墙的骨架与建筑主体结构的边梁或楼板层的连接，一般通过角钢支座的连接件，一边先将幕墙的立柱与支座托板连接件进行连接，另一边与主体结构的预埋铁件（角钢支座）用螺栓或电焊加以连接，安装时可进行调整，如图 7-77 所示。

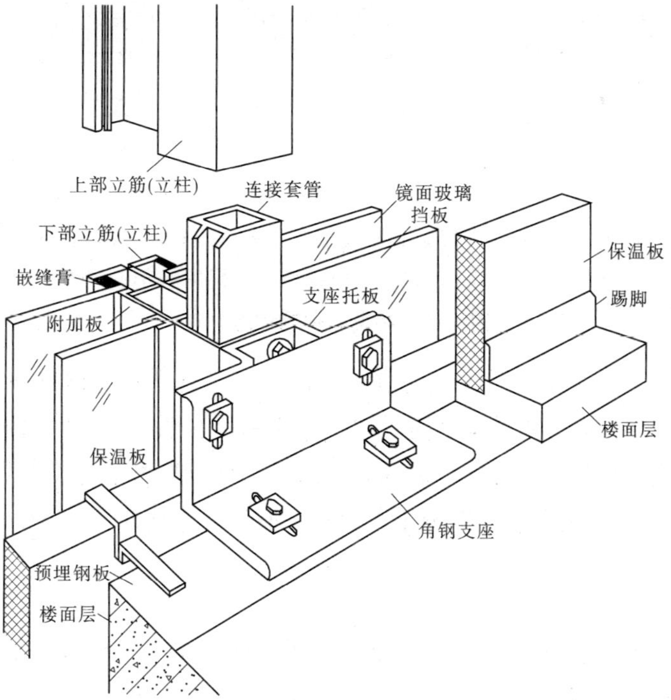

图 7-77 现场组装式玻璃幕墙支座构造

作为幕墙的固定支座连接件应具有三维(上下、前后、左右)调节余量,受力的铆钉和螺栓每处不应少于2个。

幕墙的铝合金立柱一般是一层楼高为一整根,也可用长度达7.5~10 m一根,采用上挂下悬方式,这样可适应和消除建筑挠度变形的影响。在上下层立柱之间的接头处采用不锈钢或铝合金连接套管(也称套筒)套接,其间应留有不小于15 mm的温度伸缩缝,接缝处应用密封胶密封,但不允许将幕墙的主要受力杆件与建筑物主体结构直接采用膨胀螺栓来进行连接。幕墙的横梁采用分段在立柱中嵌入连接,在横梁两端与立柱连接处应设置弹性橡胶垫,以适应和消除横向温度变形的影响。与铝合金接触的螺栓、金属配件均应采用不锈钢或轻金属制品,自攻螺丝应有防脱落措施,禁止使用镀锌自攻螺丝。

2. 隐框式玻璃幕墙和半隐框式玻璃幕墙

1)隐框式玻璃幕墙

隐框式玻璃幕墙的出现,主要有赖于硅酮结构密封胶技术的发展。隐框式玻璃幕墙是把幕墙的金属骨架全部隐藏于幕墙玻璃的背面,而玻璃的安装固定,主要依靠硅酮结构胶与背面的幕墙金属骨架直接黏结,以达到整幢建筑物外表全部是玻璃,看不到任何幕墙金属骨架的景象。如图7-78所示为隐框式玻璃幕墙节点。

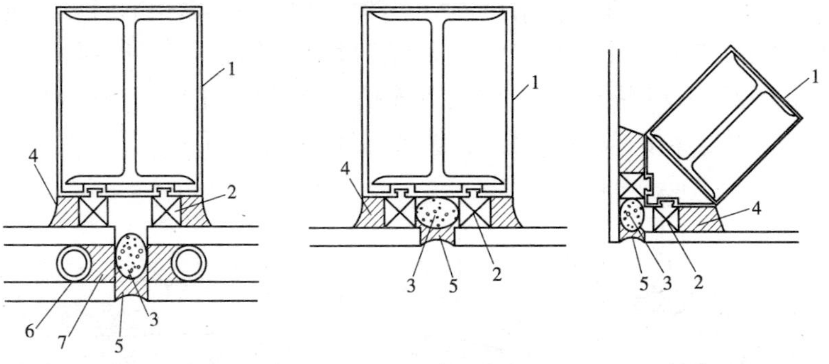

(a)双层中空玻璃　　(b)单层玻璃　　(c)转角处理

1—金属框(立柱);2—硅铜隔离物;3—聚氨基甲酸乙酯垫杆;4—795结构密封剂;

5—气候适应性密封剂;6—铝制隔离物;7—982硅酮结构密封剂

图7-78　隐框式玻璃幕墙节点

隐框式玻璃幕墙的玻璃间的缝隙要有一定的宽度。其缝宽的设置与玻璃平面尺寸有关,一般为12~20 mm,以适应幕墙平面内变位造成结构胶的变形,使玻璃有足够的余地移位而不致发生挤碰。在隐框式玻璃幕墙或水平向半隐框玻璃幕墙每个分格块的玻璃下面,应设置铝合金或不锈钢托条,其长度不小于100 mm,厚度不应小于2 mm,高度不应露出玻璃外表面。

2)半隐框式玻璃幕墙

根据建筑物的立面造型设计需要,将幕墙金属骨架中水平或垂直一个方向使用隐框结构,而另一个方向仍为外露金属扣件扣合者,称为半隐框式玻璃幕墙。如图7-79所示为半隐框式玻璃幕墙构造。

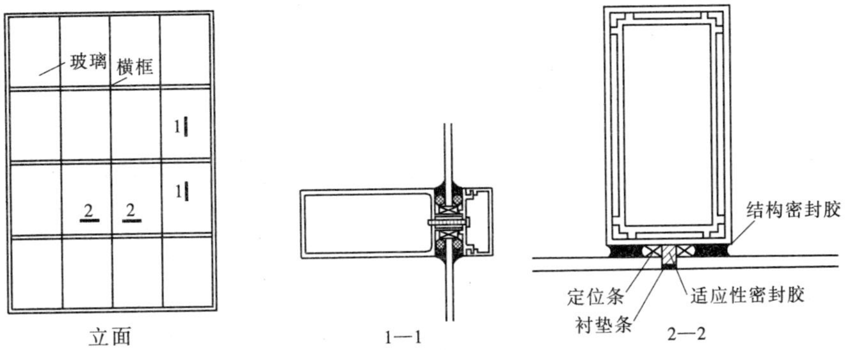

图 7-79　半隐框式玻璃幕墙构造

3. 全玻璃幕墙

在一些宽敞、高大的公共建筑大厅、大型商场及宾馆大堂等处，外墙装饰大多采用竖向玻璃肋组成的大面积全透明的玻璃幕墙，称全玻璃幕墙或结构玻璃幕墙。因支撑方式的不同，全玻璃幕墙在构造上又可分为吊挂式和坐地式两种。

高度在 4.5 m 以上的全玻璃幕墙必须采用吊挂式，如图 7-80(a)、(b)所示。这是因为全玻璃幕墙高度高、玻璃面积大、质量轻，从安全角度考虑，需通过钢结构支架将其吊挂，结构受力性能合理。吊挂式全玻璃幕墙的吊挂高度可达 12 m，且玻璃肋与面玻璃均为整块，因此运输、吊装需格外小心。

坐地式全玻璃幕墙是指高度不超过 4.5 m 的全玻璃幕墙，其支撑点可设在下部(即楼地面上)，如图 7-80(c)所示。坐地式全玻璃幕墙的玻璃落地处、两侧的端部及顶部需设置不锈钢压型凹槽，槽内设氯丁橡胶垫块定位，缝隙用泡沫橡胶嵌实后再用透明硅酮胶封口结构。玻璃肋与立面玻璃之间的连接，一般采用透明结构硅酮胶黏结，也可通过不锈钢爪件连接。

面玻璃和肋玻璃都由上部结构悬挂	面玻璃由上部结构悬挂	不采用悬挂设备，肋玻璃和面玻璃均在底部支撑
肋为玻璃	金属立柱	肋为玻璃

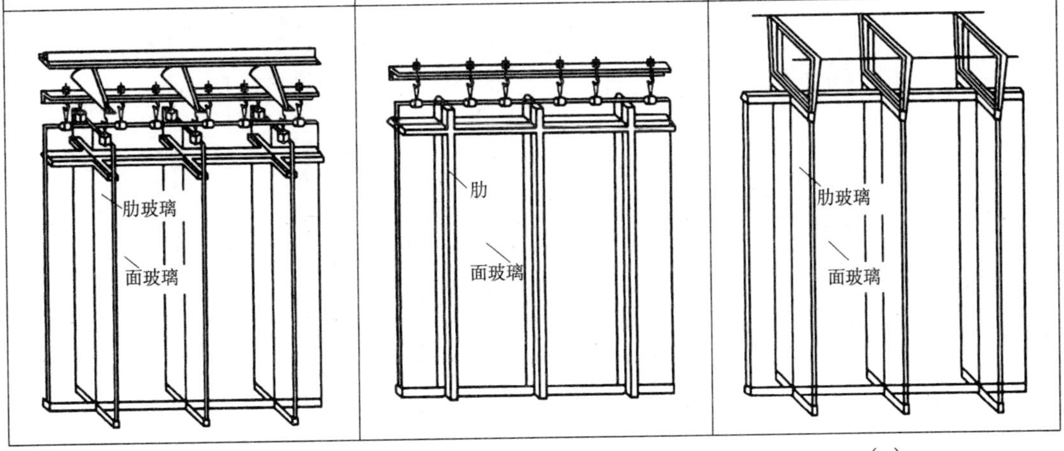

(a)　　(b)　　(c)

图 7-80　全玻璃幕墙的支撑系统

为了增强玻璃刚度，每隔一定的距离用条形玻璃板作为加强肋板，面玻璃和肋玻璃有多种交接方式，如图 7-81 所示。

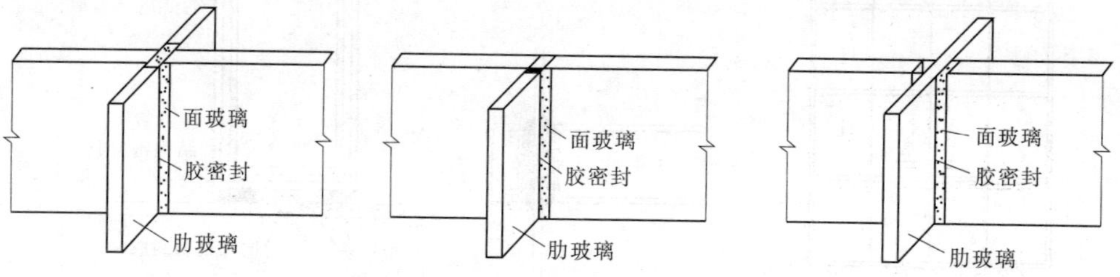

(a)肋玻璃在两侧　(b)肋玻璃在单侧　(c)肋玻璃穿过面玻璃

图 7-81　面玻璃与肋玻璃相交部位处理

全玻璃幕墙所使用的玻璃多为钢化玻璃和夹层钢化玻璃，为了使其通透性更好，通常分格尺寸较大。玻璃的厚度、单块面积的大小、肋玻璃的宽度及厚度等均应经过计算确定。

4. 点式玻璃幕墙

为了能充分地表现玻璃的通透性和轻盈效果，反映建筑物内外空间的相互渗透，点式玻璃幕墙以其独特的富有现代高新技术与艺术表现力的支撑方式，将玻璃幕墙的外形设计推到了极点。人们透过玻璃可以清晰地看到支撑玻璃的整个钢结构系统，使幕墙骨架体系由单纯的支撑作用改变为支撑和表现结构美学的双重作用。

普通的玻璃幕墙，其玻璃板块的固定均为四边支撑，而点式玻璃幕墙的玻璃一般通过在玻璃上留洞，采用四点或六点支撑方式。其常见的支撑结构如图 7-82 所示，节点构造如图 7-83、图 7-84 所示。玻璃接头和支撑结构体系的设计不仅关系到点式玻璃幕墙的安全性、可靠性，同时还涉及钢结构骨架的整体美观和艺术的表现力。如上海大剧院的点式玻璃幕墙（由德国 Seele 公司负责技术设计与安装），高 15 m，由 500 块 3 000 mm × 1 825 mm × 15 mm 的透明白片钢化玻璃所组成，每块玻璃的四个角上分别由不锈钢支撑爪件做四点固定。在支撑爪件的背后设有直径 11 mm 的钢索系统纵横绷紧固定。这种钢索（也称索杆）体系比普通的金属骨架体系或全玻璃幕墙体系更纤巧、通透。

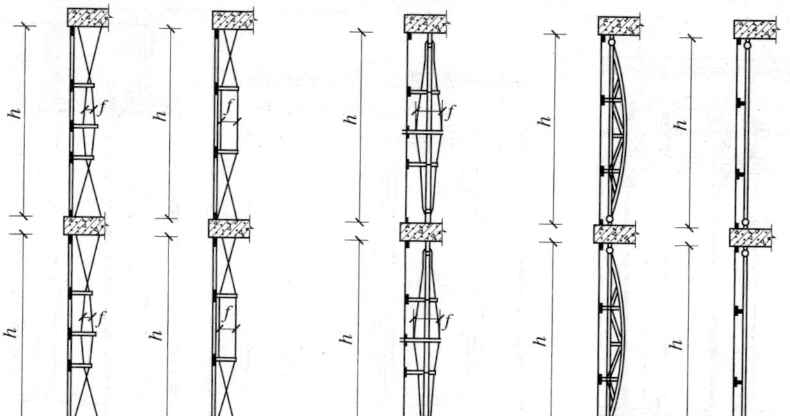

(a)拉索式　(b)拉杆式　(c)自平衡索桁架式　(d)桁架式　(e)立柱式

图 7-82　点式玻璃幕墙五种支撑结构示意

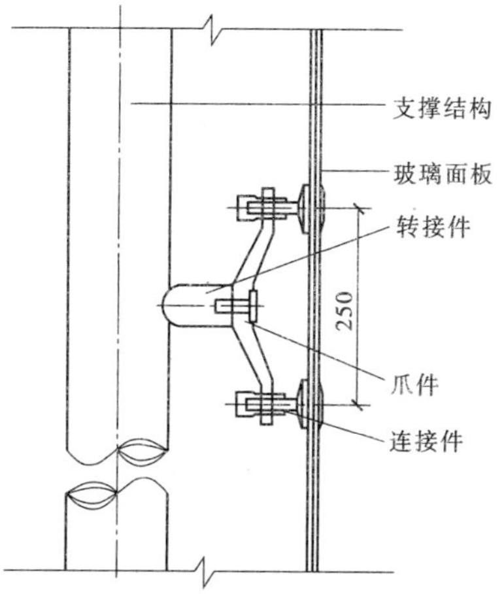

图 7-83　点式玻璃幕墙节点构造示意

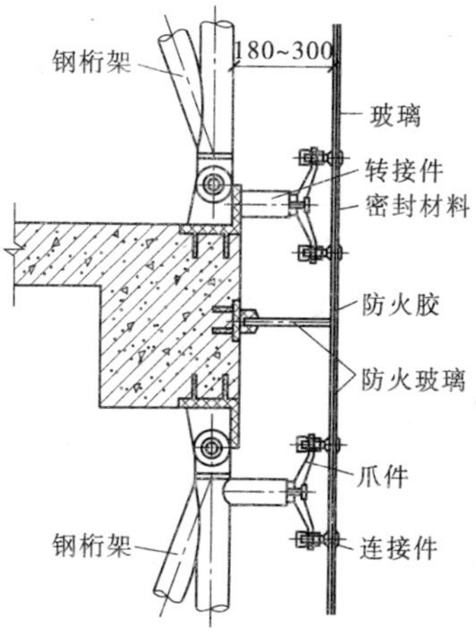

图 7-84　层间垂直节点

(二)金属板材幕墙

金属板材幕墙类似于玻璃幕墙,它是由工厂定制的折边金属薄板作为外围护墙面,与窗一起组合成幕墙。用于幕墙的金属板材有铝合金、不锈钢、搪瓷、涂层钢、铜等薄板,其中以铝合金板材使用最为广泛。铝合金板材又分为单层铝板(也称纯铝板)、复合铝板(也称铝塑复合板)及蜂窝铝板(也称铝合金蜂窝板)等三种。

1. 单层铝板幕墙

考虑到单层铝板在幕墙中受力较大,对变形和强度有较高的要求,按现行国家规范规定,幕墙用单层铝板最小厚度不应小于 2.5 mm,在实际工程中常用的单层铝板厚度为 3.0 mm。用于幕墙的铝板一般与玻璃材料结合成为组合式幕墙。铝板可以是平板形状的,根据设计也可采用专用模具压制成立体几何形或瓦楞形组装式单元,其间安装上玻璃窗。金属铝板与铝型材骨架之间,一般沿周边应采用铆接、螺栓或胶粘与机械连接相结合的形式固定。在窗下墙或窗间墙处内部敷设保温材料,但应与建筑主体结构外表面之间留出 50 mm 以上的空气层,以此将背面产生的冷凝水或水蒸气从幕墙内侧层间排至室外。单层铝板幕墙在与楼板交接空隙处应填塞防火材料,使楼板端部形成防火带。

2. 复合铝板幕墙

复合铝板幕墙又分为普通型与防火型两类。普通型复合铝板的上下两层铝合金薄板的厚度均为 0.5 mm,其间夹 2 ~ 5 mm 的 PE(即聚乙烯塑料)经热加工或冷加工而成。防火型复合铝板是由两层 0.5 mm 厚的铝板中间夹一层难燃或不燃材料而成的。为提高复合铝板和蜂窝铝板的强度而进行四周折边时,应采用专用机械刻槽,严格控制刻槽的深度,不得损伤面板。

复合铝板的厚度有 2 mm、3 mm、4 mm、5 mm、6 mm 等几种,用于幕墙的复合铝板厚度一般在 4 mm 以上,且是防火型的。

3. 蜂窝铝板幕墙

采用蜂窝铝板幕墙,在设计时应根据幕墙的使用功能和耐久年限的要求,分别选用厚度为 10 mm、12 mm、15 mm、20 mm 和 25 mm 的蜂窝铝板。厚度为 10 mm 的蜂窝铝板应由 1 mm 厚的正面铝合金薄板和 0.5 ~ 0.8 mm 厚的背面铝合金薄板及铝蜂窝黏结而成;厚度在

10 mm 以上的蜂窝铝板,其正背面铝合金薄板厚度均为 1 mm。蜂窝铝板幕墙具有保温、隔热、隔声效果好的特点。

(三)石材幕墙

石材幕墙背后为金属骨架支撑,经金属连接件连接而成。石材幕墙的石材宜选用火成岩即花岗石。天然花岗石材料具有质地坚硬、耐酸碱、耐腐蚀、耐高温、耐日晒雨淋、耐冰雪冻、耐磨性好等特点,且耐用年限长。

用于石材幕墙的石板,四周不得有明显的色差,且外形尺寸要求精确,石板厚度不应小于 25 mm,常用 30 mm 厚。当采用火烧石板时,其厚度应比抛光石板厚 3 mm,以满足结构等强度计算要求。石板与不锈钢挂件之间应采用环氧树脂石材专用结构胶黏结。用于高层的石材幕墙,考虑到石材较重,立面分格不宜过大,单块石材板面面积不宜大于 1.5 m^2。目前,除用天然花岗石石材外,还有人造陶瓷板、微晶玻璃板等,这些材料与天然石材相比质量轻,同样也适用干挂形式的幕墙。

干挂石材幕墙的施工安装,根据其构造方式的不同分别有钢销式、槽式(分通槽和短槽)和背栓式等几种。

1. 钢销式干挂石材幕墙

干挂石材应在石板上下间预先钻孔(孔深 22 ~ 33 mm,孔的直径 7 ~ 8 mm),将不锈钢钢销插入板中(钢销直径 5 ~ 6 mm),并连同不锈钢连接件固定于幕墙金属骨架上,如图 7-85 所示。上下用钢销支撑的石材幕墙,为提高其安全性能,应在石板的两个侧面或者在石板背面的中间另设安全设施,如在石板的背面增加螺栓、挂钩等,或者是铜丝、不锈钢丝用石材专用的环氧树脂锚固起来,起到生根作用,并同主体骨架捆扎在一起,以保证干挂石材的安全。同时,应尽量便于维修和拆装方便。

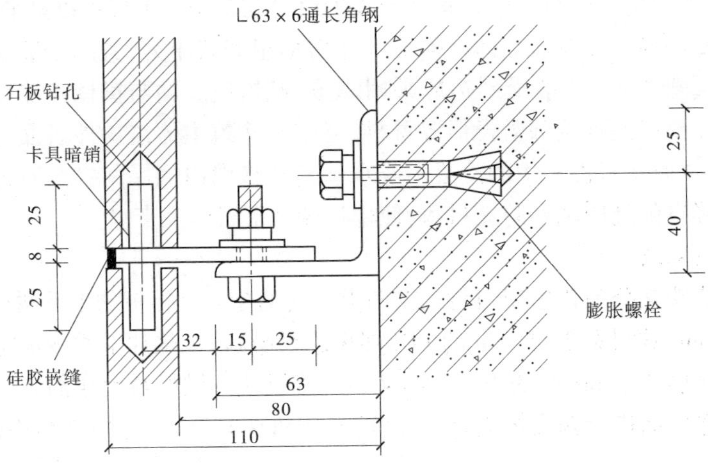

图 7-85　石材用钢销与横梁连接

2. 槽式干挂石材幕墙

槽式干挂石材与钢销式干挂石材的区别在于其通过上下石板接缝处预先留出槽口(分通槽式和短槽式两种),槽宽 6 ~ 7 mm,槽深不宜小于 15 mm,然后将不锈钢燕尾形支撑件一端插入上下石板的槽内,另一端则与主体结构的幕墙金属骨架相连接,以保证石材幕墙的安全性，如图 7-86 所示。

为保证干挂石材幕墙在安装施工时的准确性，也有通过在建筑主体结构施工过程中，先将 C 字形不锈钢导轨（分长、短两种）用预埋件直接安装固定于建筑主体结构表面中，然后再将具有二维调整功能的不锈钢定位螺栓与挂住石板的不锈钢支撑件用钢销加以连接，安装施工既方便又准确，也便于拆装更换。

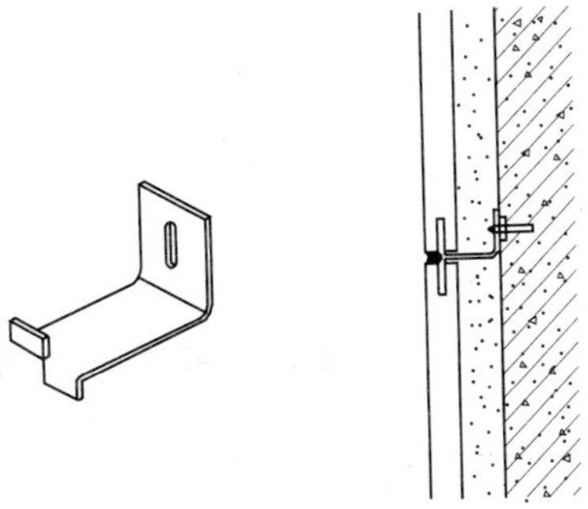

图 7-86　槽式干挂石材幕墙节点构造

3. 背栓式干挂石材幕墙

背栓式干挂石材幕墙构造先在花岗石石板的背面钻孔并直接安装上不锈钢扩底锚栓，再由不锈钢吊挂件分别与幕墙金属骨架相连接，如图 7-87 所示。这种背栓式干挂石材幕墙的构造合理，板与板之间相对独立，安全性能高。

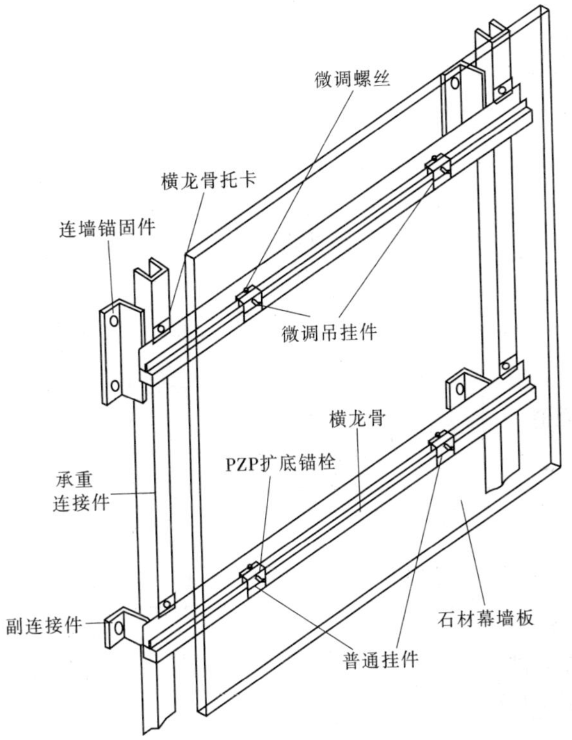

图 7-87　背栓式石材幕墙构造

附　录

附表 1　芬兰、英国、香港等国家和地区的室内空气质量的建议标准

(a)芬兰良好室内气候标准

内容	室内气候规定值	
房间温度	冬	21 ~ 22 ℃
	夏	22 ~ 25 ℃
空气流速	冬	<0.10 m/s
	夏	<0.15 m/s
相对湿度	冬	25% ~45%
	夏	30% ~60%
HAVC 设备噪声		<25dBA
换气次数		>0.8 次/h
散发物	氨	<0.02 mg/m³
	甲醛	<0.03 mg/m³
	TCOC	<0.02 mg/m³
	气味强度	<2
	二氧化碳	<1 800 mg/m³
	总悬浮颗粒物	<0.06 mg/m³
表层材料散发物的限值	TCOC	<0.2 mg/(m² · h)
	甲醛	<0.05 mg/(m² · h)
	氨	<0.03 mg/(m² · h)
	致癌混合物	<0.005 mg/(m² · h)
	不满意气味	<15%

(b)英国国家医疗健康研究委员会关于室内空气质量标准建议值

污染物	限值—时间范围
一氧化碳	9×10^{-6}—8 h
总悬浮颗粒物	90 μg/m³—1 年
氡	200 Bq/m³—1 年
铅	1.5 μg/m³—3 月
甲醛	0.1×10^{-6}—max/日
二氧化硫	500×10^{-9}—10 min
	250×10^{-9}—1 h
	20×10^{-9}—1 年
臭氧	0.12×10^{-6}—1 h
TVOCs	509 mg/m³
	(单一 VOC≤50% TVOCs)

续附表1

(c)香港在办公楼及公共场所的室内空气质量管理指南建议值

污染物	限值
一氧化碳	8 000 μg/m³
二氧化碳	1 000 ppm
氡	200 Bq/m³
甲醛	100 μg/m³
二氧化氮	150 μg/m³
臭氧	120 μg/m³
温度	20～24 ℃(冬)及23～26 ℃(夏)
相对湿度	30%～60%
空气流速	0.25 m/s

附表2　室内装饰装修材料有害物质限量

(a)《室内装饰装修材料人造板及其制品中甲醛释放限量》(GB 18580—2001)

产品名称	试验方法	限量值	使用范围	限量标志
中密度纤维板、高密度纤维板、刨花板、定向刨花板等	穿孔萃取法	≤9 mg/(100 g)	可直接用于室内	E1
		≤30 mg/(100 g)	必须饰面处理后才允许用于室内	E2
胶合板、装饰单板贴面胶合板、细木工板等	干燥器法	≤1.5 mg/L	可直接用于室内	E1
		≤5.0 mg/L	必须饰面处理后才允许用于室内	E2
饰面人造板(包括浸渍纸层压木质地板、实木复合地板、竹地板、浸渍胶膜纸饰面人造板等)	气候箱法*	≤0.12 mg/m³	可直接用于室内	E1
	干燥器法	≤1.5 mg/L		

注:1. * 表示仲裁时采用气候箱法。

2. E1 为可直接用于室内的人造板,E2 为必须饰面处理后才允许用于室内的人造板。

续附表 2

(b)《室内装饰装修材料溶剂型木器涂料中有害物质限量》(GB 18581—2001)

项目	限量值			
	硝基漆类	聚氨酯漆类		醇酸漆类
挥发性有机化合物(VOC)①(g/L)≤	750	光泽(60 度)≥80	600	550
		光泽(60 度)<80	700	
苯②(%)≤	0.5			
甲苯和二甲苯总和②(%)≤	45	40		10
游离甲苯二异氰酸酯(TDI)③(%)≤	—	0.7		—
重金属(限色漆)(mg/kg) ≤	可溶性铅	90		
	可溶性镉	75		
	可溶性铬	60		
	可溶性汞	60		

注:①按产品规定的配比和稀释比例混合后测定。当稀释剂的使用量为某一范围时,应按照推荐的最大稀释量稀释后进行测定。

②当产品规定了稀释比例或产品由双组分或多组分组成时,应分别测定稀释剂和各组分中的含量,再按产品规定的配比计算混合后涂料中的总量。当稀释剂的使用量为某一范围时,应按照推荐的最大稀释量进行计算。

③当聚氨酯漆类规定了稀释比例或由双组分或多组分组成时,应先测定固化剂(含甲苯二异氰酸酯预聚物)中的含量,再按产品规定的配比计算混合后涂料中的含量。当稀释剂的使用量为某一范围时,应按照推荐的最小稀释量进行计算。

本标准不适用于水性木器涂料。

(c)《室内装饰装修材料内墙涂料中有害物质限量》(GB 18582—2001)

项目		限量值
挥发性有机化合物(VOC)(g/L)≤		200
游离甲醛(g/kg)≤		0.1
重金属(mg/kg)	可溶性铅≤	90
	可溶性镉≤	75
	可溶性铬≤	60
	可溶性汞≤	60

注:本标准适用于室内装饰装修用水性墙面涂料。

(d)《室内装饰装修材料胶粘剂中有害物质限量》(GB 18583—2001)

项目		指标		
		橡胶胶粘剂	聚氨酯类胶粘剂	其他胶粘剂
溶剂型胶粘剂	游离甲醛(g/kg)≤	0.5	—	—
	苯(g/kg)≤	5		
	甲苯和二甲苯(g/kg)≤	200		
	甲苯二异氰酸酯(g/kg)≤	—	10	—
	总挥发性有机物(g/L)≤	750		

续附表 2

<table>
<tr><th colspan="2" rowspan="2">项目</th><th colspan="5">指标</th></tr>
<tr><th>缩甲醛类胶粘剂</th><th>聚乙酸乙烯酯胶粘剂</th><th>橡胶类胶粘剂</th><th>聚氨酯类胶粘剂</th><th>其他胶粘剂</th></tr>
<tr><td rowspan="4">水基型胶粘剂</td><td>游离甲醛(g/kg)≤</td><td>1</td><td>1</td><td>1</td><td>—</td><td>1</td></tr>
<tr><td>苯(g/kg)≤</td><td colspan="5">0.2</td></tr>
<tr><td>甲苯+二甲苯(g/kg)≤</td><td colspan="5">10</td></tr>
<tr><td>总挥发性有机物(g/L)≤</td><td colspan="5">50</td></tr>
</table>

注:苯不能作为溶剂使用,作为杂质其最高含量不得大于表中的规定。

(e)《室内装饰装修材料木家具中有害物质限量》(GB 18584—2001)

<table>
<tr><th colspan="2">项目</th><th>限量值</th></tr>
<tr><td colspan="2">甲醛释放量(mg/L)</td><td>≤1.5</td></tr>
<tr><td rowspan="4">重金属含量(限色漆)(mg/kg)</td><td>可溶性铅</td><td>≤90</td></tr>
<tr><td>可溶性镉</td><td>≤75</td></tr>
<tr><td>可溶性铬</td><td>≤60</td></tr>
<tr><td>可溶性汞</td><td>≤60</td></tr>
</table>

(f)《室内装饰装修材料壁纸中有害物质限量》(GB 18585—2001) (单位:mg/kg)

<table>
<tr><th colspan="2">有害物质名称</th><th>限量值</th></tr>
<tr><td rowspan="8">重金属(或其他)元素</td><td>钡</td><td>≤1 000</td></tr>
<tr><td>镉</td><td>≤25</td></tr>
<tr><td>铬</td><td>≤60</td></tr>
<tr><td>铅</td><td>≤90</td></tr>
<tr><td>砷</td><td>≤8</td></tr>
<tr><td>汞</td><td>≤20</td></tr>
<tr><td>硒</td><td>≤165</td></tr>
<tr><td>锑</td><td>≤20</td></tr>
<tr><td colspan="2">氯乙烯单体</td><td>≤1.0</td></tr>
<tr><td colspan="2">甲醛</td><td>≤120</td></tr>
</table>

(g)《室内装饰装修材料聚氯乙烯卷材地板中有害物质限量》(GB 18586—2001)

<table>
<tr><td>氯乙烯单体限量</td><td colspan="2">≤5 mg/kg</td></tr>
<tr><td rowspan="2">可溶性重金属限量</td><td colspan="2">不得使用铅盐助剂</td></tr>
<tr><td>可溶性铅含量(作为杂质)</td><td>≤20 mg/m²</td></tr>
<tr><td rowspan="2">发泡类卷材地板中挥发物的限量</td><td>玻璃纤维基材</td><td>≤75 g/m²</td></tr>
<tr><td>其他基材</td><td>≤35 g/m²</td></tr>
<tr><td rowspan="2">非发泡类卷材地板中挥发物的限量</td><td>玻璃纤维基材</td><td>≤40 g/m²</td></tr>
<tr><td>其他基材</td><td>≤10 g/m²</td></tr>
</table>

续附表2

(h)《室内装饰装修材料地毯、地毯衬垫及地毯用胶粘剂有害物质释放限量》(GB 18587—2001)

A级为环保型产品,B级为有害物质释放限量合格产品

①地毯有害物质释放限量 (单位:mg/(m^2·h))

序号	有害物质测试项目	限量	
		A级	B级
1	总挥发性有机化合物(TVOC)	≤0.500	≤0.600
2	甲醛	≤0.050	≤0.050
3	苯乙烯	≤0.400	≤0.500
4	4-苯基环己烯	≤0.050	≤0.050

②地毯衬垫有害物质释放限量 (单位:mg/(m^2·h))

序号	有害物质测试项目	限量	
		A级	B级
1	总挥发性有机化合物(TVOC)	≤1.000	≤1.200
2	甲醛	≤0.050	≤0.050
3	丁基羟基甲苯	≤0.030	≤0.030
4	4-苯基环己烯	≤0.050	≤0.050

③地毯胶粘剂有害物质释放限量 (单位:mg/(m^2·h))

序号	有害物质测试项目	限量	
		A级	B级
1	总挥发性有机化合物(TVOC)	≤10.000	≤12.000
2	甲醛	≤0.050	≤0.050
3	2-乙基己醇	≤3.000	≤3.500

附表 3　公共建筑室内照度标准值

<table>
<tr><th colspan="3" rowspan="2">房间与场所</th><th rowspan="2">参考平面及其高度</th><th rowspan="2">照度标准值(lx)</th><th rowspan="2">UGR</th><th rowspan="2">Ra</th><th>照明功率密度(W/m²)</th><th rowspan="2">对照照度值</th></tr>
<tr><th>现行值(目标值)</th></tr>
<tr><td rowspan="8">居住建筑</td><td rowspan="2">起居室</td><td>一般活动</td><td rowspan="2">0.75 m 水平面</td><td>100</td><td rowspan="2">—</td><td rowspan="2">80</td><td rowspan="8">7(6)</td><td rowspan="2">100</td></tr>
<tr><td>书写、阅读</td><td>300*</td></tr>
<tr><td rowspan="2">卧室</td><td>一般活动</td><td rowspan="2">0.75 m 水平面</td><td>75</td><td rowspan="2">—</td><td rowspan="2">80</td><td rowspan="2">75</td></tr>
<tr><td>书写、阅读</td><td>150*</td></tr>
<tr><td rowspan="2">厨房</td><td>一般活动</td><td>0.75 m 水平面</td><td>100</td><td rowspan="2">—</td><td rowspan="2">80</td><td rowspan="2">100</td></tr>
<tr><td>操作间</td><td>台面</td><td>150*</td></tr>
<tr><td colspan="2">餐厅</td><td>0.75 m 水平面</td><td>150</td><td>—</td><td>80</td><td>150</td></tr>
<tr><td colspan="2">卫生间</td><td>0.75 m 水平面</td><td>100</td><td>—</td><td>80</td><td>100</td></tr>
<tr><td rowspan="6">办公建筑</td><td colspan="2">普通办公室、会议室</td><td>0.75 m 水平面</td><td>300</td><td>19</td><td>80</td><td>11(9)</td><td>300</td></tr>
<tr><td colspan="2">高档办公室</td><td>0.75 m 水平面</td><td>500</td><td>19</td><td>80</td><td>18(15)</td><td>500</td></tr>
<tr><td colspan="2">设计师</td><td>实际工作面</td><td>500</td><td>19</td><td>80</td><td>18(15)</td><td>500</td></tr>
<tr><td colspan="2">营业厅</td><td>0.75 m 水平面</td><td>300</td><td>22</td><td>80</td><td>13(11)</td><td>300</td></tr>
<tr><td colspan="2">接待、前台、文件整理、复印、发行室</td><td>0.75 m 水平面</td><td>300</td><td>—</td><td>80</td><td>11(9)</td><td>300</td></tr>
<tr><td colspan="2">资料、档案室</td><td>0.75 m 水平面</td><td>200</td><td>—</td><td>80</td><td>8(7)</td><td>200</td></tr>
<tr><td rowspan="5">图书馆</td><td colspan="2">一般阅览室</td><td>0.75 m 水平面</td><td>300</td><td>19</td><td>80</td><td>—</td><td>—</td></tr>
<tr><td colspan="2">国家、省市级其他重要图书馆的阅览室</td><td>0.75 m 水平面</td><td>500</td><td>19</td><td>80</td><td>—</td><td>—</td></tr>
<tr><td colspan="2">老年阅览室、珍藏版阅览室</td><td>0.75 m 水平面</td><td>500</td><td>19</td><td>80</td><td>—</td><td>—</td></tr>
<tr><td colspan="2">陈列室、目录室、出纳厅、工作间</td><td>0.75 m 水平面</td><td>300</td><td>19</td><td>80</td><td>—</td><td>—</td></tr>
<tr><td colspan="2">书库</td><td>0.25 m 水平面</td><td>50</td><td>—</td><td>80</td><td>—</td><td>—</td></tr>
<tr><td rowspan="5">学校建筑</td><td colspan="2">教室、阅览室</td><td>课桌面</td><td>300</td><td>19</td><td>80</td><td>11(9)</td><td>300</td></tr>
<tr><td colspan="2">实验室</td><td>实验桌面</td><td>300</td><td>19</td><td>80</td><td>11(9)</td><td>300</td></tr>
<tr><td colspan="2">美术教室</td><td>桌面</td><td>500</td><td>19</td><td>90</td><td>18(15)</td><td>500</td></tr>
<tr><td colspan="2">多媒体教室</td><td>0.75 m 水平面</td><td>300</td><td>19</td><td>80</td><td>11(9)</td><td>300</td></tr>
<tr><td colspan="2">教室黑板</td><td>黑板面</td><td>500</td><td>—</td><td>80</td><td>—</td><td>—</td></tr>
<tr><td rowspan="5">商业建筑</td><td colspan="2">一般商店营业厅</td><td>0.75 m 水平面</td><td>300</td><td>22</td><td>80</td><td>12(10)</td><td>300</td></tr>
<tr><td colspan="2">高档商店营业厅</td><td>0.75 m 水平面</td><td>500</td><td>22</td><td>80</td><td>19(16)</td><td>500</td></tr>
<tr><td colspan="2">一般超市营业厅</td><td>0.25 m 水平面</td><td>300</td><td>22</td><td>80</td><td>13(11)</td><td>300</td></tr>
<tr><td colspan="2">高档超市营业厅</td><td>0.75 m 水平面</td><td>500</td><td>22</td><td>80</td><td>20(17)</td><td>500</td></tr>
<tr><td colspan="2">收款台</td><td>台面</td><td>500</td><td>—</td><td>80</td><td>—</td><td>—</td></tr>
</table>

续附表 3

房间与场所			参考平面及其高度	照度标准值(lx)	*UGR*	*Ra*	照明功率密度(W/m^2) 现行值(目标值)	对照照度值
影剧院建筑	门厅		地面	200	—	80	—	—
	观众厅	影院	0.75 m 水平面	100	22	80	—	—
		剧院	0.75 m 水平面	200	22	80	—	—
	观众休息厅	影院	地面	150	22	80	—	—
		剧院	地面	200	22	80	—	—
	排演厅		地面	300	22	80	—	—
	化妆室	一般活动室	0.75 m 水平面	150	22	80	—	—
		化妆台	1.1 m 高处垂直面	500	—	80	—	—
旅馆建筑	客房	一般活动区	0.75 m 水平面	75	—	80	15(13)	—
		床头	0.75 m 水平面	150	—	80		
		写字台	台面	300	—	80		
		卫生间	0.75 m 水平面	150	—	80		
	中餐厅		0.75 m 水平面	200	22	80	13(11)	200
	西餐厅、酒吧间、咖啡厅		0.75 m 水平面	100	—	80	—	—
	多功能厅		0.75 m 水平面	300	22	80	18(15)	300
	门厅、总服务台		地面	300	—	80	15(13)	300
	休息厅		地面	200	22	80	—	—
	客房层走廊		地面	50	—	80	5(4)	50
	厨房		台面	200	—	80	—	—
	洗衣房		0.75 m 水平面	200	—	80	—	—
医院建筑	治疗室、诊室		0.75 m 水平面	300	19	80	11(9)	300
	化验室		0.75 m 水平面	500	19	90	18(15)	500
	手术室		0.75 m 水平面	750	19	80	30(25)	750
	候诊厅、挂号厅		0.75 m 水平面	200	22	80	8(7)	200
	病房		地面	100	19	80	6(5)	100
	护士站		0.75 m 水平面	300	—	80	11(9)	300
	药房		0.75 m 水平面	500	19	80	20(17)	500
	重症监护室		0.75 m 水平面	300	19	80	11(9)	300
展览馆展厅	一般展厅		地面	200	22	80	—	—
	高档展厅		地面	300	22	80	—	—

注:1. * 表示宜用混合照明。

2. 高于 6 m 的展厅 *Ra* 可降低到 60。

参考文献

[1] 朱仁普. 建筑装饰设计概论[M]. 北京:北京工业大学出版社,1999.

[2] 张菲. 建筑装饰基础[M]. 北京:电子工业出版社,2006.

[3] 蔡兵. 新技术语境下建筑装饰的发展趋向[J]. 建筑, 2009.

[4] 赵传玉. 中国传统建筑装饰艺术的时代性研究[J]. 浙江工艺美术,2009.

[5] (美) W. 奥特. 克尔默. 室内施工图及细部详图绘制教程[M]. 高松洁译. 北京:机械工业出版社,2005.

[6] 刘峰,等. 装饰装修施工识图与房构[M]. 北京:化学工业出版社,2008.

[7] 高远. 建筑装饰制图与识图[M]. 北京:机械工业出版社,2008.

[8] 褚振文. 建筑装饰识图与造价[M]. 北京:中国建筑工业出版社,2007.

[9] 廖明成,等. 工程力学[M]. 北京:中国电力出版社,2009.

[10] 陈兴义. 房屋建筑学[M]. 郑州:郑州大学出版社,2008.

[11] 王心田. 建筑结构体系与选型[M]. 上海:同济大学出版社,2003.

[12] 吴培明. 混凝土结构. 上册[M]. 武汉:武汉理工大学出版社,2003.

[13] 彭少民. 混凝土结构. 下册[M]. 武汉:武汉理工大学出版社,2003.

[14] 注册建筑师考试辅导教材编委会. 建筑结构与建筑设备[M]. 北京:中国建筑工业出版社,2009.

[15] 李永光,等. 建筑力学与结构[M]. 北京:机械工业出版社,2004.

[16] 张建荣,等. 建筑结构选型[M]. 北京:中国建筑工业出版社,1999.

[17] 黄晨. 建筑环境学[M]. 北京:机械工业出版社,2005.

[18] 朱颖心. 建筑环境学[M]. 2 版. 北京:中国建筑工业出版社,2005.

[19] 吴硕贤. 室内环境与设备[M]. 北京:机械工业出版社,2004.

[20] 秦佑国. 建筑声环境[M]. 北京:清华大学出版社,1999.

[21] 贾衡. 人与建筑环境[M]. 北京:北京工业大学出版社,2001.

[22] 万建武. 建筑设备工程[M]. 2 版. 北京:中国建筑工业出版社,2008.

[23] 中国机械工业教育协会. 建筑设备[M]. 北京:机械工业出版社,2005.

[24] 李祥平,闫增峰. 建筑设备[M]. 北京:中国建筑工业出版社,2008.

[25] 葛新亚. 建筑装饰材料[M]. 北京:中国电力出版社,2008.

[26] 张粉芹,赵志曼. 建筑装饰材料[M]. 重庆:重庆大学出版社,2007.

[27] 安素琴. 建筑装饰材料[M]. 北京:高等教育出版社,2007.

[28] 丁洁民,等. 建筑装饰工程材料[M]. 上海:同济大学出版社,2004.

[29] 葛勇,等. 建筑装饰材料[M]. 北京:中国建材工业出版社,2000.

[30] 许炳权. 装饰装修施工技术[M]. 北京:中国建材工业出版社,2003.

[31] 田原. 环境艺术装饰材料设计与应用[M]. 北京:中国电力出版社,2009.

[32] 吴健. 装饰构造[M]. 南京:东南大学出版社,2005.

[33] 陈卫华. 建筑装饰构造[M]. 北京:中国建筑工业出版社,2002.

[34] 王萱,王旭光. 建筑装饰构造[M]. 北京:化学工业出版社,2006.

[35] 韩建新,刘广洁. 建筑装饰构造[M]. 2 版. 北京:中国建筑工业出版社,2004.

[36] 蔡红,等. 建筑装饰构造与施工技术[M]. 北京:中国水利水电出版社,知识产权出版社,2006.

[37] 林晓东. 建筑装饰构造[M]. 天津:天津科学技术出版社,2005.

[38] 张宗森. 建筑装饰构造[M]. 北京:中国建筑工业出版社,2006.

参考文献